LUCIAN

I

LCL 14

LUCIAN

VOLUME I

WITH AN ENGLISH TRANSLATION BY

A. M. HARMON

HARVARD UNIVERSITY PRESS
CAMBRIDGE, MASSACHUSETTS
LONDON, ENGLAND

First published 1913
Reprinted 1921, 1927, 1953, 1961, 1972, 1979, 1991, 1996

ISBN 0-674-99015-3

Printed in Great Britain by St Edmundsbury Press Ltd,
Bury St Edmunds, Suffolk, on acid-free paper.
Bound by Hunter & Foulis Ltd, Edinburgh, Scotland.

CONTENTS

LIST OF LUCIAN'S WORKS   vii

INTRODUCTION   ix

BIBLIOGRAPHY   xiii

PHALARIS   1

HIPPIAS *OR* THE BATH   33

DIONYSUS   47

HERACLES   61

AMBER *OR* THE SWANS   73

THE FLY   81

NIGRINUS   97

DEMONAX   141

THE HALL   175

MY NATIVE LAND   209

OCTOGENARIANS   221

A TRUE STORY   247

SLANDER   359

THE CONSONANTS AT LAW   395

THE CAROUSAL (SYMPOSIUM)   411

LIST OF LUCIAN'S WORKS

SHOWING THEIR DIVISION INTO VOLUMES IN THIS EDITION

VOLUME I

Phalaris I and II—Hippias or the Bath—Dionysus—Heracles—Amber or The Swans—The Fly—Nigrinus—Demonax—The Hall—My Native Land—Octogenarians—A True Story I and II—Slander—The Consonants at Law—Symposium, or The Lapiths.

VOLUME II

The Downward Journey or The Tyrant—Zeus Catechized—Zeus Rants—The Dream or The Cock—Prometheus—Icaromenippus or The Sky-man—Timon or The Misanthrope—Charon or The Inspector—Philosophies for Sale.

VOLUME III

The Dead Come to Life or The Fisherman—The Double Indictment or Trials by Jury—On Sacrifices—The Ignorant Book Collector—The Dream or Lucian's Career—The Parasite—The Lover of Lies—The Judgement of the Goddesses—On Salaried Posts in Great Houses.

VOLUME IV

Anacharsis or Athletics—Menippus or The Descent into Hades—On Funerals—A Professor of Public Speaking—Alexander the False Prophet—Essays in Portraiture—Essays in Portraiture Defended—The Goddess of Surrye.

LIST OF LUCIAN'S WORKS

Volume V

The Passing of Peregrinus—The Runaways—Toxaris or Friendship—The Dance—Lexiphanes—The Eunuch—Astrology—The Mistaken Critic—The Parliament of the Gods—The Tyrannicide—Disowned.

Volume VI

Historia—Dipsades—Saturnalia—Herodotus—Zeuxis—Pro Lapsu—Apologia—Harmonides—Hesiodus—Scytha—Hermotimus—Prometheus Es—Navigium.

Volume VII

Dialogues of the Dead—Dialogues of the Sea-Gods—Dialogues of the Gods (exc. Deorum Judicium cf. Vol. III)—Dialogues of the Courtesans.

Volume VIII

Soloecista—Lucius or the Ass—Amores—Demosthenes—Halcyon—Podagra—Ocypus—Cyniscus—Philopatria—Charidemus—Nero—Epigram.

INTRODUCTION

LUCIAN was born at Samosata in Commagene and calls himself a Syrian; he may or may not have been of Semitic stock. The exact duration of his life is unknown, but it is probable that he was born not long before 125 A.D. and died not long after 180. Something of his life-history is given us in his own writings, notably in the *Dream*, the *Doubly Indicted*, the *Fisher*, and the *Apology*. If what he tells us in the *Dream* is to be taken seriously (and it is usually so taken), he began his career as apprentice to his uncle, a sculptor, but soon became disgusted with his prospects in that calling and gave it up for Rhetoric, the branch of the literary profession then most in favour. Theoretically the vocation of a rhetorician was to plead in court, to compose pleas for others and to teach the art of pleading; but in practice his vocation was far less important in his own eyes and those of the public than his avocation, which consisted in going about from place to place

and often from country to country displaying his ability as a speaker before the educated classes. In this way Lucian travelled through Ionia and Greece, to Italy and even to Gaul, and won much wealth and fame. Samples of his repertory are still extant among his works—declamations like the *Phalaris*, essays on abstract themes like *Slander*, descriptions, appreciations, and depreciations. But although a field like this afforded ample scope for the ordinary rhetorician, it could not display the full talent of a Lucian. His bent for satire, which crops out even in his writings of this period, had to find expression, and ultimately found it in the satiric dialogue. In a sense, then, what he says is true, that he abandoned Rhetoric: but only in a very limited sense. In reality he changed only his repertory, not his profession, for his productions continued to be presented in the same manner and for the same purpose as of old—from a lecture-platform to entertain an audience.

Rightly to understand and appreciate Lucian, one must recognise that he was not a philosopher nor even a moralist, but a rhetorician, that his mission in life was not to reform society nor to chastise it, but simply to amuse it. He himself admits on every page that he is serious only in his desire to please, and he would answer all charges but that of dullness

INTRODUCTION

with an οὐ φροντὶς Ἱπποκλείδη. Judged from his own stand-point, he is successful; not only in his own times but in all the ensuing ages his witty, well-phrased comments on life, more akin to comedy than to true satire, have brought him the applause that he craved.

Among the eighty-two pieces that have come down to us under the name of Lucian, there are not a few of which his authorship has been disputed. Certainly spurious are *Halcyon, Nero, Philopatris,* and *Astrology*; and to these, it seems to me, the *Consonants at Law* should be added. Furthermore, *Demosthenes, Charidemus, Cynic, Love, Octogenarians, Hippias, Ungrammatical Man, Swiftfoot,* and the epigrams are generally considered spurious, and there are several others (*Disowned* and *My Country* in particular) which, to say the least, are of doubtful authenticity.

Beside satiric dialogues, which form the bulk of his work, and early rhetorical writings, we have from the pen of Lucian two romances, *A True Story* and *Lucius, or the Ass* (if indeed the latter is his), some introductions to readings and a number of miscellaneous treatises. Very few of his writings can be dated with any accuracy. An effort to group them on a chronological basis has been made by

M. Croiset, but it cannot be called entirely successful. The order in which they are to be presented in this edition is that of the best manuscript (Vaticanus 90), which, through its adoption in Rabe's edition of the scholia to Lucian and in Nilén's edition of the text, bids fair to become standard.

There are a hundred and fifty manuscripts of Lucian, more or less, which give us a tradition that is none too good. There is no satisfactory critical edition of Lucian except Nilén's, which is now in progress. His text has been followed, as far as it was available, through the *True Story*. Beyond this point it has been necessary to make a new text for this edition. In order that text and translation may as far as possible correspond, conjectures have been admitted with considerable freedom : for the fact that a good many of them bear the initials of the translator he need not apologize if they are good; if they are not no apology will avail him. He is deeply indebted to Professor Edward Capps for reviewing his translation in the proof.

BIBLIOGRAPHY.

Chief manuscripts :—

γ group—
Vaticanus 90 (Γ), 9/10th century.
Harleianus 5694 (E), 9/10th century.
Laurentianus C. S. 77 (Φ), 10th century.
Marcianus 434 (Ω), 10/11th century.
Mutinensis 193 (S), 10th century.
Laurentianus 57, 51 (L), 11th century (?).

β group—
Vindobonensis 123 (B), 11th century (?).
Vaticanus 1324 (U), 11/12th century.
Vaticanus 76 (P).
Vaticanus 1323 (Z).
Parisinus 2957 (N).

Principal editions :—
Florentine, of 1496, the first edition by J. Lascaris, from the press of L. de Alopa.

Hemsterhuys-Reitz, Amsterdam 1743, containing a Latin translation by Gesner, critical notes, variorum commentary and a word-index (C. C. Reitz, 1746).

Lehmann, Leipzig 1822–1831, a convenient variorum edition which contains Gesner's translation but lacks Reitz's index.

Jacobitz, Leipzig 1836–1841, with critical notes, a subject-index and a word-index; it contains the scholia.

Jacobitz, Leipzig 1851, in the Teubner series of classical texts.

Bekker, Leipzig 1853.

Dindorf, Leipzig 1858, in the Tauchnitz series.

Fritzsche, Rostock 1860–1882, an incomplete edition containing only thirty pieces; excellent critical notes and prolegomena.

BIBLIOGRAPHY

Sommerbrodt, Berlin 1886–1899, also incomplete, but lacking only fifteen pieces; with critical appendices.

Nilén, N. (*Teubner edition* with very full critical notes, and part of the *Prolegomena* in a separate gathering), Leipzig 1906–1923, but only two fascicles appeared.

Scholia: edited by Rabe, Leipzig 1906.

Mras, *Die Ueberlieferung Lucians*, Vienna, 1911.

Croiset, *Essai sur la Vie et les (Œuvres de Lucian*, Paris 1882.

Foerster, *Lucian in der Renaissance*, Kiel 1886

Helm, *Lucian und Menipp*, Leipzig 1906.

BIBLIOGRAPHICAL ADDENDUM
(1990)

Editions
>   Harry L. Levy, *Lucian, Seventy Dialogues* (introduction, text, commentary), Norman, Oklahoma 1976.
>   M. D. Macleod, *Luciani Opera (Oxford Classical Texts)*, 4 vols (I 1–25 [1972]; II 26–43 [1974]; III 44–68 [1980]; IV 69–86 [1987]), Oxford.

Translations
>   H. W. and F. G. Fowler, *Lucian: Works*, 4 vols, Oxford 1905.
>   B. P. Reardon, *Lucian: Selected Works*, New York 1965.
>   Paul Turner, *Lucian, Satirical Sketches (Penguin Classics)*, Harmondsworth 1961.

Studies
>   F. G. Allinson, *Lucian: Satirist and Artist*, Boston 1926.
>   G. Anderson, *Studies in Lucian's Comic Fiction*, London 1976.
>   Barry Baldwin, *Studies in Lucian*, Toronto 1973.
>   H. Betz, *Lukian von Samosata und das Neue Testament*, Berlin 1961.
>   J. Bompaire, *Lucien écrivain; imitation et création*, Paris 1958.
>   R. B. Branham, *Unruly Eloquence: Lucian and the Comedy of Traditions*, Cambridge, Mass. 1989.

BIBLIOGRAPHY

M. Caster, *Lucien et la pensée religieuse de son temps*, Paris 1937.

F. W. Householder, *Literary Quotation and Illusion in Lucian*, New York 1941.

C. P. Jones, *Culture and Society in Lucian*, Cambridge, Mass. 1986.

A. Peretti, *Luciano: Un intellettuale greco contra Roma*, Florence 1946.

C. Robinson, *Lucian and His Influence in Europe*, London 1979.

J. Schwartz, *Biographie de Lucien de Samosate*, Brussels 1965.

General

G. W. Bowersock, *Greek Sophists in the Roman Empire*, Oxford 1969.

Gilbert Highet, *The Anatomy of Satire*, Princeton 1962.

Ramsay MacMullen, *Enemies of the Roman Order*, Cambridge, Mass. 1966.

THE WORKS OF LUCIAN

PHALARIS

This piece and its fellow should not be taken as a serious attempt to whitewash Phalaris and to excuse Delphi for accepting a tainted gift. They are good specimens of the stock of a rhetorician, and something more. To put yourself in another man's shoes and say what he would have said was a regular exercise of the schools, but to laugh in your sleeve as you said it was not the way of the ordinary rhetorician.

ΛΥΚΙΑΝΟΥ

ΦΑΛΑΡΙΣ

Α

Ἔπεμψεν ἡμᾶς, ὦ Δελφοί, ὁ ἡμέτερος δυνάσ- 1
της Φάλαρις ἄξοντας τῷ θεῷ τὸν ταῦρον τοῦτον καὶ
ὑμῖν διαλεξομένους τὰ εἰκότα ὑπέρ τε αὐτοῦ ἐκείνου
καὶ ὑπὲρ τοῦ ἀναθήματος. ὧν μὲν οὖν ἕνεκα
ἥκομεν, ταῦτά ἐστιν· ἃ δέ γε πρὸς ὑμᾶς ἐπέ-
στειλεν τάδε·[1]

Ἐγώ, φησίν, ὦ Δελφοί, καὶ παρὰ πᾶσι μὲν τοῖς
Ἕλλησι τοιοῦτος ὑπολαμβάνεσθαι ὁποῖός εἰμι,
ἀλλὰ μὴ ὁποῖον ἡ παρὰ τῶν μισούντων καὶ φθο-
νούντων φήμη ταῖς τῶν ἀγνοούντων ἀκοαῖς παρα-
δέδωκεν, ἀντὶ τῶν πάντων ἀλλαξαίμην ἄν, μάλιστα
δὲ παρ' ὑμῖν, ὅσῳ ἱεροί τέ ἐστε καὶ πάρεδροι τοῦ
Πυθίου καὶ μόνον οὐ σύνοικοι καὶ ὁμωρόφιοι τοῦ
θεοῦ. ἡγοῦμαι γάρ, εἰ ὑμῖν ἀπολογησαίμην καὶ
πείσαιμι μάτην ὠμὸς ὑπειλῆφθαι, καὶ τοῖς ἄλλοις
ἅπασι δι' ὑμῶν ἀπολελογημένος ἔσεσθαι. καλῶ
δὲ ὧν ἐρῶ τὸν θεὸν αὐτὸν μάρτυρα, ὃν οὐκ ἔνι
δή που παραλογίσασθαι καὶ ψευδεῖ λόγῳ παρα-

---

[1] τάδε Herwerden : not in MSS. Lacuna noted by
E. Schwartz, Nilén.

THE WORKS OF LUCIAN

PHALARIS

I

MEN of Delphi, we have been sent by our ruler Phalaris to bring your god this bull, and to say to you what should be said about Phalaris himself and about his gift. That is why we are here, then ; and what he told us to tell you is this :

'For my part, men of Delphi, to have all the Greeks think me the sort of man I am, and not the sort that rumour, coming from those who hate and envy me, has made me out to the ears of strangers, would please me better than anything else in the world ; above all, to have *you* think me what I am, as you are priests and associates of Apollo, and (one might almost say) live in his house and under his roof-tree. I feel that if I clear myself before you and convince you that there was no reason to think me cruel, I shall have cleared myself through you before the rest of the Greeks. And I call your god himself to witness what I am about to say. Of

3

γαγεῖν· ἀνθρώπους μὲν γὰρ ἴσως ἐξαπατῆσαι
ῥᾴδιον, θεὸν δέ, καὶ μάλιστα τοῦτον, διαλαθεῖν
ἀδύνατον.

Ἐγὼ γὰρ οὐ τῶν ἀφανῶν ἐν Ἀκράγαντι ὤν, 2
ἀλλ' εἰ καί τις ἄλλος εὖ γεγονὼς καὶ τραφεὶς
ἐλευθερίως καὶ παιδείᾳ προσεσχηκώς, ἀεὶ διετέλουν
τῇ μὲν πόλει δημοτικὸν ἐμαυτὸν παρέχων, τοῖς δὲ
συμπολιτευομένοις ἐπιεικῆ καὶ μέτριον, βίαιον δὲ
ἢ σκαιὸν ἢ ὑβριστικὸν ἢ αὐθέκαστον οὐδεὶς οὐδὲν
ἐπεκάλει μου τῷ προτέρῳ ἐκείνῳ βίῳ. ἐπειδὴ δὲ
ἑώρων τοὺς τἀναντία μοι πολιτευομένους ἐπιβου-
λεύοντας καὶ ἐξ ἅπαντος τρόπου ἀνελεῖν με
ζητοῦντας—διῄρητο δὲ ἡμῶν τότε ἡ πόλις—μίαν
ταύτην ἀποφυγὴν καὶ ἀσφάλειαν εὕρισκον, τὴν
αὐτὴν ἅμα καὶ τῇ πόλει σωτηρίαν, εἰ ἐπιθέμενος
τῇ ἀρχῇ ἐκείνους μὲν ἀναστείλαιμι καὶ παύσαιμι
ἐπιβουλεύοντας, τὴν πόλιν δὲ σωφρονεῖν καταναγ-
κάσαιμι· καὶ ἦσαν γὰρ οὐκ ὀλίγοι ταῦτα ἐπαι-
νοῦντες, ἄνδρες μέτριοι καὶ φιλοπόλιδες, οἳ καὶ
τὴν γνώμην ᾔδεσαν τὴν ἐμὴν καὶ τῆς ἐπιχειρήσεως
τὴν ἀνάγκην· τούτοις οὖν[1] συναγωνισταῖς χρη-
σάμενος ῥᾳδίως ἐκράτησα.[2]

Τοὐντεῦθεν οἱ μὲν οὐκέτι ἐτάραττον, ἀλλ' 3
ὑπήκουον, ἐγὼ δὲ ἦρχον, ἡ πόλις δὲ ἀστασίαστος
ἦν. σφαγὰς δὲ ἢ ἐλάσεις ἢ δημεύσεις οὐδὲ κατὰ τῶν
ἐπιβεβουλευκότων εἰργαζόμην, καίτοι ἀναγκαῖον
ὂν[3] τὰ τοιαῦτα τολμᾶν ἐν ἀρχῇ τῆς δυναστείας

---

[1] οὖν Nilén : not in MSS.
[2] ἐκράτησα Herwerden : ἐκράτησα τῆς ἐπιχειρήσεως MSS.
[3] ὂν Nilén : not in MSS.

4

course he cannot be tripped by fallacies and misled by falsehoods : for although mere men are no doubt easy to cheat, a god (and above all this god) cannot be hoodwinked.

'I was not one of the common people in Acragas, but was as well-born, as delicately brought up and as thoroughly educated as anyone. Never at any time did I fail to display public spirit toward the city, and discretion and moderation toward my fellow-citizens ; and no one ever charged me with a single violent, rude, insolent, or overbearing action in the early period of my life. But when I saw that the men of the opposite party were plotting against me and try-ing in every way to get rid of me—our city was split into factions at the time—I found only one means of escape and safety, in which lay also the salvation of the city : it was to put myself at the head of the state, curb those men and check their plotting, and force the city to be reasonable. As there were not a few who commended this plan, men of sense and patriotism who understood my purpose and the necessity of the coup, I made use of their assistance and easily succeeded.

'From that time on the others made no more trouble, but gave obedience ; I ruled, and the city was free from party strife. Executions, banishments and confiscations I did not employ even against the former conspirators, although a man must bring

μάλιστα. φιλανθρωπίᾳ γὰρ καὶ πρᾳότητι καὶ τῷ
ἡμέρῳ κἀξ ἰσοτιμίας θαυμασίως ἐγὼ ἤλπιζον ἐς
τὸ πείθεσθαι προσάξεσθαι τούτους. εὐθὺς γοῦν
τοῖς μὲν ἐχθροῖς ἐσπείσμην καὶ διηλλάγμην, καὶ
συμβούλοις καὶ συνεστίοις ἐχρώμην τοῖς πλείστοις
αὐτῶν. τὴν δὲ πόλιν αὐτὴν ὁρῶν ὀλιγωρίᾳ τῶν
προεστώτων διεφθαρμένην, τῶν πολλῶν κλεπ-
τόντων, μᾶλλον δὲ ἁρπαζόντων τὰ κοινά, ὑδάτων
τε ἐπιρροίαις ἀνεκτησάμην καὶ οἰκοδομημάτων
ἀναστάσεσιν ἐκόσμησα καὶ τειχῶν περιβολῇ
ἐκράτυνα καὶ τὰς προσόδους, ὅσαι ἦσαν κοιναί,
τῇ τῶν ἐφεστώτων ἐπιμελείᾳ ῥᾳδίως ἐπηύξησα
καὶ τῆς νεολαίας ἐπεμελούμην καὶ τῶν γερόντων
προὐνόουν καὶ τὸν δῆμον ἐν θέαις καὶ διανομαῖς
καὶ πανηγύρεσι καὶ δημοθοινίαις διῆγον, ὕβρεις
δὲ παρθένων ἢ ἐφήβων διαφθοραὶ ἢ γυναικῶν
ἀπαγωγαὶ ἢ δορυφόρων ἐπιπέμψεις ἢ δεσποτική
τις ἀπειλὴ ἀποτρόπαιά μοι καὶ ἀκοῦσαι ἦν.
ἤδη δὲ καὶ περὶ τοῦ ἀφεῖναι τὴν ἀρχὴν καὶ 4
καταθέσθαι τὴν δυναστείαν ἐσκοπούμην, ὅπως
μόνον ἀσφαλῶς παύσαιτο ἄν τις ἐννοῶν, ἐπεὶ τό
γε ἄρχειν αὐτὸ καὶ πάντα πράττειν ἐπαχθὲς ἤδη
καὶ σὺν φθόνῳ καματηρὸν ἐδόκει μοι εἶναι· τὸ
δ' ὅπως μηκέτι τοιαύτης τινὸς θεραπείας δεήσεται
ἡ πόλις, τοῦτ' ἐζήτουν ἔτι. κἀγὼ μὲν ὁ ἀρχαῖος
περὶ ταῦτα εἶχον, οἱ δὲ ἤδη τε συνίσταντο ἐπ'
ἐμὲ καὶ περὶ τοῦ τρόπου τῆς ἐπιβουλῆς καὶ ἀπο-
στάσεως ἐσκοποῦντο καὶ συνωμοσίας συνεκρότουν
καὶ ὅπλα ἤθροιζον καὶ χρήματα ἐπορίζοντο καὶ
τοὺς ἀστυγείτονας ἐπεκαλοῦντο καὶ εἰς τὴν

himself to take such measures in the beginning
of a reign more than at any other time. I had
marvellous hopes of getting them to listen to me
by my humanity, mildness and good-nature, and
through the impartiality of my favour. At the
outset, for instance, I came to an understanding
with my enemies and laid aside hostility, taking
most of them as counsellors and intimates. As for
the city, perceiving that it had been brought to
rack and ruin through the neglect of those in office,
because everybody was robbing or rather plundering
the state, I restored it by building aqueducts,
adorned it with buildings and strengthened it with
walls; the revenues of the state I readily increased
through the diligence of my officials; I cared for
the young, provided for the old, and entertained
the people with shows, gifts, festivals and banquets.
Even to hear of girls wronged, boys led astray,
wives carried off, guardsmen with warrants, or any
form of despotic threat made me throw up my hands
in horror. I was already planning to resign my
office and lay down my authority, thinking only how
one might stop with safety; for being governor and
managing everything began to seem to me unpleasant
in itself and, when attended by jealousy, a burden
to the flesh. I was still seeking, however, to ensure
that the city would never again stand in need of
such ministrations. But while I in my simplicity
was engaged in all this, the others were already
combining against me, planning the manner of their
plot and uprising, organizing bands of conspirators,
collecting arms, raising money, asking the aid of
men in neighbouring towns, and sending embassies

Ἑλλάδα παρὰ Λακεδαιμονίους καὶ Ἀθηναίους
ἐπρεσβεύοντο· ἃ μὲν γὰρ περὶ ἐμοῦ αὐτοῦ, εἰ
ληφθείην, ἐδέδοκτο ἤδη αὐτοῖς καὶ ὅπως με
αὐτοχειρίᾳ διασπάσεσθαι ἠπείλουν καὶ ἃς
κολάσεις ἐπενόουν, δημοσίᾳ στρεβλούμενοι
ἐξεῖπον. τοῦ μὲν δὴ μηδὲν παθεῖν τοιοῦτον οἱ
θεοὶ αἴτιοι φωράσαντες τὴν ἐπιβουλήν, καὶ
μάλιστά γε ὁ Πύθιος ὀνείρατά τε προδείξας καὶ
τοὺς μηνύσοντας ἕκαστα ἐπιπέμπων.

Ἐγὼ δὲ ἐνταῦθα ἤδη ὑμᾶς, ὦ Δελφοί, ἐπὶ τοῦ 5
αὐτοῦ δέους νῦν τῷ λογισμῷ γενομένους ἀξιῶ περὶ
τῶν τότε πρακτέων μοι συμβουλεῦσαι, ὅτε ἀφύ-
λακτος ὀλίγου δεῖν ληφθεὶς ἐζήτουν τινὰ σωτηρίαν
περὶ τῶν παρόντων. πρὸς ὀλίγον οὖν τῇ γνώμῃ
ἐς Ἀκράγαντα παρ᾽ ἐμὲ ἀποδημήσαντες καὶ ἰδόντες
τὰς παρασκευὰς αὐτῶν καὶ τὰς ἀπειλὰς ἀκού-
σαντες εἴπατε τί δεῖ¹ ποιεῖν; φιλανθρωπίᾳ
χρῆσθαι πρὸς αὐτοὺς ἔτι καὶ φείδεσθαι. καὶ
ἀνέχεσθαι ὅσον αὐτίκα μελλήσοντα πείσεσθαι
τὰ ὕστατα; μᾶλλον δὲ γυμνὴν ἤδη ὑπέχειν τὴν
σφαγὴν καὶ τὰ φίλτατα ἐν ὀφθαλμοῖς ὁρᾶν ἀπολ-
λύμενα; ἢ τὰ μὲν τοιαῦτα πάνυ ἠλιθίου τινὸς
εἶναι, γενναῖα δὲ καὶ ἀνδρώδη διανοηθέντα καὶ
χολὴν ἔμφρονος καὶ ἠδικημένου ἀνδρὸς ἀναλαβόντα
μετελθεῖν ἐκείνους, ἐμαυτῷ δὲ ἐκ τῶν ἐνόντων τὴν
ἐς τὸ ἐπιὸν ἀσφάλειαν παρασχεῖν; ταῦτ᾽ οἶδ᾽ ὅτι
συνεβουλεύσατε ἄν.

Τί οὖν ἐγὼ μετὰ τοῦτο ἐποίησα; μεταστει- 6
λάμενος τοὺς αἰτίους καὶ λόγου μεταδοὺς αὐτοῖς
καὶ τοὺς ἐλέγχους παραγαγὼν καὶ σαφῶς ἐξε-

¹ δεῖ MSS. : ἔδει Cobet·

8

to Greece, to the Spartans and the Athenians.
What they had already resolved to do with me
if they caught me, how they had threatened to tear
me to pieces with their own hands, and what
punishments they had devised for me, they con-
fessed in public on the rack. For the fact that
I met no such fate I have the gods to thank, who
exposed the plot: above all, Apollo, who showed me
dreams and also sent me men to interpret them
fully.

'At this point I ask you, men of Delphi, to
imagine yourselves now as alarmed as I was then,
and to give me your advice as to what I should have
done when I had almost been taken off my guard
and was trying to save myself from the situation.
Transport yourselves, then, in fancy to my city of
Acragas for a while; see their preparations, hear
their threats, and tell me what to do. Use them
with humanity? Spare them and put up with them
when I am on the point of meeting my death the
very next moment—nay, proffer my naked throat,
and see my nearest and dearest slain before my
eyes? Would not that be sheer imbecility, and should
not I, with high and manly resolution and the anger
natural to a man of sense who has been wronged,
bring those men to book and provide for my own
future security as best I may in the situation?
That is the advice that I know you would have
given me.

'Well, what did I do then? I summoned the
men implicated, gave them a hearing, brought in the
evidence, and clearly convicted them on each count;

9

λέγξας ἕκαστα, ἐπεὶ μηδ' αὐτοὶ ἔτι ἔξαρνοι
ἦσαν, ἠμυνόμην ἀγανακτῶν τὸ πλέον οὐχ ὅτι
ἐπεβεβουλεύμην, ἀλλ' ὅτι μὴ εἰάθην ὑπ' αὐτῶν
ἐν ἐκείνῃ τῇ προαιρέσει μεῖναι, ἣν ἐξ ἀρχῆς
ἐνεστησάμην. καὶ τὸ ἀπ' ἐκείνου φυλάττων μὲν
ἐμαυτὸν διατελῶ, ἐκείνων δὲ τοὺς ἀεὶ ἐπιβουλεύ-
οντάς μοι κολάζων. εἶθ' οἱ ἄνθρωποι ἐμὲ τῆς
ὠμότητος αἰτιῶνται οὐκέτι λογιζόμενοι παρὰ
ποτέρου ἡμῶν ἦν ἡ πρώτη τούτων ἀρχή, συνε-
λόντες δὲ τὰν μέσῳ καὶ ἐφ' οἷς ἐκολάζοντο τὰς
τιμωρίας αὐτὰς ᾐτιῶντο καὶ τὰς δοκούσας ἐν
αὐταῖς ὠμότητας, ὅμοιον ὡς εἴ τις παρ' ὑμῖν ἱερό-
συλόν τινα ἰδὼν ἀπὸ τῆς πέτρας ῥιπτόμενον ἃ μὲν
ἐτόλμησε μὴ λογίζοιτο, ὡς νύκτωρ ἐς τὸ ἱερὸν
παρῆλθε καὶ κατέσπασε τὰ ἀναθήματα καὶ τοῦ
ξοάνου ἥψατο, κατηγοροίη δὲ ὑμῶν πολλὴν τὴν
ἀγριότητα, ὅτι Ἕλληνές τε καὶ ἱεροὶ εἶναι λέγοντες
ὑπεμείνατε ἄνθρωπον Ἕλληνα πλησίον τοῦ ἱεροῦ
—καὶ γὰρ οὐ πάνυ πόρρω τῆς πόλεως εἶναι λέγεται
ἡ πέτρα—κολάσει τοιαύτῃ περιβαλεῖν. ἀλλ',
οἶμαι, αὐτοὶ καταγελάσεσθε, ἢν ταῦτα λέγῃ τις
καθ' ὑμῶν, καὶ οἱ ἄλλοι πάντες ἐπαινέσονται ὑμῶν
τὴν κατὰ τῶν ἀσεβούντων ὠμότητα.

Τὸ δ' ὅλον οἱ δῆμοι οὐκ ἐξετάζοντες ὁποῖός   7
τις ὁ τοῖς πράγμασιν ἐφεστώς ἐστιν, εἴτε δίκαιος
εἴτε ἄδικος, αὐτὸ ἁπλῶς τὸ τῆς τυραννίδος ὄνομα
μισοῦσι καὶ τὸν τύραννον, κἂν Αἰακὸς ἢ Μίνως ἢ
Ῥαδάμανθυς ᾖ, ὁμοίως ἐξ ἅπαντος ἀνελεῖν σπεύ-
δουσιν, τοὺς μὲν πονηροὺς αὐτῶν πρὸ ὀφθαλμῶν
τιθέμενοι, τοὺς δὲ χρηστοὺς τῇ κοινωνίᾳ τῆς προση-
γορίας τῷ ὁμοίῳ μίσει συμπεριλαμβάνοντες. ἐγὼ
γοῦν ἀκούω καὶ παρ' ὑμῖν τοῖς Ἕλλησι πολλοὺς

and then, as they themselves no longer denied the charge, I avenged myself, angry in the main, not because they had plotted against me, but because they had not let me abide by the plan which I had made in the beginning. From that time I have continued to protect myself and to punish those of my opponents who plot against me at any time. And then men charge me with cruelty, forgetting to consider which of us began it ! Suppressing all that went before, which caused them to be punished, they always censured the punishments in themselves and their seeming cruelty. It is as if someone among yourselves should see a temple-robber thrown over the cliff, and should not take into account what he had dared to do—how he had entered the temple at night, had pulled down the offerings, and had laid hands on the image—but should accuse you of great barbarity on the ground that you, who call yourselves Greeks and priests, countenanced the infliction of such a punishment on a fellow-Greek hard by the temple (for they say that the cliff is not very far from the city). Why, you yourselves will laugh at any man who makes this charge against you, I am sure ; and the rest of the world will praise you for your severity towards the impious.

'Peoples in general, without trying to find out what sort of man the head of the state is, whether just or unjust, simply hate the very name of tyranny, and even if the tyrant is an Aeacus, a Minos or a Rhadamanthus they make every effort to put him out of the way just the same, for they fix their eyes on the bad tyrants and include the good in equal hatred by reason of the common title. Yet I hear that among you Greeks there have been many

γενέσθαι τυράννους σοφοὺς ὑπὸ φαύλῳ ὀνόματι
δοκοῦντι χρηστὸν καὶ ἥμερον ἦθος ἐπιδεδειγμένους,
ὧν ἐνίων καὶ λόγους εἶναι βραχεῖς ἐν τῷ ἱερῷ ὑμῶν
ἀποκειμένους, ἀγάλματα καὶ ἀναθήματα τῷ
Πυθίῳ.

Ὁρᾶτε δὲ καὶ τοὺς νομοθέτας τῷ κολα- 8
στικῷ εἴδει τὸ πλέον νέμοντας, ὡς τῶν γε ἄλλων
οὐδὲν ὄφελος, εἰ μὴ ὁ φόβος προσείη καὶ ἐλπὶς
τῆς κολάσεως. ἡμῖν δὲ τοῦτο πολλῷ ἀναγκαιό-
τερον τοῖς τυράννοις, ὅσῳ πρὸς ἀνάγκην ἐξηγού-
μεθα καὶ μισοῦσί τε ἅμα καὶ ἐπιβουλεύουσιν
ἀνθρώποις σύνεσμεν, ὅπου μηδὲ τῶν μορμολυκείων
ὄφελός τι ἡμῖν γίγνεται, ἀλλὰ τῷ περὶ τῆς Ὕδρας
μύθῳ τὸ πρᾶγμα ἔοικεν· ὅσῳ γὰρ ἂν ἐκκόπτωμεν,
τοσῷδε πλείους ἡμῖν ἀναφύονται τοῦ κολάζειν
ἀφορμαί. φέρειν δὲ ἀνάγκη καὶ τὸ ἀναφυόμενον
ἐκκόπτειν ἀεὶ καὶ ἐπικαίειν νὴ Δία κατὰ τὸν
Ἰόλεων, εἰ μέλλομεν ἐπικρατήσειν· τὸν γὰρ ἅπαξ
εἰς τὰ τοιαῦτα ἐμπεσεῖν ἠναγκασμένον ὅμοιον χρὴ
τῇ ὑποθέσει καὶ αὐτὸν εἶναι, ἢ φειδόμενον τῶν
πλησίον ἀπολωλέναι. ὅλως δέ, τίνα οἴεσθε οὕτως
ἄγριον ἢ ἀνήμερον ἄνθρωπον εἶναι ὡς ἥδεσθαι
μαστιγοῦντα καὶ οἰμωγῶν ἀκούοντα καὶ σφαττο-
μένους ὁρῶντα, εἰ μὴ ἔχοι τινὰ μεγάλην τοῦ κολά-
ζειν αἰτίαν; ποσάκις γοῦν ἐδάκρυσα μαστιγουμένων
ἄλλων, ποσάκις δὲ θρηνεῖν καὶ ὀδύρεσθαι τὴν
ἐμαυτοῦ τύχην ἀναγκάζομαι μείζω κόλασιν αὐτὸς
καὶ χρονιωτέραν ὑπομένων; ἀνδρὶ γὰρ φύσει μὲν
ἀγαθῷ, διὰ δὲ ἀνάγκην πικρῷ, πολὺ τοῦ κολά-
ζεσθαι τὸ κολάζειν χαλεπώτερον.

wise tyrants who, under a name of ill-repute have shown a good and kindly character; and even that brief sayings of some of them are deposited in your temple as gifts and oblations to Pythius.

'You will observe that legislators lay most stress on the punitive class of measures, naturally because no others are of any use if unattended by fear and the expectation of punishment. With us tyrants this is all the more necessary because we govern by force and live among men who not only hate us but plot against us, in an environment where even the bugaboos we set up do not help us. Our case is like the story of the Hydra: the more heads we lop, the more occasions for punishing grow up under our eyes. We must needs make the best of it and lop each new growth—yes, and sear it, too, like Iolaus,[1] if we are to hold the upper hand; for when a man has once been forced into a situation of this sort, he must adapt himself to his rôle or lose his life by being merciful to his neighbours. In general, do you suppose that any man is so barbarous and savage as to take pleasure in flogging, in hearing groans and in seeing men slaughtered, if he has not some good reason for punishing? How many times have I not shed tears while others were being flogged? How many times have I not been forced to lament and bewail my lot in undergoing greater and more protracted punishment than they? When a man is kindly by nature and harsh by necessity, it is much harder for him to punish than to be punished.

The helper of Hercules in the story.

THE WORKS OF LUCIAN

Εἰ δὲ δεῖ μετὰ παρρησίας εἰπεῖν, ἐγὼ μέν, εἰ 9
αἵρεσίς μοι προτεθείη, πότερα βούλομαι, κολάζειν
τινὰς ἀδίκως ἢ αὐτὸς ἀποθανεῖν, εὖ ἴστε ὡς οὐδὲν
μελλήσας ἑλοίμην ἂν τεθνάναι μᾶλλον ἢ μηδὲν
ἀδικοῦντας κολάζειν. εἰ δέ τις φαίη, Βούλει, ὦ
Φάλαρι, τεθνάναι αὐτὸς ἀδίκως ἢ δικαίως κολάζειν
τοὺς ἐπιβούλους; τοῦτο βουλοίμην ἄν· αὖθις γὰρ
ὑμᾶς, ὦ Δελφοί, συμβούλους καλῶ, πότερον
ἄμεινον εἶναι ἀδίκως ἀποθανεῖν ἢ ἀδίκως σώζειν
τὸν ἐπιβεβουλευκότα· οὐδεὶς οὕτως, οἶμαι, ἀνόητός
ἐστιν ὃς οὐκ ἂν προτιμήσειε ζῆν μᾶλλον ἢ σ ζον
τοὺς ἐχθροὺς ἀπολωλέναι. καίτοι πόσους ἐγὼ
καὶ τῶν ἐπιχειρησάντων μοι καὶ φανερῶς ἐληλεγ-
μένων ὅμως ἔσωσα; οἷον Ἄκανθον τουτονὶ καὶ
Τιμοκράτη καὶ Λεωγόραν τὸν ἀδελφὸν αὐτοῦ,
παλαιᾶς συνηθείας τῆς πρὸς αὐτοὺς μνημονεύσας.

Ὅταν δὲ βουληθῆτε τοὐμὸν εἰδέναι, τοὺς 10
εἰσφοιτῶντας εἰς Ἀκράγαντα ξένους ἐρωτήσατε
ὁποῖος ἐγὼ περὶ αὐτούς εἰμι καὶ εἰ φιλανθρώπως
προσφέρομαι τοῖς καταίρουσιν, ὅς γε καὶ σκοποὺς
ἐπὶ τῶν λιμένων ἔχω καὶ πευθῆνας, τίνες ὅθεν
καταπεπλεύκασιν, ὡς κατ᾽ ἀξίαν τιμῶν ἀποπέμ-
ποιμι αὐτούς. ἔνιοι δὲ καὶ ἐξεπίτηδες φοιτῶσι
παρ᾽ ἐμέ, οἱ σοφώτατοι τῶν Ἑλλήνων, καὶ οὐ
φεύγουσι τὴν συνουσίαν τὴν ἐμήν, ὥσπερ ἀμέλει
καὶ πρῴην ὁ σοφὸς Πυθαγόρας ἧκεν ὡς ἡμᾶς,
ἄλλα μὲν ὑπὲρ ἐμοῦ ἀκηκοώς· ἐπεὶ δὲ ἐπειράθη,
ἀπῆλθεν ἐπαινῶν με τῆς δικαιοσύνης καὶ ἐλεῶν
τῆς ἀναγκαίας ὠμότητος. εἶτα οἴεσθε τὸν πρὸς
τοὺς ὀθνείους φιλάνθρωπον οὕτως ἂν πικρῶς[1] τοῖς

---

[1] ἂν πικρῶς Herwerden : ἀδίκως MSS.

'For my part, if I may speak freely, in case I were offered the choice between inflicting unjust punishment and being put to death myself, you may be very certain that without delay I should choose to die rather than to punish the innocent. But if someone should say: 'Phalaris, choose between meeting an unjust death and inflicting just punishment on conspirators,' I should choose the latter; for—once more I call upon you for advice, men of Delphi—is it better to be put to death unjustly, or to pardon conspirators unjustly? Nobody, surely, is such a simpleton as not to prefer to live rather than to pardon his enemies and die. But how many men who made attempts on me and were clearly convicted of it have I not pardoned in spite of everything? So it was with Acanthus, whom you see before you, and Timocrates and his brother Leogoras, for I remembered my old-time friendship with them.

'When you wish to know my side, ask the strangers who visit Acragas how I am with them, and whether I treat visitors kindly. Why, I even have watchmen at the ports, and agents to enquire who people are and where they come from, so that I may speed them on their way with fitting honours. Some (and they are the wisest of the Greeks) come to see me of their own free will instead of shunning my society. For instance, just the other day the wise man Pythagoras came to us; he had heard a different story about me, but when he had seen what I was like he went away praising me for my justice and pitying me for my necessary severity. Then do you think that a man who is kind to

οἰκείοις προσφέρεσθαι, εἰ μή τι διαφερόντως
ἠδίκητο;

Ταῦτα μὲν οὖν ὑπὲρ ἐμαυτοῦ ἀπολελόγημαι 11
ὑμῖν, ἀληθῆ καὶ δίκαια καὶ ἐπαίνου μᾶλλον, ὡς
ἐμαυτὸν πείθω, ἢ μίσους ἄξια. ὑπὲρ δὲ τοῦ ἀναθή-
ματος καιρὸς ὑμᾶς ἀκοῦσαι ὅθεν καὶ ὅπως τὸν
ταῦρον τοῦτον ἐκτησάμην, οὐκ ἐκδοὺς αὐτὸς τῷ
ἀνδριαντοποιῷ—μὴ γὰρ οὕτω μανείην, ὡς τοιού-
των ἐπιθυμῆσαι κτημάτων—ἀλλὰ Περίλαος ἦν
τις ἡμεδαπός, χαλκεὺς μὲν ἀγαθός, πονηρὸς δὲ
ἄνθρωπος. οὗτος πάμπολυ τῆς ἐμῆς γνώμης
διημαρτηκὼς ᾤετο χαριεῖσθαί μοι, εἰ καινήν τινα
κόλασιν ἐπινοήσειεν, ὡς ἐξ ἅπαντος κολάζειν
ἐπιθυμοῦντι. καὶ δὴ κατασκευάσας τὸν βοῦν ἧκέ
μοι κομίζων κάλλιστον ἰδεῖν καὶ πρὸς τὸ ἀκριβέσ-
τατον εἰκασμένον· κινήσεως γὰρ αὐτῷ καὶ μυκηθ-
μοῦ ἔδει μόνον πρὸς τὸ καὶ ἔμψυχον εἶναι δοκεῖν.
ἰδὼν δὲ ἀνέκραγον εὐθύς, ἄξιον τὸ κτῆμα τοῦ
Πυθίου, πεμπτέος ὁ ταῦρος τῷ θεῷ. ὁ δὲ Περίλαος
παρεστώς, Τί δ' εἰ μάθοις, ἔφη, τὴν σοφίαν τὴν
ἐν αὐτῷ καὶ τὴν χρείαν ἣν παρέχεται; καὶ ἀν ͜ας
ἅμα τὸν ταῦρον κατὰ τὰ νῶτα, Ἤν τινα, ἔφη,
κολάζειν ἐθέλῃς, ἐμβιβάσας εἰς τὸ μηχάνημα
τοῦτο καὶ κατακλείσας προστιθέναι μὲν τοὺς
αὐλοὺς τούσδε πρὸς τοὺς μυξωτῆρας τοῦ βοός, πῦρ
δὲ ὑποκαίειν κελεύειν, καὶ ὁ μὲν οἰμώξεται καὶ
βοήσεται ἀλήκτοις ταῖς ὀδύναις ἐχόμενος, ἡ βοὴ
δὲ διὰ τῶν αὐλῶν μέλη σοι ἀποτελέσει οἷα λιγυρώ-
τατα καὶ ἐπαυλήσει θρηνῶδες καὶ μυκήσεται
γοερώτατον, ὡς τὸν μὲν κολάζεσθαι, σὲ δὲ τέρπεσ-
θαι μεταξὺ καταυλούμενον. ἐγὼ δὲ ὡς τοῦτο 12
ἤκουσα, ἐμυσάχθην τὴν κακομηχανίαν τοῦ ἀνδρὸς

16

foreigners would treat his fellow-countrymen so harshly if he had not been exceptionally wronged?

'So much for what I had to say to you in my own behalf: it is true and just and, I flatter myself, merits praise rather than hatred. As for my gift, it is time you heard where and how I got this bull. I did not order it of the sculptor myself—I hope I may never be so insane as to want such things!—but there was a man in our town called Perilaus, a good metal-worker but a bad man. Completely missing my point of view, this fellow thought to do me a favour by inventing a new punishment, imagining that I wanted to punish people in any and every way. So he made the bull and came to me with it, a very beautiful thing to look at and a very close copy of nature; motion and voice were all it needed to make it seem actually alive. At the sight of it I cried out at once: "The thing is good enough for Apollo; we must send the bull to the god!" But Perilaus at my elbow said: "What if you knew the trick of it and the purpose it serves?" With that he opened the bull's back and said: "If you wish to punish anyone, make him get into this contrivance and lock him up; then attach these flutes to the nose of the bull and have a fire lighted underneath. The man will groan and shriek in the grip of un-remitting pain, and his voice will make you the sweetest possible music on the flutes, piping dolefully and lowing piteously; so that while he is punished you are entertained by having flutes played to you." When I heard this I was disgusted with the wicked ingenuity of the fellow and hated the idea of the

καὶ τὴν ἐπίνοιαν ἐμίσησα τοῦ κατασκευάσματος
καὶ οἰκείαν αὐτῷ τιμωρίαν ἐπέθηκα· καί, "Αγε
δή, ἔφην, ὦ Περίλαε, εἰ μὴ κενὴ ἄλλως ὑπόσχεσις
ταῦτά ἐστι, δεῖξον ἡμῖν αὐτὸς εἰσελθὼν τὴν
ἀλήθειαν τῆς τέχνης καὶ μίμησαι τοὺς βοῶντας,
ἵν' εἰδῶμεν εἰ καὶ ἃ φῂς μέλη διὰ τῶν αὐλῶν
φθέγγεται. πείθεται μὲν ταῦτα ὁ Περίλαος, ἐγὼ
δέ, ἐπεὶ ἔνδον ἦν, κατακλείσας αὐτὸν πῦρ ὑφάπτειν
ἐκέλευον, Ἀπολάμβανε, εἰπών, τὸν ἄξιον μισθὸν
τῆς θαυμαστῆς σου τέχνης, ἵν' ὁ διδάσκαλος τῆς
μουσικῆς πρῶτος αὐτὸς αὐλῇς. καὶ ὁ μὲν δίκαια
ἔπασχεν ἀπολαύων τῆς αὑτοῦ εὐμηχανίας· ἐγὼ δὲ
ἔτι ἔμπνουν καὶ ζῶντα τὸν ἄνδρα ἐξαιρεθῆναι
κελεύσας, ὡς μὴ μιάνειε τὸ ἔργον ἐναποθανών,
ἐκεῖνον μὲν ἄταφον κατὰ κρημνῶν ῥίπτειν ἐκέλευσα,
καθήρας δὲ τὸν βοῦν ἀνέπεμψα ὑμῖν ἀνατεθησό-
μενον τῷ θεῷ. καὶ ἐπιγράψαι γε ἐπ' αὐτῷ ἐκέλευσα
τὴν πᾶσαν διήγησιν, τοῦ ἀνατιθέντος ἐμοῦ τοὔνομα,
τὸν τεχνίτην τὸν Περίλαον, τὴν ἐπίνοιαν τὴν
ἐκείνου, τὴν δικαιοσύνην τὴν ἐμήν, τὴν πρέπουσαν
τιμωρίαν, τὰ τοῦ σοφοῦ χαλκέως μέλη, τὴν
πρώτην πεῖραν τῆς μουσικῆς.

Ὑμεῖς δέ, ὦ Δελφοί, δίκαια ποιήσετε θύ- 13
σαντες μὲν ὑπὲρ ἐμοῦ μετὰ τῶν πρέσβεων, ἀνα-
θέντες δὲ τὸν ταῦρον ἐν καλῷ τοῦ ἱεροῦ, ὡς πάντες
εἰδεῖεν οἷος ἐγὼ πρὸς τοὺς πονηροὺς εἰμι καὶ
ὅπως ἀμύνομαι τὰς περιττὰς ἐς κακίαν ἐπιθυμίας
αὐτῶν. ἱκανὸν γοῦν καὶ τοῦτο μόνον δηλῶσαί μου
τὸν τρόπον, Περίλαος κολασθεὶς καὶ ὁ ταῦρος
ἀνατεθεὶς καὶ μηκέτι φυλαχθεὶς πρὸς ἄλλων κολα-
ζομένων αὐλήματα μηδὲ μελῳδήσας ἄλλο ἔτι πλὴν
μόνα τὰ τοῦ τεχνίτου μυκήματα, καὶ ὅτι ἐν μόνῳ

contrivance, so I gave him a punishment that fitted his crime. "Come now, Perilaus," said I, "if this is not mere empty boasting, show us the real nature of the invention by getting into it yourself and imitating people crying out, so that we may know whether the music you speak of is really made on the flutes." Perilaus complied, and when he was inside, I locked him up and had a fire kindled underneath, saying : "Take the reward you deserve for your wonderful invention, and as you are our music-master, play the first tune yourself !" So he, indeed, got his deserts by thus having the enjoyment of his own ingenuity. But I had the fellow taken out while he was still alive and breathing, that he might not pollute the work by dying in it ; then I had him thrown over a cliff to lie unburied, and after purifying the bull, sent it to you to be dedicated to the god. I also had the whole story inscribed on it—my name as the giver ; that of Perilaus, the maker ; his idea ; my justice ; the apt punishment ; the songs of the clever metal-worker and the first trial of the music.

'You will do what is right, men of Delphi, if you offer sacrifice in my behalf with my ambassadors, and if you set the bull up in a fair place in the temple-close, that all may know how I deal with bad men and how I requite their extravagant inclinations toward wickedness. Indeed, this affair of itself is enough to show my character: Perilaus was punished, the bull was dedicated without being kept to pipe when others were punished and without having played any other tune than the bellowings of its

αὐτῷ καὶ πεῖραν ἔλαβον τῆς τέχνης καὶ κατέπαυσα
τὴν ἄμουσον ἐκείνην καὶ ἀπάνθρωπον ᾠδήν. καὶ τὰ
μὲν παρόντα ταῦτα παρ' ἐμοῦ τῷ θεῷ· ἀναθήσω
δὲ καὶ ἄλλα πολλάκις, ἐπειδάν μοι παράσχῃ
μηκέτι δεῖσθαι κολάσεων.

Ταῦτα μέν, ὦ Δελφοί, τὰ παρὰ τοῦ Φαλά- 14
ριδος, ἀληθῆ πάντα καὶ οἷα ἐπράχθη ἕκαστα,
καὶ δίκαιοι ἂν εἴημεν πιστεύεσθαι ὑφ' ὑμῶν
μαρτυροῦντες, ὡς ἂν καὶ εἰδότες καὶ μηδεμίαν τοῦ
ψεύδεσθαι νῦν αἰτίαν ἔχοντες. εἰ δὲ δεῖ καὶ
δεηθῆναι ὑπὲρ ἀνδρὸς μάτην πονηροῦ δοκοῦντος
καὶ ἄκοντος κολάζειν ἠναγκασμένου, ἱκετεύομεν
ὑμᾶς ἡμεῖς οἱ Ἀκραγαντῖνοι Ἕλληνές τε ὄντες καὶ
τὸ ἀρχαῖον Δωριεῖς, προσέσθαι τὸν ἄνδρα φίλον
εἶναι ἐθέλοντα καὶ πολλὰ καὶ δημοσίᾳ καὶ ἰδίᾳ
ἕκαστον ὑμῶν εὖ ποιῆσαι ὡρμημένον. λάβετε οὖν
αὐτοὶ τὸν ταῦρον καὶ ἀνάθετε καὶ εὔξασθε ὑπέρ τε
τῆς Ἀκράγαντος καὶ ὑπὲρ αὐτοῦ Φαλάριδος, καὶ
μήτε ἡμᾶς ἀπράκτους ἀποπέμψητε μήτε ἐκεῖνον
ὑβρίσητε μήτε τὸν θεὸν ἀποστερήσητε καλλίστου
τε ἅμα καὶ δικαιοτάτου ἀναθήματος.

B

Οὔτε Ἀκραγαντίνων, ὦ ἄνδρες Δελφοί, πρό- 1
ξενος ὢν οὔτε ἰδιόξενος αὐτοῦ Φαλάριδος οὔτ'
ἄλλην ἔχων πρὸς αὐτὸν ἢ εὐνοίας ἰδίαν αἰτίαν ἢ
μελλούσης φιλίας ἐλπίδα, τῶν δὲ πρέσβεων
ἀκούσας τῶν ἡκόντων παρ' αὐτοῦ ἐπιεικῆ καὶ
μέτρια διεξιόντων, καὶ τὸ εὐσεβὲς ἅμα καὶ τὸ

maker, and his case sufficed me to try the invention
and put an end to that uninspired, inhuman music.
At present, this is what I offer the god, but I shall
make many other gifts as soon as he permits me to
dispense with punishments.'

This, men of Delphi, is the message from Phalaris,
all of it true and everything just as it took place.
You would be justified in believing our testimony,
as we know the facts and have never yet had the
reputation of being untruthful. But if it is necessary
to resort to entreaty on behalf of a man who has
been wrongly thought wicked and has been com-
pelled to punish people against his will, then we, the
people of Acragas, Greeks of Dorian stock, beseech
you to grant him access to the sanctuary, for he
wishes to be your friend and is moved to confer
many benefits on each and all of you, both public
and private. Take the bull then; dedicate it, and
pray for Acragas and for Phalaris himself. Do not
send us away unsuccessful or insult him or deprive
the god of an offering at once most beautiful and
most fitting.

II

I am neither an official representative of the
people of Acragas, men of Delphi, nor a personal
representative of Phalaris himself, and I have no
private ground at all for good-will to him and no
expectation of future friendship. But after listening
to the reasonable and temperate story of the am-
bassadors who have come from him, I rise in the

THE WORKS OF LUCIAN

κοινῇ συμφέρον καὶ μάλιστα τὸ Δελφοῖς πρέπον
προορώμενος ἀνέστην παραινέσων ὑμῖν μήτε
ὑβρίζειν ἄνδρα δυνάστην εὐσεβοῦντα μήτε ἀνά-
θημα ἤδη τῷ θεῷ καθωμολογημένον ἀπαλλοτριοῦν,
καὶ ταῦτα τριῶν τῶν μεγίστων ὑπόμνημα εἰς ἀεὶ
γενησόμενον, τέχνης καλλίστης καὶ ἐπινοίας
κακίστης καὶ δικαίας κολάσεως. ἐγὼ μὲν οὖν 2
καὶ τὸ ἐνδοιάσαι ὑμᾶς [1] ὅλως περὶ τούτου καὶ ἡμῖν
προθεῖναι τὴν διάσκεψιν, εἰ χρὴ δέχεσθαι τὸ
ἀνάθημα ἢ ὀπίσω αὖθις ἀποπέμπειν, ἀνόσιον ἤδη
εἶναι νομίζω, μᾶλλον δὲ οὐδ᾿ ὑπερβολὴν ἀσεβείας
ἀπολελοιπέναι· οὐδὲν γὰρ ἀλλ᾿ ἢ ἱεροσυλία
τὸ πρᾶγμά ἐστι μακρῷ τῶν ἄλλων χαλεπωτέρα,
ὅσῳ τοῦ τὰ ἤδη ἀνατεθέντα συλᾶν τὸ μηδὲ τὴν
ἀρχὴν τοῖς ἀνατιθέναι βουλομένοις ἐπιτρέπειν
ἀσεβέστερον.

Δέομαι δὲ ὑμῶν Δελφὸς καὶ αὐτὸς ὢν καὶ 3
τὸ ἴσον μετέχων τῆς τε δημοσίας εὐκλείας, εἰ
φυλάττοιτο, καὶ τῆς ἐναντίας δόξης, εἰ ἐκ τῶν
παρόντων προσγένοιτο, μήτ᾿ ἀποκλείειν τὸ ἱερὸν
τοῖς εὐσεβοῦσι μήτε τὴν πόλιν πρὸς ἅπαντας
ἀνθρώπους διαβάλλειν ὡς τὰ πεμπόμενα τῷ θεῷ
συκοφαντοῦσαν καὶ ψήφῳ καὶ δικαστηρίῳ δο-
κιμάζουσαν τοὺς ἀνατιθέντας· οὐδεὶς γὰρ ἔτι
ἀναθεῖναι τολμήσειεν ἂν εἰδὼς οὐ προσησόμενον
τὸν θεὸν ὅ τι ἂν μὴ πρότερον Δελφοῖς δοκῇ.
ὁ μὲν οὖν Πύθιος τὴν δικαίαν ἤδη περὶ τοῦ 4
ἀναθήματος ψῆφον ἤνεγκεν· εἰ γοῦν ἐμίσει τὸν
Φάλαριν ἢ τὸ δῶρον αὐτοῦ ἐμυσάττετο, ῥᾴδιον ἦν
ἐν τῷ Ἰονίῳ μέσῳ καταδῦσαι αὐτὸ μετὰ τῆς ἀγού-
σης ὁλκάδος, ὁ δὲ πολὺ τοὐναντίον ἐν εὐδίᾳ τε δια-

---

[1] ὑμᾶς MSS.: bracketed by Nilén, following E. Schwartz.

interests of religion, of our common good and, above
all, of the dignity of Delphi to exhort you neither
to insult a devout monarch nor to put away a gift
already pledged to the god, especially as it will be
for ever a memorial of three very significant things—
beautiful workmanship, wicked inventiveness, and
just punishment. Even for you to hesitate about
this matter at all and to submit us the question
whether we should receive the gift or send it back
again—even this I, for my part, consider impious ;
indeed, nothing short of extreme sacrilege, for the
business is nothing else than temple-robbery, far
more serious than other forms of it because it is
more impious not to allow people to make gifts
when they will than to steal gifts after they are
made.

A man of Delphi myself and an equal participant
in our public good name if we maintain it and in
our disrepute if we acquire it from the present case,
I beg you neither to lock the temple to worshippers
nor to give the world a bad opinion of the city as
one that quibbles over things sent the god, and tries
givers by ballot and jury. No one would venture to
give in future if he knew that the god would not
accept anything not previously approved by the men
of Delphi. As a matter of fact, Apollo has already
voted justly about the gift. At any rate, if he hated
Phalaris or loathed his present, he could easily have
sunk it in the middle of the Ionian sea, along with
the ship that carried it. But, quite to the contrary,

περαιωθῆναι, ὥς φασι, παρέσχεν αὐτοῖς καὶ σῶς ἐς
τὴν Κίρραν κατᾶραι. ᾧ καὶ δῆλον ὅτι προσίεται 5
τὴν τοῦ μονάρχου εὐσέβειαν. χρὴ δὲ καὶ ὑμᾶς
τὰ αὐτὰ ἐκείνῳ ψηφισαμένους προσθεῖναι καὶ τὸν
ταῦρον τουτονὶ τῷ ἄλλῳ κόσμῳ τοῦ ἱεροῦ· ἐπεὶ
πάντων ἂν εἴη τοῦτο ἀτοπώτατον, πέμψαντά τινα
μεγαλοπρεπὲς οὕτω δῶρον θεῷ τὴν καταδικά-
ζουσαν ἐκ τοῦ ἱεροῦ ψῆφον λαβεῖν καὶ μισθὸν κομί-
σασθαι τῆς εὐσεβείας τὸ κεκρίσθαι μηδὲ τοῦ ἀνα-
τιθέναι ἄξιον.[1]

Ὁ μὲν οὖν τἀναντία μοι ἐγνωκώς, καθάπερ ἐκ 6
τοῦ Ἀκράγαντος ἄρτι καταπεπλευκώς, σφαγὰς
τινας καὶ βίας καὶ ἁρπαγὰς καὶ ἀπαγωγὰς
ἐτραγῴδει τοῦ τυράννου μόνον οὐκ αὐτόπτης
γεγενῆσθαι λέγων, ὃν ἴσμεν οὐδ' ἄχρι τοῦ πλοίου
ἀποδεδημηκότα. χρὴ δὲ τὰ μὲν τοιαῦτα μηδὲ τοῖς
πεπονθέναι φάσκουσιν πάνυ πιστεύειν διηγου-
μένοις—ἄδηλον γὰρ εἰ ἀληθῆ λέγουσιν—οὐχ
ὅπως αὐτοὺς ἃ μὴ ἐπιστάμεθα κατηγορεῖν. εἰ δ' 7
οὖν τι καὶ πέπρακται τοιοῦτον ἐν Σικελίᾳ, τοῦτ'
οὐ Δελφοῖς ἀναγκαῖον πολυπραγμονεῖν, εἰ μὴ
ἀντὶ ἱερέων ἤδη δικασταὶ εἶναι ἀξιοῦμεν καί, δέον
θύειν καὶ τἆλλα θεραπεύειν τὸν θεὸν καὶ συνανατι-
θέναι εἰ πέμψειέ τις, σκοποῦντες καθήμεθα εἴ
τινες τῶν ὑπὲρ τὸν Ἰόνιον δικαίως ἢ ἀδίκως
τυραννοῦνται.

Καὶ τὰ μὲν τῶν ἄλλων ἐχέτω ὅπῃ βούλεται· 8
ἡμῖν δὲ ἀναγκαῖον, οἶμαι, τὰ ἡμέτερα αὐτῶν
εἰδέναι, ὅπως τε πάλαι διέκειτο καὶ ὅπως νῦν ἔχει
καὶ τί ποιοῦσι λῷον ἔσται· ὅτι μὲν δὴ ἐν κρημνοῖς

[1] ἄξιον Herwerden : ἄξιος MSS.

24

he vouchsafed them a calm passage, they say, and a
safe arrival at Cirrha. By this it is clear that he
accepts the monarch's worship. You must cast the
same vote as he, and add this bull to the other
attractions of the temple : for it would be most pre-
posterous that a man who has sent so magnificent a
present to our god should get the sentence of
exclusion from the sanctuary and should be paid for
his piety by being pronounced unworthy even to
make an oblation.

The man who holds the contrary opinion ranted
about the tyrant's murders and assaults and
robberies and abductions as if he had just put into
port from Acragas, all but saying that he had been
an eye-witness; we know, however, that he has not
even been as far from home as the boat. We
should not give such stories full credence even when
told by those who profess to be the victims, for it is
doubtful whether they are telling the truth. Much
less should we ourselves play the accuser in matters of
which we have no knowledge. But even if some-
thing of the sort has actually taken place in Sicily,
we of Delphi need not trouble ourselves about it,
unless we now want to be judges instead of priests,
and when we should be sacrificing and performing
the other divine services and helping to dedicate
whatever anyone sends us, sit and speculate whether
people on the other side of the Ionian sea are ruled
justly or unjustly.

Let the situation of others be as it may: we, in
my opinion, must needs realize our own situation—
what it was of old, what it is now, and what we can
do to better it. That we live on crags and cultivate

τε οἰκοῦμεν αὐτοὶ καὶ πέτρας γεωργοῦμεν, οὐχ
Ὅμηρον χρὴ περιμένειν δηλώσοντα ἡμῖν, ἀλλ᾽
ὁρᾶν πάρεστι ταῦτα. καὶ ὅσον ἐπὶ τῇ γῇ, βαθεῖ
λιμῷ ἀεὶ συνῆμεν ἄν, τὸ δ᾽ ἱερὸν καὶ ὁ Πύθιος καὶ
τὸ χρηστήριον καὶ οἱ θύοντες καὶ οἱ εὐσεβοῦντες,
ταῦτα Δελφῶν τὰ πεδία, ταῦτα ἡ πρόσοδος, ἐν-
τεῦθεν ἡ εὐπορία, ἐντεῦθεν αἱ τροφαί—χρὴ γὰρ
τἀληθῆ πρός γε ἡμᾶς αὐτοὺς λέγειν—καὶ τὸ λεγό-
μενον ὑπὸ τῶν ποιητῶν, ἄσπαρτα ἡμῖν καὶ ἀνήροτα
φύεται τὰ πάντα ὑπὸ γεωργῷ τῷ θεῷ, ὃς οὐ
μόνον τὰ παρὰ τοῖς Ἕλλησιν ἀγαθὰ γιγνόμενα
παρέχει, ἀλλ᾽ εἴ τι ἐν Φρυξὶν ἢ Λυδοῖς ἢ Πέρσαις
ἢ Ἀσσυρίοις ἢ Φοίνιξιν ἢ Ἰταλιώταις ἢ Ὑπερ-
βορέοις αὐτοῖς, πάντα ἐς Δελφοὺς ἀφικνεῖται. καὶ
τὰ δεύτερα μετὰ τὸν θεὸν ἡμεῖς τιμώμεθα ὑφ᾽
ἁπάντων καὶ εὐποροῦμεν καὶ εὐδαιμονοῦμεν·
ταῦτα τὸ ἀρχαῖον, ταῦτα τὸ μέχρι νῦν, καὶ μὴ
παυσαίμεθά γε οὕτω βιοῦντες.

Μέμνηται δὲ οὐδεὶς πώποτε ψῆφον ὑπὲρ ἀνα- 9
θήματος παρ᾽ ἡμῖν ἀναδοθεῖσαν οὐδὲ κωλυθέντα
τινὰ θύειν ἢ ἀνατιθέναι. καὶ διὰ τοῦτ᾽, οἶμαι, καὶ
αὐτὸ εἰς ὑπερβολὴν ηὔξηται τὸ ἱερὸν καὶ ὑπερ-
πλουτεῖ ἐν τοῖς ἀναθήμασιν. δεῖ τοίνυν μηδ᾽ ἐν τῷ
παρόντι καινοτομεῖν μηδὲν μηδὲ παρὰ τὰ πάτρια
νόμον καθιστάναι, φιλοκρινεῖν τὰ ἀναθήματα καὶ

rocks is something we need not wait for Homer to tell us—anyone can see it for himself.[1] As far as the land is concerned, we should always be cheek by jowl with starvation : the temple, the god, the oracle, the sacrificers and the worshippers—these are the grain-lands of Delphi, these are our revenue, these are the sources of our prosperity and of our subsistence. We should speak the truth among ourselves, at any rate ! "Unsown and untilled,"[2] as the poets say, everything is grown for us with the god for our husbandman. Not only does he vouchsafe us the good things found among the Greeks, but every product of the Phrygians, the Lydians, the Persians, the Assyrians, the Phoenicians, the Italians and even the Hyperboreans comes to Delphi. And next to the god we are held in honour by all men, and we are prosperous and happy. Thus it was of old, thus it has been till now, and may we never cease leading this life !

Never in the memory of any man have we taken a vote on a gift, or prevented anyone from sacrificing or giving. For this very reason, I think, the temple has prospered extraordinarily and is excessively rich in gifts. Therefore we ought not to make any innovation in the present case and break precedents by setting up the practice of censoring gifts and looking into the pedigree of things that are sent

---

[1] "Rocky Pytho" is twice mentioned in the *Iliad* (2, 519 ; 9, 405). But Lucian is thinking particularly of the Homeric Hymn to Apollo, toward the close of which (526f.) the Cretans whom Apollo has settled at Delphi ask him how they are to live ; "for here is no lovely vine-land or fertile glebe." He tells them that they have only to slaughter sheep, and all that men bring him shall be theirs.

[2] Homer, *Od.* 9, 109 ; 123.

γενεαλογεῖν τὰ πεμπόμενα, ὅθεν καὶ ἀφ' ὅτου καὶ
ὁποῖα, δεξαμένους δὲ ἀπραγμόνως ἀνατιθέναι ὑπη-
ρετοῦντας ἀμφοῖν, καὶ τῷ θεῷ καὶ τοῖς εὐσεβέσι.

Δοκεῖτε δέ μοι, ὦ ἄνδρες Δελφοί, ἄριστα βου-
λεύσεσθαι[1] περὶ τῶν παρόντων, εἰ λογίσαισθε
ὑπὲρ[2] ὅσων καὶ ἡλίκων ἐστὶν ἡ σκέψις, πρῶτον
μὲν ὑπὲρ τοῦ θεοῦ καὶ τοῦ ἱεροῦ καὶ θυσιῶν καὶ
ἀναθημάτων καὶ ἐθῶν ἀρχαίων καὶ θεσμῶν
παλαιῶν καὶ δόξης τοῦ μαντείου, ἔπειτα ὑπὲρ τῆς
πόλεως ὅλης καὶ τῶν συμφερόντων τῷ τε κοινῷ
ἡμῶν καὶ ἰδίᾳ ἑκάστῳ Δελφῶν, ἐπὶ πᾶσι δὲ τῆς
παρὰ πᾶσιν ἀνθρώποις εὐκλείας ἢ κακοδοξίας·
τούτων γὰρ οὐκ οἶδα εἴ τι μεῖζον, εἰ σωφρονεῖτε,
ἢ ἀναγκαιότερον ἡγήσαισθε ἄν.

Περὶ μὲν οὖν ὧν βουλευόμεθα, ταῦτά ἐστιν,
οὐ Φάλαρις τύραννος εἷς οὐδ' ὁ ταῦρος οὗτος οὐδὲ
χαλκὸς μόνον, ἀλλὰ πάντες βασιλεῖς καὶ πάντες
δυνάσται, ὅσοι νῦν χρῶνται τῷ ἱερῷ, καὶ χρυσὸς
καὶ ἄργυρος καὶ ὅσα ἄλλα τίμια, πολλάκις
ἀνατεθησόμενα τῷ θεῷ· πρῶτον μὲν γὰρ τὸ κατὰ
τὸν θεὸν ἐξετασθῆναι ἄξιον. τίνος οὖν ἕνεκα
μὴ ὡς ἀεὶ μηδὲ ὡς πάλαι τὰ περὶ τῶν ἀναθη-
μάτων ποιήσωμεν; ἢ τί μεμφόμενοι τοῖς παλαιοῖς
ἔθεσιν καινοτομήσωμεν; καὶ ὃ μηδὲ πώποτε,
ἀφ' οὗ τὴν πόλιν οἰκοῦμεν καὶ ὁ Πύθιος χρᾷ καὶ ὁ
τρίπους φθέγγεται καὶ ἡ ἱέρεια ἐμπνεῖται, γε-
γένηται παρ' ἡμῖν, νῦν καταστησώμεθα, κρίνεσθαι
καὶ ἐξετάζεσθαι τοὺς ἀνατιθέντας; καὶ μὴν ἐξ

---

[1] βουλεύσεσθαι Reitz : βουλεύεσθαι MSS.
[2] ὑπὲρ Sommerbrodt : πρῶτον ὑπὲρ MSS.

here, to see where they come from and from whom, and what they are: we should receive them and dedicate them without officiousness, serving both parties, the god and the worshippers.

It seems to me, men of Delphi, that you will come to the best conclusion about the present case if you should consider the number and the magnitude of the issues involved in the question—first, the god, the temple, sacrifices, gifts, old customs, time-honoured observances and the credit of the oracle ; then the whole city and the interests not only of our body but of every man in Delphi ; and more than all, our good or bad name in the world. I have no doubt that if you are in your senses you will think nothing more important or more vital than these issues.

This is what we are in consultation about, then : it is not Phalaris (a single tyrant) or this bull of bronze only, but all kings and all monarchs who now frequent the temple, and gold and silver and all other things of price that will be given the god on many occasions. The first point to be investigated should be the interest of the god. Why should we not manage the matter of gifts as we have always done, as we did in the beginning ? What fault have we to find with the good old customs, that we should make innovations, and that we should now set up a practice that has never existed among us since the city has been inhabited, since our god has given oracles, since the tripod has had a voice and since the priestess has been inspired—the practice of trying and cross-examining givers? In consequence

ἐκείνου μὲν τοῦ παλαιοῦ ἔθους, τοῦ ἀνέδην καὶ
πᾶσιν ἐξεῖναι, ὁρᾶτε ὅσων ἀγαθῶν ἐμπέπλησται
τὸ ἱερόν, ἁπάντων ἀνατιθέντων καὶ ὑπὲρ τὴν
ὑπάρχουσαν δύναμιν ἐνίων δωρουμένων τὸν θεόν.
εἰ δ᾽ ὑμᾶς αὐτοὺς δοκιμαστὰς καὶ ἐξεταστὰς 13
ἐπιστήσετε τοῖς ἀναθήμασιν, ὀκνῶ μὴ ἀπορή-
σωμεν τῶν δοκιμασθησομένων ἔτι, οὐδενὸς ὑπο-
μένοντος ὑπόδικον αὐτὸν καθιστάναι, καὶ ἀναλί-
σκοντα καὶ καταδαπανῶντα παρ᾽ αὐτοῦ κρίνεσθαι
καὶ ὑπὲρ τῶν ὅλων κινδυνεύειν. ἢ τίνι βιωτόν, εἰ
κριθήσεται τοῦ ἀνατιθέναι ἀνάξιος;

of that fine old custom of unrestricted access for all, you see how many good things fill the temple : all men give, and some are more generous to the god than their means warrant. But if you make yourselves examiners and inquisitors upon gifts, I doubt we shall be in want of people to examine hereafter, for nobody has the courage to put himself on the defensive, and to stand trial and risk everything as a result of spending his money lavishly. Who can endure life, if he is pronounced unworthy to make an oblation?

CHAPTER II

HIPPIAS, OR THE BATH

"Description" (ecphrasis) was a favourite rhetorical exercise, though many frowned on it. In the "Rhetoric" attributed to Dionysius of Halicarnassus (X, 17 Usener) it is called "an empty show and a waste of words." It is the general opinion that this piece is not by Lucian.

ΙΠΠΙΑΣ Η ΒΑΛΑΝΕΙΟΝ

Τῶν σοφῶν ἐκείνους μάλιστα ἔγωγέ φημι δεῖν 1
ἐπαινεῖν, ὁπόσοι μὴ λόγους μόνον δεξιοὺς παρέ-
σχοντο ὑπὲρ τῶν πραγμάτων ἑκάστων, ἀλλὰ καὶ
ἔργοις ὁμοίοις τὰς τῶν λόγων ὑποσχέσεις ἐπι-
στώσαντο. καὶ γὰρ τῶν ἰατρῶν ὅ γε νοῦν ἔχων
οὐ τοὺς ἄριστα ὑπὲρ τῆς τέχνης εἰπεῖν δυναμένους
μεταστέλλεται νοσῶν, ἀλλὰ τοὺς πρᾶξαί τι κατ᾽
αὐτὴν μεμελετηκότας. ἀμείνων δὲ καὶ μουσικός,
οἶμαι, τοῦ διακρίνειν ῥυθμοὺς καὶ ἁρμονίας ἐπι-
σταμένου ὁ καὶ ψᾶλαι καὶ κιθαρίσαι αὐτὸς δυνά-
μενος. τί γὰρ ἄν σοι τῶν στρατηγῶν λέγοιμι
τοὺς εἰκότως ἀρίστους κριθέντας, ὅτι οὐ τάττειν
μόνον καὶ παραινεῖν ἦσαν ἀγαθοί, ἀλλὰ καὶ προ-
μάχεσθαι τῶν ἄλλων καὶ χειρὸς ἔργα ἐπιδείκνυ-
σθαι; οἷον πάλαι μὲν Ἀγαμέμνονα καὶ Ἀχιλλέα,
τῶν κάτω δὲ τὸν Ἀλέξανδρον καὶ Πύρρον ἴσμεν
γεγονότας.

Πρὸς δὴ τί ταῦτ᾽ ἔφην; οὐ γὰρ ἄλλως 2
ἱστορίαν ἐπιδείκνυσθαι βουλόμενος ἐπεμνήσθην
αὐτῶν, ἀλλ᾽ ὅτι καὶ τῶν μηχανικῶν ἐκείνους
ἄξιον θαυμάζειν, ὁπόσοι ἐν τῇ θεωρίᾳ λαμπροὶ
γενόμενοι καὶ μνημόσυνα ὅμως τῆς τέχνης καὶ
παραδείγματα[1] τοῖς μετ᾽ αὐτοὺς κ ἀτέλιπον· ἐπεὶ
οἵ γε τοῖς λόγοις μόνοις ἐγγεγυμνασμένοι σοφισταὶ

---

[1] παραδείγματα Rothstein : πράγματα MSS.

34

HIPPIAS, OR THE BATH

AMONG wise men, I maintain, the most praise-
worthy are they who not only have spoken cleverly
on their particular subjects, but have made their
assertions good by doing things to match them.
Take doctors, for instance: a man of sense, on falling
ill, does not send for those who can talk about their
profession best, but for those who have trained
themselves to accomplish something in it. Likewise a
musician who can himself play the lyre and the cithara
is better, surely, than one who simply has a good ear
for rhythm and harmony. And why need I tell you
that the generals who have been rightly judged the
best were good not only at marshalling their forces
and addressing them, but at heading charges and at
doughty deeds? Such, we know, were Agamemnon
and Achilles of old, Alexander and Pyrrhus more
recently.

Why have I said all this? It was not out of an
ill-timed desire to air my knowledge of history that
I brought it up, but because the same thing is true
of engineers—we ought to admire those who, though
famous for knowledge, have yet left to later gene-
rations reminders and proofs of their practical skill,
for men trained in words alone would better be called

ἂν εἰκότως μᾶλλον ἢ σοφοὶ καλοῖντο. τοιοῦτοι
ἀκούομεν τὸν Ἀρχιμήδη γενέσθαι καὶ τὸν Κνίδιον
Σώστρατον, τὸν μὲν Πτολεμαίῳ χειρωσάμενον τὴν
Μέμφιν[1] ἄνευ πολιορκίας ἀποστροφῇ καὶ διαιρέσει
τοῦ ποταμοῦ, τὸν δὲ τὰς τῶν πολεμίων τριήρεις
καταφλέξαντα τῇ τέχνῃ. καὶ Θαλῆς δὲ ὁ
Μιλήσιος πρὸ αὐτῶν ὑποσχόμενος Κροίσῳ
ἄβροχον διαβιβάσειν τὸν στρατὸν ἐπινοίᾳ κα-
τόπιν τοῦ στρατοπέδου μιᾷ νυκτὶ τὸν Ἅλυν
περιήγαγεν, οὐ μηχανικὸς οὗτος γενόμενος, σοφὸς
δὲ καὶ ἐπινοῆσαι καὶ συνεῖναι πιθανώτατος. τὸ
μὲν γὰρ τοῦ Ἐπειοῦ πάνυ ἀρχαῖον, ὃς οὐ μόνον
τεχνήσασθαι τοῖς Ἀχαιοῖς τὸν ἵππον, ἀλλὰ καὶ
συγκαταβῆναι αὐτοῖς ἐς αὐτὸν λέγεται.

Ἐν δὴ τούτοις καὶ Ἱππίου τουτουὶ τοῦ καθ' 3
ἡμᾶς μεμνῆσθαι ἄξιον, ἀνδρὸς λόγοις μὲν παρ'
ὅντινα βούλει τῶν πρὸ αὐτοῦ γεγυμνασμένου καὶ
συνεῖναί τε ὀξέος καὶ ἑρμηνεῦσαι σαφεστάτου, τὰ
δὲ ἔργα πολὺ τῶν λόγων ἀμείνω παρεχομένου καὶ
τὴν τῆς τέχνης ὑπόσχεσιν ἀποπληροῦντος, οὐκ ἐν
τοιαύταις μὲν ὑποθέσεσιν ἐν αἷς οἱ πρὸ αὐτοῦ
πρῶτοι[2] γενέσθαι εὐτύχησαν, κατὰ δὲ τὸν γεωμετρι-
κὸν λόγον ἐπὶ τῆς δοθείσης, φασίν, εὐθείας τὸ
τρίγωνον ἀκριβῶς συνισταμένου. καίτοι τῶν γε
ἄλλων ἕκαστος ἕν τι τῆς ἐπιστήμης ἔργον ἀπο-
τεμόμενος ἐν ἐκείνῳ εὐδοκιμήσας εἶναί τις ὅμως
ἔδοξεν, ὁ δὲ μηχανικῶν τε ὢν τὰ πρῶτα καὶ
γεωμετρικῶν, ἔτι δὲ ἁρμονικῶν καὶ μουσικῶν
φαίνεται, καὶ ὅμως ἕκαστον τούτων οὕτως ἐντελῶς

---

[1] Πτολεμαίῳ χειρωσάμενον τὴν Μέμφιν Palmer : Πτολεμαῖον
χειρωσάμενον καὶ τὴν Μέμφιν MSS. "took Ptolemy and
Memphis."   [2] πρῶτοι E. Capps : not in MSS.

wiseacres than wise. Such an engineer we are told, was Archimedes, and also Sostratus of Cnidus. The latter took Memphis for Ptolemy without a siege by turning the river aside and dividing it; the former burned the ships of the enemy by means of his science. And before their time Thales of Miletus, who had promised Croesus to set his army across the Halys dryshod, thanks to his ingenuity brought the river round behind the camp in a single night. Yet he was not an engineer: he was wise, however, and very able at devising plans and grasping problems. As for the case of Epeius, it is prehistoric: he is said not only to have made the wooden horse for the Achaeans but to have gone into it along with them.

Among these men Hippias, our own contemporary, deserves mention. Not only is he trained as highly in the art of speech as any of his predecessors, and alike quick of comprehension and clear in exposition, but he is better at action than speech, and fulfils his professional promises, not merely doing so in those matters in which his predecessors succeeded in getting to the fore, but, as the geometricians put it, knowing how to construct a triangle accurately on a given base.[1] Moreover, whereas each of the others marked off some one department of science and sought fame in it, making a name for himself in spite of this delimitation, he, on the contrary, is clearly a leader in harmony and music as well as in engineering and geometry, and yet he shows as

---

[1] In other words, he has originality.

δείκνυσιν ὡς ἐν αὐτὸ μόνον ἐπιστάμενος. τὴν μὲν
γὰρ περὶ ἀκτίνων καὶ ἀνακλάσεων καὶ κατόπτρων
θεωρίαν, ἔτι δὲ ἀστρονομίαν, ἐν ᾗ παῖδας τοὺς πρὸ
αὐτοῦ ἀπέφηνεν, οὐκ ὀλίγου χρόνου ἂν εἴη
ἐπαινεῖν. ἃ δὲ ἔναγχος ἰδὼν αὐτοῦ τῶν ἔργων   4
κατεπλάγην, οὐκ ὀκνήσω εἰπεῖν· κοινὴ μὲν γὰρ ἡ
ὑπόθεσις κἂν τῷ καθ᾽ ἡμᾶς βίῳ πάνυ πολλή,
βαλανείου κατασκευή· ἡ ¹ περίνοια δὲ καὶ ἐν τῷ
κοινῷ τούτῳ σύνεσις θαυμαστή.

Τόπος μὲν ἦν οὐκ ἐπίπεδος, ἀλλὰ πάνυ προ-
σάντης καὶ ὄρθιος, ὃν παραλαβὼν κατὰ θάτερα
εἰς ὑπερβολὴν ταπεινόν, ἰσόπεδον θάτερον² θατέρῳ
ἀπέφηνεν, κρηπῖδα μὲν βεβαιοτάτην ἅπαντι τῷ
ἔργῳ βαλόμενος καὶ θεμελίων θέσει τὴν τῶν
ἐπιτιθεμένων ἀσφάλειαν ἐμπεδωσάμενος, ὕψεσι³ δὲ
πάνυ ἀποτόμοις καὶ πρὸς ἀσφάλειαν συνεχομένοις
τὸ ὅλον κρατυνάμενος· τὰ δὲ ἐποικοδομηθέντα
τῷ τε τοῦ τόπου μεγέθει σύμμετρα καὶ τῷ εὐλόγῳ
τῆς κατασκευῆς ἁρμοδιώτατα καὶ τὸν τῶν φώτων
λόγον φυλάττοντα. πυλῶν μὲν ὑψηλὸς ἀναβά-   5
σεις πλατείας ἔχων, ὑπτίας μᾶλλον ἢ ὀρθίας⁴ πρὸς
τὴν τῶν ἀνιόντων εὐμάρειαν· εἰσιόντα δὲ τούτου
ἐκδέχεται κοινὸς οἶκος εὐμεγέθης, ἱκανὴν ἔχων
ὑπηρέταις καὶ ἀκολούθοις διατριβήν, ἐν ἀριστερᾷ
δὲ τὰ ἐς τρυφὴν παρεσκευασμένα οἰκήματα,⁵
βαλανείῳ δ᾽ οὖν καὶ ταῦτα πρεπωδέστατα, χαρί-
εσσαι καὶ φωτὶ πολλῷ καταλαμπόμεναι ὑποχωρή-

---

¹ ἡ E. Schwartz : not in MSS.
² θάτερον E. Schwartz : not in MSS.
³ ὕψεσι MSS. : ἀψῖσι Pellet and du Soul.
⁴ ὑπτίας, ὀρθίας E. Schwartz : ὕπτιος, ὄρθιος MSS.
⁵ τὰ παρασκευασμένα οἰκήματα Guyet : τῶν παρασκευασμένων
οἰκημάτων MSS. : τῶν παρασκευασμένα οἰκήματα Schwartz.

great perfection in each of these fields as if he knew nothing else. It would take no little time to sing his praises in the doctrine of rays and refraction and mirrors, or in astronomy, in which he made his predecessors appear children, but I shall not hesitate to speak of one of his achievements which I recently looked upon with wonder. Though the undertaking is a commonplace, and in our days a very frequent one, the construction of a bath, yet his thoughtfulness and intelligence even in this commonplace matter is marvellous.

The site was not flat, but quite sloping and steep; it was extremely low on one side when he took it in hand, but he made it level, not only constructing a firm basis for the entire work and laying foundations to ensure the safety of the superstructure, but strengthening the whole with buttresses, very sheer and, for security's sake, close together. The building suits the magnitude of the site, accords well with the accepted idea of such an establishment, and shows regard for the principles of lighting.

The entrance is high, with a flight of broad steps of which the tread is greater than the pitch, to make them easy to ascend. On entering, one is received into a public hall of good size, with ample accommodations for servants and attendants. On the left are the lounging-rooms, also of just the right sort for a bath, attractive, brightly lighted

σεις. εἶτ᾽ ἐχόμενος αὐτῶν οἶκος, περιττὸς μὲν ὡς
πρὸς τὸ λουτρόν, ἀναγκαῖος δὲ ὡς πρὸς τὴν
τῶν εὐδαιμονεστέρων ὑποδοχήν. μετὰ δὲ τοῦτον
ἑκατέρωθεν διαρκεῖς τοῖς ἀποδυομένοις ἀποθέσεις,
καὶ μέσος οἶκος ὕψει τε ὑψηλότατος καὶ φωτὶ
φαιδρότατος, ψυχροῦ ὕδατος ἔχων τρεῖς κολυμ-
βήθρας, Λακαίνῃ λίθῳ κεκοσμημένος, καὶ εἰκόνες
ἐν αὐτῷ λίθου λευκοῦ τῆς ἀρχαίας ἐργασίας, ἡ
μὲν Ὑγιείας, ἡ δὲ Ἀσκληπιοῦ.

Ἐξελθόντας δὲ ὑποδέχεται ἠρέμα χλιαι- 6
νόμενος οἶκος οὐκ ἀπηνεῖ τῇ θέρμῃ προαπαντῶν,
ἐπιμήκης, ἀμφιστρόγγυλος, μεθ᾽ ὃν ἐν δεξιᾷ
οἶκος εὖ μάλα φαιδρός, ἀλείψασθαι προσηνῶς
παρεχόμενος, ἑκατέρωθεν εἰσόδους ἔχων Φρυγίῳ
λίθῳ κεκαλλωπισμένας, τοὺς ἀπὸ παλαίστρας
εἰσιόντας δεχόμενος. εἶτ᾽ ἐπὶ τούτῳ ἄλλος οἶκος
οἴκων ἁπάντων κάλλιστος, στῆναί τε καὶ ἐγκαθί-
ζεσθαι προσηνέστατος καὶ ἐμβραδῦναι ἀβλαβέ-
·στατος καὶ ἐγκυλίσασθαι ὠφελιμώτατος, Φρυγίου
καὶ αὐτὸς εἰς ὀροφὴν ἄκραν ἀποστίλβων. ἑξῆς δὲ
ὁ θερμὸς ὑποδέχεται διάδρομος Νομάδι λίθῳ δια-
κεκολλημένος. ὁ δὲ ἔνδον οἶκος κάλλιστος, φωτός
τε πολλοῦ ἀνάμεστος καὶ ὡς πορφύρᾳ διηνθισ-
μένος. τρεῖς καὶ οὗτος θερμὰς πυέλους παρέχεται.

Λουσαμένῳ δὲ ἔνεστί σοι μὴ τὴν διὰ 7
τῶν αὐτῶν οἴκων αὖθις ἐπανιέναι, ἀλλὰ
ταχεῖαν τὴν ἐπὶ τὸ ψυχρὸν δι᾽ ἠρέμα θερμοῦ
οἰκήματος, καὶ ταῦτα πάντα ὑπὸ φωτὶ μεγάλῳ
καὶ πολλῇ τῇ ἔνδον ἡμέρᾳ. ὕψη πρὸς τούτοις

retreats. Then, beside them, a hall, larger than
need be for the purposes of a bath, but necessary
for the reception of the rich. Next, capacious
locker-rooms to undress in, on each side, with a very
high and brilliantly lighted hall between them, in
which are three swimming-pools of cold water; it
is finished in Laconian marble, and has two statues
of white marble in the ancient technique, one of
Hygieia, the other of Aesculapius.

On leaving this hall, you come into another
which is slightly warmed instead of meeting you
at once with fierce heat; it is oblong, and has an
apse at each side.[1] Next it, on the right, is a
very bright hall, nicely fitted up for massage,
which has on each side an entrance decorated with
Phrygian marble, and receives those who come in
from the exercising-floor. Then near this is another
hall, the most beautiful in the world, in which
one can sit or stand with comfort, linger without
danger and stroll about with profit. It also is
refulgent with Phrygian marble clear to the roof.
Next comes the hot corridor, faced with Numidian
marble. The hall beyond it is very beautiful, full of
abundant light and aglow with colour like that of
purple hangings.[2] It contains three hot tubs.

When you have bathed, you need not go back
through the same rooms, but can go directly to the
cold room through a slightly warmed apartment.
Everywhere there is copious illumination and full
indoor daylight. Furthermore, the height of each

---

[1] Or "long and rounded"; i.e., elliptical.
[2] The writer does not mean that the room was hung with
purple, but that the stone with which it was decorated was
purple: perhaps only that it had columns of porphyry.

ἀνάλογα καὶ πλάτη τοῖς μήκεσι σύμμετρα καὶ
πανταχοῦ πολλὴ χάρις καὶ Ἀφροδίτη ἐπανθεῖ·
κατὰ γὰρ τὸν καλὸν Πίνδαρον, ἀρχομένου ἔργου
πρόσωπον χρὴ θέμεν τηλαυγές. τοῦτο δ᾽ ἂν εἴη
ἐκ τῆς αὐγῆς μάλιστα καὶ τοῦ φέγγους καὶ τῶν
φωταγωγῶν μεμηχανημένον. ὁ γὰρ σοφὸς ὡς ἀλη-
θῶς Ἱππίας τὸν μὲν ψυχροδόχον οἶκον εἰς βορρᾶν
προσκεχωρηκότα ἐποίησεν, οὐκ ἄμοιρον οὐδὲ
τοῦ μεσημβρινοῦ ἀέρος· τοὺς δὲ πολλοῦ τοῦ
θάλπους δεομένους νότῳ καὶ εὔρῳ καὶ ζεφύρῳ
ὑπέθηκε. τί δ᾽ ἄν σοι τὸ ἐπὶ τούτῳ λέγοιμι 8
παλαίστρας καὶ τὰς κοινὰς τῶν ἱματιοφυλακούν-
των κατασκευὰς ταχεῖαν[1] ἐπὶ τὸ λουτρὸν καὶ
μὴ διὰ μακροῦ τὴν ὁδὸν ἐχούσας τοῦ χρησίμου τε
καὶ ἀβλαβοῦς ἕνεκα;

Καὶ μή με ὑπολάβῃ τις μικρὸν ἔργον προθέ-
μενον κοσμεῖν τῷ λόγῳ προαιρεῖσθαι· τὸ γὰρ ἐν
τοῖς κοινοῖς καινὰ ἐπινοῆσαι κάλλους δείγματα,
οὐ μικρᾶς σοφίας ἔγωγε τίθεμαι, οἷον καὶ τόδε τὸ
ἔργον ὁ θαυμάσιος ἡμῖν Ἱππίας ἐπεδείξατο πάσας
ἔχον τὰς βαλανείου ἀρετάς, τὸ χρήσιμον, τὸ
εὔκαιρον, τὸ εὐφεγγές, τὸ σύμμετρον, τὸ τῷ τόπῳ
ἡρμοσμένον, τὸ τὴν χρείαν ἀσφαλῆ παρεχόμενον,
καὶ προσέτι τῇ ἄλλῃ περινοίᾳ κεκοσμημένον,
ἀφόδων μὲν ἀναγκαίων δυσὶν ἀναχωρήσεσιν,
ἐξόδοις δὲ πολλαῖς τεθυρωμένον, ὡρῶν δὲ διττὰς
δηλώσεις, τὴν μὲν δι᾽ ὕδατος καὶ μυκήματος, τὴν
δὲ δι᾽ ἡλίου ἐπιδεικνύμενον.

Ταῦτα ἰδόντα μὴ ἀποδοῦναι τὸν πρέποντα
ἔπαινον τῷ ἔργῳ οὐκ ἀνοήτου μόνον, ἀλλὰ καὶ

---

[1] ταχεῖαν Schwartz : ταχεῖαν τὴν MSS.

room is just, and the breadth proportionate to
the length ; and everywhere great beauty and love-
liness prevail, for in the words of noble Pindar,[1]
"Your work should have a glorious countenance."
This is probably due in the main to the light,
the brightness and the windows. Hippias, being
truly wise, built the room for cold baths to north-
ward, though it does not lack a southern exposure ;
whereas he faced south, east, and west the rooms
that require abundant heat. Why should I go on
and tell you of the exercising-floors and of the cloak-
rooms, which have quick and direct communication
with the hall containing the basin, so as to be con-
venient and to do away with all risk ?

Let no one suppose that I have taken an insignifi-
cant achievement as my theme, and purpose to en-
noble it by my eloquence. It requires more than a
little wisdom, in my opinion, to invent new mani-
festations of beauty in commonplace things, as did
our marvellous Hippias in producing this work. It
has all the good points of a bath—usefulness, con-
venience, light, good proportions, fitness to its site,
and the fact that it can be used without risk. More-
over, it is beautified with all other marks of thought-
fulness—with two toilets, many exits, and two
devices for telling time, a water-clock that bellows
like a bull, and a sundial.

For a man who has seen all this not to render the
work its meed of praise is not only foolish but

[1] *Olymp.* 6, 3. Pindar's ἀρχομένου (*the beginning of* your
work) is out of place in this context.

ἀχαρίστου, μᾶλλον δὲ βασκάνου μοι εἶναι ἔδοξεν. ἐγὼ μὲν οὖν εἰς δύναμιν καὶ τὸ ἔργον καὶ τὸν τεχνίτην καὶ δημιουργὸν ἠμειψάμην τῷ λόγῳ. εἰ δὲ θεὸς παράσχοι καὶ λούσασθαί ποτε, πολλοὺς οἶδα ἕξων τοὺς κοινωνήσοντάς μοι τῶν ἐπαίνων.

ungrateful, even malignant, it seems to me. I for my part have done what I could to do justice both to the work and to the man who planned and built it. If Heaven ever grants you the privilege of bathing there, I know that I shall have many who will join me in my words of praise.

DIONYSUS

AN INTRODUCTION

In Lucian's time it became the custom to introduce a formal piece of rhetorical fireworks with an informal talk, usually more or less personal. See A. Stock, *de prolaliarum usu rhetorico*, Königsberg, 1911. It is the general belief that the 'Dionysus' introduced Book ii. of the 'True Story.'

ΠΡΟΛΑΛΙΑ. ΔΙΟΝΥΣΟΣ

Ὅτε ὁ Διόνυσος ἐπ᾽ Ἰνδοὺς στρατιὰν ἤλασε 1
—κωλύει γὰρ οὐδέν, οἶμαι, καὶ μῦθον ὑμῖν
διηγήσασθαι Βακχικόν—φασὶν οὕτω καταφρονῆ-
σαι αὐτοῦ τὰ πρῶτα τοὺς ἀνθρώπους τοὺς ἐκεῖ,
ὥστε καταγελᾶν ἐπιόντος, μᾶλλον δὲ ἐλεεῖν τὴν
τόλμαν αὐτίκα μάλα συμπατηθησομένου ὑπὸ τῶν
ἐλεφάντων, εἰ ἀντιτάξαιτο·[1] ἤκουον γάρ, οἶμαι, τῶν
σκοπῶν ἀλλόκοτα ὑπὲρ τῆς στρατιᾶς αὐτοῦ
ἀγγελλόντων, ὡς ἡ μὲν φάλαγξ αὐτῷ καὶ οἱ λόχοι
γυναῖκες εἶεν ἔκφρονες καὶ μεμηνυῖαι, κιττῷ
ἐστεμμέναι, νεβρίδας ἐνημμέναι, δοράτια μικρὰ
ἔχουσαι ἀσίδηρα, κιττοποίητα καὶ ταῦτα, καί τινα
πελτάρια κοῦφα, βομβοῦντα, εἴ τις μόνον προσά-
ψαιτο—ἀσπίσι γὰρ εἴκαζον, οἶμαι,[2] τὰ τύμπανα—
ὀλίγους δέ τινας ἀγροίκους νεανίσκους ἐνεῖναι, γυμ-
νούς, κόρδακα ὀρχουμένους, οὐρὰς ἔχοντας, κεράσ-
τας, οἷα τοῖς ἄρτι γεννηθεῖσιν ἐρίφοις ὑποφύεται.
καὶ τὸν μὲν στρατηλάτην αὐτὸν ἐφ᾽ ἅρματος ὀχεῖ- 2
σθαι παρδάλεων ὑπεζευγμένων, ἀγένειον ἀκριβῶς,
οὐδ᾽ ἐπ᾽ ὀλίγον τὴν παρειὰν χνοῶντα, κερασφόρον,
βότρυσιν ἐστεφανωμένον, μίτρᾳ τὴν κόμην ἀνα-

[1] ἀντιτάξαιτο MSS. : ἀντιτάξοιτο Cobet.
[2] οἶμαι Rothstein : καὶ MSS.

48

DIONYSUS

AN INTRODUCTION

When Dionysus led his host against the men of Ind (surely there is nothing to prevent my telling you a tale of Bacchus!), he was held at first in such contempt, they say, by the people there, that they laughed at his advance; more than that, they pitied him for his hardihood, because he was certain to be trampled under foot in an instant by the elephants if he deployed against them. No doubt they heard curious reports about his army from their scouts: "His rank and file are crack-brained, crazy women, wreathed with ivy, dressed in fawn-skins, carrying little headless spears which are of ivy too, and light targes that boom if you do but touch them"—for they supposed, no doubt, that the tambours were shields. "A few young clodhoppers are with them, dancing the can-can without any clothes on; they have tails, and have horns like those which start from the foreheads of new-born kids. As for the general himself, he rides on a car behind a team of panthers; he is quite beardless, without even the least bit of down on his cheek, has horns, wears a garland of grape clusters, ties up his hair with

δεδεμένον, ἐν πορφυρίδι καὶ χρυσῇ ἐμβάδι· ὑπο-
στρατηγεῖν δὲ δύο, ἕνα μέν τινα βραχύν, πρεσβύτην,
ὑπόπαχυν, προγάστορα, ῥινόσιμον, ὦτα μεγάλα
ὄρθια ἔχοντα, ὑπότρομον, νάρθηκι ἐπερειδόμενον,
ἐπ' ὄνου τὰ πολλὰ ἱππεύοντα, ἐν κροκωτῷ καὶ
τοῦτον, πάνυ πιθανόν τινα συνταγματάρχην
αὐτοῦ· ἕτερον δὲ τεράστιον ἄνθρωπον, τράγῳ τὰ
νέρθεν ἐοικότα, κομήτην τὰ σκέλη, κέρατα ἔχοντα,
βαθυπώγωνα, ὀργίλον καὶ θυμικόν, θατέρᾳ μὲν
σύριγγα φέροντα, τῇ δεξιᾷ δὲ ῥάβδον καμπύλην
ἐπηρμένον καὶ περισκιρτῶντα ὅλον τὸ στρατόπε-
δον, καὶ τὰ γύναια δὲ φοβεῖσθαι αὐτὸν καὶ σείειν
ἠνεμωμένας τὰς κόμας, ὁπότε προσίοι, καὶ βοᾶν
εὐοῖ· τοῦτο δ' εἰκάζειν καλεῖσθαι αὐτῶν τὸν
δεσπότην. τὰς δ' οὖν ποίμνας διηρπάσθαι ἤδη ὑπὸ
τῶν γυναικῶν καὶ διεσπάσθαι ἔτι ζῶντα τὰ
θρέμματα· ὠμοφάγους γάρ τινας αὐτὰς εἶναι.

Ταῦτα οἱ Ἰνδοὶ καὶ ὁ βασιλεὺς αὐτῶν ἀκού- 3
οντες ἐγέλων, ὡς τὸ εἰκός, καὶ οὐδ' ἀντεπεξάγειν ἢ
παρατάττεσθαι ἠξίουν, ἀλλ' εἴπερ ἄρα, τὰς
γυναῖκας ἐπαφήσειν αὐτοῖς, εἰ πλησίον γένοιντο,
σφίσι δὲ καὶ νικᾶν αἰσχρὸν ἐδόκει καὶ φονεύειν
γύναια μεμηνότα καὶ θηλυμίτρην ἄρχοντα καὶ
μεθύον σμικρὸν γερόντιον καὶ ἡμίτραγον στρατιώ-
την ἄλλον[1] καὶ γυμνήτας ὀρχηστάς, πάντας[2]
γελοίους. ἐπεὶ δὲ ἤγγελτο πυρπολῶν ὁ θεὸς ἤδη
τὴν χώραν καὶ πόλεις αὐτάνδρους καταφλέγων
καὶ ἀνάπτων τὰς ὕλας καὶ ἐν βραχεῖ πᾶσαν τὴν
Ἰνδικὴν φλογὸς ἐμπεπληκώς—ὅπλον γάρ τι

---

[1] ἡμίτραγον στρατιώτην ἄλλον Harmon : ἡμιστρατιώτην ἄλλον
MSS. : ἡμίτραγον ἄλλον Hartmann : ἥμισυν τραγοειδῆ ἄνθρωπον
Schwartz. [2] πάντας MSS. : πάντα Schwartz.

a ribbon, and is in a purple gown and gilt slippers. He has two lieutenants. One[1] is a short, thick-set old man with a big belly, a flat nose and large, up-standing ears, who is a bit shaky and walks with a staff (though for the most part he rides on an ass), and is also in a woman's gown, which is yellow; he is a very appropriate aide to such a chief! The other[2] is a misbegotten fellow like a goat in the underpinning, with hairy legs, horns, and a long beard; he is choleric and hot-headed, carries a shepherd's pipe in his left hand and brandishes a crooked stick in his right, and goes bounding all about the army. The women are afraid of him; they toss their hair in the wind when he comes near and cry out 'Evoe.' This we suppose to be the name of their ruler. The flocks have already been harried by the women, and the animals torn limb from limb while still alive; for they are eaters of raw meat."

On hearing this, the Hindoos and their king roared with laughter, as well they might, and did not care to take the field against them or to deploy their troops; at most, they said, they would turn their women loose on them if they came near. They themselves thought it a shame to defeat them and kill crazy women, a hair-ribboned leader, a drunken little old man, a goat-soldier and a lot of naked dancers—ridiculous, every one of them! But word soon came that the god was setting the country in a blaze, burning up cities and their inhabitants and firing the forests, and that he had speedily filled all India with

---

[1] Silenus.   [2] Pan.

Διονυσιακὸν τὸ πῦρ, πατρῷον αὐτῷ κἀκ τοῦ
κεραυνοῦ—ἐνταῦθα ἤδη σπουδῇ ἀνελάμβανον τὰ
ὅπλα καὶ τοὺς ἐλέφαντας ἐπισάξαντες καὶ ἐγχαλι-
νώσαντες καὶ τοὺς πύργους ἀναθέμενοι ἐπ' αὐτοὺς
ἀντεπεξήεσαν, καταφρονοῦντες μὲν καὶ τότε,
ὀργιζόμενοι δὲ ὅμως καὶ συντρῖψαι σπεύδοντες
αὐτῷ στρατοπέδῳ τὸν ἀγένειον ἐκεῖνον στρατη-
λάτην. ἐπεὶ δὲ πλησίον ἐγένοντο καὶ εἶδον ἀλ- 4
λήλους, οἱ μὲν Ἰνδοὶ προτάξαντες τοὺς ἐλέφαν-
τας ἐπῆγον τὴν φάλαγγα, ὁ Διόνυσος δὲ τὸ μέσον
μὲν αὐτὸς εἶχε, τοῦ κέρως δὲ αὐτῷ τοῦ δεξιοῦ μὲν
ὁ Σιληνός, τοῦ εὐωνύμου δὲ ὁ Πὰν ἡγοῦντο·
λοχαγοὶ δὲ καὶ ταξίαρχοι οἱ Σάτυροι ἐγκαθει-
στήκεσαν· καὶ τὸ μὲν σύνθημα ἦν ἅπασι τὸ εὐοῖ.
εὐθὺς δὲ τὰ τύμπανα ἐπαταγεῖτο καὶ τὰ κύμβαλα
τὸ πολεμικὸν ἐσήμαινε καὶ τῶν Σατύρων τις
λαβὼν τὸ κέρας ἐπηύλει τὸ ὄρθιον καὶ ὁ τοῦ
Σιληνοῦ ὄνος ἐνυάλιόν τι ὠγκήσατο καὶ αἱ
Μαινάδες σὺν ὀλολυγῇ ἐνεπήδησαν αὐτοῖς δρά-
κοντας ὑπεζωσμέναι κἀκ τῶν θύρσων ἄκρων ἀπο-
γυμνοῦσαι τὸν σίδηρον. οἱ Ἰνδοὶ δὲ καὶ οἱ
ἐλέφαντες αὐτῶν αὐτίκα ἐγκλίναντες σὺν οὐδενὶ
κόσμῳ ἔφευγον οὐδ' ἐντὸς βέλους γενέσθαι
ὑπομείναντες, καὶ τέλος κατὰ κράτος ἑαλώκεσαν
καὶ αἰχμάλωτοι ἀπήγοντο ὑπὸ τῶν τέως καταγε-
λωμένων, ἔργῳ μαθόντες ὡς οὐκ ἐχρῆν ἀπὸ τῆς
πρώτης ἀκοῆς καταφρονεῖν ξένων στρατοπέδων.

flame. (Naturally, the weapon of Dionysus is fire, because it is his father's and comes from the thunder-bolt.[1]) Then at last they hurriedly took arms, saddled and bridled their elephants and put the towers on them, and sallied out against the enemy. Even then they despised them, but were angry at them all the same, and eager to crush the life out of the beardless general and his army. When the forces came together and saw one another, the Hindoos posted their elephants in the van and moved forward in close array. Dionysus had the centre in person; Silenus commanded on the right wing and Pan on the left. The Satyrs were commissioned as colonels and captains, and the general watchword was 'Evoe.' In a trice the tambours were beat, the cymbals gave the signal for battle, one of the Satyrs took his horn and sounded the charge, Silenus' jackass gave a martial hee-haw, and the Maenads, serpent-girdled, baring the steel of their thyrsus-points, fell on with a shriek. The Hindoos and their elephants gave way at once and fled in utter disorder, not even daring to get within range. The outcome was that they were captured by force of arms and led off prisoners by those whom they had formerly laughed at, taught by experience that strange armies should not have been despised on hearsay.

[1] Zeus, the father of Dionysus, revealed himself to Semele, his mother, in all his glory, at her own request. Killed by his thunderbolt, she gave untimely birth to Dionysus, whom Zeus stitched into his own thigh and in due time brought into the world.

Ἀλλὰ τί πρὸς τὸν Διόνυσον ὁ Διόνυσος 5
οὗτος; εἴποι τις ἄν. ὅτι μοι δοκοῦσι—καὶ πρὸς
Χαρίτων μή με κορυβαντιᾶν ἢ τελέως μεθύειν
ὑπολάβητε, εἰ τἀμὰ εἰκάζω τοῖς θεοῖς—ὅμοιόν τι
πάσχειν οἱ πολλοὶ πρὸς τοὺς καινοὺς τῶν λόγων
τοῖς Ἰνδοῖς ἐκείνοις, οἷον καὶ πρὸς τοὺς ἐμούς·
οἰόμενοι γὰρ σατυρικὰ καὶ γελοῖά τινα καὶ κομιδῇ
κωμικὰ παρ’ ἡμῶν ἀκούσεσθαι—τοιαῦτα γὰρ [1] πε-
πιστεύκασιν, οὐκ οἶδ’ ὅ τι δόξαν αὐτοῖς ὑπὲρ ἐμοῦ
—οἱ μὲν οὐδὲ τὴν ἀρχὴν ἀφικνοῦνται, ὡς οὐδὲν
δέον παρέχειν τὰ ὦτα κώμοις γυναικείοις καὶ σκιρ-
τήμασι σατυρικοῖς καταβάντας ἀπὸ τῶν ἐλεφάν-
των, οἱ δὲ ὡς ἐπὶ τοιοῦτό τι ἥκοντες ἀντὶ τοῦ
κιττοῦ σίδηρον εὑρόντες οὐδ’ οὕτως ἐπαινεῖν
τολμῶσι τῷ παραδόξῳ τοῦ πράγματος τεθορυ-
βημένοι. ἀλλὰ θαρρῶν ἐπαγγέλλομαι αὐτοῖς,
ὅτι ἢν καὶ νῦν ὡς πρότερόν ποτε τὴν τελετὴν
ἐθελήσωσιν ἐπιδεῖν πολλάκις καὶ ἀναμνησθῶσιν
οἱ παλαιοὶ συμπόται κώμων κοινῶν τῶν τότε
καιρῶν καὶ μὴ καταφρονήσωσιν τῶν Σατύρων
καὶ Σιληνῶν, πίωσι δὲ ἐς κόρον τοῦ κρατῆρος
τούτου, ἔτι βακχεύσειν [2] καὶ αὐτοὺς καὶ πολλάκις
μεθ’ ἡμῶν ἐρεῖν τὸ εὐοῖ. οὗτοι μὲν οὖν—ἐλεύθερον 6
γὰρ ἀκοή—ποιούντων ὅ τι καὶ φίλον.

Ἐγὼ δέ, ἐπειδήπερ ἔτι ἐν Ἰνδοῖς ἐσμέν, ἐθέλω
καὶ ἄλλο ὑμῖν διηγήσασθαί τι τῶν ἐκεῖθεν, οὐκ

---

[1] γὰρ (in two late MSS. only) A. M. H., making τοιαῦτα
. . . ἐμοῦ parenthetical.
[2] ἔτι βακχεύσειν Schwartz : ἐμβακχεύσειν (or ἐκβ.) MSS.

DIONYSUS

"But what has your Dionysus to do with Dionysus?" someone may say.[1] This much: that in my opinion (and in the name of the Graces don't suppose me in a corybantic frenzy or downright drunk if I compare myself to the gods!) most people are in the same state of mind as the Hindoos when they encounter literary novelties, like mine for example. Thinking that what they hear from me will smack of Satyrs and of jokes, in short, of comedy—for that is the conviction they have formed, holding I know not what opinion of me—some of them do not come at all, believing it unseemly to come off their elephants and give their attention to the revels of women and the skippings of Satyrs, while others apparently come for something of that kind, and when they find steel instead of ivy, are even then slow to applaud, confused by the unexpectedness of the thing. But I promise confidently that if they are willing this time as they were before to look often upon the mystic rites, and if my boon-companions of old remember "the revels we shared in the days that are gone"[2] and do not despise my Satyrs and Sileni, but drink their fill of this bowl, they too will know the Bacchic frenzy once again, and will often join me in the "Evoe." But let them do as they think fit: a man's ears are his own!

As we are still in India, I want to tell you another tale of that country which "has to do with Dionysus,"

[1] οὐδὲν πρὸς τὸν Διόνυσον· ἐπὶ τῶν τὰ μὴ προσήκοντα τοῖς ὑποκειμένοις λεγόντων. Explained by Zenobius as said in the theatre, when poets began to write about Ajax and the Centaurs and other things not in the Dionysiac legend. See *Paroemiographi Graeci* i. p. 137.

[2] The source of the anapaest κώμων κοινῶν τῶν τότε καιρῶν is unknown.

ἀπροσδιόνυσον οὐδ᾽ αὐτό, οὐδ᾽ ὧν ποιοῦμεν ἀλλό-
τριον. ἐν Ἰνδοῖς τοῖς Μαχλαίοις, οἳ τὰ λαιὰ τοῦ
Ἰνδοῦ ποταμοῦ, εἰ κατὰ ῥοῦν αὐτοῦ βλέποις,
ἐπινεμόμενοι μέχρι πρὸς τὸν Ὠκεανὸν καθήκουσι,
παρὰ τούτοις ἄλσος ἐστὶν ἐν περιφράκτῳ, οὐ
πάνυ μεγάλῳ χωρίῳ, συνηρεφεῖ δέ· κιττὸς γὰρ
πολὺς καὶ ἄμπελοι σύσκιον αὐτὸ ἀκριβῶς ποιοῦ-
σιν. ἐνταῦθα πηγαί εἰσι τρεῖς καλλίστου καὶ
διειδεστάτου ὕδατος, ἡ μὲν Σατύρων,[1] ἡ δὲ Πανός,
ἡ δὲ Σιληνοῦ. καὶ εἰσέρχονται εἰς αὐτὸ οἱ Ἰνδοὶ
ἅπαξ τοῦ ἔτους ἑορτάζοντες τῷ θεῷ, καὶ πίνουσι
τῶν πηγῶν, οὐχ ἁπασῶν ἅπαντες, ἀλλὰ καθ᾽
ἡλικίαν, τὰ μὲν μειράκια τῆς τῶν Σατύρων, οἱ
ἄνδρες δὲ τῆς Πανικῆς, τῆς δὲ τοῦ Σιληνοῦ οἱ κατ᾽
ἐμέ.

Ἃ μὲν οὖν πάσχουσιν οἱ παῖδες ἐπειδὰν
πίωσιν, ἢ οἷα οἱ ἄνδρες τολμῶσι κατεχόμενοι
τῷ Πανί, μακρὸν ἂν εἴη λέγειν· ἃ δ᾽ οἱ γέροντες
ποιοῦσιν, ὅταν μεθυσθῶσιν τοῦ ὕδατος, οὐκ
ἀλλότριον εἰπεῖν· ἐπειδὰν πίῃ ὁ γέρων καὶ
κατάσχῃ αὐτὸν ὁ Σιληνός, αὐτίκα ἐπὶ πολὺ
ἄφωνός ἐστι καὶ καρηβαροῦντι καὶ βεβαπτισμένῳ
ἔοικεν, εἶτα ἄφνω φωνή τε λαμπρὰ καὶ φθέγμα
τορὸν καὶ πνεῦμα λιγυρὸν ἐγγίγνεται αὐτῷ καὶ
λαλίστατος ἐξ ἀφωνοτάτου ἐστίν, οὐδ᾽ ἂν ἐπι-
στομίσας παύσειας αὐτὸν μὴ οὐχὶ συνεχῆ λαλεῖν
καὶ ῥήσεις μακρὰς συνείρειν. συνετὰ μέντοι
πάντα καὶ κόσμια καὶ κατὰ τὸν Ὁμήρου ἐκεῖνον
ῥήτορα· νιφάδεσσι γὰρ ἐοικότα χειμερίῃσι διεξέρ-
χονται, οὐδ᾽ ἀποχρήσει σοι κύκνοις κατὰ τὴν

---

[1] Σατύρων E. Capps : Σατύρου MSS.

like the first, and is not irrelevant to our business. Among the Machlaean Indians who feed their flocks on the left banks of the Indus river as you look down stream, and who reach clear to the Ocean—in their country there is a grove in an enclosed place of no great size; it is completely sheltered, however, for rank ivy and grapevines overshadow it quite. In it there are three springs of fair, clear water: one belongs to the Satyrs, another to Pan, the third to Silenus. The Indians visit the place once a year, celebrating the feast of the god, and they drink from the springs: not, however, from all of them, indiscriminately, but according to age. The boys drink from the spring of the Satyrs, the men from the spring of Pan, and those of my time of life from the spring of Silenus.

What happens to the boys when they drink, and what the men make bold to do under the influence of Pan would make a long story; but what the old do when they get drunk on the water is not irrelevant. When an old man drinks and falls under the influence of Silenus, at first he is mute for a long time and appears drugged and sodden. Then of a sudden he acquires a splendid voice, a distinct utterance, a silvery tone, and is as talkative as he was mute before. Even by gagging him you couldn't keep him from talking steadily and delivering long harangues. It is all sensible though, and well ordered, and in the style of Homer's famous orator; [1] for their words fall "like the snows of winter." You can't compare them to swans on

[1] Odysseus: *Il.* 3. 222, where he and Menelaus are compared.

ἡλικίαν εἰκάσαι αὐτούς, ἀλλὰ τεττιγῶδές τι
πυκνὸν καὶ ἐπίτροχον συνάπτουσιν ἄχρι βαθείας
ἑσπέρας. τοὐντεῦθεν δὲ ἤδη ἀφεθείσης αὐτοῖς
τῆς μέθης σιωπῶσι καὶ πρὸς τὸ ἀρχαῖον ἀνα-
τρέχουσι. τὸ μέντοι παραδοξότατον οὐδέπω
εἶπον· ἢν γὰρ ἀτελῆ ὁ γέρων μεταξὺ καταλίπῃ
ὃν διεξῄει τὸν λόγον, δύντος ἡλίου κωλυθεὶς ἐπὶ
πέρας αὐτὸν ἐπεξελθεῖν, ἐς νέωτα πιὼν αὖθις
ἐκεῖνα συνάπτει ἃ πέρυσι λέγοντα ἡ μέθη αὐτὸν
κατέλιπεν.

Ταῦτά μοι κατὰ τὸν Μῶμον εἰς ἐμαυτὸν ἀπε- 8
σκώφθω, καὶ μὰ τὸν Δί᾽ οὐκ ἂν ἔτι ἐπαγάγοιμι τὸ
ἐπιμύθιον· ὁρᾶτε γὰρ ἤδη καθ᾽ ὅ τι τῷ μύθῳ
ἔοικα. ὥστε ἢν μέν τι παραπαίωμεν, ἡ μέθη αἰτία·
εἰ δὲ πινυτὰ δόξειε τὰ λεγόμενα, ὁ Σιληνὸς ἄρα
ἦν ἵλεως.

account of their age ; but like cicadas, they keep up a constant roundelay till the afternoon is far spent. Then, when the fumes of the drink leave them at last, they fall silent and relapse into their old ways. But I have not yet told you the strangest part of it. If an old man is prevented by sunset from reaching the end of the story which he is telling, and leaves it unfinished, when he drinks again another season he takes up what he was saying the year before when the fumes left him!

Permit me this joke at my own expense, in the spirit of Momus. I refuse to draw the moral, I swear; for you already see how the fable applies to me. If I make any slip, then, the fumes are to blame, but if what I say should seem reasonable, then Silenus has been good to me.

HERACLES

AN INTRODUCTION

ΠΡΟΛΑΛΙΑ. ΗΡΑΚΛΗΣ

Τὸν Ἡρακλέα οἱ Κελτοὶ Ὄγμιον ὀνομάζουσι 1
φωνῇ τῇ ἐπιχωρίῳ, τὸ δὲ εἶδος τοῦ θεοῦ πάνυ
ἀλλόκοτον γράφουσι. γέρων ἐστὶν αὐτοῖς ἐς τὸ
ἔσχατον, ἀναφαλαντίας, πολιὸς ἀκριβῶς ὅσαι
λοιπαὶ τῶν τριχῶν, ῥυσὸς τὸ δέρμα καὶ διακεκαυ-
μένος ἐς τὸ μελάντατον οἷοί εἰσιν οἱ θαλαττουργοὶ
γέροντες· μᾶλλον δὲ Χάρωνα ἢ Ἰαπετόν τινα τῶν
ὑποταρταρίων καὶ πάντα μᾶλλον ἢ Ἡρακλέα
εἶναι ἂν εἰκάσειας. ἀλλὰ καὶ τοιοῦτος ὢν ἔχει
ὅμως τὴν σκευὴν τὴν Ἡρακλέους· καὶ γὰρ τὴν
διφθέραν ἐνῆπται τὴν τοῦ λέοντος καὶ τὸ ῥόπαλον
ἔχει ἐν τῇ δεξιᾷ καὶ τὸν γωρυτὸν παρήρτηται, καὶ
τὸ τόξον ἐντεταμένον ἡ ἀριστερὰ προδείκνυσιν,
καὶ ὅλος Ἡρακλῆς ἐστι ταῦτά γε. ᾤμην οὖν ἐφ' 2
ὕβρει τῶν Ἑλληνίων[1] θεῶν τοιαῦτα παρανομεῖν
τοὺς Κελτοὺς ἐς τὴν μορφὴν τὴν Ἡρακλέους
ἀμυνομένους αὐτὸν τῇ γραφῇ, ὅτι τὴν χώραν ποτὲ
αὐτῶν ἐπῆλθεν λείαν ἐλαύνων, ὁπότε τὰς Γηρυόνου
ἀγέλας ζητῶν κατέδραμε τὰ πολλὰ τῶν ἑσπερίων
γενῶν. καίτοι τὸ παραδοξότατον οὐδέπω ἔφην 3

---

[1] Ἑλληνίων MSS., Herwerden : Ἑλλήνων Schwartz : Ἑλ-
ληνικῶν vulg.

62

HERACLES

AN INTRODUCTION

THE Celts call Heracles Ogmios in their native
tongue, and they portray the god in a very peculiar
way. To their notion, he is extremely old, bald-
headed, except for a few lingering hairs which are
quite gray, his skin is wrinkled, and he is burned as
black as can be, like an old sea-dog. You would
think him a Charon or a sub-Tartarean Iapetus [1]—
anything but Heracles! Yet, in spite of his looks,
he has the equipment of Heracles: he is dressed in
the lion's skin, has the club in his right hand, carries
the quiver at his side, displays the bent bow in his
left, and is Heracles from head to heel as far as
that goes. I thought, therefore, that the Celts had
committed this offence against the good-looks of
Heracles to spite the Greek gods, and that they were
punishing him by means of the picture for having
once visited their country on a cattle-lifting foray,
at the time when he raided most of the western
nations in his quest of the herds of Geryon. But
I have not yet mentioned the most surprising thing

[1] Chief of the Titans, who warred on Zeus and after their
defeat were buried for ever in the bowels of the earth, below
Tartarus.

τῆς εἰκόνος· ὁ γὰρ δὴ γέρων Ἡρακλῆς ἐκεῖνος
ἀνθρώπων πάμπολύ τι πλῆθος ἕλκει ἐκ τῶν ὤτων
ἅπαντας δεδεμένους. δεσμὰ δέ εἰσιν οἱ σειραὶ
λεπταὶ χρυσοῦ καὶ ἠλέκτρου εἰργασμέναι ὅρμοις
ἐοικυῖαι τοῖς καλλίστοις. καὶ ὅμως ὑφ' οὕτως
ἀσθενῶν ἀγόμενοι οὔτε δρασμὸν βουλεύουσι, δυνά-
μενοι ἂν εὐμαρῶς, οὔτε ὅλως ἀντιτείνουσιν ἢ τοῖς
ποσὶν ἀντερείδουσι πρὸς τὸ ἐναντίον τῆς ἀγωγῆς
ἐξυπτιάζοντες, ἀλλὰ φαιδροὶ ἕπονται καὶ γεγη-
θότες καὶ τὸν ἄγοντα ἐπαινοῦντες, ἐπειγόμενοι
ἅπαντες καὶ τῷ φθάνειν ἐθέλειν τὸν δεσμὸν ἐπι-
χαλῶντες, ἐοικότες ἀχθεσθησομένοις εἰ λυθή-
σονται. ὃ δὲ πάντων ἀτοπώτατον εἶναί μοι
ἔδοξεν, οὐκ ὀκνήσω καὶ τοῦτο εἰπεῖν· οὐ γὰρ ἔχων
ὁ ζωγράφος ὅθεν ἐξάψειε ταῖς σειραῖς τὰς ἀρχάς,[1]
ἅτε τῆς δεξιᾶς μὲν ἤδη τὸ ῥόπαλον, τῆς λαιᾶς δὲ
τὸ τόξον ἐχούσης, τρυπήσας τοῦ θεοῦ τὴν γλῶτταν
ἄκραν ἐξ ἐκείνης ἑλκομένους αὐτοὺς ἐποίησεν, καὶ
ἐπέστραπταί γε εἰς τοὺς ἀγομένους μειδιῶν.

Ταῦτ' ἐγὼ μὲν ἐπὶ πολὺ εἰστήκειν ὁρῶν καὶ   4
θαυμάζων καὶ ἀπορῶν καὶ ἀγανακτῶν· Κελτὸς
δέ τις παρεστὼς οὐκ ἀπαίδευτος τὰ ἡμέτερα, ὡς
ἔδειξεν ἀκριβῶς Ἑλλάδα φωνὴν ἀφείς, φιλόσοφος,
οἶμαι, τὰ ἐπιχώρια, Ἐγώ σοι, ἔφη, ὦ ξένε, λύσω
τῆς γραφῆς τὸ αἴνιγμα· πάνυ γὰρ ταραττομένῳ
ἔοικας πρὸς αὐτήν. τὸν λόγον ἡμεῖς οἱ Κελτοὶ
οὐχ ὥσπερ ὑμεῖς οἱ Ἕλληνες Ἑρμῆν οἰόμεθα εἶναι,
ἀλλ' Ἡρακλεῖ αὐτὸν εἰκάζομεν, ὅτι παρὰ πολὺ
τοῦ Ἑρμοῦ ἰσχυρότερος οὗτος. εἰ δὲ γέρων
πεποίηται, μὴ θαυμάσῃς· μόνος γὰρ ὁ λόγος ἐν
γήρᾳ φιλεῖ ἐντελῆ ἐπιδείκνυσθαι τὴν ἀκμήν, εἴ

[1] τὰς ἀρχάς Schwartz : τὰς τῶν δεσμῶν ἀρχάς MSS.

in the picture. That old Heracles of theirs drags
after him a great crowd of men who are all tethered
by the ears! His leashes are delicate chains
fashioned of gold and amber, resembling the
prettiest of necklaces. Yet, though led by bonds so
weak, the men do not think of escaping, as they
easily could, and they do not pull back at all or brace
their feet and lean in the opposite direction to that
in which he is leading them. In fact, they follow
cheerfully and joyously, applauding their leader and
all pressing him close and keeping the leashes slack
in their desire to overtake him; apparently they
would be offended if they were let loose! But let
me tell you without delay what seemed to me the
strangest thing of all. Since the painter had no
place to which he could attach the ends of the
chains, as the god's right hand already held the
club and his left the bow, he pierced the tip of his
tongue and represented him drawing the men by
that means! Moreover, he has his face turned
toward his captives, and is smiling.

I had stood for a long time, looking, wondering,
puzzling and fuming, when a Celt at my elbow, not
unversed in Greek lore, as he showed by his excellent
use of our language, and who had, apparently,
studied local traditions, said: " I will read you the
riddle of the picture, stranger, as you seem to be
very much disturbed about it. We Celts do not agree
with you Greeks in thinking that Hermes is
Eloquence: we identify Heracles with it, because he
is far more powerful than Hermes. And don't be
surprised that he is represented as an old man, for
eloquence and eloquence alone is wont to show its

γε ἀληθῆ ὑμῶν οἱ ποιηταὶ λέγουσιν, ὅτι αἱ μὲν
τῶν ὁπλοτέρων φρένες ἠερέθονται, τὸ δὲ γῆρας
ἔχει τι λέξαι τῶν νέων σοφώτερον. οὕτω γέ τοι
καὶ τοῦ Νέστορος ὑμῖν ἀπορρεῖ ἐκ τῆς γλώττης
τὸ μέλι, καὶ οἱ ἀγορηταὶ τῶν Τρώων τὴν ὄπα[1]
ἀφιᾶσιν εὐανθῆ τινα· λείρια γὰρ καλεῖται, εἴ γε
μέμνημαι, τὰ ἄνθη. ὥστε εἰ τῶν ὤτων ἐκδεδε- 5
μένους τοὺς ἀνθρώπους πρὸς τὴν γλῶτταν ὁ γέρων
οὗτος Ἡρακλῆς ἕλκει,[2] μηδὲ τοῦτο θαυμάσῃς εἰδὼς
τὴν ὤτων καὶ γλώττης συγγένειαν· οὐδ' ὕβρις εἰς
αὐτόν, εἰ ταύτῃ τετρύπηται· μέμνημαι γοῦν, ἔφη,
καὶ κωμικῶν τινων ἰαμβείων παρ' ὑμῶν μαθών,
τοῖς γὰρ λάλοις ἐξ ἄκρου ἡ γλῶττα πᾶσίν ἐστι
τετρυπημένη. τὸ δ' ὅλον καὶ αὐτὸν ἡμεῖς τὸν 6
Ἡρακλέα λόγῳ τὰ πάντα ἡγούμεθα ἐξεργάσασθαι
σοφὸν γενόμενον, καὶ πειθοῖ τὰ πλεῖστα βιάσασθαι.
καὶ τά γε βέλη αὐτοῦ οἱ λόγοι εἰσίν, οἶμαι, ὀξεῖς
καὶ εὔστοχοι καὶ ταχεῖς καὶ τὰς ψυχὰς τιτρώ-
σκοντες· πτερόεντα γοῦν τὰ ἔπη καὶ ὑμεῖς φατε
εἶναι.

Τοσαῦτα μὲν ὁ Κελτός. ἐμοὶ δὲ ἡνίκα περὶ 7
τῆς δεῦρο παρόδου ταύτης ἐσκοπούμην πρὸς
ἐμαυτόν, εἴ μοι καλῶς ἔχει τηλικῷδε ὄντι καὶ
πάλαι τῶν ἐπιδείξεων πεπαυμένῳ αὖθις ὑπὲρ
ἐμαυτοῦ ψῆφον διδόναι τοσούτοις δικασταῖς, κατὰ
καιρὸν ἐπῆλθεν ἀναμνησθῆναι τῆς εἰκόνος· τέως

---

[1] τὴν ὄπα Schwartz : τὴν ὄπα τὴν λειριόεσσαν MSS.
[2] ἕλκει Hartman, Schwartz : ὁ λόγος ἕλκει MSS.

full vigour in old age, if your poets are right in
saying 'A young man hath a wandering wit'[1] and
'Old age has wiser words to say than youth.'[2]
That is why your Nestor's tongue distils honey,[3] and
why the Trojan counsellors have a voice like flowers[4]
(the flowers mentioned are lilies, if my memory
serves). This being so, if old Heracles here drags
men after him who are tethered by the ears to
his tongue, don't be surprised at that, either: you
know the kinship between ears and tongue. Nor is
it a slight upon him that his tongue is pierced.
Indeed," said he, " I call to mind a line or two of
comedy which I learned in your country:

> the talkative
> Have, one and all, their tongues pierced at the tip.[5]

In general, we consider that the real Heracles
was a wise man who achieved everything by
eloquence and applied persuasion as his principal
force. His arrows represent words, I suppose, keen,
sure and swift, which make their wounds in souls.
In fact, you yourselves admit that words are
winged."[6]

Thus far the Celt. And when I was debating
with myself on the question of appearing here, con-
sidering whether it was proper for a man of my age,
who had long ago given up lecturing in public, once
more to subject himself to the verdict of so large a
jury, it chanced in the nick of time that I
remembered the picture. Until then I had been

---

[1] *Iliad* 3, 108.   [2] Eur. *Phoen.* 530.
[3] *Iliad* 1, 249.   [4] *Iliad* 3, 152.
[5] Source unknown (Kock, *Com. Att. Fragm., adesp.* 398).
[6] Homer, *passim.*

μὲν γὰρ ἐδεδίειν, μή τινι ὑμῶν δόξαιμι κομιδῇ
μειρακιώδη ταῦτα ποιεῖν καὶ παρ' ἡλικίαν
νεανιεύεσθαι, κᾆτά τις Ὁμηρικὸς νεανίσκος ἐπι-
πλήξειέν μοι εἰπὼν τὸ σὴ δὲ βίη λέλυται, καὶ
χαλεπὸν γῆρας κατείληφέ σε, ἠπεδανὸς δέ νύ τοι
θεράπων, βραδέες δέ τοι ἵπποι, ἐς τοὺς πόδας
τοῦτο ἀποσκώπτων. ἀλλ' ὅταν ἀναμνησθῶ τοῦ
γέροντος ἐκείνου Ἡρακλέους, πάντα ποιεῖν προ-
άγομαι καὶ οὐκ αἰδοῦμαι τοιαῦτα τολμῶν ἡλικιώτης
ὢν τῆς εἰκόνος. ὥστε ἰσχὺς μὲν καὶ τάχος καὶ 8
κάλλος καὶ ὅσα σώματος ἀγαθὰ χαιρέτω, καὶ ὁ
Ἔρως ὁ σός, ὦ Τήϊε ποιητά, ἐσιδών με ὑποπόλιον
τὸ [1] γένειον χρυσοφαέννων εἰ βούλεται πτερύγων
ταρσοῖς [2] παραπετέσθω, καὶ ὁ Ἱπποκλείδης οὐ
φροντιεῖ. τῷ λόγῳ δὲ νῦν ἂν μάλιστα ἀνηβᾶν
καὶ ἀνθεῖν καὶ ἀκμάζειν καθ' ὥραν εἴη καὶ ἕλκειν
τῶν ὤτων ὅσους ἂν πλείστους δύνηται, καὶ τοξεύειν
πολλάκις, ὡς οὐδέν γε δέος μὴ κενωθεὶς λάθοι ὁ
γωρυτὸς αὐτῷ.

Ὁρᾷς ὅπως παραμυθοῦμαι τὴν ἡλικίαν καὶ
τὸ γῆρας τὸ ἐμαυτοῦ. καὶ διὰ τοῦτο ἐτόλ-
μησα πάλαι νενεωλκημένον τὸ ἀκάτιον κατα-
σπάσας καὶ ἐκ τῶν ἐνόντων ἐπισκευάσας αὖθις
ἀφεῖναι ἐς μέσον τὸ πέλαγος. εἴη δ', ὦ θεοί, καὶ

---

[1] τὸ Schwartz : not in MSS.
[2] ταρσοῖς Schwartz : ἢ ἀετοῖς MSS.

afraid that some of you might think I was doing an altogether boyish thing and at my age shewing the rashness of youth ; and that then some young fellow full of Homer might rebuke me by saying " Your strength is gone " and " Bitter old age has you in his clutch " and " Your squire is feeble and your steeds are slow," [1] aiming the last quip at my feet. But when I remember that old Heracles, I am moved to undertake anything, and am not ashamed to be so bold, since I am no older than the picture. Goodbye, then, to strength, speed, beauty and all manner of physical excellence ! Let your god of love, O Tean poet,[2] glance at my grizzled chin and flit by me if he will on his gold-gleaming pinions : Hippoclides will not mind ! [3] Now should certainly be the time for eloquence to flourish and flower and reach its fulness, to drag as many as it can by the ears and to let fly many arrows. At least there is no fear that its quiver will unexpectedly run short !

You see what encouragement I apply to my age and my infirmities. This it is which gave me the heart to drag my pinnace, long ago laid up, to the water, provision her as best I could and set sail on the high seas once more. Be it your part,

[1] *Iliad* 8, 103 f. (spoken to Nestor).

[2] Anacreon (frg. 23 Bergk) : the poem is lost.

[3] Hippoclides of Athens, one of many suitors for the hand of the daughter of Clisthenes, tyrant of Sicyon, was preferred above them all. But at the feast which was to have announced his engagement he danced so well and so unwisely that Clisthenes was disgusted and said " Son of Tisander, you have danced yourself out of the match ! " " Hippoclides does not mind ! " was the answer he received. " Hence the proverb," as Herodotus says (6, 126-131).

τὰ παρ' ὑμῶν ἐμπνεῦσαι δεξιά, ὡς νῦν γε μάλιστα πλησιστίου τε καὶ ἐσθλοῦ ἑταίρου ἀνέμου δεόμεθα, ἵνα, εἰ ἄξιοι φαινοίμεθα, καὶ ἡμῖν τὸ Ὁμηρικὸν ἐκεῖνο ἐπιφθέγξηταί τις,

οἵην ἐκ ῥακέων ὁ γέρων ἐπιγουνίδα φαίνει.

ye gods, to blow me fair, for now if ever do I need a breeze "that fills the sail, a good companion."[1] If anyone thinks me worthy, I would have him apply to me the words of Homer:

"How stout a thigh the old man's rags reveal!"[2]

[1] *Odyss.* 11, 7 ; 12, 149. [2] *Odyss.* 18, 74.

AMBER, OR THE SWANS

The introduction to a lecture, evidently familiar to Lucian's public under two names.

ΠΕΡΙ ΤΟΥ ΗΛΕΚΤΡΟΥ Η ΤΩΝ ΚΥΚΝΩΝ

Ἠλέκτρου πέρι καὶ ὑμᾶς δηλαδὴ ὁ μῦθος 1
πέπεικεν, αἰγείρους ἐπὶ τῷ Ἠριδανῷ ποταμῷ
δακρύειν αὐτὸ θρηνούσας τὸν Φαέθοντα, καὶ
ἀδελφάς γε εἶναι τὰς αἰγείρους ἐκείνας τοῦ
Φαέθοντος, εἶτα ὀδυρομένας τὸ μειράκιον ἀλλα-
γῆναι ἐς τὰ δένδρα, καὶ ἀποστάζειν ἔτι αὐτῶν
δάκρυον δῆθεν τὸ ἤλεκτρον. τοιαῦτα γὰρ ἀμέλει
καὶ αὐτὸς ἀκούων τῶν ποιητῶν ᾀδόντων ἤλπιζον,
εἴ ποτε γενοίμην ἐπὶ τῷ Ἠριδανῷ, ὑπελθὼν μίαν
τῶν αἰγείρων ἐκπετάσας τὸ προκόλπιον ὑποδέ-
ξεσθαι τῶν δακρύων ὀλίγα, ὡς ἤλεκτρον ἔχοιμι.
καὶ δὴ οὐ πρὸ πολλοῦ κατ' ἄλλο μέν τι χρέος, 2
ἧκον δὲ ὅμως ἐς τὰ χωρία ἐκεῖνα, καὶ—ἔδει γὰρ
ἀναπλεῖν κατὰ τὸν Ἠριδανόν—οὔτ' αἰγείρους
εἶδον πάνυ περισκοπῶν οὔτε τὸ ἤλεκτρον, ἀλλ'
οὐδὲ τοὔνομα τοῦ Φαέθοντος ᾔδεσαν οἱ ἐπι-
χώριοι. ἀναζητοῦντος γοῦν ἐμοῦ καὶ διαπυνθανο-
μένου, πότε δὴ ἐπὶ τὰς αἰγείρους ἀφιξόμεθα
τὰς τὸ ἤλεκτρον, ἐγέλων οἱ ναῦται καὶ ἠξίουν σαφέ-
στερον λέγειν ὅ τι καὶ θέλοιμι· κἀγὼ τὸν μῦθον
διηγούμην αὐτοῖς, Φαέθοντα γενέσθαι Ἡλίου
παῖδα, καὶ τοῦτον ἐς ἡλικίαν ἐλθόντα αἰτῆσαι
παρὰ τοῦ πατρὸς ἐλάσαι τὸ ἅρμα, ὡς ποιήσειε καὶ
αὐτὸς μίαν ἡμέραν, τὸν δὲ δοῦναι, τὸν δὲ ἀπολέ-
σθαι ἐκδιφρευθέντα, καὶ τὰς ἀδελφὰς αὐτοῦ

AMBER, OR THE SWANS

With regard to amber, you doubtless share the general belief in the story that poplars on the banks of the river Eridanus shed tears of it in grief over Phaethon; and that these poplars are the sisters of Phaethon, who out of sorrow for the boy were changed into trees and still drip tears—of amber! Such tales, when I heard them from the lips of the poets, made me expect that if ever I got to the Eridanus, by going underneath one of the poplars and holding out a fold of my cloak I could supply myself with amber by catching a few of their tears. As a matter of fact, I did visit those parts not long ago (on another errand, to be sure); and as I had to go up the Eridanus, I kept a sharp lookout, but neither poplars nor amber were to be seen. Indeed, the very name of Phaethon was unknown to the natives. At any rate, when I went into the matter and inquired when we should reach the poplars—"the amber-poplars,"—the boatmen laughed and asked me to tell them more plainly what I meant. So I told them the story: that Phaethon was the child of the Sun, and that on coming of age he asked his father to let him drive the car and "do just one day" himself; his father consented, and he was thrown from the car and killed. "And his sisters," said I, "out of

πενθούσας ἐνταῦθά που, ἔφην, παρ' ὑμῖν, ἵναπερ
καὶ κατέπεσεν, ἐπὶ τῷ Ἠριδανῷ, αἰγείρους
γενέσθαι καὶ δακρύειν ἔτι ἐπ' αὐτῷ τὸ ἤλεκτρον.
Τίς ταῦτά σοι, ἔφασκον, διηγήσατο ἀπατεὼν 3
καὶ ψευδολόγος ἄνθρωπος; ἡμεῖς δὲ οὔτε ἡνίοχόν
τινα ἐκπίπτοντα εἴδομεν οὔτε τὰς αἰγείρους ἃς
φὴς ἔχομεν. εἰ δὲ ἦν τι τοιοῦτον, οἴει ἡμᾶς δυοῖν
ὀβολοῖν ἕνεκα ἐρέττειν ἂν ἢ ἕλκειν τὰ πλοῖα πρὸς
ἐναντίον τὸ ὕδωρ, οἷς ἐξῆν πλουτεῖν ἀναλέγοντας
τῶν αἰγείρων τὰ δάκρυα; τοῦτο λεχθὲν οὐ μετρίως
μου καθίκετο, καὶ ἐσιώπησα αἰσχυνθείς, ὅτι
παιδίου τινὸς ὡς ἀληθῶς ἔργον ἐπεπόνθειν πι-
στεύσας τοῖς ποιηταῖς ἀπίθανα οὕτως ψευδο-
μένοις, ὡς μηδὲν ὑγιὲς ἀρέσκεσθαι αὐτοῖς.

Μιᾶς μὲν δὴ ταύτης ἐλπίδος οὐ μικρᾶς ἐψευσ-
μένος ἠνιώμην καθάπερ ἐκ τῶν χειρῶν τὸ ἤλεκτρον
ἀπολωλεκώς, ὅς γε ἤδη ἀνέπλαττον ὅσα καὶ οἷα
χρήσομαι αὐτῷ. ἐκεῖνο δὲ καὶ πάνυ ἀληθὲς 4
ᾤμην εὑρήσειν παρ' αὐτοῖς, κύκνους πολλοὺς
ᾄδοντας ἐπὶ ταῖς ὄχθαις τοῦ ποταμοῦ. καὶ αὖθις
ἠρώτων τοὺς ναύτας—ἀνεπλέομεν γὰρ ἔτι—'Ἀλλ'
οἵ γε κύκνοι πηνίκα ὑμῖν τὸ λιγυρὸν ἐκεῖνο
ᾄδουσιν ἐφεστῶτες τῷ ποταμῷ ἔνθεν καὶ ἔνθεν;
φασὶ γοῦν Ἀπόλλωνος παρέδρους αὐτοὺς ὄντας,
ᾠδικοὺς ἀνθρώπους, ἐνταῦθά που ἐς τὰ ὄρνεα
μεταπεσεῖν καὶ διὰ τοῦτο ᾄδειν ἔτι οὐκ ἐκλα-
θομένους τῆς μουσικῆς. οἱ δὲ σὺν γέλωτι, 5
Σύ, ἔφησαν, ὦ ἄνθρωπε, οὐ παύσῃ τήμερον
καταψευδόμενος τῆς χώρας ἡμῶν καὶ τοῦ ποτα-
μοῦ; ἡμεῖς δὲ ἀεὶ πλέοντες καὶ ἐκ παίδων
σχεδὸν ἐργαζόμενοι ἐν τῷ Ἠριδανῷ ὀλίγους μὲν

sorrow turned into poplars somewhere in this neigh-
bourhood of yours, on the banks of the Eridanus, at
the spot where he fell, and still weep for him with
tears of amber." "Who told you that?" said they.
" The cheat and liar ! We never saw any driver
fall from a car, and we haven't the poplars you speak
of. If we had anything of that sort, do you suppose
that for two obols we would row or tow our boats up-
stream, when we could get rich by picking up the
tears of the poplars?" This remark struck me
uncommonly, and I held my tongue for shame that
I had acted like a child, and no mistake, in believing
the poets, who are such incredible liars that nothing
sensible finds any favour with them.

Well, this was one great expectation that I was
disappointed in ; and I was as vexed as if I had let
the amber slip through my fingers, for I was already
imagining all the different uses which I should make
of it. But the other story I thought I should
find completely true there—the one about troops of
swans that sing on the banks of the river. So I put
a second question to the boatmen—for we were still
on our way up. "But, how about your swans?" I
asked. "At what time do they sing so melodiously,
ranged along the river, on this side and on that?
People say, at all events, that they were associates
of Apollo, men with the gift of song, who somewhere
in these parts changed into birds, and for that
reason do not forget their music, but still continue
to sing." With a burst of laughter they replied :
" Why, man, aren't you ever going to stop telling
lies about our country and our river? We are
always on the water, and have worked on the
Eridanus since we were children, almost; now and

κύκνους ἐνίοτε ὁρῶμεν ἐν τοῖς ἕλεσι τοῦ ποταμοῦ,
καὶ κρώζουσιν οὗτοι πάνυ ἄμουσον καὶ ἀσθενές,
ὡς τοὺς κόρακας ἢ·τοὺς κολοιοὺς Σειρῆνας εἶναι
πρὸς αὐτούς, ᾀδόντων δὲ ἡδὺ καὶ οἷον σὺ φὴς οὐδὲ
ὄναρ ἀκηκόαμεν· ὥστε θαυμάζομεν πόθεν ταῦτα
εἰς ὑμᾶς ἀφίκετο περὶ ἡμῶν.

Πολλὰ τοιαῦτα ἐξαπατηθῆναι ἔστι πιστεύον- 6
τας τοῖς πρὸς τὸ μεῖζον ἕκαστα ἐξηγουμένοις.
ὥστε κἀγὼ νῦν δέδια ὑπὲρ ἐμαυτοῦ μὴ ὑμεῖς ἄρτι
ἀφιγμένοι, καὶ τοῦτο πρῶτον ἀκροασόμενοι ἡμῶν,
ἤλεκτρά τινα καὶ κύκνους ἐλπίσαντες εὑρήσειν
παρ' ἡμῖν, ἔπειτα μετ' ὀλίγον ἀπέλθητε καταγε-
λῶντες τῶν ὑποσχομένων ὑμῖν τοιαῦτα πολλὰ
κειμήλια ἐνεῖναι τοῖς λόγοις. ἀλλὰ μαρτύρομαι,
ὡς ἐμοῦ τοιαῦτα μεγαλαυχουμένου περὶ τῶν ἐμῶν
οὔτε ὑμεῖς οὔτε ἄλλος πω ἀκήκοεν, οὐδ' ἂν
ἀκούσειέν ποτε. ἄλλοις μὲν γὰρ οὐκ ὀλίγοις
ἐντύχοις ἂν Ἠριδανοῖς τισι καὶ οἷς οὐκ ἤλεκτρον,
ἀλλὰ χρυσὸς αὐτὸς ἀποστάζει τῶν λόγων, πολὺ
τῶν κύκνων τῶν ποιητικῶν λιγυρωτέροις· τὸ δὲ
ἐμὸν ὁρᾶτε ἤδη ὁποῖον ἁπλοϊκὸν καὶ ἄμυθον, οὐδέ
τις ᾠδὴ πρόσεστιν. ὥστε ὅρα μὴ τοιουτό τι
πάθῃς μείζω περὶ ἡμῶν ἐλπίσας, οἷόν τι πάσχουσιν
οἱ τὰ ἐν τῷ ὕδατι ὁρῶντες· οἰόμενοι γὰρ τηλικαῦτα
εἶναι αὐτὰ οἷα διεφαίνετο αὐτοῖς ἄνωθεν, εὐρυνο-
μένης τῆς σκιᾶς πρὸς τὴν αὐγήν, ἐπειδὰν ἀνα-
σπάσωσι, πολλῷ μικρότερα εὑρίσκοντες ἀνιῶνται.
ἤδη οὖν σοι προλέγω, ἐκχέας τὸ ὕδωρ καὶ ἀπο-
καλύψας τἀμὰ μηδὲν μέγα προσδοκήσῃς ἀνιμή-
σεσθαι, ἢ σαυτὸν αἰτιάσῃ τῆς ἐλπίδος.

then we see a few swans in the marshes by the
river, and they have a very unmusical and feeble
croak ; crows or daws are Sirens to them. As for
the sweet song you speak of, we never heard it or
even dreamed of it, so we wonder how these stories
about us got to your people."

Many such deceptions can be practised on men
when they put faith in those who exaggerate every-
thing they tell. Therefore I am now afraid on my
own account that you who have just come to town
and are about to hear me for the first time may
expect to find amber and swans here, and after
a while may go away laughing at the men who
promised you that such treasures were abundant in
my discourse. But I swear that neither you nor
anyone else ever heard me make such boasts about
my compositions, and never will ! Others, to be
sure, you can find in plenty of the Eridanus kind :
their words distil very gold instead of amber, and
they are far more melodious than the swans of
poetry. But as for my talk, you already see how
simple and matter-of-fact it is, and that there is no
music to it. So look out that you do not set your
hopes of me too high, and thereby have an experience
like people who see things under water. They expect
them to be as large as they looked through the
water, from above, when the image was magnified
under the light ; and when they fish them up, they
are annoyed to find them a great deal smaller. I
warn you, therefore, at the outset—don't expect
that when you have bailed out the water and
exposed my thoughts you will make a great haul, or
else you will have yourselves to blame for your
expectations !

THE FLY

It need hardly be said that this belongs to the domain of belles lettres, not of science. Like the Italian poets of the Renaissance, the rhetoricians of the decadence delighted to show their cunning by "praising" all manner of things good, bad, and indifferent.

ΜΥΙΑΣ ΕΓΚΩΜΙΟΝ

Ἡ μυῖα ἔστι μὲν οὐ τὸ[1] σμικρότατον τῶν 1
ὀρνέων, ὅσον ἐμπίσι καὶ κώνωψι καὶ τοῖς ἔτι
λεπτοτέροις παραβάλλειν, ἀλλὰ τοσοῦτον ἐκείνων
μεγέθει προὔχει ὅσον αὐτὴ μελίττης ἀπολείπεται.
ἐπτέρωται δὲ οὐ κατὰ τὰ αὐτὰ τοῖς ἄλλοις, ὡς
τοῖς μὲν ἀπανταχόθεν κομᾶν τοῦ σώματος, τοῖς·
δὲ ὠκυπτέροις χρῆσθαι, ἀλλὰ κατὰ τὰς ἀκρίδας
καὶ τέττιγας καὶ μελίττας ἐστὶν ὑμενόπτερος,
τοσοῦτον ἁπαλώτερα ἔχουσα τὰ πτερὰ ὅσον τῆς
Ἑλληνικῆς ἐσθῆτος ἡ Ἰνδικὴ λεπτοτέρα καὶ
μαλακωτέρα· καὶ μὴν διήνθισται κατὰ τοὺς
ταῶνας, εἴ τις ἀτενὲς βλέποι ἐς αὐτήν, ὁπόταν
ἐκπετάσασα πρὸς τὸν ἥλιον πτερύσσηται. ἡ 2
δὲ πτῆσις οὔτε κατὰ τὰς νυκτερίδας εἰρεσίᾳ
συνεχεῖ τῶν πτερῶν οὔτε κατὰ τὰς ἀκρίδας μετὰ
πηδήματος οὔτε ὡς οἱ σφῆκες μετὰ ῥοιζήματος,
ἀλλ' εὐκαμπὴς πρὸς ὅ τι ἂν μέρος ὁρμήσῃ τοῦ
ἀέρος. καὶ μὴν κἀκεῖνο πρόσεστιν αὐτῇ, τὸ μὴ
καθ' ἡσυχίαν, ἀλλὰ μετ' ᾠδῆς πέτεσθαι οὐκ
ἀπηνοῦς οἷα κωνώπων καὶ ἐμπίδων, οὐδὲ τὸ
βαρύβρομον τῶν μελιττῶν ἢ τῶν σφηκῶν τὸ

---

[1] οὐ τὸ vulg.: οὕτω MSS.: οὐ τῶν σμικροτάτων ὀρνέων
Nilén.

THE FLY

THE fly is not the smallest of winged creatures, at least in comparison with gnats and midges and things still tinier. On the contrary, she is as much larger than they as she is smaller than the bee. She is not provided with feathers like the birds,[1] so as to have some for plumage all over her body, and others to fly with, but like grasshoppers, locusts and bees, she has membranous wings, as much thinner than theirs as Indian stuffs are more delicate and softer than Greek. Moreover, they have the colours of a peacock in them, if you look at her sharply when she spreads them and flies in the sun. She does not fly like bats with a steady, oar-like movement of the wings, or like grasshoppers with a spring, or as wasps do, with a whizzing rush, but easily directs her course to any quarter of the air she will. She has also this characteristic, that her flight is not silent but musical: the sound is not shrill like that of gnats and midges, nor deep-toned like that of bees, nor fierce and

---

[1] Lit. "like the rest (of the ὄρνεα)," which is illogical. Perhaps ἀετοῖς should be written.

φοβερὸν καὶ ἀπειλητικὸν ἐνδεικνυμένης, ἀλλὰ
τοσοῦτόν ἐστι λιγυρωτέρα, ὅσον σάλπιγγος καὶ
κυμβάλων αὐλοὶ μελιχρότεροι. τὸ δὲ ἄλλο 3
σῶμα ἡ μὲν κεφαλὴ λεπτότατα τῷ αὐχένι συνέ-
χεται καὶ ἔστιν εὐπεριάγωγος, οὐ συμπεφυκυῖα ὡς
ἡ τῶν ἀκρίδων· ὀφθαλμοὶ δὲ προπετεῖς, πολὺ τοῦ
κέρατος ἔχοντες· στέρνον εὐπαγές, καὶ ἐμπεφύ-
κασιν αὐτῇ τῇ ἐντομῇ[1] οἱ πόδες οὐ κατὰ τοὺς
σφῆκας πάνυ ἐσφιγμένη.[2] ἡ γαστὴρ δὲ ὠχύρωται
καὶ αὐτῇ[3] καὶ θώρακι ἔοικεν ζώνας πλατείας καὶ
φολίδας ἔχουσα. ἀμύνεται μέντοι οὐ κατὰ τοὐρ-
ροπύγιον ὡς σφὴξ καὶ μέλιττα, ἀλλὰ τῷ στόματι
καὶ τῇ προβοσκίδι, ἣν κατὰ τὰ αὐτὰ τοῖς ἐλέφασι
καὶ αὐτὴ ἔχουσα προνομεύει τε καὶ ἐπιλαμβάνεται
καὶ προσφῦσα κατέχει κοτυληδόνι κατὰ τὸ ἄκρον
ἐοικυῖαν. ἐκ δὲ αὐτῆς ὁδοὺς προκύπτει, ᾧ κεν-
τοῦσα πίνει τοῦ αἵματος—πίνει μὲν γὰρ καὶ γά-
λακτος, ἡδὺ δὲ αὐτῇ καὶ τὸ αἷμα—οὐ μετὰ μεγάλης
ὀδύνης τῶν κεντουμένων. ἐξάπους δὲ οὖσα τοῖς μὲν
τέσσαρσι βαδίζει μόνοις, τοῖς δὲ προσθίοις δυσὶ
καὶ ὅσα χερσὶ χρῆται. ἴδοις ἂν οὖν αὐτὴν ἐπὶ
τεττάρων βεβηκυῖαν ἔχουσάν τι ἐν τοῖν χεροῖν μετέ-
ωρον ἐδώδιμον, ἀνθρωπίνως πάνυ καὶ καθ' ἡμᾶς.
Γίνεται δὲ οὐκ εὐθὺς τοιαύτη, ἀλλὰ σκώληξ 4
τὸ πρῶτον ἤτοι ἐξ ἀνθρώπων ἢ ἄλλων ζῴων
ἀποθανόντων· εἶτα κατ' ὀλίγον πόδας τε ἐκφέρει
καὶ φύει τὰ πτερὰ καὶ ἐξ ἑρπετοῦ ὄρνεον γίνεται
καὶ κυοφορεῖ δὲ καὶ ἀποτίκτει σκώληκα μικρὸν τὴν
μυῖαν ὕστερον. σύντροφος δὲ ἀνθρώποις ὑπάρ-

---

[1] τῇ ἐντομῇ Schwartz : not in MSS.
[2] ἐσφιγμένη Schwartz : ἐσφιγμένοι MSS.
[3] αὐτῇ A.M.H. : αὐτὴ MSS.

THE FLY

threatening like that of wasps; it is much more melodious, just as flutes are sweeter than trumpet and cymbals. As for her body, the head is very delicately attached to the neck and so is easily moved, not fixed like the head of a grasshopper. The eyes are prominent, and have much the quality of horn. The breast is solid, and the legs grow right out of the waist, which is not at all pinched up, as in wasps. As in them, the abdomen is armoured and resembles a corselet in having flat zones and scales. She differs, however, from the wasp and the bee, in that her weapon is not the hinder-part, but the mouth, or rather the proboscis; for, like the elephant, she has a trunk with which she forages, seizing things and holding them tenaciously, since it is like a tentacle at the end. A tooth protrudes from it with which the fly inflicts bites in order to drink the blood, for although she drinks milk, she likes blood also. The bite causes no great pain. Though she has six feet, she walks with only four and uses the two in front for all the purposes of hands. You can see her standing on four legs, holding up something to eat in her hands just as we human beings do.

The fly is not born in the form which I have described, but as a maggot from the dead bodies of men or animals. Then, little by little, she puts out legs, grows her wings, changes from a creeping to a flying thing, is impregnated and becomes mother to a little maggot which is to-morrow's fly. Living

χουσα καὶ ὁμοδίαιτος καὶ ὁμοτράπεζος ἁπάντων
γεύεται πλὴν ἐλαίου· θάνατος γὰρ αὐτῇ τοῦτο
πιεῖν. καὶ μέντοι ὠκύμορος οὖσα—πάνυ γὰρ ἐς
στενὸν ὁ βίος αὐτῇ συμμεμέτρηται—τῷ φωτὶ
χαίρει μάλιστα κἂν τούτῳ πολιτεύεται· νυκτὸς δὲ
εἰρήνην ἄγει καὶ οὔτε πέτεται οὔτε ᾄδει, ἀλλ' ὑπέ-
πτηχε καὶ ἀτρεμεῖ. σύνεσιν δὲ οὐ μικρὰν αὐτῆς 5
εἰπεῖν ἔχω, ὁπόταν τὸν ἐπίβουλον καὶ πολέμιον
αὐτῇ τὸν ἀράχνην διαδιδράσκῃ· λοχῶντά τε γὰρ
ἐπιτηρεῖ καὶ ἀντίον αὐτῷ ὁρᾷ ἐκκλίνουσα τὴν
ὁρμήν, ὡς μὴ ἁλίσκοιτο σαγηνευθεῖσα καὶ περι-
πεσοῦσα ταῖς τοῦ θηρίου πλεκτάναις. τὴν μὲν
γὰρ ἀνδρίαν καὶ τὴν ἀλκὴν αὐτῆς οὐχ ἡμᾶς χρὴ
λέγειν, ἀλλ' ὃς μεγαλοφωνότατος τῶν ποιητῶν
Ὅμηρος· τὸν γὰρ ἄριστον τῶν ἡρώων ἐπαινέσαι
ζητῶν οὐ λέοντι ἢ πάρδάλει ἢ ὑΐ τὴν ἀλκὴν αὐτοῦ
εἰκάζει, ἀλλὰ τῷ θάρσει τῆς μυίας καὶ τῷ ἀτρέστῳ
καὶ λιπαρεῖ τῆς ἐπιχειρήσεως· οὐδὲ γὰρ θράσος
ἀλλὰ θάρσος φησὶν αὐτῇ προσεῖναι. καὶ γὰρ εἰρ-
γομένη, φησίν, ὅμως οὐκ ἀφίσταται, ἀλλ' ἐφίεται
τοῦ δήγματος. οὕτω δὲ πάνυ ἐπαινεῖ καὶ ἀσπάζε-
ται τὴν μυίαν, ὥστε οὐχ ἅπαξ οὐδ' ἐν ὀλίγοις
μέμνηται αὐτῆς, ἀλλὰ πολλάκις· οὕτω κοσμεῖ τὰ
ἔπη μνημονευομένη. ἄρτι μὲν τὴν ἀγελαίαν
πτῆσιν αὐτῆς ἐπὶ τὸ γάλα διέρχεται,[1] ἄρτι δὲ τὴν

---

[1] *Iliad* 2, 469 : "the many hordes of clustering flies
That dart about the sheepfolds in the spring,
When pails are wet with milk."

Iliad 16, 641 : "They swarmed about the body like the flies
That in the fold buzz round the milky pails."

in the society of man, on the same food and at the
same table, she eats everything except oil: to taste
this is death to her.   Being the creature of a day—
for life is meted out to her in very scant measure—
she likes sunshine best and goes about her affairs in
it.   At night she keeps quiet and does not fly or
sing, but hides away and is still.   I can also mention
her great intelligence in escaping her designing foe,
the spider.   She watches for him lurking in ambush,
and is wary of him, turning aside from his attack,
so as not to be captured by being ensnared and
falling into the toils of the creature.   Of her courage
and bravery it is not for me to speak, but for Homer,
the most mighty-mouthed of the poets ; for when he
seeks to praise the foremost of the heroes,[1] he does
not compare his bravery to a lion's or a leopard's or
a wild boar's, but to the fearlessness of the fly and
the daring and insistency of her attack.   He does
not say that she is reckless, but fearless:[2] that even
if she is kept away she does not desist but is eager
to bite.   So outspoken is he in his praise and fond-
ness for the fly that he mentions her not merely
once or twice but often; in consequence, references
to her enhance the beauty of his poems.   Now he
describes her swarming flight after milk; now, when

---

[1] (*Iliad* 17, 570, Menelaus), into whose heart Athena
"puts the boldness of the fly."
[2] The distinction (unknown to Homer) is between *thrasos*
and *tharsos*.

Ἀθηνᾶν, ὁπότε τοῦ Μενέλεω τὸ βέλος ἀποκρούε-
ται, ὡς μὴ ἐπὶ τὰ καιριώτατα ἐμπέσοι, εἰκάζων
μητρὶ κηδομένῃ κοιμωμένου αὐτῇ τοῦ βρέφους, τὴν
μυῖαν αὖθις ἐπεισάγει τῷ παραδείγματι. καὶ μὴν
καὶ ἐπιθέτῳ καλλίστῳ αὐτὰς ἐκόσμησεν ἀδινὰς
προσειπὼν καὶ τὴν ἀγέλην αὐτῶν ἔθνη καλῶν.

Οὕτω δὲ ἰσχυρά ἐστιν, ὥσθ' ὁπόταν τι δάκνῃ, 6
τιτρώσκει οὐκ ἀνθρώπου δέρμα μόνον, ἀλλὰ καὶ
βοὸς καὶ ἵππου, καὶ ἐλέφαντα λυπεῖ ἐς τὰς ῥυτίδας
αὐτοῦ παρεισδυομένη καὶ τῇ αὐτῆς προνομαίᾳ
κατὰ λόγον τοῦ μεγέθους ἀμύσσουσα. μίξεως δὲ
καὶ ἀφροδισίων καὶ γάμων πολλὴ αὐταῖς ἡ
ἐλευθερία, καὶ ὁ ἄρρην οὐ κατὰ τοὺς ἀλεκτρυόνας
ἐπιβὰς εὐθὺς ἀπεπήδησεν, ἀλλ' ἐποχεῖται τῇ
θηλείᾳ ἐπὶ πολύ, κἀκείνη φέρει τὸν νυμφίον, καὶ
συμπέτονται τὴν ἐναέριον ἐκείνην μῖξιν τῇ πτήσει
μὴ διαφθείρουσαι. ἀποτμηθεῖσα δὲ τὴν κεφαλὴν
μυῖα ἐπὶ πολὺ ζῇ τῷ σώματι καὶ ἔμπνους ἐστίν.

Ὁ δὲ μέγιστον ἐν τῇ φύσει αὐτῶν ὑπάρχει, 7
τοῦτο δὴ βούλομαι εἰπεῖν. καί μοι δοκεῖ ὁ
Πλάτων μόνον αὐτὸ παριδεῖν ἐν τῷ περὶ ψυχῆς
καὶ ἀθανασίας αὐτῆς λόγῳ. ἀποθανοῦσα γὰρ
μυῖα τέφρας ἐπιχυθείσης ἀνίσταται καὶ παλιγ-
γενεσία τις αὐτῇ καὶ βίος ἄλλος ἐξ ὑπαρχῆς
γίνεται, ὡς ἀκριβῶς πεπεῖσθαι πάντας, ὅτι κἀκεί-
νων ἀθάνατός ἐστιν ἡ ψυχή, εἴ γε καὶ ἀπελθοῦσα
ἐπανέρχεται πάλιν καὶ γνωρίζει καὶ ἐπανίστησι
τὸ σῶμα καὶ πέτεσθαι τὴν μυῖαν ποιεῖ, καὶ
ἐπαληθεύει τὸν περὶ Ἑρμοτίμου τοῦ Κλαζομενίου
μῦθον, ὅτι πολλάκις ἀφιεῖσα αὐτὸν ἡ ψυχὴ

THE FLY

Athena turns the arrow aside from Menelaus in order that it may not strike a vital spot, he likens her to a mother tending a sleeping child, and again introduces the fly into the comparison.[1] Moreover, he has adorned them with fine epithets in calling them " clustering " and their swarms " hordes." [2]

So strong is the fly that when she bites she wounds the skin of the ox and the horse as well as that of man. She even torments the elephant by entering his wrinkles and lancing him with her proboscis as far as its length allows. In mating, love, and marriage they are very free and easy. The male is not on and off again in a moment, like the cock; he covers the female a long time. She carries her spouse, and they take wing together, mating uninterruptedly in the air, as everyone knows. A fly with her head cut off keeps alive a long time with the rest of her body, and still retains the breath of life.

You may be sure I propose to mention the most important point in the nature of the fly. It is, I think, the only point that Plato overlooks in his discussion of the soul and its immortality. When ashes are sprinkled on a dead fly, she revives and has a second birth and a new life from the beginning. This should absolutely convince everyone that the fly's soul is immortal like ours, since after leaving the body it comes back again, recognises and reanimates it, and makes the fly take wing. It also confirms the story that the soul of Hermotimus of Clazomenae would often leave him and go away

[1] *Iliad* 4, 130.   [2] *Iliad* 2, 469.

ἀπεδήμει καθ᾽ ἑαυτήν, εἶτα ἐπανελθοῦσα ἐπλήρου
αὖθις τὸ σῶμα καὶ ἀνίστα τὸν Ἑρμότιμον.

Ἀργὸς δὲ αὐτὴ καὶ ἄνετος οὖσα τὰ ὑπὸ τῶν 8
ἄλλων πονούμενα καρποῦται καὶ πλήρης αὐτῇ
πανταχοῦ τράπεζα· καὶ γὰρ αἱ αἶγες αὐτῇ ἀμέλ-
γονται, καὶ ἡ μέλιττα οὐχ ἥκιστα μυίαις καὶ
ἀνθρώποις ἐργάζεται, καὶ οἱ ὀψοποιοὶ ταύτῃ τὰ
ὄψα ἡδύνουσι, καὶ βασιλέων αὐτῶν προγεύεται
καὶ ταῖς τραπέζαις ἐμπεριπατοῦσα συνεστιᾶται
αὐτοῖς καὶ συναπολαύει πάντων. νεοττιὰν δὲ 9
ἡ καλιὰν οὐκ ἐν ἑνὶ τόπῳ κατεστήσατο, ἀλλὰ
πλάνητα τὴν πτῆσιν κατὰ τοὺς Σκύθας ἐπανηρη-
μένη, ὅπου ἂν τύχῃ ὑπὸ τῆς νυκτὸς καταληφθεῖσα,
ἐκεῖ καὶ ἑστίαν καὶ εὐνὴν ποιεῖται. ὑπὸ σκότῳ
μέντοι, ὡς ἔφην, οὐδὲν ἐργάζεται οὐδὲ ἀξιοῖ
λανθάνειν τι πράττουσα, οὐδὲ ἡγεῖταί τι αἰσχρὸν
ποιεῖν, ὃ ἐν φωτὶ δρώμενον αἰσχυνεῖ αὐτήν.

Φησὶν δὲ ὁ μῦθος καὶ ἄνθρωπόν τινα Μυῖαν 10
τὸ ἀρχαῖον γενέσθαι πάνυ καλήν, λάλον μέντοι
γε καὶ στώμυλον καὶ ᾠδικήν, καὶ ἀντερασθῆναί
γε τῇ Σελήνῃ κατὰ τὸ αὐτὸ ἀμφοτέρας[1] τοῦ
Ἐνδυμίωνος. εἶτ᾽ ἐπειδὴ κοιμώμενον τὸ μειρά-
κιον συνεχὲς ἐπήγειρεν ἐρεσχηλοῦσα καὶ ᾄδουσα
καὶ κωμάζουσα ἐπ᾽ αὐτόν, τὸν μὲν ἀγανακτῆσαι,
τὴν δὲ Σελήνην ὀργισθεῖσαν εἰς τοῦτο τὴν Μυῖαν
μεταβαλεῖν· καὶ διὰ τοῦτο πᾶσι νῦν τοῖς κοιμω-
μένοις αὐτὴν τοῦ ὕπνου φθονεῖν μεμνημένην ἔτι
τοῦ Ἐνδυμίωνος, καὶ μάλιστα τοῖς νέοις καὶ
ἁπαλοῖς· καὶ τὸ δῆγμα δὲ αὐτὸ καὶ ἡ τοῦ αἵματος
ἐπιθυμία οὐκ ἀγριότητος, ἀλλ᾽ ἔρωτός ἐστι ση-

[1] κατὰ τὸ αὐτὸ ἀμφοτέρας, probably a gloss (Herwerden,
Nilén).

by itself, and then, returning, would occupy his
body again and restore him to life.

Knowing not labour and living at large, the fly
enjoys the fruits of the toil of others, and finds a
bounteous table set everywhere. Goats give milk
for her, bees work for flies and for men quite as
much as for themselves, and cooks sweeten food for
her. She takes precedence even of kings in eating,
and walks about on their tables sharing their feasts
and all their enjoyment. She does not make a nest
or habitation in any one place, but taking up a
roving, Scythian life on the wing, finds bed and
board wherever night chances to overtake her. But
in the dark, as I have said, she does nothing: she
has no desire for stealthy actions and no thought
of disgraceful deeds which would discredit her if
they were done by daylight.

The story goes that long ago there was a human
being called Muia, a girl who was very pretty, but
talkative, noisy, and fond of singing. She became a
rival of Selene by falling in love with Endymion, and
as she was for ever waking the boy out of his sleep
by chattering and singing and paying him visits, he
became vexed at her, and Selene in anger turned
her into the fly we know.[1] So, in remembrance of
Endymion, she begrudges all sleepers their repose,
especially those of tender years; and even her
biting and bloodthirstiness is not a sign of savagery,
but of love and friendship. She gets what satisfac-

[1] The story explains the word μυῖα, "fly," as having been
originally the name of a girl.

μεῖον καὶ φιλανθρωπίας· ὡς γὰρ δυνατὸν ἀπολαύει καὶ τοῦ κάλλους τι ἀπανθίζεται.

Ἐγένετο κατὰ τοὺς παλαιοὺς καὶ γυνή τις 11 ὁμώνυμος αὐτῇ, ποιήτρια, πάνυ καλὴ καὶ σοφή, καὶ ἄλλη ἑταίρα τῶν Ἀττικῶν ἐπιφανής, περὶ ἧς καὶ ὁ κωμικὸς ποιητὴς ἔφη, ἡ Μυῖα ἔδακνεν αὐτὸν ἄχρι τῆς καρδίας· οὕτως οὐδὲ ἡ κωμικὴ χάρις ἀπηξίωσεν οὐδὲ ἀπέκλεισε τῆς σκηνῆς τὸ τῆς μυίας ὄνομα, οὐδ᾽ οἱ γονεῖς ᾐδοῦντο τὰς θυγατέρας οὕτω καλοῦντες. ἡ μὲν γὰρ τραγῳδία καὶ σὺν μεγάλῳ ἐπαίνῳ μέμνηται τῆς μυίας, ὡς ἐν τούτοις,

δεινόν γε τὴν μὲν μυῖαν ἀλκίμῳ σθένει
πηδᾶν ἐπ᾽ ἀνδρῶν σώμαθ᾽, ὡς πλησθῇ φόνου,
ἄνδρας δ᾽ ὁπλίτας πολέμιον ταρβεῖν δόρυ.

πολλὰ δ᾽ ἂν εἶχον εἰπεῖν καὶ περὶ Μυίας τῆς Πυθαγορικῆς, εἰ μὴ γνώριμος ἦν ἅπασιν ἡ κατ᾽ αὐτὴν ἱστορία.

Γίγνονται δὲ καὶ μέγισταί τινες μυῖαι, ἃς 12 στρατιώτιδας οἱ πολλοὶ καλοῦσιν, οἱ δὲ κύνας, τραχύταται τὸν βόμβον καὶ τὴν πτῆσιν ὠκύταται, αἵ γε καὶ μακροβιώταταί εἰσιν καὶ τοῦ χειμῶνος ὅλου ἄσιτοι διακαρτεροῦσιν ὑπεπτηχυῖαι τοῖς ὀρόφοις μάλιστα, ἐφ᾽ ὧν κἀκεῖνο θαυμάζειν ἄξιον, ὅτι ἀμφότερα, καὶ τὰ θηλειῶν καὶ τὰ ἀρρένων,

tion she can, and culls something of the bloom of beauty.

According to the ancients she has had two namesakes, a very pretty and accomplished poetess and a famous Athenian courtesan. It was the latter whom the comic poet meant when he said, " Yon fly him to the heart did bite." [1] From this you see that comic wit has not disdained the name of fly nor barred it from the boards, and that parents have not been ashamed to give it to their daughters. As for tragedy, it, too, mentions the fly with great praise; for example, in these words:

> " 'Tis strange that while the fly with hardy
> strength
> Encounters man to sate itself with gore,
> Stout men-at-arms should fear the foeman's
> lance ! " [2]

I could also say a great deal about Muia, the Pytha gorean, if her story were not known to everyone. [3]

There are very large flies, too, which most people call camp-flies, though some call them dog-flies. They have a very harsh buzz and a very rapid flight. They are extremely long-lived, and endure the whole winter without food, usually hiding in the roof. Another surprising thing in

---

[1] Unknown (Kock, *adesp.* 475).

[2] Source unknown (Nauck, *Trag. Graec.* Fragm., *adesp.* 295).

[3] Very little of her story is known to us. She is said to have been daughter of Pythagoras and wife of Milo, the athlete of Croton.

δρῶσιν καὶ βαινόμεναι καὶ[1] βαίνοντες ἐν τῷ μέρει
κατὰ τὸν Ἑρμοῦ καὶ Ἀφροδίτης παῖδα τὸν μικτὸν
τὴν φύσιν καὶ διττὸν τὸ κάλλος. πολλὰ δ᾽ ἔτι
ἔχων εἰπεῖν καταπαύσω τὸν λόγον, μὴ καὶ δόξω
κατὰ τὴν παροιμίαν ἐλέφαντα ἐκ μυίας ποιεῖν.

---

[1] βαινόμεναι καὶ Schwartz : not in MSS.

them is that they are bisexual, like the child of Hermes and Aphrodite, who had two natures and double beauty.

Though I still have a great deal to say, I will stop talking, for fear you may think that, as the saying goes, I am making an elephant out of a fly.

NIGRINUS

Except through Lucian, nothing is known of this philosopher. Some have sought to identify him with one Albinus, about whom we have scarcely any information, and others have thought him a child of Lucian's fancy. But it is quite possible that he really existed, and led, as Lucian says, a life of retirement.

ΠΡΟΣ ΝΙΓΡΙΝΟΝ ΕΠΙΣΤΟΛΗ

Λουκιανὸς Νιγρίνῳ εὖ πράττειν. Ἡ μὲν
παροιμία φησίν, Γλαῦκα εἰς Ἀθήνας, ὡς γελοῖ-
ον ὂν εἴ τις ἐκεῖ κομίζοι γλαῦκας, ὅτι πολλαὶ
παρ᾽ αὐτοῖς εἰσιν. ἐγὼ δ᾽ εἰ μὲν δύναμιν λόγων
ἐπιδείξασθαι βουλόμενος, ἔπειτα Νιγρίνῳ γράψας
βιβλίον ἔπεμπον, εἰχόμην ἂν τῷ γελοίῳ γλαῦκας
ὡς ἀληθῶς ἐμπορευόμενος· ἐπεὶ δὲ μόνην σοι
δηλῶσαι τὴν ἐμὴν γνώμην ἐθέλω, ὅπως τε νῦν
ἔχω καὶ ὅτι μὴ παρέργως εἴλημμαι πρὸς τῶν
σῶν λόγων, ἀποφεύγοιμ᾽ ἂν εἰκότως καὶ τὸ τοῦ
Θουκυδίδου λέγοντος, ὅτι ἡ ἀμαθία μὲν θράσος,
ὀκνηροὺς δὲ τὸ λελογισμένον ἀπεργάζεται· δῆλον
γὰρ ὡς οὐχ ἡ ἀμαθία μοι μόνη τῆς τοιαύτης
τόλμης, ἀλλὰ καὶ ὁ πρὸς τοὺς λόγους ἔρως αἴτιος.
ἔρρωσο.

ΝΙΓΡΙΝΟΥ ΦΙΛΟΣΟΦΙΑ

Ὡς σεμνὸς ἡμῖν σφόδρα καὶ μετέωρος ἐπανε- 1
λήλυθας. οὐ τοίνυν προσβλέπειν ἡμᾶς ἔτι
ἀξιοῖς οὔθ᾽ ὁμιλίας μεταδιδὼς οὔτε κοινωνεῖς τῶν
ὁμοίων λόγων, ἀλλ᾽ ἄφνω μεταβέβλησαι καὶ ὅλως

LETTER TO NIGRINUS

Best wishes to Nigrinus from Lucian!

The proverb says "An owl to Athens!" meaning that it would be ridiculous for anyone to bring owls there, because they have plenty in the city. If I wanted to display my command of language, and were sending Nigrinus a book written for that purpose, I should be exposing myself to ridicule as a genuine importer of owls. But it is only my state of mind which I wish to reveal to you, how I feel now, and how deeply I have been moved by your discourse. So I may fairly be acquitted even of the charge contained in Thucydides' saying[1] that ignorance makes men bold, but discourse[2] cautious, for clearly this great hardihood of mine is not due to ignorance alone, but also to fondness for discourse! Good health to you!

THE WISDOM OF NIGRINUS

A. How very lordly and exalted you are since you came back! Really, you don't deign to notice us any more, you don't associate with us, and you don't join in our conversations: you have changed

[1] 2, 40, 3.
[2] To bring out the play on words, "discourse" is used here in the obsolete sense of "consideration, reflection."

THE WORKS OF LUCIAN

ὑπεροπτικῷ τινι ἔοικας. ἡδέως δ' ἂν παρὰ σοῦ
πυθοίμην, ὅθεν οὕτως ἀτόπως ἔχεις καὶ τί τούτων
αἴτιον.

Τί γὰρ ἄλλο γε, ὦ ἑταῖρε, ἢ εὐτυχία;

Πῶς λέγεις;

Ὁδοῦ πάρεργον ἥκω σοι εὐδαίμων τε καὶ
μακάριος γεγενημένος καὶ τοῦτο δὴ τὸ ἀπὸ τῆς
σκηνῆς ὄνομα, τρισόλβιος.

Ἡράκλεις, οὕτως ἐν βραχεῖ;

Καὶ μάλα.

Τί δέ, τὸ μετὰ[1] τοῦτο, ἐστὶν ἐφ' ὅτῳ καὶ κομᾷς;
ἵνα μὴ ἐν κεφαλαίῳ μόνῳ εὐφραινώμεθα, ἔχω-
μεν δέ τι καὶ ἀκριβὲς εἰδέναι τὸ πᾶν ἀκούσαντες.

Οὐ θαυμαστὸν εἶναί σοι δοκεῖ πρὸς Διός, ἀντὶ
μὲν δούλου με ἐλεύθερον, ἀντὶ δὲ πένητος ὡς
ἀληθῶς πλούσιον, ἀντὶ δὲ ἀνοήτου τε καὶ τετυ-
φωμένου γενέσθαι μετριώτερον;

Μέγιστον μὲν οὖν· ἀτὰρ οὔπω μανθάνω σαφῶς   2
ὅ τι καὶ λέγεις.

Ἐστάλην μὲν εὐθὺ τῆς πόλεως βουλόμενος
ἰατρὸν ὀφθαλμῶν θεάσασθαί τινα· τὸ γάρ μοι
πάθος τὸ ἐν τῷ ὀφθαλμῷ μᾶλλον ἐπετείνετο.

Οἶδα τούτων ἕκαστα, καὶ ηὐξάμην σέ τινι
σπουδαίῳ ἐπιτυχεῖν.

Δόξαν οὖν μοι διὰ πολλοῦ προσειπεῖν Νιγρῖνον
τὸν Πλατωνικὸν φιλόσοφον, ἕωθεν ἐξαναστὰς ὡς
αὐτὸν ἀφικόμην καὶ κόψας τὴν θύραν τοῦ παιδὸς
εἰσαγγείλαντος ἐκλήθην· καὶ παρελθὼν εἴσω
καταλαμβάνω τὸν μὲν ἐν χερσὶ βιβλίον ἔχοντα,

---

[1] μετὰ MSS. : μέγα du Soul.

all of a sudden, and, in short, have a supercilious air.
I should be glad to find out from you how it comes
that you are so peculiar, and what is the cause of all
this?

B. Nothing but good fortune, my dear fellow.

A. What do you mean?

B. I have come back to you transformed by the
wayside into a happy and a blissful man—in the
language of the stage, "thrice blessed."

A. Heracles! in so short a time?

B. Yes, truly.

A. But what is the rest of it? What is it that
you are puffed up about? Let us enjoy something
more than a mere hint: let us have a chance to get
at the facts by hearing the whole story.

B. Don't you think it wonderful, in the name of
Zeus, that once a slave, I am now free! "once poor,
now rich indeed"; once witless and befogged, now
saner?[1]

A. Why, yes! nothing could be more important.
But even yet I don't clearly understand what you
mean.

B. Well, I made straight for Rome, wanting to
see an oculist; for I was having more and more
trouble with my eye.

A. I know all that, and hoped you would find
an able man.

B. As I had resolved to pay my respects to
Nigrinus the Platonic philosopher, which I had not
done for a long time, I got up early and went to his
house, and when I had knocked at the door and the
man had announced me, I was asked in. On

---

[1] Apparently a free quotation from some play that is lost.
(Kock, *adesp.* 1419.)

πολλὰς δὲ εἰκόνας παλαιῶν φιλοσόφων ἐν κύκλῳ
κειμένας. προὔκειτο δὲ ἐν μέσῳ καὶ πινάκιόν
τισι τῶν ἀπὸ γεωμετρίας σχημάτων καταγεγραμ-
μένον καὶ σφαῖρα καλάμου πρὸς τὸ τοῦ παντὸς
μίμημα ὡς ἐδόκει πεποιημένη. σφόδρα οὖν με 3
φιλοφρόνως ἀσπασάμενος ἠρώτα ὅ τι πράττοιμι.
κἀγὼ πάντα διηγησάμην αὐτῷ, καὶ δῆτα ἐν
μέρει καὶ αὐτὸς ἠξίουν εἰδέναι ὅ τι τε πράττοι
καὶ εἰ αὖθις αὐτῷ ἐγνωσμένον εἴη στέλλεσθαι τὴν
ἐπὶ τῆς Ἑλλάδος.

Ὁ δὲ ἀπ᾽ ἀρχῆς ἀρξάμενος,[1] ὦ ἑταῖρε,
περὶ τούτων λέγειν καὶ τὴν ἑαυτοῦ γνώμην
διηγεῖσθαι τοσαύτην τινά μου λόγων ἀμ-
βροσίαν κατεσκέδασεν, ὥστε καὶ τὰς Σειρῆνας
ἐκείνας, εἴ τινες ἄρα ἐγένοντο, καὶ τὰς ἀηδόνας
καὶ τὸν Ὁμήρου λωτὸν ἀρχαῖον ἀποδεῖξαι· οὕτω
θεσπέσια ἐφθέγξατο. προήχθη γὰρ αὐτήν τε 4
φιλοσοφίαν ἐπαινέσαι καὶ τὴν ἀπὸ ταύτης ἐλευ-
θερίαν καὶ τῶν δημοσίᾳ νομιζομένων ἀγαθῶν
καταγελάσαι, πλούτου καὶ δόξης καὶ βασιλείας
καὶ τιμῆς, ἔτι τε χρυσοῦ καὶ πορφύρας, τῶν πάνυ
περιβλέπτων τοῖς πολλοῖς, τέως δὲ κἀμοὶ δοκούν-
των. ἅπερ ἔγωγε ἀτενεῖ καὶ ἀναπεπταμένῃ τῇ
ψυχῇ δεξάμενος αὐτίκα μὲν οὐδὲ εἶχον εἰκάσαι
ὅπερ ἐπεπόνθειν, ἀλλὰ παντοῖος ἐγιγνόμην· καὶ
ἄρτι μὲν ἐλυπούμην, ἐληλεγμένων μοι τῶν φιλτά-
των, πλούτου τε καὶ ἀργυρίου καὶ δόξης, καὶ
μόνον οὐκ ἐδάκρυον ἐπ᾽ αὐτοῖς καθῃρημένοις, ἄρτι

---

[1] ἀπ᾽ ἀρχῆς ἀρξάμενος Schwartz: ἀπαρξάμενος MSS.

entering, I found him with a book in his hands and many busts of ancient philosophers standing round about. Beside him there had been placed a tablet filled with figures in geometry and a reed globe, made, I thought, to represent the universe. Well, he greeted me in very friendly way and asked me how I was getting on. I told him everything, and naturally in my own turn wanted to know how he was getting on, and whether he had made up his mind to take the trip to Greece again.

Beginning to talk on these topics and to explain his position, my dear fellow, he poured enough ambrosial speech over me to put out of date the famous Sirens [1] (if there ever were any) and the nightingales [2] and the lotus of Homer. [3] A divine utterance! For he went on to praise philosophy and the freedom that it gives, and to ridicule the things that are popularly considered blessings—wealth and reputation, dominion and honour, yes and purple and gold—things accounted very desirable by most men, and till then by me also. I took it all in with eager, wide-open soul, and at the moment I couldn't imagine what had come over me; I was all confused. Then I felt hurt because he had criticised what was dearest to me—wealth and money and reputation,—and I all but cried over their downfall;

[1] *Odyss.* 12, 39; 167.   [2] *Odyss.* 19, 518.
[3] *Odyss.* 9, 94. The lotus is mentioned because of its effect. It made Odysseus' shipmates
    "Among the Lotus-eaters fain to stay
    And gather lotus, and forget their homes."

δὲ αὐτὰ μὲν ἐδόκει μοι ταπεινὰ καὶ καταγέλαστα·
ἔχαιρον δ' αὖ ὥσπερ[1] ἐκ ζοφεροῦ τινος ἀέρος
τοῦ βίου τοῦ πρόσθεν ἐς αἰθρίαν τε καὶ μέγα φῶς
ἀναβλέπων· ὥστε δή, τὸ καινότατον, τοῦ ὀφθαλ-
μοῦ μὲν καὶ τῆς περὶ αὐτὸν ἀσθενείας ἐπελανθα-
νόμην, τὴν δὲ ψυχὴν ὀξυδερκέστερος κατὰ μικρὸν
ἐγιγνόμην· ἐλελήθειν γὰρ τέως αὐτὴν τυφλώττου-
σαν περιφέρων. προϊὼν δὲ ἐς τόδε περιήχθην, 5
ὅπερ ἀρτίως ἡμῖν ἐπεκάλεις· γαῦρός τε γὰρ ὑπὸ τοῦ
λόγου καὶ μετέωρός εἰμι καὶ ὅλως μικρὸν οὐκέτι
οὐδὲν ἐπινοῶ· δοκῶ γάρ μοι ὅμοιόν τι πεπονθέναι
πρὸς φιλοσοφίαν, οἷόνπερ καὶ οἱ Ἰνδοὶ πρὸς τὸν
οἶνον λέγονται παθεῖν, ὅτε πρῶτον ἔπιον αὐτοῦ·
θερμότεροι γὰρ ὄντες φύσει πιόντες ἰσχυρὸν οὕτω
ποτὸν αὐτίκα μάλα ἐξεβακχεύθησαν καὶ δι-
πλασίως ὑπὸ τοῦ ἀκράτου ἐξεμάνησαν. οὕτω
σοι καὶ αὐτὸς ἔνθεος καὶ μεθύων ὑπὸ τῶν λόγων
περιέρχομαι.

Καὶ μὴν τοῦτό γε οὐ μεθύειν, ἀλλὰ νήφειν 6
τε καὶ σωφρονεῖν ἐστιν. ἐγὼ δὲ βουλοίμην ἄν,
εἰ οἷόν τε, αὐτῶν ἀκοῦσαι τῶν λόγων· οὐδὲ γὰρ
οὐδὲ φθονεῖν[2] αὐτῶν οἶμαι θέμις, ἄλλως τε εἰ
καὶ φίλος καὶ περὶ τὰ ὅμοια ἐσπουδακὼς ὁ βουλό-
μενος ἀκούειν εἴη.

Θάρρει, ὦγαθέ· τοῦτο γάρ τοι τὸ τοῦ Ὁμήρου,
σπεύδοντα καὶ αὐτὸν παρακαλεῖς, καὶ εἴ γε μὴ
ἔφθης, αὐτὸς ἂν ἐδεήθην ἀκοῦσαί μου διηγουμένου·
μάρτυρα γάρ σε παραστήσασθαι πρὸς τοὺς
πολλοὺς ἐθέλω, ὅτι οὐκ ἀλόγως μαίνομαι· ἄλλως

---

[1] αὖ ὥσπερ vulg. : ἂν ὥσπερ MSS.: ὥσπερ ἂν Schwartz.
[2] φθονεῖν Jacobitz : καταφρονεῖν MSS. Schwartz assumes
a lacuna after γὰρ.

and then I thought them paltry and ridiculous, and was glad to be looking up, as it were, out of the murky atmosphere of my past life to a clear sky and a great light. In consequence, I actually forgot my eye and its ailment—would you believe it?—and by degrees grew sharper-sighted in my soul; which, all unawares, I had been carrying about in a purblind condition till then. I went on and on, and so got into the state with which you just reproached me: what he said has made me proud and exalted, and in a word, I take no more notice of trifles. I suppose I have had the same sort of experience with philosophy that the Hindoos are said to have had with wine when they first tasted it. As they are by nature more hot-blooded than we, on taking such strong drink they became uproarious at once, and were crazed by the unwatered beverage twice as much as other people. There you have it! I am going about enraptured and drunk with the wine of his discourse.

A. Why, that isn't drunkenness, it is sobriety and temperance! I should like to hear just what he said, if possible. It is far, very far from right, in my · opinion, to be stingy with it, especially if the person who wants to hear is a friend and has the same interests.

B. Cheer up, good soul! you spur a willing horse, as Homer says,[1] and if you hadn't got ahead of me, I myself should have begged you to listen to my tale, for I want to have you bear witness before the world that my madness has reason in it. Then, too,

---

[1] *Iliad* 8, 293.

τε καὶ ἡδύ μοι τὸ μεμνῆσθαι αὐτῶν πολλάκις,
καὶ ταύτην ἤδη μελέτην ἐποιησάμην· ἐπεὶ κἄν
τις μὴ παρὼν τύχῃ, καὶ οὕτω δὶς ἢ τρὶς τῆς
ἡμέρας ἀνακυκλῶ πρὸς ἐμαυτὸν τὰ εἰρημένα. καὶ 7
ὥσπερ οἱ ἐρασταὶ τῶν παιδικῶν οὐ παρόντων
ἔργ' ἄττα καὶ λόγους εἰρημένους αὐτοῖς διαμνη-
μονεύουσι καὶ τούτοις ἐνδιατρίβοντες ἐξαπατῶσι
τὴν νόσον, ὡς παρόντων σφίσι τῶν ἀγαπωμέ-
νων—ἔνιοι γοῦν αὐτοῖς καὶ προσλαλεῖν οἴονται
καὶ ὡς ἄρτι λεγομένων πρὸς αὐτοὺς ὧν τότε
ἤκουσαν, ἥδονται καὶ προσάψαντες τὴν ψυχὴν
τῇ μνήμῃ τῶν παρεληλυθότων σχολὴν οὐκ
ἄγουσιν τοῖς ἐν ποσὶν ἀνιᾶσθαι—οὕτω δὴ καὶ
αὐτὸς φιλοσοφίας οὐ παρούσης τοὺς λόγους, οὓς
τότε ἤκουσα, συναγείρων καὶ πρὸς ἐμαυτὸν ἀνα-
τυλίττων οὐ μικρὰν ἔχω παραμυθίαν, καὶ ὅλως
καθάπερ ἐν πελάγει καὶ νυκτὶ πολλῇ φερόμενος,
ἐς πυρσόν τινα τοῦτον ἀποβλέπω, πᾶσι μὲν
παρεῖναι τοῖς ὑπ' ἐμοῦ πραττομένοις τὸν ἄνδρα
ἐκεῖνον οἰόμενος, ἀεὶ δὲ ὥσπερ ἀκούων αὐτοῦ τὰ
αὐτὰ πρός με λέγοντος· ἐνίοτε δέ, καὶ μάλιστα
ὅταν ἐνερείσω τὴν ψυχήν, καὶ τὸ πρόσωπον αὐτοῦ
μοι φαίνεται καὶ τῆς φωνῆς ὁ ἦχος ἐν ταῖς
ἀκοαῖς παραμένει· καὶ γάρ τοι κατὰ τὸν κωμικὸν
ὡς ἀληθῶς ἐγκατέλιπέν τι κέντρον τοῖς ἀκούουσιν.[1]

---

[1] Cf. Eupolis (Kock, 94).

κράτιστος οὗτος ἐγένετ' ἀνθρώπων λέγειν·
ὁπότε παρέλθοι δ', ὥσπερ ἀγαθοὶ δρομῆς,
ἐκ δέκα ποδῶν ᾕρει λέγων τοὺς ῥήτορας,
ταχὺν λέγεις μέν, πρὸς δέ γ' αὐτῷ τῷ τάχει
πειθώ τις ἐπεκάθιζεν ἐπὶ τοῖς χείλεσιν·
οὕτως ἐκήλει καὶ μόνος τῶν ῥητόρων
τὸ κέντρον ἐγκατέλειπε τοῖς ἀκροωμένοις.

THE WISDOM OF NIGRINUS

I take pleasure in calling his words to mind frequently, and have already made it a regular exercise: even if nobody happens to be at hand, I repeat them to myself two or three times a day just the same. I am in the same case with lovers. In the absence of the objects of their fancy they think over their actions and their words, and by dallying with these beguile their lovesickness into the belief that they have their sweethearts near; in fact, sometimes they even imagine they are chatting with them and are as pleased with what they formerly heard as if it were just being said, and by applying their minds to the memory of the past give themselves no time to be annoyed by the present. So I, too, in the absence of my mistress Philosophy, get no little comfort out of gathering together the words that I then heard and turning them over to myself. In short, I fix my gaze on that man as if he were a lighthouse and I were adrift at sea in the dead of night, fancying him by me whenever I do anything and always hearing him repeat his former words. Sometimes, especially when I put pressure on my soul, his face appears to me and the sound of his voice abides in my ears. Truly, as the comedian says,[1] " he left a sting implanted in his hearers! "

---

[1] Eupolis in the *Demes*, referring to Pericles (Kock, 94).

   " None better in the world to make a speech !
   He'd take the floor and give your orators
   A ten-foot start, as a good runner does,
   And then catch up. Yes, he was fleet, and more—
   Persuasion used to perch upon his lips,
   So great his magic ; he alone would leave
   His sting implanted in his auditors."

Παῦε, ὦ θαυμάσιε, μακρὸν[1] ἀνακρουόμενος 8
καὶ λέγε ἐξ ἀρχῆς ἀναλαβὼν ἤδη τὰ εἰρημένα· ὡς
οὐ μετρίως με ἀποκναίεις περιάγων.

Εὖ λέγεις, καὶ οὕτω χρὴ ποιεῖν. ἀλλ' ἐκεῖνο,
ὦ ἑταῖρε—ἤδη τραγικοὺς ἢ καὶ νὴ Δία κωμικοὺς
φαύλους ἑώρακας ὑποκριτάς, τῶν συριττομένων
λέγω τούτων καὶ διαφθειρόντων τὰ ποιήματα καὶ
τὸ τελευταῖον ἐκβαλλομένων, καίτοι τῶν δραμάτων
πολλάκις εὖ ἐχόντων τε καὶ νενικηκότων;

Πολλοὺς οἶδα τοιούτους. ἀλλὰ τί τοῦτο;

Δέδοικα μή σοι μεταξὺ δόξω γελοίως αὐτὰ
μιμεῖσθαι, τὰ μὲν ἀτάκτως συνείρων, ἐνίοτε δὲ καὶ
αὐτὸν ὑπ' ἀσθενείας τὸν νοῦν διαφθείρων, κᾆτα
προαχθῆς ἠρέμα καὶ αὐτοῦ καταγνῶναι τοῦ
δράματος. καὶ τὸ μὲν ἐμόν, οὐ πάνυ ἄχθομαι, ἡ δὲ
ὑπόθεσις οὐ μετρίως με λυπήσειν ἔοικε συνεκπί-
πτουσα καὶ τὸ ἐμὸν μέρος ἀσχημονοῦσα. τοῦτ' 9
οὖν παρ' ὅλον μέμνησό μοι τὸν λόγον, ὡς ὁ μὲν
ποιητὴς ἡμῖν τῶν τοιούτων ἁμαρτημάτων ἀνεύ-
θυνος καὶ τῆς σκηνῆς πόρρω ποι κάθηται, οὐδὲν
αὐτῷ μέλον τῶν ἐν θεάτρῳ πραγμάτων. ἐγὼ δ'
ἐμαυτοῦ σοι πεῖραν παρέχω, ὁποῖός τίς εἰμι τὴν
μνήμην ὑποκριτής, οὐδὲν ἀγγέλου τὰ ἄλλα τραγι-
κοῦ διαφέρων. ὥστε κἂν ἐνδεέστερόν τι δοκῶ
λέγειν, ἐκεῖνο μὲν ἔστω πρόχειρον, ὡς ἄμεινον
ἦν, καὶ ἄλλως[2] ὁ ποιητὴς ἴσως διεξῄει· ἐμὲ δὲ
κἂν ἐκσυρίττῃς, οὐ πάνυ τι λυπήσομαι.

[1] μακρὸν S, and two late codices: μικρὸν the other MSS.,
usually rendered "Back water a bit."
[2] ἦν καὶ ἄλλως MSS.: ἢ ὁ ἄγγελος Schwartz.

THE WISDOM OF NIGRINUS

A. Have done with your long prelude, you strange fellow; begin at the beginning and tell me what he said. You irritate me more than a little with your beating about the bush.

B. You are right! I must do so. But look here, my friend : you've seen bad actors in tragedy before now—yes, and in comedy too, I'll, swear? I mean the sort that are hissed and ruin pieces and finally get driven off the stage, though their plays are often good and have won a prize.

A. I know plenty of the sort. But what of it?

B. I am afraid that, as you follow me, you may think that I present my lines ridiculously, hurrying through some of them regardless of metre, and sometimes even spoiling the very sense by my incapacity ; and that you may gradually be led to condemn the play itself. As far as I am concerned, I don't care at all; but if the play shares my failure and comes to grief on my account, it will naturally hurt me more than a little. Please bear it in mind, then, all through the performance that the poet is not accountable to us for faults of this nature, and is sitting somewhere far away from the stage, completely unconcerned about what is going on in the theatre, while I am but giving you a chance to test my powers and see what sort of actor I am in point of memory ; in other respects my rôle is no more important than that of a messenger in tragedy. Therefore, in case I appear to be saying something rather poor, have the excuse to hand that it was better, and that the poet no doubt told it differently. As for myself, even if you hiss me off the stage, I shan't be hurt at all '

Ὡς εὖ γε νὴ τὸν Ἑρμῆν καὶ κατὰ τὸν τῶν 10
ῥητόρων νόμον πεπροοιμίασταί σοι· ἔοικας γοῦν
κἀκεῖνα προσθήσειν, ὡς δι᾽ ὀλίγου τε ὑμῖν ἡ
συνουσία ἐγένετο καὶ ὡς οὐδ᾽ αὐτὸς ἧκες πρὸς τὸν
λόγον παρεσκευασμένος καὶ ὡς ἄμεινον εἶχεν
αὐτοῦ ταῦτα λέγοντος ἀκούειν· σὺ γὰρ ὀλίγα καὶ
ὅσα οἷόν τε ἦν, τυγχάνεις τῇ μνήμῃ συγκεκομισ-
μένος. οὐ ταῦτ᾽ ἐρεῖν ἔμελλες; οὐδὲν οὖν αὐτῶν
ἔτι σοι δεῖ πρὸς ἐμέ· νόμισον δὲ τούτου γε ἕνεκα
πάντα σοι προειρῆσθαι· ὡς ἐγὼ καὶ βοᾶν καὶ
κροτεῖν ἕτοιμος. ἢν δὲ διαμέλλῃς, μνησικακήσω
γε παρὰ τὸν ἀγῶνα καὶ ὀξύτατα συρίξομαι.

Καὶ ταῦτα μέν, ἃ σὺ διῆλθες, ἐβουλόμην ἂν 11
εἰρῆσθαί μοι, κἀκεῖνα δέ, ὅτι οὐχ ἑξῆς οὐδὲ ὡς
ἐκεῖνος ἔλεγε, ῥῆσίν τινα περὶ πάντων ἐρῶ· πάνυ
γὰρ τοῦθ᾽ ἡμῖν ἀδύνατον· οὐδ᾽ αὖ ἐκείνῳ περιθεὶς
τοὺς λόγους, μὴ καὶ κατ᾽ ἄλλο τι γένωμαι τοῖς
ὑποκριταῖς ἐκείνοις ὅμοιος, οἳ πολλάκις ἢ
Ἀγαμέμνονος ἢ Κρέοντος ἢ καὶ Ἡρακλέους αὐτοῦ
πρόσωπον ἀνειληφότες, χρυσίδας ἠμφιεσμένοι καὶ
δεινὸν βλέποντες καὶ μέγα κεχηνότες μικρὸν
φθέγγονται καὶ ἰσχνὸν καὶ γυναικῶδες καὶ τῆς
Ἑκάβης ἢ Πολυξένης πολὺ ταπεινότερον. ἵν᾽ οὖν
μὴ καὶ αὐτὸς ἐλέγχωμαι πάνυ μεῖζον τῆς ἐμαυτοῦ
κεφαλῆς προσωπεῖον περικείμενος καὶ τὴν σκευὴν
καταισχύνων, ἀπὸ γυμνοῦ σοι βούλομαι τοὐμοῦ
προσώπου προσλαλεῖν, ἵνα μὴ συγκατασπάσω
που πεσὼν τὸν ἥρωα ὃν ὑποκρίνομαι.

Οὗτος ἀνὴρ οὐ παύσεται τήμερον πρός με πολλῇ 12
τῇ σκηνῇ καὶ τῇ τραγῳδίᾳ χρώμενος.

THE WISDOM OF NIGRINUS

A. Hermes![1] what a fine introduction you have
made, just like a professor of public speaking!
You intend, I am sure, to add that your conversation
was short, that you didn't come prepared to speak,
and that it would be better to hear him tell it him-
self, for really you have only carried in mind what
little you could. Weren't you going to say that?
Well, there is no longer any necessity for it on my
account; consider your whole introduction finished
as far as I am concerned, for I am ready to cheer
and to clap. But if you keep shilly-shallying, I'll
bear you a grudge all through the speech and will
hiss right sharply.

B. Yes, I should have liked to say all that you
mention, and also that I' do not intend to quote
him without a break and in his own words, in a long
speech covering everything, for that would be quite
beyond my powers; nor yet to quote him in the first
person, for fear of making myself like the actors
whom I mentioned in another way. Time and again
when they have assumed the role of Agamemnon or
Creon or even Heracles himself, costumed in cloth
of gold, with fierce eyes and mouths wide agape,
they speak in a voice that is small, thin, womanish,
and far too poor for Hecuba or Polyxena. There-
fore, to avoid being criticised like them for wearing
a mask altogether too big for my head and for being
a disgrace to my costume, I want to talk to you with
my features exposed, so that the hero whose part I
am taking may not be brought down with me if I
stumble.

A. Will the man never stop talking so much
stage and tragedy to me?

---

[1] Invoked as the god of orators.

Καὶ μὴν παύσομαί γε· πρὸς ἐκεῖνα δὲ ἤδη
τρέψομαι. ἡ μὲν ἀρχὴ τῶν λόγων ἔπαινος ἦν
Ἑλλάδος καὶ τῶν Ἀθήνησιν ἀνθρώπων, ὅτι
φιλοσοφίᾳ καὶ πενίᾳ σύντροφοί εἰσιν καὶ οὔτε
τῶν ἀστῶν οὔτε τῶν ξένων οὐδένα τέρπονται
ὁρῶντες, ὃς ἂν τρυφὴν εἰσάγειν εἰς αὐτοὺς βιάζηται,
ἀλλὰ κἄν τις ἀφίκηται παρ' αὐτοὺς οὕτω διακεί-
μενος, ἠρέμα τε μεθαρμόττουσι καὶ παραπαιδα-
γωγοῦσι· καὶ πρὸς τὸ καθαρὸν τῆς διαίτης
μεθιστᾶσιν.

Ἐμέμνητο γοῦν τινος τῶν πολυχρύσων, ὃς ἐλθὼν 13
Ἀθήναζε μάλ' ἐπίσημος καὶ φορτικὸς ἀκολούθων
ὄχλῳ καὶ ποικίλῃ ἐσθῆτι καὶ χρυσῷ αὐτὸς μὲν
ᾤετο ζηλωτὸς εἶναι πᾶσι τοῖς Ἀθηναίοις καὶ ὡς
ἂν εὐδαίμων ἀποβλέπεσθαι· τοῖς δ' ἄρα δυστυχεῖν
ἐδόκει τὸ ἀνθρώπιον, καὶ παιδεύειν ἐπεχείρουν
αὐτὸν οὐ πικρῶς οὐδ' ἄντικρυς ἀπαγορεύοντες ἐν
ἐλευθέρᾳ τῇ πόλει καθ' ὅντινα τρόπον βούλεται μὴ
βιοῦν· ἀλλ' ἐπεὶ κἂν τοῖς γυμνασίοις καὶ λουτροῖς
ὀχληρὸς ἦν θλίβων τοῖς οἰκέταις καὶ στενοχωρῶν
τοὺς ἀπαντῶντας, ἡσυχῇ τις ἂν ὑπεφθέγξατο
προσποιούμενος λανθάνειν, ὥσπερ οὐ πρὸς αὐτὸν
ἐκεῖνον ἀποτείνων, Δέδοικε μὴ παραπόληται
μεταξὺ λουόμενος· καὶ μὴν εἰρήνη γε μακρὰ κατέ-
χει τὸ βαλανεῖον· οὐδὲν οὖν δεῖ στρατοπέδου. ὁ
δὲ ἀκούων ἀεί,[1] μεταξὺ ἐπαιδεύετο. τὴν δὲ ἐσθῆτα
τὴν ποικίλην καὶ τὰς πορφυρίδας ἐκείνας ἀπέδυ-
σαν αὐτὸν ἀστείως πάνυ τὸ ἀνθηρὸν ἐπισκώπτον-
τες τῶν χρωμάτων, Ἔαρ ἤδη, λέγοντες, καί,
Πόθεν ὁ ταῶς οὗτος; καί, Τάχα τῆς μητρός ἐστιν
αὐτοῦ· καὶ τὰ τοιαῦτα. καὶ τὰ ἄλλα δὲ οὕτως

_____
[1] ἀεί R. Helm : ἃ ἦν MSS.

B. Why, yes! I will stop, certainly, and will now turn to my subject. The talk began with praise of Greece and of the men of Athens, because Philosophy and Poverty have ever been their foster-brothers, and they do not look with pleasure on any man, be he citizen or stranger, who strives to introduce luxury among them, but if ever anyone comes to them in that frame of mind, they gradually correct him and lend a hand in his schooling and convert him to the simple life.

For example, he mentioned a millionaire who came to Athens, a very conspicuous and vulgar person with his crowd of attendants and his gay clothes and jewelry, and expected to be envied by all the Athenians and to be looked up to as a happy man. But they thought the creature unfortunate, and undertook to educate him, not in a harsh way, however, nor yet by directly forbidding him to live as he would in a free city. But when he made himself a nuisance at the athletic clubs and the baths by jostling and crowding passers with his retinue, someone or other would say in a low tone, pretending to be covert, as if he were not directing the remark at the man himself: "He is afraid of being murdered in his tub! Why, profound peace reigns in the baths; there is no need of an army, then!" And the man, who never failed to hear, got a bit of instruction in passing. His gay clothes and his purple gown they stripped from him very neatly by making fun of his flowery colours, saying, "Spring already?" "How did that peacock get here?" "Perhaps it's his mother's" and the like. His other vulgarities they turned into jest in the same way—

ἀπέσκωπτον, ἢ τῶν δακτυλίων τὸ πλῆθος ἢ τῆς
κόμης τὸ περίεργον ἢ τῆς διαίτης τὸ ἀκόλαστον·
ὥστε κατὰ μικρὸν ἐσωφρονίσθη καὶ παρὰ πολὺ
βελτίων ἀπῆλθε δημοσίᾳ πεπαιδευμένος.

Ὅτι δ' οὐκ αἰσχύνονται πενίαν ὁμολογοῦντες, 14
ἐμέμνητο πρός με φωνῆς τινος, ἣν ἀκοῦσαι
πάντων ἔφη κοινῇ προεμένων ἐν τῷ ἀγῶνι τῶν
Παναθηναίων· ληφθέντα μὲν γάρ τινα τῶν πολι-
τῶν ἄγεσθαι παρὰ τὸν ἀγωνοθέτην, ὅτι βαπτὸν
ἔχων ἱμάτιον ἐθεώρει, τοὺς δὲ ἰδόντας ἐλεῆσαί τε
καὶ παραιτεῖσθαι καὶ τοῦ κήρυκος ἀνειπόντος,
ὅτι παρὰ τὸν νόμον ἐποίησεν ἐν τοιαύτῃ ἐσθῆτι
θεώμενος, ἀναβοῆσαι μιᾷ φωνῇ πάντας ὥσπερ
ἐσκεμμένους, συγγνώμην ἀπονέμειν αὐτῷ τοιαῦτά
γε ἀμπεχομένῳ· μὴ γὰρ ἔχειν αὐτὸν ἕτερα.

Ταῦτά τε οὖν ἐπῄνει καὶ προσέτι τὴν ἐλευθερίαν
τὴν ἐκεῖ καὶ τῆς διαίτης τὸ ἀνεπίφθονον, ἡσυχίαν
τε καὶ ἀπραγμοσύνην, ἃ δὴ ἄφθονα παρ' αὐτοῖς
ἐστιν. ἀπέφαινε γοῦν φιλοσοφίᾳ συνῳδὸν τὴν
παρὰ τοῖς τοιούτοις διατριβὴν καὶ καθαρὸν ἦθος
φυλάξαι δυναμένην, σπουδαίῳ τε ἀνδρὶ καὶ πλού-
του καταφρονεῖν πεπαιδευμένῳ καὶ τῷ πρὸς τὰ
φύσει καλὰ ζῆν προαιρουμένῳ τὸν ἐκεῖ βίον
μάλιστα ἡρμοσμένον. ὅστις δὲ πλούτου ἐρᾷ καὶ 15
χρυσῷ κεκήληται καὶ πορφύρᾳ καὶ δυναστείᾳ
μετρεῖ τὸ εὔδαιμον, ἄγευστος μὲν ἐλευθερίας,
ἀπείρατος δὲ παρρησίας, ἀθέατος δὲ ἀληθείας,
κολακείᾳ τὰ πάντα καὶ δουλείᾳ σύντροφος, ἢ
ὅστις ἡδονῇ πᾶσαν τὴν ψυχὴν ἐπιτρέψας ταύτῃ
μόνῃ λατρεύειν διέγνωκε, φίλος μὲν περιέργων
τραπεζῶν, φίλος δὲ πότων καὶ ἀφροδισίων,
ἀνάπλεως γοητείας καὶ ἀπάτης καὶ ψευδολογίας,

the number of his rings, the over-niceness of his hair, the extravagance of his life. So he was disciplined little by little, and went away much improved by the public education he had received.

To show that they are not ashamed to confess poverty, he mentioned to me a remark which he said he had heard everybody make with one accord at the Panathenaic games. One of the citizens had been arrested and brought before the director of the games because he was looking on in a coloured cloak. Those who saw it were sorry for him and tried to beg him off, and when the herald proclaimed that he had broken the law by wearing such clothing at the games, they all cried out in one voice, as if by pre-arrangement, to excuse him for being in that dress, because, they said, he had no other.

Well, he praised all this, and also the freedom there and the blamelessness of their mode of living, their quiet and leisure; and these advantages they certainly have in plenty. He declared, for instance, that a life like theirs is in harmony with philosophy and can keep the character pure; so that a serious man who has been taught to despise wealth and elects to live for what is intrinsically good will find Athens exactly suited to him. But a man who loves wealth and is enthralled by gold and measures happiness by purple and power, who has not tasted liberty or tested free speech or contemplated truth, whose constant companions are flattery and servility; a man who has unreservedly committed his soul to pleasure and has resolved to serve none but her, fond of extravagant fare and fond of wine and

ἢ ὅστις ἀκούων τέρπεται κρουμάτων τε καὶ
τερετισμάτων καὶ διεφθορότων ἀσμάτων, τοῖς
δὴ τοιούτοις πρέπειν τὴν ἐνταῦθα διατριβήν·
μεσταὶ γὰρ αὐτοῖς τῶν φιλτάτων πᾶσαι μὲν 16
ἀγυιαί, πᾶσαι δὲ ἀγοραί· πάρεστι δὲ πάσαις
πύλαις τὴν ἡδονὴν καταδέχεσθαι, τοῦτο μὲν δι᾽
ὀφθαλμῶν, τοῦτο δὲ δι᾽ ὤτων τε καὶ ῥινῶν, τοῦτο
δὲ καὶ διὰ λαιμοῦ καὶ δι᾽ ἀφροδισίων· ὑφ᾽ ἧς δὴ
ῥεούσης ἀενάῳ τε καὶ θολερῷ ῥεύματι πᾶσαι μὲν
ἀνευρύνονται ὁδοί· συνεισέρχεται γὰρ μοιχεία καὶ
φιλαργυρία καὶ ἐπιορκία καὶ τὸ τοιοῦτο φῦλον
τῶν ἡδονῶν, παρασύρεται δὲ τῆς ψυχῆς ὑποκλυζο-
μένης πάντοθεν αἰδὼς καὶ ἀρετὴ καὶ δικαιοσύνη·
τῶν δὲ ἔρημος ὁ χῶρος γενόμενος δίψης ἀεὶ
πιμπράμενος[1] ἀνθεῖ πολλαῖς τε καὶ ἀγρίαις
ἐπιθυμίαις.

Τοιαύτην ἀπέφαινε τὴν πόλιν καὶ τοσούτων
διδάσκαλον ἀγαθῶν. ἐγὼ γοῦν, ἔφη, ὅτε τὸ 17
πρῶτον ἐπανήειν ἀπὸ τῆς Ἑλλάδος, πλησίον που
γενόμενος ἐπιστήσας ἐμαυτὸν λόγον ἀπῄτουν
τῆς δεῦρο ἀφίξεως, ἐκεῖνα δὴ τὰ τοῦ Ὁμήρου
λέγων·

τίπτ᾽ αὖτ᾽, ὦ δύστηνε, λιπὼν φάος ἠελίοιο,

τὴν Ἑλλάδα καὶ τὴν εὐτυχίαν ἐκείνην καὶ τὴν
ἐλευθερίαν, ἤλυθες, ὄφρα ἴδῃς τὸν ἐνταῦθα
θόρυβον, συκοφάντας καὶ προσαγορεύσεις ὑπερη-
φάνους καὶ δεῖπνα καὶ κόλακας καὶ μιαιφονίας
καὶ διαθηκῶν προσδοκίας καὶ φιλίας ἐπιπλάστους;
ἢ τί καὶ πράξειν διέγνωκας μήτ᾽ ἀπαλλάττεσθαι
μήτε χρῆσθαι τοῖς καθεστῶσι δυνάμενος;

[1] πιμπράμενος A.M.H.: πιμπλάμενος MSS.

women, full of trickery, deceit and falsehood; a
man who likes to hear twanging, fluting and emascu-
lated singing—"Such folk," said he, "should live
in Rome, for every street and every square is full of
the things they cherish most,[1] and they 'can admit
pleasure by every gate—by the eyes, by the ears
and nostrils, by the throat and reins. Its ever-
flowing, turbid stream widens every street; it
brings in adultery, avarice, perjury and the whole
family of the vices, and sweeps the flooded soul bare
of self-respect, virtue, and righteousness; and then the
ground which they have left a desert, ever parched
with thirst, puts forth a rank, wild growth of lusts."

That was the character of the city, he declared,
and those all the good things it taught. "For
my part," said he, "when I first came back from
Greece, on getting into the neighbourhood of Rome
I stopped and asked myself why I had come here,
repeating the well-known words of Homer[2]: 'Why
left you, luckless man, the light of day'—Greece,
to wit, and all that happiness and freedom—'and
came to see' the hurly-burly here—informers,
haughty greetings, dinners, flatterers, murders,
legacy-hunting, feigned friendships? And what in
the world do you intend to do, since you can neither
go away nor do as the Romans do?"

---

[1] A reminiscence of Aratus (*Phaenom.* 2): "And every
human street and every square is full of the presence of
God."   [2] *Odyss.* 11, 93.

Οὕτω δὴ βουλευσάμενος καὶ καθάπερ ὁ Ζεὺς τὸν 18
Ἕκτορα ὑπεξαγαγὼν ἐμαυτὸν ἐκ βελέων, φασίν,
ἔκ τ᾽ ἀνδροκτασίης ἔκ θ᾽ αἵματος ἔκ τε κυδοιμοῦ
τὸ λοιπὸν οἰκουρεῖν εἰλόμην καὶ βίον τινὰ
τοῦτον γυναικώδη καὶ ἄτολμον τοῖς πολλοῖς
δοκοῦντα προτιθέμενος αὐτῇ φιλοσοφίᾳ καὶ Πλά-
τωνι καὶ ἀληθείᾳ προσλαλῶ, καὶ καθίσας ἐμαυτὸν
ὥσπερ ἐν θεάτρῳ μυριάνδρῳ σφόδρα που μετέωρος
ἐπισκοπῶ τὰ γιγνόμενα, τοῦτο μὲν πολλὴν ψυχα-
γωγίαν καὶ γέλωτα παρέχειν δυνάμενα, τοῦτο δὲ
καὶ πεῖραν ἀνδρὸς ὡς ἀληθῶς βεβαίου λαβεῖν.

Εἰ γὰρ χρὴ καὶ κακῶν ἐπ ινον εἰπεῖν, μὴ ὑπο- 19
λάβῃς μεῖζόν τι γυμνάσιον ἀρετῆς ἢ τῆς ψυχῆς
δοκιμασίαν ἀληθεστέραν τῆσδε τῆς πόλεως καὶ
τῆς ἐνταῦθα διατριβῆς· οὐ γὰρ μικρὸν ἀντισχεῖν
τοσαύταις μὲν ἐπιθυμίαις, τοσούτοις δὲ θεάμασί
τε καὶ ἀκούσμασι πάντοθεν ἕλκουσι καὶ ἀντιλαμ-
βανομένοις, ἀλλὰ ἀτεχνῶς δεῖ τὸν Ὀδυσσέα μιμη-
σάμενον παραπλεῖν αὐτὰ μὴ δεδεμένον τὼ χεῖρε
—δειλὸν γάρ—μηδὲ τὰ ὦτα κηρῷ φραξάμενον,
ἀλλ᾽ ἀκούοντα καὶ λελυμένον καὶ ἀληθῶς ὑπερή-
φανον. ἔνεστι δὲ καὶ φιλοσοφίαν θαυμάσαι παρα- 20
θεωροῦντα τὴν τοσαύτην ἄνοιαν, καὶ τῶν τῆς
τύχης ἀγαθῶν καταφρονεῖν ὁρῶντα ὥσπερ ἐν
σκηνῇ καὶ πολυπροσώπῳ δράματι τὸν μὲν ἐξ
οἰκέτου δεσπότην προϊόντα, τὸν δ᾽ ἀντὶ πλουσίου
πένητα, τὸν δὲ σατράπην ἐκ πένητος ἢ βασιλέα,
τὸν δὲ φίλον τούτου, τὸν δὲ ἐχθρόν, τὸν δὲ φυγάδα·
τοῦτο γάρ τοι καὶ τὸ δεινότατόν ἐστιν, ὅτι καίτοι
μαρτυρομένης τῆς Τύχης παίζειν τὰ τῶν ἀνθρώπων

"After communing with myself in this vein and pulling myself out of bowshot as Zeus did Hector in Homer,[1]

From out the slaughter, blood, and battle-din,

I decided to be a stay-at-home in future. Choosing thereby a sort of life which seems to most people womanish and spiritless, I converse with Plato, Philosophy and Truth, and seating myself, as it were, high up in a theatre full of untold thousands, I look down on what takes place, which is of a quality sometimes to afford amusement and laughter, sometimes to prove a man's true steadfastness.

"Indeed (if it is right to speak in praise of what is bad), don't suppose that there is any better school for virtue or any truer test of the soul than this city and the life here; it is no small matter to make a stand against so many desires, so many sights and sounds that lay rival hands on a man and pull him in every direction. One must simply imitate Odysseus and sail past them; not, however, with his hands bound (for that would be cowardly) nor with his ears stopped with wax, but with ears open and body free, and in a spirit of genuine contempt. Furthermore, one has cause to admire philosophy when he beholds so much folly, and to despise the gifts of fortune when he sees on the stage of life a play of many rôles, in which one man enters first as servant, then as master; another first as rich, then as poor; another now as beggar, now as nabob or king; another as So-and-so's friend, another as his enemy; another as an exile. And the strangest part of it all is that although Fortune attests that she makes light

[1] *Iliad* 11, 163.

πράγματα καὶ ὁμολογούσης μηδὲν αὐτῶν εἶναι
βέβαιον, ὅμως ταῦθ᾽ ὁσημέραι βλέποντες ὀρέγονται
καὶ πλούτου καὶ δυναστείας καὶ μεστοὶ περιίασι
πάντες οὐ γινομένων ἐλπίδων.

Ὁ δὲ δὴ ἔφην, ὅτι καὶ γελᾶν ἐν τοῖς γιγνο- 21
μένοις ἔνεστι καὶ ψυχαγωγεῖσθαι, τοῦτο ἤδη σοι
φράσω. πῶς γὰρ οὐ γελοῖοι μὲν πλουτοῦντες
αὐτοὶ καὶ τὰς πορφυρίδας προφαίνοντες καὶ τοὺς
δακτυλίους προτείνοντες καὶ πολλὴν κατηγο-
ροῦντες ἀπειροκαλίαν, τὸ δὲ καινότατον, τοὺς
ἐντυγχάνοντας ἀλλοτρίᾳ φωνῇ προσαγορεύοντες,
ἀγαπᾶν ἀξιοῦντες, ὅτι μόνον αὐτοὺς προσέβλε-
ψαν, οἱ δὲ σεμνότεροι καὶ προσκυνεῖσθαι περιμέ-
νοντες, οὐ πόρρωθεν οὐδ᾽ ὡς Πέρσαις νόμος, ἀλλὰ
δεῖ προσελθόντα καὶ ὑποκύψαντα[1], τὴν ψυχὴν
ταπεινώσαντα καὶ τὸ πάθος αὐτῆς ἐμφανίσαντα
τῇ τοῦ σώματος ὁμοιότητι, τὸ στῆθος ἢ τὴν δεξιὰν
καταφιλεῖν, ζηλωτὸν καὶ περίβλεπτον τοῖς μηδὲ
τούτου τυγχάνουσιν· ὁ δ᾽ ἕστηκεν παρέχων ἑαυτὸν
εἰς πλείω χρόνον ἐξαπατώμενον. ἐπαινῶ δέ γε
ταύτης αὐτοὺς τῆς ἀπανθρωπίας, ὅτι μὴ καὶ τοῖς
στόμασιν ἡμᾶς προσίενται.

Πολὺ δὲ τούτων οἱ προσιόντες αὐτοὶ καὶ 22
θεραπεύοντες γελοιότεροι, νυκτὸς μὲν ἐξανιστά-
μενοι μέσης, περιθέοντες δὲ ἐν κύκλῳ τὴν πόλιν
καὶ πρὸς τῶν οἰκετῶν ἀποκλειόμενοι, κύνες καὶ
κόλακες καὶ τὰ τοιαῦτα ἀκούειν ὑπομένοντες.
γέρας δὲ τῆς πικρᾶς ταύτης αὐτοῖς περιόδου τὸ
φορτικὸν ἐκεῖνο δεῖπνον καὶ πολλῶν αἴτιον συμ-

---

[1] ὑποκύψαντα Schwartz : ὑποκύψαντα καὶ πόρρωθεν MSS.: [καὶ
ὑποκύψαντα] Nilén.

of human affairs and admits that there is no stability in them, and in spite of the fact that men see this demonstrated every day, they still yearn for wealth and power, and go about every one of them full of unrealised hopes.

" But I have said that there is food for laughter and amusement in what goes on ; let me now explain it. To begin with, are not the rich ridiculous ? They display their purple gowns and show their rings and betray an unbounded lack of taste. Would you believe it ?—they make use of another man's[1] voice in greeting people they meet, expecting them to be thankful for a glance and nothing more, while some, lordlier than the rest, even require obeisance to be made to them : not at long range, though, or in the Persian style. No, you must go up, bow your head, humbling your soul and showing its feelings by carrying yourself to match them, and kiss the man's breast or his hand, while those who are denied even this privilege envy and admire you ! And the man stands for hours and lets himself be duped ! At any rate there is one point in their inhumanity that I commend them for—they forbid us their lips !

" Far more ridiculous, however, than the rich are those who visit them and pay them court. They get up at midnight, run all about the city, let servants bolt the doors in their faces and suffer themselves to be called dogs, toadies and similar names. By way of reward for this galling round of visits they get the much-talked-of dinner, a vulgar thing, the source of many evils. How much they eat there,

---

[1] The nomenclator : his proper office was merely to present the guests to his master, but in reality he often received them in his master's stead.

φορῶν, ἐν ᾧ πόσα μὲν ἐμφαγόντες, πόσα δὲ
παρὰ γνώμην ἐμπιόντες, πόσα δὲ ὧν οὐκ ἐχρῆν
ἀπολαλήσαντες ἢ μεμφόμενοι[1] τὸ τελευταῖον ἢ
δυσφοροῦντες ἀπίασιν ἢ διαβάλλοντες τὸ δεῖπνον
ἢ ὕβριν ἢ μικρολογίαν ἐγκαλοῦντες. πλήρεις δὲ
αὐτῶν ἐμούντων οἱ στενωποὶ καὶ πρὸς τοῖς χαμαι-
τυπείοις μαχομένων· καὶ μεθ' ἡμέραν οἱ πλείονες
αὐτῶν κατακλιθέντες ἰατροῖς παρέχουσιν ἀφορμὰς
περιόδων· ἔνιοι μὲν γάρ, τὸ καινότατον, οὐδὲ νοσεῖν
σχολάζουσιν.

Ἐγὼ μέντοι γε πολὺ τῶν κολακευομένων ἐξω- 23
λεστέρους τοὺς κόλακας ὑπείληφα, καὶ σχεδὸν
αὐτοὺς ἐκείνοις καθίστασθαι τῆς ὑπερηφανίας
αἰτίους· ὅταν γὰρ αὐτῶν τὴν περιουσίαν θαυμά-
σωσιν καὶ τὸν χρυσὸν ἐπαινέσωσιν καὶ τοὺς
πυλῶνας ἕωθεν ἐμπλήσωσιν καὶ προσελθόντες
ὥσπερ δεσπότας προσείπωσιν, τί καὶ φρονήσειν
ἐκείνους εἰκός ἐστιν; εἰ δέ γε κοινῷ δόγματι κἂν
πρὸς ὀλίγον ἀπέσχοντο τῆσδε τῆς ἐθελοδουλείας,
οὐκ ἂν οἴει τοὐναντίον αὐτοὺς ἐλθεῖν ἐπὶ τὰς
θύρας τῶν πτωχῶν δεομένους τοὺς πλουσίους, μὴ
ἀθέατον αὐτῶν μηδ' ἀμάρτυρον τὴν εὐδαιμονίαν
καταλιπεῖν μηδ' ἀνόνητόν τε καὶ ἄχρηστον τῶν
τραπεζῶν τὸ κάλλος καὶ τῶν οἴκων τὸ μέγεθος;
οὐ γὰρ οὕτω τοῦ πλουτεῖν ἐρῶσιν ὡς τοῦ διὰ
τὸ πλουτεῖν εὐδαιμονίζεσθαι. καὶ οὕτω δὴ[2] ἔχει,
μηδὲν ὄφελος εἶναι περικαλλοῦς οἰκίας τῷ
οἰκοῦντι μηδὲ χρυσοῦ καὶ ἐλέφαντος, εἰ μή τις
αὐτὰ θαυμάζοι. ἐχρῆν οὖν ταύτῃ καθαιρεῖν
αὐτῶν καὶ ἐπευωνίζειν τὴν δυναστείαν ἐπιτειχί-

---

[1] ἢ μεμφόμενοι MSS.: bracketed by Schwartz.
[2] δὴ Hemsterhuys: δὲ MSS.

how much they drink that they do not want, and
how much they say that should not have been said!
At last they go away either finding fault or nursing
a grievance, either abusing the dinner or accusing
the host of insolence and neglectfulness. They fill
the side-streets, puking and fighting at the doors of
brothels, and most of them go to bed by daylight
and give the doctors a reason for making *their*
rounds. Not all, though; for some—would you
believe it?—haven't even time to be ill!

"For my part I hold that the toadies are far
worse than the men they toady to, and that they
alone are to blame for the arrogance of the others.
When they admire their possessions, praise their
plate, crowd their doorways in the early morning
and go up and speak to them as a slave speaks to his
master, how can you expect the rich to feel? If by
common consent they refrained but a short time from
this voluntary servitude, don't you think that the
tables would be turned, and that the rich would
come to the doors of the poor and beg them not to
leave their happiness unobserved and unattested and
their beautiful tables and great houses unenjoyed
and unused? It is not so much being rich that they
like as being congratulated on it. The fact is, of
course, that the man who lives in a fine house gets
no good of it, nor of his ivory and gold either, unless
someone admires it all. What men ought to do,
then, is to reduce and cheapen the rank of the rich
in this way, erecting in the face of their wealth a

σαντας τῷ πλούτῳ τὴν ὑπεροψίαν· νῦν δὲ λατρεύ-
οντες εἰς ἀπόνοιαν ἄγουσιν.

Καὶ τὸ μὲν ἄνδρας ἰδιώτας καὶ ἀναφανδὸν τὴν 24
ἀπαιδευσίαν ὁμολογοῦντας τὰ τοιαῦτα ποιεῖν,
μετριώτερον ἂν εἰκότως νομισθείη· τὸ δὲ καὶ τῶν
φιλοσοφεῖν προσποιουμένων πολλοὺς¹ πολλῷ
ἔτι τούτων γελοιότερα δρᾶν, τοῦτ' ἤδη τὸ δεινό-
τατόν ἐστι. πῶς γὰρ οἴει τὴν ψυχὴν διατεθεῖσθαί
μοι, ὅταν ἴδω τούτων τινά, μάλιστα τῶν προβε-
βηκότων, ἀναμεμιγμένον κολάκων ὄχλῳ καὶ τῶν
ἐπ' ἀξίας τινὰ δορυφοροῦντα καὶ τοῖς ἐπὶ τὰ
δεῖπνα παραγγέλλουσι κοινολογούμενον, ἐπι-
σημότερον δὲ τῶν ἄλλων ἀπὸ τοῦ σχήματος
ὄντα καὶ φανερώτερον; καὶ ὃ μάλιστα ἀγανακτῶ,
ὅτι μὴ καὶ τὴν σκευὴν μεταλαμβάνουσι, τὰ ἄλλα
γε ὁμοίως ὑποκρινόμενοι τοῦ δράματος. ἃ μὲν 25
γὰρ ἐν τοῖς συμποσίοις ἐργάζονται, τίνι τῶν καλῶν
εἰκάσομεν; οὐκ ἐμφοροῦνται μὲν ἀπειροκαλώτερον,
μεθύσκονται δὲ φανερώτερον, ἐξανίστανται δὲ
πάντων ὕστατοι, πλείω δὲ ἀποφέρειν τῶν ἄλλων
ἀξιοῦσιν; οἱ δὲ ἀστειότεροι πολλάκις αὐτῶν
καὶ ᾆσαι προήχθησαν.

Καὶ ταῦτα μὲν οὖν γελοῖα ἡγεῖτο· μάλιστα δὲ
ἐμέμνητο τῶν ἐπὶ μισθῷ φιλοσοφούντων καὶ τὴν
ἀρετὴν ὤνιον ὥσπερ ἐξ ἀγορᾶς προτιθέντων·
ἐργαστήρια γοῦν ἐκάλει καὶ καπηλεῖα τὰς τούτων
διατριβάς· ἠξίου γὰρ τὸν πλούτου καταφρονεῖν
διδάξοντα πρῶτον αὐτὸν παρέχειν ὑψηλότερον
λημμάτων. ἀμέλει καὶ πράττων ταῦτα διετέλει, οὐ 26
μόνον προῖκα τοῖς ἀξιοῦσι συνδιατρίβων, ἀλλὰ καὶ
τοῖς δεομένοις ἐπαρκῶν καὶ πάσης περιουσίας κατα-

¹ πολλοὺς Cobet : not in MSS.

breastwork of contempt. But as things are, they turn their heads with servility.

" That common men who unreservedly admit their want of culture should do such things might fairly be thought reasonable ; but that many self-styled philosophers should act still more ridiculously than they—this is the surprising thing ! How do you suppose I feel in spirit when I see one of them, especially if he be well on in years, among a crowd of toadies, at the heels of some Jack-in-office, in conference with the dispensers of his dinner-invitations ? His dress only marks him out among the rest and makes him more conspicuous. What irritates me most is that they do not change their costume : certainly they are consistent play-actors in everything else. Take their conduct at dinners—to what ethical ideal are we to ascribe it ? Do they not stuff themselves more vulgarly, get drunk more conspicuously, leave the table last of all, and expect to carry away more delicacies than anyone else ? Some, more subtle than the rest, have often gone so far as to sing."

All this, he thought, was ridiculous : and he made special mention of people who cultivate philosophy for hire and put virtue on sale over a counter, as it were : indeed, he called the lecture-rooms of these men factories and bazaars. For he maintained that one who intends to teach contempt for wealth should first of all show that he is himself above gain. Certainly he used to put these principles into practice consistently, not only giving instruction without recompense to all who desired it, but helping the needy and holding all manner of super-

φρονῶν, τοσούτου δέων ὀρέγεσθαι τῶν οὐδὲν προσ-
ηκόντων, ὥστε μηδὲ τῶν ἑαυτοῦ φθειρομένων
ποιεῖσθαι πρόνοιαν, ὅς γε καὶ ἀγρὸν οὐ πόρρω τῆς
πόλεως κεκτημένος οὐδὲ ἐπιβῆναι αὐτοῦ πολλῶν
ἐτῶν ἠξίωσεν, ἀλλ᾽ οὐδὲ τὴν ἀρχὴν αὐτοῦ εἶναι
διωμολόγει, ταῦτ᾽ οἶμαι ὑπειληφώς, ὅτι τούτων
φύσει μὲν οὐδενός ἐσμεν κύριοι, νόμῳ δὲ καὶ διαδοχῇ
τὴν χρῆσιν αὐτῶν εἰς ἀόριστον παραλαμβάνοντες
ὀλιγοχρόνιοι δεσπόται νομιζόμεθα, κἀπειδὰν ἡ
προθεσμία παρέλθῃ, τηνικαῦτα παραλαβὼν ἄλλος
ἀπολαύει τοῦ ὀνόματος.

Οὐ μικρὰ δὲ οὐδὲ ἐκεῖνα παρέχει τοῖς ζηλοῦν
ἐθέλουσι παραδείγματα, τῆς τροφῆς τὸ ἀπέριττον
καὶ τῶν γυμνασίων τὸ σύμμετρον καὶ τοῦ προσ-
ώπου τὸ αἰδέσιμον καὶ τῆς ἐσθῆτος τὸ μέ-
τριον, ἐφ᾽ ἅπασι δὲ τούτοις τῆς διανοίας τὸ
ἡρμοσμένον καὶ τὸ ἥμερον τοῦ τρόπου. παρή- 27
νει δὲ τοῖς συνοῦσι μήτ᾽ ἀναβάλλεσθαι τὸ
ἀγαθόν, ὅπερ τοὺς πολλοὺς ποιεῖν προθεσμίας
ὁριζομένους ἑορτὰς ἢ πανηγύρεις, ὡς ἀπ᾽ ἐκείνων
ἀρξομένους τοῦ μὴ ψεύσασθαι καὶ τοῦ τὰ
δέοντα ποιῆσαι· ἠξίου γὰρ ἀμέλλητον εἶναι
τὴν πρὸς τὸ καλὸν ὁρμήν. δῆλος δὲ ἦν καὶ
τῶν τοιούτων κατεγνωκὼς φιλοσόφων, οἳ ταύ-
την ἄσκησιν ἀρετῆς ὑπελάμβανον, ἣν πολλαῖς
ἀνάγκαις καὶ πόνοις τοὺς νέους ἀντέχειν κατα-
γυμνάσωσιν, τοῦτο μὲν ψυχρολουτεῖν[1] οἱ πολλοὶ
κελεύοντες, ἄλλοι δὲ μαστιγοῦντες, οἱ δὲ χαριέ-
στεροι καὶ σιδήρῳ τὰς ἐπιφανείας αὐτῶν κατα-
ξύοντες. ἡγεῖτο γὰρ χρῆναι πολὺ πρότερον ἐν 28

---

[1] ψυχρολουτεῖν E. Capps : οὐδεῖν (or οὐ δεῖν) MSS. : θυραυλεῖν
Schwartz : ἀνυποδητεῖν vulg.

fluity in contempt. So far was he from coveting the property of others that even when his own property was going to rack and ruin he did not concern himself about it. Although he had a farm not far from the city, he did not care to set foot on it for many years. More than this, he used to say that it was not his at all. His idea was, I take it, that we are not "owners" of any of these things by natural law, but that we take over the use of them for an indefinite period by custom and inheritance, and are considered their proprietors for a brief space; and when our allotted days of grace are past another takes them over and enjoys the title.

He likewise sets no mean example for those who care to imitate him in his simple diet, his moderate physical exercises, his earnest face, his plain clothes and above all, his well-balanced understanding and his kindly ways. He always advised his disciples not to postpone being good, as most people do, by setting themselves a limit in the form of a holiday or a festival, with the intention of beginning from that date to shun lies and do as they should; for he deemed that an inclination towards the higher life brooked no delay. He made no secret of his condemnation of the sort of philosophers who think it a course in virtue if they train the young to endure "full many pains and toils," [1] the majority recommending cold baths, though some whip them, and still others, the more refined of their sort, scrape the surface of their skin with a knife-blade. It was his

---

[1] Evidently a quotation: the source is unknown.

ταῖς ψυχαῖς τὸ στέρρον τοῦτο καὶ ἀπαθὲς κατα-
σκευάσαι, καὶ τὸν ἄριστα παιδεύειν ἀνθρώπους
προαιρούμενον τοῦτο μὲν ψυχῆς, τοῦτο δὲ
σώματος, τοῦτο δὲ ἡλικίας τε καὶ τῆς πρότερον
ἀγωγῆς ἐστοχάσθαι, ἵνα μὴ τὰ παρὰ δύναμιν
ἐπιτάττων ἐλέγχηται· πολλοὺς γοῦν καὶ τελευ-
τᾶν ἔφασκεν οὕτως ἀλόγως ἐπιταθέντας· ἕνα δὲ
καὶ αὐτὸς εἶδον, ὃς καὶ γευσάμενος τῶν παρ᾽
ἐκείνοις κακῶν, ἐπειδὴ τάχιστα λόγων ἀληθῶν
ἐπήκουσεν, ἀμεταστρεπτὶ φεύγων ὡς αὐτὸν
ἀφίκετο καὶ δῆλος ἦν ῥᾷον διακείμενος.

Ἤδη δὲ τούτων ἀποστὰς τῶν ἄλλων αὖθις 29
ἀνθρώπων ἐμέμνητο καὶ τὰς ἐν τῇ πόλει ταραχὰς
διεξῄει καὶ τὸν ὠθισμὸν αὐτῶν καὶ τὰ θέατρα
καὶ τὸν ἱππόδρομον καὶ τὰς τῶν ἡνιόχων εἰκόνας
καὶ τὰ τῶν ἵππων ὀνόματα καὶ τοὺς ἐν τοῖς
στενωποῖς περὶ τούτων διαλόγους· πολλὴ γὰρ
ὡς ἀληθῶς ἡ ἱππομανία καὶ πολλῶν ἤδη σπου-
δαίων εἶναι δοκούντων ἐπείληπται.

Μετὰ δὲ ταῦτα ἑτέρου δράματος ἥπτετο τῶν 30
ἀμφὶ τὴν νέκυιάν τε καὶ διαθήκας καλινδουμένων,
προστιθεὶς ὅτι μίαν φωνὴν οἱ Ῥωμαίων παῖδες
ἀληθῆ παρ᾽ ὅλον τὸν βίον προΐενται, τὴν ἐν
ταῖς διαθήκαις λέγων, ἵνα μὴ ἀπολαύσωσι τῆς
σφετέρας ἀληθείας. ἃ δὲ καὶ μεταξὺ λέγοντος
αὐτοῦ γελᾶν προήχθην, ὅτι καὶ συγκατορύττειν
ἑαυτοῖς ἀξιοῦσι τὰς ἀμαθίας καὶ τὴν ἀναλγησίαν
ἔγγραφον ὁμολογοῦσιν, οἱ μὲν ἐσθῆτας ἑαυτοῖς

opinion that this hardness and insensibility should be created rather in the souls of men, and that he who elects to give the best possible education ought to have an eye to soul, to body, and to age and previous training, that he may not subject himself to criticism on the score of setting his pupils tasks beyond their strength. Indeed, he asserted that many die as a result of strains so unreasonable. I myself saw one student who, after a taste of the tribulations in that camp, had made off without a backward glance as soon as he heard true doctrine, and had come to Nigrinus: he was clearly the better for it.

At length leaving the philosophers, he recurred to the rest of mankind, and told about the uproar of the city, the crowding, the theatres, the races, the statues of the drivers, the names of the horses, and the conversations in the streets about these matters. The craze for horses is really great, you know, and men with a name for earnestness have caught it in great numbers.

Next he touched upon another human comedy, played by the people who occupy themselves with life beyond the grave and with last wills, adding that sons of Rome speak the truth only once in their whole lives (meaning in their wills), in order that they may not reap the fruits of their truthfulness ![1] I could not help interrupting him with laughter when he said that they want to have their follies buried with them and to leave their stupidity on record, inasmuch as some of them leave instructions

---

[1] A famous instance is the case of Petronius, who expressed his opinion of Nero in his will and made the emperor his executor.

κελεύοντες συγκαταφλέγεσθαι τῶν παρὰ τὸν
βίον τιμίων, οἱ δὲ καὶ παραμένειν τινὰς οἰκέτας
τοῖς τάφοις, ἔνιοι δὲ καὶ στέφειν τὰς στήλας
ἄνθεσιν, εὐήθεις ἔτι καὶ παρὰ τὴν τελευτὴν δια-
μένοντες. εἰκάζειν οὖν ἠξίου, τί πέπρακται τού- 31
τοις παρὰ τὸν βίον, εἰ τοιαῦτα περὶ τῶν μετὰ
τὸν βίον ἐπισκήπτουσι· τούτους γὰρ εἶναι τοὺς
τὸ πολυτελὲς ὄψον ὠνουμένους καὶ τὸν οἶνον ἐν
τοῖς συμποσίοις μετὰ κρόκων τε καὶ ἀρωμάτων
ἐκχέοντας, τοὺς μέσου χειμῶνος ἐμπιπλαμένους
ῥόδων καὶ τὸ σπάνιον αὐτῶν καὶ παρὰ καιρὸν
ἀγαπῶντος, τῶν δ᾽ ἐν καιρῷ καὶ κατὰ φύσιν ὡς
εὐτελῶν ὑπερηφανοῦντας, τούτους εἶναι[1] τοὺς
καὶ τὰ μύρα πίνοντας· ὃ καὶ μάλιστα διέσυρεν
αὐτῶν, ὅτι μηδὲ χρῆσθαι ἴσασιν ταῖς ἐπιθυμίαις,
ἀλλὰ κἂν ταύταις παρανομοῦσι καὶ τοὺς ὅρους
συγχέουσι, πάντοθεν τῇ τρυφῇ παραδόντες αὐ-
τῶν τὰς ψυχὰς πατεῖν, καὶ τοῦτο δὴ τὸ ἐν ταῖς
τραγῳδίαις τε καὶ κωμῳδίαις λεγόμενον, ἤδη καὶ
παρὰ θύραν εἰσβιαζόμενοι. σολοικισμὸν[2] οὖν
ἐκάλει τοῦτο τῶν ἡδονῶν.

Ἀπὸ δὲ τῆς αὐτῆς γνώμης κἀκεῖνα ἔλεγεν, 32
ἀτεχνῶς τοῦ Μώμου τὸν λόγον μιμησάμενος· ὡς
γὰρ ἐκεῖνος ἐμέμφετο τοῦ ταύρου τὸν δημιουργὸν
θεὸν οὐ προθέντα τῶν ὀφθαλμῶν τὰ κέρατα, οὕτω
δὴ καὶ αὐτὸς ᾐτιᾶτο τῶν στεφανουμένων, ὅτι μὴ
ἴσασι τοῦ στεφάνου τὸν τόπον· εἰ γάρ τοι, ἔφη,

---

[1] τούτους εἶναι MSS.; bracketed by Schwartz.
[2] Isidorus defines a 'solecism' as 'plurimorum inter se
verborum inconveniens compositio, sicut barbarismus unius
verbi corruptio.' The point here is the incongruousness of
such pleasures.

that clothing be burned with them which they prized in life, others that servants stay by their tombs, and here and there another that his gravestone be wreathed with flowers. They remain foolish even on their deathbeds. He thought he could guess what they had done in life when they issued such injunctions touching the hereafter: "It is they," said he, "who buy expensive dainties and let wine flow freely at dinners in an atmosphere of saffron and perfumes, who glut themselves with roses in midwinter, loving their rarity and unseasonableness and despising what is seasonable and natural because of its cheapness; it is they who drink myrrh." And that was the point in which he criticised them especially, that they do not even know how to give play to their desires, but transgress in them and obliterate the boundary-lines, on all sides surrendering their souls to luxury to be trodden under foot, and as they say in tragedy and comedy, "forcing an entrance alongside the door." [1] These he called unidiomatic pleasures.

From the same standpoint he made a comment exactly like that of Momus. Just as the latter found fault with the god [2] who made the bull for not putting the horns in front of the eyes, so he censured those who wear garlands for not knowing where they should go. "If it is the scent of their violets

---

[1] The phrase does not occur in any of the extant plays. As Greek houses were generally of sun-dried brick, it was not difficult to dig through the wall, but only an inveterate 'wall-digger' (housebreaker) would choose that method of entry when the door was unlocked.

[2] Poseidon: see Hermotimus, 20.

τῇ πνοῇ τῶν ἴων τε καὶ ῥόδων χαίρουσιν, ὑπὸ τῇ
ῥινὶ μάλιστα ἐχρῆν αὐτοὺς στέφεσθαι παρ' αὐτὴν
ὡς οἷόν τε τὴν ἀναπνοήν, ἵν' ὡς πλεῖστον
ἀνέσπων τῆς ἡδονῆς.

Καὶ μὴν κἀκείνους διεγέλα τοὺς θαυμάσιόν 33
τινα τὴν σπουδὴν περὶ τὰ δεῖπνα ποιουμένους
χυμῶν τε ποικιλίαις καὶ πεμμάτων περιεργίαις·
καὶ γὰρ αὖ καὶ τούτους ἔφασκεν ὀλιγοχρονίου
τε καὶ βραχείας ἡδονῆς ἔρωτι πολλὰς πραγ-
ματείας ὑπομένειν· ἀπέφαινε γοῦν τεσσάρων
δακτύλων αὐτοῖς ἕνεκα πάντα πονεῖσθαι τὸν
πόνον, ἐφ' ὅσους ὁ μήκιστος ἀνθρώπου λαιμός
ἐστιν· οὔτε γὰρ πρὶν ἐμφαγεῖν, ἀπολαύειν τι
τῶν ἐωνημένων, οὔτε βρωθέντων ἡδίω γενέσθαι
τὴν ἀπὸ τῶν πολυτελεστέρων πλησμονήν· λοιπὸν
οὖν εἶναι τὴν ἐν τῇ παρόδῳ γιγνομένην ἡδονὴν
τοσούτων ὠνεῖσθαι χρημάτων. εἰκότα δὲ πάσχειν
ἔλεγεν αὐτοὺς ὑπ' ἀπαιδευσίας τὰς ἀληθεστέρας
ἡδονὰς ἀγνοοῦντας, ὧν ἁπασῶν φιλοσοφία χορηγός
ἐστιν τοῖς πονεῖν προαιρουμένοις. 34

Περὶ δὲ τῶν ἐν τοῖς βαλανείοις δρωμένων
πολλὰ μὲν διεξῄει, τὸ πλῆθος τῶν ἑπομένων, τὰς
ὕβρεις, τοὺς ἐπικειμένους τοῖς οἰκέταις καὶ μικροῦ
δεῖν ἐκφερομένους. ἐν δέ τι καὶ μάλιστα μισεῖν
ἐῴκει, πολὺ δ' ἐν τῇ πόλει τοῦτο καὶ τοῖς βαλα-
νείοις ἐπιχωριάζον· προϊόντας γάρ τινας τῶν
οἰκετῶν δεῖ βοᾶν καὶ παραγγέλλειν προορᾶσθαι
τοῖν ποδοῖν, ἢν ὑψηλόν τι ἢ κοῖλον μέλλωσιν
ὑπερβαίνειν, καὶ ὑπομιμνήσκειν αὐτούς, τὸ
καινότατον, ὅτι βαδίζουσιν. δεινὸν οὖν ἐποιεῖτο,

and roses that they like," he said, "they certainly ought to put their garlands under their noses, as close as may be to the intake of the breath, so as to inhale the greatest possible amount of pleasure."

Another thing, he ridiculed the men who devote such a surprising degree of energy to dinners in the effort to secure variety in flavours and new effects in pastry. He said that these underwent a great deal of inconvenience through their devotion to a brief and temporary pleasure. Indeed, he pointed out that all their trouble was taken for the sake of four finger-breadths, the extent of the longest human throat. "Before eating," said he, "they get no good out of what they have bought, and after eating, the sense of fulness is no more agreeable because it derives from expensive food ; it follows, then, that it is the pleasure of swallowing which has cost them so dear." And he said that it served them right for being uneducated and consequently unfamiliar with the truer pleasures, which are all dispensed by philosophy to those who elect a life of toil.

He had much to say about their behaviour in the baths—the number of their attendants, their offensive actions, and the fact that some of them are carried by servants almost as if they were corpses on their way to the graveyard. There is one practice, however, which he appeared to detest above all others, a wide-spread custom in the city and in the baths. It is the duty of certain servants, going in advance of their masters, to cry out and warn them to mind their footing when they are about to pass something high or low, thus reminding them, oddly enough, that they are walking ! He was indignant,

εἰ στόματος μὲν ἀλλοτρίου δειπνοῦντες μὴ δέον-
ται μηδὲ χειρῶν, μηδὲ τῶν ὤτων ἀκούοντες,
ὀφθαλμῶν δὲ ὑγιαίνοντες ἀλλοτρίων δέονται
προοψομένων καὶ ἀνέχονται φωνὰς ἀκούοντες
δυστυχέσιν ἀνθρώποις πρεπούσας καὶ πεπηρω-
μένοις· ταῦτα γὰρ αὐτὰ πάσχουσιν ἐν ταῖς ἀγοραῖς
ἡμέρας μέσης καὶ οἱ τὰς πόλεις ἐπιτετραμμένοι.

Ταῦτά τε καὶ πολλὰ ἕτερα τοιαῦτα διελθὼν 35
κατέπαυσε τὸν λόγον. ἐγὼ δὲ τέως μὲν ἤκουον
αὐτοῦ τεθηπώς, μὴ σιωπήσῃ πεφοβημένος· ἐπειδὴ
δὲ ἐπαύσατο, τοῦτο δὴ τὸ τῶν Φαιάκων πάθος
ἐπεπόνθειν· πολὺν γὰρ δὴ χρόνον ἐς αὐτὸν
ἀπέβλεπον κεκηλημένος· εἶτα πολλῇ συγχύσει
καὶ ἰλίγγῳ κατειλημμένος τοῦτο μὲν ἱδρῶτι
κατερρεόμην, τοῦτο δὲ φθέγξασθαι βουλόμενος
ἐξέπιπτόν τε καὶ ἀνεκοπτόμην, καὶ ἥ τε φωνὴ
ἐξέλειπε καὶ ἡ γλῶττα διημάρτανε, καὶ τέλος
ἐδάκρυον ἀπορούμενος· οὐ γὰρ ἐξ ἐπιπολῆς οὐδ'
ὡς ἔτυχεν ἡμῶν ὁ λόγος καθίκετο, βαθεῖα δὲ καὶ
καίριος ἡ πληγὴ ἐγένετο, καὶ μάλα εὐστόχως
ἐνεχθεὶς ὁ λόγος αὐτήν, εἰ οἷόν τε εἰπεῖν, διέκοψε
τὴν ψυχήν· εἰ γάρ τι δεῖ κἀμὲ ἤδη φιλοσόφων
προσάψασθαι λόγων, ὧδε περὶ τούτων ὑπείληφα·
δοκεῖ μοι ἀνδρὸς εὐφυοῦς ψυχὴ μάλα σκοπῷ 36
τινι ἁπαλῷ προσεοικέναι. τοξόται δὲ πολλοὶ μὲν
ἀνὰ τὸν βίον καὶ μεστοὶ τὰς φαρέτρας ποικίλων τε
καὶ παντοδαπῶν λόγων, οὐ μὴν πάντες εὔστοχα
τοξεύουσιν, ἀλλ' οἱ μὲν αὐτῶν σφόδρα τὰς νευρὰς
ἐπιτείναντες ἐντονώτερον τοῦ δέοντος ἀφιᾶσιν· καὶ
ἅπτονται μὲν καὶ οὗτοι[1], τὰ δὲ βέλη αὐτῶν οὐ
μένει ἐν τῷ σκοπῷ, ἀλλ' ὑπὸ τῆς σφοδρότητος

[1] οὗτοι, Sommerbrodt: οὗτοι τῆς ὁδοῦ MSS.

you see, that although they do not need the mouths
or the hands of others in eating or the ears of others
in hearing, they need the eyes of others to see their
way in spite of the soundness of their own, and
suffer themselves to be given directions fit only for
unfortunates and blind men. "Why," said he,
"this is actually done in public squares at midday,
even to governors of cities!"

When he had said this and much more of the
same sort, he ended his talk. Until then I had
listened to him in awe, fearing that he would cease.
When he stopped, I felt like the Phaeacians of old,[1]
for I stared at him a long time spellbound. After-
wards, in a great fit of confusion and giddiness, I
dripped with sweat, I stumbled and stuck in the
endeavour to speak, my voice failed, my tongue
faltered, and finally I began to cry in embarrass-
ment; for the effect he produced in me was not
superficial or casual. My wound was deep and vital,
and his words, shot with great accuracy, clove, if I
may say so, my very soul in twain. For if I too
may now adopt the language of a philosopher,
my conception of the matter is that the soul of a
well-endowed man resembles a very tender target.
Many bowmen, their quivers full of words of all
sorts and kinds, shoot at it during life, but not with
success in every case. Some draw to the head and
let fly harder than they should: though they hit the
target, their arrows do not stick in it, but owing to

Odyss. 11, 333.

διελθόντα καὶ παροδεύσαντα κεχηνυῖαν μόνον τῷ
τραύματι τὴν ψυχὴν ἀπέλιπεν. ἄλλοι δὲ πάλιν
τούτοις ὑπεναντίως· ὑπὸ γὰρ ἀσθενείας τε καὶ
ἀτονίας οὐδὲ ἐφικνεῖται τὰ βέλη αὐτοῖς ἄχρι πρὸς
τὸν σκοπόν, ἀλλ' ἐκλυθέντα καταπίπτει πολλάκις
ἐκ μέσης τῆς ὁδοῦ· ἢν δέ ποτε καὶ ἐφίκηται, ἄκρον
μὲν ἐπιλίγδην ἅπτεται, βαθεῖαν δὲ οὐκ ἐργάζεται
πληγήν· οὐ γὰρ ἀπ' ἰσχυρᾶς ἐμβολῆς ἀπεστέλ-
λετο. ὅστις δὲ ἀγαθὸς τοξότης καὶ τούτῳ 37
ὅμοιος, πρῶτον μὲν ἀκριβῶς ὄψεται τὸν σκοπόν,
εἰ μὴ σφόδρα μαλακός, εἰ μὴ στερρότερος τοῦ
βέλους. γίγνονται γὰρ δὴ καὶ ἄτρωτοι σκοποί.
ἐπειδὰν δὲ ταῦτα ἴδῃ, τηνικαῦτα χρίσας τὸ βέλος
οὔτε ἰῷ, καθάπερ τὰ Σκυθῶν χρίεται, οὔτε ὀπῷ,
καθάπερ τὰ Κουρήτων, ἀλλ' ἠρέμα δηκτικῷ τε
καὶ γλυκεῖ φαρμάκῳ, τούτῳ χρίσας εὐτέχνως[1]
ἐτόξευσε· τὸ δὲ ἐνεχθὲν εὖ μάλα ἐντόνως καὶ
διακόψαν ἄχρι τοῦ διελθεῖν μένει τε καὶ πολὺ τοῦ
φαρμάκου ἀφίησιν, ὃ δὴ σκιδνάμενον ὅλην ἐν
κύκλῳ τὴν ψυχὴν περιέρχεται. τοῦτό τοι καὶ
ἥδονται καὶ δακρύουσι μεταξὺ ἀκούοντες, ὅπερ
αὐτὸς ἔπασχον, ἡσυχῆ ἄρα τοῦ φαρμάκου τὴν
ψυχήν μου περιθέοντος. ἐπῄει δ' οὖν μοι πρὸς αὐτὸν
τὸ ἔπος ἐκεῖνο λέγειν· βάλλ' οὕτως, αἴ κέν τι
φόως γένηαι. ὥσπερ γὰρ οἱ τοῦ Φρυγίου αὐλοῦ
ἀκούοντες οὐ πάντες μαίνονται, ἀλλ' ὁπόσοι αὐτῶν
τῇ Ῥέᾳ λαμβάνονται, οὗτοι δὲ πρὸς τὸ μέλος
ὑπομιμνήσκονται τοῦ πάθους, οὕτω δὴ καὶ
φιλοσόφων ἀκούοντες οὐ πάντες ἔνθεοι καὶ
τραυματίαι ἀπίασιν, ἀλλ' οἷς ὑπῆν τι ἐν τῇ φύσει
φιλοσοφίας συγγενές.

[1] εὐτέχνως Sommerbrodt : ἀτέχνως MSS.

their momentum go through and continue their flight, leaving only a gaping wound in the soul. Others, again, do the opposite; themselves too weak, their bows too slack, the arrows do not even carry to the target as a rule, but often fall spent at half the distance ; and if ever they do carry, they strike " with a mere fret o' the skin," [1] and do not make a deep wound, as they were not sped with a strong pull. But a good bowman like Nigrinus first of all scans the target closely for fear that it may be either very soft or too hard for his arrow—for of course there are impenetrable targets. When he is clear on this point, he dips his arrow, not in venom like those of the Scythians nor in vegetable poison like those of the Curetes, but in a sweet, gently-working drug, and then shoots with skill. The arrow, driven by just the right amount of force, penetrates to the point of passing through, and then sticks fast and gives off a quantity of the drug, which naturally spreads and completely pervades the soul. That is why people laugh and cry as they listen, as I did— of course the drug was quietly circulating in my soul. I could not help quoting him the well-known line : "Shoot thus, and bring, mayhap, a ray of hope ! " [2] Not everyone who hears the Phrygian flute goes frantic, but only those who are possessed of Rhea and are put in mind of their condition by the music. In like manner, naturally, not all who listen to philosophers go away enraptured and wounded, but only those who previously had in their nature some secret bond of kinship with philosophy.

[1] *Iliad* 17, 599.   [2] *Iliad* 8, 282.

Ὡς σεμνὰ καὶ θαυμάσια καὶ θεῖά γε, ὦ 38
ἑταῖρε, διελήλυθας, ἐλελήθεις δέ με πολλῆς ὡς
ἀληθῶς τῆς ἀμβροσίας καὶ τοῦ λωτοῦ κεκορεσ-
μένος· ὥστε καὶ μεταξὺ σοῦ λέγοντος ἔπασχόν τι
ἐν τῇ ψυχῇ, καὶ παυσαμένου ἄχθομαι καὶ ἵνα δὴ
καὶ κατὰ σὲ εἴπω, τέτρωμαι· καὶ μὴ θαυμάσῃς·
οἶσθα γὰρ ὅτι καὶ οἱ πρὸς τῶν κυνῶν τῶν λυσ-
σώντων δηχθέντες οὐκ αὐτοὶ μόνοι λυσσῶσιν,
ἀλλὰ κἄν τινας ἑτέρους[1] ἐν τῇ μανίᾳ τὸ αὐτὸ
τοῦτο διαθῶσιν, καὶ αὐτοὶ ἔκφρονες γίγνονται·
συμμεταβαίνει γάρ τι τοῦ πάθους ἅμα τῷ δήγματι
καὶ πολυγονεῖται ἡ νόσος καὶ πολλὴ γίγνεται τῆς
μανίας διαδοχή.

Οὐκοῦν καὶ αὐτὸς ἡμῖν μανίαν[2] ὁμολογεῖς;

Πάνυ μὲν οὖν, καὶ προσέτι δέομαί γέ σου κοινήν
τινα τὴν θεραπείαν ἐπινοεῖν.

Τὸ τοῦ ἄρα Τηλέφου ἀνάγκη ποιεῖν.

Ποῖον αὖ λέγεις;

Ἐπὶ τὸν τρώσαντα ἐλθόντας ἰᾶσθαι παρα-
καλεῖν.

---

[1] ἑτέρους Schmieder: ἑτέρους καὶ αὐτοὶ MSS.
[2] μανίαν A.M.H.: ἐρᾶν MSS.

THE WISDOM OF NIGRINUS

A. What a noble, marvellous,—yes, divine tale you have told, my dear fellow! I did not realise it, but you certainly were chock-full of your ambrosia and your lotus! The consequence is that as you talked I felt something like a change of heart, and now that you have stopped I am put out: to speak in your own style, I am wounded. And no wonder! for you know that people bitten by mad dogs not only go mad themselves, but if in their fury they treat others as the dogs treated them, the others take leave of their senses too. Something of the affection is transmitted with the bite; the disease multiplies, and there is a great run of madness.

B. Then you admit your madness?

A. Why, certainly; and more than that, I ask you to think out some course of treatment for us both.

B. We must do as Telephus did, I suppose.

A. What's your meaning now?

B. Go to the man who inflicted the wound and beg him to heal us![1]

---

[1] Telephus had been grievously wounded by Achilles. Acting on the advice of the oracle at Delphi : "He who hurt will heal you" (ὁ τρώσας καὶ ἰάσεται), he applied to Achilles for relief, and was at last cured with the rust of his spear.

DEMONAX

All that we know of Demonax derives from this essay, except for a few sayings elsewhere attributed to him. The authenticity of the essay has been repeatedly questioned, but should not be made to depend on the critic's opinion of Demonax's jokes, for—to paraphrase Lucian—we do not need a George Meredith to tell us that the flavour of a joke grows weak with age.

ΔΗΜΩΝΑΚΤΟΣ ΒΙΟΣ

Ἔμελλεν ἄρα μηδὲ ὁ καθ' ἡμᾶς βίος τὸ 1
παντάπασιν ἄμοιρος ἔσεσθαι ἀνδρῶν λόγου καὶ
μνήμης ἀξίων, ἀλλὰ καὶ σώματος ἀρετὴν ὑπερφυᾶ
καὶ γνώμην ἄκρως φιλόσοφον ἐκφαίνειν[1] λέγω δὲ
εἴς τε τὸν Βοιώτιον Σώστρατον ἀναφέρων, ὃν
Ἡρακλέα οἱ Ἕλληνες ἐκάλουν καὶ ᾤοντο εἶναι,
καὶ μάλιστα εἰς Δημώνακτα τὸν φιλόσοφον, οὓς
καὶ εἶδον αὐτὸς καὶ ἰδὼν ἐθαύμασα, θατέρῳ δὲ τῷ
Δημώνακτι καὶ ἐπὶ μήκιστον συνεγενόμην. περὶ
μὲν οὖν Σωστράτου ἐν ἄλλῳ βιβλίῳ γέγραπταί
μοι καὶ δεδήλωται μέγεθός τε αὐτοῦ καὶ ἰσχύος
ὑπερβολὴ καὶ ἡ ὕπαιθρος ἐν τῷ Παρνασσῷ
δίαιτα καὶ ἡ ἐπίπονος εὐνὴ καὶ τροφαὶ ὄρειοι καὶ
ἔργα οὐκ ἀπῳδὰ τοῦ ὀνόματος ὅσα[2] ἢ λῃστὰς
αἴρων ἔπραξεν ἢ ὁδοποιῶν τὰ ἄβατα ἢ γεφυρῶν
τὰ δύσπορα. περὶ δὲ Δημώνακτος ἤδη δίκαιον λέ- 2
γειν ἀμφοῖν ἕνεκα, ὡς ἐκεῖνός τε διὰ μνήμης εἴη τοῖς
ἀρίστοις τό γε κατ' ἐμὲ καὶ οἱ γενναιότατοι τῶν
νέων καὶ πρὸς φιλοσοφίαν ὁρμῶντες ἔχοιεν μὴ
πρὸς τὰ ἀρχαῖα μόνα τῶν παραδειγμάτων σφᾶς
αὐτοὺς ῥυθμίζειν, ἀλλὰ κἀκ τοῦ ἡμετέρου βίου
κανόνα προτίθεσαι καὶ ζηλοῦν ἐκεῖνον ἄριστον ὧν
οἶδα ἐγὼ φιλοσόφων γενόμενον.

[1] ἐκφαίνειν MSS. : ἐκφανεῖν Cobet.
[2] ὅσα K. Schwartz : καὶ ὅσα MSS.

DEMONAX

It was on the cards, it seems, that our modern world should not be altogether destitute of noteworthy and memorable men, but should produce enormous physical prowess and a highly philosophic mind. I speak with reference to the Boeotian Sostratus, whom the Greeks called Heracles and believed to be that hero, and especially to Demonax, the philosopher. Both these men I saw myself, and saw with wonderment: and under one of them, Demonax, I was long a student. I have written about Sostratus elsewhere,[1] and have described his size and excessive strength, his open-air life on Parnassus, his bed that was no bed of ease, his mountain fare and his deeds (not inconsistent with his name[2]) achieved in the way of slaying robbers, making roads in untravelled country and bridging places hard to pass. It is now fitting to tell of Demonax for two reasons—that he may be retained in memory by men of culture as far as I can bring it about, and that young men of good instincts who aspire to philosophy may not have to shape themselves by ancient precedents alone, but may be able to set themselves a pattern from our modern world and to copy that man, the best of all the philosophers whom I know about.

---

[1] The treatise is lost.   [2] The nickname Heracles.

Ἦν δὲ τὸ μὲν γένος Κύπριος, οὐ τῶν ἀφανῶν 3
ὅσα εἰς ἀξίωμα πολιτικὸν καὶ κτῆσιν. οὐ μὴν
ἀλλὰ καὶ πάντων τούτων ὑπεράνω γενόμενος καὶ
ἀξιώσας ἑαυτὸν τῶν καλλίστων πρὸς φιλοσοφίαν
ὥρμησεν οὐκ Ἀγαθοβούλου μὰ Δι' οὐδὲ Δημη-
τρίου πρὸ αὐτοῦ οὐδὲ Ἐπικτήτου ἐπεγειράντων,
ἀλλὰ πᾶσι μὲν συνεγένετο τούτοις καὶ ἔτι Τιμο-
κράτει τῷ Ἡρακλεώτῃ σοφῷ ἀνδρὶ φωνήν τε καὶ
γνώμην μάλιστα κεκοσμημένῳ· ἀλλ' ὅ γε Δημῶναξ
οὐχ ὑπὸ τούτων τινός, ὡς ἔφην, παρακληθείς, ἀλλ'
ὑπ' οἰκείας πρὸς τὰ καλὰ ὁρμῆς καὶ ἐμφύτου
πρὸς φιλοσοφίαν ἔρωτος ἐκ παίδων εὐθὺς κεκινη-
μένος ὑπερεῖδεν μὲν τῶν ἀνθρωπείων ἀγαθῶν
ἁπάντων, ὅλον δὲ παραδοὺς ἑαυτὸν ἐλευθερίᾳ καὶ
παρρησίᾳ διετέλεσεν αὐτός τε ὀρθῷ καὶ ὑγιεῖ καὶ
ἀνεπιλήπτῳ βίῳ χρώμενος καὶ τοῖς ὁρῶσι καὶ
ἀκούουσι παράδειγμα παρέχων τὴν ἑαυτοῦ γνώμην
καὶ τὴν ἐν τῷ φιλοσοφεῖν ἀλήθειαν. οὐ μὴν 4
ἀνίπτοις γε ποσίν, τὸ τοῦ λόγου, πρὸς ταῦτα
ᾖξεν, ἀλλὰ καὶ ποιηταῖς σύντροφος ἐγένετο καὶ
τῶν πλείστων ἐμέμνητο καὶ λέγειν ἤσκητο καὶ
τὰς ἐν φιλοσοφίᾳ προαιρέσεις οὐκ ἐπ' ὀλίγον
οὐδὲ κατὰ τὴν παροιμίαν ἄκρῳ τῷ δακτύλῳ
ἁψάμενος ἠπίστατο, καὶ τὸ σῶμα δὲ ἐγεγύμναστο
καὶ πρὸς καρτερίαν διεπεπόνητο, καὶ τὸ ὅλον
ἐμεμελήκει αὐτῷ μηδενὸς ἄλλου προσδεᾶ εἶναι·
ὥστε ἐπεὶ καὶ ἔμαθεν οὐκέτι ἑαυτῷ διαρκῶν, ἑκὼν
ἀπῆλθε τοῦ βίου πολὺν ὑπὲρ αὐτοῦ λόγον τοῖς
ἀρίστοις τῶν Ἑλλήνων καταλιπών.

Φιλοσοφίας δὲ εἶδος οὐχ ἓν ἀποτεμόμενος, 5
ἀλλὰ πολλὰς ἐς ταὐτὸ καταμίξας οὐ πάνυ τι

DEMONAX

He was a Cypriote by birth, and not of common stock as regards civic rank and property. Nevertheless, rising above all this and thinking that he deserved the best that life offers, he aspired to philosophy. It was not at the instigation of Agathobulus or his predecessor Demetrius or Epictetus, though he studied with all these men and with Timocrates of Heraclia besides, a wise man of great sublimity in thought as well as in language. As I was saying, however, Demonax was not enlisted in the cause by any of these men, but even from his boyhood felt the stirring of an individual impulse toward the higher life and an inborn love for philosophy, so that he despised all that men count good, and, committing himself unreservedly to liberty and free-speech, was steadfast in leading a straight, sane, irreproachable life and in setting an example to all who saw and heard him by his good judgment and the honesty of his philosophy. You must not conceive, however, that he rushed into these matters with unwashen feet, as the saying goes : he was brought up on the poets and knew most of them by heart, he was a practised speaker, his acquaintance with the schools of philosophy was not secured either in a short time or (to quote the proverb) "with the tip of his finger," he had trained his body and hardened it for endurance and in general he had made it his aim to require nothing from anyone else. Consequently, when he found out that he was no longer sufficient unto himself, he voluntarily took his departure from life, leaving behind him a great reputation among Greeks of culture.

He did not mark out for himself a single form of philosophy but combined many of them, and never

ἐξέφαινε τίνι αὐτῶν ἔχαιρεν· ἐῴκει δὲ τῷ Σωκράτει
μᾶλλον ᾠκειῶσθαι, εἰ καὶ τῷ σχήματι καὶ τῇ τοῦ
βίου ῥαστώνῃ τὸν Σινωπέα ζηλοῦν ἔδοξεν, οὐ
παραχαράττων τὰ εἰς τὴν δίαιταν, ὡς θαυμάζοιτο
καὶ ἀποβλέποιτο ὑπὸ τῶν ἐντυγχανόντων, ἀλλ᾽
ὁμοδίαιτος ἅπασι καὶ πεζὸς ὢν καὶ οὐδ᾽ ἐπ᾽ ὀλί-
γον τύφῳ κάτοχος συνῆν καὶ ξυνεπολιτεύετο, τὴν
μὲν τοῦ Σωκράτους εἰρωνείαν οὐ προσιέμενος, 6
χάριτος δὲ Ἀττικῆς μεστὰς ἀποφαίνων τὰς συνου-
σίας, ὡς τοὺς προσομιλήσαντας ἀπιέναι μήτε
καταφρονήσαντας ὡς ἀγεννοῦς μήτε τὸ σκυθρωπὸν
τῶν ἐπιτιμήσεων ἀποφεύγοντας, παντοίους δὲ ὑπ᾽
εὐφροσύνης γενομένους καὶ κοσμιωτέρους παρὰ
πολὺ καὶ φαιδροτέρους καὶ πρὸς τὸ μέλλον εὐέλ-
πιδας. οὐδεπώποτε γοῦν ὤφθη κεκραγὼς ἢ ὑπερ- 7
διατεινόμενος ἢ ἀγανακτῶν, οὐδ᾽ εἰ ἐπιτιμᾶν τῳ
δέοι, ἀλλὰ τῶν μὲν ἁμαρτημάτων καθήπτετο, τοῖς
δὲ ἁμαρτάνουσι συνεγίνωσκεν, καὶ τὸ παράδειγμα
παρὰ τῶν ἰατρῶν ἠξίου λαμβάνειν τὰ μὲν νοσή-
ματα ἰωμένων, ὀργῇ δὲ πρὸς τοὺς νοσοῦντας οὐ
χρωμένων· ἡγεῖτο γὰρ ἀνθρώπου μὲν εἶναι τὸ
ἁμαρτάνειν, θεοῦ δὲ ἢ ἀνδρὸς ἰσοθέου τὰ πταισ-
θέντα ἐπανορθοῦν.

Τοιούτῳ δὴ βίῳ χρώμενος εἰς ἑαυτὸν μὲν 8
οὐδενὸς ἐδεῖτο, φίλοις δὲ συνέπραττε τὰ εἰκότα,
καὶ τοὺς μὲν εὐτυχεῖν δοκοῦντας αὐτῶν ὑπεμίμνη-
σκεν ὡς ἐπ᾽ ὀλιγοχρονίοις τοῖς δοκοῦσιν ἀγαθοῖς
ἐπαιρομένους, τοὺς δὲ ἢ πενίαν ὀδυρομένους ἢ
φυγὴν δυσχεραίνοντας ἢ γῆρας ἢ νόσον. αἰτιω-
μένους σὺν γέλωτι παρεμυθεῖτο, οὐχ ὁρῶντας ὅτι
μετὰ μικρὸν αὐτοῖς παύσεται μὲν τὰ ἀνιῶντα,

would quite reveal which one he favoured. Probably he had most in common with Socrates, although he seemed to follow the man of Sinope[1] in dress and in easy-going ways. He did not, however, alter the details of his life in order to excite the wonder and attract the gaze of men he met, but led the same life as everyone else, was simple and not in the least subject to pride, and played his part in society and politics. He did not cultivate the irony of Socrates; his conversations were full of Attic charm, so that his visitors, on going away, did not feel contempt for him because he was ill-bred or aversion to his criticisms because they were gloomy, but were beside themselves for joy and were far better, happier and more hopeful of the future than when they came. He never was known to make an uproar or excite himself or get angry, even if he had to rebuke someone; though he assailed sins, he forgave sinners, thinking that one should pattern after doctors, who heal sicknesses but feel no anger at the sick. He considered that it is human to err, divine or all but divine to set right what has gone amiss.

Leading such a life, he wanted nothing for himself, but helped his friends in a reasonable way. Some of them, who were seemingly favoured by fortune, he reminded that they were elated over imaginary blessings of brief span. Others, who were bewailing poverty, fretting at exile or finding fault with old age or sickness, he laughingly consoled, saying that they failed to see that after a little they would have surcease of worries and would all soon find

[1] Diogenes.

λήθη δέ τις ἀγαθῶν καὶ κακῶν καὶ ἐλευθερία
μακρὰ πάντας ἐν ὀλίγῳ καταλήψεται. ἔμελεν δὲ 9
αὐτῷ καὶ ἀδελφοὺς στασιάζοντας διαλλάττειν καὶ
γυναιξὶ πρὸς τοὺς γεγαμηκότας εἰρήνην πρυτα-
νεύειν· καί που καὶ δήμοις ταραττομένοις ἐμμελῶς
διελέχθη καὶ τοὺς πλείστους αὐτῶν ἔπεισεν
ὑπουργεῖν τῇ πατρίδι τὰ μέτρια.

Τοιοῦτός τις ἦν ὁ τρόπος τῆς φιλοσοφίας
αὐτοῦ, πρᾶος καὶ ἥμερος καὶ φαιδρός· μόνον 10
αὐτὸν ἠνία φίλου νόσος ἢ θάνατος, ὡς ἂν καὶ τὸ
μέγιστον τῶν ἐν ἀνθρώποις ἀγαθῶν τὴν φιλίαν
ἡγούμενον. καὶ διὰ τοῦτο φίλος μὲν ἦν ἅπασι καὶ
οὐκ ἔστιν ὅντινα οὐκ οἰκεῖον ἐνόμιζεν, ἄνθρωπόν
γε ὄντα, πλέον δὲ ἢ ἔλαττον ἔχαιρε συνὼν ἐνίοις
αὐτῶν, μόνοις ἐξιστάμενος ὁπόσοι ἂν ἐδόκουν
αὐτῷ ὑπὲρ τὴν τῆς θεραπείας ἐλπίδα διαμαρτά-
νειν. καὶ πάντα ταῦτα μετὰ Χαρίτων καὶ Ἀφρο-
δίτης αὐτῆς ἔπραττέν τε καὶ ἔλεγεν, ὡς ἀεί, τὸ
κωμικὸν ἐκεῖνο, τὴν πειθὼ τοῖς χείλεσιν αὐτοῦ
ἐπικαθῆσθαι.

Τοιγαροῦν καὶ Ἀθηναίων ὅ τε σύμπας δῆμος 11
καὶ οἱ ἐν τέλει ὑπερφυῶς ἐθαύμαζον αὐτὸν καὶ
διετέλουν ὥς τινα τῶν κρειττόνων προσβλέποντες.
καίτοι ἐν ἀρχῇ προσέκρουε τοῖς πολλοῖς αὐτῶν
καὶ μῖσος οὐ μεῖον τοῦ πρὸ αὐτοῦ[1] παρὰ τοῖς πλή-
θεσιν ἐκτήσατο ἐπί τε τῇ παρρησίᾳ καὶ ἐλευ-
θερίᾳ, καί τινες ἐπ᾽ αὐτὸν συνέστησαν Ἄνυτοι
καὶ Μέλητοι τὰ αὐτὰ κατηγοροῦντες ἅπερ κἀκεί-
νου οἱ τότε, ὅτι οὔτε θύων ὤφθη πώποτε οὔτε
ἐμυήθη μόνος ἁπάντων ταῖς Ἐλευσινίαις· πρὸς

---

[1] πρὸ αὐτοῦ A.M.H.: not in MSS.

oblivion of their fortunes, good and bad, and lasting liberty. He made it his business also to reconcile brothers at variance and to make terms of peace between wives and husbands. On occasion, he has talked reason to excited mobs, and has usually persuaded them to serve their country in a temperate spirit.

Such was the character of his philosophy—kind, gentle and cheerful. The only thing which distressed him was the illness or death of a friend, for he considered friendship the greatest of human blessings. For this reason he was everyone's friend, and there was no human being whom he did not include in his affections, though he liked the society of some better than that of others. He held aloof only from those who seemed to him to be involved in sin beyond hope of cure. And in all this, his every word and deed was smiled on by the Graces and by Aphrodite, even; so that, to quote the comedian, "persuasion perched upon his lips." [1]

Hence all Athens, high and low, admired him enormously and always viewed him as a superior being. Yet in office he ran counter to public opinion and won from the masses quite as much hatred as his prototype [2] by his freedom of speech and action. He too had his Anytus and his Meletus who combined against him and brought the same charges that their predecessors brought against Socrates, asserting that he had never been known to sacrifice and was the only man in the community uninitiated in the Eleusinian mysteries. In reply to this, with right good

---

[1] Eupolis, quoted in the note on "Nigrinus" 7.
[2] Socrates.

ἅπερ ἀνδρείως μάλα στεφανωσάμενος καὶ καθαρὸν
ἱμάτιον ἀναλαβὼν καὶ παρελθὼν εἰς τὴν ἐκκλη-
σίαν τὰ μὲν ἐμμελῶς, τὰ δὲ καὶ τραχύτερον ἢ κατὰ
τὴν ἑαυτοῦ προαίρεσιν ἀπελογήσατο· πρὸς μὲν
γὰρ τὸ μὴ τεθυκέναι πώποτε τῇ Ἀθηνᾷ, Μὴ
θαυμάσητε, ἔφη, ὦ ἄνδρες Ἀθηναῖοι, εἰ μὴ
πρότερον αὐτῇ ἔθυσα, οὐδὲν γὰρ δεῖσθαι αὐτὴν
τῶν παρ' ἐμοῦ θυσιῶν ὑπελάμβανον. πρὸς δὲ
θάτερον, τὸ τῶν μυστηρίων, ταύτην ἔφη ἔχειν
αἰτίαν τοῦ μὴ κοινωνῆσαι σφίσι τῆς τελετῆς, ὅτι,
ἄν τε φαῦλα ᾖ τὰ μυστήρια, οὐ σιωπήσεται πρὸς
τοὺς μηδέπω μεμυημένους, ἀλλ' ἀποτρέψει αὐτοὺς
τῶν ὀργίων, ἄν τε καλά, πᾶσιν αὐτὰ ἐξαγορεύσει
ὑπὸ φιλανθρωπίας· ὥστε τοὺς Ἀθηναίους ἤδη
λίθους ἐπ' αὐτὸν ἐν ταῖν χεροῖν ἔχοντας πράους
αὐτῷ καὶ ἵλεως γενέσθαι αὐτίκα καὶ τὸ ἀπ'
ἐκείνου ἀρξαμένους τιμᾶν καὶ αἰδεῖσθαι καὶ τὰ
τελευταῖα θαυμάζειν, καίτοι εὐθὺς ἐν ἀρχῇ τῶν
πρὸς αὐτοὺς λόγων τραχυτέρῳ ἐχρήσατο τῷ
προοιμίῳ· Ἄνδρες γὰρ ἔφη Ἀθηναῖοι, ἐμὲ μὲν
ὁρῶντες ἐστεφανωμένον ὑμεῖς ἤδη. κἀμὲ κατα-
θύσατε, τὸ γὰρ πρότερον οὐκ ἐκαλλιερήσατε.

Βούλομαι δὲ ἔνια παραθέσθαι τῶν εὐστόχως 12
τε ἅμα καὶ ἀστείως ὑπ' αὐτοῦ λελεγμένων·
ἄρξασθαι δὲ ἀπὸ Φαβωρίνου καλὸν καὶ ὧν πρὸς
ἐκεῖνον εἶπεν. ἐπεὶ γὰρ ὁ Φαβωρῖνος ἀκούσας
τινὸς ὡς ἐν γέλωτι ποιοῖτο τὰς ὁμιλίας αὐτοῦ καὶ
μάλιστα τῶν ἐν αὐταῖς μελῶν τὸ ἐπικεκλασμένον
σφόδρα ὡς ἀγεννὲς καὶ γυναικεῖον καὶ φιλοσοφίᾳ
ἥκιστα πρέπον, προσελθὼν ἠρώτα τὸν Δημών-
ακτα, τίς ὢν χλευάζοι τὰ αὑτοῦ. Ἄνθρωπος,

courage he wreathed his head, put on a clean cloak, went to the assembly and made his defence, which was in part good-tempered, in part more caustic than accorded with his scheme of life. Regarding his never having offered sacrifice to Athena, he said: "Do not be surprised, men of Athens, that I have not hitherto sacrificed to her: I did not suppose that she had any need of my offerings." Regarding the other charge, the matter of the mysteries, he said that he had never joined them in the rite because if the mysteries were bad, he would not hold his tongue before the uninitiate but would turn them away from the cult, while if they were good, he would reveal them to everybody out of his love for humanity. So the Athenians, who already had stones in both hands to throw at him, became good-natured and friendly toward him at once, and from that time on they honoured, respected and finally admired him. Yet in the very beginning of his speech he had used a pretty caustic introduction, "Men of Athens, you see me ready with my garland : come, sacrifice me like your former victim, for on that occasion your offering found no favour with the gods !"

I should like to cite a few of his well-directed and witty remarks, and may as well begin with Favorinus[1] and what he said to him. When Favorinus was told by someone that Demonax was making fun of his lectures and particularly of the laxity of their rhythm, saying that it was vulgar and effeminate and not by any means appropriate to philosophy, he went to Demonax and asked him : "Who are you to libel my compositions?" "A

[1] An eunuch from Arles, of considerable repute as a sophist.

ἔφη, οὐκ εὐαπάτητα ἔχων τὰ ὦτα. ἐγκειμένου δὲ
τοῦ σοφιστοῦ καὶ ἐρωτῶντος, τίνα δὲ καὶ ἐφόδια
ἔχων, ὦ Δημῶναξ, ἐκ παιδείας εἰς φιλοσοφίαν
ἥκεις; Ὄρχεις, ἔφη.

Ἄλλοτε δέ ποτε ὁ αὐτὸς προσελθὼν ἠρώτα   13
τὸν Δημώνακτα, τίνα αἵρεσιν ἀσπάζεται μᾶλλον
ἐν φιλοσοφίᾳ· ὁ δέ, Τίς γάρ σοι εἶπεν ὅτι
φιλοσοφῶ; καὶ ἀπιὼν ἤδη παρ' αὐτοῦ μάλα ἡδὺ
ἐγέλασεν· τοῦ δὲ ἐρωτήσαντος, ἐφ' ὅτῳ γελᾷ,
ἐκεῖνος ἔφη, Γελοῖόν μοι εἶναι ἔδοξεν, εἰ σὺ ἀπὸ
τοῦ πώγωνος ἀξιοῖς κρίνεσθαι τοὺς φιλοσοφοῦντας
αὐτὸς πώγωνα οὐκ ἔχων.

Τοῦ δὲ Σιδωνίου ποτὲ σοφιστοῦ Ἀθήνησιν   14
εὐδοκιμοῦντος καὶ λέγοντος ὑπὲρ αὑτοῦ ἔπαινόν
τινα τοιοῦτον, ὅτι πάσης φιλοσοφίας πεπείραται
—οὐ χεῖρον δὲ αὐτὰ εἰπεῖν ἃ ἔλεγεν· Ἐὰν Ἀριστο-
τέλης με καλῇ ἐπὶ τὸ Λύκειον, ἕψομαι· ἂν Πλάτων
ἐπὶ τὴν Ἀκαδημίαν, ἀφίξομαι· ἂν Ζήνων, ἐν τῇ
Ποικίλῃ διατρίψω· ἂν Πυθαγόρας καλῇ, σιωπή-
σομαι. ἀναστὰς οὖν ἐκ μέσων τῶν ἀκροωμένων,
Οὗτος, ἔφη προσειπὼν τὸ ὄνομα, καλεῖ σε
Πυθαγόρας.

Πύθωνος δέ τινος τῶν ἐν Μακεδονίᾳ εὐπαρύ-   15
φων νεανίσκου ὡραίου ἐρεσχηλοῦντος αὐτὸν καὶ
προτείνοντος ἐρώτημά τι σοφιστικὸν καὶ κε-
λεύοντος εἰπεῖν τοῦ συλλογισμοῦ τὴν λύσιν, Ἕν,
ἔφη, οἶδα, τέκνον, ὅτι περαίνει. ἀγανακτήσαντος
δὲ ἐκείνου ἐπὶ τῷ τῆς ἀμφιβολίας σκώμματι καὶ
συναπειλήσαντος, Αὐτίκα σοι μάλα τὸν ἄνδρα

man with an ear that is not easy to cheat," said
he. The sophist kept at him and asked : "What
qualifications had you, Demonax, to leave school
and commence philosophy?" "Those you lack," he
retorted.

Another time the same man went to him and
asked what philosophical school he favoured most.
Demonax replied : "Why, who told you that I was
a philosopher?" As he left, he broke into a very
hearty laugh ; and when Favorinus asked him what
he was laughing at, he replied : "It seemed to me
ridiculous that you should think a philosopher can
be told by his beard when you yourself have none."

When the Sidonian sophist[1] was once showing
his powers at Athens, and was voicing his own
praise to the effect that he was acquainted with all
philosophy—but I may as well cite his very words :
"If Aristotle calls me to the Lyceum, I shall go
with him ; if Plato calls me to the Academy, I shall
come ; if Zeno calls, I shall spend my time in the
Stoa ; if Pythagoras calls, I shall hold my tongue."[2]
Well, Demonax arose in the midst of the audience
and said : "Ho" (addressing him by name), "Pytha-
goras is calling you !"

When a handsome young fellow named Pytho,
who belonged to one of the aristocratic families
in Macedonia, was quizzing him, putting a catch-
question to him and asking him to tell the logical
answer, he said : "I know thus much, my boy—
it's a poser, and so are you !" Enraged at the
pun, the other said threateningly : "I'll show you
in short order that you've a man to deal with !"

---

[1] Otherwise unknown.
[2] Alluding to the Pythagorean vow of silence.

δείξω, ὁ δὲ σὺν γέλωτι ἠρώτησεν, Καὶ γὰρ ἄνδρα
ἔχεις;

Ἐπεὶ δέ τις ἀθλητὴς καταγελασθεὶς ὑπ' 16
αὐτοῦ, ὅτι ἐσθῆτα ὤφθη ἀνθινὴν ἀμπεχόμενος
Ὀλυμπιονίκης ὤν, ἐπάταξεν αὐτὸν εἰς τὴν κε-
φαλὴν λίθῳ καὶ αἷμα ἐρρύη, οἱ μὲν παρόντες
ἠγανάκτουν ὡς αὐτὸς ἕκαστος τετυπτημένος καὶ
ἐβόων πρὸς[1] τὸν ἀνθύπατον ἰέναι, ὁ δὲ Δημῶναξ,
Μηδαμῶς, ἔφη, ὦ ἄνδρες, πρὸς τὸν ἀνθύπατον,
ἀλλ' ἐπὶ τὸν ἰατρόν.

Ἐπεὶ δέ ποτε καὶ χρυσοῦν δακτύλιον ὁδῷ 17
βαδίζων εὗρεν, γραμματεῖον ἐν ἀγορᾷ προθεὶς
ἠξίου τὸν ἀπολέσαντα, ὅστις εἴη τοῦ δακτυλίου
δεσπότης, ἥκειν καὶ εἰπόντα ὁλκὴν αὐτοῦ καὶ
λίθον καὶ τύπον ἀπολαμβάνειν· ἧκεν οὖν τις
μειρακίσκος ὡραῖος αὐτὸς ἀπολωλεκέναι λέγων.
ἐπεὶ δὲ οὐδὲν ὑγιὲς ἔλεγεν, Ἄπιθι, ἔφη, ὦ παῖ, καὶ
τὸν ἑαυτοῦ δακτύλιον φύλαττε, τοῦτον γὰρ οὐκ
ἀπολώλεκας.

Τῶν δὲ ἀπὸ τῆς Ῥωμαίων βουλῆς τις Ἀθήνησιν 18
υἱὸν αὐτῷ δείξας πάνυ ὡραῖον, θηλυδρίαν δὲ καὶ
διακεκλασμένον, Προσαγορεύει σε, ἔφη, ὁ ἐμὸς
υἱὸς οὑτοσί, καὶ ὁ Δημῶναξ, Καλός, ἔφη, καὶ σοῦ
ἄξιος καὶ τῇ μητρὶ ὅμοιος.

Τὸν δὲ Κυνικὸν τὸν[2] ἐν ἄρκτου δέρματι φιλοσο- 19
φοῦντα οὐχ Ὀνωρᾶτον, ὥσπερ ὠνομάζετο, ἀλλ'
Ἀρκεσίλαον καλεῖν ἠξίου.

Ἐρωτήσαντος δέ τινος, τίς αὐτῷ ὅρος εὐδαι-
μονίας εἶναι δοκεῖ, μόνον εὐδαίμονα ἔφη τὸν
ἐλεύθερον· ἐκείνου δὲ φήσαντος πολλοὺς ἐλευθέ-
ρους εἶναι, Ἀλλ' ἐκεῖνον νομίζω τὸν μήτε ἐλπί- 20

[1] πρὸς Cobet : ἐπὶ MSS.   [2] τὸν Rothstein : not in MSS.

whereupon Demonax laughingly inquired : " Oh, you will send for your man, then ? "

When an athlete, whom he had ridiculed for letting himself be seen in gay clothes although he was an Olympic champion, struck him on the head with a stone and drew blood, each of the bystanders was as angry as if he himself had been struck, and they shouted " Go to the proconsul ! " But Demonax said " No ! not to the proconsul—for the doctor ! "

Finding a bit of jewelry one day while he was out walking, he posted a notice in the public square asking the one who owned it and had lost it to come and get it by describing the weight of the setting, the stone, and the engravings on it. Well, a pretty girl came to him saying that she had lost it ; but as there was nothing right in her description, Demonax said : " Be off, girl, and don't lose your own jewel : this is none of yours ! "

A Roman senator in Athens introduced his son to him, a handsome boy, but girlish and neurasthenic, saying : " My son here pays his respects to you." " A dear boy," said Demonax, " worthy of you and like his mother ! "

The Cynic who pursued his philosophical studies clad in a bearskin he would not call Honoratus, which was his name, but Ursinus.

When a man asked him what he thought was the definition of happiness, he replied that none but a free man is happy ; and when the other said that free men were numerous, he rejoined : " But I have

ζοντά τι μήτε δεδιότα· ὁ δέ, Καὶ πῶς ἄν, ἔφη,
τοῦτό τις δύναιτο; ἅπαντες γὰρ ὡς τὸ πολὺ
τούτοις δεδουλώμεθα. Καὶ μὴν εἰ κατανοήσεις
τὰ τῶν ἀνθρώπων πράγματα, εὕροις ἂν αὐτὰ
οὔτε ἐλπίδος οὔτε φόβου ἄξια, παυσομένων
πάντως καὶ τῶν ἀνιαρῶν καὶ τῶν ἡδέων.

Περεγρίνου δὲ τοῦ Πρωτέως ἐπιτιμῶντος αὐτῷ, 21
ὅτι ἐγέλα τὰ πολλὰ καὶ τοῖς ἀνθρώποις προσέ-
παιζε, καὶ λέγοντος, Δημῶναξ, οὐ κυνᾷς, ἀπε-
κρίνατο, Περεγρῖνε, οὐκ ἀνθρωπίζεις.

Καὶ μὴν καὶ φυσικόν τινα περὶ τῶν ἀντιπόδων 22
διαλεγόμενον ἀναστήσας καὶ ἐπὶ φρέαρ ἀγαγὼν
καὶ δείξας αὐτῷ τὴν ἐν τῷ ὕδατι σκιὰν ἤρετο,
Τοιούτους ἄρα τοὺς ἀντίποδας εἶναι λέγεις;

Ἀλλὰ καὶ μάγου τινὸς εἶναι λέγοντος καὶ 23
ἐπῳδὰς ἔχειν ἰσχυράς, ὡς ὑπ᾽ αὐτῶν ἅπαντας
ἀναπεισθῆναι[1] παρέχειν αὐτῷ ὁπόσα βούλεται,
Μὴ θαύμαζε, ἔφη· καὶ γὰρ αὐτὸς ὁμότεχνός εἰμί
σοι, καὶ εἰ βούλει, ἕπου πρὸς τὴν ἀρτόπωλιν καὶ
ὄψει με διὰ μιᾶς ἐπῳδῆς καὶ μικροῦ τοῦ[2] φαρμάκου
πείθοντα αὐτὴν δοῦναί μοι τῶν ἄρτων, αἰνιτ-
τόμενος τὸ νόμισμα ὡς τὰ ἴσα τῇ ἐπῳδῇ
δυνάμενον.

Ἐπεὶ δὲ Ἡρῴδης ὁ πάνυ ἐπένθει τὸν 24
Πολυδεύκη πρὸ ὥρας ἀποθανόντα καὶ ἠξίου
ὄχημα ζεύγνυσθαι αὐτῷ καὶ ἵππους παρίστασθαι
ὡς ἀναβησομένῳ καὶ δεῖπνον παρασκευάζεσθαι,
προσελθών, Παρὰ Πολυδεύκους, ἔφη, κομίζω σοί

---

[1] ἀναπεισθῆναι Schwartz : ἀναπείθειν καὶ MSS.
[2] τοῦ MSS. : τοῦ Fritzsche.

in mind the man who neither hopes nor fears anything." "But how can one achieve this? For the most part we are all slaves of hope and fear." "Why, if you observe human affairs you will find that they do not afford justification either for hope or for fear, since, whatever you may say, pains and pleasures are alike destined to end."

When Peregrinus Proteus rebuked him for laughing a great deal and making sport of mankind saying: "Demonax, you're not at all doggish!" he answered, "Peregrinus, you are not at all human!" [1]

When a scientist was talking of the Topsy-turvy people (Antipodes), he made him get up, took him to a well, showed him their own reflection in the water and asked: "Is that the sort of topsy-turvy people you mean?"

When a fellow claimed to be a sorcerer and to have spells so potent that by their agency he could prevail on everybody to give him whatever he wanted, Demonax said: "Nothing strange in that! I am in the same business: follow me to the breadwoman's, if you like, and you shall see me persuade her to give me bread with a single spell and a tiny charm"—implying that a coin is as good as a spell.

When Herodes,[2] the superlative, was mourning the premature death of Polydeuces and wanted a chariot regularly made ready and horses put to it just as if the boy were going for a drive, and dinner regularly served for him, Demonax went to him and said: "I am bringing you a message from Polydeuces."

[1] Peregrinus Proteus, of whose death and translation to a higher sphere Lucian has written in "The Passing of Peregrinus," carried his 'doggishness' (Cynicism) to extremes.
[2] Herodes Atticus. Polydeuces was a favourite slave.

τινα ἐπιστολήν. ἡσθέντος δὲ ἐκείνου καὶ οἰηθέν-
τος ὅτι κατὰ τὸ κοινὸν καὶ αὐτὸς τοῖς ἄλλοις
συντρέχει τῷ πάθει αὐτοῦ, καὶ εἰπόντος, Τί οὖν,
ὦ Δημῶναξ, Πολυδεύκης ἀξιοῖ; Αἰτιᾶταί σε, ἔφη,
ὅτι μὴ ἤδη πρὸς αὐτὸν ἄπει.

Ὁ δ᾽ αὐτὸς υἱὸν πενθοῦντι καὶ ἐν σκότῳ 25
ἑαυτὸν καθείρξαντι προσελθὼν ἔλεγεν μάγος τε
εἶναι καὶ δύνασθαι αὐτῷ ἀναγαγεῖν τοῦ παιδὸς τὸ
εἴδωλον, εἰ μόνον αὐτῷ τρεῖς τινας ἀνθρώπους
ὀνομάσειε μηδένα πώποτε πεπενθηκότας· ἐπὶ
πολὺ δὲ ἐκείνου ἐνδοιάσαντος καὶ ἀποροῦντος—οὐ
γὰρ εἶχέν τινα, οἶμαι, εἰπεῖν τοιοῦτον—Εἶτ᾽, ἔφη,
ὦ γελοῖε, μόνος ἀφόρητα πάσχειν νομίζεις μηδένα
ὁρῶν πένθους ἄμοιρον;

Καὶ μὴν κἀκείνων καταγελᾶν ἠξίου τῶν ἐν 26
ταῖς ὁμιλίαις πάνυ ἀρχαίοις καὶ ξένοις ὀνόμασι
χρωμένων· ἑνὶ γοῦν ἐρωτηθέντι ὑπ᾽ αὐτοῦ λόγον
τινὰ καὶ ὑπεραττικῶς ἀποκριθέντι, Ἐγὼ μέν σε,
ἔφη, ὦ ἑταῖρε, νῦν ἠρώτησα, σὺ δέ μοι ὡς ἐπ᾽
Ἀγαμέμνονος ἀποκρίνῃ.

Εἰπόντος δέ τινος τῶν ἑταίρων, Ἀπίωμεν, 27
Δημῶναξ, εἰς τὸ Ἀσκληπιεῖον καὶ προσευξώμεθα
ὑπὲρ τοῦ υἱοῦ, Πάνυ, ἔφη, κωφὸν ἡγῇ τὸν
Ἀσκληπιόν, εἰ μὴ δύναται κἀντεῦθεν ἡμῶν
εὐχομένων ἀκούειν.

Ἰδὼν δέ ποτε δύο τινὰς φιλοσόφους κομιδῇ 28
ἀπαιδεύτως ἐν ζητήσει ἐρίζοντας καὶ τὸν μὲν
ἄτοπα ἐρωτῶντα, τὸν δὲ οὐδὲν πρὸς λόγον ἀπο-
κρινόμενον, Οὐ δοκεῖ ὑμῖν, ἔφη, ὦ φίλοι, ὁ μὲν
ἕτερος τούτων τράγον ἀμέλγειν, ὁ δὲ αὐτῷ
κόσκινον ὑποτιθέναι;

Ἀγαθοκλέους δὲ τοῦ Περιπατητικοῦ μέγα φρο- 29

DEMONAX

Herodes was pleased and thought that Demonax, like everyone else, was falling in with his humour; so he said: Well, what does Polydeuces want, Demonax?" "He finds fault with you," said he, "for not going to join him at once!"

He went to a man who was mourning the death of a son and had shut himself up in the dark, and told him that he was a sorcerer and could raise the boy's shade for him if only he would name three men who had never mourned for anyone. When the man hesitated long and was perplexed—I suppose he could not name a single one—Demonax said: "You ridiculous fellow, do you think, then, that you alone suffer beyond endurance, when you see that nobody is unacquainted with mourning?"

He also liked to poke fun at those who use obsolete and unusual words in conversation. For instance, to a man who had been asked a certain question by him and had answered in far-fetched book-language, he said: "I asked you now, but you answer me as if I had asked in Agamemnon's day."

When one of his friends said: "Demonax, let's go to the Aesculapium and pray for my son," he replied: "You must think Aesculapius very deaf, that he can't hear our prayers from where we are!"

On seeing two philosophers very ignorantly debating a given subject, one asking silly questions and the other giving answers that were not at all to the point, he said: "Doesn't it seem to you, friends, that one of these fellows is milking a he-goat and the other is holding a sieve for him!"

When Agathocles the Peripatetic was boasting

159

νοῦντος ὅτι μόνος αὐτός ἐστιν καὶ πρῶτος τῶν
διαλεκτικῶν, ἔφη, Καὶ μήν, ὦ Ἀγαθόκλεις, εἰ μὲν
πρῶτος, οὐ μόνος, εἰ δὲ μόνος, οὐ πρῶτος.

Κεθήγου δὲ τοῦ ὑπατικοῦ, ὁπότε διὰ τῆς 30
Ἑλλάδος εἰς τὴν Ἀσίαν ἀπήει πρεσβεύσων τῷ
πατρί, πολλὰ καταγέλαστα καὶ λέγοντος καὶ
ποιοῦντος, ἐπειδὴ τῶν ἑταίρων τις ὁρῶν ταῦτα
ἔλεγεν αὐτὸν μέγα κάθαρμα εἶναι, Μὰ τὸν Δί',
ἔφη ὁ Δημῶναξ, οὐδὲ μέγα.

Καὶ Ἀπολλώνιον δέ ποτε τὸν φιλόσοφον 31
ἰδὼν μετὰ πολλῶν τῶν μαθητῶν ἐξελαύνοντα—
ἤδη δὲ ἀπήει μετάπεμπτος ὡς ἐπὶ παιδείᾳ τῷ
βασιλεῖ συνεσόμενος—Προσέρχεται, ἔφη, Ἀπολ-
λώνιος καὶ οἱ Ἀργοναῦται αὐτοῦ.

Ἄλλου δέ ποτε ἐρομένου εἰ ἀθάνατος αὐτῷ 32
ἡ ψυχὴ δοκεῖ εἶναι, Ἀθάνατος, ἔφη, ἀλλ' ὡς
πάντα.

Περὶ μέντοι Ἡρῴδου ἔλεγεν ἀληθεύειν τὸν 33
Πλάτωνα φάμενον, οὐ μίαν ἡμᾶς ψυχὴν ἔχειν· οὐ
γὰρ εἶναι τῆς αὐτῆς ψυχῆς Ῥήγιλλαν καὶ Πολυ-
δεύκη ὡς ζῶντας ἑστιᾶν καὶ τὰ τοιαῦτα μελετᾶν.

Ἐτόλμησε δέ ποτε καὶ Ἀθηναίους ἐρωτῆσαι 34
δημοσίᾳ τῆς προρρήσεως ἀκούσας, διὰ τίνα αἰτίαν
ἀποκλείουσι τοὺς βαρβάρους, καὶ ταῦτα τοῦ τὴν
τελετὴν αὐτοῖς καταστησαμένου Εὐμόλπου βαρ-
βάρου καὶ Θρᾳκὸς ὄντος.

Ἐπεὶ δέ ποτε πλεῖν μέλλοντι αὐτῷ διὰ 35
χειμῶνος ἔφη τις τῶν φίλων, Οὐ δέδοικας μὴ
ἀνατραπέντος τοῦ σκάφους ὑπὸ ἰχθύων κατα-

that he was first among the logicians—that there was no other, he said: "Come now, Agathocles; if there is no other, you are not first: if you are first, then there are others."

Cethegus the ex-consul, going by way of Greece to Asia to be his father's lieutenant, did and said many ridiculous things. One of the friends of Demonax, looking on, said that he was a great good-for-nothing. "No, he isn't, either," said he—"not a great one!"

When he saw Apollonius the philosopher leaving the city with a multitude of disciples (he was called away to be tutor to the emperor), Demonax remarked: "There goes Apollonius and his Argonauts!"[1]

When a man asked him if he thought that the soul was immortal, he said: "Yes, but no more so than everything else."

Touching Herodes he remarked that Plato was right in saying that we have more than one soul, for a man with only one could not feast Regilla[2] and Polydeuces as if they were still alive and say what he did in his lectures.

Once, on hearing the proclamation which precedes the mysteries, he made bold to ask the Athenians publicly why they exclude foreigners, particularly as the founder of the rite, Eumolpus, was a foreigner and a Thracian to boot!

Again, when he was intending to make a voyage in winter, one of his friends remarked: "Aren't you afraid the boat will capsize and the fishes will

---

[1] Alluding to Apollonius of Rhodes and his poem on the Argonauts, and implying that this was another quest of the Golden Fleece.   [2] Wife of Herodes.

βρωθῇς; Ἀγνώμων ἂν εἴην, ἔφη, ὀκνῶν ὑπὸ
ἰχθύων κατεδεσθῆναι τοσούτους αὐτὸς ἰχθῦς
καταφαγών.

Ῥήτορι δέ τινι κάκιστα μελετήσαντι συνεβού- 36
λευεν ἀσκεῖν καὶ γυμνάζεσθαι· τοῦ δὲ εἰπόντος,
Ἀεὶ ἐπ' ἐμαυτοῦ λέγω, Εἰκότως τοίνυν, ἔφη,
τοιαῦτα λέγεις μωρῷ ἀκροατῇ χρώμενος.

Καὶ μάντιν δέ ποτε ἰδὼν δημοσίᾳ ἐπὶ μισθῷ 37
μαντευόμενον, Οὐχ ὁρῶ, ἔφη, ἐφ' ὅτῳ τὸν μισθὸν
ἀπαιτεῖς· εἰ μὲν γὰρ ὡς ἀλλάξαι τι δυνάμενος
τῶν ἐπικεκλωσμένων, ὀλίγον αἰτεῖς ὁπόσον ἂν
αἰτῇς, εἰ δὲ ὡς δέδοκται τῷ θεῷ πάντα ἔσται, τί
σου δύναται ἡ μαντική;

Πρεσβύτου δέ τινος Ῥωμαίου εὐσωματοῦν- 38
τος τὴν ἐνόπλιον αὐτῷ μάχην πρὸς πάτταλον
ἐπιδειξαμένου καὶ ἐρομένου, Πῶς σοι, Δημῶναξ,
μεμαχῆσθαι ἔδοξα; Καλῶς, ἔφη, ἂν ξύλινον τὸν
ἀνταγωνιστὴν ἔχῃς.

Καὶ μὴν καὶ πρὸς τὰς ἀπόρους τῶν ἐρωτή- 39
σεων πάνυ εὐστόχως παρεσκεύαστο· ἐρομένου γάρ
τινος ἐπὶ χλευασμῷ, Εἰ χιλίας μνᾶς ξύλων
καύσαιμι, ὦ Δημῶναξ, πόσαι μναῖ ἂν καπνοῦ
γένοιντο; Στῆσον, ἔφη, τὴν σποδόν, καὶ τὸ λοιπὸν
πᾶν καπνὸς ἔσται.

Πολυβίου δέ τινος, κομιδῇ ἀπαιδεύτου ἀνθρώ- 40
που καὶ σολοίκου, εἰπόντος, Ὁ βασιλεύς με
τῇ Ῥωμαίων πολιτείᾳ τετίμηκεν· Εἴθε σε, ἔφη,
Ἕλληνα μᾶλλον ἢ Ῥωμαῖον πεποιήκει.[1]

Ἰδὼν δέ τινα τῶν εὐπαρύφων ἐπὶ τῷ πλάτει 41
τῆς πορφύρας μέγα φρονοῦντα, κύψας αὐτοῦ
πρὸς τὸ οὖς καὶ τῆς ἐσθῆτος λαβόμενος καὶ δείξας,

---

[1] πεποιήκει Bekker : πεποίηκεν MSS.

eat you?" "I should be an ingrate," said he, "if I made any bones about letting the fishes eat me, when I have eaten so many of them!"

An orator whose delivery was wretched was advised by him to practise and exercise; on his replying: "I am always reciting to myself," Demonax answered: "Then no wonder you recite that way, with a fool for a hearer!"

Again, on seeing a soothsayer make public forecasts for money, he said: "I don't see on what ground you claim the fee: if you think you can change destiny in any way, you ask too little, however much you ask; but if everything is to turn out as Heaven has ordained, what good is your soothsaying?"

When a Roman officer, well-developed physically, gave him an exhibition of sword-practice on a post, and asked: "What did you think of my swordsmanship, Demonax?" he said: "Fine, if you have a wooden adversary!"

Moreover, when questions were unanswerable he always had an apt retort ready. When a man asked him banteringly: "If I should burn a thousand pounds of wood, Demonax, how many pounds of smoke would it make?" he replied: "Weigh the ashes: all the rest will be smoke."

A man named Polybius, quite uneducated and ungrammatical, said: "The emperor has honoured me with the Roman citizenship." "Oh, why didn't he make you a Greek instead of a Roman?" said he.

On seeing an aristocrat who set great store on the breadth of his purple band, Demonax, taking hold of the garment and calling his attention to it,

Τοῦτο μέντοι πρὸ σοῦ πρόβατον ἐφόρει καὶ ἦν
πρόβατον.

Ἐπεὶ μέντοι λουόμενος ὤκνησεν ἐς τὸ ὕδωρ 42
ζέον ἐμβῆναι, καὶ ᾐτιάσατό τις ὡς ἀποδειλιά-
σαντα, Εἰπέ μοι, ἔφη, ὑπὲρ πατρίδος αὐτὸ πείσε-
σθαι ἔμελλον;

Ἐρομένου δέ τινος, Ποῖα νομίζεις εἶναι τὰ ἐν 43
Ἅιδου; Περίμεινον, ἔφη, κἀκεῖθέν σοι ἐπιστελῶ.

Ἀδμήτῳ δέ τινι ποιητῇ φαύλῳ λέγοντι γεγρα- 44
φέναι μονόστιχον ἐπίγραμμα, ὅπερ ἐν ταῖς διαθή-
καις κεκέλευκεν ἐπιγραφῆναι αὐτοῦ τῇ στήλῃ—
οὐ χεῖρον δὲ καὶ αὐτὸ εἰπεῖν,

Γαῖα λάβ᾽᾽ Ἀδμήτου ἔλυτρον, βῆ δ᾽ εἰς θεὸν
αὐτός—

γελάσας εἶπεν, Οὕτω καλόν ἐστιν, ὦ Ἄδμητε,
τὸ ἐπίγραμμα, ὥστε ἐβουλόμην αὐτὸ ἤδη ἐπι-
γεγράφθαι.

Ἰδὼν δέ τις ἐπὶ τῶν σκελῶν αὐτοῦ οἷα τοῖς 45
γέρουσιν ἐπιεικῶς γίνεται, ἤρετο, Τί τοῦτο, ὦ
Δημῶναξ; ὁ δὲ μειδιάσας, Χάρων με ἔδακεν, ἔφη.

Καὶ μέντοι καὶ Λακεδαιμόνιόν τινα ἰδὼν τὸν 46
αὐτοῦ οἰκέτην μαστιγοῦντα, Παῦσαι, ἔφη, ὁμό-
τιμον σαυτοῦ τὸν δοῦλον ἀποφαίνων.

Δανάης δέ τινος πρὸς τὸν ἀδελφὸν δίκην 47
ἐχούσης, Κρίθητι, ἔφη, οὐ γὰρ εἶ Δανάη ἡ
Ἀκρισίου θυγάτηρ.

Μάλιστα δὲ ἐπολέμει τοῖς οὐ πρὸς ἀλήθειαν 48
ἀλλὰ πρὸς ἐπίδειξιν φιλοσοφοῦσιν· ἕνα γοῦν ἰδὼν
Κυνικὸν τρίβωνα μὲν καὶ πήραν ἔχοντα, ἀντὶ δὲ

said in his ear: "A sheep wore this before you, and he was but a sheep for all that!"

When he was taking a bath and hesitated to enter the steaming water, a man reproached him with cowardice. "Tell me," said he, "was my country at stake in the matter?"

When someone asked him: "What do you think it is like in Hades?" he replied: "Wait a bit, and I'll send you word from there!"

A vile poet named Admetus told him that he had written an epitaph in a single line and had given instructions in his will to have it carved on his tomb-stone. I may as well quote it exactly:

"Earth, in thy bosom receive Admetus's husk; he's a god now!"

Demonax said with a laugh: "The epitaph is so fine that I wish it were already carved!"

A man saw on the legs of Demonax a discoloration of the sort that is natural to old people, and enquired: "What's that, Demonax?" With a smile he said: "The ferryman's tooth-mark!"

He saw a Spartan beating a slave, and said: "Stop treating him as your equal!" [1]

When a woman named Danae had a dispute with her brother, he said: "Go to law! Though your name be Danae, you are not the daughter of Acrisius (Lawless)."

Above all, he made war on those who cultivate philosophy in the spirit of vainglory and not in the spirit of truth. For example, on seeing a Cynic with cloak and wallet, but with a bar (hyperon) for a

[1] Whipping was a feature of the Spartan training.

τῆς βακτηρίας ὕπερον, καὶ κεκραγότα καὶ λέγοντα
ὅτι Ἀντισθένους καὶ Κράτητος καὶ Διογένους ἐστὶ
ζηλωτής, Μὴ ψεύδου, ἔφη, σὺ γὰρ Ὑπερείδου
μαθητὴς ὢν τυγχάνεις.

Ἐπεὶ μέντοι πολλοὺς τῶν ἀθλητῶν ἑώρα 49
κακομαχοῦντας καὶ παρὰ τὸν νόμον τὸν ἐναγώνιον
ἀντὶ τοῦ παγκρατιάζειν δάκνοντας, Οὐκ ἀπει-
κότως, ἔφη, τοὺς νῦν ἀθλητὰς οἱ παρομαρτοῦντες
λέοντας καλοῦσιν.

Ἀστεῖον δὲ κἀκεῖνο αὐτοῦ καὶ δηκτικὸν ἅμα 50
τὸ πρὸς τὸν ἀνθύπατον εἰρημένον· ἦν μὲν γὰρ
τῶν πιττουμένων τὰ σκέλη καὶ τὸ σῶμα ὅλον·
Κυνικοῦ δέ τινος ἐπὶ λίθον ἀναβάντος καὶ αὐτὸ
τοῦτο κατηγοροῦντος αὐτοῦ καὶ εἰς κιναιδίαν
διαβάλλοντος, ἀγανακτήσας καὶ κατασπασθῆναι
τὸν Κυνικὸν κελεύσας ἔμελλεν ἢ ξύλοις συντρί-
ψειν ἢ καὶ φυγῇ ζημιώσειν· ἀλλ' ὅ γε Δημῶναξ
παρατυχὼν παρῃτεῖτο συγγνώμην ἔχειν αὐτῷ
κατά τινα πάτριον τοῖς Κυνικοῖς παρρησίαν
θρασυνομένῳ. εἰπόντος δὲ τοῦ ἀνθυπάτου, Νῦν
μέν σοι ἀφίημι αὐτόν, ἂν δὲ ὕστερον τοιοῦτόν τι
τολμήσῃ, τί παθεῖν ἄξιός ἐστιν; καὶ ὁ Δημῶναξ,
Δρωπακισθῆναι τότε αὐτὸν κέλευσον.

Ἄλλῳ δέ τινι στρατοπέδων ἅμα καὶ ἔθνους 51
τοῦ μεγίστου τὴν ἀρχὴν ἐμπιστευθέντι ἐκ βασι-
λέως ἐρομένῳ, πῶς ἄριστα ἄρξει; Ἀοργήτως,
ἔφη, καὶ ὀλίγα μὲν λαλῶν, πολλὰ δὲ ἀκούων.

Ἐρομένῳ δέ τινι εἰ καὶ αὐτὸς πλακοῦντας 52
ἐσθίοι, Οἴει οὖν, ἔφη, τοῖς μωροῖς τὰς μελίσσας
τιθέναι τὰ κηρία;

staff, who was making an uproar and saying that he was the follower of Antisthenes, Crates, and Diogenes, Demonax said: "Don't lie! You are really a disciple of Barson (Hyperides[1])!"

When he saw many of the athletes fighting foul and breaking the rules of the games by biting instead of boxing, he said: "No wonder the athletes of the present day are called 'lions' by their hangers-on!"

His remark to the proconsul was at once clever and cutting. This man was one of the sort that use pitch to remove hair from their legs and their whole bodies. When a Cynic mounted a stone and charged him with this, accusing him of effeminacy, he was angry, had the fellow hauled down and was on the point of confining him in the stocks or even sentencing him to exile. But Demonax, who was passing by, begged him to pardon the man for making bold to speak his mind in the traditional Cynic way. The proconsul said: "Well, I will let him off for you this time, but if he ever dares to do such a thing again, what shall be done to him?" "Have him depilated!" said Demonax.

One to whom the emperor had entrusted the command of legions and of the most important province asked Demonax what was the best way to exercise authority. "Don't lose your temper!" said he: "Do little talking and much listening!"

When someone asked him: "Do *you* eat honey-cakes?" he replied: "What! do you think the bees lay up their honey just for fools?"

[1] Perhaps an unknown Cynic; but the name may be used just for the sake of the pun, without reference to a definite person.

Πρὸς δὲ τῇ Ποικίλῃ ἀνδριάντα ἰδὼν τὴν χεῖρα   53
ἀποκεκομμένον, ὀψὲ ἔφη Ἀθηναίους εἰκόνι χαλκῇ
τετιμηκέναι τὸν Κυνέγειρον.

Καὶ μὴν καὶ Ῥουφῖνον τὸν Κύπριον—λέγω   54
δὴ τὸν χωλὸν τὸν ἐκ τοῦ περιπάτου—ἰδὼν ἐπὶ
πολὺ τοῖς περιπάτοις ἐνδιατρίβοντα, Οὐδέν ἐστιν,
ἔφη, ἀναισχυντότερον χωλοῦ Περιπατητικοῦ.

Ἐπεὶ δέ ποτε ὁ Ἐπίκτητος ἐπιτιμῶν ἅμα συνε-   55
βούλευεν αὐτῷ ἀγαγέσθαι γυναῖκα καὶ παιδο-
ποιήσασθαι—πρέπειν γὰρ καὶ τοῦτο φιλοσόφῳ
ἀνδρὶ ἕτερον ἀντ' αὐτοῦ καταλιπεῖν τῇ φύσει—
ἐλεγκτικώτατα πρὸς αὐτὸν ἀπεκρίνατο, Οὐκοῦν,
ὦ Ἐπίκτητε, δός μοι μίαν τῶν σαυτοῦ θυγατέρων.

Καὶ μὴν τὸ πρὸς Ἕρμινον τὸν Ἀριστοτελικὸν   56
ἄξιον ἀπομνημονεῦσαι· εἰδὼς γὰρ αὐτὸν παγ-
κάκιστον μὲν ὄντα καὶ μυρία κακὰ ἐργαζόμενον,
τὸν Ἀριστοτέλη δ' ἐπαινοῦντα[1] καὶ διὰ στόματος
αὐτοῦ τὰς δέκα κατηγορίας ἔχοντα, Ἕρμινε,
ἔφη, ἀληθῶς ἄξιος εἶ δέκα κατηγοριῶν.

Ἀθηναίων δὲ σκεπτομένων κατὰ ζῆλον τὸν πρὸς   57
Κορινθίους καταστήσασθαι θέαν μονομάχων,
προελθὼν εἰς αὐτούς, Μὴ πρότερον ταῦτα, ὦ
Ἀθηναῖοι, ψηφίσησθε, ἂν μὴ τοῦ Ἐλέου τὸν
βωμὸν καθέλητε.

Ἐπεὶ δὲ εἰς Ὀλυμπίαν ποτὲ ἐλθόντι αὐτῷ   58
Ἠλεῖοι εἰκόνα χαλκῆν ἐψηφίσαντο, Μηδαμῶς
τοῦτο, ἔφη, ὦ ἄνδρες Ἠλεῖοι, μὴ δόξητε ὀνειδίζειν
τοῖς προγόνοις ὑμῶν, ὅτι μήτε Σωκράτους μήτε
Διογένους εἰκόνα ἀνατεθείκασιν.

---

[1] δ' ἐπαινοῦντα A.M.H.: δὲ θαυμάζοντα Fritzsche : Ἀριστο-
τέλη καὶ MSS., Nilén, who sets the comma after Ἀριστοτέλη.

DEMONAX

On seeing near the Painted Porch a statue with its hand cut off, he remarked that it was pretty late in the day for the Athenians to be honouring Cynegirus [1] with a bronze statue.

Noting that Rufinus the Cypriote (I mean the lame man of the school of Aristotle) was spending much time in the walks of the Lyceum, he remarked: " Pretty cheeky, I call it—a lame Peripatetic (Stroller) ! "

When Epictetus rebuked him and advised him to get married and have children, saying that a philosopher ought to leave nature a substitute when he is gone, his answer was very much to the point: " Then give me one of your daughters, Epictetus ! "

His reply to Herminus the Aristotelian deserves mention. Aware that, although he was an out-and-out scoundrel and had done a thousand misdeeds, he sang the praises of Aristotle and had his Ten Sentences (the Categories) on his tongue's end, Demonax said: " Herminus, you really need ten sentences ! "

When the Athenians, out of rivalry with the Corinthians, were thinking of holding a gladiatorial show, he came before them and said: " Don't pass this resolution, men of Athens, without first pulling down the altar of Mercy."

When he went to Olympia and the Eleans voted him a bronze statue, he said: " Don't do this, men of Elis, for fear you may appear to reflect on your ancestors because they did not set up statues either to Socrates or to Diogenes."

[1] Brother of Aeschylus, who lost his hand at Marathon, and the Painted Porch was so called from a fresco by Polygnotus representing the battle.

Ἤκουσα δὲ αὐτοῦ ποτε καὶ πρὸς τὸν . . . 59
τὸν¹ τῶν νόμων ἔμπειρον ταῦτα λέγοντος, ὅτι
κινδυνεύουσιν ἄχρηστοι εἶναι οἱ νόμοι, ἄν τε
πονηροῖς ἄν τε ἀγαθοῖς γράφωνται· οἱ μὲν γὰρ
οὐ δέονται νόμων, οἱ δὲ ὑπὸ νόμων οὐδὲν βελτίους
γίγνονται.

Τῶν δὲ Ὁμήρου στίχον ἕνα ᾖδεν μάλιστα— 60
κάτθαν᾽ ὁμῶς ὅ τ᾽ ἀεργὸς ἀνὴρ ὅ τε πολλὰ ἐοργώς.

Ἐπῄνει δὲ καὶ τὸν Θερσίτην ὡς Κυνικόν τινα 61
δημηγόρον.

Ἐρωτηθεὶς δέ ποτε, τίς αὐτῷ ἀρέσκοι τῶν 62
φιλοσόφων, ἔφη, Πάντες μὲν θαυμαστοί· ἐγὼ δὲ
Σωκράτη μὲν σέβω, θαυμάζω δὲ Διογένη καὶ φιλῶ
Ἀρίστιππον.

Ἐβίου δὲ ἔτη ὀλίγου δέοντα τῶν ἑκατὸν ἄνο- 63
σος, ἄλυπος, οὐδένα ἐνοχλήσας τι ἢ αἰτήσας,
φίλοις χρήσιμος, ἐχθρὸν οὐδένα οὐδεπώποτε
ἐσχηκώς· καὶ τοσοῦτον ἔρωτα ἔσχον πρὸς αὐτὸν
Ἀθηναῖοί τε αὐτοὶ καὶ ἅπασα ἡ Ἑλλάς, ὥστε
παριόντι ὑπεξανίστασθαι μὲν τοὺς ἄρχοντας,
σιωπὴν δὲ γίνεσθαι παρὰ πάντων. τὸ τελευταῖον
δὲ ἤδη ὑπέργηρως ὢν ἄκλητος εἰς ἣν τύχοι παριὼν
οἰκίαν ἐδείπνει καὶ ἐκάθευδε, τῶν ἐνοικούντων
θεοῦ τινα ἐπιφάνειαν ἡγουμένων τὸ πρᾶγμα καί
τινα ἀγαθὸν δαίμονα εἰσεληλυθέναι αὐτοῖς εἰς
τὴν οἰκίαν. παριόντα δὲ αἱ ἀρτοπώλιδες ἀνθεῖλ-
κον πρὸς αὑτὰς ἑκάστη ἀξιοῦσα παρ᾽ αὑτῆς λαμ-
βάνειν τῶν ἄρτων, καὶ τοῦτο εὐτυχίαν ἑαυτῆς ἡ
δεδωκυῖα ᾤετο. καὶ μὴν καὶ οἱ παῖδες ὀπώρας
προσέφερον αὐτῷ πατέρα ὀνομάζοντες. στάσεως 64

¹ πρὸς τὸν . . . τὸν A.M.H.: πρὸς τὸν MSS.

DEMONAX

I once heard him say to . . ., the lawyer, that in all likelihood the laws were of no use, whether framed for the bad or the good ; for the latter had no need of laws, and the former were not improved by them.

From Homer the one line he most frequently quoted was :

"Idler or toiler, 'tis all one to Death." [1]

He had a good word even for Thersites, calling him a mob-orator of the Cynic type.

When he was once asked which of the philosophers he liked, he said : "They are all admirable, but for my part I revere Socrates, I wonder at Diogenes, and I love Aristippus."

He lived almost a hundred years, without illness or pain, bothering nobody and asking nothing of anyone, helping his friends and never making an enemy. Not only the Athenians but all Greece conceived such affection for him that when he passed by the magistrates rose up in his honour and there was silence everywhere. Toward the end, when he was very old, he used to eat and sleep uninvited in any house which he chanced to be passing, and the inmates thought that it was almost a divine visitation, and that good fortune had entered their doors. As he went by, the bread-women would pull him toward them, each wanting him to take some bread from her, and she who succeeded in giving it thought that she was in luck. The children, too, brought him fruit and called him father. Once when

[1] *Iliad* 9, 320.

δέ ποτε Ἀθήνησι γενομένης εἰσῆλθεν εἰς τὴν
ἐκκλησίαν καὶ φανεὶς μόνον σιωπᾶν ἐποίησεν
αὐτούς· ὁ δὲ ἰδὼν ἤδη μετεγνωκότας οὐδὲν εἰπὼν
καὶ αὐτὸς ἀπηλλάγη.

Ὅτε δὲ συνῆκεν οὐκέθ᾽ οἷός τε ὢν αὐτῷ ἐπικου- 65
ρεῖν, εἰπὼν πρὸς τοὺς παρόντας τὸν ἐναγώνιον
τῶν κηρύκων πόδα

Λήγει μὲν ἀγὼν τῶν καλλίστων
ἄθλων ταμίας, καιρὸς δὲ καλεῖ
μηκέτι μέλλειν,

καὶ πάντων ἀποσχόμενος ἀπῆλθεν τοῦ βίου
φαιδρὸς καὶ οἷος ἀεὶ τοῖς ἐντυγχάνουσιν ἐφαίνετο.
ὀλίγον δὲ πρὸ τῆς τελευτῆς ἐρομένου τινός, 66
Περὶ ταφῆς τί κελεύεις; Μὴ πολυπραγμονεῖτε,
ἔφη· ἡ γὰρ ὀδμή με θάψει. φαμένου δὲ ἐκείνου,
Τί οὖν; οὐκ αἰσχρὸν ὀρνέοις καὶ κυσὶ βορὰν
προτεθῆναι τηλικούτου ἀνδρὸς σῶμα; Καὶ μὴν
οὐδὲν ἄτοπον, ἔφη, τοῦτο, εἰ μέλλω καὶ ἀπο-
θανὼν ζῴοις τισὶ χρήσιμος ἔσεσθαι. οἱ μέντοι 67
Ἀθηναῖοι καὶ ἔθαψαν αὐτὸν δημοσίᾳ μεγαλο-
πρεπῶς καὶ ἐπὶ πολὺ ἐπένθησαν, καὶ τὸν θᾶκον
τὸν λίθινον, ἐφ᾽ οὗ εἰώθει ὁπότε κάμνοι ἀναπαύε-
σθαι, προσεκύνουν καὶ ἐστεφάνουν ἐς τιμὴν τοῦ
ἀνδρός, ἡγούμενοι ἱερὸν εἶναι καὶ τὸν λίθον, ἐφ᾽ οὗ
ἐκαθέζετο. ἐπὶ μὲν γὰρ τὴν ἐκφορὰν οὐκ ἔστιν
ὅστις οὐκ ἀπήντησεν, καὶ μάλιστα τῶν φιλοσό-
φων· οὗτοι μέντοι ὑποδύντες ἐκόμιζον αὐτὸν ἄχρι
πρὸς τὸν τάφον.

Ταῦτα ὀλίγα πάνυ ἐκ πολλῶν ἀπεμνημόνευσα,
καὶ ἔστιν ἀπὸ τούτων τοῖς ἀναγινώσκουσι λογί-
ζεσθαι ὁποῖος ἐκεῖνος ἀνὴρ ἐγένετο.

there was a party quarrel in Athens, he went into the assembly and just by showing himself reduced them to silence : then, seeing that they had already repented, he went away without a word.

When he realised that he was no longer able to wait upon himself, he quoted to those who were with him the verses of the heralds at the games :

> Here endeth a contest awarding the fairest
> Of prizes : time calls, and forbids us delay.

Then, refraining from all food, he took leave of life in the same cheerful humour that people he met always saw him in. A short time before the end he was asked : " What orders have you to give about your burial ? " and replied : " Don't borrow trouble ! The stench will get me buried ! " The man said : " Why, isn't it disgraceful that the body of such a man should be exposed for birds and dogs to devour ? " " I see nothing out of the way in it," said he, " if even in death I am going to be of service to living things." But the Athenians gave him a magnificent public funeral and mourned him long. To honour him, they did obeisance to the stone bench on which he used to rest when he was tired, and they put garlands on it ; for they felt that even the stone on which he had been wont to sit was sacred. Everybody attended his burial, especially the philosophers ; indeed, it was they who took him on their shoulders and carried him to the tomb.

These are a very few things out of many which I might have mentioned, but they will suffice to give my readers a notion of the sort of man he was.

THE HALL

The concluding words of this piece show that, like *Dionysus, Heracles,* and *Amber,* it was the introduction to a lecture or a course of lectures.

ΠΕΡΙ ΤΟΥ ΟΙΚΟΥ

Εἶτα Ἀλέξανδρος μὲν ἐπεθύμησεν ἐν τῷ 1
Κύδνῳ λούσασθαι καλόν τε καὶ διαυγῆ τὸν ποτα-
μὸν ἰδὼν καὶ ἀσφαλῶς βαθὺν καὶ προσηνῶς ὀξὺν
καὶ νήξασθαι ἡδὺν καὶ θέρους ὥρᾳ ψυχρόν, ὥστε
καὶ ἐπὶ προδήλῳ τῇ νόσῳ ἣν ἐνόσησεν ἀπ᾽ αὐτοῦ,
δοκεῖ μοι οὐκ ἂν τοῦ λουτροῦ ἀποσχέσθαι· οἶκον
δέ τις ἰδὼν μεγέθει μέγιστον καὶ κάλλει κάλλιστον
καὶ φωτὶ φαιδρότατον καὶ χρυσῷ στιλπνότατον
καὶ γραφαῖς ἀνθηρότατον οὐκ ἂν ἐπιθυμήσειε
λόγους ἐν αὐτῷ διαθέσθαι, εἰ τύχοι περὶ τούτους
διατρίβων, καὶ ἐνευδοκιμῆσαι καὶ ἐλλαμπρύνασθαι
καὶ βοῆς ἐμπλῆσαι καὶ ὡς ἔνι μάλιστα καὶ αὐτὸς
μέρος τοῦ κάλλους αὐτοῦ γενέσθαι, ἀλλὰ περι-
σκοπήσας ἀκριβῶς καὶ θαυμάσας μόνον ἄπεισι
κωφὸν αὐτὸν καὶ ἄλογον καταλιπών, μήτε
προσειπὼν μήτε προσομιλήσας, ὥσπερ τις ἄναυδος
ἢ φθόνῳ σιωπᾶν ἐγνωκώς; Ἡράκλεις, οὐ φιλο- 2
κάλου τινὸς οὐδὲ περὶ τὰ εὐμορφότατα ἐρωτικοῦ
τὸ ἔργον, ἀγροικία δὲ πολλὴ καὶ ἀπειροκαλία καὶ
προσέτι γε ἀμουσία, τῶν ἡδίστων αὐτὸν ἀπαξιοῦν
καὶ τῶν καλλίστων ἀποξενοῦν καὶ μὴ συνιέναι
ὡς οὐχ ὁ αὐτὸς περὶ τὰ θεάματα νόμος ἰδιώταις
τε καὶ πεπαιδευμένοις ἀνδράσιν, ἀλλὰ τοῖς μὲν
ἀπόχρη τὸ κοινὸν τοῦτο, ἰδεῖν μόνον καὶ περι-
βλέψαι καὶ τὼ ὀφθαλμὼ περιενεγκεῖν καὶ πρὸς

THE HALL

ALEXANDER longed to bathe in the Cydnus on seeing that the stream was fair and clear, safely deep, agreeably swift, delightful to swim in and cool in the height of summer; even with foreknowledge of the fever which he contracted from it, I do not think he would have abstained from his plunge. Then can it be that on seeing a hall beyond compare in the greatness of its size, the splendour of its beauty, the brilliance of its illumination, the lustre of its gilding and the gaiety of its pictures, a man would not long to compose speeches in it, if this were his business, to seek repute and win glory in it, to fill it with his voice and, as far as lay in him, to become part and parcel of its beauty? Or after looking it over carefully and admiring it, would he rather go away and leave it mute and voiceless, without according it a word of greeting or a particle of intercourse, as if he were dumb or else out of ill-will had resolved to hold his tongue? Heracles! such conduct would not be that of a connoisseur or a lover of beauty; it would be very vulgar, tasteless, even Philistine to despise what is sweetest, to reject what is fairest, and not to comprehend that in all that appeals to the eye, the same law does not hold for ordinary and for educated men. No, for the former it is enough to do the usual thing—just to see, to look about, to cast their eyes everywhere, to crane

τὴν ὀροφὴν ἀνακύψαι καὶ τὴν χεῖρα ἐπισεῖσαι
καὶ καθ' ἡσυχίαν ἡσθῆναι δέει τοῦ μὴ ἂν δυνη-
θῆναι ἄξιόν τι τῶν βλεπομένων εἰπεῖν, ὅστις δὲ
μετὰ παιδείας ὁρᾷ τὰ καλά, οὐκ ἄν, οἶμαι, ἀγαπή-
σειεν ὄψει μόνῃ καρπωσάμενος τὸ τερπνὸν οὐδ'
ἂν ὑπομείναι ἄφωνος θεατὴς τοῦ κάλλους γενέσθαι,
πειράσεται δὲ ὡς οἷόν τε καὶ ἐνδιατρίψαι καὶ
λόγῳ ἀμείψασθαι τὴν θέαν. ἡ δὲ ἀμοιβὴ οὐκ 3
ἔπαινος τοῦ οἴκου μόνον—τοῦτο μὲν γὰρ ἴσως
ἐκείνῳ τῷ νησιώτῃ μειρακίῳ ἔπρεπε, τὴν Μενελάου
οἰκίαν ὑπερεκπεπλῆχθαι καὶ πρὸς τὰ ἐν οὐρανῷ
καλὰ τὸν ἐλέφαντα καὶ τὸν χρυσὸν αὐτῆς ἀπει-
κάζειν, ἅτε μηδὲν ἐν γῇ καλόν τι ἄλλο ἑωρακότι—
ἀλλὰ καὶ τὸ εἰπεῖν ἐν αὐτῷ καὶ τοὺς βελτίστους
συγκαλέσαντα λόγων ἐπίδειξιν ποιήσασθαι μέρος
τοῦ ἐπαίνου καὶ τοῦτο γένοιτο ἄν.

Καὶ τὸ πρᾶγμα ὑπερήδιστον, οἶμαι, οἴκων ὁ
κάλλιστος ἐς ὑποδοχὴν λόγων ἀναπεπταμένος
καὶ ἐπαίνου καὶ εὐφημίας μεστὸς ὤν, ἠρέμα καὶ
αὐτὸς ὥσπερ τὰ ἄντρα συνεπηχῶν καὶ τοῖς λεγο-
μένοις παρακολουθῶν καὶ παρατείνων τὰ τελευταῖα
τῆς φωνῆς καὶ τοῖς ὑστάτοις τῶν λόγων ἐμβρα-
δύνων, μᾶλλον δὲ ὡς ἄν τις εὐμαθὴς ἀκροατὴς
διαμνημονεύων τὰ εἰρημένα καὶ τὸν λέγοντα
ἐπαινῶν καὶ ἀντίδοσιν οὐκ ἄμουσον ποιούμενος
πρὸς αὐτά· οἷόν τι πάσχουσι πρὸς τὰ αὐλήματα
τῶν ποιμένων αἱ σκοπιαὶ ἐπαυλοῦσαι, τῆς φωνῆς
ἐπανιούσης κατὰ τὸ ἀντίτυπον καὶ πρὸς αὐτὴν
ἀναστρεφούσης· οἱ δὲ ἰδιῶται νομίζουσι παρθένον
τινὰ εἶναι τὴν ἀμειβομένην τοὺς ᾄδοντας ἢ

their necks at the ceiling, to gesticulate and to take their joy in silence for fear of not being able to say anything adequate to what they see. But when a man of culture beholds beautiful things, he will not be content, I am sure, to harvest their charm with his eyes alone, and will not endure to be a silent spectator of their beauty ; he will do all he can to linger there and make some return for the spectacle in speech. And such a return does not consist simply in praising the hall. No doubt it was fitting for Homer's island boy [1] to be astounded at the house of Menelaus and to compare its ivory and gold to the beautiful things in heaven because he had never seen anything else on earth that was beautiful. But to speak here, to collect an audience of cultured men and show one's eloquence is also a form of praise.

It is very delightful, I think, that the fairest of halls should be flung open for the harbourage of speech and should be full of praise and laudation, re-echoing softly like a cavern, following what is said, drawing out the concluding sounds of the voice and lingering on the last words ; or, to put it better, committing to memory all that one says, like an appreciative hearer, and applauding the speaker and gracefully repeating his phrases. In some such way the rocks pipe in answer to the piping of the shepherds when the sound comes back again by reper-cussion and returns upon itself. The untaught think it is a maid who answers all who sing and shout,

---

[1] Telemachus (*Odyss.* 4, 71) : he compares the house of Menelaus to the palaces of the gods.

βοῶντας, ἐν μέσοις που τοῖς κρημνοῖς κατοικοῦσαν καὶ λαλοῦσαν ἐκ τῶν πετρῶν ἔνδοθεν.

Ἐμοὶ γοῦν δοκεῖ καὶ συνεξαίρεσθαι οἴκου 4 πολυτελείᾳ ἡ τοῦ λέγοντος γνώμη καὶ πρὸς τοὺς λόγους ἐπεγείρεσθαι, καθάπερ τι καὶ ὑποβαλλούσης τῆς θέας· σχεδὸν γὰρ εἰσρεῖ τι διὰ τῶν ὀφθαλμῶν ἐπὶ τὴν ψυχὴν καλόν, εἶτα πρὸς αὐτὸ κοσμῆσαν ἐκπέμπει τοὺς λόγους. ἢ τῷ μὲν Ἀχιλλεῖ πιστεύομεν τὴν ὄψιν τῶν ὅπλων ἐπιτεῖναι κατὰ τῶν Φρυγῶν τὴν ὀργήν, καὶ ἐπεὶ ἐνέδυ αὐτὰ πειρώμενος, ἐπαρθῆναι καὶ πτερωθῆναι πρὸς τὴν τοῦ πολέμου ἐπιθυμίαν, λόγου δὲ σπουδὴν μὴ ἐπιτείνεσθαι πρὸς κάλλη χωρίων; καίτοι Σωκράτει μὲν ἀπέχρησε πλάτανος εὐφυὴς καὶ πόα εὐθαλὴς καὶ πηγὴ διαυγὴς μικρὸν ἀπὸ τοῦ Ἰλισσοῦ, κἀνταῦθα καθεζόμενος Φαίδρου τε τοῦ Μυρρινουσίου κατειρωνεύετο καὶ τὸν Λυσίου τοῦ Κεφάλου λόγον διήλεγχε καὶ τὰς Μούσας ἐκάλει, καὶ ἐπίστευεν ἥξειν αὐτὰς ἐπὶ τὴν ἐρημίαν συλληψομένας[1] τῶν περὶ τοῦ ἔρωτος λόγων, καὶ οὐκ ᾐσχύνετο γέρων ἄνθρωπος παρακαλῶν παρθένους συνασομένας[2] τὰ παιδεραστικά. ἐς δὲ οὕτω καλὸν χωρίον οὐκ ἂν οἰόμεθα[3] καὶ ἀκλήτους αὐτὰς ἐλθεῖν;

Καὶ μὴν οὐ κατά γε σκιὰν μόνην οὐδὲ κατὰ 5 πλατάνου κάλλος ἡ ὑποδοχή, οὐδ' ἂν τὴν ἐπὶ τῷ Ἰλισσῷ καταλιπὼν τὴν βασιλέως λέγῃς τὴν χρυσῆν· ἐκείνης μὲν γὰρ ἐν τῇ πολυτελείᾳ μόνῃ τὸ θαῦμα, τέχνῃ δὲ ἢ κάλλος ἢ τέρψις ἢ τὸ

[1] συλληψομένας Nilén : συμπεριληψομένας MSS.
[2] συνᾳσομένας Schwartz : συνεσομένας MSS.
[3] οἰόμεθα Γ, S : οἰώμεθα Ω.

abiding somewhere in the heart of the cliffs and talking from the inside of the crags.

To me, at least, it seems that a splendid hall excites the speaker's fancy and stirs it to speech, as if he were somehow prompted by what he sees. No doubt something of beauty flows through the eyes into the soul, and then fashions into the likeness of itself the words that it sends out. In the case of Achilles, the sight of his armour enhanced his anger at the Trojans, and when he put it on to try it, he was inspired and transported with the lust of battle.[1] Then are we to believe that the passion for speech is not enhanced by beautiful surroundings? Socrates was satisfied with a fine plane-tree and lush grass and a spring of clear water not far from the Ilissus: sitting there, he plied his irony at the expense of Phaedrus of Myrrhinus, criticised the speech of Lysias, son of Cephalus, and invoked the Muses, believing that they would come to a sequestered spot and take part in the debate on love, and thinking no shame, old as he was, to invite maids to join him in amorous ditties.[2] May we not suppose that they would come to a place as beautiful as this, even without an invitation?

In truth, our shelter is not to be compared with mere shade or with the beauty of a plane-tree, not even if you pass over the one on the Ilissus and mention the Great King's golden plane.[3] That was wonderful only on account of its cost; there was no

---

[1] *Iliad*, 19, 16 ; 384.   [2] Plato, *Phaedrus*, 229 *seq.*
[3] Herod. 7, 27.

σύμμετρον ἢ τὸ εὔρυθμον οὐ συνείργαστο οὐδὲ
κατεμέμικτο τῷ χρυσῷ, ἀλλ' ἦν βαρβαρικὸν τὸ
θέαμα, πλοῦτος μόνον καὶ φθόνος τῶν ἰδόντων καὶ
εὐδαιμονισμὸς τῶν ἐχόντων· ἔπαινος δὲ οὐδαμοῦ
προσῆν. οὐδὲ γὰρ ἔμελε τοῖς Ἀρσακίδαις τῶν
καλῶν οὐδὲ πρὸς τὸ τερπνὸν ἐποιοῦντο τὰς
ἐπιδείξεις οὐδ' ἐφρόντιζον εἰ ἐπαινέσονται οἱ
θεαταί, ἀλλ' ὅπως ἐκπλαγήσονται. οὐ φιλόκαλοι
γάρ, ἀλλὰ φιλόπλουτοί εἰσιν οἱ βάρβαροι. τού- 6
του δὲ τοῦ οἴκου τὸ κάλλος οὐ κατὰ βαρβαρι-
κούς τινας ὀφθαλμοὺς οὐδὲ κατὰ Περσικὴν ἀλα-
ζονείαν ἢ βασιλικὴν μεγαλαυχίαν οὐδὲ πένητος
μόνον, ἀλλὰ εὐφυοῦς θεατοῦ δεόμενον· καὶ ὅτῳ μὴ
ἐν τῇ ὄψει ἡ κρίσις, ἀλλά τις καὶ λογισμὸς ἐπα-
κολουθεῖ τοῖς βλεπομένοις.[1]

Τὸ γὰρ τῆς τε ἡμέρας πρὸς τὸ κάλλιστον ἀπο-
βλέπειν—κάλλιστον δὴ[2] αὑτῆς καὶ ποθεινότατον ἡ
ἀρχή—καὶ τὸν ἥλιον ὑπερκύψαντα εὐθὺς ὑποδέχε-
σθαι καὶ τοῦ φωτὸς ἐμπίπλασθαι ἐς κόρον
ἀναπεπταμένων τῶν θυρῶν [καθ' ὃ καὶ τὰ ἱερὰ
βλέποντα ἐποίουν οἱ παλαιοί],[3] καὶ τὸ τοῦ μήκους
πρὸς τὸ πλάτος καὶ ἀμφοῖν πρὸς τὸ ὕψος εὔρυθμον
καὶ τῶν φωταγωγῶν τὸ ἐλεύθερον καὶ πρὸς ὥραν
ἑκάστην εὖ ἔχον, πῶς οὐχ ἡδέα ταῦτα πάντα καὶ
ἐπαίνων ἄξια;

Ἔτι δὲ θαυμάσειεν ἄν τις καὶ τῆς ὀροφῆς ἐν 7
τῷ εὐμόρφῳ τὸ ἀπέριττον κἂν τῷ εὐκόσμῳ τὸ
ἀνεπίληπτον καὶ τὸ τοῦ χρυσοῦ ἐς τὸ εὐπρεπὲς

[1] βλεπομένοις Seager : λεγομένοις MSS.
[2] δὴ A.M.H.: δὲ MSS.
[3] καθ' ὃ—παλαιοί " in the direction in which the ancients
used to face their temples ": a gloss on τὸ...ἀποβλέπειν.
A. M. H.

craftsmanship or beauty or charm or symmetry or grace wrought into the gold or combined with it. The thing was barbarous, nothing but money, a source of envy to those who saw it, and of felicitation to those who owned it. There was nothing praiseworthy about it. The Arsacids[1] neither cared for beauty nor aimed at attractiveness in making their display nor minded whether the spectators praised or not, as long as they were astounded. The barbarians are not beauty-lovers; they are money-lovers. On the contrary, the beauty of this hall has nothing to do with barbarian eyes, Persian flattery, or Sultanic vainglory. Instead of just a poor man, it wants a cultured man for a spectator, who, instead of judging with his eyes, applies thought to what he sees.

It faces the fairest quarter of the day (for the fairest and loveliest is surely the beginning); it welcomes in the sun when he first peeps up; light fills it to overflowing through the wide-flung doors; the proportion of length to breadth and of both to height is harmonious; the windows are generous and well-suited to every season of the year. Is not all this attractive and praiseworthy?

One might also admire the ceiling for its reserved modelling, its flawless decoration, and the refined symmetry of its gilding, which is not unnecessarily

---

[1] Anachronism; the possessors of the tree were the Achaemenid princes,

σύμμετρον, ἀλλὰ μὴ παρὰ[1] τὰς χρείας ἐπίφθονον,
ἀλλ' ὁπόσον ἂν καὶ γυναικὶ σώφρονι καὶ καλῇ
ἀρκέσῃ ἐπισημότερον ἐργάσασθαι τὸ κάλλος, ἢ
περὶ τῇ δειρῇ λεπτός τις ὅρμος ἢ περὶ τῷ δακτύλῳ
σφενδόνη εὔφορος ἢ ἐν τοῖν ὤτοιν ἐλλόβια ἢ πόρπη
τις ἢ ταινία τὸ ἄφετον τῆς κόμης συνδέουσα,
τοσοῦτον τῇ εὐμορφίᾳ προστιθεῖσα ὅσον τῇ ἐσθῆτι
ἡ πορφύρα· αἱ δέ γε ἑταῖραι, καὶ μάλιστα αἱ
ἀμορφότεραι αὐτῶν, καὶ τὴν ἐσθῆτα ὅλην πορφυ-
ρᾶν καὶ τὴν δειρὴν χρυσῆν πεποίηνται, τῷ
πολυτελεῖ θηρώμεναι τὸ ἐπαγωγὸν καὶ τὸ ἐνδέον
τῷ καλῷ προσθέσει τοῦ ἔξωθεν τερπνοῦ παραμυ-
θούμεναι· ἡγοῦνται γὰρ καὶ τὴν ὠλένην αὐταῖς
στιλπνοτέραν φανεῖσθαι συναπολάμπουσαν τῷ
χρυσῷ καὶ τοῦ ποδὸς τὸ μὴ εὐπερίγραφον λήσειν
ὑπὸ χρυσῷ σανδάλῳ καὶ τὸ πρόσωπον αὐτὸ
ἐρασμιώτερον γενήσεσθαι τῷ φαεινοτάτῳ συνο-
ρώμενον. ἀλλ' ἐκεῖναι μὲν οὕτως· ἡ δέ γε σώφρων
χρυσῷ[2] μὲν τὰ ἀρκοῦντα καὶ μόνον τὰ ἀναγκαῖα
προσχρῆται, τὸ δ' αὑτῆς κάλλος οὐκ ἂν αἰσχύ-
νοιτο, οἶμαι, καὶ γυμνῇ δεικνύουσα.

Καὶ τοίνυν ἡ τοῦδε τοῦ οἴκου ὀροφή, μᾶλλον 8
δὲ κεφαλή, εὐπρόσωπος μὲν καὶ καθ' ἑαυτήν, τῷ
χρυσῷ δὲ ἐς τοσοῦτον κεκόσμηται, ἐς ὅσον καὶ
οὐρανὸς ἐν νυκτὶ ὑπὸ τῶν ἀστέρων ἐκ διαστήματος
περιλαμπόμενος καὶ ἐκ διαλείμματος ἀνθῶν τῷ
πυρί. εἰ δέ γε πῦρ ἦν τὸ πᾶν, οὐ καλὸς ἄν, ἀλλὰ
φοβερὸς ἡμῖν ἔδοξεν. ἴδοι δ' ἄν τις οὐδ' ἀργὸν
ἐνταῦθα τὸν χρυσὸν οὐδὲ μόνον τοῦ τέρποντος
εἵνεκα τῷ λοιπῷ κόσμῳ συνεσπαρμένον, ἀλλὰ

---

[1] παρὰ Gesner : περὶ MSS.
[2] σώφρων χρυσῷ edd.: σώφρων οἰκία χρυσῷ MSS.

lavish, but only in such degree as would suffice a
modest and beautiful woman to set off her beauty—
a delicate chain round her neck, a light ring on her
finger, pendants in her ears, a buckle, a band that
confines the luxuriance of her hair and adds as much
to her good looks as a purple border adds to a gown.
It is courtesans, especially the less attractive of
them, who have clothing all purple and necks all
gold, trying to secure seductiveness by extravagance
and to make up for their lack of beauty by the
addition of extraneous charms; they think that their
arms will look whiter when they are bright with
gold, and that the unshapeliness of their feet will
escape notice in golden sandals, and that their very
faces will be lovelier when seen together with
something very bright. This is the course they
follow; but a modest girl uses only what gold is
sufficient and necessary, and would not be ashamed
of her beauty, I am sure, if she were to show it
unadorned.

The ceiling of this hall—call it the face if you
will—well-featured itself, is as much embellished by
the gilding as heaven by the stars at night, with
sprinkled lights and scattered flowers of fire. If all
were fire, it would be terrible, not beautiful, to us.
You will observe that the gilding yonder is not
purposeless, and not intermingled with the rest of the
decorations for its own charm alone. It shines with a

καὶ αὐγήν τινα ἡδεῖαν ἀπολάμπει καὶ τὸν
οἶκον ὅλον ἐπιχρώννυσι τῷ ἐρυθήματι· ὁπόταν
γὰρ τὸ φῶς προσπεσὸν ἐφάψηται καὶ ἀναμιχθῇ
τῷ χρυσῷ, κοινόν τι ἀπαστράπτουσι καὶ διπλα-
σίαν τοῦ ἐρυθήματος ἐκφαίνουσι τὴν αἰθρίαν.

Τὰ μὲν δὴ ὑψηλὰ καὶ κορυφαῖα τοῦ οἴκου 9
τοιάδε, Ὁμήρου τινὸς δεόμενα ἐπαινέτου, ἵνα
αὐτὸν ἢ ὑψώροφον ὡς τὸν Ἑλένης θάλαμον ἢ
αἰγλήεντα ὡς τὸν Ὄλυμπον εἴποι· τὸν δὲ ἄλλον
κόσμον καὶ τὰ τῶν τοίχων γράμματα καὶ τῶν
χρωμάτων τὰ κάλλη καὶ τὸ ἐναργὲς ἑκάστου καὶ
τὸ ἀκριβὲς καὶ τὸ ἀληθὲς ἔαρος ὄψει καὶ λειμῶνι
δὲ εὐανθεῖ καλῶς ἂν ἔχοι παραβαλεῖν· πλὴν παρ'
ὅσον ἐκεῖνα μὲν ἀπανθεῖ καὶ μαραίνεται καὶ
ἀλλάττεται καὶ ἀποβάλλει τὸ κάλλος, τουτὶ δὲ
τὸ ἔαρ [1] ἀΐδιον καὶ λειμὼν ἀμάραντος καὶ ἄνθος
ἀθάνατον, ἅτε μόνης τῆς ὄψεως ἐφαπτομένης καὶ
δρεπομένης τὸ ἡδὺ τῶν βλεπομένων.

Τὰ δὴ τοσαῦτα καὶ τοιαῦτα τίς οὐκ ἂν 10
ἡσθείη βλέπων ἢ τίς οὐκ ἂν προθυμηθείη καὶ
παρὰ τὴν δύναμιν ἐν αὐτοῖς λέγειν, εἰδὼς αἴσχιστον
ὂν ἀπολειφθῆναι τῶν ὁρωμένων; ἐπαγωγότατον
γάρ τι ἡ ὄψις τῶν καλῶν, οὐκ ἐπ' ἀνθρώπων
μόνον, ἀλλὰ καὶ ἵππος ἥδιον ἂν οἶμαι δράμοι κατὰ
πρανοῦς πεδίου καὶ μαλακοῦ, προσηνῶς δεχομένου
τὴν βάσιν καὶ ἠρέμα ὑπείκοντος τῷ ποδὶ καὶ μὴ
ἀντιτυποῦντος τῇ ὁπλῇ· ἅπαντι γοῦν τότε χρῆται
τῷ δρόμῳ καὶ ὅλον ἐπιδοὺς ἑαυτὸν τῷ τάχει
ἁμιλλᾶται καὶ πρὸς τοῦ πεδίου τὸ κάλλος.
ὁ δὲ ταὼς ἦρος ἀρχομένου πρὸς λειμῶνά 11

[1] ἔαρ and ἄνθος Schwartz; τὸ ἔαρ, τὸ ἄνθος MSS.

sweet radiance, and colours the whole hall with its
flush; for when the light, striking the gold, lays
hold of it and combines with it, they gleam jointly
and make the flush doubly brilliant.

Such is the top, the summit of the hall: it
needs a Homer to praise it by calling it "high-
ceiled" like the chamber of Helen[1] or "dazzling" like
Olympus.[2] The rest of the decoration, the frescoes
on the walls, the beauty of their colours, and the
vividness, exactitude, and truth of each detail might
well be compared with the face of spring and with a
flowery field, except that those things fade and
wither and change and cast their beauty, while this
is spring eternal, field unfading, bloom undying.
Naught but the eye touches it and culls the
sweetness of what it sees.

Who would not be charmed with the sight of
all these beautiful things? Who would not want to
outdo himself in speaking among them, aware that
it is highly disgraceful not to be a match for that
which one sees? The sight of beauty is seductive,
and not to man alone. Even a horse, I think, would
find more pleasure in running on a soft, sloping plain
that receives his tread pleasantly, yields a little to
his foot, and does not shock his hoof. Then he puts
in play all his power of running, gives himself over
to speed and nothing else, and vies with the beauty
of the plain. The peacock, too, at the opening

---

[1] *Il.* 3, 423; *Od.* 4. 121.
[2] *Il.* 1, 253; 13, 243; *Od.* 20, 103.

τινα ἐλθών, ὁπότε καὶ τὰ ἄνθη πρόεισιν οὐ
ποθεινότερα μόνον, ἀλλὰ καὶ ὡς ἂν εἴποι τις
ἀνθηρότερα καὶ τὰς βαφὰς καθαρώτερα, τότε καὶ
οὗτος ἐκπετάσας τὰ πτερὰ καὶ ἀναδείξας τῷ ἡλίῳ
καὶ τὴν οὐρὰν ἐπάρας καὶ πάντοθεν αὐτῷ περι-
στήσας ἐπιδείκνυται τὰ ἄνθη τὰ αὐτοῦ καὶ τὸ ἔαρ
τῶν πτερῶν ὥσπερ αὐτὸν προκαλοῦντος τοῦ
λειμῶνος ἐς τὴν ἅμιλλαν· ἐπιστρέφει γοῦν ἑαυτὸν
καὶ περιάγει καὶ ἐμπομπεύει τῷ κάλλει· ὅτε δὴ
καὶ θαυμασιώτερος φαίνεται πρὸς τὴν αὐγὴν
ἀλλαττομένων αὐτῷ τῶν χρωμάτων καὶ μετα-
βαινόντων ἠρέμα καὶ πρὸς ἕτερον εὐμορφίας εἶδος
τρεπομένων.   πάσχει δὲ αὐτὸ μάλιστα ἐπὶ τῶν
κύκλων, οὓς ἐπ᾽ ἄκροις ἔχει τοῖς πτεροῖς, ἴριδός
τινος ἕκαστον περιθεούσης· ὃ γὰρ τέως χαλκὸς
ἦν, τοῦτο ἐγκλίναντος ὀλίγον χρυσὸς ὤφθη, καὶ
τὸ ὑπὸ τῷ ἡλίῳ κυαναυγές, εἰ σκιασθείη, χλοαυγές
ἐστιν·   οὕτω μετακοσμεῖται πρὸς τὸ φῶς ἡ
πτέρωσις. ὅτι μὲν γὰρ καὶ ἡ θάλαττα ἱκανὴ 12
προκαλέσασθαι καὶ εἰς ἐπιθυμίαν ἐπισπάσασθαι
ἐν γαλήνῃ φανεῖσα, ἴστε, κἂν μὴ εἴπω· ὅτε, εἰ
καὶ παντάπασιν ἠπειρώτης καὶ ἀπειρόπλους τις
εἴη, πάντως ἂν ἐθελήσειε καὶ αὐτὸς ἐμβῆναι καὶ
περιπλεῦσαι καὶ πολὺ ἀπὸ τῆς γῆς ἀποσπάσαι,
καὶ μάλιστα εἰ βλέποι τὴν μὲν αὔραν κούφως
ἐπουριάζουσαν τὴν ὀθόνην, τὴν δὲ ναῦν προσηνῶς
τε καὶ λείως ἐπ᾽ ἄκρων ἠρέμα διολισθάνουσαν τῶν
κυμάτων.

Καὶ τοίνυν καὶ τοῦδε τοῦ οἴκου τὸ κάλλος 13
ἱκανὸν καὶ παρορμῆσαι ἐς λόγους καὶ λέγοντα
ἐπεγεῖραι καὶ πάντα τρόπον εὐδοκιμῆσαι παρα-
σκευάσαι.   ἐγὼ μὲν δὴ τούτοις πείθομαι καὶ ἤδη

of spring goes to a field at the time when the
blossoms which it puts out are not only lovelier, but,
in a manner of speaking, more blossomy and brighter
of hue; spreading his wings and showing them to
the sun, lifting his tail and surrounding himself with
it, he, too, displays his blossoms and the April of his
wings, as if the field were challenging him to vie with
it. At all events, he twists and turns and puts on airs
with his beauty. Now and again he is a sight still
more wonderful, when his colours change under the
light, altering a little and turning to a different kind
of loveliness. This happens to him chiefly in the
circles that he has at the tips of his feathers, each
of which is ringed with a rainbow. What was pre-
viously bronze has the look of gold when he shifts a
little, and what was bright blue in the sun is bright
green in shadow, so much does the beauty of his
plumage alter with the light! For you know with-
out my telling you that the sea has power to invite
and provoke longing when it is calm. At such a
time, no matter how much of a landsman and a
lubber a man may be, he wants at all costs to get
aboard ship and cruise about and go far from land,
above all if he perceives the breeze gently swelling the
canvas and the vessel sweetly and smoothly gliding
along, little by little, over the crest of the waves.

Certainly, then, the beauty of this hall has
power to rouse a man to speech, to spur him on in
speaking and to make him succeed in every way. I
for my part am trusting in all this and have already

πέπεισμαι καὶ ἐς τὸν οἶκον ἐπὶ λόγοις παρελήλυθα
ὥσπερ ὑπὸ ἴυγγος ἢ Σειρῆνος τῷ κάλλει ἑλκόμενος,
ἐλπίδα οὐ μικρὰν ἔχων, εἰ καὶ τέως ἡμῖν ἄμορφοι
ἦσαν οἱ λόγοι, καλοὺς αὐτοὺς φανεῖσθαι καθάπερ
ἐσθῆτι καλῇ κεκοσμημένους.

Ἕτερος δέ τις οὐκ ἀγεννὴς λόγος, ἀλλὰ καὶ 14
πάνυ γενναῖος, ὥς φησι, καὶ μεταξύ μου λέγοντος
ὑπέκρουε καὶ διακόπτειν ἐπειρᾶτο τὴν ῥῆσιν καὶ
ἐπειδὴ πέπαυμαι, οὐκ ἀληθῆ ταῦτα λέγειν φησί
με, ἀλλὰ θαυμάζειν, εἰ φάσκοιμι ἐπιτηδειότερον
εἶναι πρὸς λόγων ἐπίδειξιν οἴκου κάλλος γραφῇ
καὶ χρυσῷ κεκοσμημένον· αὐτὸ γάρ που τοὐναν-
τίον ἀποβαίνειν. μᾶλλον δέ, εἰ δοκεῖ, αὐτὸς
παρελθὼν ὁ λόγος ὑπὲρ ἑαυτοῦ καθάπερ ἐν δικασ-
ταῖς ὑμῖν εἰπάτω, ὅπη λυσιτελέστερον ἡγεῖται
τῷ λέγοντι εὐτέλειαν οἴκου καὶ ἀμορφίαν. ἐμοῦ
μὲν ἀκηκόατε ἤδη λέγοντος, ὥστε οὐδὲν δέομαι δὶς
περὶ τῶν αὐτῶν εἰπεῖν, ὁ δὲ παρελθὼν ἤδη λεγέτω,
κἀγὼ σιωπήσομαι καὶ πρὸς ὀλίγον αὐτῷ μεταστή-
σομαι.

Ἄνδρες τοίνυν δικασταί, φησὶν ὁ λόγος, ὁ 15
μὲν προειπὼν ῥήτωρ πολλὰ καὶ μεγάλα τόνδε τὸν
οἶκον ἐπήνεσε καὶ τῷ ἑαυτοῦ λόγῳ ἐκόσμησεν,
ἐγὼ δὲ τοσούτου δέω ψόγον αὐτοῦ διεξελεύσεσθαι,
ὥστε καὶ τὰ ὑπ' ἐκείνου παραλελειμμένα προσθή-
σειν μοι δοκῶ· ὅσῳ γὰρ ἂν ὑμῖν καλλίων φαίνη-
ται, τοσῷδε ὑπεναντίος τῇ τοῦ λέγοντος χρείᾳ
δειχθήσεται.

Καὶ πρῶτόν γε ἐπειδὴ γυναικῶν καὶ κόσμου
καὶ χρυσοῦ ἐκεῖνος ἐμνημόνευσεν, κἀμοὶ ἐπι-
τρέψατε χρήσασθαι τῷ παραδείγματι· φημὶ
γὰρ οὖν καὶ γυναιξὶ καλαῖς οὐχ ὅπως συλλαμ-

trusted in it; in coming to the hall to speak, I was attracted by its beauty as by a magic wheel or a Siren, for I had no slight hope that even if my phrases were homely before, they would seem beautiful if adorned, so to speak, in fine clothing.

There is, however, another point of view, not insignificant but very important, if you take Mr. Point o' View's word for it; he kept interrupting me as I spoke and trying to break up my speech, and now that I have paused he says that I am mistaken in this matter: he is surprised that I should say a beautiful hall adorned with painting and gilding is better suited for the display of eloquence, as the case is entirely the reverse. But if you approve, let Mr. Point o' View himself take the floor in his own behalf and tell you as he would a jury wherein he thinks a mean and ugly hall more advantageous to the speaker. You have heard me already, so that I do not need to speak again to the same topic; let him take the floor now and say his say, and I will be still and yield to him for a time.

"Well, gentlemen of the jury," says Mr. Point o' View, "the last speaker has made many striking points in praise of the hall, and has adorned it with his words. I myself am so far from intending to criticise it that I have in mind to add the points which he omitted, for the more beautiful you think it, the more hostile to the speaker's interest it will be, as I shall show.

"First, then, since he has mentioned women, jewelry and gold, permit me also to make use of the comparison. I assert that, far from contributing to the good looks of a beautiful woman, abundant

βάνειν ἐς τὸ εὐμορφότερον, ἀλλὰ καὶ ἐναντιοῦσθαι
τὸν κόσμον τὸν πολύν, ὁπόταν τῶν ἐντυγχανόντων
ἕκαστος ὑπὸ τοῦ χρυσοῦ καὶ τῶν λίθων τῶν πολυ-
τελῶν ἐκπλαγεὶς ἀντὶ τοῦ ἐπαινεῖν ἢ χρόαν ἢ
βλέμμα ἢ δειρὴν ἢ πῆχυν ἢ δάκτυλον, ὁ δὲ ταῦτ'
ἀφεὶς ἐς τὴν σαρδὼ ἢ τὸν σμάραγδον ἢ τὸν ὅρμον
ἢ τὸ ψέλιον ἀποβλέπῃ, ὥστε ἄχθοιτο ἂν εἰκότως
παρορωμένη διὰ τὸν κόσμον, οὐκ ἀγόντων σχολὴν
ἐπαινεῖν αὐτὴν τῶν θεατῶν, ἀλλὰ πάρεργον αὐτῆς
ποιουμένων τὴν θέαν. ὅπερ ἀνάγκη, οἶμαι, 16
παθεῖν καὶ τὸν ἐν οὕτω καλοῖς ἔργοις λόγους
δεικνύοντα· λανθάνει γὰρ ἐν τῷ μεγέθει τῶν
καλῶν τὸ λεχθὲν καὶ ἀμαυροῦται καὶ συναρπάζε-
ται, καθάπερ εἰ λύχνον τις εἰς πυρκαϊὰν μεγάλην
φέρων ἐμβάλλοι ἢ μύρμηκα ἐπ' ἐλέφαντος ἢ
καμήλου δεικνύοι. τοῦτό τε οὖν¹ φυλακτέον τῷ
λέγοντι, καὶ προσέτι μὴ καὶ τὴν φωνὴν αὐτὴν
ἐπιταράττηται² ἐν οὕτως εὐφώνῳ καὶ ἠχήεντι
οἴκῳ λέγων· ἀντιφθέγγεται γὰρ καὶ ἀντιφωνεῖ
καὶ ἀντιλέγει, μᾶλλον δὲ ἐπικαλύπτει τὴν βοήν,
οἷόν τι καὶ σάλπιγξ δρᾷ τὸν αὐλόν, εἰ συναυλοῖεν,
ἢ τοὺς κελευστὰς ἢ θάλαττα, ὁπόταν πρὸς κύμα-
τος ἦχον ἐπᾴδειν τῇ εἰρεσίᾳ θέλωσιν· ἐπικρατεῖ
γὰρ ἡ μεγαλοφωνία καὶ κατασιωπᾷ τὸ ἧττον.

Καὶ μὴν κἀκεῖνο, ὅπερ ἔφη ὁ ἀντίδικος, ὡς 17
ἄρα ἐπεγείρει ὁ καλὸς οἶκος τὸν λέγοντα καὶ
προθυμότερον παρασκευάζει, ἐμοὶ δοκεῖ τὸ ἐναν-
τίον ποιεῖν· ἐκπλήττει γὰρ καὶ φοβεῖ καὶ τὸν
λογισμὸν διαταράττει καὶ δειλότερον ἐργάζεται
ἐνθυμούμενον ὡς ἀπάντων ἐστὶν αἴσχιστον ἐν

¹ τε οὖν Bekker: γοῦν MSS.
² μὴ—ἐπιταράττηται Bekker: μὴν—ἐπιταράττεται MSS.

jewelry is actually a detriment. Everyone who meets her is dazzled by her gold and her expensive gems, and instead of praising her complexion, her eyes, her neck, her arm or her finger, he neglects them and lets his eyes wander to her sard or her emerald, her necklace or her bracelet. She might fairly get angry at being thus slighted for her ornaments, when observers are too occupied to pay her compliments and think her looks a side-issue. The same thing is bound to happen, I think, to a man who tries to show his eloquence among works of art like these. Amid the mass of beautiful things, what he says goes unheeded, vanishes and is absorbed, as if a candle were taken to a great fire and thrown in, or an ant pointed out on the back of an elephant or a camel. This danger, certainly, the speaker must guard against, and also that his voice be not disturbed when he speaks in a hall so musical and echoing, for it resounds, replies, refutes—in fact, it drowns his utterance, just as the trumpet drowns the flute when they are played together, and as the sea drowns chanty-men when they undertake to sing for the rowers against the noise of the surf. For the great volume of sound overpowers and crushes into silence all that is weaker.

" As to the other point which my opponent made, that a beautiful hall spurs a speaker on and makes him more ambitious, I think it does the opposite. It dazzles and frightens him, disturbs his thought and makes him more timid, for he reflects that it is disgraceful beyond everything that his discourse

εὐμόρφῳ χωρίῳ μὴ ὁμοίους φαίνεσθαι τοὺς λόγους.
ἐλέγχων γὰρ οὗτός γε ὁ φανερώτατος, ὥσπερ ἂν
εἴ τις πανοπλίαν καλὴν ἐνδὺς ἔπειτα φεύγοι πρὸ
τῶν ἄλλων, ἐπισημότερος ὢν δειλὸς ἀπὸ τῶν
ὅπλων. τοῦτο δέ μοι δοκεῖ λογισάμενος καὶ ὁ
τοῦ Ὁμήρου ῥήτωρ ἐκεῖνος εὐμορφίας ἐλάχιστον
φροντίσαι, μᾶλλον δὲ καὶ παντελῶς ἀΐδρει φωτὶ
ἑαυτὸν ἀπεικάσαι, ἵνα αὐτῷ παραδοξότερον φαίνη-
ται τῶν λόγων τὸ κάλλος ἐκ τῆς πρὸς τὸ ἀμορφό-
τερον ἐξετάσεως. ἄλλως τε ἀνάγκη πᾶσα καὶ τὴν
τοῦ λέγοντος αὐτοῦ διάνοιαν ἀσχολεῖσθαι περὶ
τὴν θέαν καὶ τῆς φροντίδος τὸ ἀκριβὲς ἐκλύειν τῆς
ὄψεως ἐπικρατούσης καὶ πρὸς αὐτὴν καλούσης
καὶ τῷ λόγῳ προσέχειν οὐκ ἐώσης. ὥστε τίς
μηχανὴ μὴ οὐχὶ πάντως ἔλαττον ἐρεῖν αὐτὸν τῆς
ψυχῆς διατριβούσης περὶ τὸν τῶν ὁρωμένων
ἔπαινον;

Ἐῶ γὰρ λέγειν ὅτι καὶ οἱ παρόντες αὐτοὶ 18
καὶ πρὸς τὴν ἀκρόασιν παρειλημμένοι ἐπειδὰν εἰς
τοιοῦτον οἶκον παρέλθωσιν, ἀντὶ ἀκροατῶν θεαταὶ
καθίστανται, καὶ οὐχ οὕτω Δημόδοκος ἢ Φήμιος ἢ
Θάμυρις ἢ Ἀμφίων ἢ Ὀρφεύς τις λέγων ἐστίν,
ὥστε ἀποσπάσαι τὴν διάνοιαν αὐτῶν ἀπὸ τῆς
θέας· ἀλλ' οὖν ἕκαστος, ἐπειδὰν μόνον ὑπερβῇ
τὸν οὐδόν, ἀθρόῳ τῷ κάλλει περιχυθεὶς λόγων
μὲν ἐκείνων ἢ ἀκροάσεως ἄλλης[1] οὐδὲ τὴν ἀρχὴν
ἀΐοντι ἔοικεν, ὅλος δὲ πρὸς τοῖς ὁρωμένοις ἐστίν,
εἰ μὴ τύχοι τις παντελῶς τυφλὸς ὢν ἢ ἐν νυκτὶ
ὥσπερ ἡ ἐξ Ἀρείου πάγου βουλὴ ποιοῖτο τὴν
ἀκρόασιν. ὅτι γὰρ οὐκ ἀξιόμαχον λόγων ἰσχὺς 19
ὄψει ἀνταγωνίσασθαι καὶ ὁ Σειρήνων μῦθος

[1] ἄλλης Schwartz : ἀλλ' MSS.

should not match a place so beautiful. For such sur-
roundings put a man most clearly to the proof. It is
as if he should put on a handsome coat of mail and then
take to his heels before the rest, making his cowardice
only the more conspicuous for his armour. This,
I think, is the consideration which causes Homer's
famous orator [1] to think very little of good-looks and
even make himself appear ' an utter know-nothing ' in
order that the beauty of his words may seem more
striking by comparison with that which is uglier.
Besides, it is inevitable that the speaker's own mind
should be occupied in looking, and that the accuracy
of his thinking should be disturbed because what he
is looking at gets the better of him, attracts him and
does not allow him to attend to what he is saying.
So how can he help speaking very badly, when in
spirit he is busied with the praise of all that he sees ?

"I forbear to say that even those who are
present and have been invited to the lecture become
spectators instead of hearers when they enter such a
hall as this, and no speaker is enough of a Demo-
docus, a Phemius, a Thamyris, an Amphion or an
Orpheus to distract their minds from looking. Why,
every one of them is flooded with beauty the instant
he crosses the threshold, and does not give the least
sign of hearing [2] what the speaker says or anything
else, but is all absorbed in what he sees, unless he is
stone-blind or like the court of the Areopagus,
listens in the dark ! That the power of the tongue
is no match for the eyes, one can learn by comparing

[1] Odysseus: *Il.* 3, 219.   [2] *Il.* 23, 430.

παρατεθεὶς τῷ περὶ τῶν Γοργόνων διδάξειεν ἄν·
ἐκεῖναι μὲν γὰρ ἐκήλουν τοὺς παραπλέοντας
μελῳδοῦσαι καὶ κολακεύουσαι τοῖς ᾄσμασιν καὶ
καταπλεύσαντας ἐπὶ πολὺ κατεῖχον, καὶ ὅλως τὸ
ἔργον αὐτῶν ἐδεῖτό τινος διατριβῆς, καί πού τις
αὐτὰς καὶ παρέπλευσε καὶ τοῦ μέλους παρήκουσε·
τὸ δὲ τῶν Γοργόνων κάλλος, ἅτε βιαιότατόν τε ὂν
καὶ τοῖς καιριωτάτοις τῆς ψυχῆς ὁμιλοῦν, εὐθὺς
ἐξίστη τοὺς ἰδόντας καὶ ἀφώνους ἐποίει, ὡς δὲ ὁ
μῦθος βούλεται καὶ λέγεται, λίθινοι ἐγίγνοντο
ὑπὸ θαύματος. ὥστε καὶ ὃν ὑπὲρ τοῦ ταῶ λόγον
εἶπε πρὸς ὑμᾶς μικρὸν ἔμπροσθεν, ὑπὲρ ἐμαυτοῦ
εἰρῆσθαι νομίζω· καὶ γὰρ ἐκείνου ἐν τῇ ὄψει, οὐκ
ἐν τῇ φωνῇ τὸ τερπνόν. καὶ εἴ γέ τις παραστη-
σάμενος τὴν ἀηδόνα ἢ τὸν κύκνον ᾄδειν κελεύοι,
μεταξὺ δὲ ᾀδόντων παραδείξειε τὸν ταῶ σιω-
πῶντα, εὖ οἶδ᾽ ὅτι ἐπ᾽ ἐκεῖνον μεταβήσεται ἡ
ψυχὴ μακρὰ χαίρειν φράσασα τοῖς ἐκείνων
ᾄσμασιν· οὕτως ἄμαχόν τι ἔοικεν εἶναι ἡ
δι᾽ ὄψεως ἡδονή.   καὶ ἔγωγε, εἰ βούλεσθε, 20
μάρτυρα ὑμῖν παραστήσομαι σοφὸν ἄνδρα, ὃς
αὐτίκα μοι μαρτυρήσει ὡς πολὺ ἐπικρατέστερά
ἐστι τῶν ἀκουομένων τὰ ὁρώμενα. καί μοι σὺ
ἤδη ὁ κῆρυξ προσκάλει αὐτὸν Ἡρόδοτον Λύξου
Ἁλικαρνασόθεν· κἀπειδὴ καλῶς ποιῶν ὑπήκουσε,
μαρτυρείτω παρελθών· ἀναδέξασθε δὲ αὐτὸν
Ἰαστὶ πρὸς ὑμᾶς λέγοντα ὥσπερ αὐτῷ ἔθος.

Ἀληθέα τάδε ὁ λόγος ὑμῖν, ἄνδρες δικασταί,
μυθέεται καὶ οἱ πείθεσθε ὅσα ἂν λέγῃ τουτέων
πέρι ὄψιν ἀκοῆς προτιμέων· ὦτα γὰρ τυγχάνει
ἐόντα ἀπιστότερα ὀφθαλμῶν.

the story of the Sirens with the one about the
Gorgons. The Sirens charmed passing voyagers by
making music and working on them with songs, and
held them long when they put in. In short, their
performance only exacted a delay, and no doubt one
or another voyager went by them, neglecting their
music. On the contrary, the beauty of the Gorgons,
being extremely powerful and affecting the very
vitals of the soul, stunned its beholders and made
them speechless, so that, as the story has it and
everyone says, they turned to stone in wonder.
For this reason I count what my opponent said
to you a moment ago about the peacock a plea for
my side : surely his attractiveness is in his looks,
not in his voice! If anybody should match a night-
ingale or a swan against him, letting them sing
and showing the peacock silent while they were
singing, I know well that your soul would go
over to him, bidding a long farewell to their songs.
So invincible, it seems, is the delight of the eyes!
If you wish, I will produce you a witness in the
person of a sage, who will testify on the spot that
what one sees is far more effective than what
one hears. Crier, summon in person Herodotus, son
of Lyxus, of Halicarnassus. Since he has been
so kind as to comply, let him take the stand and
give his testimony. Suffer him to speak to you in
Ionic, to which he is accustomed.

"'Master Point o' View telleth ye true herein.
Believe whatso he sayeth to this matter, esteeming
sight over hearing, for in sooth ears be less trusty
than eyes.'[1]

[1] Only the last clause is really Herodotean (I, 8, 3).

Ἀκούετε τοῦ μάρτυρος ἅ φησιν, ὡς τὰ πρῶτα
τῇ ὄψει ἀπέδωκεν; εἰκότως. τὰ μὲν γὰρ ἔπεα
πτερόεντά ἐστι καὶ οἴχεται ἅμα τῷ προελθεῖν
ἀποπτάμενα, ἡ δὲ τῶν ὁρωμένων τέρψις ἀεὶ
παρεστῶσα καὶ παραμένουσα πάντως τὸν θεατὴν
ὑπάγεται.

Πῶς οὖν οὐ χαλεπὸς τῷ λέγοντι ἀνταγω-   21
νιστὴς οἶκος οὕτω καλὸς καὶ περίβλεπτος ὤν;
μᾶλλον δὲ τὸ μέγιστον οὐδέπω φημί· ὑμεῖς γὰρ
αὐτοὶ οἱ δικασταὶ καὶ μεταξὺ λεγόντων ἡμῶν ἐς
τὴν ὀροφὴν ἀπεβλέπετε καὶ τοὺς τοίχους ἐθαυμά-
ζετε καὶ τὰς γραφὰς ἐξητάζετε πρὸς ἑκάστην
ἀποστρεφόμενοι. καὶ μηδὲν αἰσχυνθῆτε· συγ-
γνώμη γάρ, εἴ τι ἀνθρώπινον πεπόνθατε, ἄλλως τε
καὶ πρὸς οὕτω καλὰς καὶ ποικίλας τὰς ὑποθέσεις.
τῆς γὰρ τέχνης τὸ ἀκριβὲς καὶ τῆς ἱστορίας μετὰ
τοῦ ἀρχαίου τὸ ὠφέλιμον ἐπαγωγὸν ὡς ἀληθῶς
καὶ πεπαιδευμένων θεατῶν δεόμενον. καὶ ἵνα μὴ
πάντα ἐκεῖσε ἀποβλέπητε ἡμᾶς ἀπολιπόντες, φέρε
ὡς οἷόν τε γράψωμαι[1] αὐτὰ ὑμῖν τῷ λόγῳ·
ἡσθήσεσθε γάρ, οἶμαι, ἀκούοντες ἃ καὶ ὁρῶντες
θαυμάζετε. καὶ ἴσως ἄν με καὶ δι' αὐτὸ ἐπαινέ-
σαιτε καὶ τοῦ ἀντιδίκου προτιμήσαιτε, ὡς καὶ[2]
αὐτὸν ἐπιδείξαντα καὶ διπλασιάσαντα[3] ὑμῖν τὴν
ἡδονήν. τὸ χαλεπὸν δὲ τοῦ τολμήματος ὁρᾶτε,
ἄνευ χρωμάτων καὶ σχημάτων καὶ τόπου συστή-
σασθαι τοσαύτας εἰκόνας· ψιλὴ γάρ τις ἡ γραφὴ
τῶν λόγων.

[1] γράψωμαι MSS. : γράψομαι Guyet.
[2] ὡς καὶ Reitz : ὡς μὴ καὶ MSS. edd. since Jacobitz.
[3] αὐτὸν ἐπιδείξαντα καὶ διπλασιάσαντα MSS.: αὐτοῦ ἐπιδεί-
ξαντος καὶ διπλασιάσαντος edd. since Jacobitz, with two Re-
naissance codices and the first edition.

"Do you hear what the witness says, that he gives the palm to sight? With reason, for words are winged and go flying off the instant they have left the lips, while the beauty of things seen is always present and lasting and entices the spectator, will he, nill he.

"Is not then a hall so beautiful and admirable a dangerous adversary to a speaker? But I have not yet mentioned the principal point. You yourselves, gentlemen of the jury, have been regarding the roof as we spoke, admiring the walls and examining the pictures, turning toward each of them. Do not be ashamed! It is excusable if you have felt a touch of human nature, especially in the presence of pictures so beautiful and so varied. The exactness of their technique and the combination of antiquarian interest and instructiveness in their subjects are truly seductive and call for a cultivated spectator. That you may not look exclusively in that direction and leave us in the lurch, I will do my best to paint you a word-picture of them, for I think you will be glad to hear about things which you look at with admiration. Perhaps you will even applaud me for it and prefer me to my opponent, saying that I have displayed my powers as well as he, and that I have made your pleasure double. But the difficulty of the task is patent, to represent so many pictures without colour, form or space. Word-painting is but a bald thing.

Ἐν δεξιᾷ μὲν οὖν εἰσιόντι Ἀργολικῷ μύθῳ 22
ἀναμέμικται πάθος Αἰθιοπικόν· ὁ Περσεὺς τὸ
κῆτος φονεύει καὶ τὴν Ἀνδρομέδαν καθαιρεῖ, καὶ
μετὰ μικρὸν γαμήσει καὶ ἄπεισιν αὐτὴν ἄγων·
πάρεργον τοῦτο τῆς ἐπὶ Γοργόνας πτήσεως. ἐν
βραχεῖ δὲ πολλὰ ὁ τεχνίτης ἐμιμήσατο, αἰδῶ
παρθένου καὶ φόβον—ἐπισκοπεῖ γὰρ μάχην ἄνω-
θεν ἐκ τῆς πέτρας [1]—καὶ νεανίου τόλμαν ἐρωτικὴν
καὶ θηρίου ὄψιν ἀπρόσμαχον· καὶ τὸ μὲν ἔπεισι
πεφρικὸς ταῖς ἀκάνθαις καὶ δεδιττόμενον τῷ
χάσματι, ὁ Περσεὺς δὲ τῇ λαιᾷ μὲν προδείκνυσι
τὴν Γοργόνα, τῇ δεξιᾷ δὲ καθικνεῖται τῷ ξίφει·
καὶ τὸ μὲν ὅσον τοῦ κήτους εἶδε τὴν Μέδουσαν,
ἤδη λίθος ἐστίν, τὸ δ᾽ ὅσον ἔμψυχον μένει, τῇ
ἅρπῃ κόπτεται.

Ἑξῆς δὲ μετὰ τήνδε τὴν εἰκόνα ἕτερον δρᾶμα 23
γέγραπται δικαιότατον, οὗ τὸ ἀρχέτυπον ὁ
γραφεὺς παρ᾽ Εὐριπίδου ἢ Σοφοκλέους δοκεῖ
μοι λαβεῖν· ἐκεῖνοι γὰρ ὁμοίαν ἔγραψαν τὴν
εἰκόνα. τὼ νεανία τὼ ἑταίρω Πυλάδης τε ὁ
Φωκεὺς καὶ Ὀρέστης δοκῶν ἤδη τεθνάναι λα-
θόντ᾽ ἐς τὰ βασίλεια [2] παρελθόντε φονεύουσιν
ἄμφω τὸν Αἴγισθον· ἡ δὲ Κλυταιμήστρα ἤδη
ἀνῄρηται καὶ ἐπ᾽ εὐνῆς τινος ἡμίγυμνος πρόκειται
καὶ θεραπεία πᾶσα ἐκπεπληγμένοι τὸ ἔργον οἱ μὲν
ὥσπερ βοῶσιν, οἱ δέ τινες ὅπῃ φύγωσι περιβλέ-
πουσι. σεμνὸν δέ τι ὁ γραφεὺς ἐπενόησεν, τὸ μὲν
ἀσεβὲς τῆς ἐπιχειρήσεως δείξας μόνον καὶ ὡς ἤδη

---

[1] Punctuation A.M.H.
[2] Text Cobet : λαθόντε τὰ βασίλεια καὶ MSS.

"On the right as you come in, you have a combination of Argolic myth and Ethiopian romance. Perseus is killing the sea-monster and freeing Andromeda ; in a little while he will marry her and go away with her. It is an incident to his winged quest of the Gorgons. The artist has represented much in little—the maid's modesty and terror (for she is looking down on the fight from the cliff overhead), the lad's fond courage and the beast's unconquerable mien. As he comes on bristling with spines and inspiring terror with his gaping jaws Perseus displays the Gorgon in his left hand, and with his right assails him with the sword : the part of the monster which has seen the Medusa is already stone, and the part that is still alive is feeling the hanger's edge.[1]

"Next to this picture is portrayed another righteous deed, for which the painter derived his model, I suppose, from Euripides or Sophocles, inasmuch as they have portrayed the subject in the same way.[2] The two youthful comrades Pylades of Phocis and Orestes (supposed to be dead) have secretly entered the palace and are slaying Aegisthus. Clytemnestra is already slain and is stretched on a bed half-naked, and the whole household is stunned by the deed— some are shouting, apparently, and others casting about for a way of escape. It was a noble device on the painter's part simply to · indicate the impious element in the undertaking and pass it over as an

[1] Cf. Claudian (*Gigantom.* 113), of a giant slain by Athena : pars moritur ferro, partes periere videndo. An echo of the same source?

[2] In the *Electra* of each. But this description is modelled on Sophocles (1424 ff.).

πεπραγμένον παραδραμών, ἐμβραδύνοντας δὲ τοὺς
νεανίσκους ἐργασάμενος τῷ τοῦ μοιχοῦ φόνῳ.

Μετὰ δὲ τοῦτο θεός ἐστιν εὔμορφος καὶ 24
μειράκιον ὡραῖον, ἐρωτική τις παιδιά· ὁ Βράγχος
ἐπὶ πέτρας καθεζόμενος· ἀνέχει λαγὼν καὶ προσ-
παίζει τὸν κύνα, ὁ δὲ πηδησομένῳ ἔοικεν ἐπ' αὐτὸν
εἰς τὸ ὕψος, καὶ Ἀπόλλων παρεστὼς μειδιᾷ τερ-
πόμενος ἀμφοῖν καὶ τῷ παιδὶ παίζοντι καὶ πειρω-
μένῳ τῷ κυνί.

Ἐπὶ δὲ τούτοις ὁ Περσεὺς πάλιν τὰ πρὸ 25
τοῦ κήτους ἐκεῖνα τολμῶν καὶ ἡ Μέδουσα τεμ-
νομένη τὴν κεφαλὴν καὶ Ἀθηνᾶ σκέπουσα τὸν
Περσέα· ὁ δὲ τὴν μὲν τόλμαν εἴργασται, τὸ δὲ
ἔργον οὐχ ἑώρακεν, πλὴν[1] ἐπὶ τῆς ἀσπίδος τῆς
Γοργόνος τὴν εἰκόνα· οἶδε γὰρ τὸ πρόστιμον τῆς
ἀληθοῦς ὄψεως.

Κατὰ δὲ τὸν μέσον τοῖχον ἄνω τῆς ἀντι- 26
θύρου[2] Ἀθηνᾶς ναὸς πεποίηται, ἡ θεὸς λίθου
λευκοῦ, τὸ σχῆμα οὐ πολεμιστήριον, ἀλλ' οἷον
ἂν γένοιτο εἰρήνην ἀγούσης θεοῦ πολεμικῆς.

Εἶτα μετὰ ταύτην ἄλλη Ἀθηνᾶ, οὐ λίθος 27
αὕτη γε, ἀλλὰ γραφὴ πάλιν· Ἥφαιστος αὐτὴν
διώκει ἐρῶν, ἡ δὲ φεύγει, κἀκ τῆς διώξεως
Ἐριχθόνιος γίγνεται.

Ταύτῃ ἕπεται παλαιά τις ἄλλη γραφή· Ὠρίων 28
φέρει τὸν Κηδαλίωνα τυφλὸς ὤν, ὁ δ' αὐτῷ
σημαίνει τὴν πρὸς τὸ φῶς ὁδὸν ἐποχούμενος,
καὶ ὁ Ἥλιος φανεὶς ἰᾶται τὴν πήρωσιν, καὶ 29
ὁ Ἥφαιστος Λημνόθεν ἐπισκοπεῖ τὸ ἔργον.

Ὀδυσσεὺς τὸ μετὰ τοῦτο δῆθεν μεμηνώς, ἅτε 30

---

[1] πλὴν Schwartz : πω MSS.
[2] ἀντιθύρου Guyet (cf. ἡ παράθυρος) : ἀντίθυρος MSS.

accomplished fact, and to represent the young men lingering over the slaying of the adulterer.

"Next is a handsome god and a pretty boy, a scene of fond foolery. Branchus, sitting on a rock, is holding up a hare and teasing his dog, while the dog is apparently going to spring up at him ; Apollo, standing near, is smiling in amusement at the tricks of the lad and the efforts of the dog.

"Then comes Perseus again, in the adventure which preceded the sea-monster. He is cutting off the head of Medusa, and Athena is shielding him. He has done the daring deed, but has not looked, except at the reflection of the Gorgon in the shield, for he knows the cost of looking at the reality.

"In the middle of the wall, above the postern [1] is constructed a shrine of Athena. The goddess is of marble, and is not in harness but as a war-goddess would appear when at peace.

"Then we have another Athena, not of marble this time, but in colours as before. Hephaestus is pursuing her amorously ; she is running away and Erichthonius is being engendered of the chase. [2]

"On this there follows another prehistoric picture. Orion, who is blind, is carrying Cedalion, and the latter, riding on his back, is showing him the way to the sunlight. The rising sun is healing the blindness of Orion, and Hephaestus views the incident from Lemnos.

"Odysseus is next, feigning madness because

---

[1] Or perhaps "rear window."
[2] Mother Earth gave birth to him, not Athena.

συστρατεύειν[1] τοῖς Ἀτρείδαις μὴ θέλων· πάρεισι
δὲ οἱ πρέσβεις ἤδη καλοῦντες. καὶ τὰ μὲν τῆς
ὑποκρίσεως πιθανὰ πάντα, ἡ ἀπήνη, τὸ τῶν
ὑπεζευγμένων ἀσύμφωνον, ἡ ἄνοια[2] τῶν δρωμένων·
ἐλέγχεται δὲ ὅμως τῷ βρέφει· Παλαμήδης γὰρ
ὁ τοῦ Ναυπλίου συνεὶς τὸ γιγνόμενον, ἁρπάσας
τὸν Τηλέμαχον ἀπειλεῖ φονεύσειν πρόκωπον
ἔχων τὸ ξίφος, καὶ πρὸς τὴν τῆς μανίας ὑπό-
κρισιν ὀργὴν καὶ οὗτος ἀνθυποκρίνεται. ὁ δὲ
Ὀδυσσεὺς πρὸς τὸν φόβον τοῦτον σωφρονεῖ
καὶ πατὴρ γίγνεται καὶ λύει τὴν ὑπόκρισιν.

Ὑστάτη δὲ ἡ Μήδεια γέγραπται τῷ ζήλῳ   31
διακαής, τὼ παῖδε ὑποβλέπουσα καί τι δεινὸν
ἐννοοῦσα· ἔχει γοῦν ἤδη τὸ ξίφος, τὼ δ' ἀθλίω
καθῆσθον γελῶντε, μηδὲν τῶν μελλόντων εἰδότε,
καὶ ταῦτα ὁρῶντε τὸ ξίφος ἐν ταῖν χεροῖν.

Ταῦτα πάντα, ὦ ἄνδρες δικασταί, οὐχ   32
ὁρᾶτε ὅπως ἀπάγει μὲν τὸν ἀκροατὴν καὶ πρὸς
τὴν θέαν ἀποστρέφει, μόνον δὲ καταλείπει τὸν
λέγοντα; καὶ ἔγωγε διεξῆλθον αὐτά, οὐχ ἵνα τὸν
ἀντίδικον τολμηρὸν ὑπολαβόντες καὶ θρασύν, εἰ
τοῖς οὕτω δυσκόλοις ἑαυτὸν ἑκὼν φέρων ἐπέβαλεν,
καταγνῶτε καὶ μισήσητε καὶ ἐπὶ τῶν λόγων
ἐγκαταλίπητε, ἀλλ' ἵνα μᾶλλον αὐτῷ συναγων-
ίσησθε καὶ ὡς οἷόν τε καταμύοντες ἀκούητε τῶν
λεγομένων, λογιζόμενοι τοῦ πράγματος τὴν δυσχέ-
ρειαν· μόλις γὰρ ἂν οὕτω δυνηθείη οὐ δικασταῖς

[1] ἅτε συστρατεύειν Guyet, Gesner : ὅτε συστρατεύει MSS.
(but συστρατεύειν Z and correction in W).
[2] ἡ ἄνοια Schwartz : ἄγνοια MSS.

he does not want to make the campaign with the sons of Atreus. The ambassadors are there to summon him. All the details of his pretence are true to life—the wagon, the ill-matched team,[1] the folly of his actions. He is shown up, however, by means of his child. Palamedes, son of Nauplius, comprehending the situation, seizes Telemachus and threatens, sword in hand, to kill him, meeting Odysseus' pretence of madness with a pretence of anger. In the face of this fright Odysseus grows sane, becomes a father and abandons his pretence.

"Last of all Medea is pictured aflame with jealousy, looking askance at her two boys with a terrible purpose in her mind—indeed, she already has her sword—while the poor children sit there laughing, unsuspicious of the future, although they see the sword in her hands.

"Do you not see, gentlemen of the jury, how all these things attract the hearer and turn him away to look, leaving the speaker stranded? My purpose in describing them was not that you might think my opponent bold and daring for voluntarily attacking a task so difficult, and so pronounce against him, dislike him and leave him floundering, but that on the contrary you might support him and do your best to close your eyes and listen to what he says, taking into consideration the hardness of the thing. Even under these circumstances, when he has you

---

[1] He yoked an ass and an ox together.

ἀλλὰ συναγωνισταῖς ὑμῖν χρησάμενος μὴ παντά-
πασιν ἀνάξιος τῆς τοῦ οἴκου πολυτελείας νομι-
σθῆναι. εἰ δὲ ὑπὲρ ἀντιδίκου ταῦτα δέομαι, μὴ
θαυμάσητε· ὑπὸ γὰρ τοῦ τὸν οἶκον φιλεῖν καὶ
τὸν ἐν αὐτῷ λέγοντα, ὅστις ἂν ᾖ, βουλοίμην ἂν
εὐδοκιμεῖν.

as supporters, not judges, it will be just barely possible for him to avoid being thought altogether unworthy of the splendour of the hall. Do not be surprised that I make this request in behalf of an adversary, for on account of my fondness for the hall I should like anyone who may speak in it, no matter who he is, to be successful "

MY NATIVE LAND

If this piece had not come down to us among the works of Lucian, nobody would ever have thought of attributing it to him.

ΠΑΤΡΙΔΟΣ ΕΓΚΩΜΙΟΝ

Ὅτι μὲν οὐδὲν γλύκιον ἧς πατρίδος, φθάνει 1
προτεθρυλημένον. ἆρ' οὖν ἥδιον μὲν οὐδέν, σεμ-
νότερον δέ τι καὶ θειότερον ἄλλο; καὶ μὴν ὅσα
σεμνὰ καὶ θεῖα νομίζουσιν ἄνθρωποι, τούτων
πατρὶς αἰτία καὶ διδάσκαλος, γεννησαμένη καὶ
ἀναθρεψαμένη καὶ παιδευσαμένη. πόλεων μὲν
οὖν μεγέθη καὶ λαμπρότητας καὶ πολυτελείας
κατασκευῶν θαυμάζουσι πολλοί, πατρίδας δὲ
στέργουσι πάντες· καὶ τοσοῦτον οὐδεὶς ἐξηπατήθη
τῶν καὶ πάνυ κεκρατημένων ὑπὸ τῆς κατὰ τὴν
θέαν ἡδονῆς, ὡς ὑπὸ τῆς ὑπερβολῆς τῶν παρ'
ἄλλοις θαυμάτων λήθην ποιήσασθαι τῆς πατρίδος.
ὅστις μὲν οὖν σεμνύνεται πολίτης ὢν εὐδαί- 2
μονος πόλεως, ἀγνοεῖν μοι δοκεῖ τίνα χρὴ τιμὴν
ἀπονέμειν τῇ πατρίδι, καὶ ὁ τοιοῦτος δῆλός ἐστιν
ἀχθόμενος ἄν, εἰ μετριωτέρας ἔλαχε τῆς πατρίδος·
ἐμοὶ δὲ ἥδιον αὐτὸ τιμᾶν τὸ τῆς πατρίδος ὄνομα.
πόλεις μὲν γὰρ παραβαλεῖν πειρωμένῳ προσήκει
μέγεθος ἐξετάζειν καὶ κάλλος καὶ τὴν τῶν ὠνίων
ἀφθονίαν· ὅπου δ' αἵρεσίς ἐστι πόλεων, οὐδεὶς ἂν
ἕλοιτο τὴν λαμπροτέραν ἐάσας τὴν πατρίδα, ἀλλ'
εὔξαιτο μὲν ἂν εἶναι καὶ τὴν πατρίδα ταῖς εὐδαί-
μοσι παραπλησίαν, ἕλοιτο δ' ἂν τὴν ὁποιανοῦν.
τὸ δ' αὐτὸ τοῦτο καὶ οἱ δίκαιοι τῶν παίδων 3

MY NATIVE LAND

"Nothing sweeter than one's native land"[1] is already a commonplace. If nothing is sweeter, then is anything more holy and divine? Truly of all that men count holy and divine their native land is cause and teacher, in that she bears, nurtures and educates them. To be sure, many admire cities for their size, their splendour and the magnificence of their public works, but everyone loves his own country; and even among men completely overmastered by the lust of the eye, no one is so misguided as to be forgetful of it because of the greater number of wonders in other countries. Therefore a man who prides himself on being citizen of a prosperous state does not know, it seems to me, what sort of honour one should pay his native land, and such an one would clearly take it ill if his lot had fallen in a less pretentious place. For my part I prefer to honour the mere name of native land. In attempting to compare states, it is proper, of course, to investigate their size and beauty and the abundance of their supplies; but when it is a question of choosing between them, nobody would choose the more splendid and give up his own. He would pray that it too might be as prosperous as any, but would choose it, no matter what it was. Upright children and good fathers do

---

[1] *Odyss.* 9, 34.

πράττουσιν καὶ οἱ χρηστοὶ τῶν πατέρων· οὔτε
γὰρ νέος καλὸς κἀγαθὸς ἄλλον ἂν προτιμήσαι
τοῦ πατρὸς οὔτε πατὴρ καταμελήσας τοῦ παιδὸς
ἕτερον ἂν στέρξαι νέον, ἀλλὰ τοσοῦτόν γε οἱ
πατέρες νικώμενοι προσνέμουσι τοῖς παισίν, ὥστε
καὶ κάλλιστοι καὶ μέγιστοι καὶ τοῖς πᾶσιν ἄριστα
κεκοσμημένοι οἱ παῖδες αὐτοῖς εἶναι δοκοῦσιν.
ὅστις δὲ μὴ τοιοῦτός ἐστι δικαστὴς πρὸς τὸν υἱόν,
οὐ δοκεῖ μοι πατρὸς ὀφθαλμοὺς ἔχειν.

Πατρίδος τοίνυν τὸ ὄνομα πρῶτον οἰκειότατον 4
πάντων· οὐδὲν γὰρ ὅ τι τοῦ πατρὸς οἰκειότερον.
εἰ δέ τις ἀπονέμει τῷ πατρὶ τὴν δικαίαν τιμήν,
ὥσπερ καὶ ὁ νόμος καὶ ἡ φύσις κελεύει, προση-
κόντως ἂν τὴν πατρίδα προτιμήσαι· καὶ γὰρ ὁ
πατὴρ αὐτὸς τῆς πατρίδος κτῆμα καὶ ὁ τοῦ
πατρὸς πατὴρ καὶ οἱ ἐκ τούτων οἰκεῖοι πάντες
ἀνωτέρω, καὶ μέχρι θεῶν πατρῴων πρόεισιν
ἀναβιβαζόμενον τὸ ὄνομα. χαίρουσι καὶ θεοὶ 5
πατρίσι καὶ πάντα μέν, ὡς εἰκός, ἐφορῶσι τὰ τῶν
ἀνθρώπων, αὐτῶν ἡγούμενοι κτήματα πᾶσαν γῆν
καὶ θάλασσαν, ἐφ' ἧς δὲ ἕκαστος αὐτῶν ἐγένετο,
προτιμᾷ τῶν ἄλλων ἁπασῶν πόλεων. καὶ πόλεις
σεμνότεραι θεῶν πατρίδες καὶ νῆσοι θειότεραι
παρ' αἷς ὑμνεῖται γένεσις θεῶν. ἱερὰ γοῦν
κεχαρισμένα ταῦτα νομίζεται τοῖς θεοῖς, ἐπειδὰν
εἰς τοὺς οἰκείους ἕκαστος ἀφικόμενος ἱερουργῇ
τόπους. εἰ δὲ θεοῖς τίμιον τὸ τῆς πατρίδος ὄνομα,
πῶς οὐκ ἀνθρώποις γε πολὺ μᾶλλον; καὶ γὰρ 6
εἶδε τὸν ἥλιον πρῶτον ἕκαστος ἀπὸ τῆς πατρίδος,
ὡς καὶ τοῦτον τὸν θεόν, εἰ καὶ κοινός ἐστιν, ἀλλ'
οὖν ἑκάστῳ νομίζεσθαι πατρῷον διὰ τὴν πρώτην
ἀπὸ τοῦ τόπου θέαν· καὶ φωνῆς ἐνταῦθα ἤρξατο

just the same thing. A lad of birth and breeding would not honour anyone else above his father, and a father would not neglect his son and cherish some other lad. In fact, fathers, influenced by their affection, give their sons so much more than their due that they think them the best-looking, the tallest and the most accomplished in every way. One who does not judge his son in this spirit does not seem to me to have a father's eyes.

In the first place, then, the name of fatherland is closer to one's heart than all else, for there is nothing closer than a father. If one pays his father proper honour, as law and nature direct, then one should honour his fatherland still more, for his father himself belonged to it and his father's father and all their forbears, and the name of father goes back until it reaches the father-gods. Even the gods have countries that they rejoice in, and although they watch over all the abodes of man, deeming that every land and every sea is theirs, nevertheless each honours the place in which he was born above all other states. Cities are holier when they are homes of gods, and islands more divine if legends are told of the birth of gods in them. Indeed, sacrifices are accounted pleasing to the gods when one goes to their native places to perform the ceremony. If, then, the name of native land is in honour with the gods, should it not be far more so with mankind? Each of us had his first sight of the sun from his native land, and so that god, universal though he be, is nevertheless accounted by everyone a home-god, because of the place from which he saw him first. Moreover, each of us began to speak there, learning

τὰ ἐπιχώρια πρῶτα λαλεῖν μανθάνων καὶ θεοὺς
ἐγνώρισεν. εἰ δέ τις τοιαύτης ἔλαχε πατρίδος,
ὡς ἑτέρας δεηθῆναι πρὸς τὴν τῶν μειζόνων παι-
δείαν, ἀλλ' οὖν ἐχέτω καὶ τούτων τῶν παιδευμάτων
τῇ πατρίδι τὴν χάριν· οὐ γὰρ ἂν ἐγνώρισεν οὐδὲ
πόλεως ὄνομα μὴ διὰ τὴν πατρίδα πόλιν εἶναι
μαθών.

Πάντα δέ, οἶμαι, παιδεύματα καὶ μαθήματα 7
συλλέγουσιν ἄνθρωποι χρησιμωτέρους αὑτοὺς
ἀπὸ τούτων ταῖς πατρίσι παρασκευάζοντες·
κτῶνται δὲ καὶ χρήματα φιλοτιμίας ἕνεκεν τῆς
εἰς τὰ κοινὰ τῆς πατρίδος δαπανήματα. καὶ
εἰκότως, οἶμαι· δεῖ γὰρ οὐκ ἀχαρίστους εἶναι τοὺς
τῶν μεγίστων τυχόντας εὐεργεσιῶν. ἀλλ' εἰ τοῖς
καθ' ἕνα τις ἀπονέμει χάριν, ὥσπερ ἐστὶ δίκαιον,
ἐπειδὰν εὖ πάθῃ πρός τινος, πολὺ μᾶλλον προσ-
ήκει τὴν πατρίδα τοῖς καθήκουσιν ἀμείβεσθαι·
κακώσεως μὲν γὰρ γονέων εἰσὶ νόμοι παρὰ ταῖς
πόλεσι, κοινὴν δὲ προσήκει πάντων μητέρα τὴν
πατρίδα νομίζειν καὶ χαριστήρια τροφῶν ἀποδι-
δόναι καὶ τῆς τῶν νόμων αὐτῶν γνώσεως.

Ὤφθη δὲ οὐδεὶς οὕτως ἀμνήμων τῆς πατρί- 8
δος, ὡς ἐν ἄλλῃ πόλει γενόμενος ἀμελεῖν, ἀλλ' οἵ
τε κακοπραγοῦντες ἐν ταῖς ἀποδημίαις συνεχῶς
ἀνακαλοῦσιν ὡς μέγιστον τῶν ἀγαθῶν ἡ πατρίς,
οἵ τε εὐδαιμονοῦντες, ἂν καὶ τὰ ἄλλα εὖ πράττω-
σιν, τοῦτο γοῦν αὐτοῖς μέγιστον ἐνδεῖν νομίζουσιν
τὸ μὴ τὴν πατρίδα οἰκεῖν, ἀλλὰ ξενιτεύειν· ὄνειδος
γὰρ τὸ τῆς ξενιτείας. καὶ τοὺς κατὰ τὸν τῆς
ἀποδημίας χρόνον λαμπροὺς γενομένους ἢ διὰ
χρημάτων κτῆσιν ἢ διὰ τιμῆς δόξαν ἢ διὰ παι-

first to talk his native dialect, and came to know the gods there. If a man's lot has been cast in such a land that he has required another for his higher education, he should still be thankful for these early teachings, for he would not have known even the meaning of "state" if his country had not taught him that there was such a thing.

The reason, I take it, for which men amass education and learning is that they may thereby make themselves more useful to their native land, and they likewise acquire riches out of ambition to contribute to its common funds. With reason, I think: for men should not be ungrateful when they have received the greatest favours. On the contrary, if a man returns thanks to individuals, as is right, when he has been well treated by them, much more should he requite his country with its due. To wrong one's parents is against the law of the different states; but counting our native land the common mother of us all, we should give her thank-offerings for our nurture and for our knowledge of the law itself.

No one was ever known to be so forgetful of his country as to care nothing for it when he was in another state. No, those who get on badly in foreign parts continually cry out that one's own country is the greatest of all blessings, while those who get on well, however successful they may be in all else, think that they lack one thing at least, a thing of the greatest importance, in that they do not live in their own country but sojourn in a strange land; for thus to sojourn is a reproach! And men who during their years abroad have become illustrious through acquirement of wealth, through renown from office-

δείας μαρτυρίαν ἢ δι' ἀνδρείας ἔπαινον ἔστιν ἰδεῖν
εἰς τὴν πατρίδα πάντας ἐπειγομένους, ὡς οὐκ ἂν
ἐν ἄλλοις βελτίοσιν ἐπιδειξαμένους τὰ αὑτῶν
καλά· καὶ τοσούτῳ γε μᾶλλον ἕκαστος σπεύδει
λαβέσθαι τῆς πατρίδος, ὅσῳπερ ἂν φαίνηται
μειζόνων παρ' ἄλλοις ἠξιωμένος.

Ποθεινὴ μὲν οὖν καὶ νέοις ἡ πατρίς· τοῖς δὲ 9
ἤδη γεγηρακόσιν ὅσῳ πλεῖον τοῦ φρονεῖν ἢ τοῖς
νέοις μέτεστι, τοσούτῳ καὶ πλείων ἐγγίνεται
πόθος τῆς πατρίδος· ἕκαστος γοῦν τῶν γεγηρα-
κότων καὶ σπεύδει καὶ εὔχεται καταλῦσαι τὸν
βίον ἐπὶ τῆς πατρίδος, ἵν', ὅθεν ἤρξατο βιοῦν,
ἐνταῦθα πάλιν καὶ τὸ σῶμα παρακατάθηται τῇ
γῇ τῇ θρεψαμένῃ καὶ τῶν πατρῴων κοινωνήσῃ
τάφων· δεινὸν γὰρ ἑκάστῳ δοκεῖ ξενίας ἁλίσκε-
σθαι καὶ μετὰ θάνατον, ἐν ἀλλοτρίᾳ κειμένῳ γῇ.

Ὅσον δὲ τῆς εὐνοίας τῆς πρὸς τὰς πατρίδας 10
μέτεστιν τοῖς ὡς ἀληθῶς γνησίοις πολίταις μάθοι
τις ἂν ἐκ τῶν αὐτοχθόνων· οἱ μὲν γὰρ ἐπήλυδες
καθάπερ νόθοι ῥᾳδίας ποιοῦνται τὰς μεταναστά-
σεις, τὸ μὲν τῆς πατρίδος ὄνομα μήτε εἰδότες μήτε
στέργοντες, ἡγούμενοι δ' ἁπανταχοῦ τῶν ἐπιτη-
δείων εὐπορήσειν, μέτρον εὐδαιμονίας τὰς τῆς
γαστρὸς ἡδονὰς τιθέμενοι. οἷς δὲ καὶ μήτηρ ἡ
πατρίς, ἀγαπῶσι τὴν γῆν ἐφ' ἧς ἐγένοντο καὶ
ἐτράφησαν, κἂν ὀλίγην ἔχωσι, κἂν τραχεῖαν καὶ
λεπτόγεων· κἂν ἀπορῶσι τῆς γῆς ἐπαινέσαι τὴν
ἀρετήν, τῶν γε ὑπὲρ τῆς πατρίδος οὐκ ἀπορήσου-
σιν ἐγκωμίων. ἀλλὰ κἂν ἴδωσιν ἑτέρους σεμνυνο-
μένους πεδίοις ἀνειμένοις καὶ λειμῶσι φυτοῖς
παντοδαποῖς διειλημμένοις, καὶ αὐτοὶ τῶν τῆς

holding, through testimony to their culture, or through praise of their bravery, can be seen hurrying one and all to their native land, as if they thought they could not anywhere else find better people before whom to display the evidences of their success. The more a man is esteemed elsewhere, the more eager is he to regain his own country.

Even the young love their native land; but aged men, being wiser, love it more. In fact, every aged man yearns and prays to end his life in it, that there in the place where he began to live he may deposit his body in the earth which nurtured him and may share the graves of his fathers. He thinks it a calamity to be guilty of being an alien even after death, through lying buried in a strange land.

How much affection real, true citizens have for their native land can be learned only among a people sprung from the soil. Newcomers, being but bastard children, as it were, transfer their allegiance easily, since they neither know nor love the name of native land, but expect to be well provided with the necessities of life wherever they may be,[1] measuring happiness by their appetites! On the other hand, those who have a real mother-country love the soil on which they were born and bred, even if they own but little of it, and that be rough and thin. Though they be hard put to it to praise the soil, they will not lack words to extol their country. Indeed, when they see others priding themselves on their open plains and prairies diversified with all manner of growing things, they themselves do not forget the

[1] Cf. Thucydides 1, 1.

πατρίδος ἐγκωμίων οὐκ ἐπιλανθάνονται, τὴν δὲ
ἱπποτρόφον ὑπερορῶντες τὴν κουροτρόφον ἐπαι-
νοῦσι. καὶ σπεύδει τις εἰς τὴν πατρίδα, κἂν 11
νησιώτης ᾖ, κἂν παρ᾽ ἄλλοις εὐδαιμονεῖν δύνηται,
καὶ διδομένην ἀθανασίαν οὐ προσήσεται, προ-
τιμῶν τὸν ἐπὶ τῆς πατρίδος τάφῳ, καὶ ὁ τῆς
πατρίδος αὐτῷ καπνὸς λαμπρότερος ὀφθήσεται
τοῦ παρ᾽ ἄλλοις πυρός.

Οὕτω δὲ ἄρα τίμιον εἶναι δοκεῖ παρὰ πᾶσιν 12
ἡ πατρίς, ὥστε καὶ τοὺς πανταχοῦ νομοθέτας ἴδοι
τις ἂν ἐπὶ τοῖς μεγίστοις ἀδικήμασιν ὡς χαλεπω-
τάτην ἐπιβεβληκότας τὴν φυγὴν τιμωρίαν. καὶ
οὐχ οἱ νομοθέται μὲν οὕτως ἔχουσιν, οἱ δὲ πιστευό-
μενοι τὰς στρατηγίας ἑτέρως, ἀλλ᾽ ἐν ταῖς μάχαις
τὸ μέγιστόν ἐστι τῶν παραγγελμάτων τοῖς
παραταττομένοις, ὡς ὑπὲρ πατρίδος αὐτοῖς ὁ
πόλεμος, καὶ οὐδεὶς ὅστις ἂν ἀκούσας τούτου
κακὸς εἶναι θέλῃ· ποιεῖ γὰρ τὸν δειλὸν ἀνδρεῖον
τὸ τῆς πατρίδος ὄνομα.

merits of their own country, and pass over its fitness for breeding horses to praise its fitness for breeding men. One hastens to his native land though he be an islander, and though he could lead a life of ease elsewhere. If immortality be offered him he will not accept it, preferring a grave in his native land, and the smoke thereof is brighter to his eyes than fire elsewhere.[1]

To such an extent do all men seem to prize their own country that lawgivers everywhere, as one may note, have prescribed exile as the severest penalty for the greatest transgressions. And it cannot be said that in this view lawgivers differ from commanders. On the contrary, in battle no other exhortation of the marshalled men is so effective as "You are fighting for your native land!" No man who hears this is willing to be a coward, for the name of native land makes even the dastard brave.

[1] This passage is full of allusions to the Odyssey. Ithaca, "rough, but good for breeding men" (9, 27), is not fit for horses (4, 601). Odysseus, the islander, who might have been happy, even immortal, with Circe (5, 135; 208), will not accept immortality, for his native land is dearer than all else to him (9, 27 ff.) and he longs to see the very smoke arising from it (1, 57).

OCTOGENARIANS

This treatise (evidently compiled in haste for a special occasion) cannot fairly be fathered on Lucian. It is valuable, however, as a document, and not uninteresting in spots.

ΜΑΚΡΟΒΙΟΙ

Ὄναρ τι τοῦτο, λαμπρότατε Κυίντιλλε, κελευ- 1
σθεὶς προσφέρω σοι δῶρον τοὺς μακροβίους,
πάλαι μὲν τὸ ὄναρ ἰδὼν καὶ ἱστορήσας τοῖς
φίλοις, ὅτε ἐτίθεσο τῷ δευτέρῳ σου παιδὶ τοὔ-
νομα· συμβαλεῖν δὲ οὐκ ἔχων τίνας ὁ θεὸς
κελεύει μοι προσφέρειν σοι τοὺς μακροβίους, τότε
μὲν εὐξάμην τοῖς θεοῖς ἐπὶ μήκιστον ὑμᾶς βιῶναι
σέ τε αὐτὸν καὶ παῖδας τοὺς σούς, τοῦτο συμ-
φέρειν νομίζων καὶ σύμπαντι μὲν τῷ τῶν ἀνθρώ-
πων γένει, πρὸ δὲ τῶν ἁπάντων αὐτῷ τε ἐμοὶ καὶ
πᾶσι τοῖς ἐμοῖς· καὶ γὰρ κἀμοί τι ἀγαθὸν ἐδόκει
προσημαίνειν ὁ θεός. σκεπτόμενος δὲ κατ' ἐμαυ- 2
τὸν εἰς ἔννοιαν[1] ἦλθον, εἰκὸς εἶναι τοὺς θεοὺς
ἀνδρὶ περὶ παιδείαν ἔχοντι ταῦτα προστάσσοντας
κελεύειν προσφέρειν σοι τῶν ἀπὸ τῆς τέχνης.
ταύτην οὖν αἰσιωτάτην νομίζων τὴν τῶν σῶν γενεθ-
λίων ἡμέραν δίδωμί σοι τοὺς ἱστορημένους εἰς μακ-
ρὸν γῆρας ἀφικέσθαι ἐν ὑγιαινούσῃ τῇ ψυχῇ καὶ
ὁλοκλήρῳ τῷ σώματι. καὶ γὰρ ἂν καὶ ὄφελος
γένοιτό τί σοι ἐκ τοῦ συγγράμματος διπλοῦν·
τὸ μὲν εὐθυμία τις καὶ ἐλπὶς ἀγαθὴ καὶ αὐτὸν ἐπὶ
μήκιστον δύνασθαι βιῶναι, τὸ δὲ διδασκαλία τις
ἐκ παραδειγμάτων, εἰ ἐπιγνοίης ὅτι οἱ μάλιστα
ἑαυτῶν ἐπιμέλειαν ποιησάμενοι κατά τε σῶμα

[1] ἔννοιαν Cobet: σύννοιαν MSS.

222

OCTOGENARIANS

At the behest of a dream, illustrious Quintillus, I make you a present of the "Octogenarians." I had the dream and told my friends of it long since, when you were christening your second child. At the time, however, not being able to understand what the god meant by commanding me to "present you the octogenarians," I merely offered a prayer that you and your children might live very long, thinking that this would benefit not only the whole human race but, more than anyone else, me in person and all my kin; for I too, it seemed, had a blessing predicted for me by the god. But as I thought the matter over by myself, I hit upon the idea that very likely in giving such an order to a literary man, the gods were commanding him to present you something from his profession. Therefore, on this your birthday, which I thought the most auspicious occasion, I give you the men who are related to have attained great age with a sound mind and a perfect body. Some profit may accrue to you from the treatise in two ways: on the one hand, encouragement and good hopes of being able to live long yourself, and on the other hand, instruction by examples, if you observe that it is the men who have paid most

καὶ κατὰ ψυχήν, οὗτοι δὴ εἰς μακρότατον γῆρας
ἦλθον σὺν ὑγιείᾳ παντελεῖ. Νέστορα μὲν οὖν 3
τὸν σοφώτατον τῶν Ἀχαιῶν ἐπὶ τρεῖς παρατεῖναι
γενεὰς Ὅμηρος λέγει, ὃν συνίστησιν ἡμῖν γεγυμ-
νασμένον ἄριστα καὶ ψυχῇ καὶ σώματι. καὶ
Τειρεσίαν δὲ τὸν μάντιν ἡ τραγῳδία μέχρις ἓξ
γενεῶν παρατεῖναι λέγει. πιθανὸν δ᾽ ἂν εἴη
ἄνδρα θεοῖς ἀνακείμενον καθαρωτέρᾳ διαίτῃ χρώ-
μενον¹ ἐπὶ μήκιστον βιῶναι. καὶ γένη δὲ ὅλα 4
μακρόβια ἱστορεῖται διὰ τὴν δίαιταν, ὥσπερ
Αἰγυπτίων οἱ καλούμενοι ἱερογραμματεῖς, Ἀσσυ-
ρίων δὲ καὶ Ἀράβων οἱ ἐξηγηταὶ τῶν μύθων,
Ἰνδῶν δὲ οἱ καλούμενοι Βραχμᾶνες, ἄνδρες
ἀκριβῶς φιλοσοφίᾳ σχολάζοντες, καὶ οἱ καλού-
μενοι δὲ μάγοι, γένος τοῦτο μαντικὸν καὶ θεοῖς
ἀνακείμενον παρά τε Πέρσαις καὶ Πάρθοις καὶ
Βάκτροις καὶ Χωρασμίοις καὶ Ἀρείοις καὶ Σάκαις
καὶ Μήδοις καὶ παρὰ πολλοῖς ἄλλοις βαρβάροις,
ἐρρωμένοι τέ εἰσι καὶ πολυχρόνιοι διὰ τὸ μαγεύειν
διαιτώμενοι καὶ αὐτοὶ ἀκριβέστερον. ἤδη δὲ 5
καὶ ἔθνη ὅλα μακροβιώτατα, ὥσπερ Σῆρας μὲν
ἱστοροῦσι μέχρι τριακοσίων ζῆν ἐτῶν, οἱ μὲν τῷ
ἀέρι, οἱ δὲ τῇ γῇ τὴν αἰτίαν τοῦ μακροῦ γήρως προσ-
τιθέντες, οἱ δὲ καὶ τῇ διαίτῃ· ὑδροποτεῖν γάρ φασι
τὸ ἔθνος τοῦτο σύμπαν. καὶ Ἀθῴτας δὲ μέχρι
τριάκοντα καὶ ἑκατὸν ἐτῶν βιοῦν ἱστορεῖται, καὶ
τοὺς Χαλδαίους ὑπὲρ τὰ ἑκατὸν ἔτη βιοῦν λόγος,
τούτους μὲν καὶ κριθίνῳ ἄρτῳ χρωμένους, ὡς
ὀξυδορκίας τοῦτο φάρμακον· οἷς γέ φασι διὰ τὴν
τοιαύτην δίαιταν καὶ τὰς ἄλλας αἰσθήσεις ὑπὲρ
τοὺς ἄλλους ἀνθρώπους ἐρρωμένας εἶναι.

¹ χρώμενον Madvig : χρώμενον τὸν Τειρησίαν MSS.

attention to body and mind that have reached an advanced age in full health. Nestor, you know, the wisest of the Achaeans, outlasted three generations, Homer says:[1] and he tells us that he was splendidly trained in mind and in body. Likewise Teiresias the seer outlasted six generations, tragedy says:[2] and one may well believe that a man consecrated to the gods, following a simpler diet, lives very long. Moreover, it is related that, owing to their diet, whole castes of men live long like the so-called scribes in Egypt, the story-tellers in Syria and Arabia, and the so-called Brahmins in India, men scrupulously attentive to philosophy. Also the so-called Magi, a prophetic caste consecrated to the gods, dwelling among the Persians, the Parthians, the Bactrians, the Chorasmians, the Arians, the Sacae, the Medes and many other barbarian peoples, are strong and long-lived, on account of practising magic, for they diet very scrupulously. Indeed, there are even whole nations that are very long-lived, like the Seres, who are said to live three hundred years: some attribute their old age to the climate, others to the soil and still others to their diet, for they say that this entire nation drinks nothing but water. The people of Athos are also said to live a hundred and thirty years, and it is reported that the Chaldeans live more than a hundred, using barley bread to preserve the sharpness of their eyesight. They say, too, that on account of this diet their other faculties are more vigorous than those of the rest of mankind.

[1] *Il.* 1, 250; *Odyss.* 3, 245.   [2] The source is unknown.

'Αλλὰ ταῦτα μὲν περί τε τῶν μακροβίων 6
γενῶν καὶ τῶν ἐθνῶν, ἅτινά φασιν ὡς ἐπὶ πλεῖ-
στον διαγίγνεσθαι χρόνον, οἱ μὲν διὰ τὴν γῆν καὶ
τὸν ἀέρα, οἱ δὲ διὰ τὴν δίαιταν, οἱ δὲ καὶ δι' ἄμφω.
ἐγὼ δ' ἄν σοι δικαίως τὴν ἐλπίδα ῥᾳδίαν [1]
παράσχοιμι ἱστορήσας ὅτι καὶ κατὰ πᾶσαν γῆν
καὶ κατὰ πάντα ἀέρα μακρόβιοι γεγόνασιν ἄνδρες
οἱ γυμνασίοις τοῖς προσήκουσιν καὶ διαίτῃ τῇ
ἐπιτηδειοτάτῃ πρὸς ὑγίειαν χρώμενοι. διαί- 7
ρεσιν δὲ τοῦ λόγου ποιήσομαι τὴν πρώτην κατὰ
τἀπιτηδεύματα τῶν ἀνδρῶν, καὶ πρώτους γέ σοι
τοὺς βασιλικοὺς καὶ τοὺς στρατηγικοὺς ἄνδρας
ἱστορήσω, ὧν ἕνα ἡ [2] εὐσεβεστάτη μεγάλου
θειοτάτου αὐτοκράτορος τύχη εἰς τὴν τελεωτάτην
ἀγαγοῦσα τάξιν εὐεργέτηκε τὰ μέγιστα τὴν
οἰκουμένην τὴν ἑαυτοῦ· οὕτω γὰρ ἂν ἀπιδὼν καὶ
σὺ τῶν μακροβίων ἀνδρῶν πρὸς τὸ ὅμοιον τῆς
ἕξεως καὶ τῆς τύχης ἑτοιμότερον ἐλπίσειας γῆρας
ὑγιεινὸν καὶ μακρὸν καὶ ἅμα ζηλώσας ἐργάσαιο
σαυτῷ τῇ διαίτῃ μέγιστόν τε ἅμα καὶ ὑγιεινότα-
τον βίον.

Πομπίλιος Νουμᾶς ὁ εὐδαιμονέστατος τῶν 8
Ῥωμαίων βασιλέων καὶ μάλιστα περὶ τὴν θερα-
πείαν τῶν θεῶν ἀσχοληθεὶς ὑπὲρ τὰ ὀγδοήκοντα
ἔτη βεβιωκέναι ἱστορεῖται. Σέρβιος δὲ Τούλλιος
Ῥωμαίων καὶ οὗτος βασιλεὺς ὑπὲρ τὰ ὀγδοήκοντα
ἔτη καὶ αὐτὸς βιῶσαι ἱστορεῖται. Ταρκύνιος δὲ
ὁ τελευταῖος Ῥωμαίων βασιλεὺς φυγαδευθεὶς καὶ

---

[1] ῥᾳδίαν Schwartz : ῥᾳδίως MSS.
[2] ἡ Marcilius, Maius : καὶ MSS.

But this must suffice in regard to the long-lived castes and nations who are said to exist for a very long period either on account of their soil and climate, or of their diet, or of both. I can fittingly show you that your good hopes are of easy attainment by recounting that on every soil and in every clime men who observe the proper exercise and the diet most suitable for health have been long-lived. I shall base the principal division of my treatise on their pursuits, and shall first tell you of the kings and the generals, one of whom the gracious dispensation of a great and godlike emperor has brought to the highest rank, thereby conferring a mighty boon upon the emperor's world.[1] In this way it will be possible for you, observing your similarity to these octogenarians in condition and fortune, to have better expectations of a healthy and protracted old age, and by imitating them in your way of living to make your life at once long and healthy in a high degree.

Numa Pompilius, most fortunate of the kings of Rome and most devoted to the worship of the gods, is said to have lived more than eighty years. Servius Tullius, also a king of Rome, is likewise related to have lived more than eighty years. Tarquinius, the last king of Rome, who was driven into exile

---

[1] The man is unknown : the emperor has been thought to be Antoninus Pius, Caracalla, and many another. The language, which suggests a period much later than Lucian, is so obscure that the meaning is doubtful.

ἐπὶ Κύμης διατρίβων ὑπὲρ τὰ ἐνενήκοντα ἔτη
λέγεται στερρότατα βιῶσαι. οὗτοι μὲν οὖν Ῥω- 9
μαίων βασιλεῖς, οἷς συνάψω καὶ τοὺς λοιποὺς
βασιλέας τοὺς εἰς μακρὸν γῆρας ἀφικομένους καὶ
μετ' αὐτοὺς κατὰ τὰ ἐπιτηδεύματα ἑκάστους. ἐπὶ
τέλει δέ σοι καὶ τοὺς λοιποὺς Ῥωμαίων τοὺς
εἰς μήκιστον γῆρας ἀφικομένους προσαναγράψω,
προσθεὶς ἅμα καὶ τοὺς κατὰ τὴν λοιπὴν Ἰταλίαν
ἐπὶ πλεῖστον βιώσαντας· ἀξιόλογος γὰρ ἔλεγχος
ἡ ἱστορία τῶν διαβάλλειν πειρωμένων τὸν ἐνταῦθα
ἀέρα, ὥστε καὶ ἡμᾶς χρηστοτέρας ἔχειν τὰς ἐλπί-
δας, τελείους ἡμῖν τὰς εὐχὰς ἔσεσθαι πρὸς τὸ εἰς
μήκιστόν τε καὶ λιπαρὸν τὸν πάσης γῆς καὶ
θαλάττης δεσπότην γῆρας ἀφικέσθαι, τῇ ἑαυτοῦ
οἰκουμένῃ διαρκέσοντα [1] ἤδη καὶ γέροντα.

Ἀργανθώνιος μὲν οὖν Ταρτησσίων βασιλεὺς 10
πεντήκοντα καὶ ἑκατὸν ἔτη βιῶναι λέγεται, ὡς
Ἡρόδοτος ὁ λογοποιὸς καὶ ὁ μελοποιὸς Ἀνακρέων·
ἀλλὰ τοῦτο μὲν μῦθός τισι δοκεῖ. Ἀγαθοκλῆς δὲ
ὁ Σικελίας τύραννος ἐτῶν ἐνενήκοντα ἐτελεύτα, [2]
καθάπερ Δημοχάρης καὶ Τίμαιος ἱστοροῦσιν.
Ἱέρων τε ὁ Συρακουσίων τύραννος δύο καὶ ἐνενή-
κοντα ἐτῶν γενόμενος ἐτελεύτα νόσῳ, βασιλεύσας
ἑβδομήκοντα ἔτη, ὥσπερ Δημήτριός τε ὁ Καλλα-
τιανὸς καὶ ἄλλοι λέγουσιν. Ἀτέας δὲ Σκυθῶν
βασιλεὺς μαχόμενος πρὸς Φίλιππον περὶ τὸν
Ἴστρον ποταμὸν ἔπεσεν ὑπὲρ τὰ ἐνενήκοντα ἔτη
γεγονώς. Βάρδυλις δὲ ὁ Ἰλλυριῶν βασιλεὺς ἀφ'

---

[1] διαρκέσοντα H, variant in B: βασιλεύοντα other MSS.
[2] Text Schwartz, and correction in Γ: ἐνενήκοντα πέντε
(i.e. ε̄) τελευτᾷ MSS.

and dwelt at Cumae, is said to have lived more than ninety years in the most sturdy health. These are the kings of Rome, to whom I shall join such other kings as have attained great age, and after them others arranged according to their various walks of life. In conclusion I shall record for you the other Romans who have attained the greatest age, adding also those who have lived longest in the rest of Italy. The list will be a competent refutation of those who attempt to malign our climate here; and so we may have better hopes for the fulfilment of our prayers that the lord of every land and sea may reach a great and peaceful age, sufficing unto the demands of his world even in advanced years.

Arganthonius, king of the Tartessians, lived a hundred and fifty years according to Herodotus the historian and Anacreon the song-writer,[1] but some consider this a fable. Agathocles, tyrant of Sicily, died at ninety, as Demochares and Timaeus[2] tell us. Hiero, tyrant of Syracuse, died of an illness at the age of ninety-two, after having been ruler for seventy years, as Demetrius of Callatia and others say. Ateas, king of the Scythians, fell in battle against Philip near the river Danube at an age of more than ninety years. Bardylis, king of the

[1] Our author did not verify his references. Herodotus (1, 163) says one hundred and twenty, Anacreon (*frg.* 8) one hundred and fifty.
[2] Timaeus, as quoted in Diodorus (21, 16, 5) said seventy-two.

ἵππου λέγεται μάχεσθαι ἐν τῷ πρὸς Φίλιππον
πολέμῳ εἰς ἐνενήκοντα τελῶν ἔτη. Τήρης δὲ
Ὀδρυσῶν βασιλεύς, καθά φησι Θεόπομπος, δύο
καὶ ἐνενήκοντα ἐτῶν ἐτελεύτησεν. Ἀντίγονος 11
δὲ ὁ Φιλίππου ὁ μονόφθαλμος βασιλεύων Μακε-
δόνων περὶ Φρυγίαν μαχόμενος Σελεύκῳ καὶ
Λυσιμάχῳ τραύμασι πολλοῖς περιπεσὼν ἐτελεύ-
τησεν ἐτῶν ἑνὸς καὶ ὀγδοήκοντα, ὥσπερ ὁ συστρα-
τευόμενος αὐτῷ Ἱερώνυμος ἱστορεῖ. καὶ Λυσίμαχος
δὲ Μακεδόνων βασιλεὺς ἐν τῇ πρὸς Σέλευκον
ἀπώλετο μάχῃ ἔτος ὀγδοηκοστὸν τελῶν, ὡς ὁ
αὐτός φησιν Ἱερώνυμος. Ἀντίγονος δέ, ὃς υἱὸς[1]
μὲν ἦν Δημητρίου, υἱωνὸς δὲ Ἀντιγόνου τοῦ μονοφ-
θάλμου, οὗτος τέσσαρα καὶ τεσσαράκοντα Μακε-
δόνων ἐβασίλευσεν ἔτη, ἐβίωσε δὲ ὀγδοήκοντα, ὡς
Μήδειός τε ἱστορεῖ καὶ ἄλλοι συγγραφεῖς. ὁμοίως
δὲ καὶ Ἀντίπατρος ὁ Ἰολάου μέγιστον δυνηθεὶς
καὶ ἐπιτροπεύσας πολλοὺς Μακεδόνων βασιλέας
ὑπὲρ τὰ ὀγδοήκοντα οὗτος ἔτη ζήσας ἐτελεύτα τὸν
βίον. Πτολεμαῖος δὲ ὁ Λάγου ὁ τῶν καθ᾽ 12
αὑτὸν εὐδαιμονέστατος βασιλέων Αἰγύπτου μὲν
ἐβασίλευσεν, τέσσαρα δὲ καὶ ὀγδοήκοντα βιώσας
ἔτη ζῶν παρέδωκεν τὴν ἀρχὴν πρὸ δύο ἐτοῖν τῆς
τελευτῆς Πτολεμαίῳ τῷ υἱῷ, Φιλαδέλφῳ δὲ
ἐπίκλησιν, ὅστις διεδέξατο τὴν πατρῴαν βασιλείαν
ἀδελφῶν....[2] Φιλέταιρος δὲ πρῶτος μὲν ἐκτήσατο
τὴν περὶ Πέργαμον ἀρχὴν καὶ κατέσχεν εὐνοῦχος
ὤν, κατέστρεψε δὲ τὸν βίον ὀγδοήκοντα ἐτῶν

---

[1] ὃς υἱὸς A.M.H.: υἱὸς MSS.
[2] Supply προτιμηθεὶς πρεσβυτέρων, or the like: see note
opposite.

Illyrians, is said to have fought on horseback in the war against Philip in his ninetieth year. Teres, king of the Odrysians, from what Theopompus says, died at ninety-two. Antigonus One-eye, son of Philip, and king of Macedonia, died in Phrygia in battle against Seleucus and Lysimachus, with many wounds, at eighty-one: so we are told by Hieronymus, who made the campaign with him. Lysimachus, king of Macedonia, also lost his life in the battle with Seleucus in his eightieth year, as the same Hieronymus says. There was also an Antigonus who was son of Demetrius and grandson of Antigonus One-eye: he was king of Macedonia for forty-four years and lived eighty, as Medeius and other writers say. So too Antipater, son of Iolaus, who had great power and was regent for many kings of Macedonia, was over eighty when he died. Ptolemy, son of Lagus, the most fortunate of the kings of his day, ruled over Egypt, and at the age of eighty-four, two years before his death, abdicated in favour of his son Ptolemy, called Philadelphus, who succeeded to his father's throne in lieu of his elder brothers.[1] Philetaerus, an eunuch, secured and kept the throne of Pergamus, and closed his life at

---

[1] At least one word, perhaps more than one, has fallen out of the Greek text. Schwartz would read ἀδελφὴν γαμῶν ("and married his sister"): my supplement is based on Justinus 16, 27: is (*i.e.* Ptolemy Soter) contra ius gentium minimo natu ex filiis ante infirmitatem regnum tradiderat, eiusque rei rationem populo reddiderat.

γενόμενος. Ἄτταλος δὲ ὁ ἐπικληθεὶς Φιλάδελφος,
τῶν Περγαμηνῶν καὶ οὗτος βασιλεύων, πρὸς ὃν
καὶ Σκιπίων Ῥωμαίων στρατηγὸς ἀφίκετο, δύο
καὶ ὀγδοήκοντα ἐτῶν ἐξέλιπε τὸν βίον. Μιθρι- 13
δάτης δὲ ὁ Πόντου βασιλεὺς ὁ προσαγορευθεὶς
Κτίστης Ἀντίγονον τὸν μονόφθαλμον φεύγων ἐπὶ
Πόντου ἐτελεύτησεν βιώσας ἔτη τέσσαρα καὶ
ὀγδοήκοντα, ὥσπερ Ἱερώνυμος ἱστορεῖ καὶ ἄλλοι
συγγραφεῖς. Ἀριαράθης δὲ ὁ Καππαδοκῶν
βασιλεὺς δύο μὲν καὶ ὀγδοήκοντα ἔζησεν ἔτη,
ὡς Ἱερώνυμος ἱστορεῖ· ἐδυνήθη δὲ ἴσως καὶ ἐπὶ
πλέον διαγενέσθαι, ἀλλ' ἐν τῇ πρὸς Περδίκκαν
μάχῃ ζωγρηθεὶς ἀνεσκολοπίσθη. Κῦρος δὲ ὁ 14
Περσῶν βασιλεὺς ὁ παλαιός, ὡς δηλοῦσιν οἱ
Περσῶν καὶ Ἀσσυρίων ὧροι, οἷς καὶ Ὀνησίκριτος ὁ
τὰ περὶ Ἀλέξανδρον συγγράψας συμφωνεῖν δοκεῖ,
ἑκατοντούτης γενόμενος ἐζήτει μὲν ἕνα ἕκαστον
τῶν φίλων, μαθὼν δὲ τοὺς πλείστους διεφθαρ-
μένους ὑπὸ Καμβύσου τοῦ υἱέος, καὶ φάσκον-
τος Καμβύσου κατὰ πρόσταγμα τὸ ἐκείνου ταῦτα
πεποιηκέναι, τὸ μέν τι πρὸς τὴν ὠμότητα τοῦ υἱοῦ
διαβληθείς, τὸ δέ τι ὡς παρανοοῦντα αὐτὸν αἰτια-
σάμενος ἀθυμήσας ἐτελεύτα τὸν βίον. Ἀρτα- 15
ξέρξης ὁ Μνήμων ἐπικληθείς, ἐφ' ὃν Κῦρος ὁ
ἀδελφὸς ἐστρατεύσατο, βασιλεύων ἐν Πέρσαις
ἐτελεύτησεν νόσῳ ἓξ καὶ ὀγδοήκοντα ἐτῶν γενό-
μενος, ὡς δὲ Δίνων ἱστορεῖ, τεσσάρων καὶ ἐνενή-
κοντα. Ἀρταξέρξης ἕτερος Περσῶν βασιλεύς, ὅν
φησιν ἐπὶ τῶν πατέρων τῶν ἑαυτοῦ Ἰσίδωρος ὁ
Χαρακηνὸς συγγραφεὺς βασιλεύειν, ἔτη τρία καὶ
ἐνενήκοντα βιοὺς ἐπιβουλῇ τἀδελφοῦ Γωσίθρου

eighty. Attalus, called Philadelphus, also king of Pergamus, to whom the Roman general Scipio paid a visit, ended his life at the age of eighty-two. Mithridates, king of Pontus, called the Founder, exiled by Antigonus One-eye, died in Pontus at eighty-four, as Hieronymus and other writers say. Ariarathēs, king of Cappadocia, lived eighty-two years, as Hieronymus says: perhaps he would have lived longer if he had not been captured in the battle with Perdiccas and crucified. Cyrus, king of the Persians in olden times, according to the Persian and Assyrian annals (with which Onesicritus, who wrote a history of Alexander, seems to agree) at the age of a hundred asked for all his friends by name and learned that most of them had been put to death by his son Cambyses. When Cambyses asserted that he had done this by order of Cyrus, he died of a broken heart, partly because he had been slandered for his son's cruelty, partly because he accused himself of being feeble-minded. Artaxerxes, called the Unforgetting, against whom Cyrus, his brother, made the expedition, was king of Persia when he died of illness at the age of eighty-six (according to Dinon ninety-four). Another Artaxerxes, king of Persia, who, Isidore the Characene historian says, occupied the throne in the time of Isidore's fathers, was assassinated at the age of ninety-three through the machinations of his brother Gosithras. Sinatroces,

ἐδολοφονήθη. Σινατρόκης δὲ ὁ Παρθναίων βα-
σιλεὺς ἔτος ὀγδοηκοστὸν ἤδη γεγονὼς ὑπὸ Σα-
καυράκων Σκυθῶν καταχθεὶς βασιλεύειν ἤρξατο
καὶ ἐβασίλευσεν ἔτη ἑπτά. Τιγράνης δὲ ὁ
Ἀρμενίων βασιλεύς, πρὸς ὃν Λούκουλλος ἐπο-
λέμησεν, πέντε καὶ ὀγδοήκοντα ἐτῶν ἐτελεύτα
νόσῳ. Ὑσπαυσίνης δὲ ὁ Χάρηκος καὶ τῶν   16
κατ᾽ Ἐρυθρὰν θάλασσαν τόπων βασιλεὺς πέντε
καὶ ὀγδοήκοντα ἐτῶν νοσήσας ἐτελεύτησεν.
Τίραιος δὲ ὁ μεθ᾽ Ὑσπαυσίνην τρίτος βασιλεύσας
δύο καὶ ἐνενήκοντα βιοὺς ἔτη [1] ἐτελεύτα νόσῳ.
Ἀρτάβαζος δὲ ὁ μετὰ Τίραιον ἕβδομος βασιλεύσας
Χάρακος ἓξ καὶ ὀγδοήκοντα ἐτῶν καταχθεὶς ὑπὸ
Πάρθων ἐβασίλευσε. Καμνασκίρης δὲ βασιλεὺς
Παρθναίων ἓξ καὶ ἐνενήκοντα ἔζησεν ἔτη. Μασ-   17
σινίσσας δὲ Μαυρουσίων βασιλεὺς ἐνενήκοντα
ἐβίωσεν ἔτη. Ἄσανδρος δὲ ὁ ὑπὸ τοῦ θεοῦ
Σεβαστοῦ ἀντὶ ἐθνάρχου βασιλεὺς ἀναγορευθεὶς
Βοσπόρου περὶ ἔτη ὢν ἐνενήκοντα ἱππομαχῶν καὶ
πεζομαχῶν οὐδενὸς ἥττων ἐφάνη· ὡς δὲ ἑώρα τοὺς
ἑαυτοῦ ὑπὸ τὴν μάχην [2] Σκριβωνίῳ προστιθεμένους
ἀποσχόμενος σιτίων ἐτελεύτησεν βιοὺς ἔτη τρία
καὶ ἐνενήκοντα· Γοαισὸς δέ, ὥς φησιν Ἰσίδωρος ὁ
Χαρακηνός, ἐπὶ τῆς ἑαυτοῦ ἡλικίας Ὁμάνων τῆς
ἀρωματοφόρου βασιλεύσας πεντεκαίδεκα καὶ ἑκα-
τὸν γεγονὼς ἐτῶν ἐτελεύτησεν νόσῳ.

Βασιλέας μὲν οὖν τοσούτους ἱστορήκασι μακρο-
βίους οἱ πρὸ ἡμῶν. ἐπεὶ δὲ καὶ φιλόσοφοι   18
καὶ πάντες οἱ περὶ παιδείαν ἔχοντες, ἐπιμέλειάν
πως καὶ οὗτοι ποιούμενοι ἑαυτῶν, εἰς μακρὸν

---

[1] ἔτη Schwartz : not in MSS.
[2] τοὺς ἑαυτοῦ ὑπὸ τὴν μάχην Guyet : τοὺς ὑπὸ τῇ μάχῃ MSS.

king of Parthia, was restored to his country in his
eightieth year by the Sacauracian Scyths, assumed
the throne and held it seven years. Tigranes, king
of Armenia, with whom Lucullus warred, died of
illness at the age of eighty-five. Hyspausines, king
of Charax and the country on the Red Sea, fell
ill and died at eighty-five. Tiraeus, the second
successor of Hyspausines on the throne, died of
illness at the age of ninety-two. Artabazus, the
sixth successor of Tiraeus on the throne of Charax,
was reinstated by the Parthians and became king
at the age of eighty-six. Camnascires, king of the
Parthians, lived ninety-six years. Massinissa, king
of the Moors, lived ninety years. Asandrus, who,
after being ethnarch, was proclaimed king of Bos-
porus by the divine Augustus, at about ninety years
proved himself a match for anyone in fighting from
horseback or on foot ; but when he saw his subjects
going over to Scribonius on the eve of battle, he
starved himself to death at the age of ninety-three.
According to Isidore the Characene, Goaesus, who
was king of spice-bearing Omania in Isidore's time,
died of illness at one hundred and fifteen years.

These are the kings who have been recorded as
long-lived by our predecessors. Since philosophers
and literary men in general, doubtless because they too
take good care of themselves, have attained old age,

γῆρας ἦλθον, ἀναγράψομεν καὶ τούτων τοὺς
ἱστορημένους, καὶ πρώτους γε φιλοσόφους. Δη-
μόκριτος μὲν Ἀβδηρίτης ἐτῶν γεγονὼς τεσσάρων
καὶ ἑκατὸν ἀποσχόμενος τροφῆς ἐτελεύτα. Ξενό-
φιλος δὲ ὁ μουσικός, ὥς φησιν Ἀριστόξενος,
προσσχὼν τῇ Πυθαγόρου φιλοσοφίᾳ ὑπὲρ τὰ
πέντε καὶ ἑκατὸν ἔτη Ἀθήνησιν ἐβίωσεν. Σόλων
δὲ καὶ Θαλῆς καὶ Πιττακός, οἵτινες τῶν κληθέν-
των ἑπτὰ σοφῶν ἐγένοντο, ἑκατὸν ἕκαστος ἔζη-
σεν ἔτη, Ζήνων δὲ ὁ τῆς Στωϊκῆς φιλοσοφίας 19
ἀρχηγὸς ὀκτὼ καὶ ἐνενήκοντα· ὅν φασιν
εἰσερχόμενον εἰς τὴν ἐκκλησίαν καὶ προσπταί-
σαντα ἀναφθέγξασθαι, Τί με βοᾷς; καὶ ὑποστρέ-
ψαντα οἴκαδε καὶ ἀποσχόμενον τροφῆς τελευ-
τῆσαι τὸν βίον. Κλεάνθης δὲ ὁ Ζήνωνος μαθητὴς
καὶ διάδοχος ἐννέα καὶ ἐνενήκοντα οὗτος γεγονὼς
ἔτη φῦμα ἔσχεν ἐπὶ τοῦ χείλους καὶ ἀποκαρτερῶν
ἐπελθόντων αὐτῷ παρ' ἑταίρων τινῶν γραμμάτων
προσενεγκάμενος τροφὴν καὶ πράξας περὶ ὧν
ἠξίουν οἱ φίλοι, ἀποσχόμενος αὖθις τροφῆς ἐξέ-
λιπε τὸν βίον. Ξενοφάνης δὲ ὁ Δεξίνου μὲν 20
υἱός, Ἀρχελάου δὲ τοῦ φυσικοῦ μαθητὴς ἐβίωσεν
ἔτη ἓν καὶ ἐνενήκοντα· Ξενοκράτης δὲ Πλάτωνος
μαθητὴς γενόμενος τέσσαρα καὶ ὀγδοήκοντα·
Καρνεάδης δὲ ὁ τῆς νεωτέρας Ἀκαδημίας ἀρχηγὸς
ἔτη πέντε καὶ ὀγδοήκοντα· Χρύσιππος ἓν καὶ
ὀγδοήκοντα· Διογένης δὲ ὁ Σελευκεὺς ἀπὸ Τίγριος
Στωϊκὸς φιλόσοφος ὀκτὼ καὶ ὀγδοήκοντα· Ποσει-
δώνιος Ἀπαμεὺς τῆς Συρίας, νόμῳ δὲ Ῥόδιος,

I shall put down those whom there is record of, beginning with the philosophers. Democritus of Abdera starved himself to death at the age of one hundred and four. Xenophilus the musician, we are told by Aristoxenus, adopted the philosophical system of Pythagoras, and lived in Athens more than one hundred and five years. Solon, Thales, and Pittacus, who were of the so-called seven wise men, each lived a hundred years, and Zeno, the head of the Stoic school, ninety-eight. They say that when Zeno stumbled in entering the assembly, he cried out: " Why do you call me? "[1] and then, returning home, starved himself to death. Cleanthes, the pupil and successor of Zeno, was ninety-nine when he got a tumour on his lip. He was fasting when letters from certain of his friends arrived, but he had food brought him, did what his friends had requested, and then fasted anew until he passed away. Xenophanes, son of Dexinus and disciple of Archelaus the physicist, lived ninety-one years; Xenocrates, the disciple of Plato, eighty-four; Carneades, the head of the New Academy, eighty-five; Chrysippus, eighty-one; Diogenes of Seleucia on the Tigris, a Stoic philosopher, eighty-eight; Posidonius of Apameia in Syria, naturalised in Rhodes,

[1] Addressed to Pluto. According to Diogenes Laertius 7, 28 he said ἔρχομαι· τί μ' αὔεις; ("I come: why din it in my ears?"), a quotation from a play called Niobe (Nauck, *Trag. Gr. Fragm.* p. 51).

φιλόσοφός τε ἅμα καὶ ἱστορίας συγγραφεὺς τέσ-
σαρα καὶ ὀγδοήκοντα· Κριτόλαος ὁ Περιπατη-
τικὸς ὑπὲρ δύο καὶ ὀγδοήκοντα. Πλάτων δὲ 21
ὁ ἱερώτατος ἓν καὶ ὀγδοήκοντα. Ἀθηνόδωρος
Σάνδωνος Ταρσεὺς Στωϊκός, ὃς καὶ διδάσκαλος
ἐγένετο Καίσαρος Σεβαστοῦ θεοῦ, ὑφ᾽ οὗ ἡ
Ταρσέων πόλις καὶ φόρων ἐκουφίσθη, δύο καὶ
ὀγδοήκοντα ἔτη βιοὺς ἐτελεύτησεν ἐν τῇ πατ-
ρίδι, καὶ τιμὰς ὁ Ταρσέων δῆμος αὐτῷ κατ᾽
ἔτος ἕκαστον ἀπονέμει ὡς ἥρωι. Νέστωρ δὲ
Στωϊκὸς ἀπὸ Ταρσοῦ διδάσκαλος Καίσαρος
Τιβερίου ἔτη δύο καὶ ἐνενήκοντα· Ξενοφῶν δὲ
ὁ Γρύλλου ὑπὲρ τὰ ἐνενήκοντα ἐβίωσεν ἔτη.
οὗτοι μὲν φιλοσόφων οἱ ἔνδοξοι. 22

Συγγραφέων δὲ Κτησίβιος μὲν ἐτῶν ἑκατὸν καὶ
τεσσάρων[1] ἐν περιπάτῳ ἐτελεύτησεν, ὡς Ἀπολλό-
δωρος ἐν τοῖς χρονικοῖς ἱστορεῖ. Ἱερώνυμος δὲ ἐν
πολέμοις γενόμενος καὶ πολλοὺς καμάτους ὑπομεί-
νας καὶ τραύματα ἔζησεν ἔτη τέσσαρα καὶ ἑκατόν,
ὡς Ἀγαθαρχίδης ἐν τῇ ἐνάτῃ τῶν περὶ τῆς Ἀσίας
ἱστοριῶν λέγει, καὶ θαυμάζει γε τὸν ἄνδρα ὡς
μέχρι τῆς τελευταίας ἡμέρας ἄρτιον ὄντα ἐν ταῖς
συνουσίαις καὶ πᾶσι τοῖς αἰσθητηρίοις, μηδενὸς
γενόμενον τῶν πρὸς ὑγίειαν ἐλλιπῆ. Ἑλλάνικος
ὁ Λέσβιος ὀγδοήκοντα καὶ πέντε, καὶ Φερεκύδης
ὁ Σύριος ὁμοίως ὀγδοήκοντα καὶ πέντε. Τίμαιος
ὁ Ταυρομενίτης ἓξ καὶ ἐνενήκοντα· Ἀριστόβουλος
δὲ ὁ Κασανδρεὺς ὑπὲρ τὰ ἐνενήκοντα ἔτη λέγεται
βεβιωκέναι, τὴν ἱστορίαν δὲ τέταρτον καὶ ὀγδοη-
κοστὸν ἔτος γεγονὼς ἤρξατο συγγράφειν, ὡς

---

[1] Text Belin : ρκδ (a misreading of ρκ´δ) MSS.

who was at once a philosopher and a historian, eighty-four; Critolaus, the Peripatetic, more than eighty-two : Plato the divine, eighty-one. Athenodorus, son of Sando, of Tarsus, a Stoic, tutor of Caesar Augustus the divine, through whose influence the city of Tarsus was relieved of taxation, died in his native land at the age of eighty-two, and the people of Tarsus pay him honour each year as a hero. Nestor, the Stoic from Tarsus, the tutor of Tiberius Caesar, lived ninety-two years, and Xenophon, son of Gryllus, more than ninety.[1] These are the noteworthy philosophers.

Of the historians, Ctesibius died at the age of one hundred and four while taking a walk, according to Apollodorus in his Chronology. Hieronymus, who went to war and stood much toil and many wounds, lived one hundred and four years, as Agatharchides says in the ninth book of his History of Asia ; and he expresses his amazement at the man, because up to his last day he was still vigorous in his marital relations and in all his faculties, lacking none of the symptoms of health. Hellanicus of Lesbos was eighty-five, Pherecydes the Syrian eighty-five also, Timaeus of Tauromenium ninety-six. Aristobulus of Cassandria is said to have lived more than ninety years. He began to write his history in his eighty-fourth year, for he says so himself in the beginning of

[1] Not infrequently classed as a philosopher ; cf. Quintilian 10, 1, 81 ff.

αὐτὸς ἐν ἀρχῇ τῆς πραγματείας λέγει. Πολύβιος δὲ ὁ Λυκόρτα Μεγαλοπολίτης ἀγρόθεν ἀνελθὼν ἀφ' ἵππου κατέπεσεν καὶ ἐκ τούτου νοσήσας ἀπέθανεν ἐτῶν δύο καὶ ὀγδοήκοντα, Ὑψικράτης δὲ ὁ Ἀμισηνὸς συγγραφεὺς διὰ πολλῶν μαθημάτων γενόμενος ἔτη δύο καὶ ἐνενήκοντα.

Ῥητόρων δὲ Γοργίας, ὅν τινες σοφιστὴν 23 καλοῦσιν, ἔτη ρη̄· τροφῆς δὲ ἀποσχόμενος ἐτελεύτησεν· ὅν φασιν ἐρωτηθέντα τὴν αἰτίαν τοῦ μακροῦ γήρως καὶ ὑγιεινοῦ ἐν πάσαις ταῖς αἰσθήσεσιν εἰπεῖν, διὰ τὸ μηδέποτε συμπεριενεχθῆναι ταῖς ἄλλων εὐωχίαις. Ἰσοκράτης ἓξ καὶ ἐνενήκοντα ἔτη γεγονὼς τὸν πανηγυρικὸν ἔγραφε λόγον, περὶ ἔτη δὲ ἑνὸς ἀποδέοντα ἑκατὸν γεγονὼς ὡς ἤσθετο Ἀθηναίους ὑπὸ Φιλίππου ἐν τῇ περὶ Χαιρώνειαν μάχῃ νενικημένους, ποτνιώμενος τὸν Εὐριπίδειον στίχον προηνέγκατο εἰς ἑαυτὸν ἀναφέρων,

Σιδώνιόν ποτ' ἄστυ Κάδμος ἐκλιπών·

καὶ ἐπειπὼν ὡς δουλεύσει ἡ Ἑλλάς, ἐξέλιπε τὸν βίον. Ἀπολλόδωρος δὲ ὁ Περγαμηνὸς ῥήτωρ, θεοῦ Καίσαρος Σεβαστοῦ διδάσκαλος γενόμενος καὶ σὺν Ἀθηνοδώρῳ τῷ Ταρσεῖ φιλοσόφῳ παιδεύσας αὐτόν, ἔζησεν ταὐτὰ τῷ Ἀθηνοδώρῳ ἔτη ὀγδοήκοντα δύο. Ποτάμων δὲ οὐκ ἄδοξος ῥήτωρ ἔτη ἐνενήκοντα.

Σοφοκλῆς ὁ τραγῳδοποιὸς ῥᾶγα σταφυλῆς 24 καταπιὼν ἀπεπνίγη πέντε καὶ ἐνενήκοντα ζήσας ἔτη. οὗτος ὑπὸ Ἰοφῶντος τοῦ υἱέος ἐπὶ τέλει

the work. Polybius, son of Lycortas, of Megalopolis, while coming in from his farm to the city, was thrown from his horse, fell ill as a result of it, and died at eighty-two. Hypsicrates of Amisenum, the historian, who mastered many sciences, lived to be ninety-two.

Of the orators, Gorgias, whom some call a sophist, lived to be one hundred and eight, and starved himself to death. They say that when he was asked the reason for his great age, sound in all his faculties, he replied that he had never accepted other people's invitations to dinner! Isocrates wrote his Panegyric at ninety-six; and at the age of ninety-nine, when he learned that the Athenians had been beaten by Philip in the battle of Chaeronea, he groaned and uttered the Euripidean line

" When Cadmus, long agone, quit Sidon town," [1]

alluding to himself; then, adding, " Greece will lose her liberty," he quitted life. Apollodorus, the Pergamene rhetorician who was tutor to Caesar Augustus the divine and helped Athenodorus, the philosopher of Tarsus, to educate him, lived eighty-two years, like Athenodorus. Potamo, a rhetorician of considerable repute, lived ninety years.

Sophocles the tragedian swallowed a grape and choked to death at ninety-five. Brought to trial by his son Iophon toward the close of his life on a charge

[1] From the prologue of the lost play *Phrixus* (*frg.* 816 Nauck).

τοῦ βίου παρανοίας κρινόμενος ἀνέγνω τοῖς δικασ-
ταῖς Οἰδίπουν τὸν ἐπὶ Κολωνῷ, ἐπιδεικνύμενος διὰ
τοῦ δράματος ὅπως τὸν νοῦν ὑγιαίνει, ὡς τοὺς
δικαστὰς τὸν μὲν ὑπερθαυμάσαι, καταψηφίσασθαι
δὲ τοῦ υἱοῦ αὐτοῦ μανίαν. Κρατῖνος δὲ ὁ τῆς   25
κωμῳδίας ποιητὴς ἑπτὰ[1] πρὸς τοῖς ἐνενήκοντα
ἔτεσιν ἐβίωσε, καὶ πρὸς τῷ τέλει τοῦ βίου διδάξας
τὴν Πυτίνην καὶ νικήσας μετ' οὐ πολὺ ἐτελεύτα.
καὶ Φιλήμων δὲ ὁ κωμικός,[2] ὁμοίως τῷ Κρατίνῳ
ἑπτὰ καὶ ἐνενήκοντα ἔτη βιούς, κατέκειτο μὲν ἐπὶ
κλίνης ἠρεμῶν, θεασάμενος δὲ ὄνον τὰ παρεσκευα-
σμένα αὐτῷ σῦκα κατεσθίοντα ὥρμησε μὲν εἰς
γέλωτα, καλέσας δὲ τὸν οἰκέτην καὶ σὺν πολλῷ
καὶ ἀθρόῳ γέλωτι εἰπὼν προσδοῦναι τῷ ὄνῳ
ἀκράτου ῥοφεῖν ἀποπνιγεὶς ὑπὸ τοῦ γέλωτος
ἀπέθανεν. καὶ Ἐπίχαρμος δὲ ὁ τῆς κωμῳδίας
ποιητὴς καὶ αὐτὸς ἐνενήκοντα καὶ ἑπτὰ ἔτη
λέγεται βιῶναι. Ἀνακρέων δὲ ὁ τῶν μελῶν   26
ποιητὴς ἔζησεν ἔτη πέντε καὶ ὀγδοήκοντα, καὶ
Στησίχορος δὲ ὁ μελοποιὸς ταὐτά, Σιμωνίδης δὲ
ὁ Κεῖος ὑπὲρ τὰ ἐνενήκοντα.

Γραμματικῶν δὲ Ἐρατοσθένης μὲν ὁ Ἀγ-   27
λαοῦ Κυρηναῖος, ὃν οὐ μόνον γραμματικόν, ἀλλὰ
καὶ ποιητὴν ἄν τις ὀνομάσειεν καὶ φιλόσοφον
καὶ γεωμέτρην, δύο καὶ ὀγδοήκοντα οὗτος ἔζησεν
ἔτη. καὶ Λυκοῦργος δὲ ὁ νομοθέτης τῶν Λακεδαι-   28
μονίων πέντε καὶ ὀγδοήκοντα ἔτη ζῆσαι ἱστορεῖται.

---

[1] ἑπτὰ N, vulg.: τέσσαρα other MSS., Schwartz.
[2] ὁ κωμικὸς MSS.: κωμικὸς Schwartz.

of feeble-mindedness, he read the jurors his Oedipus at Colonus, proving by the play that he was sound of mind, so that the jury applauded him to the echo and convicted the son himself of insanity. Cratinus, the comic poet, lived ninety-seven years, and toward the end of his life he produced " The Flask" and won the prize, dying not long thereafter. Philemon, the comic poet, was ninety-seven like Cratinus, and was lying on a couch resting. When he saw a donkey eating the figs that had been prepared for his own consumption, he burst into a fit of laughter; calling his servant and telling him, along with a great and hearty laugh, to give the donkey also a sup of wine, he choked with his laughter and died.[1] Epicharmus, the comic poet, is also said to have lived ninety-seven years. Anacreon, the lyric poet, lived eighty-five years; Stesichorus, the lyric poet, the same, and Simonides of Ceos more than ninety.

Of the grammarians, Eratosthenes, son of Aglaus, of Cyrene, who was not only a grammarian but might also be called a poet, a philosopher and a geometrician, lived eighty-two years. Lycurgus, the Spartan lawgiver, is said to have lived eighty-five years.

[1] The same story is told of Chrysippus (Diog. Laert. 7 185).

243

Τοσούτους ἐδυνήθημεν βασιλέας καὶ πεπαι- 29
δευμένους ἀθροῖσαι· ἐπεὶ δὲ ὑπεσχόμην καὶ
Ῥωμαίων τινὰς καὶ τῶν τὴν Ἰταλίαν οἰκησάντων
μακροβίων ἀναγράψαι, τούτους σοι, θεῶν βουλο-
μένων, ἱερώτατε Κυίντιλλε, ἐν ἄλλῳ δηλώσομεν
λόγῳ.

OCTOGENARIANS

These are the kings and the literary men whose names I have been able to collect. As I have promised to record some of the Romans and the Italians who were octogenarians, I will set them forth for you, saintly Quintillus, in another treatise, if it be the will of the gods.

A TRUE STORY

It is unfortunate that we cannot enjoy the full bouquet of this good wine because so many of the works which Lucian parodies here are lost. The little that remains of his originals has been gathered by A. Stengel (*De Luciani Veris Historiis*, Berlin 1911, from whom I cite as much as space permits).

ΑΛΗΘΩΝ ΔΙΗΓΗΜΑΤΩΝ[1]

[ΛΟΓΟΣ ΠΡΩΤΟΣ]

Ὥσπερ τοῖς ἀθλητικοῖς καὶ περὶ τὴν τῶν 1
σωμάτων ἐπιμέλειαν ἀσχολουμένοις[2] οὐ τῆς εὐεξίας
μόνον οὐδὲ τῶν γυμνασίων φροντίς ἐστιν, ἀλλὰ
καὶ τῆς κατὰ καιρὸν γινομένης ἀνέσεως—μέρος
γοῦν τῆς ἀσκήσεως τὸ μέγιστον αὐτὴν ὑπολαμβά-
νουσιν—οὕτω δὴ καὶ τοῖς περὶ τοὺς λόγους ἐσπου-
δακόσιν ἡγοῦμαι προσήκειν μετὰ τὴν πολλὴν τῶν
σπουδαιοτέρων ἀνάγνωσιν ἀνιέναι τε τὴν διάνοιαν
καὶ πρὸς τὸν ἔπειτα κάματον ἀκμαιοτέραν παρα-
σκευάζειν. γένοιτο δ᾽ ἂν ἐμμελὴς ἡ ἀνάπαυσις 2
αὐτοῖς, εἰ τοῖς τοιούτοις τῶν ἀναγνωσμάτων ὁμι-
λοῖεν, ἃ μὴ μόνον ἐκ τοῦ ἀστείου τε καὶ χαρίεντος
ψιλὴν παρέξει τὴν ψυχαγωγίαν, ἀλλά τινα καὶ
θεωρίαν οὐκ ἄμουσον ἐπιδείξεται, οἷόν τι καὶ περὶ
τῶνδε τῶν συγγραμμάτων αὐτοὺς[3] φρονήσειν ὑπο-
λαμβάνω· οὐ γὰρ μόνον τὸ ξένον τῆς ὑποθέσεως
οὐδὲ τὸ χαρίεν τῆς προαιρέσεως ἐπαγωγὸν ἔσται
αὐτοῖς οὐδ᾽ ὅτι ψεύσματα ποικίλα πιθανῶς τε καὶ
ἐναλήθως ἐξενηνόχαμεν, ἀλλ᾽ ὅτι καὶ τῶν ἱστορου-
μένων ἕκαστον οὐκ ἀκωμῳδήτως ᾔνικται πρός τινας

---

[1] So the best MSS. (though some have ἀληθινῶν) and
Photius (cod. 166, 1 a). Ἀληθοῦς Ἱστορίας vulg.
[2] ἀσχολουμένοις Γ, Nilén : ἠσκημένοις other MSS.
[3] αὐτοὺς Schwartz : not in MSS.

A TRUE STORY

BOOK I

Men interested in athletics and in the care of their bodies think not only of condition and exercise but also of relaxation in season; in fact, they consider this the principal part of training. In like manner students, I think, after much reading of serious works may profitably relax their minds and put them in better trim for future labour. It would be appropriate recreation for them if they were to take up the sort of reading that, instead of affording just pure amusement based on wit and humour, also boasts a little food for thought that the Muses would not altogether spurn; and I think they will consider the present work something of the kind. They will find it enticing not only for the novelty of its subject, for the humour of its plan and because I tell all kinds of lies in a plausible and specious way, but also because everything in my story is a more or less comical parody of one or

τῶν παλαιῶν ποιητῶν τε καὶ συγγραφέων καὶ φι-
λοσόφων πολλὰ τεράστια καὶ μυθώδη συγγεγρα-
φότων,[1] οὓς καὶ ὀνομαστὶ ἂν ἔγραφον, εἰ μὴ καὶ
αὐτῷ σοι ἐκ τῆς ἀναγνώσεως φανεῖσθαι ἔμελλον
* * *[2] Κτησίας ὁ Κτησιόχου ὁ Κνίδιος, ὃς   3
συνέγραψεν περὶ τῆς Ἰνδῶν χώρας καὶ τῶν παρ'
αὐτοῖς ἃ μήτε αὐτὸς εἶδεν μήτε ἄλλου ἀληθεύοντος
ἤκουσεν. ἔγραψε δὲ καὶ Ἰαμβοῦλος περὶ τῶν ἐν
τῇ μεγάλῃ θαλάττῃ πολλὰ παράδοξα, γνώριμον
μὲν ἅπασι τὸ ψεῦδος πλασάμενος, οὐκ ἀτερπῆ δὲ
ὅμως συνθεὶς τὴν ὑπόθεσιν. πολλοὶ δὲ καὶ ἄλλοι
τὰ αὐτὰ τούτοις προελόμενοι συνέγραψαν ὡς δή
τινας ἑαυτῶν πλάνας τε καὶ ἀποδημίας, θηρίων τε
μεγέθη ἱστοροῦντες καὶ ἀνθρώπων ὠμότητας καὶ
βίων καινότητας· ἀρχηγὸς δὲ αὐτοῖς καὶ διδάσκα-
λος τῆς τοιαύτης βωμολοχίας ὁ τοῦ Ὁμήρου
Ὀδυσσεύς, τοῖς περὶ τὸν Ἀλκίνουν διηγούμενος
ἀνέμων τε δουλείαν καὶ μονοφθάλμους καὶ ὠμο-
φάγους καὶ ἀγρίους τινὰς ἀνθρώπους, ἔτι δὲ
πολυκέφαλα ζῷα καὶ τὰς ὑπὸ φαρμάκων τῶν
ἑταίρων μεταβολάς, οἷα πολλὰ ἐκεῖνος πρὸς
ἰδιώτας ἀνθρώπους τοὺς Φαίακας ἐτερατεύσατο.
τούτοις οὖν ἐντυχὼν ἅπασιν, τοῦ ψεύσασθαι   4
μὲν οὐ σφόδρα τοὺς ἄνδρας ἐμεμψάμην, ὁρῶν ἤδη
σύνηθες ὂν τοῦτο καὶ τοῖς φιλοσοφεῖν ὑπισχνου-
μένοις· ἐκεῖνο δὲ αὐτῶν ἐθαύμασα, εἰ ἐνόμιζον
λήσειν οὐκ ἀληθῆ συγγράφοντες. διόπερ καὶ
αὐτὸς ὑπὸ κενοδοξίας ἀπολιπεῖν τι σπουδάσας

---

[1] συγγεγραφότων Γ, Ω.: συγγεγραφότας Z.
[2] Supply οἷον (Bekker), or the like.

another of the poets, historians and philosophers of
old, who have written much that smacks of miracles
and fables. I would cite them by name, were it
not that you yourself will recognise them from
your reading. One of them is Ctesias, son of
Ctesiochus, of Cnidos, who wrote a great deal about
India and its characteristics that he had never seen
himself nor heard from anyone else with a reputation
for truthfulness. Iambulus also wrote much that
was strange about the countries in the great sea : he
made up a falsehood that is patent to everybody, but
wrote a story that is not uninteresting for all that.[1]
Many others, with the same intent, have written about
imaginary travels and journeys of theirs, telling of
huge beasts, cruel men and strange ways of living.
Their guide and instructor in this sort of charlatanry
is Homer's Odysseus, who tells Alcinous and his
court about winds in bondage, one-eyed men, canni-
bals and savages ; also about animals with many
heads, and transformations of his comrades wrought
with drugs. This stuff, and much more like it, is
what our friend humbugged the illiterate Phaeacians
with ! Well, on reading all these authors, I did
not find much fault with them for their lying, as I
saw that this was already a common practice even
among men who profess philosophy.[2] I did wonder,
though, that they thought that they could write un-
truths and not get caught at it. Therefore, as I myself,
thanks to my vanity, was eager to hand something

[1] The writings of Ctesias and Iambulus are lost ; also those
of Antonius Diogenes, whose story, *On the Wonders beyond
Thule*, was according to Photius (*Bibb.*, cod. 166, 111 b) the
fountain-head of Lucian's tale.

[2] A slap at Plato's Republic (x. 614 A *seq.*), as the scholiast
says.

τοῖς μεθ᾽ ἡμᾶς, ἵνα μὴ μόνος ἄμοιρος ὦ τῆς ἐν τῷ
μυθολογεῖν ἐλευθερίας, ἐπεὶ μηδὲν ἀληθὲς ἱστορεῖν
εἶχον—οὐδὲν γὰρ ἐπεπόνθειν ἀξιόλογον—ἐπὶ τὸ
ψεῦδος ἐτραπόμην πολὺ τῶν ἄλλων εὐγνωμονέ-
στερον· κἂν ἓν γὰρ δὴ τοῦτο ἀληθεύσω λέγων ὅτι
ψεύδομαι. οὕτω δ᾽ ἄν μοι δοκῶ καὶ τὴν παρὰ
τῶν ἄλλων κατηγορίαν ἐκφυγεῖν αὐτὸς ὁμολογῶν
μηδὲν ἀληθὲς λέγειν. γράφω τοίνυν περὶ ὧν
μήτε εἶδον μήτε ἔπαθον μήτε παρ᾽ ἄλλων ἐπυ-
θόμην, ἔτι δὲ μήτε ὅλως ὄντων μήτε τὴν ἀρχὴν
γενέσθαι δυναμένων. διὸ δεῖ τοὺς ἐντυγχάνοντας
μηδαμῶς πιστεύειν αὐτοῖς.

Ὁρμηθεὶς γάρ ποτε ἀπὸ Ἡρακλείων στηλῶν 5
καὶ ἀφεὶς εἰς τὸν ἑσπέριον ὠκεανὸν οὐρίῳ ἀνέμῳ
τὸν πλοῦν ἐποιούμην. αἰτία δέ μοι τῆς ἀποδημίας
καὶ ὑπόθεσις ἡ τῆς διανοίας περιεργία καὶ πραγμά-
των καινῶν ἐπιθυμία καὶ τὸ βούλεσθαι μαθεῖν τί
τὸ τέλος ἐστὶν τοῦ ὠκεανοῦ καὶ τίνες οἱ πέραν
κατοικοῦντες ἄνθρωποι. τούτου γέ τοι ἕνεκα
πάμπολλα μὲν σιτία ἐνεβαλόμην, ἱκανὸν δὲ καὶ
ὕδωρ ἐνεθέμην, πεντήκοντα δὲ τῶν ἡλικιωτῶν
προσεποιησάμην τὴν αὐτὴν ἐμοὶ γνώμην ἔχοντας,
ἔτι δὲ καὶ ὅπλων πολύ τι πλῆθος παρεσκευασάμην
καὶ κυβερνήτην τὸν ἄριστον μισθῷ μεγάλῳ πείσας
παρέλαβον καὶ τὴν ναῦν—ἄκατος δὲ ἦν—ὡς πρὸς
μέγαν καὶ βίαιον πλοῦν ἐκρατυνάμην. ἡμέραν 6
οὖν καὶ νύκτα οὐρίῳ πλέοντες ἔτι τῆς γῆς
ὑποφαινομένης οὐ σφόδρα βιαίως ἀνηγόμεθα, τῆς
ἐπιούσης δὲ ἅμα ἡλίῳ ἀνίσχοντι ὅ τε ἄνεμος

down to posterity, that I might not be the only one excluded from the privileges of poetic licence, and as I had nothing true to tell, not having had any adventures of significance, I took to lying. But my lying is far more honest than theirs, for though I tell the truth in nothing else, I shall at least be truthful in saying that I am a liar. I think I can escape the censure of the world by my own admission that I am not telling a word of truth. Be it understood, then, that I am writing about things which I have neither seen nor had to do with nor learned from others—which, in fact, do not exist at all and, in the nature of things, cannot exist.[1] Therefore my readers should on no account believe in them.

Once upon a time, setting out from the Pillars of Hercules and heading for the western ocean with a fair wind, I went a-voyaging. The motive and purpose of my journey lay in my intellectual activity and desire for adventure, and in my wish to find out what the end of the ocean was, and who the people were that lived on the other side. On this account I put aboard a good store of provisions, stowed water enough, enlisted in the venture fifty of my acquaintances who were like-minded with myself, got together also a great quantity of arms, shipped the best sailing-master to be had at a big inducement, and put my boat—she was a pinnace—in trim for a long and difficult voyage. Well, for a day and a night we sailed before the wind without making very much offing, as land was still dimly in sight; but at sunrise on the second day the wind freshened, the

---

[1] Compare the protestations of Ctesias and of Antonius Diogenes (Phot. cod. 72, 49-50; 166, 109 b).

ἐπεδίδου καὶ τὸ κῦμα ηὐξάνετο καὶ ζόφος ἐπεγίνετο
καὶ οὐκέτ᾽ οὐδὲ στεῖλαι τὴν ὀθόνην δυνατὸν ἦν.
ἐπιτρέψαντες οὖν τῷ πνέοντι καὶ παραδόντες
ἑαυτοὺς ἐχειμαζόμεθα ἡμέρας ἐννέα καὶ ἑβδομή-
κοντα, τῇ ὀγδοηκοστῇ δὲ ἄφνω ἐκλάμψαντος ἡλίου
καθορῶμεν οὐ πόρρω νῆσον ὑψηλὴν καὶ δασεῖαν,
οὐ τραχεῖ περιηχουμένην τῷ κύματι· καὶ γὰρ ἤδη
τὸ πολὺ τῆς ζάλης κατεπαύετο.

Προσσχόντες οὖν καὶ ἀποβάντες ὡς ἂν ἐκ
μακρᾶς ταλαιπωρίας πολὺν μὲν χρόνον ἐπὶ γῆς
ἐκείμεθα, διαναστάντες δὲ ὅμως ἀπεκρίναμεν
ἡμῶν αὐτῶν τριάκοντα μὲν φύλακας τῆς νεὼς
παραμένειν, εἴκοσι δὲ σὺν ἐμοὶ ἀνελθεῖν ἐπὶ
κατασκοπῇ τῶν ἐν τῇ νήσῳ. προελθόντες δὲ 7
ὅσον σταδίους τρεῖς ἀπὸ τῆς θαλάσσης δι᾽ ὕλης
ὁρῶμέν τινα στήλην χαλκοῦ πεποιημένην, Ἑλλη-
νικοῖς γράμμασιν καταγεγραμμένην, ἀμυδροῖς δὲ
καὶ ἐκτετριμμένοις, λέγουσαν Ἄχρι τούτων Ἡρα-
κλῆς καὶ Διόνυσος ἀφίκοντο. ἦν δὲ καὶ ἴχνη δύο
πλησίον ἐπὶ πέτρας, τὸ μὲν πλεθριαῖον, τὸ δὲ
ἔλαττον—ἐμοὶ δοκεῖν, τὸ μὲν τοῦ Διονύσου, τὸ
μικρότερον, θάτερον δὲ Ἡρακλέους. προσκυνή-
σαντες δ᾽ οὖν προῇμεν· οὔπω δὲ πολὺ παρῇμεν
καὶ ἐφιστάμεθα ποταμῷ οἶνον ῥέοντι ὁμοιότατον
μάλιστα οἷόσπερ ὁ Χῖός ἐστιν. ἄφθονον δὲ ἦν τὸ
ῥεῦμα καὶ πολύ, ὥστε ἐνιαχοῦ καὶ ναυσίπορον
εἶναι δύνασθαι. ἐπῄει οὖν ἡμῖν πολὺ μᾶλλον
πιστεύειν τῷ ἐπὶ τῆς στήλης ἐπιγράμματι, ὁρῶσι
τὰ σημεῖα τῆς Διονύσου ἐπιδημίας. δόξαν δέ μοι

sea rose, darkness came on, and before we knew it we
could no longer even get our canvas in. Committing
ourselves to the gale and giving up, we drove for
seventy-nine days. On the eightieth day, however,
the sun came out suddenly and at no great distance
we saw a high, wooded island ringed about with
sounding surf, which, however, was not rough, as
already the worst of the storm was abating.[1]

Putting in and going ashore, we lay on the ground
for some time in consequence of our long misery, but
finally we arose and told off thirty of our number to
stay and guard the ship and twenty to go inland with
me and look over the island. When we had gone
forward through the wood about three furlongs from
the sea, we saw a slab of bronze, inscribed with
Greek letters, faint and obliterated, which said : " To
this point came Hercules and Dionysus." There
were also two footprints in the rock close by, one of
which was a hundred feet long, the other less—to
my thinking, the smaller one was left by Dionysus,
the other by Hercules.[2] We did obeisance and
went on, but had not gone far when we came upon a
river of wine, just as like as could be to Chian.[3] The
stream was large and full, so that in places it was
actually navigable. Thus we could not help having
much greater faith in the inscription on the slab,
seeing the evidence of Dionysus' visit. I resolved

[1] This paragraph is based on Iambulus (Diod. 2. 55).
[2] Cf. Herod. 4, 82 ; a footprint of Hercules, two cubits
long.   [3] Cf. Ctesias (Phot. cod. 72, 46 a).

καὶ ὅθεν ἄρχεται ὁ ποταμὸς καταμαθεῖν, ἀνῄειν παρὰ τὸ ῥεῦμα, καὶ πηγὴν μὲν οὐδεμίαν εὗρον αὐτοῦ, πολλὰς δὲ καὶ μεγάλας ἀμπέλους, πλήρεις βοτρύων, παρὰ δὲ τὴν ῥίζαν ἑκάστην ἀπέρρει σταγὼν οἴνου διαυγοῦς, ἀφ' ὧν ἐγίνετο ὁ ποταμός. ἦν δὲ καὶ ἰχθῦς ἐν αὐτῷ πολλοὺς ἰδεῖν, οἴνῳ μάλιστα καὶ τὴν χρόαν καὶ τὴν γεῦσιν προσεοικό-τας· ἡμεῖς γοῦν ἀγρεύσαντες αὐτῶν τινας καὶ ἐμφαγόντες ἐμεθύσθημεν· ἀμέλει καὶ ἀνατεμόντες αὐτοὺς εὑρίσκομεν τρυγὸς μεστούς. ὕστερον μέν-τοι ἐπινοήσαντες τοὺς ἄλλους ἰχθῦς τοὺς ἀπὸ τοῦ ὕδατος παραμιγνύντες ἐκεράννυμεν τὸ σφοδρὸν τῆς οἰνοφαγίας.

Τότε δὲ τὸν ποταμὸν διαπεράσαντες ᾗ δια- 8
βατὸς ἦν, εὕρομεν ἀμπέλων χρῆμα τεράστιον· τὸ
μὲν γὰρ ἀπὸ τῆς γῆς, ὁ στέλεχος αὐτὸς εὐερνὴς
καὶ παχύς, τὸ δὲ ἄνω γυναῖκες ἦσαν, ὅσον ἐκ τῶν
λαγόνων ἅπαντα ἔχουσαι τέλεια—τοιαύτην παρ'
ἡμῖν τὴν Δάφνην γράφουσιν ἄρτι τοῦ Ἀπόλλωνος
καταλαμβάνοντος ἀποδενδρουμένην. ἀπὸ δὲ τῶν
δακτύλων ἄκρων ἐξεφύοντο αὐταῖς οἱ κλάδοι καὶ
μεστοὶ ἦσαν βοτρύων. καὶ μὴν καὶ τὰς κεφαλὰς
ἐκόμων ἕλιξί τε καὶ φύλλοις καὶ βότρυσι. προσ-
ελθόντας δὲ ἡμᾶς ἠσπάζοντό τε καὶ ἐδεξιοῦντο,
αἱ μὲν Λύδιον, αἱ δ' Ἰνδικήν, αἱ πλεῖσται δὲ τὴν
Ἑλλάδα φωνὴν προϊέμεναι. καὶ ἐφίλουν δὲ ἡμᾶς
τοῖς στόμασιν· ὁ δὲ φιληθεὶς αὐτίκα ἐμέθυεν καὶ
παράφορος ἦν. δρέπεσθαι μέντοι οὐ παρεῖχον
τοῦ καρποῦ, ἀλλ' ἤλγουν καὶ ἐβόων ἀποσπωμένου.
αἱ δὲ καὶ μίγνυσθαι ἡμῖν ἐπεθύμουν· καὶ δύο τινὲς
τῶν ἑταίρων πλησιάσαντες αὐταῖς οὐκέτι ἀπελύ-
οντο, ἀλλ' ἐκ τῶν αἰδοίων ἐδέδεντο· συνεφύοντο

to find out where the river took its rise, and
went up along the stream. What I found was
not a source, but a number of large grapevines,
full of clusters; beside the root of each flowed a
spring of clear wine, and the springs gave rise to the
river. There were many fish to be seen in it, very
similar to wine in colour and in taste. In fact, on
catching and eating some of them, we became drunk,
and when we cut into them we found them full
of lees, of course. Later on, we bethought ourselves
to mix with them the other kind of fish, those from
the water, and so temper the strength of our edible
wine.

Next, after crossing the river at a place where
it was fordable, we found something wonderful in
grapevines. The part which came out of the ground,
the trunk itself, was stout and well-grown, but the
upper part was in each case a woman, entirely per-
fect from the waist up. They were like our pictures
of Daphne turning into a tree when Apollo is just
catching her. Out of their finger-tips grew the
branches, and they were full of grapes. Actually,
the hair of their heads was tendrils and leaves and
clusters! When we came up, they welcomed and
greeted us, some of them speaking Lydian, some
Indian, but the most part Greek. They even kissed
us on the lips, and everyone that was kissed at once
became reeling drunk. They did not suffer us, how-
ever, to gather any of the fruit, but cried out in pain
when it was plucked. Some of them actually wanted
us to embrace them, and two of my comrades com-
plied, but could not get away again. They were
held fast by the part which had touched them, for it

γὰρ καὶ συνερριζοῦντο. καὶ ἤδη αὐτοῖς κλάδοι
ἐπεφύκεσαν οἱ δάκτυλοι, καὶ ταῖς ἕλιξι περι-
πλεκόμενοι ὅσον οὐδέπω καὶ αὐτοὶ καρποφορήσειν
ἔμελλον. καταλιπόντες δὲ αὐτοὺς ἐπὶ ναῦν ἐφεύ- 9
γομεν καὶ τοῖς ἀπολειφθεῖσιν διηγούμεθα ἐλθόντες
τά τε ἄλλα καὶ τῶν ἑταίρων τὴν ἀμπελομιξίαν.
καὶ δὴ λαβόντες ἀμφορέας τινὰς καὶ ὑδρευσάμενοί
τε ἅμα καὶ ἐκ τοῦ ποταμοῦ οἰνισάμενοι καὶ αὐτοῦ
πλησίον ἐπὶ τῆς ᾐόνος αὐλισάμενοι ἕωθεν ἀνήχθη-
μεν οὐ σφόδρα βιαίῳ πνεύματι.

Περὶ μεσημβρίαν δὲ οὐκέτι τῆς νήσου φαινο-
μένης ἄφνω τυφὼν ἐπιγενόμενος καὶ περιδινήσας
τὴν ναῦν καὶ μετεωρίσας ὅσον ἐπὶ σταδίους τρια-
κοσίους οὐκέτι καθῆκεν εἰς τὸ πέλαγος, ἀλλ᾽ ἄνω
μετέωρον ἐξηρτημένην ἄνεμος ἐμπεσὼν τοῖς ἱστίοις
ἔφερεν κολπώσας τὴν ὀθόνην. ἑπτὰ δὲ ἡμέρας 10
καὶ τὰς ἴσας νύκτας ἀεροδρομήσαντες, ὀγδόῃ
καθορῶμεν γῆν τινα μεγάλην ἐν τῷ ἀέρι καθάπερ
νῆσον, λαμπρὰν καὶ σφαιροειδῆ καὶ φωτὶ μεγάλῳ
καταλαμπομένην· προσενεχθέντες δὲ αὐτῇ καὶ
ὁρμισάμενοι ἀπέβημεν, ἐπισκοποῦντες δὲ τὴν
χώραν εὑρίσκομεν οἰκουμένην τε καὶ γεωργουμένην.
ἡμέρας μὲν οὖν οὐδὲν αὐτόθεν καθεωρῶμεν, νυκτὸς
δὲ ἐπιγενομένης ἐφαίνοντο ἡμῖν καὶ ἄλλαι πολλαὶ
νῆσοι πλησίον, αἱ μὲν μείζους, αἱ δὲ μικρότεραι,
πυρὶ τὴν χροιὰν προσεοικυῖαι, καὶ ἄλλη δέ τις γῆ
κάτω, καὶ πόλεις ἐν αὐτῇ καὶ ποταμοὺς ἔχουσα
καὶ πελάγη καὶ ὕλας καὶ ὄρη. ταύτην οὖν τὴν
καθ᾽ ἡμᾶς οἰκουμένην εἰκάζομεν.

Δόξαν δὲ ἡμῖν καὶ ἔτι πορρωτέρω προελθεῖν, 11
συνελήφθημεν τοῖς Ἱππογύποις παρ᾽ αὐτοῖς καλου-
μένοις ἀπαντήσαντες. οἱ δὲ Ἱππόγυποι οὗτοί εἰσιν

had grown in and struck root. Already branches had grown from their fingers, tendrils entwined them, and they were on the point of bearing fruit like the others any minute. Leaving them in the lurch, we made off to the boat, and on getting there, told the men we had left behind about everything, including the affair of our comrades with the vines. Then, taking jars, we furnished ourselves not only with water but with wine from the river, encamped for the night on the beach close by, and at daybreak put to sea with a moderate breeze.

About noon, when the island was no longer in sight, a whirlwind suddenly arose, spun the boat about, raised her into the air about three hundred furlongs and did not let her down into the sea again; but while she was hung up aloft a wind struck her sails and drove her ahead with bellying canvas. For seven days and seven nights we sailed the air, and on the eighth day we saw a great country in it, resembling an island, bright and round and shining with a great light. Running in there and anchoring, we went ashore, and on investigating found that the land was inhabited and cultivated. By day nothing was in sight from the place, but as night came on we began to see many other islands hard by, some larger, some smaller, and they were like fire in colour. We also saw another country below, with cities in it and rivers and seas and forests and mountains. This we inferred to be our own world.

We determined to go still further inland, but we met what they call the Vulture Dragoons, and were arrested. These are men riding on large

ἄνδρες ἐπὶ γυπῶν μεγάλων ὀχούμενοι καὶ καθάπερ
ἵπποις τοῖς ὀρνέοις χρώμενοι· μεγάλοι γὰρ οἱ
γῦπες καὶ ὡς ἐπίπαν τρικέφαλοι. μάθοι δ᾽ ἄν τις
τὸ μέγεθος αὐτῶν ἐντεῦθεν· νεὼς γὰρ μεγάλης
φορτίδος ἱστοῦ ἕκαστον τῶν πτερῶν μακρότερον
καὶ παχύτερον φέρουσι. τούτοις οὖν τοῖς Ἱπ-
πογύποις προστέτακται περιπετομένοις τὴν γῆν,
εἴ τις εὑρεθείη ξένος, ἀνάγειν ὡς τὸν βασιλέα·
καὶ δὴ καὶ ἡμᾶς συλλαβόντες ἀνάγουσιν ὡς αὐτόν.
ὁ δὲ θεασάμενος καὶ ἀπὸ τῆς στολῆς εἰκάσας,
"Ἕλληνες ἄρα, ἔφη, ὑμεῖς, ὦ ξένοι; συμφησάντων
δέ, Πῶς οὖν ἀφίκεσθε, ἔφη, τοσοῦτον ἀέρα διελ-
θόντες; καὶ ἡμεῖς τὸ πᾶν αὐτῷ διηγούμεθα· καὶ
ὃς ἀρξάμενος τὸ καθ᾽ αὑτὸν ἡμῖν διεξῄει, ὡς καὶ
αὐτὸς ἄνθρωπος ὢν τοὔνομα Ἐνδυμίων ἀπὸ τῆς
ἡμετέρας γῆς καθεύδων ἀναρπασθείη ποτὲ καὶ
ἀφικόμενος βασιλεύσειε τῆς χώρας· εἶναι δὲ τὴν
γῆν ἐκείνην ἔλεγε τὴν ἡμῖν κάτω φαινομένην
σελήνην. ἀλλὰ θαρρεῖν τε παρεκελεύετο καὶ
μηδένα κίνδυνον ὑφορᾶσθαι· πάντα γὰρ ἡμῖν
παρέσεσθαι ὧν δεόμεθα. Ἢν δὲ καὶ κατορ- 12
θώσω, ἔφη, τὸν πόλεμον ὃν ἐκφέρω νῦν πρὸς τοὺς
τὸν ἥλιον κατοικοῦντας, ἁπάντων εὐδαιμονέστατα
παρ᾽ ἐμοὶ καταβιώσεσθε. καὶ ἡμεῖς ἠρόμεθα τίνες
εἶεν οἱ πολέμιοι καὶ τὴν αἰτίαν τῆς διαφορᾶς·
Ὁ δὲ Φαέθων, φησίν, ὁ τῶν ἐν τῷ ἡλίῳ κατοι-
κούντων βασιλεύς—οἰκεῖται γὰρ δὴ κἀκεῖνος

vultures and using the birds for horses. The
vultures are large and for the most part have
three heads : you can judge of their size from the
fact that the mast of a large merchantman is not
so long or so thick as the smallest of the quills they
have.[1] The Vulture Dragoons are commissioned to
fly about the country and bring before the king any
stranger they may find, so of course they arrested us
and brought us before him. When he had looked us
over and drawn his conclusions from our clothes, he
said : " Then you are Greeks, are you, strangers ? "
and when we assented, " Well, how did you get here,
with so much air to cross ? " We told him all, and
he began and told us about himself : that he too was
a human being, Endymion by name, who had once
been ravished from our country in his sleep, and on
coming there had been made king of the land. He
said that his country was the moon that shines down
on us.[2] He urged us to take heart, however, and
suspect no danger, for we should have everything
that we required. " And if I succeed," said he,
" in the war which I am now making on the people
of the sun, you shall lead the happiest of lives with
me." We asked who the enemy were, and what the
quarrel was about. " Phaethon," said he, " the king
of the inhabitants of the sun—for it is inhabited,[3]

[1] Cf. *Odyss.* 9, 322 f.

[2] The story of Antonius Diogenes included a description of
a trip to the moon (Phot. 111 a). Compare also Lucian's
own *Icaromenippus.*

[3] Cf. Lactantius 3, 23, 41 : "Seneca says that there have
been Stoics who raised the question of ascribing to the sun
a population of its own."

ὥσπερ καὶ ἡ σελήνη — πολὺν ἤδη πρὸς ἡμᾶς
πολεμεῖ χρόνον. ἤρξατο δὲ ἐξ αἰτίας τοιαύτης·
τῶν ἐν τῇ ἀρχῇ τῇ ἐμῇ ποτε τοὺς ἀπορωτάτους
συναγαγὼν ἐβουλήθην ἀποικίαν ἐς τὸν Ἑωσφόρον
στεῖλαι, ὄντα ἔρημον καὶ ὑπὸ μηδενὸς κατοι-
κούμενον· ὁ τοίνυν Φαέθων φθονήσας ἐκώλυσε
τὴν ἀποικίαν κατὰ μέσον τὸν πόρον ἀπαντήσας
ἐπὶ τῶν Ἱππομυρμήκων. τότε μὲν οὖν νικη-
θέντες — οὐ γὰρ ἦμεν ἀντίπαλοι τῇ παρασκευῇ —
ἀνεχωρήσαμεν· νῦν δὲ βούλομαι αὖθις ἐξενεγκεῖν
τὸν πόλεμον καὶ ἀποστεῖλαι τὴν ἀποικίαν. ἢν οὖν
ἐθέλητε, κοινωνήσατέ μοι τοῦ στόλου, γῦπας δὲ
ὑμῖν ἐγὼ παρέξω τῶν βασιλικῶν ἕνα ἑκάστῳ καὶ
τὴν ἄλλην ὅπλισιν· αὔριον δὲ ποιησόμεθα τὴν
ἔξοδον. Οὕτως, ἔφην ἐγώ, γιγνέσθω, ἐπειδή σοι
δοκεῖ.

Τότε μὲν οὖν παρ᾽ αὐτῷ ἑστιαθέντες ἐμείναμεν, 13
ἔωθεν δὲ διαναστάντες ἐτασσόμεθα· καὶ γὰρ
οἱ σκοποὶ ἐσήμαινον πλησίον εἶναι τοὺς πολε-
μίους. τὸ μὲν οὖν πλῆθος τῆς στρατιᾶς δέκα
μυριάδες ἐγένοντο ἄνευ τῶν σκευοφόρων καὶ τῶν
μηχανοποιῶν καὶ τῶν πεζῶν καὶ τῶν ξένων
συμμάχων· τούτων δὲ ὀκτακισμύριοι μὲν ἦσαν
οἱ Ἱππόγυποι, δισμύριοι δὲ οἱ ἐπὶ τῶν Λαχα-
νοπτέρων. ὄρνεον δὲ καὶ τοῦτό ἐστι μέγιστον,
ἀντὶ τῶν πτερῶν λαχάνοις πάντη λάσιον, τὰ
δὲ ὠκύπτερα ἔχει θριδακίνης φύλλοις μάλιστα
προσεοικότα. ἐπὶ δὲ τούτοις οἱ Κεγχροβόλοι
ἐτετάχατο καὶ οἱ Σκοροδομάχοι. ἦλθον δὲ
αὐτῷ καὶ ἀπὸ τῆς ἄρκτου σύμμαχοι, τρισμύριοι
μὲν Ψυλλοτοξόται, πεντακισμύριοι δὲ Ἀνεμο-
δρόμοι· τούτων δὲ οἱ μὲν Ψυλλοτοξόται ἐπὶ

you know, as well as the moon—has been at war with us for a long time now. It began in this way. Once upon a time I gathered together the poorest people in my kingdom and undertook to plant a colony on the Morning Star, which was empty and uninhabited. Phaethon out of jealousy thwarted the colonisation, meeting us half-way at the head of his Ant Dragoons. At that time we were beaten, for we were not a match for them in strength, and we retreated : now, however, I desire to make war again and plant the colony. If you wish, then, you may take part with me in the expedition and I will give each of you one of my royal vultures and a complete outfit. We shall take the field to-morrow." "Very well," said I, "since you think it best."

That night we stopped there as his guests, but at daybreak we arose and took our posts, for the scouts signalled that the enemy was near. The number of our army was a hundred thousand, apart from the porters, the engineers, the infantry and the foreign allies ; of this total, eighty thousand were Vulture Dragoons and twenty thousand Grassplume-riders. The Grassplume is also a very large bird, which instead of plumage is all shaggy with grass and has wings very like lettuce-leaves. Next to these the Millet-shooters and the Garlic-fighters were posted. Endymion also had allies who came from the Great Bear—thirty thousand Flea-archers and fifty thousand Volplaneurs. The Flea-archers ride on great fleas,

ψυλλῶν μεγάλων ἱππάζονται, ὅθεν καὶ τὴν
προσηγορίαν ἔχουσιν· μέγεθος δὲ τῶν ψυλλῶν
ὅσον δώδεκα ἐλέφαντες· οἱ δὲ Ἀνεμοδρόμοι πεζοὶ
μέν εἰσιν, φέρονται δὲ ἐν τῷ ἀέρι ἄνευ πτερῶν· ὁ
δὲ τρόπος τῆς φορᾶς τοιόσδε. χιτῶνας ποδήρεις
ὑπεζωσμένοι κολπώσαντες αὐτοὺς τῷ ἀνέμῳ
καθάπερ ἱστία φέρονται ὥσπερ τὰ σκάφη. τὰ
πολλὰ δ᾽ οἱ τοιοῦτοι ἐν ταῖς μάχαις πελτασταί
εἰσιν. ἐλέγοντο δὲ καὶ ἀπὸ τῶν ὑπὲρ τὴν Καπ-
παδοκίαν ἀστέρων ἥξειν Στρουθοβάλανοι μὲν
ἑπτακισμύριοι, Ἱππογέρανοι δὲ πεντακισχίλιοι.
τούτους ἐγὼ οὐκ ἐθεασάμην· οὐ γὰρ ἀφίκοντο.
διόπερ οὐδὲ γράψαι τὰς φύσεις αὐτῶν ἐτόλμησα·
τεράστια γὰρ καὶ ἄπιστα περὶ αὐτῶν ἐλέγετο.

Αὕτη μὲν ἡ τοῦ Ἐνδυμίωνος δύναμις ἦν. .. 14
σκευὴ δὲ πάντων ἡ αὐτή· κράνη μὲν ἀπὸ τῶν
κυάμων, μεγάλοι γὰρ παρ᾽ αὐτοῖς οἱ κύαμοι καὶ
καρτεροί· θώρακες δὲ φολιδωτοὶ πάντες θέρμινοι,
τὰ γὰρ λέπη τῶν θέρμων συρράπτοντες ποιοῦνται
θώρακας, ἄρρηκτον δὲ ἐκεῖ γίνεται τοῦ θέρμου τὸ
λέπος ὥσπερ κέρας· ἀσπίδες δὲ καὶ ξίφη οἷα 15
τὰ Ἑλληνικά. ἐπειδὴ δὲ καιρὸς ἦν, ἐτάξαντο ὧδε·
τὸ μὲν δεξιὸν κέρας εἶχον οἱ Ἱππόγυποι καὶ ὁ
βασιλεὺς τοὺς ἀρίστους περὶ αὐτὸν ἔχων· καὶ
ἡμεῖς ἐν τούτοις ἦμεν· τὸ δὲ εὐώνυμον οἱ Λαχα-
νόπτεροι· τὸ μέσον δὲ οἱ σύμμαχοι ὡς ἑκάστοις
ἐδόκει. τὸ δὲ πεζὸν ἦσαν μὲν ἀμφὶ τὰς ἐξακισ-
χιλίας μυριάδας, ἐτάχθησαν δὲ οὕτως. ἀράχναι
παρ᾽ αὐτοῖς πολλοὶ καὶ μεγάλοι γίνονται, πολὺ
τῶν Κυκλάδων νήσων ἕκαστος μείζων. τούτοις

from which they get their name; the fleas are as large as twelve elephants. The Volplaneurs are infantry, to be sure, but they fly in the air without wings. As to the manner of their flight, they pull their long tunics up through their girdles, let the baggy folds fill with wind as if they were sails, and are carried along like boats. For the most part they serve as light infantry in battle. It was said, too, that the stars over Cappadocia would send seventy thousand Sparrowcorns and five thousand Crane Dragoons. I did not get a look at them, as they did not come, so I have not ventured to write about their characteristics, for the stories about them were wonderful and incredible.[1]

These were the forces of Endymion. They all had the same equipment—helmets of beans (their beans are large and tough); scale-corselets of lupines (they sew together the skins of lupines to make the corselets, and in that country the skin of the lupine is unbreakable, like horn); shields and swords of the Greek pattern. When the time came, they took position thus; on the right wing, the Vulture Dragoons and the king, with the bravest about him (we were among them); on the left, the Grassplumes; in the centre, the allies, in whatever formation they liked. The infantry came to about sixty million, and was deployed as follows. Spiders in that country are numerous and large, all of them far larger than the Cyclades islands. They were

[1] Compare the reticence of Herodotus (1, 193), Thucydides (3, 113, 6), and Tacitus (*Germ.* 46).

προσέταξεν διυφῆναι τὸν μεταξὺ τῆς σελήνης καὶ
τοῦ Ἑωσφόρου ἀέρα. ὡς δὲ τάχιστα ἐξειργά-
σαντο καὶ πεδίον ἐποίησαν, ἐπὶ τούτου παρέταξε
τὸ πεζόν· ἡγεῖτο δὲ αὐτῶν Νυκτερίων ὁ Εὐδιά-
νακτος τρίτος αὐτός.

Τῶν δὲ πολεμίων τὸ μὲν εὐώνυμον εἶχον οἱ   16
Ἱππομύρμηκες καὶ ὁ ἐν αὐτοῖς Φαέθων· θηρία
δέ ἐστι μέγιστα, ὑπόπτερα, τοῖς παρ᾽ ἡμῖν
μύρμηξι προσεοικότα πλὴν τοῦ μεγέθους· ὁ
γὰρ μέγιστος αὐτῶν καὶ δίπλεθρος ἦν. ἐμά-
χοντο δὲ οὐ μόνον οἱ ἐπ᾽ αὐτῶν, ἀλλὰ καὶ
αὐτοὶ μάλιστα τοῖς κέρασιν· ἐλέγοντο δὲ οὗτοι
εἶναι ἀμφὶ τὰς πέντε μυριάδας. ἐπὶ δὲ τοῦ δεξιοῦ
αὐτῶν ἐτάχθησαν οἱ Ἀεροκώνωπες, ὄντες καὶ
οὗτοι ἀμφὶ τὰς πέντε μυριάδας, πάντες τοξόται
κώνωψι μεγάλοις ἐποχούμενοι· μετὰ δὲ τούτους
οἱ Ἀεροκόρδακες, ψιλοί τε ὄντες καὶ πεζοί, πλὴν
μάχιμοί γε καὶ οὗτοι· πόρρωθεν γὰρ ἐσφενδόνων
ῥαφανῖδας ὑπερμεγέθεις, καὶ ὁ βληθεὶς οὐδ᾽ ἐπ᾽ ὀλί-
γον [1] ἀντέχειν ἐδύνατο, ἀπέθνησκε δέ, καὶ δυσωδίας
τινὸς τῷ τραύματι ἐγγινομένης· ἐλέγοντο δὲ
χρίειν τὰ βέλη μαλάχης ἰῷ. ἐχόμενοι δὲ αὐτῶν
ἐτάχθησαν οἱ Καυλομύκητες, ὁπλῖται ὄντες καὶ
ἀγχέμαχοι, τὸ πλῆθος μύριοι· ἐκλήθησαν δὲ Καυλο-
μύκητες, ὅτι ἀσπίσι μὲν μυκητίναις ἐχρῶντο,
δόρασι δὲ καυλίνοις τοῖς ἀπὸ τῶν ἀσπαράγων.
πλησίον δὲ αὐτῶν οἱ Κυνοβάλανοι ἔστησαν,
οὓς ἔπεμψαν αὐτῷ οἱ τὸν Σείριον κατοικοῦντες,
πεντακισχίλιοι, ἄνδρες [2] κυνοπρόσωποι ἐπὶ βαλά-

---

[1] ἐπ᾽ ὀλίγον Nilén : ὀλίγον Γ.
[2] ἄνδρες Nilén : καὶ οὗτοι ἄνδρες MSS.

commissioned by the king to span the air between the Moon and the Morning Star with a web, and as soon as they had finished and had made a plain, he deployed his infantry on it. Their leaders were Owlett son of Fairweather, and two others.

As to the enemy, on the left were the Ant Dragoons, with whom was Phaethon. They are very large beasts with wings, like the ants that we have, except in size : the largest one was two hundred feet long.[1] They themselves fought, as well as their riders, and made especially good use of their feelers. They were said to number about fifty thousand. On their right were posted the Sky-mosquitoes, numbering also about fifty thousand, all archers riding on large mosquitoes. Next to them were the Sky-dancers, a sort of light infantry, formidable however, like all the rest, for they slung radishes at long range, and any man that they hit could not hold out a moment, but died, and his wound was malodorous. They were said to anoint their missiles with mallow poison. Beside them were posted the Stalk-mushrooms, heavy infantry employed at close quarters, ten thousand in number. They had the name Stalk-mushrooms because they used mushrooms for shields and stalks of asparagus for spears. Near them stood the Puppycorns, who were sent him by the inhabitants of the Dog-star, five thousand dog-faced men who fight on the back of winged acorns.[2]

[1] Herodotus (3, 102) tells of ants bigger than foxes.
[2] Herodotus (4, 191) tells of dog-headed men and of headless men with eyes in their breasts.

νων πτερωτῶν μαχόμενοι. ἐλέγοντο δὲ κἀκείνῳ
ὑστερίζειν τῶν συμμάχων οὕς τε ἀπὸ τοῦ Γαλα-
ξίου μετεπέμπετο σφενδονήτας καὶ οἱ Νεφελοκέν-
ταυροι. ἀλλ' ἐκεῖνοι μὲν τῆς μάχης ἤδη κεκριμένης
ἀφίκοντο, ὡς μήποτε ὤφελον· οἱ σφενδονῆται δὲ
οὐδὲ ὅλως παρεγένοντο, διόπερ φασὶν ὕστερον
αὐτοῖς ὀργισθέντα τὸν Φαέθοντα πυρπολῆσαι τὴν
χώραν.

Τοιαύτη μὲν καὶ ὁ Φαέθων ἐπήει παρα- 17
σκευῇ. συμμίξαντες δὲ ἐπειδὴ τὰ σημεῖα ἤρθη
καὶ ᾠγκήσαντο ἑκατέρων οἱ ὄνοι—τούτοις γὰρ
ἀντὶ σαλπιστῶν χρῶνται—ἐμάχοντο. καὶ τὸ
μὲν εὐώνυμον τῶν Ἡλιωτῶν αὐτίκα ἔφυγεν οὐδ'
εἰς χεῖρας δεξάμενον τοὺς Ἱππογύπους, καὶ ἡμεῖς
εἱπόμεθα κτείνοντες· τὸ δεξιὸν δὲ αὐτῶν ἐκράτει
τοῦ ἐπὶ τῷ ἡμετέρῳ εὐωνύμου, καὶ ἐπεξῆλθον οἱ
Ἀεροκώνωπες διώκοντες ἄχρι πρὸς τοὺς πεζούς.
ἐνταῦθα δὲ κἀκείνων ἐπιβοηθούντων ἔφυγον ἐγκλί-
ναντες, καὶ μάλιστα ἐπεὶ ᾔσθοντο τοὺς ἐπὶ τῷ
εὐωνύμῳ σφῶν νενικημένους. τῆς δὲ τροπῆς λαμ-
πρᾶς γεγενημένης πολλοὶ μὲν ζῶντες ἡλίσκοντο,
πολλοὶ δὲ καὶ ἀνῃροῦντο, καὶ τὸ αἷμα ἔρρει πολὺ
μὲν ἐπὶ τῶν νεφῶν, ὥστε αὐτὰ βάπτεσθαι καὶ
ἐρυθρὰ φαίνεσθαι, οἷα παρ' ἡμῖν δυομένου τοῦ
ἡλίου φαίνεται, πολὺ δὲ καὶ εἰς τὴν γῆν κατέ-
σταζεν, ὥστε με εἰκάζειν, μὴ ἄρα τοιούτου τινὸς
καὶ πάλαι ἄνω γενομένου Ὅμηρος ὑπέλαβεν αἵ-
ματι ὗσαι τὸν Δία ἐπὶ τῷ τοῦ Σαρπηδόνος θανάτῳ.

Ἀναστρέψαντες δὲ ἀπὸ τῆς διώξεως δύο τρό- 18
παια ἐστήσαμεν, τὸ μὲν ἐπὶ τῶν ἀραχνίων τῆς
πεζομαχίας, τὸ δὲ τῆς ἀερομαχίας ἐπὶ τῶν

It was said that there were tardy allies in Phaethon's case, too—the slingers whom he had summoned from the Milky Way, and the Cloud-centaurs. The latter to be sure, arrived just after the battle was over (if only they had not!); but the slingers did not put in an appearance at all. On account of this, they say, Phaethon was furious with them and afterwards ravaged their country with fire.

This, then, was the array with which Phaethon came on. Joining battle when the flags had been flown and the donkeys on both sides had brayed (for they had donkeys for trumpeters), they fought. The left wing of the Sunites fled at once, without even receiving the charge of the Vulture Horse, and we pursued, cutting them down. But their right wing got the better of the left on our side, and the Sky-mosquitoes advanced in pursuit right up to the infantry. Then, when the infantry came to the rescue, they broke and fled, especially as they saw that the forces on their left had been defeated. It was a glorious victory, in which many were taken alive and many were slain; so much blood flowed on the clouds that they were dyed and looked red, as they do in our country when the sun is setting, and so much also dripped down on the earth that I wonder whether something of the sort did not take place in the sky long ago, when Homer supposed that Zeus had sent a rain of blood on account of the death of Sarpedon.[1]

When we had returned from the pursuit we set up two trophies, one on the spider-webs for the infantry battle and the other, for the sky battle, on the clouds.

[1] *Il.* 16, 459.

νεφῶν. ἄρτι δὲ τούτων γινομένων ἠγγέλλοντο
ὑπὸ τῶν σκοπῶν οἱ Νεφελοκένταυροι προσελαύ-
νοντες, οὓς ἔδει πρὸ τῆς μάχης ἐλθεῖν τῷ Φαέ-
θοντι. καὶ δὴ ἐφαίνοντο προσιόντες, θέαμα
παραδοξότατον, ἐξ ἵππων πτερωτῶν καὶ ἀνθρώ-
πων συγκείμενοι· μέγεθος δὲ τῶν μὲν ἀνθρώπων
ὅσον τοῦ Ῥοδίων κολοσσοῦ ἐξ ἡμισείας ἐς τὸ ἄνω,
τῶν δὲ ἵππων ὅσον νεὼς μεγάλης φορτίδος. τὸ
μέντοι πλῆθος αὐτῶν οὐκ ἀνέγραψα, μή τῳ καὶ
ἄπιστον δόξῃ—τοσοῦτον ἦν. ἡγεῖτο δὲ αὐτῶν ὁ
ἐκ τοῦ ζῳδιακοῦ τοξότης. ἐπεὶ δὲ ᾔσθοντο τοὺς
φίλους νενικημένους, ἐπὶ μὲν τὸν Φαέθοντα ἔπεμ-
πον ἀγγελίαν αὖθις ἐπιέναι, αὐτοὶ δὲ διαταξάμενοι
τεταραγμένοις ἐπιπίπτουσι τοῖς Σεληνίταις, ἀτάκ-
τως [1] περὶ τὴν δίωξιν καὶ τὰ λάφυρα διεσκεδασ-
μένοις· καὶ πάντας μὲν τρέπουσιν, αὐτὸν δὲ τὸν
βασιλέα καταδιώκουσι πρὸς τὴν πόλιν καὶ τὰ
πλεῖστα τῶν ὀρνέων αὐτοῦ κτείνουσιν· ἀνέσπασαν
δὲ καὶ τὰ τρόπαια καὶ κατέδραμον ἅπαν τὸ ὑπὸ
τῶν ἀραχνῶν πεδίον ὑφασμένον, ἐμὲ δὲ καὶ δύο
τινὰς τῶν ἑταίρων ἐζώγρησαν. ἤδη δὲ παρῆν καὶ
ὁ Φαέθων καὶ αὖθις ἄλλα τρόπαιά ὑπ' ἐκείνων
ἵστατο.

Ἡμεῖς μὲν οὖν ἀπηγόμεθα ἐς τὸν ἥλιον αὐθη-
μερὸν τὼ χεῖρε ὀπίσω δεθέντες ἀραχνίου ἀποκόμ-
ματι. οἱ δὲ πολιορκεῖν μὲν οὐκ ἔγνωσαν τὴν
πόλιν, ἀναστρέψαντες δὲ τὸ μεταξὺ τοῦ ἀέρος
ἀπετείχιζον, ὥστε μηκέτι τὰς αὐγὰς ἀπὸ τοῦ ἡλίου
πρὸς τὴν σελήνην διήκειν. τὸ δὲ τεῖχος ἦν διπλοῦν,
νεφελωτόν· ὥστε σαφὴς ἔκλειψις τῆς σελήνης
ἐγεγόνει καὶ νυκτὶ διηνεκεῖ πᾶσα κατείχετο.

19

<hr>

[1] ἀτάκτως Schwartz : ἀτάκτοις MSS.

We were just doing this when the scouts reported that the Cloud-centaurs, who should have come to Phaethon's aid before the battle, were advancing on us. Before we knew it, they were coming on in plain sight, a most unparalleled spectacle, being a combination of winged horses and men. In size the men were as large as the Colossus of Rhodes from the waist up, and the horses were as large as a great merchantman. Their number, however, I leave unrecorded for fear that someone may think it incredible, it was so great. Their leader was the Archer from the Zodiac. When they saw that their friends had been defeated, they sent word to Phaethon to advance again, and then, on their own account, in regular formation fell on the disordered Moonites, who had broken ranks and scattered to pursue and to plunder. They put them all to flight, pursued the king himself to the city and killed most of his birds; they plucked up the trophies and over-ran the whole plain woven by the spiders, and they captured me with two of my comrades. By this time Phaethon too was present, and other trophies were being set up by their side.

As for us, we were taken off to the sun that day, our hands tied behind our backs with a section of spider-web. The enemy decided not to lay siege to the city, but on their way back they built a wall through the air, so that the rays of the sun should no longer reach the moon. The wall was double, made of cloud, so that a genuine eclipse of the moon took place, and she was completely enshrouded

πιεζόμενος δὲ τούτοις ὁ Ἐνδυμίων πέμψας ἱκέτευε
καθαιρεῖν τὸ οἰκοδόμημα καὶ μὴ σφᾶς περιορᾶν ἐν
σκότῳ βιοτεύοντας, ὑπισχνεῖτο δὲ καὶ φόρους
τελέσειν καὶ σύμμαχος ἔσεσθαι καὶ μηκέτι
πολεμήσειν, καὶ ὁμήρους ἐπὶ τούτοις δοῦναι
ἤθελεν. οἱ δὲ περὶ τὸν Φαέθοντα γενομένης δὶς
ἐκκλησίας τῇ προτεραίᾳ μὲν οὐδὲν παρέλυσαν τῆς
ὀργῆς, τῇ ὑστεραίᾳ δὲ μετέγνωσαν, καὶ ἐγένετο
ἡ εἰρήνη ἐπὶ τούτοις· κατὰ τάδε συνθήκας 20
ἐποιήσαντο Ἡλιῶται καὶ οἱ σύμμαχοι πρὸς
Σεληνίτας καὶ τοὺς συμμάχους, ἐπὶ τῷ καταλῦσαι
μὲν τοὺς Ἡλιώτας τὸ διατείχισμα καὶ μηκέτι ἐς
τὴν σελήνην ἐσβάλλειν, ἀποδοῦναι δὲ καὶ τοὺς
αἰχμαλώτους ῥητοῦ ἕκαστον χρήματος, τοὺς δὲ
Σεληνίτας ἀφεῖναι μὲν αὐτονόμους τούς γε
ἄλλους[1] ἀστέρας, ὅπλα δὲ μὴ ἐπιφέρειν τοῖς
Ἡλιώταις, συμμαχεῖν δὲ τῇ ἀλλήλων, ἤν τις ἐπίῃ·
φόρον δὲ ὑποτελεῖν ἑκάστου ἔτους τὸν βασιλέα
τῶν Σεληνιτῶν τῷ βασιλεῖ τῶν Ἡλιωτῶν δρόσου
ἀμφορέας μυρίους, καὶ ὁμήρους δὲ σφῶν αὐ. ῶν
δοῦναι μυρίους, τὴν δὲ ἀποικίαν τὴν ἐς τὸν
Ἑωσφόρον κοινῇ ποιεῖσθαι, καὶ μετέχειν τῶν
ἄλλων τὸν βουλόμενον· ἐγγράψαι δὲ τὰς συνθή-
κας στήλῃ ἠλεκτρίνῃ καὶ ἀναστῆσαι ἐν μέσῳ τῷ
ἀέρι ἐπὶ τοῖς μεθορίοις. ὤμοσαν δὲ Ἡλιωτῶν μὲν
Πυρωνίδης καὶ Θερείτης καὶ Φλόγιος, Σεληνιτῶν
δὲ Νύκτωρ καὶ Μήνιος καὶ Πολυλάμπης.

---

[1] γε ἄλλους Γ: γε ἀλλήλους Ω. Not in other MSS.
πλανητοὺς Schwartz.

in unbroken night. Hard pressed by this, Endymion sent and begged them to pull down the construction and not let them lead their lives in darkness. He promised to pay tribute, to be an ally and not to make war again, and volunteered to give hostages for all this. Phaethon and his people held two assemblies; on the first day they did not lay aside a particle of their anger, but on the second day they softened, and the peace was made on these terms:[1]

On the following conditions the Sunites and their allies make peace with the Moonites and their allies, to wit:

That the Sunites tear down the dividing-wall and do not invade the moon again, and that they make over the prisoners of war, each at a set ransom;

That the Moonites permit the stars to be autonomous, and do not make war on the Sunites;

That each country aid the other if it be attacked;

That in yearly tribute the King of the Moonites pay the King of the Sunites ten thousand gallons of dew, and that he give ten thousand of his people as hostages;

That the colony on the Morning Star be planted in common, and that anyone else who so desires may take part in it;

That the treaty be inscribed on a slab of electrum and set up in mid-air, on the common confines.

Attested under hand and seal.

(*For the Sunites*)	(*For the Moonites*)
Firebrace	Darkling
Parcher	Moony
Burns	Allbright

[1] Compare the Athenian-Spartan treaty, Thuc. 5, 18.

Τοιαύτη μὲν ἡ εἰρήνη ἐγένετο· εὐθὺς δὲ τὸ 21
τεῖχος καθῃρεῖτο καὶ ἡμᾶς τοὺς αἰχμαλώτους
ἀπέδοσαν. ἐπεὶ δὲ ἀφικόμεθα ἐς τὴν σελήνην,
ὑπηντίαζον ἡμᾶς καὶ ἠσπάζοντο μετὰ δακρύων οἵ τε
ἑταῖροι καὶ ὁ Ἐνδυμίων αὐτός. καὶ ὁ μὲν ἠξίου με[1]
μεῖναί τε παρ' αὐτῷ καὶ κοινωνεῖν τῆς ἀποικίας,
ὑπισχνούμενος δώσειν πρὸς γάμον τὸν ἑαυτοῦ
παῖδα· γυναῖκες γὰρ οὐκ εἰσὶ παρ' αὐτοῖς. ἐγὼ δὲ
οὐδαμῶς ἐπειθόμην, ἀλλ' ἠξίουν ἀποπεμφθῆναι
κάτω ἐς τὴν θάλατταν. ὡς δὲ ἔγνω ἀδύνατον ὂν
πείθειν, ἀποπέμπει ἡμᾶς ἑστιάσας ἑπτὰ ἡμέρας. 22
ʾΑ δὲ ἐν τῷ μεταξὺ διατρίβων ἐν τῇ σελήνῃ
κατενόησα καινὰ καὶ παράδοξα, ταῦτα βούλομαι
εἰπεῖν. πρῶτα μὲν τὸ μὴ ἐκ γυναικῶν γεννᾶσθαι
αὐτούς, ἀλλ' ἀπὸ τῶν ἀρρένων· γάμοις γὰρ τοῖς
ἄρρεσι χρῶνται καὶ οὐδὲ ὄνομα γυναικὸς ὅλως
ἴσασι. μέχρι μὲν οὖν πέντε καὶ εἴκοσι ἐτῶν
γαμεῖται ἕκαστος, ἀπὸ δὲ τούτων γαμεῖ αὐτός·
κύουσι δὲ οὐκ ἐν τῇ νηδύϊ, ἀλλ' ἐν ταῖς γαστροκνη-
μίαις· ἐπειδὰν γὰρ συλλάβῃ τὸ ἔμβρυον, παχύ-
νεται ἡ κνήμη, καὶ χρόνῳ ὕστερον ἀνατεμόντες
ἐξάγουσι νεκρά, θέντες δὲ αὐτὰ πρὸς τὸν ἄνεμον
κεχηνότα ζῳοποιοῦσιν. δοκεῖ δέ μοι καὶ ἐς τοὺς
Ἕλληνας ἐκεῖθεν ἥκειν τῆς γαστροκνημίας τοὔνομα,
ὅτι παρ' ἐκείνοις ἀντὶ γαστρὸς κυοφορεῖ. μεῖζον
δὲ τούτου ἄλλο διηγήσομαι. γένος ἐστὶ παρ'
αὐτοῖς ἀνθρώπων οἱ καλούμενοι Δενδρῖται, γίνεται
δὲ τὸν τρόπον τοῦτον. ὄρχιν ἀνθρώπου τὸν δεξιὸν
ἀποτεμόντες ἐν γῇ φυτεύουσιν, ἐκ δὲ αὐτοῦ δένδρον

---

[1] με Herwerden : not in MSS.

On those terms peace was made, and then the wall was torn down at once and we prisoners were restored. When we reached the moon we were met and tearfully welcomed by our comrades and by Endymion himself. He wanted me to stay with him and join the colony, promising to give me his own son in marriage—there are no women in their country. But I was not to be persuaded; I asked him to let me go down to the sea. When he perceived that he could not prevail on me, he let us go after entertaining us for seven days.

In the interval, while I was living on the moon, I observed some strange and wonderful things that I wish to speak of. In the first place there is the fact that they are not born of women but of men: they marry men and do not even know the word woman at all! Up to the age of twenty-five each is a wife, and thereafter a husband. They carry their children in the calf of the leg instead of the belly. When conception takes place the calf begins to swell. In course of time they cut it open and deliver the child dead, and then they bring it to life by putting it in the wind with its mouth open. It seems to me that the term " belly of the leg " [1] came to us Greeks from there, since the leg performs the function of a belly with them. But I will tell you something else, still more wonderful. They have a kind of men whom they call the Arboreals, who are brought into the world as follows: Exsecting a man's right genital gland, they plant it in the ground. From it grows a very large tree of

---

[1] *I.e.* calf of the leg.

ἀναφύεται μέγιστον, σάρκινον, οἷον φαλλός· ἔχει
δὲ καὶ κλάδους καὶ φύλλα· ὁ δὲ καρπός ἐστι
βάλανοι πηχυαῖοι τὸ μέγεθος. ἐπειδὰν οὖν
πεπανθῶσιν, τρυγήσαντες αὐτὰς ἐκκολάπτουσι
τοὺς ἀνθρώπους. αἰδοῖα μέντοι πρόσθετα ἔχουσιν,
οἱ μὲν ἐλεφάντινα, οἱ δὲ πένητες αὐτῶν ξύλινα,
καὶ διὰ τούτων ὀχεύουσι καὶ πλησιάζουσι τοῖς
γαμέταις τοῖς ἑαυτῶν. ἐπειδὰν δὲ γηράσῃ ὁ 23
ἄνθρωπος, οὐκ ἀποθνήσκει, ἀλλ᾽ ὥσπερ καπνὸς
διαλυόμενος ἀὴρ γίνεται. τροφὴ δὲ πᾶσιν ἡ αὐτή·
ἐπειδὰν γὰρ πῦρ ἀνακαύσωσιν, βατράχους ὀπτῶ-
σιν ἐπὶ τῶν ἀνθράκων· πολλοὶ δὲ παρ᾽ αὐτοῖς
εἰσιν ἐν τῷ ἀέρι πετόμενοι· ὀπτωμένων δὲ περι-
καθεσθέντες ὥσπερ δὴ περὶ τράπεζαν κάπτουσι
τὸν ἀναθυμιώμενον καπνὸν καὶ εὐωχοῦνται. σίτῳ
μὲν δὴ τρέφονται τοιούτῳ· ποτὸν δὲ αὐτοῖς ἐστιν
ἀὴρ ἀποθλιβόμενος εἰς κύλικα καὶ ὑγρὸν ἀνιεὶς
ὥσπερ δρόσον. οὐ μὴν ἀπουροῦσίν γε καὶ ἀφο-
δεύουσιν, ἀλλ᾽ οὐδὲ τέτρηνται ᾗπερ ἡμεῖς, οὐδὲ
τὴν συνουσίαν οἱ παῖδες ἐν ταῖς ἕδραις παρέχουσιν,
ἀλλ᾽ ἐν ταῖς ἰγνύαις ὑπὲρ τὴν γαστροκνημίαν·
ἐκεῖ γάρ εἰσι τετρημένοι.

Καλὸς δὲ νομίζεται παρ᾽ αὐτοῖς ἤν πού τις
φαλακρὸς καὶ ἄκομος ᾖ, τοὺς δὲ κομήτας καὶ
μυσάττονται. ἐπὶ δὲ τῶν κομητῶν ἀστέρων τοὐ-
ναντίον τοὺς κομήτας καλοὺς νομίζουσιν· ἐπεδήμουν
γάρ τινες, οἳ καὶ περὶ ἐκείνων διηγοῦντο. καὶ μὴν
καὶ γένεια φύουσιν μικρὸν ὑπὲρ τὰ γόνατα. καὶ
ὄνυχας ἐν τοῖς ποσὶν οὐκ ἔχουσιν, ἀλλὰ πάντες
εἰσὶν μονοδάκτυλοι. ὑπὲρ δὲ τὰς πυγὰς ἑκάστῳ
αὐτῶν κράμβη ἐκπέφυκε μακρὰ ὥσπερ οὐρά,
θάλλουσα ἐς ἀεὶ καὶ ὑπτίου ἀναπίπτοντος οὐ

flesh, resembling the emblem of Priapus : it has
branches and leaves, and its fruit is acorns a cubit
thick. When these ripen, they harvest them and shell
out the men. Another thing, they have artificial
parts that are sometimes of ivory and sometimes,
with the poor, of wood, and make use of them in
their intercourse. When a man grows old, he does
not die, but is dissolved like smoke and turns into
air. They all eat the same food ; they light a fire
and cook frogs on the coals—they have quantities of
frogs, that fly about in the air—and while they are
cooking, they sit about them as if at table, snuff up
the rising smoke and gorge themselves.[1] This is
the food they eat, and their drink is air, which is
squeezed into a cup and yields a liquid like dew.
They are not subject to calls of nature, which, in
fact, they have no means of answering. Another
important function, too, is not provided for as one
would expect, but in the hollow of the knee.

A man is thought beautiful in that country if
he is bald and hairless, and they quite detest long-
haired people. It is different on the comets, where
they think long-haired people beautiful—there were
visitors in the moon who told us about them.[2]
Another point—they have beards that grow a little
above the knee, and they have no toe-nails, but are
all single-toed. Over each man's rump grows a long
cabbage-leaf, like a tail, which is always green and

[1] Cf. Herod. 1, 202 ; 4, 75 ; Strabo 15, 1, 57.
[2] The point of this is that κομήτης, whence our word *comet*,
means *long-haired*.

κατακλωμένη. ἀπομύττονται δὲ μέλι δρι- 24
μύτατον· κἀπειδὰν ἢ πονῶσιν ἢ γυμνάζωνται,
γάλακτι πᾶν τὸ σῶμα ἱδροῦσιν, ὥστε καὶ τυροὺς
ἀπ' αὐτοῦ πήγνυσθαι, ὀλίγον τοῦ μέλιτος ἐπι-
στάξαντες· ἔλαιον δὲ ποιοῦνται ἀπὸ τῶν κρομμύων
πάνυ λιπαρόν τε καὶ εὐῶδες ὥσπερ μύρον. ἀμπέ-
λους δὲ πολλὰς ἔχουσιν ὑδροφόρους· αἱ γὰρ ῥᾶγες
τῶν βοτρύων εἰσὶν ὥσπερ χάλαζα, καί, ἐμοὶ δοκεῖν,
ἐπειδὰν ἐμπεσὼν ἄνεμος διασείσῃ τὰς ἀμπέλους
ἐκείνας, τότε πρὸς ἡμᾶς καταπίπτει ἡ χάλαζα
διαρραγέντων τῶν βοτρύων. τῇ μέντοι γαστρὶ
ὅσα πήρᾳ χρῶνται τιθέντες ἐν αὐτῇ ὅσων δέονται·
ἀνοικτὴ γὰρ αὐτοῖς αὕτη καὶ πάλιν κλειστή ἐστιν·
ἐντέρων δὲ οὐδὲν ὑπάρχειν[1] αὐτῇ φαίνεται, ἢ
τοῦτο μόνον, ὅτι δασεῖα πᾶσα[2] ἔντοσθε καὶ λάσιός
ἐστιν, ὥστε καὶ τὰ νεογνά, ἐπειδὰν ῥῖγος ᾖ,[3] ἐς
ταύτην ὑποδύεται.

Ἐσθὴς δὲ τοῖς μὲν πλουσίοις ὑαλίνη μαλ- 25
θακή, τοῖς πένησι δὲ χαλκῆ ὑφαντή· πολύ-
χαλκα γὰρ τὰ ἐκεῖ χωρία, καὶ ἐργάζονται τὸν
χαλκὸν ὕδατι ἀποβρέξαντες ὥσπερ τὰ ἔρια.
περὶ μέντοι τῶν ὀφθαλμῶν, οἵους ἔχουσιν, ὀκνῶ
μὲν εἰπεῖν, μή τίς με νομίσῃ ψεύδεσθαι διὰ
τὸ ἄπιστον τοῦ λόγου. ὅμως δὲ καὶ τοῦτο ἐρῶ·
τοὺς ὀφθαλμοὺς περιαιρετοὺς ἔχουσι, καὶ ὁ βουλό-
μενος ἐξελὼν τοὺς αὑτοῦ φυλάττει ἔστ' ἂν δεηθῇ
ἰδεῖν· οὕτω δὲ ἐνθέμενος ὁρᾷ· καὶ πολλοὶ τοὺς
σφετέρους ἀπολέσαντες παρ' ἄλλων χρησάμενοι
ὁρῶσιν. εἰσὶ δ' οἳ καὶ πολλοὺς ἀποθέτους ἔχουσιν,

---

[1] ἐντέρων δὲ οὐδὲν ὑπάρχειν Schwartz: ἔντερον δὲ οὐδὲ ἧπαρ
ἐν MSS.   [2] πᾶσα omitted by Ω and Nilén.
[3] ῥῖγος ᾖ Nilén: ῥιγώσῃ MSS.

does not break if he falls on his back. Their noses run honey of great pungency, and when they work or take exercise, they sweat milk all over their bodies, of such quality that cheese can actually be made from it by dripping in a little of the honey. They make oil from onions, and it is very clear and sweet-smelling, like myrrh. They have many water-vines, the grapes of which are like hailstones, and to my thinking, the hail that falls down on us is due to the bursting of the bunches when a wind strikes and shakes those vines. They use their bellies for pockets, putting into them anything they have use for, as they can open and shut them. These parts do not seem to have any intestines in them or anything else, except that they are all shaggy and hairy inside, so that the children enter them when it is cold.

The clothing of the rich is malleable glass[1] and that of the poor, spun bronze; for that region is rich in bronze, which they work like wool by wetting it with water. I am reluctant to tell you what sort of eyes they have, for fear that you may think me lying on account of the incredibility of the story, but I will tell you, notwithstanding. The eyes that they have are removable, and whenever they wish they take them out and put them away until they want to see: then they put them in and look. Many, on losing their own, borrow other people's to see with, and the rich folk keep a quantity

---

[1] Lucian's glass clothing (ὑαλίνη) is a punning parody on wooden clothing (ξυλίνη), i.e. cotton (Herod. 7, 65).

οἱ πλούσιοι. τὰ ὦτα δὲ πλατάνων φύλλα ἐστὶν
αὐτοῖς πλήν γε τοῖς ἀπὸ τῶν βαλάνων· ἐκεῖνοι
γὰρ μόνοι ξύλινα ἔχουσιν. καὶ μὴν καὶ ἄλλο 26
θαῦμα ἐν τοῖς βασιλείοις ἐθεασάμην· κάτοπτρον
μέγιστον κεῖται ὑπὲρ φρέατος οὐ πάνυ βαθέος.
ἂν μὲν οὖν εἰς τὸ φρέαρ καταβῇ τις, ἀκούει πάντων
τῶν παρ' ἡμῖν ἐν τῇ γῇ λεγομένων, ἐὰν δὲ εἰς τὸ
κάτοπτρον ἀποβλέψῃ, πάσας μὲν πόλεις, πάντα
δὲ ἔθνη ὁρᾷ ὥσπερ ἐφεστὼς ἑκάστοις· τότε καὶ
τοὺς οἰκείους ἐγὼ ἐθεασάμην καὶ πᾶσαν τὴν
πατρίδα, εἰ δὲ κἀκεῖνοι ἐμὲ ἑώρων, οὐκέτι ἔχω τὸ
ἀσφαλὲς εἰπεῖν. ὅστις δὲ ταῦτα μὴ πιστεύει
οὕτως ἔχειν, ἄν ποτε καὶ αὐτὸς ἐκεῖσε ἀφίκηται,
εἴσεται ὡς ἀληθῆ λέγω.

Τότε δ' οὖν ἀσπασάμενοι τὸν βασιλέα καὶ 27
τοὺς ἀμφ' αὐτόν, ἐμβάντες ἀνήχθημεν· ἐμοὶ δὲ καὶ
δῶρα ἔδωκεν ὁ Ἐνδυμίων, δύο μὲν τῶν ὑαλίνων
χιτώνων, πέντε δὲ χαλκοῦς, καὶ πανοπλίαν θερμί-
νην, ἃ πάντα ἐν τῷ κήτει κατέλιπον. συνέπεμψε
δὲ ἡμῖν καὶ Ἱππογύπους χιλίους παραπέμψοντας
ἄχρι σταδίων πεντακοσίων. ἐν δὲ τῷ παρά- 28
πλῳ πολλὰς μὲν καὶ ἄλλας χώρας παρημείψαμεν,
προσέσχομεν δὲ καὶ τῷ Ἑωσφόρῳ ἄρτι συνοικιζο-
μένῳ, καὶ ἀποβάντες ὑδρευσάμεθα. ἐμβάντες δὲ
εἰς τὸν ζῳδιακὸν ἐν ἀριστερᾷ παρῇειμεν τὸν ἥλιον,
ἐν χρῷ τὴν γῆν παραπλέοντες· οὐ γὰρ ἀπέβημεν
καίτοι πολλὰ τῶν ἑταίρων ἐπιθυμούντων, ἀλλ' ὁ
ἄνεμος οὐκ ἐφῆκεν. ἐθεώμεθα μέντοι τὴν χώραν
εὐθαλῆ τε καὶ πίονα καὶ εὔυδρον καὶ πολλῶν
ἀγαθῶν μεστήν. ἰδόντες δ' ἡμᾶς οἱ Νεφελοκέν-
ταυροι, μισθοφοροῦντες παρὰ τῷ Φαέθοντι, ἐπέ-

stored up.[1] For ears they have plane-leaves, except
only the acorn-men, who have wooden ones. In
the royal purlieus I saw another marvel. A large
looking-glass is fixed above a well, which is not very
deep. If a man goes down into the well, he hears
everything that is said among us on earth, and if he
looks into the looking-glass he sees every city and
every country just as if he were standing over it.
When I tried it I saw my family and my whole
native land, but I cannot go further and say for
certain whether they also saw me. Anyone who
does not believe this is so will find, if ever he gets
there himself, that I am telling the truth.

To go back to my story, we embraced the king and
his friends, went aboard, and put off. Endymion even
gave me presents—two of the glass tunics, five of
bronze, and a suit of lupine armour—but I left them
all behind in the whale. He also sent a thousand
Vulture Dragoons with us to escort us for sixty miles.
On our way we passed many countries and put
in at the Morning Star, which was just being
colonised. We landed there and procured water.
Going aboard and making for the zodiac, we passed
the sun to port, hugging the shore. We did not
land, though many of my comrades wanted to ; for
the wind was unfavourable. But we saw that the
country was green and fertile and well-watered, and
full of untold good things. On seeing us, the Cloud-
centaurs, who had entered the service of Phaethon,

[1] Compare the story of the Graeae.

πτησαν ἐπὶ τὴν ναῦν, καὶ μαθόντες ἐνσπόνδους
ἀνεχώρησαν. ἤδη δὲ καὶ οἱ Ἱππόγυποι ἀπε- 29
ληλύθεσαν.

Πλεύσαντες δὲ τὴν ἐπιοῦσαν νύκτα καὶ ἡμέραν,
περὶ ἑσπέραν ἀφικόμεθα ἐς τὴν Λυχνόπολιν
καλουμένην, ἤδη τὸν κάτω ᾽πλοῦν διώκοντες. ἡ
δὲ πόλις αὕτη κεῖται μεταξὺ τοῦ Πλειάδων καὶ
τοῦ Ὑάδων ἀέρος, ταπεινοτέρα μέντοι. πολὺ τοῦ
ζῳδιακοῦ. ἀποβάντες δὲ ἄνθρωπον μὲν οὐδένα
εὕρομεν, λύχνους δὲ πολλοὺς περιθέοντας καὶ ἐν
τῇ ἀγορᾷ καὶ περὶ τὸν λιμένα διατρίβοντας, τοὺς
μὲν μικροὺς καὶ ὥσπερ πένητας, ὀλίγους δὲ τῶν
μεγάλων καὶ δυνατῶν πάνυ λαμπροὺς καὶ περι-
φανεῖς. οἰκήσεις δὲ αὐτοῖς καὶ λυχνεῶνες ἰδίᾳ
ἑκάστῳ πεποίηντο, καὶ αὐτοὶ ὀνόματα εἶχον,
ὥσπερ οἱ ἄνθρωποι, καὶ φωνὴν προϊεμένων ἠκούο-
μεν, καὶ οὐδὲν ἡμᾶς ἠδίκουν, ἀλλὰ καὶ ἐπὶ ξένια
ἐκάλουν· ἡμεῖς δὲ ὅμως ἐφοβούμεθα, καὶ οὔτε
δειπνῆσαι οὔτε ὑπνῶσαί τις ἡμῶν ἐτόλμησεν.
ἀρχεῖα δὲ αὐτοῖς ἐν μέσῃ τῇ πόλει πεποίηται,
ἔνθα ὁ ἄρχων αὐτῶν διὰ νυκτὸς ὅλης κάθηται
ὀνομαστὶ καλῶν ἕκαστον· ὃς δ᾽ ἂν μὴ ὑπακούσῃ,
καταδικάζεται ἀποθανεῖν ὡς λιπὼν τὴν τάξιν· ὁ
δὲ θάνατός ἐστι σβεσθῆναι. παρεστῶτες δὲ ἡμεῖς
ἑωρῶμεν τὰ γινόμενα καὶ ἠκούομεν ἅμα τῶν
λύχνων ἀπολογουμένων καὶ τὰς αἰτίας λεγόντων
δι᾽ ἃς ἐβράδυνον. ἔνθα καὶ τὸν ἡμέτερον λύχνον
ἐγνώρισα, καὶ προσειπὼν αὐτὸν περὶ τῶν κατ᾽
οἶκον ἐπυνθανόμην ὅπως ἔχοιεν· ὁ δέ μοι ἅπαντα
ἐκεῖνα διηγήσατο.

Τὴν μὲν οὖν νύκτα ἐκείνην αὐτοῦ ἐμείναμεν, τῇ
δὲ ἐπιούσῃ ἄραντες ἐπλέομεν ἤδη πλησίον τῶν

flew up to the ship and then went away again when they found out that the treaty protected us. The Vulture Dragoons had already left us.

Sailing the next night and day we reached Lamp-town toward evening, already being on our downward way. This city lies in the air midway between the Pleiades and the Hyades, though much lower than the Zodiac. On landing, we did not find any men at all, but a lot of lamps running about and loitering in the public square and at the harbour. Some of them were small and poor, so to speak : a few, being great and powerful, were very splendid and conspicuous. Each of them has his own house, or sconce, they have names like men, and we heard them talking. They offered us no harm, but invited us to be their guests. We were afraid, however, and none of us ventured to eat a mouthful or close an eye. They have a public building in the centre of the city, where their magistrate sits all night and calls each of them by name, and whoever does not answer is sentenced to death for deserting. They are executed by being put out. We were at court, saw what went on, and heard the lamps defend themselves and tell why they came late. There I recognised our own lamp: I spoke to h m and enquired how things were at home, and he told me all about them.

That night we stopped there, but on the next day we set sail and continued our voyage. By this time

νεφῶν· ἔνθα δὴ καὶ τὴν Νεφελοκοκκυγίαν πόλιν
ἰδόντες ἐθαυμάσαμεν, οὐ μέντοι ἐπέβημεν αὐτῆς·
οὐ γὰρ εἴα τὸ πνεῦμα. βασιλεύειν μέντοι αὐτῶν
ἐλέγετο Κόρωνος ὁ Κοττυφίωνος. καὶ ἐγὼ ἐμνή-
σθην Ἀριστοφάνους τοῦ ποιητοῦ, ἀνδρὸς σοφοῦ
καὶ ἀληθοῦς καὶ μάτην ἐφ' οἷς ἔγραψεν ἀπιστου-
μένου. τρίτη δὲ ἀπὸ ταύτης ἡμέρᾳ καὶ τὸν
ὠκεανὸν ἤδη σαφῶς ἑωρῶμεν, γῆν δὲ οὐδαμοῦ,
πλήν γε τῶν ἐν τῷ ἀέρι· καὶ αὐταὶ δὲ πυρώδεις
καὶ ὑπεραυγεῖς ἐφαντάζοντο. τῇ τετάρτῃ δὲ περὶ
μεσημβρίαν μαλακῶς ἐνδιδόντος τοῦ πνεύματος
καὶ συνιζάνοντος ἐπὶ τὴν θάλατταν καθείθημεν.[1]
ὡς δὲ τοῦ ὕδατος ἐψαύσαμεν, θαυμασίως ὑπερ-
ηδόμεθα καὶ ὑπερεχαίρομεν καὶ πᾶσαν ἐκ τῶν
παρόντων εὐφροσύνην ἐποιούμεθα καὶ ἀποβάντες
ἐνηχόμεθα· καὶ γὰρ ἔτυχε γαλήνη οὖσα καὶ εὐ-
σταθοῦν τὸ πέλαγος.

Ἔοικε δὲ ἀρχὴ κακῶν μειζόνων γίνεσθαι
πολλάκις ἡ πρὸς τὸ βέλτιον μεταβολή· καὶ γὰρ
ἡμεῖς δύο μόνας ἡμέρας ἐν εὐδίᾳ πλεύσαντες, τῆς
τρίτης ὑποφαινούσης πρὸς ἀνίσχοντα τὸν ἥλιον
ἄφνω ὁρῶμεν θηρία καὶ κήτη πολλὰ μὲν καὶ ἄλλα,
ἓν δὲ μέγιστον ἁπάντων ὅσον σταδίων χιλίων καὶ
πεντακοσίων τὸ μέγεθος· ἐπήει δὲ κεχηνὸς καὶ
πρὸ πολλοῦ ταράττον τὴν θάλατταν ἀφρῷ τε
περικλυζόμενον καὶ τοὺς ὀδόντας ἐκφαῖνον πολὺ
τῶν παρ' ἡμῖν φαλλῶν ὑψηλοτέρους, ὀξεῖς δὲ
πάντας ὥσπερ σκόλοπας καὶ λευκοὺς ὥσπερ
ἐλεφαντίνους. ἡμεῖς μὲν οὖν τὸ ὕστατον ἀλλή-
λους προσειπόντες καὶ περιβαλόντες ἐμένομεν· τὸ

[1] καθείθημεν Richards : κατέθημεν, κατετέθημεν MSS.

we were near the clouds. There we saw the city of Cloudcuckootown,[1] and wondered at it, but did not visit it, as the wind did not permit. The king, however, was said to be Crow Dawson. It made me think of Aristophanes the poet, a wise and truthful man whose writings are distrusted without reason. On the next day but one, the ocean was already in plain sight, but no land anywhere except the countries in the air, and they began to appear fiery and bright. Toward noon on the fourth day the wind fell gently and gave out, and we were set down on the sea. When we touched the water we were marvellously pleased and happy, made as merry as we could in every way, and went over the side for a swim, for by good luck it was calm and the sea was smooth.

It would seem, however, that a change for the better often proves a prelude to greater ills. We had sailed just two days in fair weather and the third day was breaking when toward sunrise we suddenly saw a number of sea-monsters, whales. One among them, the largest of all, was fully one hundred and fifty miles long. He came at us with open mouth, dashing up the sea far in advance, foam-washed, showing teeth much larger than the emblems of Dionysus in our country,[2] and all sharp as calthrops and white as ivory. We said good-bye to one another, embraced, and waited. He was there in an

[1] The capital of Birdland in Aristophanes' play, *The Birds*.
[2] On the size of these, see Lucian's *Syrian Goddess*, 28.

δὲ ἤδη παρῆν καὶ ἀναρροφῆσαν ἡμᾶς αὐτῇ νηὶ
κατέπιεν. οὐ μέντοι ἔφθη συναράξαι τοῖς ὀδοῦσιν,
ἀλλὰ διὰ τῶν ἀραιωμάτων ἡ ναῦς ἐς τὸ ἔσω
διεξέπεσεν. ἐπεὶ δὲ ἔνδον ἦμεν, τὸ μὲν πρῶτον 31
σκότος ἦν καὶ οὐδὲν ἑωρῶμεν, ὕστερον δὲ αὐτοῦ
ἀναχανόντος εἴδομεν κύτος μέγα καὶ πάντη πλατὺ
καὶ ὑψηλόν, ἱκανὸν μυριάνδρῳ πόλει ἐνοικεῖν.
ἔκειντο δὲ ἐν μέσῳ καὶ μεγάλοι καὶ μικροὶ[1] ἰχθύες
καὶ ἄλλα πολλὰ θηρία συγκεκομμένα, καὶ πλοίων
ἱστία καὶ ἄγκυραι, καὶ ἀνθρώπων ὀστέα καὶ
φορτία, κατὰ μέσον δὲ καὶ γῆ καὶ λόφοι ἦσαν,
ἐμοὶ δοκεῖν, ἐκ τῆς ἰλύος ἣν κατέπινε συνιζάνουσα.
ὕλη γοῦν ἐπ᾽ αὐτῆς καὶ δένδρα παντοῖα ἐπεφύκει
καὶ λάχανα ἐβεβλαστήκει, καὶ ἐῴκει πάντα
ἐξειργασμένοις· περίμετρον δὲ τῆς γῆς στάδιοι
διακόσιοι καὶ τεσσαράκοντα. ἦν δὲ ἰδεῖν καὶ
ὄρνεα θαλάττια, λάρους καὶ ἀλκυόνας, ἐπὶ τῶν
δένδρων νεοττεύοντα.

Τότε μὲν οὖν ἐπὶ πολὺ ἐδακρύομεν, ὕστερον 32
δὲ ἀναστήσαντες τοὺς ἑταίρους τὴν μὲν ναῦν
ὑπεστηρίξαμεν, αὐτοὶ δὲ τὰ πυρεῖα συντρίψαντες
καὶ ἀνακαύσαντες δεῖπνον ἐκ τῶν παρόντων
ἐποιούμεθα. παρέκειτο δὲ ἄφθονα καὶ παντο-
δαπὰ κρέα τῶν ἰχθύων, καὶ ὕδωρ ἔτι τὸ ἐκ τοῦ
Ἑωσφόρου εἴχομεν. τῇ ἐπιούσῃ δὲ διαναστάντες,
εἴ ποτε ἀναχάνοι τὸ κῆτος, ἑωρῶμεν ἄλλοτε μὲν
ὄρη, ἄλλοτε δὲ μόνον τὸν οὐρανόν, πολλάκις δὲ
καὶ νήσους· καὶ γὰρ ᾐσθανόμεθα φερομένου αὐτοῦ
ὀξέως πρὸς πᾶν μέρος τῆς θαλάττης. ἐπεὶ δὲ

---

[1] μεγάλοι καὶ μικροὶ Schwartz : μικροὶ MSS.

instant, and with a gulp swallowed us down, ship and all. He just missed crushing us with his teeth, but the boat slipped through the gaps between them into the interior. When we were inside, it was dark at first, and we could not see anything, but afterwards, when he opened his mouth, we saw a great cavity, flat all over and high, and large enough for the housing of a great city. In it there were fish, large and small, and many other creatures all mangled, ships' rigging and anchors, human bones, and merchandise. In the middle there was land with hills on it, which to my thinking was formed of the mud that he had swallowed. Indeed, a forest of all kinds of trees had grown on it, garden stuff had come up, and everything appeared to be under cultivation. The coast of the island was twenty-seven miles long. Sea-birds were to be seen nesting on the trees, gulls and king-fishers.[1]

At first we shed tears for a long time, and then I roused my comrades and we provided for the ship by shoring it up and for ourselves by rubbing sticks together, lighting a fire and getting dinner as best we could. We had at hand plenty of fish of all kinds, and we still had the water from the Morning Star. On rising the next day, whenever the whale opened his mouth we saw mountains one moment, nothing but sky the next, and islands frequently, and we perceived by this that he was rushing swiftly to all parts of the sea. When at length we became

[1] This story of the whale is no longer considered a parody on Jonah's adventure, as there were other versions of the tale afloat in antiquity.

ἤδη ἐθάδες τῇ διατριβῇ ἐγενόμεθα, λαβὼν ἑπτὰ
τῶν ἑταίρων ἐβάδιζον ἐς τὴν ὕλην περισκοπή-
σασθαι τὰ πάντα βουλόμενος. οὔπω δὲ πέντε
ὅλους διελθὼν σταδίους εὗρον ἱερὸν Ποσειδῶνος,
ὡς ἐδήλου ἡ ἐπιγραφή, καὶ μετ᾽ οὐ πολὺ καὶ
τάφους πολλοὺς καὶ στήλας ἐπ᾽ αὐτῶν πλησίον
τε πηγὴν ὕδατος διαυγοῦς, ἔτι δὲ καὶ κυνὸς
ὑλακὴν ἠκούομεν καὶ καπνὸς ἐφαίνετο πόρρωθεν
καί τινα καὶ ἔπαυλιν εἰκάζομεν.

Σπουδῇ οὖν βαδίζοντες ἐφιστάμεθα πρεσβύτῃ 33
καὶ νεανίσκῳ μάλα προθύμως πρασιάν τινα ἐργα-
ζομένοις καὶ ὕδωρ ἀπὸ τῆς πηγῆς ἐπ᾽ αὐτὴν
διοχετεύουσιν· ἡσθέντες οὖν ἅμα καὶ φοβηθέντες
ἔστημεν· κἀκεῖνοι δὲ ταὐτὸ ἡμῖν ὡς τὸ εἰκὸς πα-
θόντες ἄναυδοι παρειστήκεσαν· χρόνῳ δὲ ὁ πρεσ-
βύτης ἔφη, Τίνες ὑμεῖς ἄρα ἐστέ, ὦ ξένοι; πότερον
τῶν ἐναλίων δαιμόνων ἢ ἄνθρωποι δυστυχεῖς ἡμῖν
παραπλήσιοι; καὶ γὰρ ἡμεῖς ἄνθρωποι ὄντες καὶ
ἐν γῇ τραφέντες νῦν θαλάττιοι γεγόναμεν καὶ
συννηχόμεθα τῷ περιέχοντι τούτῳ θηρίῳ, οὐδ᾽
ὃ πάσχομεν ἀκριβῶς εἰδότες· τεθνάναι μὲν γὰρ
εἰκάζομεν, ζῆν δὲ πιστεύομεν. πρὸς ταῦτα ἐγὼ
εἶπον· Καὶ ἡμεῖς τοι ἄνθρωποι, νεήλυδες μέν, ὦ
πάτερ, αὐτῷ σκάφει πρῴην καταποθέντες, προήλ-
θομεν δὲ νῦν βουλόμενοι μαθεῖν τὰ ἐν τῇ ὕλῃ ὡς
ἔχει· πολλὴ γάρ τις καὶ λάσιος ἐφαίνετο. δαίμων
δέ τις, ὡς ἔοικεν, ἡμᾶς ἤγαγεν σέ τε ὀψομένους
καὶ εἰσομένους ὅτι μὴ μόνοι ἐν τῷδε καθείργμεθα
τῷ θηρίῳ· ἀλλὰ φράσον γε ἡμῖν τὴν σαυτοῦ
τύχην, ὅστις τε ὢν καὶ ὅπως δεῦρο εἰσῆλθες. ὁ
δὲ οὐ πρότερον ἔφη ἐρεῖν οὐδὲ πεύσεσθαι παρ᾽
ἡμῶν, πρὶν ξενίων τῶν παρόντων μεταδοῦναι, καὶ

wonted to our abiding-place, I took seven of my comrades and went into the forest, wishing to have a look at everything. I had not yet gone quite five furlongs when I found a temple of Poseidon, as the inscription indicated, and not far from it a number of graves with stones on them. Near by was a spring of clear water. We also heard the barking of a dog, smoke appeared in the distance, and we made out something like a farmhouse, too.

Advancing eagerly, we came upon an old man and a boy very busily at work in a garden which they were irrigating with water from the spring. Joyful and fearful at the same instant, we stopped still, and they too, probably feeling the same as we, stood there without a word. In course of time the old man said : "Who are you, strangers? Are you sea-gods, or only unlucky men like us? As for ourselves, though we are men and were bred on land, we have become sea-creatures and swim about with this beast which encompasses us, not even knowing for certain what our condition is—we suppose that we are dead, but trust that we are alive." To this I replied : "We too are men, my good sir—newcomers, who were swallowed up yesterday, ship and all : and we set out just now with the notion of finding out how things were in the forest, for it appeared to be very large and thick. But some divinity, it seems, brought us to see you and to discover that we are not the only people shut up in this animal. Do tell us your adventures—who you are and how you got in here." But he said he would neither tell us nor question us before giving us what entertainment he could command, and he

λαβὼν ἡμᾶς ἦγεν ἐπὶ τὴν οἰκίαν—ἐπεποίητο δὲ
αὐτάρκη καὶ στιβάδας ἐνῳκοδόμητο καὶ τὰ ἄλλα
ἐξήρτιστο—παραθεὶς δὲ ἡμῖν λάχανά τε καὶ
ἀκρόδρυα καὶ ἰχθῦς, ἔτι δὲ καὶ οἶνον ἐγχέας,
ἐπειδὴ ἱκανῶς ἐκορέσθημεν, ἐπυνθάνετο ἃ πεπόν-
θοιμεν· κἀγὼ πάντα ἑξῆς διηγησάμην, τόν τε
χειμῶνα καὶ τὰ ἐν τῇ νήσῳ καὶ τὸν ἐν τῷ ἀέρι
πλοῦν, καὶ τὸν πόλεμον, καὶ τὰ ἄλλα μέχρι τῆς
εἰς τὸ κῆτος καταδύσεως.

Ὁ δὲ ὑπερθαυμάσας καὶ αὐτὸς ἐν μέρει τὰ καθ᾽ 34
αὑτὸν διεξῄει λέγων, Τὸ μὲν γένος εἰμί, ὦ ξένοι,
Κύπριος, ὁρμηθεὶς δὲ κατ᾽ ἐμπορίαν ἀπὸ τῆς πα-
τρίδος μετὰ παιδός, ὃν ὁρᾶτε, καὶ ἄλλων πολλῶν
οἰκετῶν ἔπλεον εἰς Ἰταλίαν ποικίλον φόρτον κομί-
ζων ἐπὶ νεὼς μεγάλης, ἣν ἐπὶ στόματι τοῦ κήτους
διαλελυμένην ἴσως ἑωράκατε. μέχρι μὲν οὖν
Σικελίας εὐτυχῶς διεπλεύσαμεν· ἐκεῖθεν δὲ ἁρ-
πασθέντες ἀνέμῳ σφοδρῷ τριταῖοι ἐς τὸν ὠκεανὸν
ἀπηνέχθημεν, ἔνθα τῷ κήτει περιτυχόντες καὶ
αὔτανδροι καταποθέντες δύο ἡμεῖς μόνοι, τῶν ἄλ-
λων ἀποθανόντων, ἐσώθημεν. θάψαντες δὲ τοὺς
ἑταίρους καὶ ναὸν τῷ Ποσειδῶνι δειμάμενοι τουτονὶ
τὸν βίον ζῶμεν, λάχανα μὲν κηπεύοντες, ἰχθῦς δὲ
σιτούμενοι καὶ ἀκρόδρυα. πολλὴ δέ, ὡς ὁρᾶτε, ἡ
ὕλη, καὶ μὴν καὶ ἀμπέλους ἔχει πολλάς, ἀφ᾽ ὧν
ἥδύτατος οἶνος γεννᾶται· καὶ τὴν πηγὴν δὲ ἴσως
εἴδετε καλλίστου καὶ ψυχροτάτου ὕδατος. εὐνὴν
δὲ ἀπὸ τῶν φύλλων ποιούμεθα, καὶ πῦρ ἄφθονον
καίομεν, καὶ ὄρνεα δὲ θηρεύομεν τὰ εἰσπετό-
μενα, καὶ ζῶντας ἰχθῦς ἀγρεύομεν ἐξιόντες ἐπὶ τὰ
βραγχία τοῦ θηρίου, ἔνθα καὶ λουόμεθα, ὁπόταν
ἐπιθυμήσωμεν. καὶ μὴν καὶ λίμνη οὐ πόρρω ἐστὶν

took us with him to the house. It was a commodious structure, had bunks built in it and was fully furnished in other ways. He set before us vegetables, fruit and fish and poured us out wine as well. When we had had enough, he asked us what had happened to us. I told him about everything from first to last—the storm, the island, the cruise in the air, the war and all the rest of it up to our descent into the whale.

He expressed huge wonder, and then told us his own story, saying: "By birth, strangers, I am a Cypriote. Setting out from my native land on a trading venture with my boy whom you see and with many servants besides, I began a voyage to Italy, bringing various wares on a great ship, which you no doubt saw wrecked in the mouth of the whale. As far as Sicily we had a fortunate voyage, but there we were caught by a violent wind and driven out into the ocean for three days, where we fell in with the whale, were swallowed up crew and all, and only we two survived, the others being killed. We buried our comrades, built a temple to Poseidon and live this sort of life, raising vegetables and eating fish and nuts. As you see, the forest is extensive, and besides, it contains many grape-vines, which yield the sweetest of wine. No doubt you noticed the spring of beautiful cold water, too. We make our bed of leaves, burn all the wood we want, snare the birds that fly in, and catch fresh fish by going into the gills of the animal. We also bathe there when we care to. Another thing, there is a

σταδίων εἴκοσι τὴν περίμετρον, ἰχθῦς ἔχουσα
παντοδαπούς, ἐν ᾗ καὶ νηχόμεθα καὶ πλέομεν ἐπὶ
σκάφους μικροῦ, ὃ ἐγὼ ναυπηγησάμην. ἔτη δέ
ἐστιν ἡμῖν τῆς καταπόσεως ταῦτα ἑπτὰ καὶ εἴκοσι.
καὶ τὰ μὲν ἄλλα ἴσως φέρειν δυνάμεθα, οἱ δὲ 35
γείτονες ἡμῶν καὶ πάροικοι σφόδρα χαλεποὶ καὶ
βαρεῖς εἰσιν, ἄμικτοί τε ὄντες καὶ ἄγριοι. Ἡ γάρ,
ἔφην ἐγώ, καὶ ἄλλοι τινές εἰσιν ἐν τῷ κήτει;
Πολλοὶ μὲν οὖν, ἔφη, καὶ ἄξενοι καὶ τὰς μορφὰς
ἀλλόκοτοι· τὰ μὲν γὰρ ἑσπέρια τῆς ὕλης καὶ
οὐραῖα Ταριχᾶνες οἰκοῦσιν, ἔθνος ἐγχελυωπὸν
καὶ καραβοπρόσωπον, μάχιμον καὶ θρασὺ καὶ
ὠμοφάγον· τὰ δὲ τῆς ἑτέρας πλευρᾶς κατὰ
τὸν δεξιὸν τοῖχον Τριτωνομένδητες, τὰ μὲν
ἄνω ἀνθρώποις ἐοικότες, τὰ δὲ κάτω τοῖς γαλεώ-
ταις, ἧττον μέντοι ἄδικοί εἰσιν τῶν ἄλλων· τὰ
λαιὰ δὲ Καρκινόχειρες καὶ Θυννοκέφαλοι συμ-
μαχίαν τε καὶ φιλίαν πρὸς ἑαυτοὺς πεποιημένοι·
τὴν δὲ μεσόγαιαν νέμονται Παγουρίδαι καὶ Ψηττό-
ποδες, γένος μάχιμον καὶ δρομικώτατον· τὰ ἑῷα
δέ, τὰ πρὸς αὐτῷ τῷ στόματι, τὰ πολλὰ μὲν ἔρημά
ἐστι, προσκλυζόμενα τῇ θαλάττῃ· ὅμως δὲ ἐγὼ
ταῦτα ἔχω φόρον τοῖς Ψηττόποσιν ὑποτελῶν
ἑκάστου ἔτους ὄστρεια πεντακόσια. τοιαύτη 36
μὲν ἡ χώρα ἐστίν· ὑμᾶς δὲ χρὴ ὁρᾶν ὅπως
δυνησόμεθα τοσούτοις ἔθνεσι μάχεσθαι καὶ ὅπως
βιοτεύσομεν. Πόσοι δέ, ἔφην ἐγώ, πάντες οὗτοί
εἰσιν; Πλείους, ἔφη, τῶν χιλίων. Ὅπλα δὲ τίνα
ἐστὶν αὐτοῖς; Οὐδέν, ἔφη, πλὴν τὰ ὀστᾶ τῶν

lake not far off, twenty furlongs in circumference, with all kinds of fish in it, where we swim and sail in a little skiff that I made. It is now twenty-seven years since we were swallowed. Everything else is perhaps endurable, but our neighbours and fellow-countrymen are extremely quarrelsome and unpleasant, being unsociable and savage." "What!" said I, "are there other people in the whale, too?" "Why, yes, lots of them," said he; "they are unfriendly and are oddly built. In the western part of the forest, the tail part, live the Broilers, an eel-eyed, lobster-faced people that are warlike and bold, and carnivorous. On one side, by the starboard wall, live the Mergoats,[1] like men above and catfish below : they are not so wicked as the others. To port there are the Crabclaws and the Codheads, who are friends and allies with each other. The interior is inhabited by Clan Crawfish and the Solefeet, good fighters and swift runners. The eastern part, that near the mouth, is mostly uninhabited, as it is subject to inundations of the sea. I live in it, however, paying the Solefeet a tribute of five hundred oysters a year. Such being the nature of the country, it is for you to see how we can fight with all these tribes and how we are to get a living." "How many are there of them in all?" said I. "More than a thousand," said he. "What sort of weapons have they?" "Nothing but fishbones,"

---

[1] According to Herodotus (2, 46), μένδης was Egyptian for goat ; but there is nothing goatish in the Tritonomendetes as Lucian describes them.

ἰχθύων. Οὐκοῦν, ἔφην ἐγώ, ἄριστα ἂν ἔχοι διὰ
μάχης ἐλθεῖν αὐτοῖς, ἅτε οὖσιν ἀνόπλοις αὐτοὺς
ὡπλισμένους· εἰ γὰρ κρατήσομεν αὐτῶν, ἀδεῶς
τὸν λοιπὸν βίον οἰκήσομεν.

Ἔδοξε ταῦτα, καὶ ἀπελθόντες ἐπὶ ναῦν παρε-
σκευαζόμεθα. αἰτία δὲ τοῦ πολέμου ἔμελλεν ἔσε-
σθαι τοῦ φόρου ἡ οὐκ ἀπόδοσις, ἤδη τῆς προθεσμίας
ἐνεστώσης. καὶ δὴ οἱ μὲν ἔπεμπον ἀπαιτοῦντες
τὸν δασμόν· ὁ δὲ ὑπεροπτικῶς ἀποκρινάμενος
ἀπεδίωξε τοὺς ἀγγέλους. πρῶτοι οὖν οἱ Ψητ-
τόποδες καὶ οἱ Παγουρίδαι χαλεπαίνοντες τῷ
Σκινθάρῳ—τοῦτο γὰρ ἐκαλεῖτο—μετὰ πολλοῦ
θορύβου ἐπῄεσαν. ἡμεῖς δὲ τὴν ἔφοδον 37
ὑποπτεύοντες ἐξοπλισάμενοι ἀνεμένομεν, λόχον
τινὰ προτάξαντες ἀνδρῶν πέντε καὶ εἴκοσι.
προείρητο δὲ τοῖς ἐν τῇ ἐνέδρᾳ, ἐπειδὰν ἴδωσι
παρεληλυθότας τοὺς πολεμίους, ἐπανίστασθαι·
καὶ οὕτως ἐποίησαν. ἐπαναστάντες γὰρ κατόπιν
ἔκοπτον αὐτούς, καὶ ἡμεῖς δὲ αὐτοὶ πέντε καὶ εἴκοσι
τὸν ἀριθμὸν ὄντες — καὶ γὰρ ὁ Σκίνθαρος καὶ ὁ
παῖς αὐτοῦ συνεστρατεύοντο — ὑπηντιάζομεν, καὶ
συμμίξαντες θυμῷ καὶ ῥώμῃ διεκινδυνεύομεν.
τέλος δὲ τροπὴν αὐτῶν ποιησάμενοι κατεδιώξαμεν
ἄχρι πρὸς τοὺς φωλεούς. ἀπέθανον δὲ τῶν μὲν
πολεμίων ἑβδομήκοντα καὶ ἑκατόν, ἡμῶν δὲ εἷς,
ὁ κυβερνήτης, τρίγλης πλευρᾷ διαπαρεὶς τὸ
μετάφρενον. ἐκείνην μὲν οὖν τὴν ἡμέραν καὶ 38
τὴν νύκτα ἐπηυλισάμεθα τῇ μάχῃ καὶ τρόπαιον
ἐστήσαμεν ῥάχιν ξηρὰν δελφῖνος ἀναπήξαντες.
τῇ ὑστεραίᾳ δὲ καὶ οἱ ἄλλοι αἰσθόμενοι παρῆσαν,
τὸ μὲν δεξιὸν κέρας ἔχοντες οἱ Ταριχᾶνες — ἡγεῖτο
δὲ αὐτῶν Πήλαμος — τὸ δὲ εὐώνυμον οἱ Θυννοκέ-

he said. "Then our best plan," said I, "would be to meet them in battle, as they are unarmed and we have arms. If we defeat them, we shall live here in peace the rest of our days."

This was resolved on, and we went to the boat and made ready. The cause of war was to be the withholding of the tribute, since the date for it had already arrived. They sent and demanded the tax, and he gave the messengers a contemptuous answer and drove them off. First the Solefeet and Clan Crawfish, incensed at Scintharus—for that was his name—came on with a great uproar. Anticipating their attack, we were waiting under arms, having previously posted in our front a squad of twenty-five men in ambush, who had been directed to fall on the enemy when they saw that they had gone by, and this they did. Falling on them in the rear, they cut them down, while we ourselves, twenty-five in number (for Scintharus and his son were in our ranks), met them face to face and, engaging them, ran our hazard with strength and spirit. Finally we routed them and pursued them clear to their dens. The slain on the side of the enemy were one hundred and seventy; on our side, one—the sailing-master, who was run through the midriff with a mullet-rib. That day and night we bivouacked on the field and made a trophy by setting up the dry spine of a dolphin. On the following day the others, who had heard of it, appeared, with the Broilers, led by Tom Cod, on the right wing, the Codheads on the left, and the

φαλοι, τὸ μέσον δὲ οἱ Καρκινόχειρες· οἱ γὰρ
Τριτωνομένδητες τὴν ἡσυχίαν ἦγον οὐδετέροις
συμμαχεῖν προαιρούμενοι. ἡμεῖς δὲ προαπαντή-
σαντες αὐτοῖς παρὰ τὸ Ποσειδώνιον συνεμίξαμεν
πολλῇ βοῇ χρώμενοι, ἀντήχει δὲ τὸ κύτος[1] ὥσπερ
τὰ σπήλαια. τρεψάμενοι δὲ αὐτούς, ἅτε γυμνῆτας
ὄντας, καὶ καταδιώξαντες ἐς τὴν ὕλην τὸ λοιπὸν
ἐπεκρατοῦμεν τῆς γῆς. καὶ μετ᾽ οὐ πολὺ 39
κήρυκας ἀποστείλαντες νεκρούς τε ἀνῃροῦντο καὶ
περὶ φιλίας διελέγοντο· ἡμῖν δὲ οὐκ ἐδόκει
σπένδεσθαι, ἀλλὰ τῇ ὑστεραίᾳ χωρήσαντες ἐπ᾽
αὐτοὺς πάντας ἄρδην ἐξεκόψαμεν πλὴν τῶν
Τριτωνομενδήτων. οὗτοι δὲ ὡς εἶδον τὰ γινόμενα,
διαδράντες ἐκ τῶν βραγχίων ἀφῆκαν αὑτοὺς εἰς
τὴν θάλατταν. ἡμεῖς δὲ τὴν χώραν ἐπελθόντες
ἔρημον ἤδη οὖσαν τῶν πολεμίων τὸ λοιπὸν ἀδεῶς
κατῳκοῦμεν, τὰ πολλὰ γυμνασίοις τε καὶ κυνηγε-
σίοις χρώμενοι καὶ ἀμπελουργοῦντες καὶ τὸν
καρπὸν συγκομιζόμενοι τὸν ἐκ τῶν δένδρων, καὶ
ὅλως ἐῴκειμεν τοῖς ἐν δεσμωτηρίῳ μεγάλῳ καὶ
ἀφύκτῳ τρυφῶσι καὶ λελυμένοις.

Ἐνιαυτὸν μὲν οὖν καὶ μῆνας ὀκτὼ τοῦτον διήγο-
μεν τὸν τρόπον. τῷ δ᾽ ἐνάτῳ μηνὶ πέμπτῃ 40
ἱσταμένου, περὶ τὴν δευτέραν τοῦ στόματος ἄνοι-
ξιν — ἅπαξ γὰρ δὴ τοῦτο κατὰ τὴν ὥραν ἑκάστην
ἐποίει τὸ κῆτος, ὥστε ἡμᾶς πρὸς τὰς ἀνοίξεις
τεκμαίρεσθαι τὰς ὥρας — περὶ οὖν τὴν δευτέραν,
ὥσπερ ἔφην, ἄνοιξιν, ἄφνω βοή τε πολλὴ καὶ
θόρυβος ἠκούετο καὶ ὥσπερ κελεύσματα καὶ
εἰρεσίαι· ταραχθέντες οὖν ἀνειρπύσαμεν ἐπ᾽ αὐτὸ
τὸ στόμα τοῦ θηρίου καὶ στάντες ἐνδοτέρω τῶν

[1] κύτος Wesseling : κῆτος MSS.

Crabclaws in the centre. The Mergoats did not take the field, choosing not to ally themselves with either party. Going out to meet them, we engaged them by the temple of Poseidon with great shouting, and the hollow re-echoed like a cave. Routing them, as they were light-armed, and pursuing them into the forest, we were thenceforth masters of the land. Not long afterwards they sent heralds and were for recovering their dead and conferring about an alliance, but we did not think it best to make terms with them. Indeed, on the following day we marched against them and utterly exterminated them, all but the Mergoats, and they, when they saw what was doing, ran off through the gills and threw themselves into the sea. Occupying the country, which was now clear of the enemy, we dwelt there in peace from that time on, constantly engaging in sports, hunting, tending vines and gathering the fruit of the trees. In short, we resembled men leading a life of luxury and roaming at large in a great prison that they cannot break out of.

For a year and eight months we lived in this way, but on the fifth day of the ninth month, about the second mouth-opening—for the whale did it once an hour, so that we told time by the openings—about the second opening, as I said, much shouting and commotion suddenly made itself heard, and what seemed to be commands and oar-beats.[1] Excitedly we crept up to the very mouth of the animal, and standing

---

[1] Compare the description of the sea-fight between Corinth and Corcyra in Thucydides 1. 48.

THE WORKS OF LUCIAN

ὀδόντων καθεωρῶμεν ἁπάντων ὧν ἐγὼ εἶδον
θεαμάτων παραδοξότατον, ἄνδρας μεγάλους, ὅσον
ἡμισταδιαίους τὰς ἡλικίας, ἐπὶ νήσων μεγάλων
προσπλέοντας ὥσπερ ἐπὶ τριήρων. οἶδα μὲν οὖν
ἀπίστοις ἐοικότα ἱστορήσων, λέξω δὲ ὅμως. νῆσοι
ἦσαν ἐπιμήκεις μέν, οὐ πάνυ δὲ ὑψηλαί, ὅσον
ἑκατὸν σταδίων ἑκάστη τὸ περίμετρον· ἐπὶ δὲ
αὐτῶν ἔπλεον τῶν ἀνδρῶν ἐκείνων ἀμφὶ τοὺς
εἴκοσι καὶ ἑκατόν· τούτων δὲ οἱ μὲν παρ' ἑκάτερα
τῆς νήσου καθήμενοι ἐφεξῆς ἐκωπηλάτουν κυπα-
ρίττοις μεγάλαις αὐτοκλάδοις καὶ αὐτοκόμοις
ὥσπερ ἐρετμοῖς, κατόπιν δὲ ἐπὶ τῆς πρύμνης, ὡς
ἐδόκει, κυβερνήτης ἐπὶ λόφου ὑψηλοῦ εἱστήκει
χάλκεον ἔχων πηδάλιον πενταστάδιαῖον τὸ μῆκος·
ἐπὶ δὲ τῆς πρῴρας ὅσον τετταράκοντα ὡπλισμένοι
αὐτῶν ἐμάχοντο, πάντα ἐοικότες ἀνθρώποις πλὴν
τῆς κόμης· αὕτη δὲ πῦρ ἦν καὶ ἐκάετο, ὥστε οὐδὲ
κορύθων ἐδέοντο. ἀντὶ δὲ ἱστίων ὁ ἄνεμος ἐμπί-
πτων τῇ ὕλῃ, πολλῇ οὔσῃ ἐν ἑκάστῃ, ἐκόλπου τε
ταύτην καὶ ἔφερε τὴν νῆσον ᾗ ἐθέλοι ὁ κυβερνή-
της· κελευστὴς δὲ ἐφειστήκει αὐτοῖς, καὶ πρὸς
τὴν εἰρεσίαν ὀξέως ἐκινοῦντο ὥσπερ τὰ μακρὰ
τῶν πλοίων.

Τὸ μὲν οὖν πρῶτον δύο ἢ τρεῖς ἑωρῶμεν, 41
ὕστερον δὲ ἐφάνησαν ὅσον ἑξακόσιοι, καὶ
διαστάντες ἐπολέμουν καὶ ἐναυμάχουν. πολλαὶ
μὲν οὖν ἀντίπρωροι συνηράσσοντο ἀλλήλαις,

inside the teeth we saw the most unparallelled of all
the sights that ever I saw—huge men, fully half
a furlong in stature, sailing on huge islands as
on galleys. Though I know that what I am going
to recount savours of the incredible, I shall say
it nevertheless. There were islands, long but not
very high, and fully a hundred furlongs in circum-
ference, on each of which about a hundred and
twenty of those men were cruising, some of whom,
sitting along each side of the island one behind the
other, were rowing with huge cypress trees for oars—
branches, leaves and all![1] Aft at the stern, as I
suppose you would call it, stood the master on a high
hill, holding a bronze tiller five furlongs in length.
At the bow, about forty of them under arms were
fighting; they were like men in all but their hair,
which was fire and blazed up, so that they had no
need of plumes.[2] In lieu of sails, the wind struck the
forest, which was dense on each of the islands, filled
this and carried the island wherever the helmsman
would. There were boatswains in command, to keep
the oarsmen in time, and the islands moved swiftly
under the rowing, like war-galleys.

At first we only saw two or three, but later on
about six hundred made their appearance. Taking
sides, they went to war and had a sea-fight. Many
collided with one another bows on, and many

---

[1] Herodotus (2, 156) speaks of a floating island in Egypt.
[2] Cf. *Il.* 5, 4: " And tireless flames did burn on crest and
shield."

πολλαὶ δὲ καὶ ἐμβληθεῖσαι κατεδύοντο, αἱ δε
συμπλεκόμεναι καρτερῶς διηγωνίζοντο καὶ οὐ
ῥᾳδίως ἀπελύοντο· οἱ γὰρ ἐπὶ τῆς πρῴρας τεταγ-
μένοι πᾶσαν ἐπεδείκνυντο προθυμίαν ἐπιβαίνοντες
καὶ ἀναιροῦντες· ἐζώγρει δὲ οὐδείς. ἀντὶ δὲ χειρῶν
σιδηρῶν πολύποδας μεγάλους ἐκδεδεμένους ἀλλή-
λοις ἐπερρίπτουν, οἱ δὲ περιπλεκόμενοι τῇ ὕλῃ
κατεῖχον τὴν νῆσον. ἔβαλλον μέντοι καὶ ἐτίτρω-
σκον ὀστρέοις τε ἁμαξοπληθέσι καὶ σπόγγοις
πλεθριαίοις. ἡγεῖτο δὲ τῶν μὲν Αἰολοκέν- 42
ταυρος, τῶν δὲ Θαλασσοπότης· καὶ μάχη αὐτοῖς
ἐγεγένητο, ὡς ἐδόκει, λείας ἕνεκα· ἐλέγετο γὰρ
ὁ Θαλασσοπότης πολλὰς ἀγέλας δελφίνων τοῦ
Αἰολοκενταύρου ἐληλακέναι, ὡς ἦν ἀκούειν ἐπικα-
λούντων ἀλλήλοις καὶ τὰ ὀνόματα τῶν βασιλέων
ἐπιβοωμένων. τέλος δὲ νικῶσιν οἱ τοῦ Αἰολοκεν-
ταύρου καὶ νήσους τῶν πολεμίων καταδύουσιν
ἀμφὶ τὰς πεντήκοντα καὶ ἑκατόν· καὶ ἄλλας τρεῖς
λαμβάνουσιν αὐτοῖς ἀνδράσιν· αἱ δὲ λοιπαὶ
πρύμναν κρουσάμεναι ἔφευγον. οἱ δὲ μέχρι τινὸς
διώξαντες, ἐπειδὴ ἑσπέρα ἦν, τραπόμενοι πρὸς τὰ
ναυάγια τῶν πλείστων ἐπεκράτησαν καὶ τὰ ἑαυ-
τῶν ἀνείλοντο· καὶ γὰρ ἐκείνων κατέδυσαν νῆσοι
οὐκ ἐλάττους τῶν ὀγδοήκοντα. ἔστησαν δὲ καὶ
τρόπαιον τῆς νησομαχίας ἐπὶ τῇ κεφαλῇ τοῦ
κήτους μίαν τῶν πολεμίων νήσων ἀνασταυρώ-
σαντες. ἐκείνην μὲν οὖν τὴν νύκτα περὶ τὸ θηρίον
ηὐλίσαντο ἐξάψαντες αὐτοῦ τὰ ἀπόγεια καὶ ἐπ᾽
ἀγκυρῶν πλησίον ὁρμισάμενοι· καὶ γὰρ ἀγκύραις
ἐχρῶντο μεγάλαις ὑαλίναις καρτεραῖς. τῇ ὑστε-

were rammed amidships and sunk. Some, grappling one another, put up a stout fight and were slow to cast off, for those stationed at the bows showed all zeal in boarding and slaying: no quarter was given. Instead of iron grapnels they threw aboard one another great devilfish with lines belayed to them, and these gripped the woods and held the island fast. They struck and wounded one another with oysters that would fill a wagon and with hundred-foot sponges. The leader of one side was Aeolocentaur, of the other, Brinedrinker. Their battle evidently came about on account of an act of piracy: Brinedrinker was said to have driven off many herds of dolphins belonging to Aeolocentaur. We knew this because we could hear them abusing one another and calling out the names of their kings. Finally the side of Aeolocentaur won; they sank about a hundred and fifty of the enemy's islands; and took three more, crews and all; the rest backed water and fled. After pursuing them some distance, they turned back to the wrecks at evening, making prizes of most of them and picking up what belonged to themselves; for on their own side not less than eighty islands had gone down. They also made a trophy of the isle-fight by setting up one of the enemy's islands on the head of the whale. That night they slept on shipboard around the animal, making their shore lines fast to him and riding at anchor just off him; for they had anchors, large and strong, made of glass.[1] On the following day they performed

---

[1] Very likely a punning reference to some traveller's account of wooden (ξυλίναις) anchors.

ραία δὲ θύσαντες ἐπὶ τοῦ κήτους καὶ τοὺς οἰκείους
θάψαντες ἐπ' αὐτοῦ ἀπέπλεον ἡδόμενοι καὶ ὥσπερ
παιᾶνας ᾄδοντες. ταῦτα μὲν τὰ κατὰ τὴν νησο-
μαχίαν γενόμενα.

ΑΛΗΘΩΝ ΔΙΗΓΗΜΑΤΩΝ Β

Τὸ δὲ ἀπὸ τούτου μηκέτι φέρων ἐγὼ τὴν ἐν 1
τῷ κήτει δίαιταν ἀχθόμενός τε τῇ μονῇ μηχανήν
τινα ἐζήτουν, δι' ἧς ἂν ἐξελθεῖν γένοιτο· καὶ τὸ
μὲν πρῶτον ἔδοξεν ἡμῖν διορύξασι κατὰ τὸν δεξιὸν
τοῖχον ἀποδρᾶναι, καὶ ἀρξάμενοι διεκόπτομεν·
ἐπειδὴ δὲ προελθόντες ὅσον πέντε σταδίους οὐδὲν
ἠνύομεν, τοῦ μὲν ὀρύγματος ἐπαυσάμεθα, τὴν δὲ
ὕλην καῦσαι διέγνωμεν· οὕτω γὰρ ἂν τὸ κῆτος
ἀποθανεῖν· εἰ δὲ τοῦτο γένοιτο, ῥᾳδία ἔμελλεν
ἡμῖν ἔσεσθαι ἡ ἔξοδος. ἀρξάμενοι οὖν ἀπὸ τῶν
οὐραίων ἐκαίομεν, καὶ ἡμέρας μὲν ἑπτὰ καὶ ἴσας
νύκτας ἀναισθήτως εἶχε τοῦ καύματος, ὀγδόῃ δὲ
καὶ ἐνάτῃ συνίεμεν αὐτοῦ νοσοῦντος· ἀργότερον
γοῦν ἀνέχασκεν, καὶ εἴ ποτε ἀναχάνοι, ταχὺ
συνέμυεν. δεκάτῃ δὲ καὶ ἑνδεκάτῃ τέλεον ἀπενε-
κροῦτο[1] καὶ δυσῶδες ἦν· τῇ δωδεκάτῃ δὲ μόλις
ἐνενοήσαμεν ὡς, εἰ μή τις χανόντος αὐτοῦ ὑπο-
στηρίξειεν τοὺς γομφίους, ὥστε μηκέτι συγκλεῖσαι,
κινδυνεύσομεν κατακλεισθέντες ἐν νεκρῷ αὐτῷ
ἀπολέσθαι. οὕτω δὴ μεγάλοις δοκοῖς τὸ στόμα
διερείσαντες τὴν ναῦν ἐπεσκευάζομεν ὕδωρ τε ὡς

---

[1] ἀπενεκροῦτο Z, P, N, F; ἀπενενέκρωτο ΓΩS.

sacrifice on the whale, buried their friends on him, and sailed off rejoicing and apparently singing hymns of victory. So much for the events of the isle-fight.

BOOK II

FROM that time on, as I could no longer endure the life in the whale and was discontented with the delay, I sought a way of escape. First we determined to dig through the right side and make off, and we made a beginning and tried to cut through. But when we had advanced some five furlongs without getting anywhere, we left off digging and decided to set the forest afire, thinking that in this way the whale could be killed, and in that case our escape would be easy. So we began at the tail end and set it afire. For seven days and seven nights he was unaffected by the burning, but on the eighth and ninth we gathered that he was in a bad way. For instance, he yawned less frequently, and whenever he did yawn he closed his mouth quickly. On the tenth and eleventh day mortification at last set in and he was noisome. On the twelfth we perceived just in time that if someone did not shore his jaws open when he yawned, so that he could not close them again, we stood a chance of being shut up in the dead whale and dying there ourselves. At the last moment, then, we propped the mouth open with great beams and made our boat ready, putting aboard

ἔνι πλεῖστον ἐμβαλλόμενοι καὶ τἆλλα ἐπιτήδεια·
κυβερνήσειν δὲ ἔμελλεν ὁ Σκίνθαρος.

Τῇ δὲ ἐπιούσῃ τὸ μὲν ἤδη ἐτεθνήκει. ἡμεῖς 2
δὲ ἀνελκύσαντες τὸ πλοῖον καὶ διὰ τῶν ἀραιωμά-
των διαγαγόντες καὶ ἐκ τῶν ὀδόντων ἐξάψαντες
ἠρέμα καθήκαμεν ἐς τὴν θάλατταν· ἐπαναβάντες
δὲ ἐπὶ τὰ νῶτα καὶ θύσαντες τῷ Ποσειδῶνι αὐτοῦ
παρὰ τὸ τρόπαιον ἡμέρας τε τρεῖς ἐπαυλισάμενοι
—νηνεμία γὰρ ἦν—τῇ τετάρτῃ ἀπεπλεύσαμεν.
ἔνθα δὴ πολλοῖς τῶν ἐκ τῆς ναυμαχίας νεκροῖς
ἀπηντῶμεν καὶ προσωκέλλομεν, καὶ τὰ σώματα
καταμετροῦντες ἐθαυμάζομεν. καὶ ἡμέρας μέν
τινας ἐπλέομεν εὐκράτῳ ἀέρι χρώμενοι, ἔπειτα
βορέου σφοδροῦ πνεύσαντος μέγα κρύος ἐγένετο,
καὶ ὑπ᾽ αὐτοῦ πᾶν ἐπάγη τὸ πέλαγος, οὐκ ἐπι-
πολῆς μόνον, ἀλλὰ καὶ ἐς βάθος ὅσον ἐς ἓξ¹ ὀργυιάς,
ὥστε καὶ ἀποβάντας διαθεῖν ἐπὶ τοῦ κρυστάλλου.
ἐπιμένοντος δὲ τοῦ πνεύματος φέρειν οὐ δυνάμενοι
τοιόνδε τι ἐπενοήσαμεν—ὁ δὲ τὴν γνώμην ἀπο-
φηνάμενος ἦν ὁ Σκίνθαρος—σκάψαντες γὰρ ἐν τῷ
ὕδατι σπήλαιον μέγιστον ἐν τούτῳ ἐμείναμεν
ἡμέρας τριάκοντα, πῦρ ἀνακαίοντες καὶ σιτούμενοι
τοὺς ἰχθῦς· εὑρίσκομεν δὲ αὐτοὺς ἀνορύττοντες.
ἐπειδὴ δὲ ἤδη ἐπέλειπε τὰ ἐπιτήδεια, προελθόντες
καὶ τὴν ναῦν πεπηγυῖαν ἀνασπάσαντες καὶ πετά-
σαντες τὴν ὀθόνην ἐσυρόμεθα ὥσπερ πλέοντες
λείως καὶ προσηνῶς ἐπὶ τοῦ πάγου διολισθάνοντες.
ἡμέρᾳ δὲ πέμπτῃ ἀλέα τε ἦν ἤδη καὶ ὁ πάγος
ἐλύετο καὶ ὕδωρ πάντα αὖθις ἐγίνετο.

Πλεύσαντες οὖν ὅσον τριακοσίους σταδίους 3

¹ ἐς ἓξ (i.e. ϛ) Schwartz : ἐς τετρακοσίας (i.e. τ), ἐπὶ τριακοσίας
MSS.

all the water we could and the other provisions. Our sailing-master was to be Scintharus.

On the next day the whale was dead at last. We dragged the boat up, took her through the gaps, made her fast to the teeth and lowered her slowly into the sea. Climbing on the back and sacrificing to Poseidon there by the trophy, we camped for three days, as it was calm. On the fourth day we sailed off, and in so doing met and grounded on many of the dead from the sea-fight, and measured their bodies with amazement. For some days we sailed with a moderate breeze, and then a strong norther blew up and brought on great cold. The entire sea was frozen by it, not just on the surface but to a depth of fully six fathoms, so that we could leave the boat and run on the ice. The wind held and we could not stand it, so we devised an odd remedy—the proposer of the idea was Scintharus. We dug a very large cave in the water and stopped in it for thirty days, keeping a fire burning and eating the fish that we found in digging. When our provisions at last failed, we came out, hauled up the boat, which had frozen in, spread our canvas and slid, gliding on the ice smoothly and easily, just as if we were sailing. On the fifth day it was warm again, the ice broke up and everything turned to water once more.

After sailing about three hundred furlongs we

νήσῳ μικρᾷ καὶ ἐρήμη προσηνέχθημεν, ἀφ' ἧς
ὕδωρ λαβόντες—ἐπελελοίπει γὰρ ἤδη—καὶ δύο
ταύρους ἀγρίους κατατοξεύσαντες ἀπεπλεύσαμεν.
οἱ δὲ ταῦροι οὗτοι τὰ κέρατα οὐκ ἐπὶ τῆς κεφαλῆς
εἶχον, ἀλλ' ὑπὸ τοῖς ὀφθαλμοῖς, ὥσπερ ὁ Μῶμος
ἠξίου. μετ' οὐ πολὺ δὲ εἰς πέλαγος ἐμβαίνομεν,
οὐχ ὕδατος, ἀλλὰ γάλακτος· καὶ νῆσος ἐν αὐτῷ
ἐφαίνετο λευκὴ πλήρης ἀμπέλων. ἦν δὲ ἡ νῆσος
τυρὸς μέγιστος συμπεπηγώς, ὡς ὕστερον ἐμφα-
γόντες ἐμάθομεν, σταδίων εἴκοσι πέντε τὸ περί-
μετρον· αἱ δὲ ἄμπελοι βοτρύων πλήρεις, οὐ μέντοι
οἶνον, ἀλλὰ γάλα ἐξ αὐτῶν ἀποθλίβοντες ἐπίνομεν.
ἱερὸν δὲ ἐν μέσῃ τῇ νήσῳ ἀνῳκοδόμητο Γαλατείας
τῆς Νηρηίδος, ὡς ἐδήλου τὸ ἐπίγραμμα. ὅσον δ'
οὖν χρόνον ἐκεῖ ἐμείναμεν, ὄψον μὲν ἡμῖν καὶ
σιτίον ἡ γῆ ὑπῆρχεν, ποτὸν δὲ τὸ γάλα τὸ ἐκ τῶν
βοτρύων. βασιλεύειν δὲ τῶν χωρίων τούτων
ἐλέγετο Τυρὼ ἡ Σαλμωνέως, μετὰ τὴν ἐντεῦθεν
ἀπαλλαγὴν ταύτην παρὰ τοῦ Ποσειδῶνος λαβοῦσα
τὴν τιμήν.

Μείναντες δὲ ἡμέρας ἐν τῇ νήσῳ πέντε, τῇ 4
ἕκτῃ ἐξωρμήσαμεν, αὔρας μέν τινος παραπεμπού-
σης, λειοκύμονος δὲ οὔσης τῆς θαλάττης· ὀγδόη
δὲ ἡμέρα πλέοντες οὐκέτι διὰ τοῦ γάλακτος, ἀλλ'
ἤδη ἐν ἁλμυρῷ καὶ κυανέῳ ὕδατι, καθορῶμεν ἀν-
θρώπους πολλοὺς ἐπὶ τοῦ πελάγους διαθέοντας,
ἅπαντα ἡμῖν προσεοικότας, καὶ τὰ σώματα καὶ
τὰ μεγέθη, πλὴν τῶν ποδῶν μόνων· ταῦτα γὰρ
φέλλινα εἶχον, ἀφ' οὗ δή, οἶμαι, καὶ ἐκαλοῦντο

ran in at a small desert island, where we got water—
which had failed by this time—and shot two wild
bulls, and then sailed away. These bulls did not
have their horns on their head but under their eyes,
as Momus wanted.[1] Not long afterwards we entered
a sea of milk, not of water, and in it a white island,
full of grapevines, came in sight. The island was
a great solid cheese, as we afterwards learned by
tasting it. It was twenty-five furlongs in circumference.
The vines were full of grapes, but the liquid which
we squeezed from them and drank was milk instead
of wine. A temple had been constructed in the
middle of the island in honour of Galatea the
Nereid, as its inscription indicated. All the time
that we stopped in the island the earth was our
bread and meat and the milk from the grapes our
drink. The ruler of that region was said to be Tyro,
daughter of Salmoneus, who after departure from
home received this guerdon from Poseidon.[2]

After stopping five days on the island we started
out on the sixth, with a bit of breeze propelling
us over a rippling sea. On the eighth day, by which
time we were no longer sailing through the milk
but in briny blue water, we came in sight of many men
running over the sea, like us in every way, both in
shape and in size, except only their feet, which were
of cork : that is why they were called Corkfeet, if I

[1] Momus suggested this in order that the animal might see
what he was doing with his horns.
[2] As *gala* is milk and *tyros* cheese, the goddess and the
queen of the island are fitly chosen.

Φελλόποδες. ἐθαυμάσαμεν οὖν ἰδόντες οὐ βαπτι-
ζομένους, ἀλλὰ ὑπερέχοντας τῶν κυμάτων καὶ
ἀδεῶς ὁδοιποροῦντας. οἱ δὲ καὶ προσήεσαν καὶ
ἠσπάζοντο ἡμᾶς Ἑλληνικῇ φωνῇ· ἔλεγον δὲ καὶ
εἰς Φελλὼ τὴν αὑτῶν πατρίδα ἐπείγεσθαι. μέχρι
μὲν οὖν τινος συνωδοιπόρουν ἡμῖν παραθέοντες,
εἶτα ἀποτραπόμενοι τῆς ὁδοῦ ἐβάδιζον εὔπλοιαν
ἡμῖν ἐπευξάμενοι.

Μετ' ὀλίγον δὲ πολλαὶ νῆσοι ἐφαίνοντο, πλη-
σίον μὲν ἐξ ἀριστερῶν ἡ Φελλώ, ἐς ἣν ἐκεῖνοι
ἔσπευδον, πόλις ἐπὶ μεγάλου καὶ στρογγύλου
φελλοῦ κατοικουμένη· πόρρωθεν δὲ καὶ μᾶλλον
ἐν δεξιᾷ πέντε μέγισται καὶ ὑψηλόταται, καὶ πῦρ
πολὺ ἀπ' αὐτῶν ἀνεκαίετο, κατὰ δὲ τὴν πρῶραν
μία πλατεῖα καὶ ταπεινή, σταδίους ἀπέχουσα 5
οὐκ ἐλάττους πεντακοσίων. ἤδη δὲ πλησίον
ἦμεν, καὶ θαυμαστή τις αὔρα περιέπνευσεν ἡμᾶς,
ἡδεῖα καὶ εὐώδης, οἵαν φησὶν ὁ συγγραφεὺς
Ἡρόδοτος ἀπόζειν τῆς εὐδαίμονος Ἀραβίας. οἷον
γὰρ ἀπὸ ῥόδων καὶ ναρκίσσων καὶ ὑακίνθων
καὶ κρίνων καὶ ἴων, ἔτι δὲ μυρρίνης καὶ
δάφνης καὶ ἀμπελάνθης, τοιοῦτον ἡμῖν τὸ ἡδὺ
προσέβαλλεν. ἡσθέντες δὲ τῇ ὀσμῇ καὶ χρηστὰ
ἐκ μακρῶν πόνων ἐλπίσαντες κατ' ὀλίγον ἤδη
πλησίον τῆς νήσου ἐγινόμεθα. ἔνθα δὴ καὶ καθ-
εωρῶμεν λιμένας τε πολλοὺς περὶ πᾶσαν ἀκλύ-
στους καὶ μεγάλους, ποταμούς τε διαυγεῖς ἐξιέντας
ἠρέμα εἰς τὴν θάλασσαν, ἔτι δὲ λειμῶνας καὶ
ὕλας καὶ ὄρνεα μουσικά, τὰ μὲν ἐπὶ τῶν ἠόνων
ᾄδοντα, πολλὰ δὲ καὶ ἐπὶ τῶν κλάδων· ἀήρ τε
κοῦφος καὶ εὔπνους περιεκέχυτο τὴν χώραν· καὶ

am not mistaken. We were amazed to see that they
did not go under, but stayed on the top of the waves
and went about fearlessly. Some of them came up
and greeted us in the Greek language; they said
that they were on their way to Cork, their native
city. For some distance they travelled with us,
running alongside, and then they turned off and
went their way, wishing us luck on our voyage.

In a little while many islands came in sight.
Near us, to port, was Cork, where the men were
going, a city built on a great round cork. At a
distance and more to starboard were five islands,
very large and high, from which much fire was
blazing up. Dead ahead was one that was flat
and low-lying, not less than five hundred furlongs
off. When at length we were near it, a wonderful
breeze blew about us, sweet and fragrant, like the
one that, on the word of the historian Herodotus,[1]
breathes perfume from Araby the blest. The sweet-
ness that met us was as if it came from roses and
narcissi and hyacinths and lilies and violets, from
myrrh and laurel and vines in bloom. Delighted with
the fragrance and cherishing high hopes after our long
toils, we gradually drew near to the island at last.
Then we saw many harbours all about it, large and
unfretted by beating waves; transparent rivers empty-
ing softly into the sea; meads, too, and woods and
songbirds, some of them singing on the shore and
many in the branches. A rare, pure atmosphere
enfolded the place, and sweet breezes with their

[1] 3, 113.

αὖραι δέ τινες ἡδεῖαι πνέουσαι ἠρέμα τὴν ὕλην
διεσάλευον, ὥστε καὶ ἀπὸ τῶν κλάδων κινουμένων
τερπνὰ καὶ συνεχῆ μέλη ἀπεσυρίζετο, ἐοικότα
τοῖς ἐπ᾿ ἐρημίας αὐλήμασι τῶν πλαγίων αὐλῶν.
καὶ μὴν καὶ βοὴ σύμμικτος ἠκούετο ἄθρους, οὐ
θορυβώδης, ἀλλ᾿ οἵα γένοιτ᾿ ἂν ἐν συμποσίῳ,
τῶν μὲν αὐλούντων, τῶν δὲ ἐπᾳδόντων,[1] ἐνίων
δὲ κροτούντων πρὸς αὐλὸν ἢ κιθάραν. τούτοις 6
ἅπασι κηλούμενοι κατήχθημεν, ὁρμίσαντες δὲ τὴν
ναῦν ἀπεβαίνομεν, τὸν Σκίνθαρον ἐν αὐτῇ καὶ δύο
τῶν ἑταίρων ἀπολιπόντες. προϊόντες δὲ διὰ λει-
μῶνος εὐανθοῦς ἐντυγχάνομεν τοῖς φρουροῖς καὶ
περιπόλοις, οἱ δὲ δήσαντες ἡμᾶς ῥοδίνοις στε-
φάνοις—οὗτος γὰρ μέγιστος παρ᾿ αὐτοῖς δεσμός
ἐστιν—ἀνῆγον ὡς τὸν ἄρχοντα, παρ᾿ ὧν δὴ καθ᾿
ὁδὸν ἠκούσαμεν ὡς ἡ μὲν νῆσος εἴη τῶν Μακάρων
προσαγορευομένη, ἄρχοι δὲ ὁ Κρὴς Ῥαδάμανθυς.
καὶ δὴ ἀναχθέντες ὡς αὐτὸν ἐν τάξει τῶν δικα-
ζομένων ἔστημεν τέταρτοι. ἦν δὲ ἡ μὲν πρώτη 7
δίκη περὶ Αἴαντος τοῦ Τελαμῶνος, εἴτε χρὴ
αὐτὸν συνεῖναι τοῖς ἥρωσιν εἴτε καὶ μή· κατη-
γορεῖτο δὲ αὐτοῦ ὅτι μεμήνοι καὶ ἑαυτὸν ἀπε-
κτόνοι. τέλος δὲ πολλῶν ῥηθέντων ἔγνω ὁ
Ῥαδάμανθυς, νῦν μὲν αὐτὸν πιόμενον τοῦ ἐλλε-
βόρου παραδοθῆναι Ἱπποκράτει τῷ Κῴῳ ἰατρῷ,
ὕστερον δὲ σωφρονήσαντα μετέχειν τοῦ συμπο-
σίου. δευτέρα δὲ ἦν κρίσις ἐρωτική, Θησέως καὶ 8
Μενελάου περὶ τῆς Ἑλένης διαγωνιζομένων,
ποτέρῳ χρὴ αὐτὴν συνοικεῖν. καὶ ὁ Ῥαδάμανθυς
ἐδίκασε Μενελάῳ συνεῖναι αὐτὴν ἅτε καὶ τοσαῦτα
πονήσαντι καὶ κινδυνεύσαντι τοῦ γάμου ἕνεκα·

---

[1] ἐπᾳδόντων Rohde: ἐπαινούντων MSS.

blowing stirred the woods gently, so that from the moving branches came a whisper of delightful, unbroken music, like the fluting of Pandean pipes in desert places. Moreover, a confused sound could be heard incessantly, which was not noisy but resembled that made at a drinking-party, when some are playing, others singing and others beating time to the flute or the lyre. Enchanted with all this, we put in, anchored our boat and landed, leaving Scintharus and two of my comrades on board. Advancing through a flowery mead, we came upon the guards and sentinels, who bound us with rosy wreaths—the strongest fetter that they have—and led us inland to their ruler. They told us on the way that the island was the one that is called the Isle of the Blest, and that the ruler was the Cretan Rhadamanthus. On being brought before him, we were given fourth place among the people awaiting trial. The first case was that of Ajax, son of Telamon, to decide whether he should be allowed to associate with the heroes or not: he was accused of having gone mad and killed himself. At last, when much had been said, Rhadamanthus gave judgment that for the present he should be given in charge of Hippocrates, the Coan physician, to take the hellebore treatment,[1] and that later on, when he had recovered his wits, he should have a place at the table of the heroes. The second case was a love-affair—Theseus and Menelaus at law over Helen, to determine which of the two she should live with. Rhadamanthus pronounced that she should live with Menelaus, because he had undergone so much toil and danger on account of his marriage: then too,

---

[1] A remedy for madness; Hor. *Sat.*. 2. 3. 82.

καὶ γὰρ αὖ τῷ Θησεῖ καὶ ἄλλας εἶναι γυναῖκας,
τήν τε Ἀμαζόνα καὶ τὰς τοῦ Μίνωος θυγατέρας.
τρίτη δ' ἐδικάσθη περὶ προεδρίας Ἀλεξάνδρῳ 9
τε τῷ Φιλίππου καὶ Ἀννίβᾳ τῷ Καρχηδονίῳ,
καὶ ἔδοξε προέχειν ὁ Ἀλέξανδρος, καὶ θρόνος
αὐτῷ ἐτέθη παρὰ Κῦρον τὸν Πέρσην τὸν πρότε-
ρον. τέταρτοι δὲ ἡμεῖς προσήχθημεν· καὶ ὁ μὲν 10
ἤρετο τί παθόντες ἔτι ζῶντες ἱεροῦ χωρίου ἐπι-
βαίημεν· ἡμεῖς δὲ πάντα ἑξῆς διηγησάμεθα. οὕτω
δὴ μεταστησάμενος ἡμᾶς ἐπὶ πολὺν χρόνον ἐσκέ-
πτετο καὶ τοῖς συνέδροις ἐκοινοῦτο περὶ ἡμῶν.
συνήδρευον δὲ ἄλλοι τε πολλοὶ καὶ Ἀριστείδης ὁ
δίκαιος ὁ Ἀθηναῖος. ὡς δὲ ἔδοξεν αὐτῷ, ἀπεφή-
ναντο, τῆς μὲν φιλοπραγμοσύνης καὶ τῆς ἀποδη-
μίας, ἐπειδὰν ἀποθάνωμεν, δοῦναι τὰς εὐθύνας, τὸ
δὲ νῦν ῥητὸν χρόνον μείναντας ἐν τῇ νήσῳ καὶ
συνδιαιτηθέντας τοῖς ἥρωσιν ἀπελθεῖν. ἔταξαν
δὲ καὶ τὴν προθεσμίαν τῆς ἐπιδημίας μὴ πλέον
μηνῶν ἑπτά.

Τοὐντεῦθεν αὐτομάτων ἡμῖν τῶν στεφάνων 11
περιρρυέντων ἐλελύμεθα καὶ εἰς τὴν πόλιν
ἠγόμεθα καὶ εἰς τὸ τῶν Μακάρων συμπόσιον.
αὐτὴ μὲν οὖν ἡ πόλις πᾶσα χρυσῆ, τὸ δὲ τεῖχος
περίκειται σμαράγδινον· πύλαι δέ εἰσιν ἑπτά,
πᾶσαι μονόξυλοι κινναμώμιναι· τὸ μέντοι ἔδαφος
τὸ τῆς πόλεως καὶ ἡ ἐντὸς τοῦ τείχους γῆ
ἐλεφαντίνη· ναοὶ δὲ πάντων θεῶν βηρύλλου λίθου
ᾠκοδομημένοι, καὶ βωμοὶ ἐν αὐτοῖς μέγιστοι
μονόλιθοι ἀμεθύστινοι, ἐφ' ὧν ποιοῦσι τὰς

Theseus had other wives, the Amazon [1] and the daughters of Minos.[2] The third judgment was given in a matter of precedence between Alexander, son of Philip, and Hannibal of Carthage, and the decision was that Alexander outranked Hannibal, so his chair was placed next the elder Cyrus of Persia.[3] We were brought up fourth; and he asked us how it was that we trod on holy ground while still alive, and we told him the whole story. Then he had us removed, pondered for a long time, and consulted with his associates about us. Among many other associates he had Aristides the Just, of Athens. When he had come to a conclusion, sentence was given that for being inquisitive and not staying at home we should be tried after death, but that for the present we might stop a definite time in the island and share the life of the heroes, and then we must be off. They set the length of our stay at not more than seven months.

Thereupon our garlands fell away of themselves, and we were set free and taken into the city and to the table of the blessed. The city itself is all of gold and the wall around it of emerald.[4] It has seven gates, all of single planks of cinnamon. The foundations of the city and the ground within its walls are ivory. There are temples of all the gods, built of beryl, and in them great monolithic altars of amethyst, on which they make their great

---

[1] Hippolyta.　　　　[2] Ariadne and Phaedra.
[3] Cf. *Dialogues of the Dead*, 25.
[4] Lucian's city is not necessarily a parody on the New Jerusalem, though the scholiast so understood it.

ἑκατόμβας. περὶ δὲ τὴν πόλιν ῥεῖ ποταμὸς μύρου
τοῦ καλλίστου, τὸ πλάτος πήχεων· ἑκατὸν
βασιλικῶν, βάθος δὲ πέντε,[1] ὥστε νεῖν εὐμαρῶς.
λουτρὰ δέ ἐστιν αὐτοῖς οἶκοι μεγάλοι ὑάλινοι, τῷ
κινναμώμῳ ἐγκαιόμενοι· ἀντὶ μέντοι τοῦ ὕδατος
ἐν ταῖς πυέλοις δρόσος θερμὴ ἔστιν. ἐσθῆτι δὲ 12
χρῶνται ἀραχνίοις λεπτοῖς, πορφυροῖς. αὐτοὶ
δὲ σώματα μὲν οὐκ ἔχουσιν, ἀλλ' ἀναφεῖς καὶ
ἄσαρκοί εἰσιν, μορφὴν δὲ καὶ ἰδέαν μόνην ἐμφαίνου-
σιν, καὶ ἀσώματοι ὄντες ὅμως συνεστᾶσιν καὶ
κινοῦνται καὶ φρονοῦσι καὶ φωνὴν ἀφιᾶσιν, καὶ
ὅλως ἔοικε γυμνή τις ἡ ψυχὴ αὐτῶν περιπολεῖν
τὴν τοῦ σώματος ὁμοιότητα περικειμένη· εἰ γοῦν
μὴ ἅψαιτό τις, οὐκ ἂν ἐξελέγξειε μὴ εἶναι σῶμα
τὸ ὁρώμενον· εἰσὶ γὰρ ὥσπερ σκιαὶ ὀρθαί, οὐ
μέλαιναι. γηράσκει δὲ οὐδείς, ἀλλ' ἐφ' ἧς ἂν
ἡλικίας ἔλθῃ παραμένει. οὐ μὴν οὐδὲ νὺξ παρ'
αὐτοῖς γίνεται, οὐδὲ ἡμέρα πάνυ λαμπρά· καθά-
περ δὲ τὸ λυκαυγὲς ἤδη πρὸς ἕω, μηδέπω ἀνατεί-
λαντος ἡλίου, τοιοῦτο φῶς ἐπέχει τὴν γῆν. καὶ
μέντοι καὶ ὥραν μίαν ἴσασιν τοῦ ἔτους· αἰεὶ γὰρ
παρ' αὐτοῖς ἔαρ ἐστὶ καὶ εἷς ἄνεμος πνεῖ παρ'
αὐτοῖς ὁ ζέφυρος. ἡ δὲ χώρα πᾶσι μὲν ἄνθεσιν, 13
πᾶσι δὲ φυτοῖς ἡμέροις τε καὶ σκιεροῖς τέθηλεν·
αἱ μὲν γὰρ ἄμπελοι δωδεκάφοροί εἰσιν καὶ κατὰ
μῆνα ἕκαστον καρποφοροῦσιν· τὰς δὲ ῥοιὰς καὶ
τὰς μηλέας καὶ τὴν ἄλλην ὀπώραν ἔλεγον εἶναι
τρισκαιδεκάφορον· ἑνὸς γὰρ μηνὸς τοῦ παρ' αὐτοῖς
Μινῴου δὶς καρποφορεῖν· ἀντὶ δὲ πυροῦ οἱ στάχυες

---

[1] πέντε (i.e. ε) Schwartz: not in MSS.

burnt-offerings. Around the city runs a river of
the finest myrrh, a hundred royal cubits wide and
five deep, so that one can swim in it comfortably.
For baths they have large houses of glass, warmed
by burning cinnamon; instead of water there is hot
dew in the tubs. For clothing they use delicate
purple spider-webs. As for themselves, they have
no bodies, but are intangible and fleshless, with only
shape and figure. Incorporeal as they are, they
nevertheless live and move and think and talk. In
a word, it would appear that their naked souls go
about in the semblance of their bodies. Really, if
one did not touch them, he could not tell that what
he saw was not a body, for they are like upright
shadows, only not black. Nobody grows old, but
stays the same age as on coming there. Again, it is
neither night among them nor yet very bright day,
but the light which is on the country is like the
gray morning toward dawn, when the sun has not
yet risen. Moreover, they are acquainted with only
one season of the year, for it is always spring there
and the only wind that blows there is Zephyr.
The country abounds in flowers and plants of all
kinds, cultivated and otherwise.[1] The grape-vines
yield twelve vintages a year, bearing every month;
the pomegranates, apples and other fruit-trees were
said to bear thirteen times a year, for in one month,
their Minoan, they bear twice. Instead of wheat-ears,
loaves of bread all baked grow on the tops of the

[1] Lucian makes a villainous pun here, contrasting *hemeros*
(cultivated) with *skieros* (fond of darkness), as if the former
word meant 'fond of daylight,' (*hemera*) !

ἄρτον ἕτοιμον ἐπ' ἄκρων φύουσιν ὥσπερ μύκητας.
πηγαὶ δὲ περὶ τὴν πόλιν ὕδατος μὲν πέντε καὶ
ἑξήκοντα καὶ τριακόσιαι, μέλιτος δὲ ἄλλαι
τοσαῦται, μύρου δὲ πεντακόσιαι, μικρότεραι μέντοι
αὗται, καὶ ποταμοὶ γάλακτος ἑπτὰ καὶ οἴνου
ὀκτώ.

Τὸ δὲ συμπόσιον ἔξω τῆς πόλεως πεποίην- 14
ται ἐν τῷ Ἠλυσίῳ καλουμένῳ πεδίῳ· λειμὼν δέ
ἐστιν κάλλιστος καὶ περὶ αὐτὸν ὕλη παντοία
πυκνή, ἐπισκιάζουσα τοὺς κατακειμένους. καὶ
στρωμνὴν μὲν ἐκ τῶν ἀνθῶν ὑποβέβληνται,
διακονοῦνται δὲ καὶ παραφέρουσιν ἕκαστα οἱ
ἄνεμοι πλήν γε τοῦ οἰνοχοεῖν· τούτου γὰρ οὐδὲν
δέονται, ἀλλ' ἔστι δένδρα περὶ τὸ συμπόσιον
ὑάλινα μεγάλα τῆς διαυγεστάτης ὑάλου, καὶ
καρπός ἐστι τῶν δένδρων τούτων ποτήρια παντοῖα
καὶ τὰς κατασκευὰς καὶ τὰ μεγέθη. ἐπειδὰν οὖν
παρίῃ τις ἐς τὸ συμπόσιον, τρυγήσας ἓν ἢ καὶ δύο
τῶν ἐκπωμάτων παρατίθεται, τὰ δὲ αὐτίκα οἴνου
πλήρη γίνεται. οὕτω μὲν πίνουσιν, ἀντὶ δὲ τῶν
στεφάνων αἱ ἀηδόνες καὶ τὰ ἄλλα τὰ μουσικὰ
ὄρνεα ἐκ τῶν πλησίον λειμώνων τοῖς στόμασιν
ἀνθολογοῦντα κατανείφει αὐτοὺς μετ' ᾠδῆς ὑπερ-
πετόμενα. καὶ μὴν καὶ μυρίζονται ὧδε· νεφέλαι
πυκναὶ ἀνασπάσασαι μύρον ἐκ τῶν πηγῶν καὶ
τοῦ ποταμοῦ καὶ ἐπιστᾶσαι ὑπὲρ τὸ συμπόσιον
ἠρέμα τῶν ἀνέμων ὑποθλιβόντων ὕουσι λεπτὸν
ὥσπερ δρόσον. ἐπὶ δὲ τῷ δείπνῳ μουσικῇ τε καὶ 15
ᾠδαῖς σχολάζουσιν· ᾄδεται δὲ αὐτοῖς τὰ Ὁμήρου
ἔπη μάλιστα· καὶ αὐτὸς δὲ πάρεστι καὶ συνευω-
χεῖται αὐτοῖς ὑπὲρ τὸν Ὀδυσσέα κατακείμενος.
οἱ μὲν οὖν χοροὶ ἐκ παίδων εἰσὶν καὶ παρθένων

halms, so that they look like mushrooms. In the neighbourhood of the city there are three hundred and sixty-five springs of water, as many of honey, five hundred of myrrh—much smaller, however— seven rivers of milk and eight of wine.

Their table is spread outside the city in the Elysian Fields, a very beautiful mead with thick woods of all sorts round about it, overshadowing the feasters. The couches they lie on are made of flowers, and they are attended and served by the winds, who, however, do not pour out their wine, for they do not need any- one to do this. There are great trees of the clearest glass around the table, and instead of fruit they bear cups of all shapes and sizes. When anyone comes to table he picks one or two of the cups and puts them at his place. These fill with wine at once, and that is the way they get their drink. Instead of garlands, the nightingales and the other song-birds gather flowers in their bills from the fields hard by and drop them down like snow, flying overhead and singing. Furthermore, the way they are scented is that thick clouds draw up myrrh from the springs and the river, stand over the table and under the gentle manipulation of the winds rain down a delicate dew. At the board they pass their time with poetry and song. For the most part they sing the epics of Homer, who is there himself and shares the revelry, lying at table in the place above Odysseus. Their choruses are of boys and girls, led

ἐξάρχουσι δὲ καὶ συνᾴδουσιν Εὔνομός τε ὁ Λοκρὸς
καὶ Ἀρίων ὁ Λέσβιος καὶ Ἀνακρέων καὶ Στησί-
χορος· καὶ γὰρ τοῦτον παρ᾽ αὐτοῖς ἐθεασάμην, ἤδη
τῆς Ἑλένης αὐτῷ διηλλαγμένης. ἐπειδὰν δὲ οὗτοι
παύσωνται ᾄδοντες, δεύτερος χορὸς παρέρχεται ἐκ
κύκνων καὶ χελιδόνων καὶ ἀηδόνων. ἐπειδὰν δὲ
καὶ οὗτοι ᾄσωσιν, τότε ἤδη πᾶσα ἡ ὕλη ἐπαυλεῖ
τῶν ἀνέμων καταρχόντων. μέγιστον δὲ δὴ πρὸς 16
εὐφροσύνην ἐκεῖνο ἔχουσιν· πηγαί εἰσι δύο παρὰ
τὸ συμπόσιον, ἡ μὲν γέλωτος, ἡ δὲ ἡδονῆς· ἐκ
τούτων ἑκατέρας πάντες ἐν ἀρχῇ τῆς εὐωχίας
πίνουσιν καὶ τὸ λοιπὸν ἡδόμενοι καὶ γελῶντες
διάγουσιν.

Βούλομαι δὲ εἰπεῖν καὶ τῶν ἐπισήμων οὕστινας 17
παρ᾽ αὐτοῖς ἐθεασάμην· πάντας μὲν τοὺς ἡμιθέους
καὶ τοὺς ἐπὶ Ἴλιον στρατεύσαντας πλήν γε δὴ
τοῦ Λοκροῦ Αἴαντος, ἐκεῖνον δὲ μόνον ἔφασκον ἐν
τῷ τῶν ἀσεβῶν χώρῳ κολάζεσθαι, βαρβάρων δὲ
Κύρους τε ἀμφοτέρους καὶ τὸν Σκύθην Ἀνάχαρσιν
καὶ τὸν Θρᾷκα Ζάμολξιν καὶ Νομᾶν τὸν Ἰταλιώ-
την, καὶ μὴν καὶ Λυκοῦργον τὸν Λακεδαιμόνιον καὶ
Φωκίωνα καὶ Τέλλον τοὺς Ἀθηναίους, καὶ τοὺς
σοφοὺς ἄνευ Περιάνδρου. εἶδον δὲ καὶ Σωκράτη
τὸν Σωφρονίσκου ἀδολεσχοῦντα μετὰ Νέστορος
καὶ Παλαμήδους· περὶ δὲ αὐτὸν ἦσαν Ὑάκινθός
τε ὁ Λακεδαιμόνιος καὶ ὁ Θεσπιεὺς Νάρκισσος
καὶ Ὕλας καὶ ἄλλοι καλοί. καί μοι ἐδόκει ἐρᾶν
τοῦ Ὑακίνθου· τὰ πολλὰ γοῦν ἐκεῖνον διήλεγχεν.
ἐλέγετο δὲ χαλεπαίνειν αὐτῷ ὁ Ῥαδάμανθυς καὶ

and accompanied by Eunomus of Locris, Arion of
Lesbos, Anacreon and Stesichorus. There can be
no doubt about the latter, for I saw him there—by
that time Helen had forgiven him.[1] When they
stop singing another chorus appears, composed of
swans and swallows and nightingales, and as they
sing the whole wood renders the accompaniment,
with the winds leading. But the greatest thing
that they have for ensuring a good time is that
two springs are by the table, one of laughter and
the other of enjoyment. They all drink from each
of these when the revels begin, and thenceforth enjoy
themselves and laugh all the while.

But I desire to mention the famous men whom
I saw there. There were all the demigods and
the veterans of Troy except Locrian Ajax, the only
one, they said, who was being punished in the
place of the wicked. Of the barbarians there were
both Cyruses, the Scythian Anacharsis, the Thracian
Zamolxis and Numa the Italian. In addition, there
were Lycurgus of Sparta, Phocion and Tellus of
Athens and the wise men, all but Periander. I
also saw Socrates, the son of Sophroniscus, chopping
logic with Nestor and Palamedes ; about him were
Hyacinthus of Sparta, Narcissus of Thespiae, Hylas
and other handsome lads. It seemed to me that
Hyacinthus was his especial favourite, for at any rate
he refuted him most. It was said that Rhadamanthus

[1] Stesichorus had said harsh words of Helen, and was
blinded by Castor and Pollux for his presumption. He
recanted in a famous Palinode, of which some lines are still
preserved (Plato, *Phaedrus*, 243), and so recovered his eyesight.

ἠπειληκέναι πολλάκις ἐκβαλεῖν αὐτὸν ἐκ τῆς
νήσου, ἢν φλυαρῇ καὶ μὴ ἐθέλῃ ἀφεὶς τὴν εἰρω-
νείαν εὐωχεῖσθαι. Πλάτων δὲ μόνος οὐ παρῆν,
ἀλλ' ἐλέγετο αὐτὸς ἐν τῇ ἀναπλασθείσῃ ὑπ'
αὐτοῦ πόλει οἰκεῖν χρώμενος τῇ πολιτείᾳ καὶ
τοῖς νόμοις οἷς συνέγραψεν. οἱ μέντοι ἀμφ' 18
᾿Αρίστιππόν τε καὶ ᾿Επίκουρον τὰ πρῶτα παρ'
αὐτοῖς ἐφέροντο ἡδεῖς τε ὄντες καὶ κεχαρισμένοι
καὶ συμποτικώτατοι. παρῆν δὲ καὶ Αἴσωπος ὁ
Φρύξ· τούτῳ δὲ ὅσα καὶ γελωτοποιῷ χρῶνται.
Διογένης μέν γε ὁ Σινωπεὺς τοσοῦτον μετέβαλεν
τοῦ τρόπου, ὥστε γῆμαι μὲν ἑταίραν τὴν Λαΐδα,
ὀρχεῖσθαι δὲ πολλάκις ὑπὸ μέθης ἀνιστάμενον
καὶ παροινεῖν. τῶν δὲ Στωϊκῶν οὐδεὶς παρῆν·
ἔτι γὰρ ἐλέγοντο ἀναβαίνειν τὸν τῆς ἀρετῆς
ὄρθιον λόφον. ἠκούομεν δὲ καὶ περὶ Χρυσίππου
ὅτι οὐ πρότερον αὐτῷ ἐπιβῆναι τῆς νήσου θέμις,
πρὶν τὸ τέταρτον ἑαυτὸν ἐλλεβορίσῃ. τοὺς δὲ
᾿Ακαδημαϊκοὺς ἔλεγον ἐθέλειν μὲν ἐλθεῖν, ἐπέχειν
δὲ ἔτι καὶ διασκέπτεσθαι· μηδὲ γὰρ αὐτὸ τοῦτό
πω καταλαμβάνειν, εἰ καὶ νῆσός τις τοιαύτη
ἐστίν. ἄλλως τε καὶ τὴν ἐπὶ τοῦ ῾Ραδαμάνθυος,
οἶμαι, κρίσιν ἐδεδοίκεσαν, ἅτε καὶ τὸ κριτήριον
αὐτοὶ ἀνῃρηκότες. πολλοὺς δὲ αὐτῶν ἔφασκον
ὁρμηθέντας ἀκολουθεῖν τοῖς ἀφικνουμένοις ὑπὸ
νωθείας ἀπολείπεσθαι μὴ καταλαμβάνοντας καὶ
ἀναστρέφειν ἐκ μέσης τῆς ὁδοῦ.

Οὗτοι μὲν οὖν ἦσαν οἱ ἀξιολογώτατοι τῶν πα- 19
ρόντων. τιμῶσι δὲ μάλιστα τὸν ᾿Αχιλλέα καὶ μετὰ
τοῦτον Θησέα. περὶ δὲ συνουσίας καὶ ἀφροδισίων

was angry at Socrates and had often threatened to
banish him from the island if he kept up his nonsense
and would not quit his irony and be merry. Plato
alone was not there: it was said that he was living in
his imaginary city under the constitution and the laws
that he himself wrote. The followers of Aristippus and
Epicurus were in the highest favour among the heroes
because they are pleasant and agreeable and jolly
good fellows. Aesop the Phrygian was also there—
they have him for a jester. Diogenes the Cynic had so
changed his ways that he not only married Lais the
courtesan, but often got up and danced and indulged
in tomfoolery when he had had too much. None of
the Stoics was there—they were said to be still on
the way up the steep hill of virtue. With regard to
Chrysippus, we heard tell that he is not permitted
to set foot on the island until he submits himself to
the hellebore treatment for the fourth time.[1] They
said that the Academicians wanted to come but were
still holding off and debating, for they could not
arrive at a conclusion even on the question whether
such an island existed. Then too I suppose they
feared to have Rhadamanthus judge them, as they
themselves had abolished standards of judgment.
It was said, however, that many of them had started
to follow people coming thither, but fell behind
through their slowness, being constitutionally unable
to arrive at anything, and so turned back half-way.

These were the most conspicuous of those present.
They render especial honours to Achilles and after
him to Theseus. About love-making their attitude

[1] See the *Philosophers for Sale* for another jest at
Chrysippus' insanity.

οὕτω φρονοῦσιν· μίσγονται μὲν ἀναφανδὸν πάν-
των ὁρώντων καὶ γυναιξὶ καὶ ἄρρεσι, καὶ οὐδαμῶς
τοῦτο αὐτοῖς αἰσχρὸν δοκεῖ· μόνος δὲ Σωκράτης
διώμνυτο ἦ μὴν καθαρῶς πλησιάζειν τοῖς νέοις·
καὶ μέντοι πάντες αὐτοῦ ἐπιορκεῖν κατεγίνωσκον·
πολλάκις γοῦν ὁ μὲν Ὑάκινθος ἢ ὁ Νάρκισσος
ὡμολόγουν, ἐκεῖνος δὲ ἠρνεῖτο. αἱ δὲ γυναῖκές
εἰσι πᾶσι κοιναὶ καὶ οὐδεὶς φθονεῖ τῷ πλησίον,
ἀλλ᾽ εἰσὶ περὶ τοῦτο μάλιστα Πλατωνικώτατοι·
καὶ οἱ παῖδες δὲ παρέχουσι τοῖς βουλομένοις
οὐδὲν ἀντιλέγοντες.

Οὔπω δὲ δύο ἢ τρεῖς ἡμέραι διεληλύθεσαν, 20
καὶ προσελθὼν ἐγὼ Ὁμήρῳ τῷ ποιητῇ, σχολῆς
οὔσης ἀμφοῖν, τά τε ἄλλα ἐπυνθανόμην καὶ ὅθεν
εἴη[1]. τοῦτο γὰρ μάλιστα παρ᾽ ἡμῖν εἰσέτι νῦν
ζητεῖσθαι. ὁ δὲ οὐδ᾽ αὐτὸς μὲν ἀγνοεῖν ἔφασκεν
ὡς οἱ μὲν Χῖον, οἱ δὲ Σμυρναῖον, πολλοὶ δὲ
Κολοφώνιον αὐτὸν νομίζουσιν· εἶναι μέντοι γε
ἔλεγεν Βαβυλώνιος, καὶ παρά γε τοῖς πολίταις
οὐχ Ὅμηρος, ἀλλὰ Τιγράνης καλεῖσθαι· ὕστερον
δὲ ὁμηρεύσας παρὰ τοῖς Ἕλλησιν ἀλλάξαι τὴν
προσηγορίαν. ἔτι δὲ καὶ περὶ τῶν ἀθετουμένων
στίχων ἐπηρώτων, εἰ ὑπ᾽ ἐκείνου εἶεν γεγραμμένοι.
καὶ ὃς ἔφασκε πάντας αὐτοῦ εἶναι. κατεγίνωσκον
οὖν τῶν ἀμφὶ τὸν Ζηνόδοτον καὶ Ἀρίσταρχον
γραμματικῶν πολλὴν τὴν ψυχρολογίαν. ἐπεὶ δὲ
ταῦτα ἱκανῶς ἀπεκέκριτο, πάλιν αὐτὸν ἠρώτων τί
δή ποτε ἀπὸ τῆς μήνιδος τὴν ἀρχὴν ἐποιήσατο·
καὶ ὃς εἶπεν οὕτως ἐπελθεῖν αὐτῷ μηδὲν ἐπιτη-
δεύσαντι. καὶ μὴν κἀκεῖνο ἐπεθύμουν εἰδέναι, εἰ
προτέραν ἔγραψεν τὴν Ὀδύσσειαν τῆς Ἰλιάδος,

[1] εἴη Schwartz : εἴη λέγων MSS.

is such that they bill-and-coo openly, in plain sight of everyone, without any discrimination, and think no shame of it at all. Socrates, the only exception, used to protest that he was above suspicion in his relations with young persons, but everyone held him guilty of perjury. In fact, Hyacinthus and Narcissus often said that they knew better, but he persisted in his denial. They all have their wives in common and nobody is jealous of his neighbour ; in this point they out-Plato Plato. Complaisance is the universal rule.

Hardly two or three days had passed before I went up to Homer the poet when we were both at leisure, and questioned him about everything. " Above all," said I, " where do you come from ? This point in particular is being investigated even yet at home." " I am not unaware," said he, " that some think me a Chian, some a Smyrniote and many a Colophonian. As a matter of fact, I am a Babylonian, and among my fellow-countrymen my name was not Homer but Tigranes. Later on, when I was a hostage (*homeros*) among the Greeks, I changed my name." I went on to enquire whether the bracketed lines had been written by him, and he asserted that they were all his own : consequently I held the grammarians Zenodotus and Aristarchus guilty of pedantry in the highest degree. Since he had answered satisfactorily on these points, I next asked him why he began with the wrath of Achilles ; and he said that it just came into his head that way, without any study. Moreover, I wanted to know whether he wrote the *Odyssey* before the *Iliad,* as most people say : he said no.

ὡς οἱ πολλοί φασιν· ὁ δὲ ἡρνεῖτο. ὅτι μὲν γὰρ
οὐδὲ τυφλὸς ἦν, ὃ καὶ αὐτὸ περὶ αὐτοῦ λέγουσιν,
αὐτίκα ἠπιστάμην· ἑώρων γάρ, ὥστε οὐδὲ πυνθά-
νεσθαι ἐδεόμην. πολλάκις δὲ καὶ ἄλλοτε τοῦτο
ἐποίουν, εἴ ποτε αὐτὸν σχολὴν ἄγοντα ἑώρων·
προσιὼν γάρ τι ἐπυνθανόμην αὐτοῦ, καὶ ὃς προ-
θύμως πάντα ἀπεκρίνετο, καὶ μάλιστα μετὰ τὴν
δίκην, ἐπειδὴ ἐκράτησεν· ἦν γάρ τις γραφὴ κατ᾽
αὐτοῦ ἐπενηνεγμένη ὕβρεως ὑπὸ Θερσίτου ἐφ᾽ οἷς
αὐτὸν ἐν τῇ ποιήσει ἔσκωψεν, καὶ ἐνίκησεν ὁ
Ὅμηρος Ὀδυσσέως συναγορεύοντος.

Κατὰ δὲ τοὺς αὐτοὺς χρόνους ἀφίκετο καὶ 21
Πυθαγόρας ὁ Σάμιος ἑπτάκις ἀλλαγεὶς καὶ ἐν
τοσούτοις ζῴοις βιοτεύσας καὶ ἐκτελέσας τῆς
ψυχῆς τὰς περιόδους. ἦν δὲ χρυσοῦς ὅλον τὸ
δεξιὸν ἡμίτομον. καὶ ἐκρίθη μὲν συμπολιτεύ-
σασθαι αὐτοῖς, ἐνεδοιάζετο δὲ ἔτι πότερον Πυθα-
γόραν ἢ Εὔφορβον χρὴ αὐτὸν ὀνομάζειν. ὁ μέντοι
Ἐμπεδοκλῆς ἦλθεν μὲν καὶ αὐτός, περίεφθος καὶ
τὸ σῶμα ὅλον ὠπτημένος· οὐ μὴν παρεδέχθη
καίτοι πολλὰ ἱκετεύων.

Προϊόντος δὲ τοῦ χρόνου ἐνέστη ὁ ἀγὼν ὁ 22
παρ᾽ αὐτοῖς, τὰ Θανατούσια. ἠγωνοθέτει δὲ
Ἀχιλλεὺς τὸ πέμπτον καὶ Θησεὺς τὸ ἕβδομον.
τὰ μὲν οὖν ἄλλα μακρὸν ἂν εἴη λέγειν· τὰ δὲ
κεφάλαια τῶν πραχθέντων διηγήσομαι. πάλην
μὲν ἐνίκησεν Κάρανος[1] ὁ ἀφ᾽ Ἡρακλέους Ὀδυσσέα
περὶ τοῦ στεφάνου καταγωνισάμενος· πυγμὴ δὲ
ἴση ἐγένετο Ἀρείου τοῦ Αἰγυπτίου, ὃς ἐν Κορίνθῳ
τέθαπται, καὶ Ἐπειοῦ ἀλλήλοις συνελθόντων.
παγκρατίου δὲ οὐ τίθεται ἆθλα παρ᾽ αὐτοῖς. τὸν

---

[1] Κάρανος Gronovius : Κάρος MSS.

That he was not blind, as they say, I understood at
once—I saw it, and so had no need to ask. Often again
at other times I would do this when I saw him at
leisure; I would go and make enquiries of him and he
would give me a cordial answer to everything, particu-
larly after the lawsuit that he won, for a charge of libel
had been brought against him by Thersites because
of the way he had ridiculed him in the poem, and
the case was won by Homer, with Odysseus for his
lawyer.

At about this time arrived Pythagoras of Samos
who had undergone seven transformations, had
lived in seven bodies and had now ended the mi-
grations of his soul. All his right side was of gold.
Judgment was pronounced that he should become a
member of their community, but when I left
the point was still at issue whether he ought to be
called Pythagoras or Euphorbus. Empedocles came
too, all burned and his body completely cooked,[1] but
he was not received in spite of his many entreaties.

As time went on their games came round, the
Games of the Dead. The referees were Achilles,
serving for the fifth time, and Theseus for the
seventh. The full details would make a long story,
but I shall tell the principal things that they did.
In wrestling the winner was Caranus, the descendant
of Heracles, who defeated Odysseus for the cham-
pionship. The boxing was a draw between Areius
the Egyptian, who is buried at Corinth, and Epeius.
For combined boxing and wrestling they offer no

[1] From his leap into the crater of Aetna.

μέντοι δρόμον οὐκέτι μέμνημαι ὅστις ἐνίκησεν.
ποιητῶν δὲ τῇ μὲν ἀληθείᾳ παρὰ πολὺ ἐκράτει
Ὅμηρος, ἐνίκησεν δὲ ὅμως Ἡσίοδος. τὰ δὲ ἆθλα
ἦν ἅπασι στέφανος πλακεὶς ἐκ πτερῶν ταωνείων.

Ἄρτι δὲ τοῦ ἀγῶνος συντετελεσμένου ἠγγέλ- 23
λοντο οἱ ἐν τῷ χώρῳ τῶν ἀσεβῶν κολαζό-
μενοι ἀπορρήξαντες τὰ δεσμὰ καὶ τῆς φρουρᾶς
ἐπικρατήσαντες ἐλαύνειν ἐπὶ τὴν νῆσον· ἡγεῖσθαι
δὲ αὐτῶν Φάλαρίν τε τὸν Ἀκραγαντῖνον καὶ
Βούσιριν τὸν Αἰγύπτιον καὶ Διομήδη τὸν Θρᾷκα
καὶ τοὺς περὶ Σκίρωνα καὶ Πιτυοκάμπτην. ὡς
δὲ ταῦτα ἤκουσεν ὁ Ῥαδάμανθυς, ἐκτάσσει τοὺς
ἥρωας ἐπὶ τῆς ἠόνος· ἡγεῖτο δὲ Θησεύς τε καὶ
Ἀχιλλεὺς καὶ Αἴας ὁ Τελαμώνιος ἤδη σωφρονῶν·
καὶ συμμίξαντες ἐμάχοντο, καὶ ἐνίκησαν οἱ ἥρωες,
Ἀχιλλέως τὰ πλεῖστα κατορθώσαντος. ἠρίστευσε
δὲ καὶ Σωκράτης ἐπὶ τῷ δεξιῷ ταχθείς, πολὺ
μᾶλλον ἢ ὅτε ζῶν ἐπὶ Δηλίῳ ἐμάχετο. προσιόντων
γὰρ τεττάρων πολεμίων οὐκ ἔφυγε καὶ τὸ πρόσω-
πον ἄτρεπτος ἦν· ἐφ' οἷς καὶ ὕστερον ἐξῃρέθη
αὐτῷ ἀριστεῖον, καλός τε καὶ μέγας παράδεισος
ἐν τῷ προαστείῳ, ἔνθα καὶ συγκαλῶν τοὺς ἑταίρους
διελέγετο, Νεκρακαδημίαν τὸν τόπον προσα-
γορεύσας. συλλαβόντες οὖν τοὺς νενικημένους 24
καὶ δήσαντες ἀπέπεμψαν ἔτι μᾶλλον κολασθη-
σομένους. ἔγραψεν δὲ καὶ ταύτην τὴν μάχην
Ὅμηρος καὶ ἀπιόντι μοι ἔδωκεν τὰ βιβλία κομί-
ζειν τοῖς παρ' ἡμῖν ἀνθρώποις· ἀλλ' ὕστερον καὶ
ταῦτα μετὰ τῶν ἄλλων ἀπωλέσαμεν. ἦν δὲ ἡ
ἀρχὴ τοῦ ποιήματος αὕτη,

Νῦν δέ μοι ἔννεπε, Μοῦσα, μάχην νεκύων
ἡρώων.

prizes. In the foot-race I do not remember who won and in poetry, Homer was really far the best man, but Hesiod won. The prize in each case was a crown that was plaited of peacock feathers.

Hardly had the games been concluded when word came that those who were under punishment in the place of the wicked had burst their bonds, had overpowered their guard, and were advancing on the island : that they were under the leadership of Phalaris of Acragas, Busiris the Egyptian, Diomed of Thrace, and Sciron and Pityocamptes. When Rhadamanthus heard of this he mustered the heroes on the shore. They were led by Theseus, Achilles and Ajax, the son of Telamon, who by this time had recovered his wits. They engaged and fought, and the heroes won. Achilles contributed most to their success, but Socrates, who was stationed on the right wing, was brave, too—far more so than when he fought at Delium in his lifetime. When four of the enemy came at him he did not run away or change countenance. For this they afterwards gave him a special reward, a beautiful great park in the suburbs, where he used to gather his comrades and dispute : he named the place the Academy of the Dead. Arresting the losers and putting them in irons, they sent them off to be punished still more severely than before. An account of this battle was written by Homer, and as I was leaving he gave me the book to take to the people at home, but later I lost it along with everything else. The poem began :

This time sing me, O Muse, of the shades of the heroes in battle !

τότε δ' οὖν κυάμους ἑψήσαντες, ὥσπερ παρ' αὐτοῖς
νόμος ἐπειδὰν πόλεμον κατορθώσωσιν, εἱστιῶντο
τὰ ἐπινίκια καὶ ἑορτὴν μεγάλην ἦγον· μόνος δὲ
αὐτῆς οὐ μετεῖχε Πυθαγόρας, ἀλλ' ἄσιτος πόρρω
ἐκαθέζετο μυσαττόμενος τὴν κυαμοφαγίαν.

Ἤδη δὲ μηνῶν ἓξ διεληλυθότων περὶ μεσοῦντα 25
τὸν ἕβδομον νεώτερα συνίστατο πράγματα·
Κινύρας ὁ τοῦ Σκινθάρου παῖς, μέγας ὢν καὶ
καλός, ἤρα πολὺν ἤδη χρόνον τῆς Ἑλένης, καὶ
αὕτη δὲ οὐκ ἀφανὴς ἦν ἐπιμανῶς ἀγαπῶσα τὸν
νεανίσκον· πολλάκις γοῦν καὶ διένευον ἀλλήλοις
ἐν τῷ συμποσίῳ καὶ προὔπινον καὶ μόνοι ἐξανι-
στάμενοι ἐπλανῶντο περὶ τὴν ὕλην. καὶ δὴ ποτὲ
ὑπ' ἔρωτος καὶ ἀμηχανίας ἐβουλεύσατο ὁ Κινύρας
ἁρπάσας τὴν Ἑλένην—ἐδόκει δὲ κἀκείνη ταῦτα—
οἴχεσθαι ἀπιόντας ἔς τινα τῶν ἐπικειμένων νήσων,
ἤτοι ἐς τὴν Φελλὼ ἢ ἐς τὴν Τυρόεσσαν. συνω-
μότας δὲ πάλαι προσειλήφεσαν τρεῖς τῶν ἑταίρων
τῶν ἐμῶν τοὺς θρασυτάτους. τῷ μέντοι πατρὶ
οὐκ ἐμήνυσε ταῦτα· ἠπίστατο γὰρ ὑπ' αὐτοῦ
κωλυθησόμενος. ὡς δὲ ἐδόκει αὐτοῖς, ἐτέλουν
τὴν ἐπιβουλήν. καὶ ἐπειδὴ νὺξ ἐγένετο—ἐγὼ μὲν
οὐ παρῆν· ἐτύγχανον γὰρ ἐν τῷ συμποσίῳ κοιμώ-
μενος—οἱ δὲ λαθόντες τοὺς ἄλλους ἀναλαβόντες
τὴν Ἑλένην ὑπὸ σπουδῆς ἀνήχθησαν. περὶ 26
δὲ τὸ μεσονύκτιον ἀνεγρόμενος ὁ Μενέλαος ἐπεὶ
ἔμαθεν τὴν εὐνὴν κενὴν τῆς γυναικός, βοήν τε
ἵστη καὶ τὸν ἀδελφὸν παραλαβὼν ἦλθε πρὸς τὸν
βασιλέα τὸν Ῥαδάμανθυν. ἡμέρας δὲ ὑποφαι-
νούσης ἔλεγον οἱ σκοποὶ καθορᾶν τὴν ναῦν πολὺ
ἀπέχουσαν· οὕτω δὴ ἐμβιβάσας ὁ Ῥαδάμανθυς

But to return—they cooked beans,[1] as is their custom when they are successful at war, had a feast in honour of the victory and made a great holiday. Pythagoras was the only one who did not take part in it; he sat by himself and went dinnerless because he detested beans.

Six months had passed and it was about the middle of the seventh when sedition arose. Cinyras, the son of Scintharus, a tall and handsome lad, had long been in love with Helen, and it was no secret that she herself was madly enamoured of the boy. For instance, they often winked to one another at table, drank to each other and got up together and wandered about the wood. Well, one fine day through love and despair Cinyras determined to rape Helen—she agreed to it—and go to one of the islands in the offing, either Cork or Cheesie. As accomplices they had long ago taken on three of the most reckless of my comrades; but Cinyras did not inform his father, for he knew that he would not let him do it. When they had come to a decision, they carried out their stratagem. It was at nightfall, and I was not on hand, as I chanced to be taking a nap under the table. Without the knowledge of the rest they carried Helen off and put to sea in haste. About midnight, when Menelaus woke up, and found that his wife was not in bed, he made a great stir and took his brother and went to King Rhadamanthus. But as day began to break the lookouts said that they saw the ship far out at sea. Then Rhadamanthus put fifty of the heroes aboard a

[1] An allusion to the Pyanepsia, the Athenian Beanfeast.

πεντήκοντα τῶν ἡρώων εἰς ναῦν μονόξυλον ἀσφο-
δελίνην παρήγγειλεν διώκειν· οἱ δὲ ὑπὸ προθυμίας
ἐλαύνοντες περὶ μεσημβρίαν καταλαμβάνουσιν
αὐτοὺς ἄρτι ἐς τὸν γαλακτώδη τοῦ ὠκεανοῦ τόπον
ἐμβαίνοντας πλησίον τῆς Τυροέσσης· παρὰ το-
σοῦτον ἦλθον διαδρᾶναι· καὶ ἀναδησάμενοι τὴν
ναῦν ἁλύσει ῥοδίνῃ κατέπλεον. ἡ μὲν οὖν Ἑλένη
ἐδάκρυέν τε καὶ ᾐσχύνετο κἀνεκαλύπτετο, τοὺς
δὲ ἀμφὶ τὸν Κινύραν ἀνακρίνας πρότερον ὁ Ῥαδά-
μανθυς, εἴ τινες καὶ ἄλλοι αὐτοῖς συνίσασιν, ὡς
οὐδένα εἶπον, ἐκ τῶν αἰδοίων δήσας ἀπέπεμψεν
ἐς τὸν τῶν ἀσεβῶν χῶρον μαλάχῃ πρότερον
μαστιγωθέντας. ἐψηφίσαντο δὲ καὶ ἡμᾶς ἐμ- 27
προθέσμως ἐκπέμπειν ἐκ τῆς νήσου, τὴν ἐπιοῦ-
σαν ἡμέραν μόνην ἐπιμείναντας.

Ἐνταῦθα δὴ ἐγὼ ἐποτνιώμην τε καὶ ἐδάκρυον
οἷα ἔμελλον ἀγαθὰ καταλιπὼν αὖθις πλανηθή-
σεσθαι. αὐτοὶ μέντοι παρεμυθοῦντο λέγοντες οὐ
πολλῶν ἐτῶν ἀφίξεσθαι πάλιν ὡς αὐτούς, καί
μοι ἤδη εἰς τοὐπιὸν θρόνον τε καὶ κλισίαν ἐπεδεί-
κνυσαν πλησίον τῶν ἀρίστων. ἐγὼ δὲ προσελθὼν
τῷ Ῥαδαμάνθυι πολλὰ ἱκέτευον εἰπεῖν τὰ μέλλοντα
καὶ ὑποδεῖξαί μοι τὸν πλοῦν. ὁ δὲ ἔφασκεν
ἀφίξεσθαι μὲν εἰς τὴν πατρίδα πολλὰ πρότερον
πλανηθέντα καὶ κινδυνεύσαντα, τὸν δὲ χρόνον
οὐκέτι τῆς ἐπανόδου προσθεῖναι ἠθέλησεν· ἀλλὰ
δὴ καὶ δεικνὺς τὰς πλησίον νήσους—ἐφαίνοντο
δὲ πέντε τὸν ἀριθμόν, ἄλλη δὲ ἕκτη πόρρωθεν—
ταύτας μὲν εἶναι ἔφασκεν τῶν ἀσεβῶν, τὰς
πλησίον, Ἀφ᾿ ὧν, ἔφη, ἤδη τὸ πολὺ πῦρ ὁρᾷς
καιόμενον, ἕκτη δὲ ἐκείνη τῶν ὀνείρων ἡ πόλις·
μετὰ ταύτην δὲ ἡ τῆς Καλυψοῦς νῆσος, ἀλλ᾿

ship made of a single log of asphodel and ordered them to give chase. Rowing with a will, they overtook them about noon, just as they were entering the milky place in the ocean near Cheesie—that is all they lacked of escaping! Securing the ship with a hawser of roses, they sailed home. Helen cried and hid her head for shame. As to Cinyras and the rest, first Rhadamanthus asked them if they had any other accomplices, and they said no; then he had them secured by the offending member and sent them away to the place of the wicked, after they had been first scourged with mallow. The heroes voted, too, that we be dismissed from the island before our time was up, remaining only till the next day.

Thereupon I began to cry aloud and weep because I had to leave such blessings behind me and resume my wanderings. But they cheered me up, saying that before many years I should come back to them again, and they even pointed out to me my future chair and couch, close to the best people. I went to Rhadamanthus and earnestly besought him to tell me what would happen and indicate my course. He said that I should reach my native land in spite of many wanderings and dangers, but refused to tell the time of my return. However, pointing out the islands near by—there were five in sight and a sixth in the distance—, "These," said he, "are the Isles of the Wicked, here close at hand, from which you see all the smoke arising: the sixth yonder is the City of Dreams. Next comes the island of Calypso, but

οὐδέπω σοι φαίνεται. ἐπειδὰν δὲ ταύτας παρα-
πλεύσῃς, τότε δὴ ἀφίξῃ εἰς τὴν μεγάλην ἤπειρον
τὴν ἐναντίαν τῇ ὑφ' ὑμῶν[1] κατοικουμένῃ· ἐνταῦθα
δὴ πολλὰ παθὼν καὶ ποικίλα ἔθνη διελθὼν καὶ
ἀνθρώποις ἀμίκτοις ἐπιδημήσας χρόνῳ ποτὲ ἥξεις
εἰς τὴν ἑτέραν ἤπειρον.

Τοσαῦτα εἶπεν, καὶ ἀνασπάσας ἀπὸ τῆς 28
γῆς μαλάχης ῥίζαν ὤρεξέν μοι, ταύτῃ κελεύσας
ἐν τοῖς μεγίστοις κινδύνοις προσεύχεσθαι· παρή-
νεσε δὲ εἰ καί ποτε ἀφικοίμην ἐς τήνδε τὴν γῆν,
μήτε πῦρ μαχαίρᾳ σκαλεύειν μήτε θέρμους
ἐσθίειν μήτε παιδὶ ὑπὲρ τὰ ὀκτωκαίδεκα ἔτη
πλησιάζειν· τούτων γὰρ ἂν μεμνημένον ἐλπίδας
ἔχειν τῆς εἰς τὴν νῆσον ἀφίξεως.

Τότε μὲν οὖν τὰ περὶ τὸν πλοῦν παρεσκευα-
σάμην, καὶ ἐπεὶ καιρὸς ἦν, συνειστιώμην αὐτοῖς.
τῇ δὲ ἐπιούσῃ ἐλθὼν πρὸς Ὅμηρον τὸν ποιητὴν
ἐδεήθην αὐτοῦ ποιῆσαί μοι δίστιχον ἐπίγραμμα·
καὶ ἐπειδὴ ἐποίησεν, στήλην βηρύλλου λίθου
ἀναστήσας ἐπέγραψα πρὸς τῷ λιμένι.   τὸ δὲ
ἐπίγραμμα ἦν τοιόνδε·

Λουκιανὸς τάδε πάντα φίλος μακάρεσσι θεοῖσιν
εἶδέ τε καὶ πάλιν ἦλθε φίλην ἐς πατρίδα γαῖαν.

μείνας δὲ κἀκείνην τὴν ἡμέραν, τῇ ἐπιούσῃ 29
ἀνηγόμην τῶν ἡρώων παραπεμπόντων. ἔνθα μοι
καὶ Ὀδυσσεὺς προσελθὼν λάθρᾳ τῆς Πηνελόπης
δίδωσιν ἐπιστολὴν εἰς Ὠγυγίαν τὴν νῆσον Κα-
λυψοῖ κομίζειν. συνέπεμψε δέ μοι ὁ Ῥαδάμανθυς
τὸν πορθμέα Ναύπλιον, ἵν' ἐὰν καταχθῶμεν

---

[1] ὑμῶν du Soul : ἡμῶν MSS.

you cannot see it yet. When you have sailed by
these, you will finally come to the great continent
opposite the one which your people inhabit. Then
at last, after you have had many adventures and
have travelled through all sorts of countries and lived
among unfriendly men, in course of time you will
reach the other continent."

With these words he plucked a root of mallow
from the ground and handed it to me, telling me to
pray to it in my greatest straits. And he advised me
if ever I reached this country, neither to stir the fire
with a sword-blade nor to eat lupines nor to make
love to anyone over eighteen,[1] saying that if I bore
these points in mind I might have good hopes of
getting back to the island.

Well, I made preparations for the voyage, and
when the time came, joined them at the feast. On
the next day I went to the poet Homer and begged
him to compose me a couplet to carve up, and when
he had done so, I set up a slab of beryl near the
harbour and had the couplet carved on it. It was:

One Lucian, whom the blessed gods befriend,
Beheld what's here, and home again did wend.

I stayed that day, too, and put to sea on the
next, escorted by the heroes. At that juncture
Odysseus came to me without the knowledge of
Penelope and gave me a letter to carry to Ogygia
Island, to Calypso. Rhadamanthus sent the pilot
Nauplius with me, so that if we touched at the

---

[1] The first is a real Pythagorean precept, or what passed
for such (Plut. *Mor.* 12 E); the other two are parodies.

ἐς τὰς νήσους; μηδεὶς ἡμᾶς συλλάβῃ ἄτε κατ'
ἄλλην ἐμπορίαν καταπλέοντας.

Ἐπεὶ δὲ τὸν εὐώδη ἀέρα προϊόντες παρεληλύ-
θειμεν, αὐτίκα ἡμᾶς ὀσμή τε δεινὴ διεδέχετο οἷον
ἀσφάλτου καὶ θείου καὶ πίττης ἅμα καιομένων,
καὶ κνῖσα δὲ πονηρὰ καὶ ἀφόρητος ὥσπερ ἀπὸ
ἀνθρώπων ὀπτωμένων, καὶ ὁ ἀὴρ ζοφερὸς καὶ
ὁμιχλώδης, καὶ κατέσταζεν ἐξ αὐτοῦ δρόσος πιτ-
τίνη· ἠκούομεν δὲ καὶ μαστίγων ψόφον καὶ
οἰμωγὴν ἀνθρώπων πολλῶν. ταῖς μὲν οὖν 30
ἄλλαις οὐ προσέσχομεν, ᾗς δὲ ἐπέβημεν, τοιάδε
ἦν· κύκλῳ μὲν πᾶσα κρημνώδης καὶ ἀπόξυρος, πέ-
τραις καὶ τράχωσι κατεσκληκυῖα, δένδρον δ' οὐδὲν
οὐδὲ ὕδωρ ἐνῆν· ἀνερπύσαντες δὲ ὅμως κατὰ τοὺς
κρημνοὺς προῆμεν διά τινος ἀκανθώδους καὶ
σκολόπων μεστῆς ἀτραποῦ, πολλὴν ἀμορφίαν τῆς
χώρας ἐχούσης. ἐλθόντες δὲ ἐπὶ τὴν εἱρκτὴν καὶ
τὸ κολαστήριον, πρῶτα μὲν τὴν φύσιν τοῦ τόπου
ἐθαυμάζομεν· τὸ μὲν γὰρ ἔδαφος αὐτὸ μαχαίραις
καὶ σκόλοψι πάντῃ ἐξηνθήκει, κύκλῳ δὲ ποταμοὶ
περιέρρεον, ὁ μὲν βορβόρου, ὁ δὲ δεύτερος αἵμα-
τος, ὁ δὲ ἔνδον πυρός, πάνυ μέγας οὗτος καὶ ἀπέρα-
τος, καὶ ἔρρει ὥσπερ ὕδωρ καὶ ἐκυματοῦτο ὥσπερ
θάλαττα, καὶ ἰχθῦς δὲ εἶχεν πολλούς, τοὺς μὲν
δαλοῖς προσεοικότας, τοὺς δὲ μικροὺς ἄνθραξι
πεπυρωμένοις· ἐκάλουν δὲ αὐτοὺς λυχνίσκους.
εἴσοδος δὲ μία στενὴ διὰ πάντων ἦν, καὶ 31
πυλωρὸς ἐφειστήκει Τίμων ὁ Ἀθηναῖος. παρελ-
θόντες δὲ ὅμως τοῦ Ναυπλίου καθηγουμένου
ἑωρῶμεν κολαζομένους πολλοὺς μὲν βασιλέας,
πολλοὺς δὲ καὶ ἰδιώτας, ὧν ἐνίους καὶ ἐγνωρίζομεν·
εἴδομεν δὲ καὶ τὸν Κινύραν καπνῷ ὑποτυφόμενον

islands no one might arrest us, thinking we were putting in on another errand.

Forging ahead, we had passed out of the fragrant atmosphere when of a sudden a terrible odour greeted us as of asphalt, sulphur, and pitch burning together, and a vile, insufferable stench as of roasting human flesh : the atmosphere was murky and foggy, and a pitchy dew distilled from it. Likewise we heard the noise of scourges and the wailing of many men. The other islands' we did not touch at, but the one on which we landed was precipitous and sheer on all sides ; it was roughened with rocks and stony places, and there was neither tree nor water in it. We crawled up the cliffs, however, and went ahead in a path full of thorns and calthrops, finding the country very ugly. On coming to the enclosure and the place of punishment, first of all we wondered at the nature of the region. The ground itself was all sown with sword blades and calthrops, and around it flowed three rivers, one of mud, the second of blood and the inmost one of fire. The latter was very large, and impossible to cross : it ran like water and undulated like the sea, and it contained many fish, some similar to torches, and some, a smaller variety, to live coals. They called them candlefish. There was a single narrow way leading in, past all the rivers, and the warder set there was Timon of Athens. We got through, however, and with Nauplius for our conductor we saw many kings undergoing punishment, and many commoners too. Some of them we even recognized, and we saw Cinyras

ἐκ τῶν αἰδοίων ἀπηρτημένον. προσετίθεσαν δὲ οἱ
περιηγηταὶ καὶ τοὺς ἑκάστων βίους καὶ τὰς ἁμαρ-
τίας ἐφ' αἷς κολάζονται· καὶ μεγίστας ἁπασῶν
τιμωρίας ὑπέμενον οἱ ψευσάμενοί τι παρὰ τὸν
βίον καὶ οἱ μὴ τὰ ἀληθῆ συγγεγραφότες, ἐν οἷς
καὶ Κτησίας ὁ Κνίδιος ἦν καὶ Ἡρόδοτος καὶ ἄλλοι
πολλοί. τούτους οὖν ὁρῶν ἐγὼ χρηστὰς εἶχον
εἰς τοὐπιὸν τὰς ἐλπίδας· οὐδὲν γὰρ ἐμαυτῷ ψεῦδος
εἰπόντι συνηπιστάμην. ταχέως οὖν ἀναστρέψας 32
ἐπὶ τὴν ναῦν—οὐ γὰρ ἐδυνάμην φέρειν τὴν ὄψιν
—ἀσπασάμενος τὸν Ναύπλιον ἀπέπλευσα.

Καὶ μετ' ὀλίγον ἐφαίνετο πλησίον ἡ τῶν ὀνείρων
νῆσος, ἀμυδρὰ καὶ ἀσαφὴς ἰδεῖν· εἶχε δὲ καὶ αὐτή
τι τοῖς ὀνείροις παραπλήσιον· ὑπεχώρει γὰρ
προσιόντων ἡμῶν καὶ ὑπέφευγε καὶ πορρωτέρω
ὑπέβαινε. καταλαβόντες δέ ποτε αὐτὴν καὶ εἰσ-
πλεύσαντες εἰς τὸν Ὕπνον λιμένα προσαγορευό-
μενον πλησίον τῶν πυλῶν τῶν ἐλεφαντίνων, ᾗ τὸ
τοῦ Ἀλεκτρυόνος ἱερόν ἐστιν, περὶ δείλην ὀψίαν
ἀπεβαίνομεν· παρελθόντες δὲ ἐς τὴν πόλιν πολ-
λοὺς ὀνείρους καὶ ποικίλους ἑωρῶμεν. πρῶτον δὲ
βούλομαι περὶ τῆς πόλεως εἰπεῖν, ἐπεὶ μηδὲ
ἄλλῳ τινὶ γέγραπται περὶ αὐτῆς, ὃς δὲ καὶ μόνος
ἐπεμνήσθη Ὅμηρος, οὐ πάνυ ἀκριβῶς συνέγρα-
ψεν. κύκλῳ μὲν περὶ πᾶσαν αὐτὴν ὕλη 33
ἀνέστηκεν, τὰ δένδρα δέ ἐστι μήκωνες ὑψηλαὶ
καὶ μανδραγόραι καὶ ἐπ' αὐτῶν πολύ τι πλῆθος
νυκτερίδων· τοῦτο γὰρ μόνον ἐν τῇ νήσῳ γίνεται
ὄρνεον. ποταμὸς δὲ παραρρεῖ πλησίον ὁ ὑπ'
αὐτῶν καλούμενος Νυκτίπορος, καὶ πηγαὶ δύο
παρὰ τὰς πύλας· ὀνόματα καὶ ταύταις, τῇ μὲν

triced up as aforesaid in the smoke of a slow fire.
The guides told the life of each, and the crimes for
which they were being punished; and the severest
punishment of all fell to those who told lies while
in life and those who had written what was not true,
among whom were Ctesias of Cnidos, Herodotus and
many more. On seeing them, I had good hopes for
the future, for I have never told a lie that I know
of. Well, I turned back to the ship quickly, for
I could not endure the sight, said good-bye to
Nauplius, and sailed away.

After a short time the Isle of Dreams came
in sight close by, faint and uncertain to the eye. It
had itself some likeness to a dream, for as we
approached it receded and retired and retreated
to a greater distance. Overtaking it at length and
sailing into the harbour called Sleep, we landed near
the ivory gates, where the sanctuary of the Cock is,
about dusk, and on entering the city, we saw many
dreams of all sorts. But first I desire to speak of the
city itself, since no one else has written about it, and
Homer, the only one to mention it at all, was not
quite accurate in what he said.[1] On all-sides of
it is a wood, in which the trees are tall poppies and
mandragoras, and they have a great number of bats
in them; for there is no other winged thing in the
island. A river flows near which they call Sleep-
walker, and there are two springs by the gates,

[1] *Odyss.* 19, 560 ff.

Νήγρετος, τῇ δὲ Παννυχία. ὁ περίβολος δὲ τῆς
πόλεως ὑψηλός τε καὶ ποικίλος, ἴριδι τὴν χρόαν
ὁμοιότατος· πύλαι μέντοι ἔπεισιν οὐ δύο, καθάπερ
Ὅμηρος εἴρηκεν, ἀλλὰ τέσσαρες, δύο μὲν πρὸς τὸ
τῆς Βλακείας πεδίον ἀποβλέπουσαι, ἡ μέν σιδηρᾶ,
ἡ δὲ ἐκ κεράμου πεποιημένη, καθ' ἃς ἐλέγοντο
ἀποδημεῖν αὐτῶν οἵ τε φοβεροὶ καὶ φονικοὶ καὶ
ἀπηνεῖς, δύο δὲ πρὸς τὸν λιμένα καὶ τὴν θάλατ-
ταν, ἡ μὲν κερατίνη, ἡ δὲ καθ' ἣν ἡμεῖς παρήλ-
θομεν ἐλεφαντίνη. εἰσιόντι δὲ εἰς τὴν πόλιν ἐν
δεξιᾷ μέν ἐστι τὸ Νύκτῷον—σέβουσι γὰρ θεῶν
ταύτην μάλιστα καὶ τὸν Ἀλεκτρυόνα· ἐκείνῳ δὲ
πλησίον τοῦ λιμένος τὸ ἱερὸν πεποίηται—ἐν ἀρι-
στερᾷ δὲ τὰ τοῦ Ὕπνου βασίλεια. οὗτος γὰρ δὴ
ἄρχει παρ' αὐτοῖς σατράπας δύο καὶ ὑπάρχους
πεποιημένος, Ταραξίωνά τε τὸν Ματαιογένους καὶ
Πλουτοκλέα τὸν Φαντασίωνος. ἐν μέσῃ δὲ τῇ
ἀγορᾷ πηγή τίς ἐστιν, ἣν καλοῦσι Καρεῶτιν· καὶ
πλησίον ναοὶ δύο, Ἀπάτης καὶ Ἀληθείας· ἔνθα
καὶ τὸ ἄδυτόν ἐστιν αὐτοῖς καὶ τὸ μαντεῖον, οὗ
προεϊστήκει προφητεύων Ἀντιφῶν ὁ τῶν ὀνείρων
ὑποκριτής, ταύτης παρὰ τοῦ Ὕπνου λαχὼν τῆς
τιμῆς. αὐτῶν μέντοι τῶν ὀνείρων οὔτε φύσις 34
οὔτε ἰδέα ἡ αὐτή, ἀλλ' οἱ μὲν μακροὶ ἦσαν καὶ
καλοὶ καὶ εὐειδεῖς, οἱ δὲ μικροὶ καὶ ἄμορφοι, καὶ
οἱ μὲν χρύσεοι, ὡς ἐδόκουν, οἱ δὲ ταπεινοί τε καὶ
εὐτελεῖς. ἦσαν δ' ἐν αὐτοῖς καὶ πτερωτοί τινες
καὶ τερατώδεις, καὶ ἄλλοι καθάπερ ἐς πομπὴν
διεσκευασμένοι, οἱ μὲν ἐς βασιλέας, οἱ δὲ ἐς θεούς,
οἱ δὲ εἰς ἄλλα τοιαῦτα κεκοσμημένοι. πολλοὺς
δὲ αὐτῶν καὶ ἐγνωρίσαμεν, πάλαι παρ' ἡμῖν
ἑωρακότες, οἳ δὴ καὶ προσῄεσαν καὶ ἠσπάζοντο

named Soundly and Eight-hours. The wall of the
city is high and parti-coloured, very like a rainbow
in tint. The gates in it are not two, as Homer says,
but four. Two face Slowcoach Plain, one of which
is of iron and the other of earthenware; through
these, it is said, the fearful, murderous, revolting
dreams go out. The other two face the harbour
and the sea, one of which is of horn and the other,
through which we came in, of ivory. As one enters
the city, on the right is the temple of Night, for
the gods they worship most are Night and the Cock,
whose sanctuary is built near the harbour. On the left
is the palace of Sleep, who rules among them and has
appointed two satraps or lieutenants, Nightmare, son
of Causeless, and Rich, son of Fancy. In the centre
of the square is a spring which they call Drowsimere,
and close to it are two temples, that of Falsehood
and that of Truth. There too is their holy of holies
and their oracle, which Antiphon, the interpreter of
dreams, presided over as prophet, having had this
office from Sleep. As to the dreams themselves,
they differ from one another both in nature and in
looks. Some were tall, handsome and well-pro-
portioned, while others were small and ugly; and
some were rich, I thought, while others were
humble and beggarly. There were winged and
portentous dreams among them, and there were
others dressed up as if for a carnival, being clothed to
represent kings and gods and different characters of
the sort. We actually recognised many of them,
whom we had seen long ago at home. These came

ὡς ἂν καὶ συνήθεις ὑπάρχοντες, καὶ παραλαβόντες
ἡμᾶς καὶ κατακοιμίσαντες πάνυ λαμπρῶς καὶ
δεξιῶς ἐξένιζον, τήν τε ἄλλην ὑποδοχὴν μεγα-
λοπρεπῆ παρασκευάσαντες καὶ ὑπισχνούμενοι
βασιλέας τε ποιήσειν καὶ σατράπας. ἔνιοι δὲ
καὶ ἀπῆγον ἡμᾶς εἰς τὰς πατρίδας καὶ τοὺς
οἰκείους ἐπεδείκνυον καὶ αὐθημερὸν ἐπανῆγον.
ἡμέρας μὲν οὖν τριάκοντα καὶ ἴσας νύκτας 35
παρ' αὐτοῖς ἐμείναμεν καθεύδοντες εὐωχούμενοι.
ἔπειτα δὲ ἄφνω βροντῆς μεγάλης καταρραγείσης
ἀνεγρόμενοι καὶ ἀναθορόντες ἀνήχθημεν ἐπισιτι-
σάμενοι.

Τριταῖοι δ' ἐκεῖθεν τῇ Ὠγυγίᾳ νήσῳ προσ-
σχόντες ἀπεβαίνομεν. πρότερον δ' ἐγὼ λύσας
τὴν ἐπιστολὴν ἀνεγίνωσκον τὰ γεγραμμένα. ἦν
δὲ τοιάδε· Ὀδυσσεὺς Καλυψοῖ χαίρειν. Ἴσθι
με, ὡς τὰ πρῶτα ἐξέπλευσα παρὰ σοῦ τὴν σχεδίαν
κατασκευασάμενος, ναυαγίᾳ χρησάμενον μόλις
ὑπὸ Λευκοθέας διασωθῆναι εἰς τὴν τῶν Φαιάκων
χώραν, ὑφ' ὧν ἐς τὴν οἰκείαν ἀποπεμφθεὶς κατέ-
λαβον πολλοὺς τῆς γυναικὸς μνηστῆρας ἐν τοῖς
ἡμετέροις τρυφῶντας· ἀποκτείνας δὲ ἅπαντας ὑπὸ
Τηλεγόνου ὕστερον τοῦ ἐκ Κίρκης μοι γενομένου
ἀνῃρέθην, καὶ νῦν εἰμι ἐν τῇ Μακάρων νήσῳ πάνυ
μετανοῶν ἐπὶ τῷ καταλιπεῖν τὴν παρὰ σοὶ δίαιταν
καὶ τὴν ὑπὸ σοῦ προτεινομένην ἀθανασίαν. ἢν
οὖν καιροῦ λάβωμαι, ἀποδρὰς ἀφίξομαι πρὸς σέ.
ταῦτα μὲν ἐδήλου ἡ ἐπιστολή, καὶ περὶ ἡμῶν,
ὅπως ξενισθῶμεν. ἐγὼ δὲ προελθὼν ὀλίγον 36
ἀπὸ τῆς θαλάσσης εὗρον τὸ σπήλαιον τοιοῦτον
οἷον Ὅμηρος εἶπεν, καὶ αὐτὴν ταλασιουργοῦσαν.

up to us and greeted us like old acquaintances, took us with them, put us to sleep and entertained us very splendidly and hospitably. They treated us like lords in every way, and even promised to make us kings and nabobs. A few of them actually took us off home, gave us a sight of our friends and families and brought us back the same day. For thirty days and thirty nights we stopped with them and had a fine time—sleeping! Then of a sudden a great thunder-clap came; we woke up, sprang out of bed and put to sea as soon as we had laid in supplies.

On the third day out from there we touched at the island of Ogygia and landed. But first I opened the letter and read what was in it. It was:

"Odysseus to Calypso, greeting.

"Soon after I built the raft and sailed away from you I was shipwrecked, and with the help of Leucothea managed to reach the land of the Phaeacians in safety. They sent me home, and there I found that my wife had a number of suitors who were living on the fat of the land at our house. I killed them all, and was afterwards slain by Telegonus, my son by Circe. Now I am on the Isle of the Blest, thoroughly sorry to have given up my life with you and the immortality which you offered me. Therefore, if I get a chance, I shall run away and come to you." In addition to this, the letter said that she was to entertain us. On going a short way from the sea I found the cave, which was as Homer described it,[1] and found Calypso herself working wool. When

---

[1] *Odyss.* 5, 55 ff.

ὡς δὲ τὴν ἐπιστολὴν ἔλαβεν καὶ ἐπελέξατο,
πρῶτα μὲν ἐπὶ πολὺ ἐδάκρυεν, ἔπειτα δὲ παρεκάλει
ἡμᾶς ἐπὶ ξένια καὶ εἰστία λαμπρῶς καὶ περὶ τοῦ
Ὀδυσσέως ἐπυνθάνετο καὶ περὶ τῆς Πηνελόπης,
ὁποία τε εἴη τὴν ὄψιν καὶ εἰ σωφρονοίη, καθάπερ
Ὀδυσσεὺς πάλαι περὶ αὐτῆς ἐκόμπαζεν· καὶ ἡμεῖς
τοιαῦτα ἀπεκρινάμεθα, ἐξ ὧν εἰκάζομεν εὐφρα-
νεῖσθαι αὐτήν.

Τότε μὲν οὖν ἀπελθόντες ἐπὶ ναῦν πλησίον ἐπὶ
τῆς ἠόνος ἐκοιμήθημεν. ἕωθεν δὲ ἀνηγόμεθα 37
σφοδρότερον κατιόντος τοῦ πνεύματος· καὶ δὴ
χειμασθέντες ἡμέρας δύο τῇ τρίτῃ περιπίπτομεν
τοῖς Κολοκυνθοπειραταῖς. ἄνθρωποι δέ εἰσιν οὗτοι
ἄγριοι ἐκ τῶν πλησίον νήσων λῃστεύοντες τοὺς
παραπλέοντας. τὰ πλοῖα δὲ ἔχουσι μεγάλα
κολοκύνθινα τὸ μῆκος πήχεων ἑξήκοντα· ἐπειδὰν
γὰρ ξηράνωσι τὴν κολόκυνθαν, κοιλάναντες αὐτὴν
καὶ ἐξελόντες τὴν ἐντεριώνην ἐμπλέουσιν, ἱστοῖς
μὲν χρώμενοι καλαμίνοις, ἀντὶ δὲ τῆς ὀθόνης τῷ
φύλλῳ τῆς κολοκύνθης. προσβαλόντες οὖν ἡμῖν
ἀπὸ δύο πληρωμάτων ἐμάχοντο καὶ πολλοὺς
κατετραυμάτιζον βάλλοντες ἀντὶ λίθων τῷ σπέρ-
ματι τῶν κολοκυνθῶν. ἀγχωμάλως δὲ ἐπὶ πολὺ
ναυμαχοῦντες περὶ μεσημβρίαν εἴδομεν κατόπιν
τῶν Κολοκυνθοπειρατῶν προσπλέοντας τοὺς Κα-
ρυοναύτας. πολέμιοι δὲ ἦσαν ἀλλήλοις, ὡς ἔδειξαν·
ἐπεὶ γὰρ κἀκεῖνοι ᾔσθοντο αὐτοὺς ἐπιόντας, ἡμῶν
μὲν ὠλιγώρησαν, τραπόμενοι δὲ ἐπ' ἐκείνους ἐναυ-
μάχουν. ἡμεῖς δὲ ἐν τοσούτῳ ἐπάραντες τὴν 38
ὀθόνην ἐφεύγομεν ἀπολιπόντες αὐτοὺς μαχομένους,
καὶ δῆλοι ἦσαν κρατήσοντες οἱ Καρυοναῦται ἅτε

she had taken the letter and read it, she wept a long time at first, and then she asked us in to enjoy her hospitality, gave us a splendid feast and enquired about Odysseus and Penelope—how she looked and whether she was prudent, as Odysseus used to boast in old times.[1] We made her such answers as we thought would please her.

After that, we went back to the ship and slept beside it on the shore, and early in the morning we put to sea in a rising wind. We were storm-tossed for two days, and on the third we fell in with the Pumpkin-pirates. They are savages from the neighbouring islands who prey on passing sailors. They have large boats of pumpkin, sixty cubits long; for after drying a pumpkin they hollow it out, take out the insides and go sailing in it, using reeds for masts and a pumpkin-leaf for a sail. They attacked us with two crews and gave us battle, wounding many of us by hitting us with pumpkin-seeds instead of stones. After fighting for a long time on even terms, about noon we saw the Nut-sailors coming up astern of the Pumpkin-pirates. They were enemies to one another, as they showed by their actions; for when the Pumpkin-pirates noticed them coming up, they neglected us and faced about and fought with them. But in the meantime we hoisted our canvas and fled, leaving them fighting. It was evident that the Nut-sailors would win, as they were in greater

[1] *Odyss.* 5, 201 ff.

καὶ πλείους—πέντε γὰρ εἶχον πληρώματα—καὶ
ἀπὸ ἰσχυροτέρων νεῶν μαχόμενοι· τὰ γὰρ πλοῖα
ἦν αὐτοῖς κελύφη καρύων ἡμίτομα, κεκενωμένα,
μέγεθος δὲ ἑκάστου ἡμιτόμου εἰς μῆκος ὀργυιαὶ
πεντεκαίδεκα.

Ἐπεὶ δὲ ἀπεκρύψαμεν αὐτούς, ἰώμεθα τοὺς
τραυματίας, καὶ τὸ λοιπὸν ἐν τοῖς ὅπλοις ὡς ἐπί-
παν ἦμεν, ἀεί τινας ἐπιβουλὰς προσδεχόμενοι· οὐ
μάτην. οὔπω γοῦν ἐδεδύκει ὁ ἥλιος, καὶ ἀπό 39
τινος ἐρήμου νήσου προσήλαυνον ἡμῖν ὅσον εἴκοσι
ἄνδρες ἐπὶ δελφίνων μεγάλων ὀχούμενοι, λῃσταὶ
καὶ οὗτοι· καὶ οἱ δελφῖνες αὐτοὺς ἔφερον ἀσφα-
λῶς, καὶ ἀναπηδῶντες ἐχρεμέτιζον ὥσπερ ἵπποι.
ἐπεὶ δὲ πλησίον ἦσαν, διαστάντες οἱ μὲν ἔνθεν,
οἱ δὲ ἔνθεν ἔβαλλον ἡμᾶς σηπίαις ξηραῖς καὶ
ὀφθαλμοῖς καρκίνων. τοξευόντων δὲ καὶ ἡμῶν
καὶ ἀκοντιζόντων οὐκέτι ὑπέμενον, ἀλλὰ τρωθέντες
οἱ πολλοὶ αὐτῶν πρὸς τὴν νῆσον κατέφυγον.

Περὶ δὲ τὸ μεσονύκτιον γαλήνης οὔσης 40
ἐλάθομεν προσοκείλαντες ἀλκυόνος καλιᾷ παμ-
μεγέθει· σταδίων γοῦν ἦν αὕτη ἑξήκοντα τὸ
περίμετρον. ἐπέπλεεν δὲ ἡ ἀλκυὼν τὰ ᾠὰ θάλ-
πουσα οὐ πολὺ μείων τῆς καλιᾶς. καὶ δὴ ἀνα-
πταμένη μικροῦ μὲν κατέδυσε τὴν ναῦν τῷ ἀνέμῳ
τῶν πτερῶν. ᾤχετο δ᾽ οὖν φεύγουσα γοεράν τινα
φωνὴν προϊεμένη. ἐπιβάντες δὲ ἡμεῖς ἡμέρας
ἤδη ὑποφαινούσης ἐθεώμεθα τὴν καλιὰν σχεδίᾳ
μεγάλῃ προσεοικυῖαν ἐκ δένδρων μεγάλων συμ-
πεφορημένην· ἐπῆν δὲ καὶ ᾠὰ πεντακόσια, ἕκασ-
τον αὐτῶν Χίου πίθου περιπληθέστερον. ἤδη
μέντοι καὶ οἱ νεοττοὶ ἔνδοθεν ἐφαίνοντο καὶ
ἔκρωζον. πελέκεσιν γοῦν διακόψαντες ἓν τῶν

numbers—they had five crews—and fought from stouter ships. Their boats were the halves of empty nutshells, each of which measured fifteen fathoms in length.

When we had lost them from sight, we attended to the wounded, and thereafter we kept under arms most of the time, always looking for attacks. And we did not look in vain. In fact, the sun had not yet gone down when from a desert island there came out against us about twenty men riding on huge dolphins, who were pirates like the others. The dolphins carried them securely and plunged and neighed like horses. When they were close by, they separated and threw at us from both sides with dry cuttle-fish and crabs' eyes. But when we let fly at them with spears and arrows, they could not hold their ground, but fled to the island, most of them wounded.

About midnight, while it was calm, we unexpectedly ran aground on an enormous kingfisher's nest; really, it was sixty furlongs in circumference. The female was sailing on it, keeping her eggs warm, and she was not much smaller than the nest—in fact, as she started up she almost sunk the ship with the wind of her wings. She flew off, however, uttering a plaintive cry. We landed when day began to break, and observed that the nest was like a great raft, built of huge trees. There were five hundred eggs in it, every one of them bigger than a Chian wine-jar, and the chicks were already visible inside them and were chirping. We cut open one

ᾠῶν νεοττὸν ἄπτερον ἐξεκολάψαμεν εἴκοσι γυπῶν
ἁδρότερον.

Ἐπεὶ δὲ πλέοντες ἀπείχομεν τῆς καλιᾶς ὅσον 41
σταδίους διακοσίους, τέρατα ἡμῖν μεγάλα καὶ
θαυμαστὰ ἐπεσήμανεν· ὅ τε γὰρ ἐν τῇ πρύμνῃ
χηνίσκος ἄφνω ἐπτερύξατο καὶ ἀνεβόησεν, καὶ ὁ
κυβερνήτης ὁ Σκίνθαρος φαλακρὸς ἤδη ὢν ἀνεκό-
μησεν, καὶ τὸ πάντων δὴ παραδοξότατον, ὁ γὰρ
ἱστὸς τῆς νεὼς ἐξεβλάστησεν καὶ κλάδους ἀνέ-
φυσεν καὶ ἐπὶ τῷ ἄκρῳ ἐκαρποφόρησεν, ὁ δὲ
καρπὸς ἦν σῦκα καὶ σταφυλὴ μέλαινα, οὔπω
πέπειρος. ταῦτα ἰδόντες ὡς εἰκὸς ἐταράχθημεν
καὶ ηὐχόμεθα τοῖς θεοῖς διὰ τὸ ἀλλόκοτον τοῦ
φαντάσματος. οὔπω δὲ πεντακοσίους σταδίους 42
διελθόντες εἴδομεν ὕλην μεγίστην καὶ λάσιον
πιτύων καὶ κυπαρίττων. καὶ ἡμεῖς μὲν εἰκάσαμεν
ἤπειρον εἶναι· τὸ δ' ἦν πέλαγος ἄβυσσον ἀρρίζοις
δένδροις καταπεφυτευμένον· εἱστήκει δὲ τὰ δένδρα
ὅμως ἀκίνητα, ὀρθὰ καθάπερ ἐπιπλέοντα. πλη-
σιάσαντες οὖν καὶ τὸ πᾶν κατανοήσαντες ἐν
ἀπόρῳ εἰχόμεθα τί χρὴ δρᾶν· οὔτε γὰρ διὰ
τῶν δένδρων πλεῖν δυνατὸν ἦν—πυκνὰ γὰρ καὶ
προσεχῆ ὑπῆρχεν—οὔτε ἀναστρέφειν ἐδόκει
ῥᾴδιον· ἐγὼ δὲ ἀνελθὼν ἐπὶ τὸ μέγιστον δένδρον
ἀπεσκόπουν[1] τὰ ἐπέκεινα ὅπως ἔχοι, καὶ ἑώρων
ἐπὶ σταδίους μὲν πεντήκοντα ἢ ὀλίγῳ πλείους
τὴν ὕλην οὖσαν, ἔπειτα δὲ αὖθις ἕτερον ὠκεανὸν
ἐκδεχόμενον. καὶ δὴ ἐδόκει ἡμῖν ἀναθεμένους

---

[1] ἀπεσκόπουν vulg.; ἐπεσκόπουν Γ, Nilén.

of the eggs with axes and took from the shell a featherless chick fatter than twenty vultures.

When we had sailed a distance of two hundred furlongs from the nest, great and wonderful signs manifested themselves to us. The gooseneck [1] sud denly grew feathers and started cackling, the sailing-master, Scintharus, who was already bald, became the owner of long hair, and what was strangest of all, the ship's mast budded, branched, and bore fruit at the summit! The fruit consisted of figs and black raisin-grapes, which were not yet ripe.[2] On seeing this, we were disturbed, as well we might be, and offered a prayer to the gods on account of the strangeness of the manifestation. We had not yet gone five hundred furlongs when we saw a very large, thick forest of pines and cypresses. We thought it was land, but in reality it was a bottomless sea overgrown with rootless trees, in spite of which the trees stood up motionless and straight, as if they were floating. On drawing near and forming an idea of the situation, we were in a quandary what to do, for it was not possible to sail between the trees, they being thick and close together, nor did it seem easy to turn back. Climbing the tallest tree, I looked to see how things were on the other side, and I saw that the forest extended for fifty stades or a little more, and that another ocean lay beyond. So we resolved to lift the

[1] In ancient ships the gooseneck was an ornament on the stem, or (as here) on the stern. Nowadays it is a device for fastening a spar to a mast.

[2] A parody on the experience of the pirates who carried off Dionysus (*Hymn. Hom.* 7, 38).

τὴν ναῦν ἐπὶ τὴν κόμην τῶν δένδρων—πυκνὴ δὲ
ἦν—ὑπερβιβάσαι, εἰ δυναίμεθα, εἰς τὴν θάλατταν
τὴν ἑτέραν· καὶ οὕτως ἐποιοῦμεν. ἐκδήσαντες γὰρ
αὐτὴν κάλῳ μεγάλῳ καὶ ἀνελθόντες ἐπὶ τὰ δένδρα
μόλις ἀνιμησάμεθα, καὶ θέντες ἐπὶ τῶν κλάδων,
πετάσαντες τὰ ἱστία καθάπερ ἐν θαλάττῃ
ἐπλέομεν τοῦ ἀνέμου προωθοῦντος ἐπισυρόμενοι·
ἔνθα δὴ καὶ τὸ Ἀντιμάχου τοῦ ποιητοῦ ἔπος
ἐπεισῆλθέ με—φησὶν γάρ που κἀκεῖνος·

    Τοῖσιν δ᾽ ὑλήεντα διὰ πλόον ἐρχομένοισιν.

Βιασάμενοι δὲ ὅμως τὴν ὕλην ἀφικόμεθα ἐς   43
τὸ ὕδωρ, καὶ πάλιν ὁμοίως καθέντες [1] τὴν ναῦν
ἐπλέομεν διὰ καθαροῦ καὶ διαυγοῦς ὕδατος, ἄχρι
δὴ ἐπέστημεν χάσματι μεγάλῳ ἐκ τοῦ ὕδατος
διεστῶτος γεγενημένῳ, καθάπερ ἐν τῇ γῇ πολλάκις
ὁρῶμεν ὑπὸ σεισμῶν γενόμενα διαχωρίσματα. ἡ
μὲν οὖν ναῦς καθελόντων ἡμῶν τὰ ἱστία οὐ ῥᾳδίως
ἔστη παρ᾽ ὀλίγον ἐλθοῦσα κατενεχθῆναι. ὑπερ-
κύψαντες δὲ ἡμεῖς ἑωρῶμεν βάθος ὅσον σταδίων
χιλίων μάλα φοβερὸν καὶ παράδοξον· εἱστήκει
γὰρ τὸ ὕδωρ ὥσπερ μεμερισμένον· περιβλέποντες
δὲ ὁρῶμεν κατὰ δεξιὰ οὐ πάνυ πόρρωθεν γέφυραν
ἐπεζευγμένην ὕδατος συνάπτοντος τὰ πελάγη
κατὰ τὴν ἐπιφάνειαν, ἐκ τῆς ἑτέρας θαλάττης εἰς
τὴν ἑτέραν διαρρέοντος. προσελάσαντες οὖν ταῖς
κώπαις κατ᾽ ἐκεῖνο παρεδράμομεν καὶ μετὰ πολλῆς
ἀγωνίας ἐπεράσαμεν οὔποτε προσδοκήσαντες.

Ἐντεῦθεν ἡμᾶς ὑπεδέχετο πέλαγος προσηνὲς   44
καὶ νῆσος οὐ μεγάλη, εὐπρόσιτος, συνοικουμένη·
ἐνέμοντο δὲ αὐτὴν ἄνθρωποι ἄγριοι, Βουκέφαλοι,

----

[1] καθέντες Cobet : καταθέντες MSS.

ship on to the tree-tops, which were thick, and cross over, if we could, to the farther side ; and that is what we did. We made her fast to a large rope, climbed the trees and pulled her up with much ado. Setting her on the branches and spreading our canvas, we sailed just as if we were at sea, carried along by the force of the wind. At that juncture a line of the poet Antimachus came into my head ; he says somewhere or other :

" And unto them their forest cruise pursuing."

We managed the wood in spite of everything and reached the water. Lowering the ship again in the same way we sailed through pure, clear water, until we came to a great crevasse made by the water dividing, like the cracks that one often sees in the earth, made by earthquakes. Though we got in the sails, the ship was slow to lose headway and so came near being engulfed. Peering over the edge, we saw a precipice of fully a thousand furlongs, most frightful and unnatural—the water stood there as if cut apart ! But as we looked about us we saw on the right at no great distance a bridge thrown across, which was of water, joining the surfaces of the two seas and flowing from one to the other. Rowing up, therefore, we ran into the stream and by great effort got across, though we thought we should never do it.

Then we came to a smooth sea and an island of no great size that was easily accessible and was inhabited. It was peopled by savages, the Bull-heads, who have horns in the style that the

κέρατα ἔχοντες, οἷον παρ᾽ ἡμῖν τὸν Μινώταυρον
ἀναπλάττουσιν. ἀποβάντες δὲ προῄειμεν ὑδρευ-
σόμενοι καὶ σιτία ληψόμενοι, εἴ ποθεν δυνηθείη-
μεν· οὐκέτι γὰρ εἴχομεν. καὶ ὕδωρ μὲν αὐτοῦ
πλησίον εὕρομεν, ἄλλο δὲ οὐδὲν ἐφαίνετο, πλὴν
μυκηθμὸς πολὺς οὐ πόρρωθεν ἠκούετο. δόξαντες
οὖν ἀγέλην εἶναι βοῶν, κατ᾽ ὀλίγον προχωροῦντες
ἐπέστημεν τοῖς ἀνθρώποις. οἱ δὲ ἰδόντες ἡμᾶς
ἐδίωκον, καὶ τρεῖς μὲν τῶν ἑταίρων λαμβάνουσιν,
οἱ δὲ λοιποὶ πρὸς τὴν θάλατταν κατεφεύγομεν.
εἶτα μέντοι πάντες ὁπλισάμενοι—οὐ γὰρ ἐδόκει
ἡμῖν ἀτιμωρήτους περιιδεῖν τοὺς φίλους—ἐμπί-
πτομεν τοῖς Βουκεφάλοις τὰ κρέα τῶν ἀνῃρημένων
διαιρουμένοις· φοβήσαντες δὲ πάντας διώκομεν,
καὶ κτείνομέν γε ὅσον πεντήκοντα καὶ ζῶντας
αὐτῶν δύο λαμβάνομεν, καὶ αὖθις ὀπίσω ἀναστρέ-
φομεν τοὺς αἰχμαλώτους ἔχοντες. σιτίον μέντοι
οὐδὲν εὕρομεν. οἱ μὲν οὖν ἄλλοι παρῄνουν ἀπο-
σφάττειν τοὺς εἰλημμένους, ἐγὼ δὲ οὐκ ἐδοκίμαζον,
ἀλλὰ δήσας ἐφύλαττον αὐτούς, ἄχρι δὴ ἀφίκοντο
παρὰ τῶν Βουκεφάλων πρέσβεις ἀπαιτοῦντες ἐπὶ
λύτροις τοὺς συνειλημμένους· συνίεμεν γὰρ αὐτῶν
διανευόντων καὶ γοερόν τι μυκωμένων ὥσπερ
ἱκετευόντων. τὰ λύτρα δὲ ἦν τυροὶ πολλοὶ καὶ
ἰχθύες ξηροὶ καὶ κρόμμυα καὶ ἔλαφοι τέτταρες,
τρεῖς ἑκάστη πόδας ἔχουσα, δύο μὲν τοὺς ὀπίσω,
οἱ δὲ πρόσω συνεπεφύκεσαν. ἐπὶ τούτοις ἀπο-
δόντες τοὺς συνειλημμένους καὶ μίαν ἡμέραν
ἐπιμείναντες ἀνήχθημεν.

Ἤδη δὲ ἰχθύες τε ἡμῖν ἐφαίνοντο καὶ ὄρνεα 45
παρεπέτετο καὶ ἄλλ᾽ ὁπόσα γῆς πλησίον οὔσης
σημεῖα προφαίνεται. μετ᾽ ὀλίγον δὲ καὶ ἄνδρας

Minotaur is represented at home.   Landing, we went up country to get water and food if we could, for we no longer had any.   Water we found close by, but there was nothing else to be seen, though we heard a great bellowing not far off.   Thinking it was a herd of cattle, we went ahead cautiously and came upon the men of whom I spoke.   On seeing us, they gave chase, and captured three of my comrades, but the rest of us made our escape to the sea.   Then, however, we all armed ourselves— it did not seem right to let our friends go unavenged —and fell on the Bullheads while they were portioning out the flesh of the men they had slain.   We put them all to flight and gave chase, killing about fifty and taking two alive : then we turned back to the ship with our prisoners.   We found no food, though.   The rest therefore urged that the captives be killed ; I did not approve of this, however, but put them in irons and kept them under guard until ambassadors came from the Bullheads, asking for them and offering a ransom.   We understood them because they made signs and bellowed plaintively as if in entreaty.   The ransom was a number of cheeses, dried fish, onions, and four does, each of which had only three feet, for while they had two behind, the forefeet had grown together.   In exchange for all this we surrendered the captives, and after stopping there a single day we put to sea.

Already we began to see fish, birds flew by and all the other signs that land was near made their appearance.   In a little while we saw men who were

εἴδομεν καινῷ τῷ τρόπῳ ναυτιλίας χρωμένους·
αὐτοὶ γὰρ καὶ ναῦται καὶ νῆες ἦσαν. λέξω δὲ τοῦ
πλοῦ τὸν τρόπον· ὕπτιοι κείμενοι ἐπὶ τοῦ ὕδατος
ὀρθώσαντες τὰ αἰδοῖα—μεγάλα δὲ φέρουσιν—ἐξ
αὐτῶν ὀθόνην πετάσαντες καὶ ταῖς χερσὶν τοὺς πο-
δεῶνας κατέχοντες ἐμπίπτοντος τοῦ ἀνέμου ἔπλεον.
ἄλλοι δὲ μετὰ τούτους ἐπὶ φελλῶν καθήμενοι
ζεύξαντες δύο δελφῖνας ἤλαυνόν τε καὶ ἡνιόχουν·
οἱ δὲ προϊόντες ἐπεσύροντο τοὺς φελλούς. οὗτοι
ἡμᾶς οὔτε ἠδίκουν οὔτε ἔφευγον, ἀλλ᾽ ἤλαυνον
ἀδεῶς τε καὶ εἰρηνικῶς τὸ εἶδος τοῦ ἡμετέρου
πλοίου θαυμάζοντες καὶ πάντοθεν περισκο-
ποῦντες.

Ἑσπέρας δὲ ἤδη προσήχθημεν νήσῳ οὐ με- 46
γάλῃ· κατῳκεῖτο δὲ ὑπὸ γυναικῶν, ὡς ἐνομί-
ζομεν, Ἑλλάδα φωνὴν προϊεμένων· προσῆσαν
γὰρ καὶ ἐδεξιοῦντο καὶ ἠσπάζοντο, πάνυ ἑταιρικῶς
κεκοσμημέναι καὶ καλαὶ πᾶσαι καὶ νεάνιδες,
ποδήρεις τοὺς χιτῶνας ἐπισυρόμεναι. ἡ μὲν οὖν
νῆσος ἐκαλεῖτο Καβαλοῦσα,[1] ἡ δὲ πόλις αὐτὴ
Ὑδαμαρδία. λαβοῦσαι δ᾽ οὖν ἡμᾶς αἱ γυναῖκες
ἑκάστη πρὸς ἑαυτὴν ἀπῆγεν καὶ ξένον ἐποιεῖτο.
ἐγὼ δὲ μικρὸν ἀποστὰς—οὐ γὰρ χρηστὰ ἐμαντευό-
μην—ἀκριβέστερόν τε περιβλέπων ὁρῶ πολλῶν
ἀνθρώπων ὀστᾶ καὶ κρανία κείμενα. καὶ τὸ μὲν
βοὴν ἱστάναι καὶ τοὺς ἑταίρους συγκαλεῖν καὶ ἐς
τὰ ὅπλα χωρεῖν οὐκ ἐδοκίμαζον. προχειρισάμενος
δὲ τὴν μαλάχην πολλὰ ηὐχόμην αὐτῇ διαφυγεῖν
ἐκ τῶν παρόντων κακῶν· μετ᾽ ὀλίγου δὲ τῆς
ξένης διακονουμένης εἶδον τὰ σκέλη οὐ γυναικός,
ἀλλ᾽ ὄνου ὁπλάς· καὶ δὴ σπασάμενος τὸ ξίφος

[1] Ἐκβαλοῦσα Γ, Nilén : Καβαλοῦσσα, Schwartz, after Guyet.

following a novel mode of sailing, being at once
sailors and ships. Let me tell you how they did it :
they lay on their backs on the water, hoisted
their jury-masts, which are sizeable, spread sail on
them, held the clews in their hands, and were off
and away as soon as the wind struck them. Others
came next who sat on corks and had a pair of
dolphins hitched up, driving them and guiding them
with reins ; in moving ahead, the dolphins drew the
corks along. They neither offered us harm nor ran
away from us, but drove along fearlessly and peace-
fully, wondering at the shape of our boat and
examining her from all sides.

In the evening we touched at another island of
no great size. It was inhabited by women—or so
we thought—who spoke Greek, and they came up
to us, welcomed and embraced us. They were got
up just like courtezans and were all beautiful and
young, with tunics that swept on the ground. The
island was called Witchery, and the city Watertown.[1]
Each of the women took one of us home with her
and made him her guest. But I excused myself for
a moment—I had misgivings—and on looking about
rather carefully, saw many human bones and skulls
lying there. To make an outcry, call my comrades
together and arm ourselves did not seem best to me,
but I fetched out my mallow and prayed to it
earnestly that I might escape the ills that beset me.
After a little while, as my hostess was waiting on me,
I saw that her legs were not a woman's but those of
an ass. Then I drew my sword, caught and bound

[1] Both names are uncertain in the Greek.

συλλαμβάνω τε αὐτὴν καὶ δήσας περὶ τῶν ὅλων
ἀνέκρινον. ἡ δέ, ἄκουσα μέν, εἶπεν δὲ ὅμως,
αὐτὰς μὲν εἶναι θαλαττίους γυναῖκας Ὀνοσκελέας
προσαγορευομένας, τροφὴν δὲ ποιεῖσθαι τοὺς
ἐπιδημοῦντας ξένους. ἐπειδὰν γάρ, ἔφη, μεθύσω-
μεν αὐτούς, συνευνηθεῖσαι κοιμωμένοις ἐπιχειροῦ-
μεν. ἀκούσας δὲ ταῦτα ἐκείνην μὲν αὐτοῦ
κατέλιπον δεδεμένην, αὐτὸς δὲ ἀνελθὼν ἐπὶ τὸ
τέγος ἐβόων τε καὶ τοὺς ἑταίρους συνεκάλουν.
ἐπεὶ δὲ συνῆλθον, τὰ πάντα ἐμήνυον αὐτοῖς καὶ
τά τε ὀστᾶ ἐδείκνυον καὶ ἦγον ἔσω πρὸς τὴν
δεδεμένην· ἡ δὲ αὐτίκα ὕδωρ ἐγένετο καὶ ἀφανὴς
ἦν. ὅμως δὲ τὸ ξίφος εἰς τὸ ὕδωρ καθῆκα πειρώ-
μενος· τὸ δὲ αἷμα ἐγένετο.

Ταχέως οὖν ἐπὶ ναῦν κατελθόντες ἀπεπλεύ- 47
σαμεν. καὶ ἐπεὶ ἡμέρα ὑπηύγαζε, τήν τε ἤπειρον
ἀπεβλέπομεν εἰκάζομέν τε εἶναι τὴν ἀντιπέρας
τῇ ὑφ᾽ ἡμῶν οἰκουμένῃ κειμένην. προσκυνήσαντες
δ᾽ οὖν καὶ προσευξάμενοι περὶ τῶν μελλόντων
ἐσκοποῦμεν, καὶ τοῖς μὲν ἐδόκει ἐπιβᾶσιν μόνον
αὖθις ὀπίσω ἀναστρέφειν, τοῖς δὲ τὸ μὲν πλοῖον
αὐτοῦ καταλιπεῖν, ἀνελθόντας δὲ ἐς τὴν μεσόγαιαν
πειραθῆναι τῶν ἐνοικούντων. ἐν ὅσῳ δὲ ταῦτα
ἐλογιζόμεθα, χειμὼν σφοδρὸς ἐπιπεσὼν καὶ
προσαράξας τὸ σκάφος τῷ αἰγιαλῷ διέλυσεν.
ἡμεῖς δὲ μόλις ἐξενηξάμεθα τὰ ὅπλα ἕκαστος καὶ
-εἴ τι ἄλλο οἷός τε ἦν ἁρπασάμενοι.

Ταῦτα μὲν οὖν τὰ μέχρι τῆς ἑτέρας γῆς συνενε-
χθέντα μοι ἐν τῇ θαλάττῃ καὶ παρὰ τὸν πλοῦν ἐν

her and questioned her about the whole thing. Against her will she told me that they were women of the sea, called Asslegs and that they fed on the strangers that visited them. " When we have made them drunk," said she, " we go to bed with them and attack them in their sleep." On hearing this, I left her there tied up, and myself went up to the housetop and cried out and called my comrades together. When they had come, I told them everything, showed them the bones and led them in to the woman who was tied up, but she immediately turned to water and disappeared. Nevertheless I thrust my sword into the water as a test, and the water turned to blood.

With all speed we went back to the ship and sailed away. When the light of day began to show, we saw land and judged it to be the world opposite the one which we inhabit. After doing homage and offering prayer, we took thought for the future. Some of us proposed just to land and then turn back again, others to leave the boat there, go into the interior and see what the inhabitants were like. While we were debating this, a violent storm struck the boat, dashed it ashore and wrecked it, and we ourselves had much trouble in swimming out with our arms and anything else that we could catch up.

Thus far I have told you what happened to me until I reached the other world, first at sea, then

ταῖς νήσοις καὶ ἐν τῷ ἀέρι καὶ μετὰ ταῦτα ἐν τῷ κήτει καὶ ἐπεὶ ἐξήλθομεν, παρά τε τοῖς ἥρωσι καὶ τοῖς ὀνείροις καὶ τὰ τελευταῖα παρὰ τοῖς Βουκεφάλοις καὶ ταῖς Ὀνοσκελέαις, τὰ δὲ ἐπὶ τῆς γῆς ἐν ταῖς ἑξῆς βίβλοις διηγήσομαι.

during my voyage among the islands and in the air, then in the whale, and after we left it, among the heroes and the dreams, and finally among the Bullheads and the Asslegs. What happened in the other world I shall tell you in the succeeding books.[1]

[1] The biggest lie of all, as a disgruntled Greek scribe remarks in the margin !

SLANDER

ON NOT BEING QUICK TO PUT FAITH IN IT

This essay is rhetoric pure and simple, and was probably written early in Lucian's career. It is famous because it contains a vivid description of a picture by Apelles, which was again translated into paint by Botticelli in "La Calunnia."

ΠΕΡΙ ΤΟΥ ΜΗ ΡΑΙΔΙΩΣ ΠΙΣΤΕΥΕΙΝ ΔΙΑΒΟΛΗΙ

Δεινόν γε ἡ ἄγνοια καὶ πολλῶν κακῶν ἀνθρώ- 1
ποις αἰτία, ὥσπερ ἀχλύν τινα καταχέουσα τῶν
πραγμάτων καὶ τὴν ἀλήθειαν ἀμαυροῦσα καὶ τὸν
ἑκάστου βίον ἐπηλυγάζουσα. ἐν σκότῳ γοῦν
πλανωμένοις πάντες ἐοίκαμεν, μᾶλλον δὲ τυφλοῖς
ὅμοια πεπόνθαμεν, τῷ μὲν προσπταίοντες ἀλόγως,
τὸ δὲ ὑπερβαίνοντες, οὐδὲν δέον, καὶ τὸ μὲν πλη-
σίον καὶ παρὰ πόδας οὐχ ὁρῶντες, τὸ δὲ πόρρω
καὶ πάμπολυ διεστηκὸς ὡς ἐνοχλοῦν δεδιότες· καὶ
ὅλως ἐφ᾽ ἑκάστου τῶν πραττομένων οὐ διαλεί-
πομεν τὰ πολλὰ ὀλισθαίνοντες. τοιγάρτοι μυρίας
ἤδη τοῖς τραγῳδοδιδασκάλοις ἀφορμὰς εἰς τὰ
δράματα τὸ τοιοῦτο παρέσχηται, τοὺς Λαβδα-
κίδας καὶ τοὺς Πελοπίδας καὶ τὰ τούτοις παρα-
πλήσια· σχεδὸν γὰρ τὰ πλεῖστα τῶν ἐν τῇ σκηνῇ
ἀναβαινόντων κακῶν εὕροι τις ἂν ὑπὸ τῆς ἀγνοίας
καθάπερ ὑπὸ τραγικοῦ τινος δαίμονος κεχορη-
γημένα.

Λέγω δὲ καὶ ἐς τὰ ἄλλα μὲν ἀποβλέπων,
μάλιστα δὲ ἐς τὰς οὐκ ἀληθεῖς κατὰ τῶν συνήθων
καὶ φίλων διαβολάς, ὑφ᾽ ὧν ἤδη καὶ οἶκοι ἀνά-
στατοι γεγόνασι καὶ πόλεις ἄρδην ἀπολώλασι,

SLANDER

ON NOT BEING QUICK TO PUT FAITH IN IT

It is really a terrible thing, is ignorance, a cause of many woes to humanity; for it envelops things in a fog, so to speak, and obscures the truth and overshadows each man's life. Truly, we all resemble people lost in the dark—nay, we are even like blind men. Now we stumble inexcusably, now we lift our feet when there is no need of it; and we do not see what is near and right before us, but fear what is far away and extremely remote as if it blocked our path. In short, in everything we do we are always making plenty of missteps. For this reason the writers of tragedy have found in this universal truth many and many a motive for their dramas—take for example, the house of Labdacus,[1] the house of Pelops and their like. Indeed, most of the troubles that are put on the stage are supplied to the poets, you will find, by ignorance, as though it were a sort of tragic divinity.

What I have in mind more than anything else is slanderous lying about acquaintances and friends, through which families have been rooted out, cities have utterly perished, fathers have been driven mad

---

[1] King of Thebes, father of Laïus.

πατέρες τε κατὰ παίδων ἐξεμάνησαν καὶ ἀδελφοὶ
κατὰ τῶν ὁμογενῶν καὶ παῖδες κατὰ τῶν γεινα-
μένων καὶ ἐρασταὶ κατὰ τῶν ἐρωμένων· πολλαὶ
δὲ καὶ φιλίαι συνεκόπησαν καὶ ὅρκοι[1] συνεχύ-
θησαν ὑπὸ τῆς κατὰ τὰς διαβολὰς πιθανότητος.
ἵν' οὖν ὡς ἥκιστα περιπίπτωμεν αὐταῖς, ὑποδεῖξαι 2
βούλομαι τῷ λόγῳ καθάπερ ἐπί τινος γραφῆς
ὁποῖόν τί ἐστιν ἡ διαβολὴ καὶ πόθεν ἄρχεται καὶ
ὁποῖα ἐργάζεται.

Μᾶλλον δὲ Ἀπελλῆς ὁ Ἐφέσιος πάλαι ταύτην
προὔλαβε τὴν εἰκόνα· καὶ γὰρ αὖ καὶ οὗτος δια-
βληθεὶς πρὸς τὸν Πτολεμαῖον ὡς μετεσχηκὼς
Θεοδότᾳ τῆς συνωμοσίας ἐν Τύρῳ,—ὁ δὲ
Ἀπελλῆς οὐχ ἑωράκει ποτὲ τὴν Τύρον οὐδὲ τὸν
Θεοδόταν, ὅστις ἦν, ἐγίνωσκεν, ἢ καθ' ὅσον ἤκουε
Πτολεμαίου τινὰ ὕπαρχον εἶναι τὰ κατὰ τὴν
Φοινίκην ἐπιτετραμμένον. ἀλλ' ὅμως τῶν ἀντι-
τέχνων τις Ἀντίφιλος τοὔνομα ὑπὸ φθόνου τῆς
παρὰ βασιλεῖ τιμῆς καὶ ὑπὸ[2] τῆς κατὰ τὴν
τέχνην ζηλοτυπίας κατεῖπεν αὐτοῦ πρὸς τὸν
Πτολεμαῖον ὡς εἴη κεκοινωνηκὼς τῶν ὅλων καὶ
ὡς θεάσαιτό τις αὐτὸν ἐν Φοινίκῃ συνεστιώμενον
Θεοδότᾳ καὶ παρ' ὅλον τὸ δεῖπνον πρὸς τὸ οὖς
αὐτῷ κοινολογούμενον, καὶ τέλος ἀπέφηνε τὴν
Τύρου ἀπόστασιν καὶ Πηλουσίου κατάληψιν ἐκ
τῆς Ἀπελλοῦ συμβουλῆς γεγονέναι.

Ὁ δὲ Πτολεμαῖος ὡς ἂν καὶ τἆλλα οὐ κάρτα[3] 3
φρενήρης τις ὤν, ἀλλ' ἐν κολακείᾳ δεσποτικῇ
τεθραμμένος, οὕτως ἐξεκαύθη καὶ συνεταράχθη

---

[1] ὅρκοι Cobet : οἶκοι MSS.
[2] ὑπὸ Herwerden : not in MSS.
[3] κάρτα Gesner : πάνυ du Soul : κάρτα πάνυ MSS.

against their children, brothers against own brothers, children against their parents and lovers against those they love. Many a friendship, too, has been parted and many an oath broken through belief in slander. In order, then, that we may as far as possible avoid being involved in it, I wish to show in words, as if in a painting, what sort of thing slander is, how it begins and what it does.

I should say, however, that Apelles of Ephesus long ago preempted this subject for a picture; and with good reason, for he himself had been slandered to Ptolemy on the ground that he had taken part with Theodotas in the conspiracy in Tyre, although Apelles had never set eyes on Tyre and did not know who Theodotas was, beyond having heard that he was one of Ptolemy's governors, in charge of affairs in Phoenicia.[1] Nevertheless, one of his rivals named Antiphilus, through envy of his favour at court and professional jealousy, maligned him by telling Ptolemy that he had taken part in the whole enterprise, and that someone had seen him dining with Theodotas in Phoenicia and whispering into his ear all through the meal; and in the end he declared that the revolt of Tyre and the capture of Pelusium had taken place on the advice of Apelles.

Ptolemy, who in general was not particularly sound of judgment, but had been brought up in the midst of courtly flattery, was so inflamed and upset by this

---

[1] The story is apocryphal, as Apelles must have been in his grave nearly a hundred years when Theodotus (not Theodotas) betrayed Ptolemy Philopator (219 B.C.).

πρὸς τῆς παραδόξου ταύτης διαβολῆς, ὥστε
μηδὲν τῶν εἰκότων λογισάμενος, μηδ' ὅτι ἀντί-
τεχνος ἦν ὁ διαβάλλων μηδ' ὅτι μικρότερος ἢ
κατὰ τηλικαύτην προδοσίαν ζωγράφος, καὶ ταῦτα
εὖ πεπονθὼς ὑπ' αὐτοῦ καὶ παρ' ὁντινοῦν τῶν
ὁμοτέχνων τετιμημένος, ἀλλ' οὐδὲ τὸ παράπαν
εἰ ἐξέπλευσεν Ἀπελλῆς ἐς Τύρον ἐξετάσας,
εὐθὺς ἐξεμήνιεν[1] καὶ βοῆς ἐνεπίμπλα τὰ βασίλεια
τὸν ἀχάριστον κεκραγὼς καὶ τὸν ἐπίβουλον καὶ
συνωμότην. καὶ εἴ γε μὴ τῶν συνειλημμένων
τις ἀγανακτήσας ἐπὶ τῇ τοῦ Ἀντιφίλου ἀναι-
σχυντίᾳ καὶ τὸν ἄθλιον Ἀπελλῆν κατελεήσας
ἔφη μηδενὸς αὐτοῖς κεκοινωνηκέναι τὸν ἄνθρωπον,
ἀπετέτμητο ἂν τὴν κεφαλὴν καὶ παραπολελαύκει
τῶν ἐν Τύρῳ κακῶν οὐδὲν αὐτὸς αἴτιος γεγονώς.

Ὁ μὲν οὖν Πτολεμαῖος οὕτω λέγεται αἰσχυν- 4
θῆναι ἐπὶ τοῖς γεγονόσιν, ὥστε τὸν μὲν Ἀπελλῆν
ἑκατὸν ταλάντοις ἐδωρήσατο, τὸν δὲ Ἀντίφιλον
δουλεύειν αὐτῷ παρέδωκεν. ὁ δὲ Ἀπελλῆς ὢν
παρεκινδύνευσε μεμνημένος τοιᾷδέ τινι εἰκόνι
ἠμύνατο τὴν διαβολήν. ἐν δεξιᾷ τις ἀνὴρ κάθηται 5
τὰ ὦτα παμμεγέθη ἔχων μικροῦ δεῖν τοῖς τοῦ
Μίδου προσεοικότα, τὴν χεῖρα προτείνων πόρρω-
θεν ἔτι προσιούσῃ τῇ Διαβολῇ. περὶ δὲ αὐτὸν
ἑστᾶσι δύο γυναῖκες, Ἄγνοιά μοι δοκεῖ καὶ
Ὑπόληψις· ἑτέρωθεν δὲ προσέρχεται ἡ Δια-
βολή, γύναιον ἐς ὑπερβολὴν πάγκαλον, ὑπό-
θερμον δὲ καὶ παρακεκινημένον, οἷον δὴ τὴν
λύτταν καὶ τὴν ὀργὴν δεικνύουσα, τῇ μὲν ἀρι-
στερᾷ δᾷδα καιομένην ἔχουσα, τῇ ἑτέρᾳ δὲ νεανίαν
τινὰ τῶν τριχῶν σύρουσα τὰς χεῖρας ὀρέγοντα

---

[1] ἐξεμήνιεν A.M.H. : ἔαδε μηνίειν MSS.

surprising charge that he did not take into account
any of the probabilities, not considering either that
the accuser was a rival or that a painter was too
insignificant a person for so great a piece of treason—
a painter, too, who had been well treated by him
and honoured above any of his fellow-craftsmen.
Indeed, he did not even enquire whether Apelles
had gone to Tyre at all. On the contrary, he at
once began to rave and filled the palace with noise,
shouting "The ingrate," "The plotter," and "The
conspirator." And if one of his fellow-prisoners,
who was indignant at the impudence of Antiphilus
and felt sorry for poor Apelles, had not said that the
man had not taken any part whatever in the affair,
he would have had his head cut off, and so would
have shared the consequences of the troubles in Tyre
without being himself to blame for them in any way.

Ptolemy is said to have been so ashamed of the
affair that he presented Apelles with a hundred
talents and gave him Antiphilus for his slave.
Apelles, for his part, mindful of the risk that he had
run, hit back at slander in a painting. On the right
of it sits a man with very large ears, almost like
those of Midas, extending his hand to Slander while
she is still at some distance from him. Near him,
on one side, stand two women—Ignorance, I think,
and Suspicion. On the other side, Slander is coming
up, a woman beautiful beyond measure, but full of
passion and excitement, evincing as she does fury
and wrath by carrying in her left hand a blazing
torch and with the other dragging by the hair a
young man who stretches out his hands to heaven

εἰς τὸν οὐρανὸν καὶ μαρτυρόμενον τοὺς θεούς.
ἡγεῖται δὲ ἀνὴρ ὠχρὸς καὶ ἄμορφος, ὀξὺ δεδορκὼς
καὶ ἐοικὼς τοῖς ἐκ νόσου μακρᾶς κατεσκληκόσι.
τοῦτον οὖν εἶναι τὸν Φθόνον ἄν τις εἰκάσειε. καὶ
μὴν καὶ ἄλλαι τινὲς δύο παρομαρτοῦσι προτρέ-
πουσαι καὶ περιστέλλουσαι καὶ κατακοσμοῦσαι
τὴν Διαβολήν. ὡς δέ μοι καὶ ταύτας ἐμήνυσεν ὁ
περιηγητὴς τῆς εἰκόνος, ἡ μέν τις Ἐπιβουλὴ [1] ἦν,
ἡ δὲ Ἀπάτη. κατόπιν δὲ ἠκολούθει πάνυ πενθι-
κῶς τις ἐσκευασμένη, μελανείμων καὶ κατεσπα-
ραγμένη, Μετάνοια, οἶμαι, [2] αὕτη ἐλέγετο· ἐπεστρέ-
φετο γοῦν εἰς τοὐπίσω δακρύουσα καὶ μετ' αἰδοῦς
πάνυ τὴν Ἀλήθειαν προσιοῦσαν ὑπέβλεπεν.

Οὕτως μὲν Ἀπελλῆς τὸν ἑαυτοῦ κίνδυνον ἐπὶ
τῆς γραφῆς ἐμιμήσατο. φέρε δὲ καὶ ἡμεῖς, εἰ 6
δοκεῖ, κατὰ τὴν τοῦ Ἐφεσίου ζωγράφου τέχνην
διέλθωμεν τὰ προσόντα τῇ διαβολῇ, πρότερόν
γε ὅρῳ τινὶ περιγράψαντες αὐτήν· οὕτω γὰρ ἂν
ἡμῖν ἡ εἰκὼν γένοιτο φανερωτέρα. ἔστι τοίνυν
διαβολὴ κατηγορία τις ἐξ ἐρημίας γινομένη, τὸν
κατηγορούμενον λεληθυῖα, ἐκ τοῦ μονομεροῦς
ἀναντιλέκτως πεπιστευμένη. τοιαύτη μὲν ἡ ὑπό-
θεσις τοῦ λόγου. τριῶν δ' ὄντων προσώπων,
καθάπερ ἐν ταῖς κωμῳδίαις, τοῦ διαβάλλοντος
καὶ τοῦ διαβαλλομένου καὶ τοῦ πρὸς ὃν ἡ διαβολὴ
γίνεται, καθ' ἕκαστον αὐτῶν ἐπισκοπήσωμεν εἰα
εἰκὸς εἶναι τὰ γινόμενα.   7

Πρῶτον μὲν δή, εἰ δοκεῖ, παραγάγωμεν τὸν
πρωταγωνιστὴν τοῦ δράματος, λέγω δὲ τὸν ποι-
ητὴν τῆς διαβολῆς. οὗτος δὲ δὴ ὡς μὲν οὐκ

---

[1] τις Ἐπιβουλὴ Burmeister : Ἐπιβουλή τις MSS.
[2] οἶμαι Jacobs : καὶ MSS.

and calls the gods to witness his innocence. She is
conducted by a pale ugly man who has a piercing
eye and looks as if he had wasted away in long ill-
ness; he may be supposed to be Envy. Besides,
there are two women in attendance on Slander,
egging her on, tiring her and tricking her out.
According to the interpretation of them given me
by the guide to the picture, one was Treachery and
the other Deceit. They were followed by a woman
dressed in deep mourning, with black clothes all in
tatters—Repentance, I think, her name was. At all
events, she was turning back with tears in her eyes
and casting a stealthy glance, full of shame, at
Truth, who was approaching.

That is the way in which Apelles represented in
the painting his own hairbreadth escape. Come,
suppose we too, if you like, following the lead of the
Ephesian artist, portray the characteristics of slander,
after first sketching it in outline : for in that way
our picture will perhaps come out more clearly.
Slander, then, is a clandestine accusation, made with-
out the cognizance of the accused and sustained
by the uncontradicted assertion of one side. This is
the subject of my lecture, and since there are three
leading characters in slander as in comedy—the
slanderer, the slandered person, and the hearer of
the slander,—let us consider what is likely to happen
in the case of each of them.[1]

In the first place, if you like, let us bring on the
star of the play, I mean the author of the slander.
That he is not a good man admits of no doubt, I am

[1] This partition, derived from Herodotus (7, 10), is not at
all strictly followed by Lucian in developing his theme.

ἀγαθὸς ἄνθρωπός ἐστι, πᾶσιν οἶμαι γνώριμον·
οὐδεὶς γὰρ ἂν ἀγαθὸς κακῶν αἴτιος γένοιτο τῷ πλη-
σίον, ἀλλ' ἔστιν ἀγαθῶν ἀνδρῶν ἀφ' ὧν εὖ ποιοῦσιν
αὐτοὶ τοὺς φίλους, οὐκ ἀφ' ὧν τοὺς ἄλλους ἀδι-
κοῦντες αἰτιῶνται καὶ μισεῖσθαι παρασκευά-
ζουσιν, εὐδοκιμεῖν δόξαν εὐνοίας προσλαβόντες.

Ἔπειτα δὲ ὡς ἄδικος ὁ τοιοῦτος καὶ παράνομός 8
ἐστι καὶ ἀσεβὴς καὶ τοῖς χρωμένοις ἐπιζήμιος,
ῥάδιον καταμαθεῖν. τίς γὰρ οὐκ ἂν ὁμολογήσειε
τὴν μὲν ἰσότητα ἐν ἅπαντι καὶ τὸ μηδὲν πλέον
δικαιοσύνης ἔργα εἶναι, τὸ δὲ ἄνισόν τε καὶ
πλεονεκτικὸν ἀδικίας; ὁ δὲ τῇ διαβολῇ κατὰ τῶν
ἀπόντων λάθρα χρώμενος πῶς οὐ πλεονέκτης
ἐστὶν ὅλον τὸν ἀκροατὴν σφετεριζόμενος καὶ
προκαταλαμβάνων αὐτοῦ τὰ ὦτα καὶ ἀποφράττων
καὶ τῷ δευτέρῳ λόγῳ παντελῶς ἄβατα κατα-
σκευάζων αὐτὰ ὑπὸ τῆς διαβολῆς προεμπεπλη-
σμένα; ἐσχάτης ἀδικίας τὸ τοιοῦτον, ὡς φαῖεν ἂν
καὶ οἱ ἄριστοι τῶν νομοθετῶν, οἷον ὁ Σόλων καὶ ὁ
Δράκων, ἔνορκον ποιησάμενοι τοῖς δικασταῖς τὸ
ὁμοίως ἀμφοῖν ἀκροᾶσθαι καὶ τὸ τὴν εὔνοιαν ἴσην
τοῖς κρινομένοις ἀπονέμειν, ἄχρι ἂν ὁ τοῦ δευτέρου
λόγος παρατεθεὶς θατέρου χείρων ἢ ἀμείνων φανῇ·
πρὶν δέ γε ἀντεξετάσαι τὴν ἀπολογίαν τῇ κατη-
γορίᾳ, παντελῶς ἀσεβῆ καὶ ἀνόσιον ἡγήσαντο
ἔσεσθαι τὴν κρίσιν. καὶ γὰρ ἂν καὶ αὐτοὺς
ἀγανακτῆσαι τοὺς θεοὺς εἴποιμεν, εἰ τῷ κατηγόρῳ
μετ' ἀδείας ἃ θέλει λέγειν ἐπιτρέποιμεν, ἀποφρά-
ξαντες δὲ τῷ κατηγορουμένῳ τὰ ὦτα ἢ τῷ στόματι
σιωπῶντος[1] καταψηφιζοίμεθα τῷ προτέρῳ λόγῳ

[1] Corrupt, and not yet satisfactorily emended. τὸ στόμα
σιωπῶντος Halm.

sure, because no good man would make trouble for his neighbour. On the contrary, it is characteristic of good men to win renown and gain a reputation for kind-heartedness by doing good to their friends, not by accusing others wrongfully and getting them hated.

Furthermore, that such a man is unjust, lawless, impious and harmful to his associates is easy to see. Who will not admit that fairness in everything and unselfishness are due to justice, unfairness and selfishness to injustice? But when a man plies slander in secret against people who are absent, is he not selfish, inasmuch as he completely appropriates his hearer by getting his ear first, stopping it up and making it altogether impervious to the defence because it has been previously filled with slander? Such conduct is indeed the height of injustice, and the best of the lawgivers, Solon and Draco, for example, would say so, too; for they put the jurors on oath to hear both sides alike and to divide their goodwill equally between the litigants until such time as the plea of the defendant, after comparison with the other, shall disclose itself to be better or worse. To pass judgment before weighing the defence against the complaint would, they thought, be altogether impious and irreligious. In truth, we may say that the very gods would be angry if we should permit the plaintiff to say his say unhampered, but should stop our ears to the defendant or silence him,[1] and then condemn him,

---

[1] The Greek is here corrupt. The translation merely gives the probable sense of the passage.

κεχειρωμένοι. ὥστε οὐ κατὰ τὸ δίκαιον καὶ τὸ
νόμιμον καὶ τὸν ὅρκον τὸν δικαστικὸν φαίη τις ἂν
γίγνεσθαι τὰς διαβολάς. εἰ δέ τῳ μὴ ἀξιόπιστοι
δοκοῦσιν οἱ νομοθέται παραινοῦντες οὕτω δικαίας
καὶ ἀμερεῖς ποιεῖσθαι τὰς κρίσεις, ποιητήν μοι
δοκῶ τὸν ἄριστον ἐπάγειν τῷ λόγῳ εὖ μάλα περὶ
τούτων ἀποφηνάμενον, μᾶλλον δὲ νομοθετήσαντα.
φησὶ δέ,

μήτε δίκην δικάσῃς, πρὶν ἄμφω μῦθον ἀκούσῃς.

ἠπίστατο γάρ, οἶμαι, καὶ οὗτος ὡς πολλῶν ὄντων
ἐν τῷ βίῳ ἀδικημάτων οὐδὲν ἄν τις εὕροι χεῖρον
οὐδὲ ἀδικώτερον ἢ ἀκρίτους τινὰς καὶ ἀμοίρους
λόγων καταδεδικάσθαι· ὅπερ ἐξ ἅπαντος ὁ δια-
βάλλων ἐπιχειρεῖ ποιεῖν ἄκριτον ὑπάγων τὸν
διαβαλλόμενον τῇ τοῦ ἀκούοντος ὀργῇ καὶ τὴν
ἀπολογίαν τῷ λαθραίῳ τῆς κατηγορίας παραιρού-
μενος.

Καὶ γὰρ ἀπαρρησίαστος καὶ δειλὸς ἅπας ὁ 9
τοιοῦτος ἄνθρωπος οὐδὲν ἐς τοὐμφανὲς ἄγων, ἀλλ᾽
ὥσπερ οἱ λοχῶντες ἐξ ἀφανοῦς ποθεν τοξεύων, ὡς
μηδὲ ἀντιτάξασθαι δυνατὸν εἶναι μηδὲ ἀνταγωνί-
σασθαι, ἀλλ᾽ ἐν ἀπορίᾳ καὶ ἀγνοίᾳ τοῦ πολέμου
διαφθείρεσθαι, ὃ μέγιστόν ἐστι σημεῖον τοῦ μηδὲν
ὑγιὲς τοὺς διαβάλλοντας λέγειν. ἐπεὶ εἴ τίς γε
τἀληθῆ κατηγοροῦντι ἑαυτῷ συνεπίσταται, οὗτος,
οἶμαι, καὶ εἰς τὸ φανερὸν ἐλέγχει καὶ διευθύνει καὶ
ἀντεξετάζει τῷ λόγῳ, ὥσπερ οὐδεὶς ἂν ἐκ τοῦ
προφανοῦς νικᾶν δυνάμενος ἐνέδρᾳ ποτὲ καὶ ἀπάτῃ
χρήσαιτο κατὰ τῶν πολεμίων.

conquered by the first plea. It may be said, then, that slander does not accord with what is just and legal, and what the jurors swear to do. But if anybody thinks that the lawgivers, who recommend that verdicts be so just and impartial, are not good authority, I shall cite the best of poets in support of my contention. He makes a very admirable pronouncement —indeed, lays down a law—on this point, saying :[1]

"Nor give your verdict ere both sides you hear."

He knew, I suppose, like everyone else, that though there are many unjust things in the world, nothing worse or more unjust can be found than for men to have been condemned untried and unheard. But this is just what the slanderer tries his best to accomplish, exposing the slandered person untried to the anger of the hearer and precluding defence by the secrecy of his accusation.

Of course, all such men are also disingenuous and cowardly; they do nothing in the open, but shoot from some hiding-place or other, like soldiers in ambush, so that it is impossible either to face them or to fight them, but a man must let himself be slain in helplessness and in ignorance of the character of the war. And this is the surest proof that there is no truth in the stories of slanderers; for if a man is conscious that he is making a true charge, that man, I take it, accuses the other in public, brings him to book and pits himself against him in argument. No soldier who can win in fair fight makes use of ambushes and tricks against the enemy.

[1] Though this verse was frequently quoted in antiquity, its authorship was unknown even then, and it was variously attributed to Phocylides, Hesiod, and Pittheus. See Bergk, *Poet. Lyr. Graec.* ii, p. 93.

Ἴδοι δ' ἄν τις τοὺς τοιούτους μάλιστα ἔν τε 10
βασιλέων αὐλαῖς καὶ περὶ τὰς τῶν ἀρχόντων καὶ
δυναστευόντων φιλίας εὐδοκιμοῦντας, ἔνθα πολὺς
μὲν ὁ φθόνος, μυρίαι δὲ ὑπόνοιαι, πάμπολλαι δὲ
κολακειῶν καὶ διαβολῶν ὑποθέσεις· ὅπου γὰρ ἀεὶ
μείζους ἐλπίδες, ἐνταῦθα καὶ οἱ φθόνοι χαλεπώ-
τεροι καὶ τὰ μίση ἐπισφαλέστερα καὶ αἱ ζηλοτυ-
πίαι κακοτεχνέστεραι. πάντες οὖν ἀλλήλους ὀξὺ
δεδόρκασι καὶ ὥσπερ οἱ μονομαχοῦντες ἐπιτηροῦσιν
εἴ πού τι γυμνωθὲν μέρος θεάσαιντο τοῦ σώματος·
καὶ πρῶτος αὐτὸς ἕκαστος εἶναι βουλόμενος παρω-
θεῖται καὶ παραγκωνίζεται τὸν πλησίον καὶ τὸν
πρὸ αὐτοῦ, εἰ δύναιτο, ὑποσπᾷ καὶ ὑποσκελίζει.
ἔνθα ὁ μὲν χρηστὸς ἀτεχνῶς εὐθὺς ἀνατέτραπται
καὶ παρασέσυρται καὶ τὸ τελευταῖον ἀτίμως
ἐξέωσται, ὁ δὲ κολακευτικώτερος καὶ πρὸς τὰς
τοιαύτας κακοηθείας πιθανώτερος εὐδοκιμεῖ· καὶ
ὅλως ὁ[1] φθάσας κρατεῖ· τὰ γὰρ τοῦ Ὁμήρου πάνυ
ἐπαληθεύουσιν, ὅτι τοι

ξυνὸς Ἐννάλιος καὶ τὸν κτανέοντα κατέκτα.

τοιγαροῦν ὡς οὐ περὶ μικρῶν τοῦ ἀγῶνος ὄντος
ποικίλας κατ' ἀλλήλων ὁδοὺς ἐπινοοῦσιν, ὧν
ταχίστη καὶ ἐπισφαλεστάτη ἐστὶν ἡ τῆς διαβολῆς,
τὴν μὲν ἀρχὴν ἀπὸ φθόνου ἢ μίσους εὐέλπιδα[2]
λαμβάνουσα, οἰκτρότερα δὲ καὶ τραγικὰ ἐπάγουσα
τὰ τέλη καὶ πολλῶν συμφορῶν ἀνάπλεα.

Οὐ μέντοι μικρὸν οὐδὲ ἁπλοῦν ἐστι τοῦτο, ὡς 11
ἄν τις ὑπολάβοι, ἀλλὰ πολλῆς μὲν τέχνης, οὐκ
ὀλίγης δὲ ἀγχινοίας, ἀκριβοῦς δέ τινος ἐπιμελείας

---

[1] ὁ (not in best MSS.) is necessary to the sense.
[2] εὐέλπιδα Herwerden : εὐέλπιδος MSS.

SLANDER

For the most part, such men may be seen enjoying high favour in the courts of kings and among the friends of governors and princes, where envy is great, suspicions are countless, and occasions for flattery and slander are frequent. For where hope runs ever high, there envy is more bitter, hate more dangerous, and rivalry more cunning. All eye one another sharply and keep watch like gladiators to detect some part of the body exposed. Everyone, wishing to be first himself, shoves or elbows his neighbour out of his way and, if he can, slyly pulls down or trips up the man ahead. In this way a good man is simply upset and thrown at the start, and finally thrust off the course in disgrace, while one who is better versed in flattery and cleverer at such unfair practices wins. In a word, it is "devil take the hindmost!"; for they quite confirm Homer's saying:

"Impartial war adds slayer to the slain." [1]

So, as their conflict is for no small stake, they think out all sorts of ways to get at each other, of which the quickest, though most perilous, road is slander, which has a hopeful beginning in envy or hatred, but leads to a sorry, tragic ending, beset with many accidents.

Yet this is not an insignificant or a simple thing, as one might suppose; it requires much skill, no little shrewdness, and some degree of close study.

---

[1] *Iliad* 18, 309.

δεόμενον· οὐ γὰρ ἂν τοσαῦτα ἔβλαπτεν ἡ δια-
βολή, εἰ μὴ πιθανόν τινα τρόπον ἐγίνετο· οὐδ' ἂν
κατίσχυε τὴν πάντων ἰσχυροτέραν ἀλήθειαν, εἰ
μὴ πολὺ τὸ ἐπαγωγὸν καὶ πιθανὸν καὶ μυρία ἄλλα
παρεσκεύαστο κατὰ τῶν ἀκουόντων.

Διαβάλλεται μὲν οὖν ὡς τὸ πολὺ μάλιστα ὁ 12
τιμώμενος καὶ διὰ τοῦτο τοῖς ὑπολειπομένοις
αὐτοῦ ἐπίφθονος· ἅπαντες γὰρ τῷδ' ἐπιτοξάζον-
ται καθάπερ τι κώλυμα καὶ ἐμπόδιον προορώμενοι,
καὶ ἕκαστος οἴεται πρῶτος αὐτὸς ἔσεσθαι τὸν
κορυφαῖον ἐκεῖνον ἐκπολιορκήσας καὶ τῆς φιλίας
ἀποσκευασάμενος. οἷόν τι καὶ ἐπὶ τοῖς γυμνικοῖς
ἀγῶσιν ἐπὶ τῶν δρομέων γίγνεται· κἀκεῖ γὰρ ὁ
μὲν ἀγαθὸς δρομεὺς τῆς ὕσπληγγος εὐθὺς κατα-
πεσούσης μόνον τοῦ πρόσω ἐφιέμενος καὶ τὴν
διάνοιαν ἀποτείνας πρὸς τὸ τέρμα κἂν τοῖς ποσὶ
τὴν ἐλπίδα τῆς νίκης ἔχων τὸν[1] πλησίον οὐδὲν
κακουργεῖ οὐδέ τι τῶν[2] κατὰ τοὺς ἀγωνιστὰς
πολυπραγμονεῖ, ὁ δὲ κακὸς ἐκεῖνος καὶ ἄναθλος
ἀνταγωνιστὴς ἀπογνοὺς τὴν ἐκ τοῦ τάχους ἐλπίδα
ἐπὶ τὴν κακοτεχνίαν ἐτράπετο, καὶ τοῦτο μόνον
ἐξ ἅπαντος σκοπεῖ, ὅπως τὸν τρέχοντα ἐπισχὼν
ἢ ἐμποδίσας ἐπιστομιεῖ, ὡς, εἰ τούτου διαμάρτοι,
οὐκ ἄν ποτε νικῆσαι δυνάμενος. ὁμοίως δὲ τούτοις
κἂν ταῖς φιλίαις τῶν εὐδαιμόνων τούτων γίνεται·
ὁ γὰρ προέχων αὐτίκα ἐπιβουλεύεται καὶ ἀφύλακ-
τος ἐν μέσῳ ληφθεὶς τῶν δυσμενῶν ἀνηρπάσθη, οἱ
δὲ ἀγαπῶνται καὶ φίλοι δοκοῦσιν ἐξ ὧν ἄλλους
βλάπτειν ἔδοξαν.

Τό τε ἀξιόπιστον τῆς διαβολῆς οὐχ ὡς ἔτυχεν 13

---

[1] τὸν Halm : τῷ MSS.   [2] τῶν Capps : τοῦ MSS.

For slander would not do so much harm if it were not set afoot in a plausible way, and it would not prevail over truth, that is stronger than all else, if it did not assume a high degree of attractiveness and plausibility and a thousand things beside to disarm its hearers.

Generally speaking, slander is most often directed against a man who is in favour and on this account is viewed with envy by those he has put behind him. They all direct their shafts at him, regarding him as a hindrance and a stumbling-block, and each one expects to be first himself when he has routed his chief and ousted him from favour. Something of the same sort happens in the athletic games, in foot-races. A good runner from the moment that the barrier falls[1] thinks only of getting forward, sets his mind on the finish and counts on his legs to win for him; he therefore does not molest the man next to him in any way or trouble himself at all about the contestants. But an inferior, unsports-manlike competitor, abandoning all hope based on his speed, resorts to crooked work, and the only thing in the world he thinks of is cutting off the runner by holding or tripping him, with the idea that if he should fail in this he would never be able to win. So it is with the friendships of the mighty. The man in the lead is forthwith the object of plots, and if caught off his guard in the midst of his foes, he is made away with, while they are cherished and are thought friendly because of the harm they appeared to be doing to others.

As for the verisimilitude of their slander, calum-

[1] Races were started in antiquity by the dropping of a rope or bar.

ἐπινοοῦσιν, ἀλλ᾽ ἐν τούτῳ τὸ πᾶν αὐτοῖς ἐστιν
ἔργον δεδοικόσι τι προσάψαι ἀπῳδὸν ἢ καὶ
ἀλλότριον. ὡς γοῦν ἐπὶ πολὺ τὰ προσόντα τῷ
διαβαλλομένῳ πρὸς τὸ χεῖρον μεταβάλλοντες
οὐκ ἀπιθάνους ποιοῦνται τὰς κατηγορίας, οἶον
τὸν μὲν ἰατρὸν διαβάλλουσιν ὡς φαρμακέα, τὸν
πλούσιον δὲ ὡς τύραννον, τὸν τυραννικὸν δὲ ὡς
προδοτικόν.

Ἐνίοτε μέντοι καὶ ὁ ἀκροώμενος αὐτὸς ὑπο- 14
βάλλει τῆς διαβολῆς τὰς ἀφορμάς, καὶ πρὸς τὸν
ἐκείνου τρόπον οἱ κακοήθεις αὐτοὶ ἁρμοζόμενοι
εὐστοχοῦσιν. ἢν μὲν γὰρ ζηλότυπον αὐτὸν ὄντα
ἴδωσι, Διένευσε, φασί, τῇ γυναικί σου παρὰ τὸ
δεῖπνον καὶ ἀπιδὼν ἐς αὐτὴν ἐστέναξε, καὶ ἡ
Στρατονίκη πρὸς αὐτὸν οὐ μάλα ἀηδῶς· καὶ ὅλως
ἐρωτικαί τινες καὶ μοιχικαὶ πρὸς αὐτὸν αἱ δια-
βολαί. ἢν δὲ ποιητικὸς ᾖ καὶ ἐπὶ τούτῳ μέγα
φρονῇ, Μὰ Δί᾽ ἐχλεύασέ σου Φιλόξενος τὰ
ἔπη καὶ διέσυρε καὶ ἄμετρα εἶπεν αὐτὰ καὶ
κακοσύνθετα. πρὸς δὲ τὸν εὐσεβῆ καὶ φιλόθεον
ὡς ἄθεος καὶ ἀνόσιος ὁ φίλος διαβάλλεται καὶ
ὡς τὸ θεῖον παρωθούμενος καὶ τὴν πρόνοιαν
ἀρνούμενος· ὁ δὲ ἀκούσας εὐθὺς μύωπι διὰ
τοῦ ὠτὸς τυπεὶς διακέκαυται ὡς τὸ εἰκὸς καὶ
ἀπέστραπται τὸν φίλον οὐ περιμείνας τὸν ἀκριβῆ
ἔλεγχον. ὅλως γὰρ τὰ τοιαῦτα ἐπινοοῦσι καὶ 15
λέγουσιν, ἃ μάλιστα ἴσασιν ἐς ὀργὴν δυνάμενα
προκαλέσασθαι τὸν ἀκροώμενον, καὶ ἔνθα τρωτός
ἐστιν ἕκαστος ἐπιστάμενοι, ἐπ᾽ ἐκεῖνο τοξεύουσι
καὶ ἀκοντίζουσιν ἐς αὐτό, ὥστε τῇ παραυτίκα
ὀργῇ τεταραγμένον μηκέτι σχολὴν ἄγειν τῇ
ἐξετάσει τῆς ἀληθείας, ἀλλὰ κἂν θέλῃ τις

niators are not careless in thinking out that point; all their work centres on it, for they are afraid to put in anything discordant or even irrelevant. For example, they generally make their charges credible by distorting the real attributes of the man they are slandering. Thus they insinuate that a doctor is a poisoner, that a rich man is a would-be monarch, or that a courtier is a traitor.

Sometimes, however, the hearer himself suggests the starting-point for slander, and the knaves attain their end by adapting themselves to his disposition. If they see that he is jealous, they say: " He signed to your wife during dinner and gazed at her and sighed, and Stratonice was not very displeased with him." In short, the charges they make to him are based on passion and illicit love. If he has a bent for poetry and prides himself on it, they say: "No, indeed! Philoxenus made fun of your verses, pulled them to pieces and said that they·wouldn't scan and were wretchedly composed." To a pious, godly man the charge is made that his friend is godless and impious, that he rejects God and denies Providence. Thereupon the man, stung in the ear, so to speak, by a gadfly, gets thoroughly angry, as is natural, and turns his back on his friend without awaiting definite proof. In short, they think out and say the sort of thing that they know to be best adapted to provoke the hearer to anger, and as they know the place where each can be wounded, they shoot their arrows and throw their spears at it, so that their hearer, thrown off his balance by sudden anger, will not thereafter be free to get at the truth; indeed, however much a slandered man may want to defend himself, he will not let him do so, because he is

ἀπολογεῖσθαι, μὴ προσίεσθαι, τῷ παραδόξῳ τῆς
ἀκροάσεως ὡς ἀληθεῖ προκατειλημμένον.

Ἀνυσιμώτατον γὰρ τὸ εἶδος τῆς διαβολῆς τὸ 16
ὑπεναντίον τῆς τοῦ ἀκούοντος ἐπιθυμίας, ὁπότε καὶ
παρὰ Πτολεμαίῳ τῷ Διονύσῳ ἐπικληθέντι ἐγένετό
τις ὃς διέβαλλε τὸν Πλατωνικὸν Δημήτριον, ὅτι
ὕδωρ τε πίνει καὶ μόνος τῶν ἄλλων γυναικεῖα οὐκ
ἐνεδύσατο ἐν τοῖς Διονυσίοις· καὶ εἴ γε μὴ κληθεὶς
ἕωθεν ἔπιέ τε πάντων ὁρώντων καὶ λαβὼν ταραν-
τινίδιον ἐκυμβάλισε καὶ προσωρχήσατο, ἀπολώλει
ἂν ὡς οὐχ ἡδόμενος τῷ βίῳ τοῦ βασιλέως, ἀλλ'
ἀντισοφιστὴς ὢν καὶ ἀντίτεχνος τῆς Πτολεμαίου
τρυφῆς.

Παρὰ δὲ Ἀλεξάνδρῳ μεγίστη ποτὲ πασῶν ἦν 17
διαβολή, εἰ λέγοιτο[1] τις μὴ σέβειν μηδὲ προσκυνεῖν
τὸν Ἡφαιστίωνα· ἐπεὶ γὰρ ἀπέθανεν Ἡφαιστίων,
ὑπὸ τοῦ ἔρωτος Ἀλέξανδρος ἐβουλήθη προσθεῖναι
καὶ τοῦτο τῇ λοιπῇ μεγαλουργίᾳ καὶ θεὸν χειρο-
τονῆσαι τὸν τετελευτηκότα. εὐθὺς οὖν νεώς τε
ἀνέστησαν αἱ πόλεις καὶ τεμένη καθιδρύετο καὶ
βωμοὶ καὶ θυσίαι καὶ ἑορταὶ τῷ καινῷ τούτῳ
θεῷ ἐπετελοῦντο, καὶ ὁ μέγιστος ὅρκος ἦν ἅπασιν
Ἡφαιστίων. εἰ δέ τις ἢ μειδιάσειε πρὸς τὰ γινό-
μενα ἢ μὴ φαίνοιτο πάνυ εὐσεβῶν, θάνατος
ἐπέκειτο ἡ ζημία. ὑπολαμβάνοντες δὲ οἱ κόλακες
τὴν μειρακιώδη ταύτην τοῦ Ἀλεξάνδρου ἐπιθυμίαν
προσεξέκαιον εὐθὺς καὶ ἀνεζωπύρουν ὀνείρατα
διηγούμενοι τοῦ Ἡφαιστίωνος, ἐπιφανείας τινὰς
καὶ ἰάματα προσάπτοντες αὐτῷ καὶ μαντείας ἐπι-

[1] ἦν διαβολή, εἰ λέγοιτο A.M.H. : ἂν διαβολὴ λέγοιτο, εἰ
ἕλοιτο MSS.

prejudiced by the surprising nature of what he has heard, just as if that made it true.

A very effective form of slander is the one that is based on opposition to the hearer's tastes. For instance, in the court of the Ptolemy who was called Dionysus[1] there was once a man who accused Demetrius, the Platonic philosopher, of drinking nothing but water and of being the only person who did not wear women's clothes during the feast of Dionysus. If Demetrius, on being sent for early the next morning, had not drunk wine in view of everybody and had not put on a thin gown and played the cymbals and danced, he would have been put to death for not liking the king's mode of life, and being a critic and an opponent of Ptolemy's luxury.

In the court of Alexander it was once the greatest of all slanderous charges to say that a man did not worship Hephaestion or even make obeisance to him —for after the death of Hephaestion, Alexander for the love he bore him determined to add to his other great feats that of appointing the dead man a god. So the cities at once erected temples; plots of ground were consecrated ; altars, sacrifices and feasts were established in honour of this new god, and everybody's strongest oath was " By Hephaestion." If anyone smiled at what went on or failed to seem quite reverent, the penalty prescribed was death. The flatterers, taking hold of this childish passion of Alexander's, at once began to feed it and fan it into flame by telling about dreams of Hephaestion, in that way ascribing to him visitations and cures and accrediting him with prophecies ; and at last

[1] Probably Ptolemy Auletes, father of Cleopatra, who styled himself "the new Dionysus."

φημίζοντες· καὶ τέλος ἔθυον παρέδρῳ καὶ ἀλεξι-
κάκῳ θεῷ. ὁ δὲ ᾿Αλέξανδρος ἥδετό τε ἀκούων
καὶ τὰ τελευταῖα ἐπίστευε καὶ μέγα ἐφρόνει
ὡσανεὶ οὐ θεοῦ παῖς ὢν μόνον, ἀλλὰ καὶ θεοὺς
ποιεῖν δυνάμενος. πόσους τοίνυν οἰώμεθα τῶν
᾿Αλεξάνδρου φίλων παρὰ τὸν καιρὸν ἐκεῖνον ἀπο-
λαῦσαι τῆς ῾Ηφαιστίωνος θειότητος, διαβληθέντας
ὡς οὐ τιμῶσι τὸν κοινὸν ἁπάντων θεόν, καὶ διὰ
τοῦτο ἐξελαθέντας καὶ τῆς τοῦ βασιλέως εὐνοίας
ἐκπεσόντας; τότε καὶ ᾿Αγαθοκλῆς ὁ Σάμιος 18
ταξιαρχῶν παρ᾿ ᾿Αλεξάνδρῳ καὶ τιμώμενος παρ᾿
αὐτοῦ μικροῦ δεῖν συγκαθείρχθη λέοντι διαβληθεὶς
ὅτι δακρύσειε παριὼν τὸν ῾Ηφαιστίωνος τάφον.
ἀλλ᾿ ἐκείνῳ μὲν βοηθῆσαι λέγεται Περδίκκας
ἐπομοσάμενος κατὰ πάντων θεῶν καὶ κατὰ
῾Ηφαιστίωνος, ὅτι δὴ κυνηγετοῦντί οἱ φανέντα
ἐναργῆ τὸν θεὸν ἐπισκῆψαι εἰπεῖν ᾿Αλεξάνδρῳ
φείσασθαι ᾿Αγαθοκλέους· οὐ γὰρ ὡς ἀπιστοῦντα
οὐδὲ ὡς ἐπὶ νεκρῷ δακρῦσαι, ἀλλὰ τῆς πάλαι
συνηθείας μνημονεύσαντα.

῾Η δ᾿ οὖν[1] κολακεία καὶ ἡ διαβολὴ τότε μάλιστα 19
χώραν ἔσχε πρὸς τὸ ᾿Αλεξάνδρου πάθος συντι-
θεμένη· καθάπερ γὰρ ἐν πολιορκίᾳ οὐκ ἐπὶ τὰ
ὑψηλὰ καὶ ἀπόκρημνα καὶ ἀσφαλῆ τοῦ τείχους
προσίασιν οἱ πολέμιοι, ἀλλ᾿ ᾗ ἂν ἀφύλακτόν τι
μέρος ἢ σαθρὸν αἴσθωνται ἢ ταπεινόν, ἐπὶ τοῦτο
πάσῃ δυνάμει χωροῦσιν ὡς ῥᾷστα παρεισδῦναι
καὶ ἑλεῖν δυνάμενοι, οὕτω καὶ οἱ διαβάλλοντες ὅ
τι ἂν ἀσθενὲς ἴδωσι τῆς ψυχῆς καὶ ὑπόσαθρον καὶ
εὐεπίβατον, τούτῳ προσβάλλουσι καὶ προσάγουσι

---

[1] δ᾿ οὖν A.M.H. : γοῦν MSS.

they began to sacrifice to him as "Coadjutor" and
"Saviour." [1] Alexander liked to hear all this, and
at length believed it, and was very proud of him-
self for being, as he thought, not only the son of
a god but also able to make gods. Well, how many
of Alexander's friends, do you suppose, reaped the
results of Hephaestion's divinity during that period,
through being accused of not honouring the uni-
versal god, and consequently being banished and
deprived of the king's favour? It was then that
Agathocles of Samos, one of Alexander's captains
whom he esteemed highly, came near being shut up
in a lion's den because he was charged with having
wept as he went by the tomb of Hephaestion. But
Perdiccas is said to have come to his rescue, swearing
by all the gods and by Hephaestion to boot that
while he was hunting the god had appeared to him
in the flesh and had bidden him tell Alexander to
spare Agathocles, saying that he had not wept from
want of faith or because he thought Hephaestion
dead, but only because he had been put in mind
of their old-time friendship.

As you see, flattery and slander were most likely
to find an opening when they were framed with
reference to Alexander's weak point. In a siege
the enemy do not attack the high, sheer and secure
parts of the wall, but wherever they notice that any
portion is unguarded, unsound or low, they move all
their forces against that place because they can very
easily get in there and take the city. Just so with
slanderers: they assail whatever part of the soul
they perceive to be weak, unsound and easy of
access, bringing their siege-engines to bear on it

[1] In this way they made him out the associate of Apollo.

τὰς μηχανάς, καὶ τέλος ἐκπολιορκοῦσι μηδενὸς
ἀντιταττομένου μηδὲ τὴν ἔφοδον αἰσθομένου. εἶτ'
ἐπειδὰν ἐντὸς ἅπαξ τῶν τειχῶν γένωνται, πυρπο-
λοῦσι πάντα καὶ παίουσι[1] καὶ σφάττουσι καὶ
ἐξελαύνουσιν, οἷα εἰκὸς ἁλισκομένης ψυχῆς καὶ
ἐξηνδραποδισμένης ἔργα εἶναι.

Μηχανήματα δὲ αὐτοῖς κατὰ τοῦ ἀκούοντος ἥ   20
τε ἀπάτη καὶ τὸ ψεῦδος καὶ ἡ ἐπιορκία καὶ προσ-
λιπάρησις καὶ ἀναισχυντία καὶ ἄλλα μυρία
ῥᾳδιουργήματα. ἡ δὲ δὴ μεγίστη πασῶν ἡ κολακεία
ἐστί, συγγενής, μᾶλλον δὲ ἀδελφή τις οὖσα τῆς
διαβολῆς. οὐδεὶς γοῦν οὕτω γεννάδας ἐστὶ καὶ
ἀδαμάντινον τεῖχος τῆς ψυχῆς προβεβλημένος, ὃς
οὐκ ἂν ἐνδοίη πρὸς τὰς τῆς κολακείας προσβολάς,
καὶ ταῦτα ὑπορυττούσης καὶ τοὺς θεμελίους
ὑφαιρούσης τῆς διαβολῆς.   καὶ τὰ μὲν ἐκτὸς   21
ταῦτα. ἔνδοθεν δὲ πολλαὶ προδοσίαι συναγωνί-
ζονται τὰς χεῖρας ὀρέγουσαι καὶ τὰς πύλας
ἀναπετῶσαι καὶ πάντα τρόπον τῇ ἁλώσει τοῦ
ἀκούοντος συμπροθυμούμεναι. πρῶτον μὲν τὸ φιλό-
καινον, ὃ φύσει πᾶσιν ἀνθρώποις ὑπάρχει, καὶ τὸ
ἀψίκορον, ἔπειτα δὲ τὸ πρὸς τὰ παράδοξα τῶν
ἀκουσμάτων ἑπόμενον.[2] οὐ γὰρ οἶδ' ὅπως ἡδόμεθα
πάντες λαθρηδὰ καὶ πρὸς τὸ οὖς λεγόμενα καὶ
μεστὰ ὑπονοίας ἀκούοντες·[3] οἶδα γοῦν τινας οὕτως
ἡδέως γαργαλιζομένους τὰ ὦτα ὑπὸ τῶν διαβολῶι
ὥσπερ τοὺς πτεροῖς κνωμένους.

[1] παίουσι Basle ed. of 1563 : καίουσι MSS.
[2] ἑλκόμενον ? A.M.H.
[3] Text Du Soul: λαθρηδὰ καὶ πρὸς τὰς λεγομένας καὶ μεστὰς
ὑπονοίας ἀκούοντες (ἀκοάς) MSS. : καὶ πρὸς τὰς λαθρηδὰ λεγο-
μένας καὶ μεστὰς ὑπονοίας ἀκοάς Jacobitz.

and finally capturing it, as no one opposes them or notices their assault. Then, when they are once within the walls, they fire everything and smite and slay and banish ; for all these things are likely to happen when the soul is captured and put in bondage.

The engines that they use against the hearer are deceit, lying, perjury, insistence, impudence, and a thousand other unprincipled means ; but the most important of all is flattery, a bosom friend, yes, an own sister to slander. Nobody is so high-minded and has a soul so well protected by walls of adamant that he cannot succumb to the assaults of flattery, especially when he is being undermined and his foundations sapped by slander. All this is on the outside, while on the inside there are many traitors who help the enemy, holding out their hands to him, opening the gates, and in every way furthering the capture of the hearer. First there is fondness for novelty, which is by nature common to all mankind, and ennui also ; and secondly, a tendency to be attracted by startling rumours. Somehow or other we all like to hear stories that are slyly whispered in our ear, and are packed with innuendo : indeed, I know men who get as much pleasure from having their ears titillated with slander as some do from being tickled with feathers.

Ἐπειδὰν τοίνυν ὑπὸ τούτων ἁπάντων συμμα- 22
χούμενοι προσπέσωσι, κατὰ κράτος αἱροῦσιν,
οἶμαι, καὶ οὐδὲ δυσχερὴς ἡ νίκη γένοιτ' ἂν μηδενὸς
ἀντιπαραταττομένου μηδὲ ἀμυνομένου τὰς προσ-
βολάς, ἀλλὰ τοῦ μὲν ἀκούοντος ἑκόντος ἑαυτὸν
ἐνδιδόντος, τοῦ διαβαλλομένου δὲ τὴν ἐπιβουλὴν
ἀγνοοῦντος· ὥσπερ γὰρ ἐν νυκτὶ πόλεως ἁλούσης
καθεύδοντες οἱ διαβαλλόμενοι φονεύονται.

Καὶ τὸ πάντων οἴκτιστον, ὁ μὲν οὐκ εἰδὼς τὰ 23
γεγενημένα προσέρχεται τῷ φίλῳ φαιδρὸς ἅτε
μηδὲν ἑαυτῷ φαῦλον συνεπιστάμενος καὶ τὰ
συνήθη λέγει καὶ ποιεῖ, παντὶ τρόπῳ ὁ ἄθλιος
ἐνηδρευμένος· ὁ δὲ ἢν μὲν ἔχῃ τι γενναῖον καὶ
ἐλεύθερον καὶ παρρησιαστικόν, εὐθὺς ἐξέρρηξε τὴν
ὀργὴν καὶ τὸν θυμὸν ἐξέχεε, καὶ τέλος τὴν ἀπολο-
γίαν προσιέμενος ἔγνω μάτην κατὰ τοῦ φίλου 24
παρωξυμμένος. ἢν δὲ ἀγεννέστερος καὶ ταπεινό-
τερος, προσίεται μὲν καὶ προσμειδιᾷ τοῖς χείλεσιν
ἄκροις, μισεῖ δὲ καὶ λάθρα τοὺς ὀδόντας διαπρίει·
καί, ὡς ὁ ποιητής φησι, βυσσοδομεύει τὴν ὀργήν.
οὗ δὴ ἐγὼ οὐδὲν οἶμαι ἀδικώτερον οὐδὲ δουλοπρε-
πέστερον, ἐνδακόντα τὸ χεῖλος ὑποτρέφειν τὴν
χολὴν καὶ τὸ μῖσος ἐν αὑτῷ κατάκλειστον αὔξειν
ἕτερα μὲν κεύθοντα ἐνὶ φρεσίν, ἄλλα δὲ λέγοντα
καὶ ὑποκρινόμενον ἱλαρῷ καὶ κωμικῷ τῷ προσώπῳ
μάλα περιπαθῆ τινα καὶ ἰοῦ γέμουσαν τραγῳδίαν.

Μάλιστα δὲ τοῦτο πάσχουσιν, ἐπειδὰν πάλαι
φίλος ὁ ἐνδιαβάλλων δοκῶν εἶναι τῷ ἐνδιαβαλ-
λομένῳ ποιῆται ὅμως· τότε γὰρ οὐδὲ φωνὴν

SLANDER

Therefore, when the enemy falls on with all these forces in league with him, he takes the fort by storm, I suppose, and his victory cannot even prove difficult, since nobody mans the walls or tries to repel his attacks. No, the hearer surrenders of his own accord, and the slandered person is not aware of the design upon him : slandered men are murdered in their sleep, just as when a city is captured in the night.

The saddest thing of all is that the slandered man, unaware of all that has taken place, meets his friend cheerfully, not being conscious of any misdeed, and speaks and acts in his usual manner, when he is beset on every side, poor fellow, with lurking foes. The other, if he is noble, gentlemanly, and out-spoken, at once lets his anger burst out and vents his wrath, and then at last, on permitting a defence to be made, finds out that he was incensed at his friend for nothing. But if he is ignoble and mean he welcomes him and smiles at him out of the corner of his mouth, while all the time he hates him and secretly grinds his teeth and broods, as the poet says,[1] on his anger. Yet nothing, I think, is more unjust or more contemptible than to bite your lips and nurse your bitterness, to lock your hatred up within yourself and nourish it, thinking one thing in the depths of your heart and saying another, and acting a very eventful tragedy, full of lamentation, with a jovial comedy face.

Men are more liable to act in this way when the slanderer has long seemed to be a friend of the person slandered, and yet does what he does.

[1] Homer ; the word is frequent in the *Odyssey* (e.g. 9, 316 ; 17, 66).

ἀκούειν ἔτι θέλουσι τῶν διαβαλλομένων ἢ τῶν
ἀπολογουμένων, τὸ ἀξιόπιστον τῆς κατηγορίας
ἐκ τῆς πάλαι δοκούσης φιλίας προειληφότες,
οὐδὲ τοῦτο λογιζόμενοι, ὅτι πολλαὶ πολλάκις ἐν
τοῖς φιλτάτοις μίσους παραπίπτουσιν αἴτιαι τοὺς
ἄλλους λανθάνουσαι· καὶ ἐνίοτε οἷς αὐτός τις
ἔνοχός ἐστι, ταυτὶ φθάσας κατηγόρησε τοῦ πλη-
σίον ἐκφυγεῖν οὕτω πειρώμενος τὴν διαβολήν.
καὶ ὅλως ἐχθρὸν μὲν οὐδεὶς ἂν τολμήσειε δια-
βαλεῖν· ἄπιστος γὰρ αὐτόθι ἡ κατηγορία πρό-
δηλον ἔχουσα τὴν αἰτίαν· τοῖς δοκοῦσι δὲ μάλιστα
φίλοις ἐπιχειροῦσι τὴν πρὸς τοὺς ἀκούοντας
εὔνοιαν ἐμφῆναι προαιρούμενοι, ὅτι ἐπὶ τῷ ἐκείνων
συμφέροντι οὐδὲ τῶν οἰκειοτάτων ἀπέσχοντο.

Εἰσὶ δέ τινες οἳ κἂν μάθωσιν ὕστερον ἀδίκως 25
διαβεβλημένους παρ' αὐτοῖς τοὺς φίλους, ὅμως
ὑπ' αἰσχύνης ὧν ἐπίστευσαν οὐδ' ἔτι προσίεσθαι
οὐδὲ προσβλέπειν τολμῶσιν αὐτοῖς ὥσπερ ἠδικη-
μένοι, ὅτι μηδὲν ἀδικοῦντας ἐπέγνωσαν.

Τοιγαροῦν πολλῶν κακῶν ὁ βίος ἐπλήσθη ὑπὸ 26
τῶν οὕτω ῥᾳδίως καὶ ἀνεξετάστως πεπιστευμένων
διαβολῶν. ἡ μὲν γὰρ Ἄντεια

τεθναίης (φησίν), ὦ Προῖτ', ἢ κάκτανε Βελλερο-
        φόντην,
ὅς μ' ἔθελεν φιλότητι μιγήμεναι οὐκ ἐθελούσῃ
αὐτὴ προτέρα ἐπιχειρήσασα καὶ ὑπεροφθεῖσα.

In that case they are no longer willing even
to hear the voice of the men slandered or of those
who speak in their behalf, for they assume in
advance that the accusation can be relied on
because of the apparent friendship of long standing,
without even reflecting that many reasons for hatred
often arise between the closest friends, of which
the rest of the world knows nothing. Now and
then, too, a man makes haste to accuse his neigh-
bour of something that he is himself to blame for,
trying in this way to escape accusation himself.
And in general, nobody would venture to slander
an enemy, for in that case his accusation would not
inspire belief, as its motive would be patent. No,
they attack those men who seem to be their best
friends, aiming to show their good will toward their
hearers by sacrificing even their nearest and dearest
to help them.

There are people who, even if they afterwards
learn that their friends have been unjustly accused
to them, nevertheless, because they are ashamed of
their own credulity, no longer can endure to receive
them or look at them, as though they themselves
had been wronged merely by finding out that the
others were doing no wrong at all !

It follows, then, that life has been filled with
troubles in abundance through the slanderous stories
that have been believed so readily and so un-
questioningly. Anteia says :

"Die, Proetus, or despatch Bellerophon,
　Who offered me his love, by me unsought," [1]

when she herself had made the first move and had

---

[1] Homer, *Iliad* 6, 164.

καὶ μικροῦ ὁ νεανίας ἐν τῇ πρὸς τὴν Χίμαιραν
συμπλοκῇ διεφθάρη ἐπιτίμιον σωφροσύνης ὑπο-
σχὼν καὶ τῆς πρὸς τὸν ξένον αἰδοῦς ὑπὸ μάχλου
γυναικὸς ἐπιβεβουλευμένος. ἡ δὲ Φαίδρα, κἀκείνη
τὰ ὅμοια κατειποῦσα τοῦ προγόνου, ἐπάρατον
ἐποίησε τὸν Ἱππόλυτον γενέσθαι ὑπὸ τοῦ πατρὸς
οὐδέν, ὦ θεοί, οὐδὲν ἀνόσιον εἰργασμένον.

Ναί, φήσει τις· ἀλλ' ἀξιόπιστός ἐστιν ἐνίοτε 27
ὁ διαβάλλων ἀνὴρ τά τε ἄλλα δίκαιος καὶ συνετὸς
εἶναι δοκῶν, καὶ ἐχρῆν προσέχειν αὐτῷ ἅτε μηδὲν
ἂν τοιοῦτο κακουργήσαντι. ἆρ' οὖν τοῦ Ἀριστεί-
δου ἔστι τις δικαιότερος; ἀλλ' ὅμως κἀκεῖνος
συνέστη ἐπὶ τὸν Θεμιστοκλέα καὶ συμπαρώξυνε
τὸν δῆμον, ἧς, φασίν, ἐκεῖνος πολιτικῆς φιλοτιμίας
ὑποκεκνισμένος.[1] δίκαιος μὲν γὰρ ὡς πρὸς τοὺς
ἄλλους Ἀριστείδης, ἄνθρωπος δὲ καὶ αὐτὸς ἦν καὶ
χολὴν εἶχε, καὶ ἠγάπα τινὰ καὶ ἐμίσει. καὶ εἴ γε 28
ἀληθής ἐστιν ὁ περὶ τοῦ Παλαμήδους λόγος, ὁ
συνετώτατος τῶν Ἀχαιῶν κἂν τοῖς ἄλλοις ἄριστος
τὴν ἐπιβουλὴν καὶ ἐνέδραν ὑπὸ φθόνου φαίνεται
συντεθεικὼς κατὰ ἀνδρὸς ὁμαίμου καὶ φίλου καὶ
ἐπὶ τὸν αὐτὸν κίνδυνον ἐκπεπλευκότος· οὕτως ἔμφυ-
τον ἅπασιν ἀνθρώποις ἡ περὶ τὰ τοιαῦτα ἁμαρτία.
τί γὰρ ἄν τις ἢ τὸν Σωκράτην λέγοι τὸν ἀδίκως 29
πρὸς τοὺς Ἀθηναίους διαβεβλημένον ὡς ἀσεβῆ

---

[1] ὑποκεκνισμένος MSS. : ὑπὸ κεκνισμένος Guyet. The con-
struction is correctly explained in the scholia.

been scorned. So the young man came near getting killed in the encounter with the Chimaera, and was rewarded for his continence and his respect for his host by being plotted against by a wanton. As for Phaedra, she too made a similar charge against her stepson and so brought it about that Hippolytus was cursed by his father [1] when he had done nothing impious—good Heavens, nothing!

"Yes," somebody will say, "but now and then the man who brings a personal charge deserves credence, because he seems to be just in all other matters and sensible also, and one would have to heed him, as he would never do such a scoundrelly thing as that." Well, is there anyone more just than Aristides? But even he conspired against Themistocles and had a hand in stirring up the people against him, because, they say, he was secretly pricked by the same political ambition as Themistocles. Aristides was indeed just, in comparison with the rest of the world; but he was a man like anyone else and had spleen and not only loved but hated on occasion. And if the story of Palamedes is true, the most sensible of the Greeks and the best of them in other ways stands convicted of having, through envy, framed a plot and an ambush to trap a kinsman and a friend, who had sailed away from home to front the same peril as he [2]; so true is it that to err in this direction is inborn in all mankind. Why should I mention Socrates, who was unjustly slandered to the Athenians as an irreligious man and a traitor? or

---

[1] Theseus: the story is told in the *Hippolytus* of Euripides.
[2] Odysseus trapped Palamedes by getting a forged letter from Priam hidden in his tent and then pretending to discover it.

καὶ ἐπίβουλον; ἢ τὸν Θεμιστοκλέα ἢ τὸν Μιλτιά-
δην, τοὺς μετὰ τηλικαύτας νίκας ἐπὶ προδοσίᾳ τῆς
Ἑλλάδος ὑπόπτους γενομένους; μυρία γὰρ τὰ
παραδείγματα καὶ σχεδὸν τὰ πλεῖστα ἤδη
γνώριμα.

Τί οὖν χρὴ καὶ ποιεῖν τόν γε νοῦν ἔχοντα   30
ἢ ἀρετῆς ἢ ἀληθείας ἀμφισβητοῦντα; ὅπερ,
οἶμαι, καὶ Ὅμηρος ἐν τῷ περὶ Σειρήνων μύθῳ
ᾐνίξατο παραπλεῖν κελεύσας τὰς ὀλεθρίους ταύ-
τας τῶν ἀκουσμάτων ἡδονὰς καὶ ἀποφράττειν
τὰ ὦτα καὶ μὴ ἀνέδην αὐτὰ ἀναπεταννύειν τοῖς
πάθει προειλημμένοις, ἀλλ᾽ ἐπιστήσαντα ἀκριβῆ
θυρωρὸν τὸν λογισμὸν ἅπασι τοῖς λεγομένοις τὰ
μὲν ἄξια προσίεσθαι καὶ παραβάλλεσθαι, τὰ
φαῦλα δὲ ἀποκλείειν καὶ ἀπωθεῖν· καὶ γὰρ ἂν εἴη
γελοῖον τῆς μὲν οἰκίας θυρωροὺς καθιστάναι, τὰ
ὦτα δὲ καὶ τὴν διάνοιαν ἀνεῳγμένα ἐᾶν. ἐπειδὰν   31
τοίνυν τοιαῦτα προσίῃ τις λέγων, αὐτὸ ἐφ᾽ ἑαυτοῦ
χρὴ τὸ πρᾶγμα ἐξετάζειν, μήτε ἡλικίαν τοῦ λέγοντος
ὁρῶντα μήτε τὸν ἄλλον βίον μήτε τὴν ἐν τοῖς λόγοις
ἀγχίνοιαν. ὅσῳ γάρ τις πιθανώτερος, τοσούτῳ ἐπι-
μελεστέρας δεῖται τῆς ἐξετάσεως. οὐ δεῖ τοίνυν
πιστεύειν ἀλλοτρίᾳ κρίσει, μᾶλλον δὲ μίσει τοῦ
κατηγοροῦντος, ἀλλ᾽ ἑαυτῷ τὴν ἐξέτασιν φυλακτέον
τῆς ἀληθείας, ἀποδόντα καὶ τῷ διαβάλλοντι τὸν
φθόνον καὶ ἐν φανερῷ ποιησάμενον τὸν ἔλεγχον
τῆς ἑκατέρου διανοίας, καὶ μισεῖν οὕτω καὶ ἀγαπᾶν
τὸν δεδοκιμασμένον. πρὶν δὲ τοῦτο ποιῆσαι ἐκ
τῆς πρώτης διαβολῆς κεκινημένον, Ἡράκλεις, ὡς

Themistocles and Miltiades, both of whom, after all their victories, came to be suspected of treason against Greece? The instances are countless, and are already for the most part well known.

"Then what should a man do, if he has sense and lays claim to probity or truthfulness?" In my opinion he should do what Homer suggested in his parable of the Sirens. He bids us to sail past these deadly allurements and to stop our ears; not to hold them wide open to men prejudiced by passion, but, setting Reason as a strict doorkeeper over all that is said, to welcome and admit what deserves it, but shut out and drive off what is bad. For surely, it would be ridiculous to have doorkeepers to guard your house, but to leave your ears and your mind wide open. Therefore, when a man comes and tells you a thing of this sort, you must investigate the matter on its own merits, without regarding the years of the speaker or his standing, or his carefulness in what he says; for the more plausible a man is, the closer your investigation should be. You should not, then, put faith in another's judgment, or rather (as you would be doing), in the accuser's want of judgment,[1] but should reserve to yourself the province of investigating the truth, accrediting the slanderer with his envy and conducting an open examination into the sentiments of both men; and you should only hate or love a man after you have put him to the proof. To do so before that time, influenced by the first breath of slander—Heavens! how

---

[1] Literally, "in the accuser's hatred." To secure something like the word-play in the Greek, the sense had to suffer slightly.

μειρακιῶδες καὶ ταπεινὸν καὶ πάντων οὐχ ἥκιστα
ἄδικον. ἀλλὰ τούτων ἁπάντων αἴτιον, ὅπερ ἐν 32
ἀρχῇ ἔφημεν, ἡ ἄγνοια καὶ τὸ ἐν σκότῳ που εἶναι
τὸν ἑκάστου τρόπον· ὡς εἴ γε θεῶν τις ἀποκαλύ-
ψειεν ἡμῶν τοὺς βίους, οἴχοιτο ἂν φεύγουσα ἐς τὸ
βάραθρον ἡ διαβολὴ χώραν οὐκ ἔχουσα, ὡς ἂν
πεφωτισμένων τῶν πραγμάτων ὑπὸ τῆς ἀληθείας.

childish, how base and, beyond everything, how unjust! But the cause of this and all the rest of it, as I said in the beginning, is ignorance, and the fact that the real character of each of us is shrouded in darkness. Hence, if some one of the gods would only unveil our lives, Slander would vanish away to limbo, having no place left. since everything would be illumined by Truth.

THE CONSONANTS AT LAW

SIGMA *vs.* TAU,
IN THE COURT OF THE SEVEN VOWELS

This mock prosecution, probably not by Lucian, but much later than his time, is based upon the fact that in the Attic dialect many words originally written with double *s* came eventually to be pronounced and written with double *t*, and incidentally mentions words in which *l* has been substituted for *r*; *g* for *k* and *l*; *z*, *x*, and *r* for *s*, and *t* for *d*, *th*, and *z*. It cannot be adequately translated, for we have nothing of the sort in English.

ΔΙΚΗ ΣΥΜΦΩΝΩΝ ΤΟΥ ΣΙΓΜΑ ΠΡΟΣ ΤΟ ΤΑΥ ΥΠΟ ΤΟΙΣ ΕΠΤΑ ΦΩΝΗΕΣΙΝ[1]

[᾿Επὶ ἄρχοντος ᾿Αριστάρχου Φαληρέως, Πυανε- 1
ψιῶνος ἑβδόμη ἱσταμένου, γραφὴν ἔθετο τὸ Σῖγμα
πρὸς τὸ Ταῦ ἐπὶ τῶν ἑπτὰ Φωνηέντων βίας καὶ
ὑπαρχόντων ἁρπαγῆς, ἀφῃρῆσθαι λέγον πάντων
τῶν ἐν διπλῷ ταῦ ἐκφερομένων.][2]

Μέχρι μέν, ὦ Φωνήεντα δικασταί, ὀλίγα ἠδικού- 2
μην ὑπὸ τουτουὶ τοῦ Ταῦ καταχρωμένου τοῖς
ἐμοῖς καὶ καταίροντος ἔνθα μὴ δεῖ, οὐ βαρέως
ἔφερον τὴν βλάβην καὶ παρήκουον ἔνια τῶν λεγο-
μένων ὑπὸ τῆς μετριότητος, ἣν ἴστε με φυλάσ-
σοντα πρός τε ὑμᾶς καὶ τὰς ἄλλας συλλαβάς·
ἐπεὶ δὲ ἐς τοσοῦτον ἥκει πλεονεξίας τε καὶ ἀνο-
μίας,[3] ὥστε ἐφ᾿ οἷς ἡσύχασα πολλάκις οὐκ ἀγα-
πῶν, ἀλλ᾿[4] ἤδη καὶ πλείω προσβιάζεται, ἀναγ-
καίως αὐτὸ εὐθύνω νῦν παρὰ τοῖς ἀμφότερα
εἰδόσιν ὑμῖν. δέος δὲ οὐ μικρόν μοι ἐπὶ τούτοις[5]
τῆς ἀποθλίψεως ἐπέρχεται τῆς ἐμαυτοῦ· τοῖς γὰρ

---

[1] So in Γ: ΔΙΚΗ ΦΩΝΗΕΝΤΩΝ vulg.   [2] Wanting in Γ.
[3] ἀνομίας Lehmann, Herwerden, Sommerbrodt: ἀνοίας
MSS.   [4] ἀλλ᾿ K. Schwartz: ἀλλ᾿ (or word omitted) MSS.
[5] τούτοις Herwerden: τοῖς (τῆς) MSS.

THE CONSONANTS AT LAW

SIGMA *vs.* TAU,
IN THE COURT OF THE SEVEN VOWELS

[*In the year that Aristarchus of Phalerum was archon, on the seventh day of the month Pyanepsion, Sigma brought suit against Tau before the seven Vowels for assault and robbery, alleging that he had stolen all the words that are pronounced with double tau.*]

VOWELS of the jury, as long as the wrongs that I underwent at the hands of this fellow Tau through his misusing my property and establishing himself where he had no business were but slight, I did not take the injury to heart, and I ignored some of the things that I heard because of the equable temper which, as you know, I maintain toward you and the other letters. But now that he has come to such a pitch of self-seeking and lawlessness that, not content with what I have repeatedly let pass in silence, he is trying to wrest still more from me, I am compelled to call him to account before you, who know both sides. Besides all this, I am more than a little afraid of my own ejection; for by making greater and

προπεπραγμένοις ἀεί τι μεῖζον προστιθὲν ἄρδην
με τῆς οἰκείας ἀποθλίψει χώρας, ὡς ὀλίγου δεῖν
ἡσυχίαν ἀγαγόντα μηδὲ ἐν γράμμασιν ἀριθμεῖ-
σθαι, ἐν ἴσῳ δὲ κεῖσθαι τοῦ ψόφου.[1]

Δίκαιον οὖν οὐχ ὑμᾶς, οἳ δικάζετε νῦν, ἀλλὰ 3
καὶ τὰ λοιπὰ γράμματα τῆς πείρας ἔχειν τινὰ
φυλακήν· εἰ γὰρ ἐξέσται τοῖς βουλομένοις ἀπὸ
τῆς καθ᾽ αὑτὰ τάξεως ἐς ἀλλοτρίαν βιάζεσθαι καὶ
τοῦτο ἐπιτρέψετε ὑμεῖς, ὧν χωρὶς οὐδὲν καθόλου
τι γράφεται, οὐχ ὁρῶ τίνα τρόπον αἱ συντάξεις
τὰ νόμιμα, ἐφ᾽ οἷς ἐτάχθη τὰ κατ᾽ ἀρχάς, ἕξουσιν.
ἀλλ᾽ οὔτε ὑμᾶς οἶμαί ποτε ἐς τοσοῦτον ἀμελείας
τε καὶ παροράσεως. ἥξειν, ὥστε ἐπιτρέψαι τινὰ
μὴ δίκαια, οὔτε, εἰ καθυφήσετε τὸν ἀγῶνα ὑμεῖς,
ἐμοὶ παραλειπτέον ἐστὶν ἀδικουμένῳ. ὡς εἴθε 4
καὶ τῶν ἄλλων ἀνεκόπησαν τότε αἱ τόλμαι εὐθὺς
ἀρξαμένων παρανομεῖν, καὶ οὐκ ἂν ἐπολέμει
μέχρι νῦν τὸ Λάμβδα τῷ Ῥῶ διαμφισβητοῦν περὶ
τῆς κισήρεως καὶ κεφαλαργίας, οὔτε τὸ Γάμμα τῷ
Κάππα διηγωνίζετο καὶ ἐς χεῖρας μικροῦ δεῖν
ἤρχετο πολλάκις ἐν τῷ γναφείῳ ὑπὲρ γναφάλλων,
ἐπέπαυτο δ᾽ ἂν καὶ πρὸς τὸ Λάμβδα μαχόμενον,
τὸ μόγις ἀφαιρούμενον αὐτοῦ καὶ μάλιστα παρα-
κλέπτον, καὶ τὰ λοιπὰ δ᾽ ἂν ἠρέμει συγχύσεως
ἄρχεσθαι παρανόμου· καλὸν γὰρ ἕκαστον μένειν

[1] ψόφου Γ : φόβου ΩΣ.

398

greater additions to what he has already done he will altogether eject me from my own estate, so that if I keep quiet I shall scarcely count at all as a letter, and shall be no better than a hiss.

It is fitting, then, that you who are now on the jury and all the other letters, too, should be on your guard against his pernicious activity, for if anyone who wants to may work his way out of his own place into someone else's, and if you Vowels, without whom nothing can be written that means anything, are going to permit this, I do not see how society is to keep the orthodox distinctions of rank which were fixed for it in the beginning. But I do not think you will ever reach such a pitch of negligence and carelessness as to permit anything unjust, and even if you do shirk your duty I cannot overlook my wrongs. If only the others had been thwarted in their audacity long ago, when they first began to be law-breakers! In that case, Lambda would not be at war with Rho, disputing the possession of *pumice-stone* (κίσηλις—κίσηρις) and *headaches* (κεφαλαλγία—κεφαλαργία), nor would Gamma be quarrelling with Kappa and again and again almost coming to blows with him at the *fuller's* (γναφεῖον—κναφεῖον) over *pillows* (γνάφαλλα—κνάφαλλα), and he would have been prevented from fighting with Lambda, too, openly stealing from him *with some difficulty* (μόλις—μόγις) and slyly filching *without any doubt* (μάλιστα—μάγιστα[1]); and the rest would also have refrained from beginning illegal confusion. Surely it is best for each of us to stay in the place which belongs to

---

[1] The word μάλιστα may have been pronounced μάγιστα by the common people at some time or other. I know of no evidence that it was ever so written.

ἐφ᾽ ἧς τετύχηκε τάξεως· τὸ δὲ ὑπερβαίνειν ἐς ἃ
μὴ χρὴ λύοντός ἐστι τὸ δίκαιον. καὶ ὅ γε πρῶτος 5
ἡμῖν τοὺς νόμους τούτους διατυπώσας, εἴτε Κάδ-
μος ὁ νησιώτης εἴτε Παλαμήδης ὁ Ναυπλίου,—
καὶ Σιμωνίδῃ δὲ ἔνιοι προσάπτουσι τὴν προμή-
θειαν ταύτην—οὐ τῇ τάξει μόνον, καθ᾽ ἣν αἱ
προεδρίαι βεβαιοῦνται, διώρισαν, τί πρῶτον
ἔσται ἢ δεύτερον, ἀλλὰ καὶ ποιότητας, ἃς ἕκαστον
ἡμῶν ἔχει, καὶ δυνάμεις συνεῖδον. καὶ ὑμῖν μέν,
ὦ δικασταί, τὴν μείζω δεδώκασι τιμήν, ὅτι καθ᾽
αὑτὰ δύνασθε φθέγγεσθαι, ἡμιφώνοις δὲ τὴν
ἐφεξῆς, ὅτι προσθήκης εἰς τὸ ἀκουσθῆναι δεῖται·
πασῶν δὲ ἐσχάτην ἐνόμισαν ἔχειν μοῖραν ἐννέα [1]
τῶν πάντων, οἷς οὐδὲ φωνὴ πρόσεστι καθ᾽ αὑτά.
τὰ μὲν οὖν φωνήεντα φυλάσσειν ἔοικε τοὺς
νόμους τούτους.

Τὸ δέ γε Ταῦ τοῦτο, οὐ γὰρ ἔχω χείρονι αὐτὸ 6
ὀνομάσαι ῥήματι ἢ ᾧ καλεῖται, ὃ μὰ τοὺς θεούς,
εἰ μὴ ἐξ ὑμῶν δύο συνῆλθον ἀγαθοὶ καὶ καθή-
κοντες ὁραθῆναι, τό τε Ἄλφα καὶ τὸ Ὑ, οὐκ ἂν
ἠκούσθη μόνον, τοῦτο τοίνυν ἐτόλμησεν ἀδικεῖν
με πλείω τῶν πώποτε βιασαμένων, ὀνομά-
των μὲν καὶ ῥημάτων ἀπελάσαν πατρῴων,
ἐκδιῶξαν [2] δὲ ὁμοῦ συνδέσμων ἅμα καὶ προθέσεων,
ὡς μηκέτι φέρειν τὴν ἔκτοπον πλεονεξίαν. ὅθεν
δὲ καὶ ἀπὸ τίνων ἀρξάμενον, ὥρα λέγειν.

---

[1] ἐννέα second Aldine ed., Fritzsche: ἔνια MSS.
[2] ἀπελάσαν . . . ἐκδιῶξαν K. Schwartz: ἀπελάσαι . . . ἐκ-
διῶξαι MSS.

him: to go where one has no right is the act of a law-breaker. The man who first framed these laws for us, be he the islander Cadmus [1] or Nauplius' son Palamedes (and some attribute this provision to Simonides), did not determine which of us should be first and which second solely by putting us in the order in which our places are now fixed, but they also decided the qualities and powers that each of us has. To you, jurors, they gave the greatest honour, because you can be sounded by yourselves; to the Semivowels they gave the next highest, because they need something put with them before they can be heard; and they prescribed that the last place of all should belong to nine letters which have no sound at all by themselves.[2] The Vowels should enforce these laws.

But this Tau here (I cannot call him by a worse name than his own), who, as Heaven is my witness, could not have made himself heard unless two of your number, Alpha and Upsilon, stout fellows and good to look on, had come to his aid—this Tau, I say, has had the audacity to injure me beyond all precedent in acts of violence, not only ousting me from my hereditary nouns and verbs, but banishing me likewise from conjunctions and prepositions all at once, so that I cannot stand his monstrous greed any longer. Where and how he began it, you shall now hear.

[1] The story usually ran that Cadmus brought sixteen letters from Phoenicia to Greece, and that four were added to these by Palamedes and four more by Simonides (not the poet, but a physician of Syracuse). Cadmus is here called an islander because some versions of his story made him come from Tyre, not Sidon.

[2] The Greek "mutes" are nine in number. Sigma, as a semivowel, claims higher rank.

Ἐπεδήμουν ποτὲ Κυβέλῳ,—τὸ δέ ἐστι πολίχνιον 7
οὐκ ἀηδές, ἄποικον, ὡς ἔχει λόγος, Ἀθηναίων—
ἐπηγόμην δὲ καὶ τὸ κράτιστον Ῥῶ, γειτόνων τὸ
βέλτιστον· κατηγόμην δὲ παρὰ κωμῳδιῶν τινι
ποιητῇ· Λυσίμαχος ἐκαλεῖτο, Βοιώτιος μέν, ὡς
ἐφαίνετο, τὸ γένος ἀνέκαθεν, ἀπὸ μέσης δὲ ἀξιῶν
λέγεσθαι τῆς Ἀττικῆς· παρὰ τούτῳ δὴ τῷ ξένῳ
τὴν τοῦ Ταῦ τούτου πλεονεξίαν ἐφώρασα· μέχρι
μὲν γὰρ ὀλίγοις ἐπεχείρει, τέτταρα κατατολμῶν
καὶ¹ τετταράκοντα λέγειν, ἔτι δὲ τήμερον καὶ
τὰ ὅμοια ἐπισπώμενον ἴδια ταυτὶ λέγειν, ἀποστε-
ροῦν με τῶν συγγεγενημένων καὶ συντεθραμμένων
γραμμάτων, συνήθειαν ᾤμην² καὶ οἰστὸν ἦν μοι
τὸ ἄκουσμα καὶ οὐ πάνυ τι ἐδακνόμην ἐπ᾽ αὐτοῖς.
ὁπότε δὲ ἐκ τούτων ἀρξάμενον ἐτόλμησε καττίτε- 8
ρον εἰπεῖν καὶ κάττυμα καὶ πίτταν, εἶτα ἀπερυ-
θριᾶσαν καὶ βασίλισσαν³ βασίλιτταν ὀνομάζειν,
οὐ μετρίως ἐπὶ τούτοις ἀγανακτῶ καὶ πίμπραμαι
δεδιὸς μὴ τῷ χρόνῳ καὶ τὰ σῦκα τυκά τις ὀνομάσῃ.
καί μοι πρὸς Διὸς ἀθυμοῦντι καὶ μεμονωμένῳ τῶν
βοηθησόντων σύγγνωτε τῆς δικαίας ὀργῆς· οὐ
γὰρ περὶ μικρὰ καὶ τὰ τυχόντα ἐστὶν ὁ κίνδυνος,

---

¹ τέτταρα κατατολμῶν καὶ A.M.H., following Halm (τέτταρα
καὶ) and the scholia : not in MSS.
² Word-order (and καὶ for μοι after συγγεγενημένων) A.M.H.:
τετταράκοντα λέγειν, ἀποστεροῦν με τῶν συγγεγειημένων μοι,
συνήθειαν ᾤμην συντεθραμμένων γραμμάτων, ἔτι . . . λέγειν, καὶ
οἰστὸν κ.τ.λ. MSS.
³ βασίλισσαν A.M.H., following K. Schwartz (τὴν β.) : not
in MSS.

THE CONSONANTS AT LAW

Once I made a visit to Cybelus, which is rather an agreeable little village, settled, the story has it, by Athenians. I took with me sturdy Rho, the best of neighbours, and stopped at the house of a comic poet called Lysimachus, evidently a Boeotian by descent, though he would have it that he came from the heart of Attica.[1] It was at that foreigner's that I detected the encroachments of this fellow Tau. As long as it was but little that he attempted, venturing to mispronounce *four* (τέσσαρα—τέτταρα) and *forty* (τεσσαράκοντα—τετταράκοντα), and also to lay hands on *to-day* (σήμερον—τήμερον), and the like and say they were his own, thus depriving me of my kith and kin among the letters, I thought it was just his way and could put up with what I heard, and was not much annoyed over my losses. But when he went on and ventured to mispronounce *tin* (κασσίτερον—καττίτερον) and *shoe-leather* (κάσσυμα—κάττυμα), and *tar* (πίσσα—πίττα), and then, losing all sense of shame, to miscall *queens* (βασίλισσα—βασίλιττα), I am uncommonly annoyed and hot about all this, for I am afraid that in course of time someone may miscall a *spade*![2] Pardon me, in the name of Heaven, for my righteous anger, discouraged as I am and bereft of partisans. I am not risking a trifling, every-day stake, for he is robbing me of acquaintances and companions among the letters. He snatched a *blackbird*, a talkative

---

[1] Lysimachus is called a Boeotian because to say *s* for *t* was a characteristic of the Boeotian dialect.

[2] An allusion to the English saying is here substituted for a similar allusion to its Greek equivalent, "to call a fig a fig" (τὰ σῦκα σῦκα ὀνομάζειν).

ἀφαιρουμένῳ τῶν συνήθων καὶ συνεσχολακότων
μοι γραμμάτων.[1] κίσσαν μου, λάλον ὄρνεον, ἐκ
μέσων ὡς ἔπος εἰπεῖν τῶν κόλπων ἁρπάσαν
κίτταν ὠνόμασεν· ἀφείλετο δέ μου φάσσαν ἅμα
νήσσαις τε καὶ κοσσύφοις ἀπαγορεύοντος Ἀρι-
στάρχου· περιέσπασε δὲ καὶ μελισσῶν οὐκ ὀλίγας·
ἐπ᾽ Ἀττικὴν δὲ ἦλθε καὶ ἐκ μέσης αὐτῆς ἀνήρ-
πασεν ἀνόμως Ὑμησσὸν[2] ὁρώντων ὑμῶν καὶ
τῶν ἄλλων συλλαβῶν. ἀλλὰ τί λέγω ταῦτα; 9
Θεσσαλίας με ἐξέβαλεν ὅλης Θετταλίαν ἀξιοῦν
λέγειν, καὶ πᾶσαν ἀποκέκλεικέ μοι τὴν θάλασσαν
οὐδὲ τῶν ἐν κήποις φεισάμενον σευτλίων, ὡς τὸ δὴ
λεγόμενον μηδὲ πάσσαλόν μοι καταλιπεῖν.

Ὅτι δὲ ἀνεξίκακόν εἰμι γράμμα, μαρτυρεῖτέ μοι
καὶ αὐτοὶ μηδέποτε ἐγκαλέσαντι τῷ Ζῆτα σμάραγ-
δον ἀποσπάσαντι καὶ πᾶσαν ἀφελομένῳ Σμύρναν,
μηδὲ τῷ Ξῖ πᾶσαν παραβάντι συνθήκην καὶ τὸν
συγγραφέα τῶν τοιούτων ἔχοντι Θουκυδίδην
σύμμαχον· τῷ μὲν γὰρ γείτονί μου Ῥῶ νοσήσαντι
συγγνώμη, καὶ παρ᾽ αὐτῷ φυτεύσαντί μου τὰς
μυρρίνας καὶ παίσαντί μέ ποτε ὑπὸ μελαγχολίας
ἐπὶ κόρρης. κἀγὼ μὲν τοιοῦτον. τὸ δὲ Ταῦ τοῦτο 10
σκοπῶμεν ὡς φύσει βίαιον καὶ πρὸς τὰ λοιπά.
ὅτι δὲ οὐδὲ τῶν ἄλλων ἀπέσχετο γραμμάτων,
ἀλλὰ καὶ τὸ Δέλτα καὶ τὸ Θῆτα καὶ τὸ Ζῆτα, μικ-
ροῦ δεῖν πάντα ἠδίκησε τὰ στοιχεῖα, αὐτά μοι
κάλει τὰ ἀδικηθέντα γράμματα. ἀκούετε, Φωνή-
εντα δικασταί, τοῦ μὲν Δέλτα λέγοντος· ἀφείλετό

---

[1] γραμμάτων MSS. : χρημάτων du Soul.
[2] Ὑμησσὸν Herwerden : Ὑμηττὸν MSS.

creature, right out of my bosom, almost, and re-named it (κίσσα—κίττα) ; he took away my *pheasant* (φάσσα—φάττα) along with my *ducks* (νήσσαι—νήτται) and my *daws* (κόσσυφοι—κόττυφοι), although Aristarchus forbade him ; he robbed me of not a few *bees* (μέλισσα—μέλιττα), and he went to Attica and illegally plucked Hymessus ('Υμησσός—'Υμηττός) out of the very heart of her, in full view of yourselves and the other letters. But why mention this? He has turned me out of all Thessaly, wanting it called Thettaly, has swept me from the *sea* (θάλασσα—θάλαττα) and has not even spared me the *beets* (σεύτλια—τεύτλια) in my garden, so that, to quote the proverb, he hasn't even left me a *peg* (πάσσαλος—πάτταλος).

That I am a much-enduring letter, you yourselves can testify, for I never brought Zeta to book for taking my *emerald* (σμάραγδος—ζμάραγδος) and robbing me utterly of Smyrna,[1] nor Xi for overstepping every *treaty* (συνθήκη—ξυνθήκη) with Thucydides the *historian* (συγγραφεύς—ξυγγραφεύς) as his *ally* (σύμμαχος—ξύμμαχος). And when my neighbour Rho was ill I forgave him not only for transplanting my *myrtles* (μυρσίνη—μυρρίνη) into his own garden, but also for cracking my *crown* (κόρση—κόρρη) in a fit of insanity. That is my disposition, but this Tau—just see how bad-natured he is toward the others, too! To show that he has not let the rest of the letters alone, but has injured Delta and Theta and Zeta and almost all the alphabet, please call to the stand the injured parties in person. Listen, Vowels of the jury, to Delta, who says : " He robbed me of

---

[1] Pronounced, as it is to-day, Zmyrna, but written usually with *s*.

μου τὴν ἐνδελέχειαν, ἐντελέχειαν ἀξιοῦν λέγεσθαι
παρὰ πάντας τοὺς νόμους· τοῦ Θῆτα δακρύοντος [1]
καὶ τῆς κεφαλῆς τὰς τρίχας τίλλοντος ἐπὶ τῷ καὶ
τῆς κολοκύνθης ἐστερῆσθαι· τοῦ Ζῆτα, τὸ συρίζειν
καὶ σαλπίζειν, ὡς μηκέτ᾽ αὐτῷ ἐξεῖναι μηδὲ γρύ-
ζειν. τίς ἂν τούτων ἀνάσχοιτο; ἢ τίς ἐξαρκέσειε
δίκη πρὸς τὸ πονηρότατον τουτὶ Ταῦ;

Τὸ δὲ ἄρα οὐ τὸ ὁμόφυλον τῶν στοιχείων μόνον   11
ἀδικεῖ γένος, ἀλλ᾽ ἤδη καὶ πρὸς τὸ ἀνθρώπειον
μεταβέβηκε τουτονὶ τὸν τρόπον· οὐ γὰρ ἐπι-
τρέπει γε αὐτοὺς κατ᾽ εὐθὺ φέρεσθαι ταῖς γλώσ-
σαις· μᾶλλον δέ, ὦ δικασταί, μεταξὺ γάρ με
πάλιν τὰ τῶν ἀνθρώπων πράγματα ἀνέμνησε περὶ
τῆς γλώσσης, καὶ [2] ταύτης με τὸ μέρος [3] ἀπήλασε
καὶ γλῶτταν ποιεῖ τὴν γλῶσσαν. ὦ γλώσσης
ἀληθῶς νόσημα Ταῦ. ἀλλὰ μεταβήσομαι πάλιν
ἐπ᾽ ἐκεῖνο καὶ τοῖς ἀνθρώποις συναγορεύσω ὑπὲρ
ὧν εἰς αὐτοὺς πλημμελεῖ· δεσμοῖς γάρ τισι
στρεβλοῦν καὶ σπαράττειν αὐτῶν τὴν φωνὴν
ἐπιχειρεῖ. καὶ ὁ μέν τι καλὸν ἰδὼν καλὸν εἰπεῖν
αὐτὸ βούλεται, τὸ δὲ παρεισπεσὸν ταλὸν εἰπεῖν
αὐτοὺς ἀναγκάζει ἐν ἅπασι προεδρίαν ἔχειν ἀξιοῦν·
πάλιν ἕτερος περὶ κλήματος διαλέγεται, τὸ δὲ —
τλῆμον γάρ ἐστιν ἀληθῶς — τλῆμα πεποίηκε τὸ
κλῆμα. καὶ οὐ μόνον γε τοὺς τυχόντας ἀδικεῖ,
ἀλλ᾽ ἤδη καὶ τῷ μεγάλῳ βασιλεῖ, ᾧ καὶ γῆν καὶ
θάλασσαν εἶξαί φασι καὶ τῆς αὐτῶν φύσεως
ἐκστῆναι, τὸ δὲ καὶ τούτῳ ἐπιβουλεύει καὶ
Κῦρον αὐτὸν ὄντα Τῦρόν τινα ἀπέφηνεν.

Οὕτω μὲν οὖν ὅσον ἐς φωνὴν ἀνθρώπους ἀδικεῖ   12

[1] δακρύοντος K. Schwartz : κρούοντος MSS.
[2] καὶ A.M.H. : ὅτι καὶ MSS.   [3] μιαρὸν Capps.

endelechy, wanting it to be called entelechy against all the laws "; to Theta crying and pulling out the hair of his head because he has had even his *pumpkin* (κολοκύνθη—κολοκύντη) taken away from him, and to Zeta, who has lost his *whistle* (συρίζειν—συρίττειν) and *trumpet* (σαλπίζειν—σαλπίττειν), so that he can't even *make a sound* (γρύζειν—γρύττειν) any longer. Who could put up with all this, and what punishment could be bad enough for this out-and-out rascal Tau ?

Not only does he injure his own kinsfolk of the alphabet, but he has already attacked the human race also ; for he does not allow them to talk straight with their tongues. Indeed, jurymen—for speaking of men has suddenly put me in mind of the tongue—he has banished me from this member too, as far as in him lay, and makes *glotta* out of *glossa*. O Tau, thou very plague o' the tongue ! But I shall attack him another time and advise men of his sins against them, in trying to fetter their speech, as it were, and to mangle it. A man on seeing something *pretty* (καλόν) wants to call it so, but Tau interferes and makes him say something else (ταλόν),[1] wanting to have precedence in everything. Again, another is talking about a *palm-branch* (κλῆμα), but Tau, the very *criminal* (τλήμων), turns the palm-branch into a *crime* (τλῆμα). And not only does he injure ordinary people, but even the Great King, in whose honour, they say, even land and sea give place and depart from their own natures—even he is plotted against by Tau, who instead of *Cyrus* makes him out something of a *cheese* (Κῦρος—τυρός).

That is the way he injures mankind as far as their

---

[1] One would expect a pun here, but ταλόν is not in the dictionaries.

THE WORKS OF LUCIAN

ἔργῳ δὲ πῶς; κλάουσιν ἄνθρωποι καὶ τὴν αὐτῶν
τύχην ὀδύρονται καὶ Κάδμῳ καταρῶνται πολ-
λάκις, ὅτι τὸ Ταῦ ἐς τὸ τῶν στοιχείων γένος
παρήγαγε· τῷ γὰρ τούτου σώματί φασι τοὺς
τυράννους ἀκολουθήσαντας καὶ μιμησαμένους
αὐτοῦ τὸ πλάσμα ἔπειτα σχήματι τοιούτῳ ξύλα
τεκτήναντας ἀνθρώπους ἀνασκολοπίζειν ἐπ' αὐτά·
ἀπὸ δὲ[1] τούτου καὶ τῷ τεχνήματι τῷ πονηρῷ τὴν
πονηρὰν ἐπωνυμίαν συνελθεῖν. τούτων οὖν ἁπάν-
των ἕνεκα πόσων θανάτων τὸ Ταῦ ἄξιον εἶναι
νομίζετε; ἐγὼ μὲν γὰρ οἶμαι δικαίως τοῦτο
μόνον ἐς τὴν τοῦ Ταῦ τιμωρίαν ὑπολείπεσθαι, τὸ
τῷ σχήματι τῷ αὐτοῦ τὴν δίκην ὑποσχεῖν.[2]

[1] δὲ A.M.H. : δὴ MSS.
[2] MSS. add ὃ δὴ σταυρὸς εἶναι ὑπὸ τούτου μὲν ἐδημιουργήθη,
ὑπὸ δὲ ἀνθρώπων ὀνομάζεται, excised by Sommerbrodt.

speech is concerned, but look at the material injury
he has done them! Men weep and bewail their lot
and curse Cadmus over and over for putting Tau into
the alphabet, for they say that their tyrants,
following his figure and imitating his build, have
fashioned timbers in the same shape and crucify men
upon them; and that it is from him that the sorry
device gets its sorry name (*stauros, cross*). For all
this do you not think that Tau deserves to die many
times over? As for me, I hold that in all justice
we can only punish Tau by making a T of him.[1]

---

[1] *I.e.*, by crucifying him, Greek crosses being usually
T-shaped. MSS. add "for the cross owes its existence to
Tau, but its name to man"; see critical note.

THE CAROUSAL, OR THE LAPITHS

The sub-title comes from the parallel that Lucian draws (in section 45) between this affair and the wedding breakfast of Peirithous, which ended in a hand-to-hand encounter between the Centaurs and the Lapiths. The piece is thought to be modelled on the *Symposium* of Menippus, the Cynic satirist.

ΣΥΜΠΟΣΙΟΝ Η ΛΑΠΙΘΑΙ

ΦΙΛΩΝ

Ποικίλην, ὦ Λυκῖνε, διατριβήν φασι γεγενῆσθαι 1
ὑμῖν χθὲς ἐν Ἀρισταινέτου παρὰ τὸ δεῖπνον καί
τινας λόγους φιλοσόφους εἰρῆσθαι καὶ ἔριν οὐ
σμικρὰν συστῆναι ἐπ᾽ αὐτοῖς, εἰ δὲ μὴ ἐψεύδετο
Χαρῖνος, καὶ ἄχρι τραυμάτων προχωρῆσαι τὸ
πρᾶγμα καὶ τέλος αἵματι διαλυθῆναι τὴν συνου-
σίαν.

ΛΥΚΙΝΟΣ

Καὶ πόθεν, ὦ Φίλων, ἠπίστατο Χαρῖνος ταῦτα;
οὐ γὰρ συνεδείπνει μεθ᾽ ἡμῶν.

ΦΙΛΩΝ

Διονίκου ἔφη τοῦ ἰατροῦ ἀκοῦσαι. Διόνικος δὲ
καὶ αὐτός, οἶμαι, τῶν συνδείπνων ἦν.

ΛΥΚΙΝΟΣ

Καὶ μάλα· οὐ μὴν ἐξ ἀρχῆς γε οὐδ᾽ αὐτὸς
ἅπασι παρεγένετο, ἀλλὰ ὀψὲ μεσούσης σχεδὸν
ἤδη τῆς μάχης ἐπέστη ὀλίγον πρὸ τῶν τραυμάτων.
ὥστε θαυμάζω εἴ τι σαφὲς εἰπεῖν ἐδύνατο μὴ
παρακολουθήσας ἐκείνοις, ἀφ᾽ ὧν ἀρξαμένη ἐς τὸ
αἷμα ἐτελεύτησεν αὐτοῖς ἡ φιλονεικία.

ΦΙΛΩΝ

Τοιγαροῦν, ὦ Λυκῖνε, καὶ ὁ Χαρῖνος αὐτός, εἰ 2
βουλοίμεθα τἀληθῆ ἀκοῦσαι καὶ ὅπως ἐπράχθη
ἕκαστα, παρὰ σὲ ἡμᾶς ἥκειν ἐκέλευσε. καὶ τὸν

THE CAROUSAL, OR THE LAPITHS

PHILO

THEY say you had all kinds of sport yesterday, Lycinus, at the house of Aristaenetus, at dinner, and that several speeches on philosophy were made, out of which quite a quarrel arose. Unless Charinus was lying, the affair even ended in wounds and the party was finally broken up by the shedding of blood.

LYCINUS

Now how did Charinus know that, Philo? He did not dine with us.

PHILO

He said that Dionicus, the doctor, told him. Dionicus, I suppose, was one of the guests.

LYCINUS

Yes, to be sure; but even he was not there for all of it, from the very beginning: it was late and the battle was about half over when he came on the scene, a little before the wounds. So I am surprised that he could give a clear account of any of it, as he did not witness what led up to the quarrel that ended in bloodshed.

PHILO

True, Lycinus; and for that very reason Charinus told us, if we wanted to hear the truth of it and all the details, to come to you, saying that Dionicus

Διόνικον γὰρ αὐτὸν εἰπεῖν ὡς αὐτὸς μὲν οὐ παρα-
γένοιτο ἅπασι, σὲ δὲ ἀκριβῶς εἰδέναι τὰ γεγενη-
μένα καὶ τοὺς λόγους αὐτοὺς ἂν [1] ἀπομνημονεῦσαι
ἅτε μὴ παρέργως τῶν τοιούτων, ἀλλ᾽ ἐν σπουδῇ
ἀκροώμενον. ὥστε οὐκ ἂν φθάνοις ἑστιῶν ἡμᾶς
ἡδίστην ταύτην ἑστίασιν, ἧς οὐκ οἶδα τίς [2] ἡδίων
ἔμοιγε, καὶ μάλιστα ὅσῳ νήφοντες ἐν εἰρήνῃ καὶ
ἀναιμωτὶ ἔξω βέλους ἑστιασόμεθα, εἴτε γέροντες
ἐπαρῴνησάν τι παρὰ τὸ δεῖπνον εἴτε νέοι, εἰπεῖν τε
ὅσα ἥκιστα ἐχρῆν ὑπὸ τοῦ ἀκράτου προαχθέντες
καὶ πρᾶξαι.

ΛΥΚΙΝΟΣ

Νεανικώτερα ἡμᾶς, ὦ Φίλων, ἀξιοῖς ἐκφέρειν 3
ταῦτα πρὸς τοὺς πολλοὺς καὶ ἐπεξιέναι διηγουμέ-
νους πράγματα ἐν οἴνῳ καὶ μέθῃ γενόμενα, δέον
λήθην ποιήσασθαι αὐτῶν καὶ νομίζειν ἐκεῖνα
πάντα θεοῦ ἔργα τοῦ Διονύσου εἶναι, ὃς οὐκ οἶδα εἴ
τινα τῶν αὐτοῦ ὀργίων ἀτέλεστον καὶ ἀβάκχευτον
περιεῖδεν. ὅρα οὖν μὴ κακοήθων τινῶν ἀνθρώπων
ᾖ τὸ ἀκριβῶς τὰ τοιαῦτα ἐξετάζειν, ἃ καλῶς ἔχει
ἐν τῷ συμποσίῳ καταλιπόντας ἀπαλλάττεσθαι.
" μισῶ " γάρ, φησὶ καὶ ὁ ποιητικὸς λόγος,
" μνάμονα συμπόταν." καὶ οὐδὲ ὁ Διόνικος ὀρθῶς
ἐποίησε πρὸς τὸν Χαρῖνον ταῦτα ἐξαγορεύσας καὶ
πολλὴν τὴν ἑωλοκρασίαν κατασκεδάσας ἀνδρῶν
φιλοσόφων. ἐγὼ δέ, ἄπαγε, οὐκ ἄν τι τοιοῦτον
εἴποιμι.

ΦΙΛΩΝ

Θρύπτῃ ταῦτα, ὦ Λυκῖνε. ἀλλ᾽ οὔτι γε πρὸς 4
ἐμὲ οὕτω ποιεῖν ἐχρῆν, ὃς ἀκριβῶς πολὺ πλέον

---

[1] ἂν Bekker : not in MSS.
[2] οὐκ οἶδα τίς Bekker : οὐκ οἶδ᾽ ἄν τις MSS.

himself had said that he was not there for all of it,
but that you knew exactly what had happened and
could actually recite the speeches, being, as you are,
an attentive and not a careless listener to such
discussions. So do hurry and give us this most
delightful entertainment—for none, I am sure, could
be more delightful, at least to me, especially as we
shall enjoy a peaceful and bloodless entertainment,
without intemperance and out of range of missiles,
whether it was old men or young who misconducted
themselves at dinner, led on by strong drink to do
and say what they should not.

LYCINUS

It was rather a silly affair, Philo, and yet you want
me to publish it abroad and tell what happened when
heads were turned with wine, when it all should be
forgotten and the whole business put down to a god—
Dionysus, I mean, who scarcely permits anyone to
remain uninitiated in his rites and a stranger to his
revels. Don't you think it rather bad form to
enquire into such matters minutely? The proper
thing is to leave them behind you in the dining-
room when you go away. As you know, there is a
saying from the poets: "I hate to drink with him
that hath a memory." [1] And Dionicus did not do
right, either, to blab it all to Charinus and be-
sprinkle philosophers with the copious dregs of their
stale cups. As for me—get out with you! I shan't
tell you anything of the kind!

PHILO

That is all put on, Lycinus. But you needn't have
acted that way with me, for I know very well that

[1] Author unknown : quoted also by Plutarch (*Prooemium to Quaest. Sympos.*). See also Index to *Corpus Paroemiogr. Gr.*

ἐπιθυμοῦντά σε εἰπεῖν οἶδα ἢ ἐμὲ ἀκοῦσαι, καί
μοι δοκεῖς, εἰ ἀπορήσειας τῶν ἀκουσομένων, κἂν
πρὸς κίονά τινα ἢ πρὸς ἀνδριάντα ἡδέως ἂν
προσελθὼν ἐκχέαι πάντα συνείρων ἀμυστί. εἰ
γοῦν ἐθελήσω ἀπαλλάττεσθαι νῦν, οὐκ ἐάσεις με
ἀνήκοον ἀπελθεῖν, ἀλλ᾽ ἕξει[1] καὶ παρακολου-
θήσεις καὶ δεήσει. κἀγὼ θρύψομαι πρὸς σὲ ἐν
τῷ μέρει· καὶ εἴ γε δοκεῖ, ἀπίωμεν ἄλλου αὐτὰ
πευσόμενοι, σὺ δὲ μὴ λέγε.

ΛΥΚΙΝΟΣ

Μηδὲν πρὸς ὀργήν· διηγήσομαι γάρ, ἐπείπερ
οὕτως προθυμῇ, ἀλλ᾽ ὅπως μὴ πρὸς πολλοὺς
ἐρεῖς.

ΦΙΛΩΝ

Εἰ μὴ παντάπασιν ἐγὼ ἐπιλέλησμαι Λυκίνου,
αὐτὸς σὺ ἄμεινον ποιήσεις αὐτὸ καὶ φθάσεις
εἰπὼν ἅπασιν, ὥστε οὐδὲν ἐμοῦ δεήσει. ἀλλ᾽
ἐκεῖνό μοι πρῶτον εἰπέ, τῷ παιδὶ τῷ Ζήνωνι ὁ
Ἀρισταίνετος ἀγόμενος γυναῖκα εἱστία ὑμᾶς;

ΛΥΚΙΝΟΣ

Οὔκ, ἀλλὰ τὴν θυγατέρα ἐξεδίδου αὐτὸς τὴν
Κλεανθίδα τῷ Εὐκρίτου τοῦ δανειστικοῦ, τῷ φιλο-
σοφοῦντι.

ΦΙΛΩΝ

Παγκάλῳ νὴ Δία μειρακίῳ, ἁπαλῷ γε μὴν ἔτι
καὶ οὐ πάνυ καθ᾽ ὥραν γάμων.

ΛΥΚΙΝΟΣ

Ἀλλ᾽ οὐκ εἶχεν ἄλλον ἐπιτηδειότερον, οἶμαι.
τοῦτον οὖν κόσμιόν τε εἶναι δοκοῦντα καὶ πρὸς

---

[1] ἕξει Fritzsche : ἕξεις (ἥξεις) MSS.

you are much more eager to talk than I to listen, and
I have an idea that if you had nobody to listen to
you, you would enjoy going up to a pillar or a statue
and pouring it all out in a stream, without a pause.
In fact, if I should wish to go away now, you would
not let me go untold, but would hold me and follow
me and entreat me. And now I am going to take
my turn at putting on. (*Turns to another friend.*) If
you like, let's go and find out about it from someone
else. (*To* LYCINUS.) You may keep your story to
yourself!

LYCINUS

Don't get angry! I will tell you, since you
are so anxious, but don't you tell a lot of people.

PHILO

If I have not forgotten all I know of you, Lycinus,
you will do that better than I can, and you will
lose no time in telling everybody, so that I shan't be
needed. But first tell me one thing—was it to
celebrate the wedding of his son Zeno that
Aristaenetus entertained you?

LYCINUS

No, he was marrying his daughter Cleanthis to
the son of Eucritus the banker, the lad who is
studying philosophy.

PHILO

A very good-looking lad, to be sure; still imma-
ture, though, and hardly old enough to be married.

LYCINUS

But he could not find anyone who suited him
better, I suppose. As this boy seemed to be
mannerly and had taken an interest in philosophy,

φιλοσοφίαν ὡρμημένον, ἔτι δὲ μόνον ὄντα πλουσίῳ τῷ Εὐκρίτῳ, προείλετο νυμφίον ἐξ ἁπάντων.

ΦΙΛΩΝ

Οὐ μικρὰν λέγεις αἰτίαν τὸ πλουτεῖν τὸν Εὔκριτον. ἀτὰρ οὖν, ὦ Λυκῖνε, τίνες οἱ δειπνοῦντες ἦσαν;

ΛΥΚΙΝΟΣ

Τοὺς μὲν ἄλλους τί ἄν σοι λέγοιμι; οἱ δὲ ἀπὸ 6 φιλοσοφίας καὶ λόγων, οὕσπερ ἐθέλεις, οἶμαι, ἀκοῦσαι μάλιστα, Ζηνόθεμις ἦν ὁ πρεσβύτης ὁ ἀπὸ τῆς στοᾶς καὶ ξὺν αὐτῷ Δίφιλος ὁ λαβύρινθος ἐπίκλην, διδάσκαλος οὗτος ὢν τοῦ Ἀρισταινέτου υἱέος τοῦ Ζήνωνος· τῶν δὲ ἀπὸ τοῦ περιπάτου Κλεόδημος, οἶσθα τὸν στωμύλον, τὸν ἐλεγκτικόν, ξίφος αὐτὸν οἱ μαθηταὶ καὶ κοπίδα καλοῦσιν. ἀλλὰ καὶ ὁ Ἐπικούρειος Ἕρμων παρῆν, καὶ εἰσελθόντα γε αὐτὸν εὐθὺς ὑπεβλέποντο οἱ Στωϊκοὶ καὶ ἀπεστρέφοντο καὶ δῆλοι ἦσαν ὡς τινα πατραλοίαν καὶ ἐναγῆ μυσαττόμενοι. οὗτοι μὲν αὐτοῦ Ἀρισταινέτου φίλοι καὶ συνήθεις ὄντες παρεκέκληντο ἐπὶ δεῖπνον καὶ ξὺν αὐτοῖς ὁ γραμματικὸς Ἱστιαῖος καὶ ὁ ῥήτωρ Διονυσόδωρος. διὰ δὲ τὸν νυμφίον τὸν Χαιρέαν 7 Ἴων ὁ Πλατωνικὸς συνειστιᾶτο διδάσκαλος αὐτοῦ ὤν, σεμνός τις ἰδεῖν καὶ θεοπρεπὴς καὶ πολὺ τὸ κόσμιον ἐπιφαίνων τῷ προσώπῳ· κανόνα γοῦν οἱ πολλοὶ ὀνομάζουσιν αὐτὸν εἰς τὴν ὀρθότητα τῆς γνώμης ἀποβλέποντες. καὶ ἐπεὶ παρῆλθεν, ὑπεξανίσταντο πάντες αὐτῷ καὶ ἐδεξιοῦντο ὥς τινα τῶν κρειττόνων, καὶ ὅλως θεοῦ ἐπιδημία τὸ πρᾶγμα ἦν Ἴων ὁ θαυμαστὸς συμπαρών.

and also as he was the only son of Eucritus, who is rich, he preferred him to all the rest as a husband for his daughter.

PHILO

You give a very good reason in saying that Eucritus is rich. But come, Lycinus, who were the people at dinner?

LYCINUS

Why should I tell you all of them? The philosophers and literary men, whom, I suppose, you are most eager to hear about, were Zenothemis, the old man of the Porch,[1] and along with him Diphilus, whom they call "Labyrinth," tutor of Aristaenetus' boy Zeno. From the Walk[2] there was Cleodemus—you know him, the mouthy, argumentative fellow, whom his pupils call "Sword" and "Cleaver." Hermon the Epicurean was there too, and as he came in the Stoics at once began to glower at him and turn their backs on him; it was clear that they loathed him as they would a parricide or a man under a curse. These men had been asked to dinner as Aristaenetus' own friends and associates, and also the grammarian Histiaeus and the rhetorician Dionysodorus. Then, too, on account of Chaereas, the bridegroom, Ion the Platonic philosopher, who is his teacher, shared the feast—a grave and reverend person to look at, with great dignity written on his features. Indeed, most people call him "Rule," out of regard for the straightness of his thinking. When he came in, they all arose in his honour and received him like a supernatural being; in short it was a regular divine visitation, the advent of Ion the marvellous.

[1] The Porch: where Zeno the Stoic used to teach.
[2] The Walk (περίπατος) in the Lyceum, where the Peripatetics had their meeting-place.

Δέον δὲ ἤδη κατακλίνεσθαι ἁπάντων σχεδὸν 8
παρόντων, ἐν δεξιᾷ μὲν εἰσιόντων αἱ γυναῖκες ὅλον
τὸν κλιντῆρα ἐκεῖνον ἐπέλαβον, οὐκ ὀλίγαι οὖσαι,
καὶ ἐν αὐταῖς ἡ νύμφη πάνυ ἀκριβῶς ἐγκεκαλυμ-
μένη, ὑπὸ τῶν γυναικῶν περιεχομένη· ἐς δὲ τὸ
ἀντίθυρον ἡ ἄλλη πληθύς, ὡς ἕκαστος ἀξίας εἶχε.
κατ' ἀντικρὺ δὲ τῶν γυναικῶν πρῶτος ὁ Εὔκριτος, 9
εἶτα Ἀρισταίνετος. εἶτα ἐνεδοιάζετο πότερον χρὴ
πρότερον Ζηνόθεμιν τὸν Στωϊκὸν ἅτε γέροντα ἢ Ἕρ-
μωνα τὸν Ἐπικούρειον, ἱερεὺς γὰρ ἦν τοῖν ἀνάκοιν
καὶ γένους τοῦ πρώτου ἐν τῇ πόλει. ἀλλὰ ὁ Ζηνό-
θεμις ἔλυσε τὴν ἀπορίαν· "Εἰ γάρ με," φησίν, "ὦ
Ἀρισταίνετε, δεύτερον ἄξεις τουτουὶ τοῦ ἀνδρός,[1]
ἵνα μηδὲν ἄλλο κακὸν εἴπω, Ἐπικουρείου, ἄπειμι
ὅλον σοι τὸ συμπόσιον καταλιπών·" καὶ ἅμα
τὸν παῖδα ἐκάλει καὶ ἐξιόντι ἐῴκει. καὶ ὁ Ἕρμων,
"Ἔχε μέν, ὦ Ζηνόθεμι, τὰ πρῶτα," ἔφη "ἀτὰρ
εἰ καὶ[2] μηδέν τι ἕτερον, ἱερεῖ γε ὄντι ὑπεξίστασθαι
καλῶς εἶχεν, εἰ καὶ τοῦ Ἐπικούρου πάνυ κατα-
πεφρόνηκας." "Ἐγέλασα," ἦ δ' ὃς ὁ Ζηνόθεμις,
"Ἐπικούρειον ἱερέα," καὶ ἅμα λέγων κατεκλίνετο
καὶ μετ' αὐτὸν ὅμως ὁ Ἕρμων, εἶτα Κλεόδημος ὁ
Περιπατητικός, εἶτα ὁ Ἴων καὶ ὑπ' ἐκεῖνον ὁ
νυμφίος, εἶτ' ἐγὼ καὶ παρ' ἐμὲ ὁ Δίφιλος καὶ ὑπ'
αὐτῷ Ζήνων ὁ μαθητής, εἶτα ὁ ῥήτωρ Διονυσό-
δωρος καὶ ὁ γραμματικὸς Ἱστιαῖος.

[1] τουτουὶ τοῦ ἀνδρός MSS. : τουτουί, ἀνδρός Bekker.
[2] εἰ καὶ MSS. : εἰ Fritzsche : κἂν ?

THE CAROUSAL, OR THE LAPITHS

By that time we had to take our places, for almost everyone was there. On the right as you enter, the women occupied the whole couch, as there were a good many of them, with the bride among them, very scrupulously veiled and hedged in by the women. Toward the back door came the rest of the company according to the esteem in which each was held. Opposite the women, the first was Eucritus, and then Aristaenetus. Then a question was raised whether Zenothemis the Stoic should have precedence, he being an old man, or Hermon the Epicurean, because he was a priest of the Twin Brethren and a member of the leading family in the city. But Zenothemis solved the problem; "Aristaenetus," said he, "if you put me second to this man here,—an Epicurean, to say nothing worse of him,—I shall go away and leave you in full possession of your board." With that he called his attendant and made as if to go out. So Hermon said: "Take the place of honour, Zenothemis but you would have done well to yield to me because I am a priest, if for no other reason, however much you despise Epicurus." "You make me laugh," said Zenothemis: "an Epicurean priest!" With these words he took his place, and Hermon next him, in spite of what had passed; then Cleodemus the Peripatetic; then Ion, and below him the bridegroom, then myself; beside me Diphilus, and below him his pupil Zeno; and then the rhetorician Dionysodorus and the grammarian Histiaeus.

ΦΙΛΩΝ

Βαβαί, ὦ Λυκῖνε, μουσεῖόν τι τὸ συμπόσιον 10
διηγῇ σοφῶν ἀνδρῶν τῶν πλείστων, καὶ ἔγωγε
τὸν Ἀρισταίνετον ἐπαινῶ, ὅτι τὴν εὐκταιοτάτην
ἑορτὴν ἄγων τοὺς σοφωτάτους ἑστιᾶν πρὸ τῶν
ἄλλων ἠξίωσεν, ὅ τι περ τὸ κεφάλαιον ἐξ ἑκάστης
αἱρέσεως ἀπανθισάμενος, οὐχὶ τοὺς μέν, τοὺς δὲ
οὔ, ἀλλὰ ἀναμὶξ ἅπαντας.

ΛΥΚΙΝΟΣ

Ἔστι γάρ, ὦ ἑταῖρε, οὐχὶ τῶν πολλῶν τούτων
πλουσίων, ἀλλὰ καὶ παιδείας μέλει αὐτῷ καὶ τὸ
πλεῖστον τοῦ βίου τούτοις ξύνεστιν.

Εἱστιώμεθα οὖν ἐν ἡσυχίᾳ τὸ πρῶτον, καὶ 11
παρεσκεύαστο ποικίλα. πλὴν οὐδὲν οἶμαι χρὴ
καὶ ταῦτα κατάριθμεῖσθαι, χυμοὺς καὶ πέμματα
καὶ καρυκείας· ἅπαντα γὰρ ἄφθονα. ἐν τούτῳ δὲ
ὁ Κλεόδημος ἐπικύψας ἐς τὸν Ἴωνα, " Ὁρᾷς,"
ἔφη, " τὸν γέροντα "—Ζηνόθεμιν λέγων, ἐπήκουον
γάρ—" ὅπως ἐμφορεῖται τῶν ὄψων καὶ ἀναπέπλη-
σται ζωμοῦ τὸ ἱμάτιον καὶ ὅσα τῷ παιδὶ κατόπιν
ἑστῶτι ὀρέγει λανθάνειν οἰόμενος τοὺς ἄλλους, οὐ
μεμνημένος τῶν μεθ᾽ αὑτόν; δεῖξον οὖν καὶ Λυκίνῳ
ταῦτα, ὡς μάρτυς εἴη." ἐγὼ δὲ οὐδὲν ἐδεόμην
δείξοντός μοι τοῦ Ἴωνος πολὺ πρότερον αὐτὰ ἐκ
περιωπῆς ἑωρακώς.

Ἅμα δὲ ταῦτα ὁ Κλεόδημος εἰρήκει καὶ ἐπεισ- 12
έπαισεν ὁ Κυνικὸς Ἀλκιδάμας ἄκλητος, ἐκεῖνο
τὸ κοινὸν ἐπιχαριεντισάμενος, " τὸν Μενέλαον
αὐτόματον ἥκοντα." τοῖς μὲν οὖν πολλοῖς ἀναί-

THE CAROUSAL, OR THE LAPITHS

PHILO

Heavens, Lycinus, it's a learned academy, this dinner
party that you are telling of! Philosophers almost
to a man. Good for Aristaenetus, I say, because
in celebrating the greatest festival day that there is,
he thought fit to entertain the most learned men in
preference to the rest of the world, and culled the
bloom, as it were, of every school, not including some
and leaving out others, but asking all without
discrimination.

LYCINUS

Why, my dear fellow, he is not one of the common
run of rich men; he is interested in culture and
spends the better part of his time with these people.

Well, we dined peacefully at first, and were served
with all sorts of dishes, but I don't suppose there is
any need of enumerating them—the sauces and
pastries and ragouts. There was everything, and
plenty of it. Meanwhile Cleodemus bent over to
Ion and said : " Do you see the old man ? "—meaning
Zenothemis : I was listening, you know. " How he
stuffs himself with the dainties and has covered his
cloak with soup, and how much food he hands to his
attendant standing behind him ! He thinks that the
others do not see him, but he forgets the people at
his back. Point it out to Lycinus, so that he can
testify to it." But I had no need of Ion to point it
out, for I had seen it all from my coign of vantage
some time ago.

Just as Cleodemus said that, Alcidamas the Cynic
romped in uninvited, getting off the commonplace
joke about Menelaus coming of his own accord.[1]
Most of them thought he had done an impudent

[1] *Iliad* 2, 408.

σχυντα ἐδόκει πεποιηκέναι καὶ ὑπέκρουον τὰ
προχειρότατα, ὁ μὲν τὸ ἀφραίνεις Μενέλαε, ὁ δ᾽

ἀλλ᾽ οὐκ Ἀτρείδῃ[1] Ἀγαμέμνονι ἥνδανε θυμῷ,

καὶ ἄλλοι[1] ἄλλα πρὸς τὸν καιρὸν εὔστοχα καὶ
χαρίεντα ὑποτονθορύζοντες· ἐς μέντοι τὸ φανερὸν
οὐδεὶς ἐτόλμα λέγειν· ἐδεδοίκεσαν γὰρ τὸν Ἀλκι-
δάμαντα, βοὴν ἀγαθὸν ἀτεχνῶς ὄντα καὶ κρακτικώ-
τατον κυνῶν ἁπάντων, παρ᾽ ὃ καὶ ἀμείνων ἐδόκει
καὶ φοβερώτατος ἦν ἅπασιν.

Ὁ δὲ Ἀρισταίνετος ἐπαινέσας αὐτὸν ἐκέλευε 13
θρόνον τινὰ λαβόντα καθίζεσθαι παρ᾽ Ἱστιαῖόν
τε καὶ Διονυσόδωρον. ὁ δέ, "Ἄπαγε," φησί,
"γυναικεῖον λέγεις καὶ μαλθακὸν ἐπὶ θρόνου
καθίζεσθαι ἢ σκίμποδος, ὥσπερ ὑμεῖς μαλακῆς
ταύτης εὐνῆς μικροῦ δεῖν ὕπτιοι κατακείμενοι
ἑστιᾶσθε πορφυρίδας ὑποβεβλημένοι· ἐγὼ δὲ κἂν
ὀρθοστάδην δειπνήσαιμι ἐμπεριπατῶν ἅμα τῷ
συμποσίῳ· εἰ δὲ καὶ κάμοιμι, χαμαὶ τὸν τρίβωνα
ὑποβαλόμενος[2] κείσομαι ἐπ᾽ ἀγκῶνος οἷον τὸν
Ἡρακλέα γράφουσιν." "Οὕτως," ἔφη, "γιγνέσθω,"
ὁ Ἀρισταίνετος, "εἴ σοι ἥδιον." καὶ τὸ ἀπὸ τούτου
περιιὼν ἐν κύκλῳ ὁ Ἀλκιδάμας ἐδείπνει ὥσπερ οἱ
Σκύθαι πρὸς τὴν ἀφθονωτέραν νομὴν μετεξανιστά-
μενος καὶ τοῖς περιφέρουσι τὰ ὄψα συμπερινοστῶν.
καὶ μέντοι καὶ σιτούμενος ἐνεργὸς ἦν ἀρετῆς πέρι 14
καὶ κακίας μεταξὺ διεξιὼν καὶ ἐς τὸν χρυσὸν καὶ τὸν
ἄργυρον ἀποσκώπτων· ἠρώτα γοῦν τὸν Ἀρισταί-
νετον, τί βούλονται αὐτῷ αἱ τοσαῦται καὶ τηλι-
καῦται κύλικες τῶν κεραμεῶν ἴσον δυναμένων.

---

[1] ἄλλοι Bekker : not in MSS.
[2] ὑποβαλόμενος Jacobitz : ὑποβαλλόμενος MSS.

thing, and they slyly retorted with the first thing
they could think of, one growling under his breath,
"Menelaus, thou'rt a fool!",[1] another: "But Aga-
memnon, Atreus' son, was sorely vexed,"[2] and others
other remarks that, in the circumstances, were to the
point and witty. But nobody dared to speak out,
for they all feared Alcidamas, who was really "good
at the war-cry,"[3] and the noisiest of all the Cynic
barkers, for which reason he was considered a
superior person and was a great terror to every-
body.

Aristaenetus commended him and bade him take
a chair and sit beside Histiaeus and Dionysodorus.
"Get out with you!" said he. "What you tell me
to do is womanish and weak, to sit on a chair or on
a stool, like yourselves on that soft bed, lying almost
flat on your backs while you feast, with purple cloths
under you. I shall take my dinner on my feet as I
walk about the dining-room, and if I get tired I'll lie
on the floor, leaning on my elbow, with my cloak
under me, like Heracles in the pictures they paint
of him." "Very well," said Aristaenetus; "if you
prefer it that way." Then Alcidamas began to
circle about for his dinner, shifting to richer
pasturage as the Scythians do, and following the
orbits of the waiters. But even while he was eating
he was not idle, for he talked of virtue and vice all
the time, and scoffed at the gold and silver plate;
for example, he asked Aristaenetus what was the use
of all those great goblets when earthenware would
do just as well. But he had begun to be a bore by

---

[1] *Iliad* 7, 109.   [2] *Iliad* 1, 24.
[3] Like Menelaus: *Iliad* 2, 408.

ἀλλ' ἐκεῖνον μὲν ἤδη διενοχλοῦντα ἔπαυσεν ἐς
τὸ παρὸν Ἀρισταίνετος τῷ παιδὶ διανεύσας[1]
εὐμεγέθη σκύφον ἀναδοῦναι αὐτῷ ζωρότερον
ἐγχέαντα· καὶ ἐδόκει ἄριστα ἐπινενοηκέναι οὐκ
εἰδὼς ὅσων κακῶν ἀρχὴν ὁ σκύφος ἐκεῖνος ἐνε-
δεδώκει. λαβὼν δὲ ἅμα ὁ Ἀλκιδάμας ἐσίγησε
μικρὸν καὶ ἐς τοὔδαφος καταβαλὼν ἑαυτὸν ἔκειτο
ἡμίγυμνος, ὥσπερ ἠπειλήκει, πήξας τὸν ἀγκῶνα
ὀρθόν, ἔχων ἅμα τὸν σκύφον ἐν τῇ δεξιᾷ, οἷος
ὁ παρὰ τῷ Φόλῳ Ἡρακλῆς ὑπὸ τῶν γραφέων
δείκνυται.

Ἤδη δὲ καὶ ἐς τοὺς ἄλλους συνεχῶς περιεσο-   15
βεῖτο ἡ κύλιξ καὶ φιλοτησίαι καὶ ὁμιλίαι καὶ
φῶτα εἰσεκεκόμιστο. ἐν τοσούτῳ δ' ἐγὼ τὸν
παρεστῶτα τῷ Κλεοδήμῳ παῖδα οἰνοχόον ὄντα
ὡραῖον ἰδὼν ὑπομειδιῶντα—χρὴ γάρ, οἶμαι, καὶ
ὅσα πάρεργα τῆς ἑστιάσεως εἰπεῖν, καὶ μάλιστα
εἴ τι πρὸς τὸ γλαφυρώτερον ἐπράχθη—μάλα ἤδη
παρεφύλαττον ὅ τι καὶ μειδιάσειε. καὶ μετὰ
μικρὸν ὁ μὲν προσῆλθεν ὡς ἀποληψόμενος παρὰ
τοῦ Κλεοδήμου τὴν φιάλην, ὁ δὲ τόν τε δάκτυλον
ἀπέθλιψεν αὐτοῦ καὶ δραχμὰς δύο, οἶμαι, συνανέ-
δωκε μετὰ τῆς φιάλης· ὁ παῖς δὲ πρὸς μὲν τὸν
δάκτυλον θλιβόμενον αὖθις ἐμειδίασεν, οὐ μὴν
συνεῖδεν, οἶμαι, τὸ νόμισμα, ὥστε μὴ δεξαμένου
ψόφον αἱ δύο δραχμαὶ παρέσχον ἐκπεσοῦσαι, καὶ
ἠρυθρίασαν ἄμφω μάλα σαφῶς. ἠπόρουν δὲ οἱ
πλησίον οὗτινος εἴη τὰ νομίσματα, τοῦ μὲν παιδὸς
ἀρνουμένου μὴ ἀποβεβληκέναι, τοῦ δὲ Κλεοδήμου,
καθ' ὃν ὁ ψόφος ἐγένετο, μὴ προσποιουμένου τὴν
ἀπόρριψιν. ἠμελήθη οὖν καὶ παρώφθη τοῦτο οὐ

—————————
[1] διανεύσας Fritzsche : δὲ νεύσας Ω.

this time, so Aristaenetus put a quietus on him for the moment by directing the waiter to give him a big bowl and pour him out a stiffer drink. He thought that he had had a good idea, little realising what woes that bowl was destined to give rise to. On taking it, Alcidamas kept quiet for a little while, throwing himself on the floor and lying there half-naked as he had threatened, with his elbow squared under him and the bowl in his right hand, just as Heracles in the cave of Pholus is represented by the painters.

By this time the cup was going round continually among the rest of the party, there were toasts and conversations, and the lights had been brought in. Meanwhile, noticing that the boy in attendance on Cleodemus, a handsome cup-bearer, was smiling (I must tell all the incidents of the feast, I suppose, especially whatever happened that was rather good), I began to keep special watch to see what he was smiling about. After a little while he went up to Cleodemus as if to take the cup from him, and Cleodemus pressed his finger and gave him two drachmas, I think, along with the cup. The boy responded to the pressure of his finger with another smile, but no doubt did not perceive the money, so that, through his not taking it, the two drachmas fell and made a noise, and they both blushed very noticeably. Those near by them wondered whose the coins were; for the lad said he had not dropped them, and Cleodemus, beside whom the noise was made, pretended that he had not let them fall. So the matter was disregarded and ignored, since not

πάνυ πολλῶν ἰδόντων πλὴν μόνου, ὡς ἐμοὶ ἔδοξε,
τοῦ Ἀρισταινέτου· μετέστησε γὰρ τὸν παῖδα
μικρὸν ὕστερον ἀφανῶς ὑπεξαγαγὼν καὶ τῷ
Κλεοδήμῳ τινὰ παραστῆναι διένευσε τῶν ἐξώρων
ἤδη καὶ καρτερῶν, ὀρεωκόμον τινὰ ἢ ἱπποκόμον.
καὶ τοῦτο μὲν ὧδέ πως ἐκεχωρήκει, μεγάλης ἂν [1]
αἰσχύνης αἴτιον τῷ Κλεοδήμῳ γενόμενον, εἰ ἔφθη
διαφοιτῆσαν εἰς ἄπαντας, ἀλλὰ μὴ κατέσβη
αὐτίκα, δεξιῶς πάνυ τοῦ Ἀρισταινέτου τὴν
παροινίαν ἐνέγκαντος.

Ὁ Κυνικὸς δὲ Ἀλκιδάμας, ἐπεπώκει γὰρ ἤδη, 16
πυθόμενος ἥτις ἡ γαμουμένη παῖς καλοῖτο,[2]
σιωπὴν παραγγείλας μεγάλῃ τῇ φωνῇ ἀποβλέψας
ἐς τὰς γυναῖκας, "Προπίνω σοι," ἔφη, "ὦ Κλεάνθι,
Ἡρακλέους ἀρχηγέτου." ὡς δ' ἐγέλασαν ἐπὶ
τούτῳ ἅπαντες, "Ἐγελάσατε," εἶπεν, "ὦ καθάρ-
ματα, εἰ τῇ νύμφῃ προὔπιον ἐπὶ τοῦ ἡμετέρου
θεοῦ τοῦ Ἡρακλέους; καὶ μὴν εὖ εἰδέναι χρὴ ὡς
ἢν μὴ λάβῃ παρ' ἐμοῦ τὸν σκύφον, οὔποτε τοιοῦτος
ἂν υἱὸς αὐτῇ γένοιτο οἷος ἐγώ, ἄτρεπτος μὲν ἀλκήν,
ἐλεύθερος δὲ τὴν γνώμην, τὸ σῶμα δὲ οὕτω
καρτερός·" καὶ ἅμα παρεγύμνου ἑαυτὸν μᾶλλον
ἄχρι πρὸς τὸ αἴσχιστον. αὖθις ἐπὶ τούτοις
ἐγέλασαν οἱ συμπόται, καὶ ὃς ἀγανακτήσας
ἐπανίστατο δριμὺ καὶ παράφορον βλέπων καὶ
δῆλος ἦν οὐκέτι εἰρήνην ἄξων. τάχα δ' ἄν τινος
καθίκετο τῇ βακτηρίᾳ, εἰ μὴ κατὰ καιρὸν εἰσε-
κεκόμιστο πλακοῦς εὐμεγέθης, πρὸς ὃν ἀποβλέψας
ἡμερώτερος ἐγένετο καὶ ἔληξε τοῦ θυμοῦ καὶ
ἐνεφορεῖτο συμπεριιών. καὶ οἱ πλεῖστοι ἐμέθυον 17

---

[1] ἂν Bekker : not in MSS.
[2] MSS. καλοῖτο (Ω) and ἐκαλεῖτο.

THE CAROUSAL, OR THE LAPITHS

very many saw it except surely Aristaenetus, for he
shifted the boy a little later on, sending him out
of the room unobtrusively, and directed one
of the full-grown, muscular fellows, a muleteer
or stable-boy, to wait on Cleodemus. So the affair
turned out in that way, whereas it would have
caused Cleodemus great shame if it had been
speedily noised about among the whole company
instead of being hushed up on the spot by the
clever manner in which Aristaenetus treated the silly
performance.

The Cynic Alcidamas, who was tipsy by this time,
enquired the name of the bride, and then, after
calling for silence in a loud voice and fixing his eyes
on the women, he said: "Cleanthis, I pledge you
Heracles, my patron." Since everybody laughed at
that, he said: "Did you laugh, you scum of the
earth, that I gave the bride a toast to our god
Heracles? I'd have you to know that if she doesn't
accept the bowl from me, she will never have a son
like me, invincible in courage, unfettered in intellect
and as strong in body as I am," and with that
he bared himself still more, in the most shameless
way. Again the guests laughed at all this, and he
got up in anger with a fierce, wild look, clearly
not intending to keep the peace any longer. Per-
haps he would have hit someone with his staff if just
in the nick of time a huge cake had not been
brought in; but when he set eyes on that, he
became calmer, put away his wrath, and began
to walk about and stuff himself. Most of the

ἤδη καὶ βοῆς μεστὸν ἦν τὸ συμπόσιον· ὁ μὲν γὰρ
Διονυσόδωρος ὁ ῥήτωρ ἀντιρρήσεις[1] τινὰς ἐν μέρει
διεξῄει καὶ ἐπῃνεῖτο ὑπὸ τῶν κατόπιν ἐφεστώτων
οἰκετῶν, ὁ δὲ Ἱστιαῖος ὁ γραμματικὸς ἐρραψῴδει
ὕστερος κατακείμενος καὶ συνέφερεν ἐς τὸ αὐτὸ
τὰ Πινδάρου καὶ Ἡσιόδου καὶ Ἀνακρέοντος, ὡς
ἐξ ἁπάντων μίαν ᾠδὴν παγγέλοιον ἀποτελεῖσθαι,
μάλιστα δ' ἐκεῖνα ὥσπερ προμαντευόμενος τὰ
μέλλοντα,

σὺν δ' ἔβαλον ῥινούς·
καὶ

ἔνθα δ' ἄρ' οἰμωγή τε καὶ εὐχωλὴ πέλεν ἀνδρῶν.
ὁ Ζηνόθεμις δ' ἀνεγίνωσκε παρὰ τοῦ παιδὸς λαβὼν
λεπτόγραφόν[2] τι βιβλίον.

Διαλιπόντων δὲ ὀλίγον, ὥσπερ εἰώθασι, τῶν 18
παρακομιζόντων τὰ ὄψα μηχανώμενος Ἀρισταί-
νετος μηδ' ἐκεῖνον ἀτερπῆ τὸν καιρὸν εἶναι μηδὲ
κενὸν ἐκέλευσε τὸν γελωτοποιὸν εἰσελθόντα εἰπεῖν
τι ἢ πρᾶξαι γελοῖον, ὡς ἔτι μᾶλλον οἱ συμπόται
διαχυθεῖεν. καὶ παρῆλθεν ἄμορφός τις ἐξυρημένος
τὴν κεφαλήν, ὀλίγας ἐπὶ τῇ κορυφῇ τρίχας ὀρθὰς
ἔχων· οὗτος ὠρχήσατό τε κατακλῶν ἑαυτὸν καὶ
διαστρέφων, ὡς γελοιότερος φανείη, καὶ ἀνάπαιστα
συγκροτῶν διεξῆλθεν αἰγυπτιάζων τῇ φωνῇ, καὶ
τέλος ἐπέσκωπτεν ἐς τοὺς παρόντας. οἱ μὲν οὖν 19
ἄλλοι ἐγέλων ὁπότε σκωφθεῖεν, ἐπεὶ δὲ καὶ εἰς

---

[1] ἀντιρρήσεις Gertz : αὐτοῦ ῥήσεις MSS. " his own speeches."
[2] λεπτόγραφόν Herwerden : λεπτόγραμμον MSS.

company were drunk by then, and the room was full
of uproar. Dionysodorus the rhetorician was making
speeches, pleading first on one side and then on the
other, and was getting applauded by the servants
who stood behind him. Histiaeus the grammarian,
who had the place next him, was reciting verse,
combining the lines of Pindar and Hesiod and
Anacreon in such a way as to make out of them a
single poem and a very funny one, especially in the
part where he said, as though foretelling what was
going to happen :

> "They smote their shields together," [1]

and

> "Then lamentations rose, and vaunts of men." [2]

But Zenothemis was reading aloud from a closely
written book that he had taken from his attendant.

When, as often happens, the service of the waiters
was interrupted for a while, Aristaenetus planned
to prevent even that period from being unenter-
taining and empty, and ordered the clown to come
in and do or say something funny, in order to
make his guests still merrier. In came an ugly
fellow with his head shaven except for a few hairs
that stood up straight on his crown. First he
danced, doubling himself up and twisting himself
about to cut a more ridiculous figure; then he beat
time and recited scurrilous verses in an Egyptian
brogue, and finally he began to poke fun at the
guests. The rest laughed when they were made
fun of, but when he took a fling at Alcidamas in

---

[1] *Iliad* 4, 447.

[2] *Iliad* 4, 450. Ausonius' *Cento Nuptialis*, an epitha-
lamium composed of tags from Vergil, illustrates Lucian's
meaning perfectly.

τὸν Ἀλκιδάμαντα ὅμοιόν τι ἀπέρριψε Μελιταῖον
κυνίδιον προσειπὼν αὐτόν, ἀγανακτήσας ἐκεῖνος—
καὶ πάλαι δὲ δῆλος ἦν φθονῶν αὐτῷ εὐδοκιμοῦντι
καὶ κατέχοντι τὸ συμπόσιον—ἀπορρίψας τὸν
τρίβωνα προὐκαλεῖτό οἱ παγκρατιάζειν, εἰ δὲ μή,
κατοίσειν αὐτοῦ ἔφη τὴν βακτηρίαν. οὕτω δὴ ὁ
κακοδαίμων Σατυρίων—τοῦτο γὰρ ὁ γελωτοποιὸς
ἐκαλεῖτο—συστὰς ἐπαγκρατίαζε. καὶ τὸ πρᾶγμα
ὑπερήδιστον ἦν, φιλόσοφος ἀνὴρ γελωτοποιῷ
ἀνταιρόμενος καὶ παίων καὶ παιόμενος ἐν τῷ μέρει.
οἱ παρόντες δὲ οἱ μὲν ᾐδοῦντο, οἱ δὲ ἐγέλων, ἄχρι
ἀπηγόρευσε παιόμενος ὁ Ἀλκιδάμας ὑπὸ συγκε-
κροτημένου ἀνθρωπίσκου καταγωνισθείς. γέλως
οὖν πολὺς ἐξεχύθη ἐπ᾽ αὐτοῖς.

Ἐνταῦθα Διόνικος ἐπεισῆλθεν ὁ ἰατρὸς οὐ πολὺ 20
κατόπιν τοῦ ἀγῶνος· ἐβεβραδύκει δέ, ὡς ἔφασκε,
φρενίτιδι ἑαλωκότα θεραπεύων Πολυπρέποντα
τὸν αὐλητήν. καί τι καὶ γελοῖον διηγήσατο· ἔφη
μὲν γὰρ εἰσελθεῖν παρ᾽ αὐτὸν οὐκ εἰδὼς ἐχόμενον
ἤδη τῷ πάθει, τὸν δὲ ταχέως ἀναστάντα ἐπικλεῖ-
σαί τε τὴν θύραν καὶ ξιφίδιον σπασάμενον ἀνα-
δόντα αὐτῷ τοὺς αὐλοὺς κελεύειν αὐλεῖν· εἶτα
ἐπεὶ μὴ δύναιτο, παίειν σκῦτος ἔχοντα ἐς ὑπτίας τὰς
χεῖρας. τέλος οὖν ἐν τοσούτῳ κινδύνῳ ἐπινοῆσαι
τοιόνδε· ἐς ἀγῶνα γὰρ προκαλέσασθαι αὐτὸν ἐπὶ
ῥητῷ πληγῶν ἀριθμῷ, καὶ πρῶτον μὲν αὐτὸς
αὐλῆσαι πονηρῶς, μετὰ δὲ παραδοὺς[1] τοὺς αὐλοὺς
ἐκείνῳ δέξασθαι παρ᾽ αὐτοῦ τὸ σκῦτος καὶ τὸ

[1] παραδοὺς Bekker: παραδόντα MSS.

the same way, calling him a Maltese lapdog,[1] Alcidamas got angry: indeed, for a long time it had been plain that he was jealous because the other fellow was making a hit and holding the attention of the room. So, throwing off his philosopher's cloak, he challenged him to fight, or else, he said, he would lay his staff on him. Then poor Satyrion, for that was the clown's name, stood up to him and fought. It was delicious to see a philosopher squaring off at a clown, and giving and receiving blows in turn. Though some of onlookers were disgusted, others kept laughing, until finally Alcidamas had enough of his punishment, well beaten by a tough little dwarf. So they got roundly laughed at.

At that point Dionicus, the doctor, came in, not long after the fray. He had been detained, he said, to attend a man who had gone crazy, Polyprepon the flute-player; and he told a funny story. He said that he had gone into the man's room without knowing that he was already affected by the trouble, and that Polyprepon, getting out of bed quickly, had locked the door, drawn a knife, handed him his flutes and told him to begin playing; and then, because he could not play, had beaten him with a strap on the palms of his hands. At last in the face of so great a peril, the doctor devised this scheme: he challenged him to a match, the loser to get a certain number of blows. First he himself played wretchedly, and then giving up the flutes to Polyprepon, he

---

[1] The joke here lies primarily in the play on κύων (Cynic), but it should also be borne in mind that the Greek name Melite was given not only to the island of Malta, but to the deme in Athens in which the worship of Heracles, the patron of the Cynic sect, was localised.

ξιφίδιον καὶ ἀπορρῖψαι τάχιστα διὰ τῆς φωτα-
γωγοῦ ἐς τὸ ὕπαιθρον τῆς αὐλῆς, καὶ τὸ ἀπὸ
τούτου ἀσφαλέστερος ἤδη προσπαλαίων αὐτῷ
ἐπικαλεῖσθαι τοὺς γειτνιῶντας, ὑφ᾿ ὧν ἀνασπα-
σάντων τὸ θύριον σωθῆναι αὐτός.[1] ἐδείκνυ δὲ καὶ
σημεῖα τῶν πληγῶν καὶ ἀμυχάς τινας ἐπὶ τοῦ
προσώπου.

Καὶ ὁ μὲν Διόνικος οὐ μεῖον εὐδοκιμήσας τοῦ
γελωτοποιοῦ ἐπὶ τῇ διηγήσει πλησίον τοῦ Ἱστι-
αίου παραβύσας ἑαυτὸν ἐδείπνει ὅσα λοιπά, οὐκ
ἄνευ θεοῦ τινος ἡμῖν ἐπιπαρών, ἀλλὰ καὶ πάνυ
χρήσιμος τοῖς μετὰ ταῦτα γεγενημένος. παρελ- 21
θὼν γὰρ εἰς τὸ μέσον οἰκέτης παρ᾿ Ἑτοιμοκλέους
τοῦ Στωικοῦ ἥκειν λέγων γραμματίδιον ἔχων
κελεῦσαί οἱ ἔφη τὸν δεσπότην ἐν τῷ κοινῷ
ἀναγνόντα εἰς ἐπήκοον ἅπασιν ὀπίσω αὖθις
ἀπαλλάττεσθαι. ἐφέντος οὖν τοῦ Ἀρισταινέτου
προσελθὼν πρὸς τὸν λύχνον ἀνεγίνωσκεν.

ΦΙΛΩΝ

Ἦ πιν, ὦ Λυκῖνε, τῆς νύμφης ἐγκώμιον ἢ
ἐπιθαλάμιον, οἷα πολλὰ ποιοῦσιν;

ΛΥΚΙΝΟΣ

Ἀμέλει καὶ ἡμεῖς τοιοῦτον ᾠήθημεν, ἀλλ᾿ οὐδ᾿
ἐγγὺς ἦν τούτου· ἐνεγέγραπτο γάρ·

"Ἑτοιμοκλῆς φιλόσοφος Ἀρισταινέτῳ.   22

"Ὅπως μὲν ἔχω πρὸς δεῖπνα ὁ παρεληλυθώς
μοι βίος ἅπας μαρτύριον ἂν γένοιτο, ὅς γε ὁση-
μέραι πολλῶν ἐνοχλούντων παρὰ πολὺ σοῦ
πλουσιωτέρων ὅμως οὐδὲ πώποτε φέρων ἐμαυτὸν

----
[1] αὐτός Bekker : αὐτόν MSS.

took the strap and the knife and threw them quickly out of the window into the open court. Then, feeling safer, he grappled with him and called the neighbours, who prised the door open and rescued him. And he showed the marks of the blows, and a few scratches on his face.

Dionicus, who had made no less of a hit than the clown, thanks to his story, squeezed himself in beside Histiaeus and fell to dining on what was left. His coming was a special dispensation, for he proved very useful in what followed. You see, a servant came into the midst of us, saying that he was from Hetoemocles the Stoic and carrying a paper which he said his master had told him to read in public, so that everybody would hear, and then to go back again. On getting the consent of Aristaenetus, he went up to the lamp and began to read.

PHILO

I suppose, Lycinus, that it was an address in praise of the bride, or else a wedding-song? They often write such pieces.

LYCINUS

Of course we ourselves expected something of the sort, but it was far from that : its contents were :

" Hetoemocles the philosopher to Aristaenetus.

" How I feel about dining out, my whole past life can testify ; for although every day I am pestered by many men much richer than you are, nevertheless I am never forward about accepting, as I am familiar

ἐπέδωκα εἰδὼς τοὺς ἐπὶ[1] τοῖς συμποσίοις θορύβους
καὶ παροινίας. ἐπὶ σοῦ δὲ μόνου εἰκότως ἀγα-
νακτῆσαί μοι δοκῶ, ὃς τοσοῦτον χρόνον ὑπ' ἐμοῦ
λιπαρῶς τεθεραπευμένος οὐκ ἠξίωσας ἐναριθμῆσαι
κἀμὲ τοῖς ἄλλοις φίλοις, ἀλλὰ μόνος ἐγώ σοι
ἄμοιρος, καὶ ταῦτα ἐν γειτόνων οἰκῶν. ἀνιῶμαι
οὖν ἐπὶ σοὶ τὸ πλέον οὕτως ἀχαρίστῳ φανέντι·
ἐμοὶ γὰρ ἡ εὐδαιμονία οὐκ ἐν ὑὸς ἀγρίου μοίρᾳ
ἢ λαγωοῦ ἢ πλακοῦντος, ἃ παρ' ἄλλοις ἀφθόνως
ἀπολαύω τὰ καθήκοντα εἰδόσιν, ἐπεὶ καὶ τήμερον
παρὰ τῷ μαθητῇ Παμμένει δειπνῆσαι πολυτελές,
ὥς φασι, δεῖπνον δυνάμενος οὐκ ἐπένευσα ἱκε-
τεύοντι, σοὶ ὁ ἀνόητος ἐμαυτὸν φυλάττων. σὺ 23
δὲ ἡμᾶς παραλιπὼν ἄλλους εὐωχεῖς, εἰκότως·
οὔπω γὰρ δύνασαι διακρίνειν τὸ βέλτιον οὐδὲ τὴν
καταληπτικὴν φαντασίαν ἔχεις. ἀλλὰ οἶδα ὅθεν
μοι ταῦτα, παρὰ τῶν θαυμαστῶν σου φιλοσόφων,
Ζηνοθέμιδος καὶ Λαβυρίνθου, ὧν—ἀπείη δὲ ἡ
Ἀδράστεια—συλλογισμῷ ἑνὶ ἀποφράξαι ἄν μοι
τάχιστα δοκῶ τὰ στόματα. ἢ εἰπάτω τις αὐτῶν,
τί ἐστι φιλοσοφία; ἢ τὰ πρῶτα ταῦτα, τί δια-
φέρει σχέσις ἕξεως; ἵνα μὴ τῶν ἀπόρων εἴπω τι,
κερατίναν ἢ σωρείτην ἢ θερίζοντα λόγον.

---

[1] ἐπὶ MSS. : ἐν Fritsche, perhaps rightly.

with the disturbances and riotous doings at dinner-parties. But in your case and yours only I think I have reason to be angry, because you, to whom I have so long ministered indefatigably, did not think fit to number me among your friends : no, I alone do not count with you, and that too though I live next door. I am indignant, therefore, and more on your account than on my own, because you have shown yourself so thankless. For me, happiness is not a matter of getting a wild boar, a hare or a cake—things which I enjoy ungrudged at the tables of other people who know what is right. Indeed, to-day I might have had dinner with my pupil Pammenes (and a splendid dinner, too, they say), but I did not accede to his entreaties, saving myself for you, fool that I was. You, however, have given me the go-by and are entertaining others. No wonder, for you are even yet unable to distinguish between the better and the worse, and you have not the faculty of direct comprehension, either. But I know where all this comes from—those wonderful philosophers of yours, Zenothemis and the Labyrinth, whose mouths I could very soon stop, I know, with a single syllogism, Heaven forgive me for boasting! Just let one of them say what philosophy is, or, to go back to the elements, what is the difference between attribute and accident.[1] I shall not mention any of the fallacies like ' the horns,' ' the heap,' or ' the mower.'[2]

---

[1] More literally, $\xi\xi\iota\varsigma$ means a permanent state, $\sigma\chi\epsilon\sigma\iota\varsigma$ a transient state.

[2] The Stoics devoted a great deal of study to the invention and solution of fallacies. " The horns " ran thus : " All that you have not lost, you have ; but you have not lost horns, ergo, you have them." In " the heap " the philosopher

Ἀλλὰ σὺ μὲν ὄναιο αὐτῶν. ἐγὼ δὲ ὡς ἂν μόνον
τὸ καλὸν ἀγαθὸν ἡγούμενος εἶναι οἴσω ῥᾳδίως
τὴν ἀτιμίαν. καίτοι ὅπως μὴ ἐς ἐκείνην ἔχῃς 24
καταφεύγειν τὴν ἀπολογίαν ὕστερον, ἐπιλαθέσθαι
λέγων ἐν τοσούτῳ θορύβῳ καὶ πράγματι, δίς σε
τήμερον προσηγόρευσα καὶ ἕωθεν ἐπὶ τῇ οἰκίᾳ καὶ
ἐν τῷ ἀνακείῳ θύοντα ὕστερον. ταῦτα ἐγὼ τοῖς
παροῦσιν ἀπολελόγημαι.

Εἰ δὲ δείπνου ἕνεκα ὀργίζεσθαί σοι δοκῶ, τὸ 25
κατὰ τὸν Οἰνέα ἐννόησον· ὄψει γὰρ καὶ τὴν
Ἄρτεμιν ἀγανακτοῦσαν, ὅτι μόνην αὐτὴν οὐ
παρέλαβεν ἐκεῖνος ἐπὶ τὴν θυσίαν τοὺς ἄλλους
θεοὺς ἑστιῶν. φησὶ δὲ περὶ αὐτῶν Ὅμηρος
ὧδέ πως·

ἢ λάθετ᾽ ἢ οὐκ ἐνόησεν, ἀάσατο δὲ μέγα θυμῷ·

καὶ Εὐριπίδης·

Καλυδὼν μὲν ἥδε γαῖα, Πελοπίας χθονὸς
ἐν ἀντιπόρθμοις, πεδί᾽ ἔχουσ᾽ εὐδαίμονα.

καὶ Σοφοκλῆς·

συὸς μέγιστον χρῆμ᾽ ἐπ᾽ Οἰνέως γύαις
ἀνῆκε Λητοῦς παῖς ἑκηβόλος θεά.

Ταῦτά σοι ἀπὸ πολλῶν ὀλίγα παρεθέμην, 26
ὅπως μάθῃς οἷον ἄνδρα παραλιπὼν Δίφιλον
ἑστιᾷς καὶ τὸν υἱὸν αὐτῷ παραδέδωκας, εἰκότως·

THE CAROUSAL, OR THE LAPITHS

"Well, much may your philosophers profit you! Holding as I do that only what is honourable is good, I shall easily stand the slight. But you need not think you can afterwards take refuge in the plea that you forgot me in all the confusion and bother, for I spoke to you twice to-day, not only in the morning at your house, but later in the day, when you were sacrificing at the temple of Castor and Pollux.

"I have made this statement to set myself right with your guests. But if you think that I am angry over a mere dinner, call to mind the story of Oeneus and you will see that Artemis herself was angry because she was the only one whom he had not asked to the sacrifice when he entertained all the rest of the gods. Homer puts it something like this:

Whether he forgot or would not, greatly was his soul at fault.[1]

Euripides says:

This land is Calydon, lying over seas
From Pelops' isle ; a land of fertile plains.[2]

And Sophocles:

A boar, a monstrous thing, on Oeneus' fields
Turned loose Latona's lass, who kills afar.[3]

"I bring to your attention only these few points out of many, so that you may learn what sort of man you have left out in favour of Diphilus, whom you entertain and have put in charge of your son. No

proves that one grain of corn makes a heap; in "the mower," that a man who says he will mow a field will not and cannot mow it. Several other fallacies are illustrated in "Philosophers for Sale," 22.   [1] *Iliad* 9, 537.
   [2] From the lost *Meleager* of Euripides.
   [3] From the lost *Meleager* of Sophocles.

ἡδὺς γάρ ἐστι τῷ μειρακίῳ καὶ πρὸς χάριν αὐτῷ
σύνεστιν. εἰ δὲ μὴ αἰσχρὸν ἦν ἐμὲ λέγειν τὰ
τοιαῦτα, κἄν[1] τι προσέθηκα, ὅπερ σύ, εἰ θέλεις,
παρὰ Ζωπύρου τοῦ παιδαγωγοῦ ἂν μάθοις ἀληθὲς
ὄν. ἀλλ' οὐ χρὴ ταράττειν ἐν γάμοις οὐδὲ δια-
βάλλειν ἄλλους, καὶ μάλιστα ἐφ' οὕτως αἰσχραῖς
αἰτίαις· καὶ γὰρ εἰ Δίφιλος ἄξιος δύο ἤδη
μαθητάς μου περισπάσας, ἀλλ' ἔγωγε φιλοσοφίας
αὐτῆς ἕνεκεν σιωπήσομαι.

"Προσέταξα δὲ τῷ οἰκέτῃ τούτῳ, ἢν διδῷς αὐτῷ 27
μοῖράν τινα ἢ συὸς ἢ ἐλάφου ἢ σησαμοῦντος, ὡς
ἐμοὶ διακομίσειε καὶ ἀντὶ τοῦ δείπνου ἀπολογία
γένοιτο, μὴ λαβεῖν, μὴ καὶ δόξωμεν ἐπὶ τούτῳ
πεπομφέναι."

Τούτων, ὦ ἑταῖρε, ἀναγινωσκομένων μεταξὺ 28
ἱδρώς τέ μοι περιεχεῖτο ὑπ' αἰδοῦς, καὶ τοῦτο δὴ
τὸ τοῦ λόγου, χανεῖν μοι τὴν γῆν ηὐχόμην ὁρῶν
τοὺς παρόντας γελῶντας ἐφ' ἑκάστῳ καὶ μάλιστα
ὅσοι ᾔδεσαν τὸν Ἑτοιμοκλέα, πολιὸν ἄνθρωπον
καὶ σεμνὸν εἶναι δοκοῦντα. ἐθαύμαζον οὖν οἷος
ὢν διαλάθοι αὐτοὺς ἐξαπατωμένους τῷ πώγωνι
καὶ τῇ τοῦ προσώπου ἐντάσει. ὁ γὰρ Ἀρισταί-
νετος ἐδόκει μοι οὐκ ἀμελείᾳ παριδεῖν[2] αὐτόν, ἀλλ'
οὔποτ' ἂν ἐλπίσας κληθέντα ἐπινεῦσαι οὐδ' ἂν
ἐμπαρασχεῖν ἑαυτὸν τοιούτῳ τινί· ὥστε οὐδὲ τὴν
ἀρχὴν πειρᾶσθαι ἠξίου. ἐπεὶ δ' οὖν ἐπαύσατο 29
ποτε ὁ οἰκέτης ἀναγινώσκων, τὸ μὲν συμπόσιον
ἅπαν εἰς τοὺς ἀμφὶ τὸν Ζήνωνα καὶ Δίφιλον ἀπέ-
βλεπε δεδοικότας καὶ ὠχριῶντας καὶ τῇ ἀπορίᾳ

---

[1] κἄν Fritzsche : καὶ ἂν MSS.
[2] MSS. παριδεῖν (urged by Fritzsche) and περιιδεῖν.

wonder, for he is nice to the boy and is an indulgent tutor. If it were not beneath me to say such things, I might have told you something more, and if you wished you could find out from Zopyrus, the boy's attendant, that it is true. But it is wrong to make trouble at a wedding and to defame others, especially with charges so unseemly. Albeit Diphilus deserves it for having won two pupils away from me, I shall hold my tongue in deference to Philosophy herself.

" I have directed my servant, in case you offer him a portion of boar's flesh or venison or sesame-cake to bring to me as an excuse for not asking me to dinner, not to take it, for fear it may seem as though I sent him with that in view."

While all that was being read, my dear fellow, the sweat poured off me for shame, and to quote the saying, I prayed that the earth would swallow me when I saw the guests all laughing at every sentence, especially as many as knew Hetoemocles, a man with gray hair who looked to be highminded. It was a marvel to me that such a man had hoodwinked them, deceiving them with his beard and the concentration expressed in his features. It was my notion that Aristaenetus had not carelessly overlooked him, but that, not thinking he would accept if invited, he would not expose himself to any such treatment, and so thought best not to try him at all. When at last the slave stopped reading, the whole party looked at Zeno and Diphilus, who were frightened and pale, and by the distress in their faces acknowledged the truth of the

τῶν προσώπων ἐπαληθεύοντας τὰ ὑπὸ τοῦ Ἑτοι-
μοκλέους κατηγορηθέντα· ὁ Ἀρισταίνετος δὲ ἐτε-
τάρακτο καὶ θορύβου μεστὸς ἦν, ἐκέλευε δ᾽ ὅμως
πίνειν ἡμᾶς καὶ ἐπειρᾶτο εὖ διατίθεσθαι τὸ γεγο-
νὸς ὑπομειδιῶν ἅμα, καὶ τὸν οἰκέτην ἀπέπεμψεν
εἰπὼν ὅτι ἐπιμελήσεται τούτων. μετ᾽ ὀλίγον δὲ
καὶ ὁ Ζήνων ὑπεξανέστη ἀφανῶς, τοῦ παιδαγωγοῦ
νεύσαντος ἀπαλλάττεσθαι ὡς κελεύσαντος τοῦ
πατρός.

Ὁ Κλεόδημος δὲ καὶ πάλαι τινὸς ἀφορμῆς δεό- 30
μενος—ἐβούλετο γὰρ συμπλακῆναι τοῖς Στωϊκοῖς
καὶ διερρήγνυτο οὐκ ἔχων ἀρχὴν εὔλογον—τότε
οὖν τὸ ἐνδόσιμον παρασχούσης τῆς ἐπιστολῆς,
"Τοιαῦτα," ἔφη, "ἐξεργάζεται ὁ καλὸς Χρύσιππος
καὶ Ζήνων ὁ θαυμαστὸς καὶ Κλεάνθης, ῥημάτια
δύστηνα καὶ ἐρωτήσεις μόνον καὶ σχήματα φιλο-
σόφων, τὰ δ᾽ ἄλλα Ἑτοιμοκλεῖς οἱ πλεῖστοι· καὶ
αἱ ἐπιστολαὶ ὁρᾶτε ὅπως πρεσβυτικαί, καὶ τὸ
τελευταῖον Οἰνεὺς μὲν Ἀρισταίνετος, Ἑτοιμοκλῆς
δὲ Ἄρτεμις. Ἡράκλεις, εὔφημα πάντα καὶ ἑορτῇ
πρέποντα." "Νὴ Δί᾽," εἶπεν ὁ Ἕρμων ὑπερ- 31
κατακείμενος· "ἠκηκόει γάρ, οἶμαι, ὗν τινα
ἐσκευάσθαι Ἀρισταινέτῳ ἐς τὸ δεῖπνον, ὥστε οὐκ
ἄκαιρον ἐδόκει μεμνῆσθαι τοῦ Καλυδωνίου. ἀλλὰ
πρὸς τῆς Ἑστίας, ὦ Ἀρισταίνετε, πέμπε ὡς
τάχιστα τῶν ἀπαρχῶν, μὴ καὶ φθάσῃ ὁ πρεσβύτης
ὑπὸ λιμοῦ ὥσπερ ὁ Μελέαγρος ἀπομαρανθείς.
καίτοι οὐδὲν ἂν πάθοι δεινόν· ἀδιάφορα γὰρ ὁ
Χρύσιππος τὰ τοιαῦτα ἡγεῖτο." "Χρυσίππου 32

charges brought by Hetoemocles. Aristaenetus was perturbed and full of confusion, but he told us to go on drinking just the same and tried to smooth the business over, smiling as he did so; the servant he sent away with the words: "I will see to it." After a little while Zeno withdrew unobservedly, for his attendant directed him to go, as if at the bidding of his father.

Cleodemus had long been looking for an opportunity, as he wanted to pitch into the Stoics and was ready to burst because he could not find a satisfactory opening. But at last the letter gave him his cue, and he said: "That is what your noble Chrysippus does, and your wonderful Zeno and Cleanthes! They are nothing but miserable phrase-makers and question-mongers, philosophers in dress, but in all else just like Hetoemocles, most of them. And the letter—see how venerable it is! To cap all, Aristaenetus is Oeneus and Hetoemocles is Artemis! Good Lord! In excellent taste, all of it, and just the thing for a festive occasion!" "Yes," said Hermon, from his place above Cleodemus, "I suppose he had heard that Aristaenetus had a boar ready for the dinner, so that he thought it not inopportune to mention the boar of Calydon. Come, Aristaenetus, in the name of Hospitality send him a portion with all speed, for fear you may be too late and the old man may waste away like Meleager from hunger! Yet it would be no hardship to him, for Chrysippus held that all such things are of no import." [1]

[1] The Stoics divided the objects of human endeavour into three classes—the good, which were to be sought; the bad, which were to be shunned; and the indifferent, or unimportant, which were neither to be sought nor shunned.

γὰρ μέμνησθε ὑμεῖς," ἔφη ὁ Ζηνόθεμις ἐπεγείρας
ἑαυτὸν καὶ φθεγξάμενος παμμέγεθες, "ἢ ἀφ' ἑνὸς
ἀνδρὸς οὐκ ἐννόμως φιλοσοφοῦντος Ἑτοιμοκλέους
τοῦ γόητος μετρεῖτε τὸν Κλεάνθην καὶ Ζήνωνα
σοφοὺς ἄνδρας; τίνες[1] δὲ καὶ ὄντες ὑμεῖς ἐρεῖτε
ταῦτα; οὐ σὺ μὲν τῶν Διοσκούρων ἤδη, ὦ Ἕρμων,
τοὺς πλοκάμους περικέκαρκας χρυσοῦς ὄντας; καὶ
δώσεις δίκην παραδοθεὶς τῷ δημίῳ. σὺ δὲ τὴν Σω-
στράτου γυναῖκα τοῦ μαθητοῦ ἐμοίχευες, ὦ Κλεό-
δημε, καὶ καταληφθεὶς τὰ αἴσχιστα ἔπαθες. οὐ
σιωπήσεσθε οὖν τοιαῦτα συνεπιστάμενοι ἑαυτοῖς;"
"'Ἀλλ' οὐ μαστροπὸς ἐγὼ τῆς ἐμαυτοῦ γυναικός,"
ἦ δ' ὃς ὁ Κλεόδημος, "ὥσπερ σύ, οὐδὲ τοῦ ξένου
μαθητοῦ λαβὼν τοὐφόδιον παρακαταθήκας ἔπειτα
ὤμοσα κατὰ τῆς Πολιάδος μὴ εἰληφέναι, οὐδ' ἐπὶ
τέτταρσι δραχμαῖς δανείζω, οὐδὲ ἄγχω τοὺς
μαθητάς, ἢν μὴ κατὰ καιρὸν ἀποδῶσι τοὺς
μισθούς." "'Ἀλλ' ἐκεῖνο," ἔφη ὁ Ζηνόθεμις, "οὐκ
ἂν ἔξαρνος γένοιο μὴ οὐχὶ φάρμακον ἀποδόσθαι
Κρίτωνι ἐπὶ τὸν πατέρα." καὶ ἅμα, ἔτυχε γὰρ   33
πίνων, ὁπόσον ἔτι λοιπὸν ἐν τῇ κύλικι, περὶ ἥμισυ
σχεδόν, κατεσκέδασεν αὐτοῖν. ἀπέλαυσε δὲ καὶ
ὁ Ἴων τῆς γειτονήσεως, οὐκ ἀνάξιος ὤν. ὁ μὲν
οὖν Ἕρμων ἀπεξύετο ἐκ τῆς κεφαλῆς τὸν ἄκρατον
προνενευκὼς καὶ τοὺς παρόντας ἐμαρτύρετο, οἷα
ἐπεπόνθει. ὁ Κλεόδημος δέ—οὐ γὰρ εἶχε κύλικα
—ἐπιστραφεὶς προσέπτυσέ τε τὸν Ζηνόθεμιν καὶ
τῇ ἀριστερᾷ τοῦ πώγονος λαβόμενος ἔμελλε
παίσειν κατὰ κόρρης, καὶ ἀπέκτεινεν ἂν τὸν

---

[1] τίνες Bekker : οἵτινες MSS.

THE CAROUSAL, OR THE LAPITHS

"What, do *you* dare to mention the name of Chrysippus?" said Zenothemis, rousing himself and shouting at the top of his voice. "Dare you judge Cleanthes and Zeno, who were learned men, by a single individual who is not a regular philosopher, by Hetoemocles the charlatan? Who are you two, pray, to say all that? Hermon, didn't you cut off the hair of the Twin Brethren because it was gold?[1] You'll suffer for it, too, when the executioner gets you! And as for you, Cleodemus, you had an affair with the wife of your pupil Sostratus, and were found out and grossly mishandled. Have the grace to hold your tongues, then, with such sins on your consciences!" "But I don't sell the favours of my own wife as you do," said Cleodemus, "nor did I take my foreign pupil's allowance in trust and then swear by Athena Polias that I never had it, nor do I lend money at four per cent. a month, nor throttle my pupils if they fail to pay their fees in time." "But you can't deny," said Zenothemis, "that you sold Crito a dose of poison for his father!" And with that, being in the act of drinking, he flung on the pair all that was left in the cup, and it was about half full! Ion also got the benefit of his nearness to them, and he quite deserved it. Well, Hermon, bending forward, began wiping the wine from his head and calling the guests to witness what had been done to him. But Cleodemus, not having a cup, whirled about and spat on Zenothemis; then, taking him by the beard with his left hand, he was about to hit him in the face, and would

---

[1] Antique statues with golden (or gilded) hair are mentioned not infrequently. In the "Timon" (4) Lucian alludes to the theft of the hair from the head of the famous statue of Zeus in Olympia.

γεροντα, εἰ μὴ ᾿Αρισταίνετος ἐπέσχε τὴν χεῖρα
καὶ ὑπερβὰς τὸν Ζηνόθεμιν ἐς τὸ μέσον αὐτοῖν
κατεκλίθη, ὡς διασταῖεν ὑπὸ διατειχίσματι αὐτῷ
εἰρήνην ἄγοντες.

᾿Εν ὅσῳ δὲ ταῦτ᾿ ἐγίνετο, ποικίλα, ὦ Φίλων, 34
ἐγὼ πρὸς ἐμαυτὸν ἐνενόουν, οἷον[1] τὸ πρόχειρον
ἐκεῖνο, ὡς οὐδὲν ὄφελος ἦν ἄρα ἐπίστασθαι τὰ
μαθήματα, εἰ μή τις καὶ τὸν βίον ῥυθμίζοι πρὸς
τὸ βέλτιον· ἐκείνους γοῦν περιττοὺς ὄντας ἐν τοῖς
λόγοις ἑώρων γέλωτα ἐπὶ τῶν πραγμάτων ὀφλι-
σκάνοντας. ἔπειτα εἰσῄει με, μὴ ἄρα τὸ ὑπὸ τῶν
πολλῶν λεγόμενον ἀληθὲς ᾖ καὶ τὸ πεπαιδεῦσθαι
ἀπάγῃ τῶν ὀρθῶν λογισμῶν τοὺς ἐς μόνα τὰ
βιβλία καὶ τὰς ἐν ἐκείνοις φροντίδας ἀτενὲς
ἀφορῶντας· τοσούτων γοῦν φιλοσόφων παρόντων
οὐδὲ κατὰ τύχην ἕνα τινὰ ἔξω ἁμαρτήματος ἦν
ἰδεῖν, ἀλλ᾿ οἱ μὲν ἐποίουν αἰσχρά, οἱ δ᾿ ἔλεγον
αἰσχίω· οὐδὲ γὰρ ἐς τὸν οἶνον ἔτι ἀναφέρειν εἶχον
τὰ γινόμενα λογιζόμενος οἷα ὁ ᾿Ετοιμοκλῆς ἄσιτος
ἔτι καὶ ἄποτος ἐγεγράφει. ἀνέστραπτο οὖν τὸ 35
πρᾶγμα, καὶ οἱ μὲν ἰδιῶται κοσμίως πάνυ ἑστιώ-
μενοι οὔτε παροινοῦντες οὔτε ἀσχημονοῦντες
ἐφαίνοντο, ἀλλ᾿ ἐγέλων μόνον καὶ κατεγίνωσκον
αὐτῶν, οἶμαι, οὕς γε ἐθαύμαζον οἰόμενοί τινας
εἶναι ἀπὸ τῶν σχημάτων, οἱ σοφοὶ δὲ ἠσέλγαινον
καὶ ἐλοιδοροῦντο καὶ ὑπερενεπίμπλαντο καὶ
ἐκεκράγεσαν καὶ εἰς χεῖρας ᾖεσαν. ὁ θαυμάσιος
δὲ ᾿Αλκιδάμας καὶ ἑούρει[2] ἐν τῷ μέσῳ οὐκ

[1] οἷον Fritzsche : not in MSS.
[2] καὶ ἑούρει Buttmann : καὶ ἐνούρει MSS. : κἂν ἑούρει
Fritzsche.

have killed the old man if Aristaenetus had not stayed his hand, stepped over Zenothemis and lain down between them, to separate them and make them keep the peace with him for a dividing-wall.

While all this was going on, Philo, various thoughts were in my mind; for example, the very obvious one that it is no good knowing the liberal arts if one doesn't improve his way of living, too. At any rate, the men I have mentioned, though clever in words, were getting laughed at, I saw, for their deeds. And then I could not help wondering whether what everyone says might not after all be true, that education leads men away from right thinking, since they persist in having no regard for anything but books and the thoughts in them. At any rate, though so many philosophers were present, there really was not a single one to be seen who was devoid of fault, but some acted disgracefully and some talked still more disgracefully; and I could not lay what was going on to the wine, considering what Hetoemocles had written without having had either food or drink. The tables were turned, then, and the unlettered folk were manifestly dining in great decorum, without either getting maudlin or behaving disreputably; they simply laughed and passed judgement, perhaps, on the others, whom they used to admire, thinking them men of importance because of the garb they wore. The learned men, on the contrary, were playing the rake and abusing each other and gorging themselves and bawling and coming to blows; and " marvellous " Alcidamas even made water right there in the room, without showing

αἰδούμενος τὰς γυναῖκας. καὶ ἐμοὶ ἐδόκει, ὡς ἂν
ἄριστά τις εἰκάσειεν, ὁμοιότατα εἶναι τὰ ἐν τῷ
συμποσίῳ οἷς περὶ τῆς Ἔριδος οἱ ποιηταὶ λέγουσιν·
οὐ γὰρ κληθεῖσαν αὐτὴν ἐς τοῦ Πηλέως τὸν γάμον
ῥῖψαι τὸ μῆλον εἰς τὸ σύνδειπνον, ἀφ' οὗ τοσοῦτον
πόλεμον ἐπ' Ἰλίῳ γεγενῆσθαι. καὶ ὁ Ἑτοιμοκλῆς
τοίνυν ἐδόκει μοι τὴν ἐπιστολὴν ἐμβαλὼν εἰς τὸ
μέσον ὥσπερ τι μῆλον οὐ μείω τῆς Ἰλιάδος κακὰ
ἐξεργάσασθαι.

Οὐ γὰρ ἐπαύσαντο οἱ ἀμφὶ τὸν Ζηνόθεμιν καὶ 36
Κλεόδημον φιλονεικοῦντες, ἐπεὶ μέσος αὐτῶν ὁ
Ἀρισταίνετος ἐγένετο· ἀλλά, "Νῦν μέν," ἔφη ὁ
Κλεόδημος, "ἱκανόν, εἰ ἐλεγχθείητε ἀμαθεῖς ὄντες,
αὔριον δὲ ἀμυνοῦμαι ὑμᾶς ὅντινα καὶ χρὴ τρόπον·
ἀπόκριναί μοι οὖν, ὦ Ζηνόθεμι, ἢ σὺ ἢ ὁ κοσμιώ-
τατος Δίφιλος, καθ' ὅ τι ἀδιάφορον εἶναι λέγοντες
τῶν χρημάτων τὴν κτῆσιν οὐδὲν ἀλλ' ἢ τοῦτο
ἐξ ἁπάντων σκοπεῖτε ὡς πλείω κτήσεσθε καὶ διὰ
τοῦτο ἀμφὶ τοὺς πλουσίους ἀεὶ ἔχετε καὶ δανείζετε
καὶ τοκογλυφεῖτε καὶ ἐπὶ μισθῷ παιδεύετε, πάλιν
τε αὖ τὴν ἡδονὴν μισοῦντες καὶ τῶν Ἐπικουρείων
κατηγοροῦντες αὐτοὶ τὰ αἴσχιστα ἡδονῆς ἕνεκα
ποιεῖτε καὶ πάσχετε, ἀγανακτοῦντες εἴ τις μὴ
καλέσειεν ἐπὶ δεῖπνον· εἰ δὲ καὶ κληθείητε,
τοσαῦτα μὲν ἐσθίοντες, τοσαῦτα δὲ τοῖς οἰκέταις
ἐπιδιδόντες"—καὶ ἅμα λέγων τὴν ὀθόνην περι-
σπᾶν ἐπεχείρει, ἣν ὁ παῖς εἶχε τοῦ Ζηνοθέμιδος,
μεστὴν οὖσαν παντοδαπῶν κρεῶν, καὶ ἔμελλε
λύσας ἀπορρίπτειν αὐτὰ εἰς τὸ ἔδαφος, ἀλλ' ὁ

any respect for the women. It seemed to me that, to use the best possible simile, the events of the dinner were very like what the poets tell of Discord. They say, you know, that, not having been asked to the wedding of Peleus, she threw the apple into the company, and that from it arose the great war at Troy.[1] Well, to my thinking Hetoemocles by throwing his letter into the midst of us like an Apple of Discord had brought on woes quite as great as those of the Iliad.

The friends of Zenothemis and Cleodemus did not stop quarrelling when Aristaenetus came between them. "For the present," said Cleodemus, "it is enough if you Stoics are shown up in your ignorance, but to-morrow I will pay you back as I ought. Tell me, then, Zenothemis, or you, Diphilus, you pattern of propriety, why it is that although you say money-getting is of no import, you aim at nothing in the world but getting more, and for this reason always hang about rich people and lend money and extort high interest and teach for pay; and again, why is it that although you hate pleasure and inveigh against the Epicureans, you yourselves do to others and suffer others to do to you all that is most shameful for pleasure's sake; you get angry if a man does not ask you to dinner, and when you are actually asked, you not only eat quantities but hand over quantities to your servants,"—and with that he tried to pull away the napkin that Zenothemis' slave was holding. It was full of meats of all kinds, and he intended to open it and throw its contents

[1] The golden apple, for the fairest of the goddesses, was awarded to Aphrodite by Paris, who was paid for his decision by being given the love of Helen.

παῖς οὐκ ἀνῆκε καρτερῶς ἀντεχόμενος. καὶ ὁ 37
Ἕρμων, "Εὖ γε," ἔφη, "ὦ Κλεόδημε, εἰπάτωσαν
οὗτινος ἕνεκα ἡδονῆς κατηγοροῦσιν αὐτοὶ ἥδεσθαι
ὑπὲρ τοὺς ἄλλους ἀξιοῦντες." "Οὔκ, ἀλλὰ σύ,"
ἦ δ' ὃς ὁ Ζηνόθεμις, "εἰπέ, ὦ Κλεόδημε, καθ' ὅ τι
οὐκ ἀδιάφορον ἡγῇ τὸν πλοῦτον." "Οὐ μὲν οὖν,
ἀλλὰ σύ." καὶ ἐπὶ πολὺ τοῦτο ἦν, ἄχρι δὴ ὁ
Ἴων προκύψας ἐς τὸ ἐμφανέστερον, "Παύσασθε,"
ἔφη· "ἐγὼ δέ, εἰ δοκεῖ, λόγων ἀφορμὰς ὑμῖν ἀξίων
τῆς παρούσης ἑορτῆς καταθήσω ἐς τὸ μέσον·
ὑμεῖς δὲ ἀφιλονείκως ἐρεῖτε καὶ ἀκούσεσθε ὥσπερ
ἀμέλει καὶ παρὰ τῷ ἡμετέρῳ Πλάτωνι ἐν λόγοις
ἡ πλείστη διατριβὴ ἐγένετο." πάντες ἐπῄνεσαν οἱ
παρόντες, καὶ μάλιστα οἱ ἀμφὶ τὸν Ἀρισταίνετόν
τε καὶ Εὔκριτον, ἀπαλλάξεσθαι τῆς ἀηδίας οὕτω
γοῦν ἐλπίσαντες. καὶ μετῆλθέ τε ὁ Ἀρισταίνετος
ἐπὶ τὸν αὑτοῦ τόπον εἰρήνην γεγενῆσθαι ἐλπίσας,
καὶ ἅμα εἰσεκεκόμιστο ἡμῖν τὸ ἐντελὲς ὀνομαζό- 38
μενον δεῖπνον, μία ὄρνις ἑκάστῳ καὶ κρέας ὑὸς
καὶ λαγῷα καὶ ἰχθὺς ἐκ ταγήνου καὶ σησαμοῦντες
καὶ ὅσα ἐντραγεῖν, καὶ ἐξῆν ἀποφέρεσθαι ταῦτα.
προὔκειτο δὲ οὐχ ἓν ἑκάστῳ πινάκιον, ἀλλ' Ἀρι-
σταινέτῳ μὲν καὶ Εὐκρίτῳ ἐπὶ μιᾶς τραπέζης
κοινόν, καὶ τὰ παρ' αὑτῷ ἑκάτερον ἐχρῆν λαβεῖν·
Ζηνοθέμιδι δὲ τῷ Στωϊκῷ καὶ Ἕρμωνι τῷ Ἐπι-
κουρείῳ ὁμοίως κοινὸν καὶ τούτοις· εἶτα ἑξῆς
Κλεοδήμῳ καὶ Ἴωνι, μεθ' οὓς τῷ νυμφίῳ καὶ
ἐμοί, τῷ Διφίλῳ δὲ τὰ ἀμφοῖν, ὁ γὰρ Ζήνων
ἀπεληλύθει. καὶ μέμνησό μοι τούτων, ὦ Φίλων,
διότι δή ἐστί τι [1] ἐν αὐτοῖς χρήσιμον ἐς τὸν λόγον.

[1] τι Bekker : καὶ MSS. excised by Fritzsche.

on the ground, but the slave clung to it stoutly and did not let him. "Bravo, Cleodemus," said Hermon; "let them tell why they inveigh against pleasure when they themselves want to have more of it than the rest of mankind." "No," said Zenothemis, "but do you, Cleodemus, say why you hold that wealth is important." "No, that is for you to do!" This went on for a long while, until Ion, bending forward to make himself more conspicuous, said: "Stop, and if you wish I will put before you a topic for a discussion worthy of the present festal day, and you shall talk and listen without quarrelling, exactly as in our Plato's circle, where most of the time was passed in discussion." All the guests applauded, especially Aristaenetus and Eucritus, who hoped at least to do away with the unpleasantness in that way. Aristaenetus went back to his own place, trusting that peace had been made, and at the same time we were served with what they call the "Full Dinner"—a bird apiece, boar's flesh and hare's, broiled fish, sesame-cakes and sweetmeats; all of which you had leave to carry away. They did not put a separate tray in front of each of us, but Aristaenetus and Eucritus had theirs together on a single table, and each was to take what was on his side. In like manner Zenothemis the Stoic and Hermon the Epicurean had theirs together, and then Cleodemus and Ion, who came next, and after them the bridegroom and myself; Diphilus, however, had two portions set before him, as Zeno had gone away. Remember all this, Philo, please, because it is of importance for my story.

ΦΙΛΩΝ

Μεμνήσομαι δή.

ΛΥΚΙΝΟΣ

Ὁ τοίνυν Ἴων, "Πρῶτος οὖν ἄρχομαι," ἔφη, 39
"εἰ δοκεῖ." καὶ μικρὸν ἐπισχών, "'Εχρῆν μὲν
ἴσως," ἔφη, "τοιούτων ἀνδρῶν παρόντων περὶ ἰδεῶν
τε καὶ ἀσωμάτων εἰπεῖν καὶ ψυχῆς ἀθανασίας·
ἵνα δὲ μὴ ἀντιλέγωσί μοι ὁπόσοι μὴ κατὰ ταὐτὰ[1]
φιλοσοφοῦσι, περὶ γάμων ἐρῶ τὰ εἰκότα. τὸ
μὲν οὖν ἄριστον ἦν μὴ δεῖσθαι γάμων, ἀλλὰ
πειθομένους Πλάτωνι καὶ Σωκράτει παιδεραστεῖν·
μόνοι γοῦν οἱ τοιοῦτοι ἀποτελεσθεῖεν ἂν πρὸς
ἀρετήν· εἰ δὲ δεῖ καὶ γυναικείου γάμου, κατὰ τὰ
Πλάτωνι δοκοῦντα κοινὰς εἶναι ἐχρῆν[2] τὰς γυναῖ-
κας, ὡς ἔξω ζήλου εἴημεν."

Γέλως ἐπὶ τούτοις ἐγένετο ὡς οὐκ ἐν καιρῷ 40
λεγομένοις. Διονυσόδωρος δέ, "Παῦσαι," ἔφη,
"βαρβαρικὰ ἡμῖν ᾄδων, ποῦ γὰρ ἂν εὑρίσκομεν
τὸν ζῆλον ἐπὶ τούτου καὶ παρὰ τίνι;" "Καὶ σὺ
γὰρ φθέγγῃ, κάθαρμα;" εἶπεν ὁ Ἴων,[3] καὶ
Διονυσόδωρος ἀντελοιδορεῖτο τὰ εἰκότα. ἀλλ' ὁ
γραμματικὸς Ἱστιαῖος, ὁ βέλτιστος, "Παύσασθε,"
ἔφη· "ἐγὼ γὰρ ὑμῖν ἐπιθαλάμιον ἀναγνώσομαι."
καὶ ἀρξάμενος ἀνεγίνωσκεν. ἦν γὰρ ταῦτα, εἴ γε 41
μέμνημαι, τὰ ἐλεγεῖα·

Ἦ οἵη ποτ' ἄρ' ἦγ'[4] 'Αρισταινέτου ἐν
μεγάροισι
δῖα Κλεανθὶς ἄνασσ' ἔτρεφετ' ἐνδυκέως,

[1] ταὐτὰ vulg : ταῦτα MSS..
[2] ἐχρῆν du Soul : ἐκείνων MSS.
[3] ὁ Ἴων Schafer, Bekker : οἶμαι MSS.
[4] ἄρ' ἦγ' MSS. : ἄρ' Dindorf.

THE CAROUSAL, OR THE LAPITHS

PHILO
I shall remember, of course.

LYCINUS
Well, Ion said: "Then I will begin first, if you like"; and after a little pause: "Perhaps with men of such distinction here we ought to talk of 'ideas' and incorporeal entities and the immortality of the soul; but in order that I may not be contradicted by all those who are not of the same belief in philosophy, I shall take the topic of marriage and say what is fitting. It were best not to need marriage, but to follow Plato and Socrates and be content with friendship: at all events only such as they can attain perfection in virtue. But if we must marry, we should have our wives in common, as Plato held, so as to be devoid of envy."

These remarks gave rise to laughter, because they were made out of season. But Dionysodorus said: "Stop your outlandish jabbering! Where can the word envy be found in that sense, and in what author?"[1] "What, do you dare open your mouth, you scum of the earth?" said Ion, and Dionysodorus began to give him back his abuse in due form. But the grammarian Histiaeus (simple soul!) said: "Stop, and I will read you a wedding-song," and began to read. The verses were these, if I remember right:

> O what a maiden in the halls
> > Of Aristaenetus
> Her gentle nurture had, our queen
> > Cleanthis glorious!

---

[1] The rhetorician carps at Ion for using ζῆλος in the sense of ζηλοτυπία, 'jealousy in love.'

προὔχουσ᾽ ἀλλάων πασάων παρθενικάων,
 κρέσσων τῆς Κυθέρης ἠδ᾽ ἅμα[1] τῆς Ἑλενης.
νυμφίε, καὶ σὺ δὲ χαῖρε, κρατερῶν κράτιστε
 ἐφήβων,[2]
 κρέσσων Νιρῆος καὶ Θέτιδος πάϊδος.
ἄμμες δ᾽ αὖθ᾽ ὑμῖν τοῦτον θαλαμήϊον ὕμνον
 ξυνὸν ἐπ᾽ ἀμφοτέροις πολλάκις ἀσόμεθα.

Γέλωτος οὖν ἐπὶ τούτοις, ὡς τὸ εἰκός, γενο- 42
μένου ἀνελέσθαι ἤδη τὰ παρακείμενα ἔδει, καὶ
ἀνείλοντο οἱ περὶ τὸν Ἀρισταίνετον καὶ Εὔκριτον
τὴν πρὸ αὐτοῦ ἑκάτερος κἀγὼ τἀμὰ καὶ ὁ Χαιρέας
ὅσα ἐκείνῳ ἔκειτο καὶ Ἴων ὁμοίως καὶ ὁ Κλεόδη-
μος. ὁ δὲ Δίφιλος ἠξίου καὶ τὰ τῷ Ζήνωνι δὴ
ἀπόντι[3] παραδοθέντα φέρεσθαι καὶ ἔλεγε μόνῳ
παρατεθῆναί οἱ αὐτὰ καὶ πρὸς τοὺς διακόνους
ἐμάχετο, καὶ ἀντέσπων τῆς ὄρνιθος ἐπειλημμένοι
ὥσπερ τὸν Πατρόκλου νεκρὸν ἀνθέλκοντες, καὶ
τέλος ἐνικήθη καὶ ἀφῆκε πολὺν γέλωτα παρα-
σχὼν τοῖς συμπόταις, καὶ μάλιστα ἐπεὶ ἠγα-
νάκτει μετὰ τοῦτο ὡς ἂν τὰ μέγιστα ἠδικημένος.

Οἱ δὲ ἀμφὶ τὸν Ἕρμωνα καὶ Ζηνόθεμιν ἅμα 43
κατέκειντο, ὥσπερ εἴρηται, ὁ μὲν ὑπεράνω ὁ
Ζηνόθεμις, ὁ δ᾽ ὑπ᾽ αὐτόν· παρέκειτο δ᾽ αὐτοῖς τὰ
μὲν ἄλλα πάντα ἴσα, καὶ ἀνείλοντο εἰρηνικῶς· ἡ

---

[1] ἅμα Guyet : αὖ MSS.
[2] Hopelessly corrupt : κράτιστε τεῶν συνεφήβων Dindorf.
[3] ἀπόντι Hartman, Herwerden : ἀπιόντι MSS.

THE CAROUSAL, OR THE LAPITHS

> Superior to other maids
> > As many as there be,
> Than Aphrodite prettier
> > And Helen eke is she.
> To you, O groom, a greeting too,
> > Most handsome of your mates
> And handsomer than those of old
> > Of whom Homer relates.
> We unto you the song you hear
> > Will sing repeatedly
> To celebrate your wedding-day :
> > It's made for both you see ! [1]

That caused a laugh, as you can imagine ; and then it was time to take what was set before us. Aristaenetus and Eucritus each took the portion in front of him : I took what was mine and Chaereas what was set before him, and Ion and Cleodemus did likewise. But Diphilus wanted to carry off not only his own but all that had been served for Zeno, who was away ; he said that it had been served to him alone, and fought with the servants. They caught hold of the bird and tried to pull it away from each other as if they were tugging at the body of Patroclus, and at last he was beaten and let go. He made the company laugh heartily, especially because he was indignant afterwards, just as if he had been done the greatest possible wrong.

Hermon and Zenothemis were lying side by side, as I have said, Zenothemis above and Hermon below him. The shares served them were identical in all but one point, and they began to take them

---

[1] The translator's version is perhaps better than the original : it could not be worse.

455

δὲ ὄρνις ἡ πρὸ τοῦ Ἕρμωνος πιμελεστέρα, οὕτως,
οἶμαι, τυχόν. ἔδει δὲ καὶ ταύτας ἀναιρεῖσθαι τὴν
ἑαυτοῦ ἑκάτερον. ἐν τούτῳ τοίνυν ὁ Ζηνόθεμις —
καί μοι, ὦ Φίλων, πάνυ πρόσεχε τὸν νοῦν, ὁμοῦ
γάρ ἐσμεν ἤδη τῷ κεφαλαίῳ τῶν πραχθέντων —
ὁ δὲ Ζηνόθεμις, φημί, τὴν παρ᾽ αὑτῷ ἀφεὶς τὴν
πρὸ τοῦ Ἕρμωνος ἀνείλετο πιοτέραν, ὡς ἔφην,
οὖσαν· ὁ δ᾽ ἀντεπελάβετο καὶ οὐκ εἴα πλεονεκ-
τεῖν. βοὴ τὸ ἐπὶ τούτοις, καὶ συμπεσόντες ἔπαιον
ἀλλήλους ταῖς ὄρνισιν αὐταῖς ἐς τὰ πρόσωπα,
καὶ τῶν πωγώνων ἐπειλημμένοι ἐπεκαλοῦντο
βοηθεῖν, ὁ μὲν τὸν Κλεόδημον ὁ Ἕρμων, ὁ δὲ
Ζηνόθεμις Ἀλκιδάμαντα καὶ Δίφιλον, καὶ συνί-
σταντο οἱ μὲν ὡς τοῦτον, οἱ δ᾽ ὡς ἐκεῖνον πλὴν
μόνου τοῦ Ἴωνος· ἐκεῖνος δὲ μέσον ἑαυτὸν ἐφύλατ-   44
τεν. οἱ δ᾽ ἐμάχοντο συμπλακέντες, καὶ ὁ μὲν
Ζηνόθεμις σκύφον ἀράμενος ἀπὸ τῆς τραπέζης
κείμενον πρὸ τοῦ Ἀρισταινέτου ῥίπτει ἐπὶ τὸν
Ἕρμωνα,

κἀκείνου μὲν ἅμαρτε, παραὶ δέ οἱ ἐτράπετ᾽ ἄλλῃ,
διεῖλε δὲ τοῦ νυμφίου τὸ κρανίον ἐς δύο χρηστῷ
μάλα καὶ βαθεῖ τῷ τραύματι. βοὴ οὖν παρὰ τῶν
γυναικῶν ἐγένετο καὶ κατεπήδησαν ἐς τὸ μεταίχ-
μιον αἱ πολλαί, καὶ μάλιστα ἡ μήτηρ τοῦ μειρα-
κίου, ἐπεὶ τὸ αἷμα εἶδε· καὶ ἡ νύμφη δὲ ἀνεπήδησε
φοβηθεῖσα περὶ αὐτοῦ. ἐν τοσούτῳ δὲ ὁ Ἀλκι-
δάμας ἠρίστευσε τῷ Ζηνοθέμιδι συμμαχῶν, καὶ
πατάξας τῇ βακτηρίᾳ τοῦ Κλεοδήμου μὲν τὸ
κρανίον, τοῦ Ἕρμωνος δὲ τὴν σιαγόνα ἐπέτριψε
καὶ τῶν οἰκετῶν ἐνίους βοηθεῖν αὐτοῖς ἐπιχει-
ροῦντας κατέτρωσεν· οὐ μὴν ἀπετράποντο ἐκεῖνοι,

peaceably. But the bird in front of Hermon was the plumper, just by chance, no doubt. In that case too each should have taken his own, but at this juncture Zenothemis—follow me closely, Philo, for we have now reached the crisis of events—Zenothemis, I say, let the bird beside him alone and proceeded to take the one before Hermon, which was fatter, as I have said. Hermon, however, seized it also and would not let him be greedy. Thereat there was a shout: they fell on and actually hit one another in the face with the birds, and each caught the other by the beard and called for help, Hermon to Cleodemus, and Zenothemis to Alcidamus and Diphilus. The philosophers took sides, some with one, and some with the other, except Ion alone, who kept himself neutral, and they pitched in and fought. Zenothemis picked up a bowl that was on the table in front of Aristaenetus and threw it at Hermon,

> And him it missed and went another way ; [1]

but it cracked the crown of the bridegroom, inflicting a wound that was generous and deep. Consequently there was an outcry from the women, and most of them sprang to the battle-field, especially the lad's mother when she saw the blood ; and the bride also sprang from her place in alarm over him. Meanwhile Alcidamas distinguished himself on the side of Zenothemis. Laying about him with his staff, he broke the head of Cleodemus and the jaw of Hermon, and he disabled several of the servants who were trying to rescue them. But the other

[1] Cf. *Iliad* 11, 233.

ἀλλ' ὁ μὲν Κλεόδημος ὀρθῷ τῷ δακτύλῳ τὸν
ὀφθαλμὸν τοῦ Ζηνοθέμιδος ἐξώρυττε καὶ τὴν ῥῖνα
προσφὺς ἀπέτραγεν, ὁ δὲ Ἕρμων τὸν Δίφιλον
ἐπὶ ξυμμαχίαν ἥκοντα τοῦ Ζηνοθέμιδος ἀφῆκεν
ἐπὶ κεφαλὴν ἀπὸ τοῦ κλιντῆρος. ἐτρώθη δὲ καὶ 45
Ἱστιαῖος ὁ γραμματικὸς διαλύειν αὐτοὺς ἐπι-
χειρῶν, λάξ, οἶμαι, εἰς τοὺς ὀδόντας ὑπὸ τοῦ
Κλεοδήμου Δίφιλον εἶναι οἰηθέντος. ἔκειτο
γοῦν[1] ὁ ἄθλιος κατὰ τὸν αὑτοῦ Ὅμηρον " αἷμ'
ἐμέων." πλὴν ταραχῆς γε καὶ δακρύων μεστὰ
ἦν πάντα. καὶ αἱ μὲν γυναῖκες ἐκώκυον τῷ
Χαιρέᾳ περιχυθεῖσαι, . . . [2] οἱ δὲ ἄλλοι κατέ-
παυον. μέγιστον δὲ ἦν ἁπάντων κακῶν ὁ Ἀλκι-
δάμας, ἐπεὶ ἅπαξ τὸ καθ' αὑτὸν ἐτρέψατο, παίων
τὸν προστυχόντα· καὶ πολλοὶ ἄν, εὖ ἴσθι, ἔπεσον
εἰ μὴ κατέαξε τὴν βακτηρίαν. ἐγὼ δὲ παρὰ τὸν
τοῖχον ὀρθὸς ἐφεστὼς ἑώρων ἕκαστα οὐκ ἀνα-
μιγνὺς ἐμαυτὸν ὑπὸ τοῦ Ἱστιαίου διδαχθείς, ὡς
ἔστιν ἐπισφαλὲς διαλύειν τὰ τοιαῦτα. Λαπίθας
οὖν καὶ Κενταύρους εἶπες ἄν, εἰ εἶδες[3] τραπέζας
ἀνατρεπομένας καὶ αἷμα ἐκκεχυμένον καὶ σκύ-
φους ῥιπτομένους.

Τέλος δὲ ὁ Ἀλκιδάμας ἀνατρέψας τὸ λυχνίον 46
σκότος μέγα ἐποίησε, καὶ τὸ πρᾶγμα, ὡς τὸ εἰκός,
μακρῷ χαλεπώτερον ἐγεγένητο· καὶ γὰρ οὐ ῥᾳδίως
εὐπόρησαν φωτὸς ἄλλου, ἀλλὰ πολλὰ ἐπράχθη
καὶ δεινὰ ἐν τῷ σκότῳ. καὶ ἐπεὶ παρῆν τις λύχνον

[1] γοῦν A.M.H. : οὖν MSS.
[2] Lacuna Gertz: οἱ δὲ ἄλλοι οἰκέται Fritzsche: οἱ δὲ ἄτρωτοι
Bekker.   [3] εἶπες ἄν, εἰ εἶδες Gertz : εἶδες ἄν MSS.

side did not give way, for Cleodemus with a stiff finger gouged out the eye of Zenothemis and got him by the nose and bit it off, while as for Hermon, when Diphilus was coming to the support of Zenothemis he threw him head first from the couch.   Histiaeus the grammarian was wounded, too, in trying to separate them—he was kicked in the teeth, I think, by Cleodemus, who supposed him to be Diphilus. At all events the poor fellow was laid low, " vomiting gore," as his own Homer says.   The whole place, however, was full of noise and tears, and the women, gathered about Chaereas, were wailing, while the rest of the men were trying to quiet things down. Alcidamas was the greatest nuisance in the world, for when he had once routed his opponents he hit everybody that fell in his way.   Many would have gone down before him, you may be sure, if he had not broken his staff.   As for me, I stood by the wall and watched the whole performance without taking part in it, for Histiaeus had taught me how risky it is to try to part such fights.   You would have said they were Lapiths and Centaurs, to see tables going over, blood flowing and cups flying.

At last Alcidamas knocked over the lamp-stand and brought on profound darkness, and as you can imagine, the situation became far worse, for it was not easy for them to provide more light, while on the other hand many dire deeds were done in the darkness.   When some one finally came in with a

ποτὲ κομίζων, κατελήφθη Ἀλκιδάμας μὲν τὴν
αὐλητρίδα ἀπογυμνῶν καὶ πρὸς βίαν συνενεχ-
θῆναι αὐτῇ σπουδάζων, Διονυσόδωρος δὲ ἄλλο τι
γελοῖον ἐφωράθη πεποιηκώς· σκύφος γὰρ ἐξέπεσεν
ἐκ τοῦ κόλπου ἐξαναστάντος αὐτοῦ. εἶτ' ἀπολο-
γούμενος Ἴωνα ἔφη ἀνελόμενον ἐν τῇ ταραχῇ
δοῦναι αὐτῷ, ὅπως μὴ ἀπόλοιτο, καὶ ὁ Ἴων κηδε-
μονικῶς ἔλεγε τοῦτο πεποιηκέναι.

Ἐπὶ τούτοις διελύθη τὸ συμπόσιον τελευτῇσαν   47
ἐκ τῶν δακρύων αὖθις ἐς γέλωτα ἐπὶ τῷ Ἀλκιδά-
μαντι καὶ Διονυσοδώρῳ καὶ Ἴωνι. καὶ οἵ τε τραυ-
ματίαι φοράδην ἐξεκομίζοντο πονήρως ἔχοντες,
καὶ μάλιστα ὁ πρεσβύτης ὁ Ζηνόθεμις ἀμφο-
τέραις τῇ μὲν τῆς ῥινός, τῇ δὲ τοῦ ὀφθαλμοῦ
ἐπειλημμένος, βοῶν ἀπόλλυσθαι ὑπ' ἀλγηδόνων,
ὥστε καὶ τὸν Ἕρμωνα καίπερ ἐν κακοῖς ὄντα—
δύο γὰρ ὀδόντας ἐξεκέκοπτο—ἀντιμαρτύρεσθαι
λέγοντα, " Μέμνησο μέντοι, ὦ Ζηνόθεμι, ὡς οὐκ
ἀδιάφορον ἡγῇ τὸν πόνον." καὶ ὁ νυμφίος δὲ
ἀκεσαμένου τὸ τραῦμα τοῦ Διονίκου ἀπήγετο ἐς
τὴν οἰκίαν ταινίαις κατειλημένος τὴν κεφαλήν,
ἐπὶ τὸ ζεῦγος ἀνατεθεὶς ἐφ' οὗ τὴν νύμφην ἀπάξειν
ἔμελλε, πικροὺς ὁ ἄθλιος τοὺς γάμους ἑορτάσας·
καὶ τῶν ἄλλων δὲ ὁ Διόνικος ἐπεμελεῖτο δὴ τὰ
δυνατά, καὶ καθευδήσοντες ἀπήγοντο ἐμοῦντες οἱ
πολλοὶ ἐν ταῖς ὁδοῖς. ὁ μέντοι Ἀλκιδάμας αὐτοῦ
ἔμεινεν· οὐ γὰρ ἠδυνήθησαν ἐκβαλεῖν τὸν ἄνδρα,
ἐπεὶ ἅπαξ καταβαλὼν ἑαυτὸν ἐπὶ τῆς κλίνης
πλαγίως ἐκάθευδε.

lamp, Alcidamas was caught stripping the flute-girl and trying to ravish her, while Dionysodorus was found to have done something else that was ridiculous, for as he got up a bowl fell out of the folds of his cloak. Then by way of clearing himself he said that Ion had picked it up in the confusion and had given it to him, so that it might not get lost; and Ion considerately said that he had done so.

Thereupon the dinner-party broke up. After the tears, it had ended in a new burst of laughter over Alcidamas, Dionysodorus and Ion. The wounded men were carried away in sorry condition, especially the old man Zenothemis, who had one hand on his nose and the other on his eye and was shouting that he was dying with pain, so that Hermon, in spite of his own sad plight (for he had had two teeth knocked out) called attention to it and said: " Just remember, Zenothemis, that you do consider pain of some consequence, after all ! " The bridegroom, after his wound had been dressed by Dionicus, was taken home with his head wrapped in bandages, in the carriage in which he had expected to take away his bride ; it was a bitter wedding that 'he celebrated, poor fellow ! As for the rest, Dionicus did the best he could for them and they were taken off to bed, most of them vomiting in the streets. But Alcidamas stayed right there, for they could not turn the man out, once he had thrown himself down crosswise on the couch and gone to sleep.

Τοῦτό σοι τέλος, ὦ καλὲ Φίλων, ἐγένετο τοῦ 48
συμποσίου, ἢ ἄμεινον τὸ τραγικὸν ἐκεῖνο ἐπειπεῖν,

πολλαὶ μορφαὶ τῶν δαιμονίων,
πολλὰ δ᾽ ἀέλπτως κραίνουσι θεοί,
καὶ τὰ δοκηθέντ᾽ οὐκ ἐτελέσθη·

ἀπροσδόκητα γὰρ ὡς ἀληθῶς ἀπέβη καὶ ταῦτα.
ἐκεῖνό γε μὴν[1] μεμάθηκα ἤδη, ὡς οὐκ ἀσφαλὲς
ἄπρακτον ὄντα συνεστιᾶσθαι τοιούτοις σοφοῖς.

---

[1] γε μὴν Bekker, Dindorf : μὴν not in MSS. : γε not in all MSS.

THE CAROUSAL, OR THE LAPITHS

Well, Philo, that was the end of the dinner-party: it would be better, though, to say at the close as they do in the plays of Euripides:

> In many shapes appear the powers above,
> And many things the gods surprise us with,
> While those we look for do not come about.[1]

For all of it, you know, was quite unexpected. This much, however, I have at last learned, that it is not safe for a man of peace to dine with men so learned.

[1] These lines occur at the close of the *Alcestis*, the *Andromache*, the *Bacchae* and the *Helen*, and, with a slight change, in the *Medea*.

INDEX

INDEX

Acanthus, 15
Achaemenidae, 183 *note*
Achilles, 35, 139 *note*, 181, 321
Acrisius, father of Danaë, 165
Admetus, a hack poet, 165
Aeacus, 11
Aegisthus, 201
Aeschylus, 169 *note*
Aesculapius, 159; statue of, 41
Aesop, 321
Agamemnon, 35, 111, 425
Agathabulus, 145
Agathocles, the Peripatetic, 159
——, tyrant of Sicily, died 289
B.C., 229
Ajax (Locrian), 319
——, son of Telamon, 311
Albinus, 97 *note*
Alcidamas, 423
Alcinous, 251
Alexander, 35, 177, 313, 379
AMBER, 73–79
Amphion, who, with the aid of a
lyre, the gift of Hermes, built
the wall of Thebes by making
the stones move of their own
accord, 195
Anacharsis, a Scythian and friend
of Solon, 319
Anacreon of Teos, 69 *note*, 229, 243,
319, 431
Andromeda, 201
Anteia, wife of Proetus : she fell
in love with Bellerophon, but
was rejected, 387
Antigonus One-Eye, King of Asia,
died 301 B.C., 231
——, son of Demetrius, died 239
B.C., 231
Antimachus, poet, 349
Antipater, son of Iolaus, died 319
B.C., 231

Antiphilus, famous painter, 363
sqq.
Antiphon, 339
Antisthenes, founder of the
Cynic school of philosophy, 167
Antoninus, Pius, Roman Emperor
138–161 A.D., 227 *note*
Antonius Diogenes, 251 *note*, 261
note
Apelles, the most famous of Greek
painters, born *circa* 365 B.C.,
359 *note*, 363 *sq.*
Aphrodite, 95, 449 *note*
Apollo, 203, 257
Apollodorus, an Athenian historian
of the second century B.C., 239,
241
Apollonius Rhodius, 161
Aratus, 117 *note*
Arcesilaus (Ursinus), 155
Archelaus, 237
Archimedes, famous mathemati-
cian, born 287 B.C., 37
Areius, 325
Arganthonius, 229
Ariadne, 313
Arion, famous lyric poet, and in-
ventor of dithyrambic verse, 319
Aristaenetus, 413 *sqq.*
Aristarchus, famous grammarian,
flourished about 156 B.C., 323
Aristides, 313, 389
Aristippus, 171
——, founder of Cyrenaic school
of philosophy, *fl.* 370 B.C.,
321
Aristobulus of Cassandria, historian
of Alexander, 239
Aristophanes, 285 *note*
Aristotle, 153
Arsacidae, 183
Artabazus, 235

467

INDEX

Artaxerxes, 233
Artemis, 439
Asandrus, 235
Ateas, 229
Athena, 89, 203
Athenodorus of Tarsus, 239
Atreus, sons of, 205
Attalus, King of Pergamus, 159–138 B.C., 233
Augustus Caesar, 235
Ausonius, 431 *note*

Bacchus, 49
Bardylis, 229
Bellerophon, 387
Botticelli, 359 *note*
Branchus, 203
Busiris, King of Egypt : he sacrificed strangers, 327

Cadmus, 401
Caesar Augustus, 239
Calypso, 333, 341
Cambyses, 233
Camnascires, 235
Caracalla, Roman Emperor 211–217 A.D., 227 *note*
Caranus, 325
Carneades, famous sceptic philosopher, opponent of the Stoics 214–129 B.C., 237
CAROUSAL, THE : OR THE LAPITHS, 411–463
Castor, 319 *note*
Cedalion, 203
Cethegus, 161
Chaereas, 419 *sqq.*
Charinus, 413 *sqq.*
Charon, 63
Chrysippus, famous Stoic philosopher (born, 280 B.C.), 237, 243 *note*, 321
Cinyras, 329
Circe, 219 *note*, 341
Claudian, 201 *note*
Cleanthes, Stoic philosopher of 4th century B.C., 237
Cleanthis, 417 *sqq.*
Cleodemus, 419
Clisthenes, 69 *note*
Clytemnestra, 201
CONSONANTS AT LAW, THE, 395–409
Crates, famous Cynic philosopher, *fl.* 320 B.C., 167

Cratinus, died 422 B.C., 243
Creon, 111
Crito, 445
Critolaus, Peripatetic philosopher, 239
Croesus, King of Lydia, 35
Ctesias of Cnidos, contemporary of Xenophon, 251, 255 *note*, 337
Ctesibius, famous for his mechanical inventions, *fl.* 250 B.C., 239
Curetes, 137
Cynegirus, 169
Cyrus, 233, 313

Danaë, 165
Daphne, 257
Delphi, 21 *sq.*
Demetrius, Attic orator, born *circa* 345 B.C., 145, 379
—— of Callatia, 229
Demochares, 229
Democritus of Abdera, famous philosopher, born *circa* 460 B.C., 237
Demodocus, 195
DEMONAX, 141–173 ; 167
Dexinus, 237
Dinon, 233
Diodorus, 229 *note*
Diogenes, celebrated Cynic philosopher, born *circa* 412 B.C., 147 *note*, 167 *sqq.*, 321
—— Laertius, 237 *note*
—— of Seleucia, Stoic philosopher, 237
Diomed of Thrace, 327
Dionicus, 413 *sqq.*
Dionysius of Halicarnassus, famous rhetorician, died 7 B.C., 33
Dionysodorus, 419 *sqq.*
DIONYSUS, 47–59 ; 255, 347 *note*, 415
Diphilus, 419
Draco, first law-giver of Athens, *fl.* 621 B.C., 369

Electra, the, 201 *note*
Empedocles, 325
Endymion, 91, 265 *sqq.*
Epeius, 37, 325
Epicharmus, Dorian comic poet, born *circa* 540 B.C., 243
Epictetus, Stoic philosopher, 145, 169

INDEX

Epicurus, founder of Epicurean school of philosophy (342-270 B.C.), 321
Eratosthenes, of Cyrene, born 276 B.C., 243
Ericthonius, 203
Eridanus, river, 75 *sq.*
Eucritus, 417 *sqq.*
Eumolpus, son of Poseidon and Chione, 161
Eunomus of Locris, 319
Euphorbus, Trojan hero, 325
Euripides, 201, 241, 389 *note*, 439, 463

Favorinus, 151
FLY, THE, 81-95

Geryon, 63
Goaesus, 235
Gorgias, of Leontini, famous rhetorician, 241
Gorgon, the, 203
Gorgons, 197
Gosithras, 233

HALL, THE, 175-207
Hannibal, 313
Hector, 119
Hecuba, 111
Helen, 187, 311, 319, 329, 449 *note*
Hellanicus of Lesbos, 239
Hephaestion, friend of Alexander, died 325 B.C., 379
Hephaestus, 203
HERACLES, 61-71; 111, 255
Hermes, 65, 95; god of oratory, 111
Herminus, 169
Hermon, 419
Hermotimus, 131 *note*
—— of Clazomenoe, 89
Herodes Atticus, Greek rhetorician, *circa* 104-180 A.D., 157, 161
Herodotus, 181 *note*, 197, 229, 255 *note*, 265 *note*, 267 *note*, 277 *note*, 279 *note*, 293 *note*, 299 *note*, 309, 337, 367 *note*
Hesiod, 327, 371 *note*, 431
Hetoemocles, 435
Hiero, King of Syracuse, died 216 B.C., 229
Hieronymus of Cardia, 231, 239

HIPPIAS, 33-45
Hippoclides, 69
Hippocrates of Cos, *circa* 460-357 B.C., 311
Hippolyta, 313 *note*
Hippolytus, 389
Hipsicrates, of Amisenum, 241
Histiaeus, 419 *sqq.*
Homer, 27, 57, 67 *notes*, 69, 71, 87, 103, 105 *note*, 117, 119, 135, 139, 171, 179, 181, 187, 219, 225, 251, 261 *note*, 269, 299 *note*, 317, 323, 325, 327, 333, 339, 341, 373, 387 *note*, 391, 423 *note*, 425 *note*, 431 *note*, 439 *note*, 449 *note*, 455, 459
Honoratus, 155
Hyacinthus, 319
Hydra, 13
Hygeia, statue of, 41
Hylas, 319
Hypereides, 167
Hyspausines, King of Charax, 235

Iambulus, 251, 255 *note*
Iapetus, a Titan, 63
Ion, 419 *sqq.*
Iophon, son of Sophocles, 241
Isidore the Characene, 233
Isocrates, famous Attic orator, 436-338 B.C., 241

Justinus, 231 *note*

Labdacus, 361
Lactantius, 261 *notes*
Lais, a celebrated courtesan, 321
Laïus, 361 *note*
Leogoras, 15
Leto, 439
Leucothea, a marine goddess, 341
Lucian, 333
Lucullus, L. Licinius, 235
Lycinus, 413 *sqq.*
Lycurgus, 243, 319
Lysias, son of Cephalus, the Attic orator, 458-378 B.C., 181
Lysimachus, 360-281 B.C., 231

Massinissa, King of Numidia, 238-148 B.C., 235
Medea, 205
Medusa, 201 *sq.*
Meleager, 443

469

INDEX

Menelaus, 57 *note*, 89, 311, 329, 343
Menippus, 411 *note*
Milo of Croton, 93 *note*
Miltiades, victor of Marathon, 490 B.C., 391
Minos, 11
Mithridates, King of Pontus, 233
Momus, god of mockery, 59, 131
Muia (= Fly), 91, 93

Narcissus, 319
NATIVE LAND, MY, 209–219
Nauplius', 333 *sqq.*
Nestor, 225, 319
—— of Tarsus, 239
NIGRINUS, 97–139
Numa Pompilius, second King of Rome, 227

OCTOGENARIANS, 221–245
Odysseus, 57 *note*, 119, 203 *sq.*, 219 *note*, 251, 317, 325, 341 *sq.*, 389 *note*
Oedipus at Colonus, 243
Oeneus, King of Calydon, father of Meleager, 439
Ogmios (Heracles), 65
Onesicritus, 233
Orion, 203

Palamedes, 205, 319, 389, 401
Pammenes, 437
Pan, 51 *sq.*
Paris, 449 *note*
Patroclus, 455
Peirithous, 411 *note*
Peleus, 449
Pelops, house of, 361
Penelope, 333, 343
Perdiccas, 233
Peregrinus Proteus, 157
Periander, tyrant of Corinth from 625–585 B.C., 319
Pericles, 107 *note*
Perilaus, 17 *sq.*
Perseus, 201 *sq.*
Petronius, 129 *note*
Phaedra, daughter of Minos and wife of Theseus, 313, 389
Phaedrus of Myrrhinus, 181
Phaëthon, 75, 263, 269 *sqq.*
PHALARIS, tyrant of Agrigentum, proverbial for his cruelty, 1–31; 327

Phemius, famous minstrel of the *Odyssey*, 195
Pherecydes the Syrian, early Greek philosopher, *fl.* 544 B.C., 239
Philemon, comic poet, *fl.* 330 B.C., 243
Philetaerus, 231
Philip, 229
Philo, 413 *sqq.*
Philoxenus, 377
Phocion, Athenian general and statesman, 402–317 B.C., 319
Phocylides, 371 *note*
Photius, 251 *note*
Pindar, 43, 431
Pittacus of Mytilene (died 569 B.C.), 237
Pittheus, 371 *note*
Pityocamptes, 327
Plato, 89, 153, 161, 181 *note*, 239, 251 *note*, 321, 351 *sqq.*
Pollux, 319 *note*
Polybius, son of Lycortas, historian, *circa* 204–122 B.C., 163, 241
Polydeuces, a slave, 157, 161
Polyprepon, 433
Polyxena, 111
Poseidon, 131 *note*
Posidonius of Apamia, (born *circa* 135 B.C.), 237
Potamo, a rhetorician, 241
Proetus, husband of Anteia, 387
Ptolemy Auletes (died 51 B.C.), 379
—— Soter, son of Lagus, King of Egypt 323–285 B.C., 37, 231
—— Philadelphus, *regn.* 285–247 B.C., 231
—— Philopator, *regn.* 222–205 B.C., 363
Pylades, 201
Pyrrhus of Epirus, 318–272 B.C., 35
Pythagoras, *fl.* 525 B.C., 15, 153, 328
Pytho, 153

Quintillus, 223, 245

Regilla, 161
Rhadamanthus, 11, 311
Rufinus, 169

Sarpedon, 269
Satyrion, 433

INDEX

Scintharus, 295 *sqq.*, 347

Scipio, P. Corn., Africanus Minor, 185–132 B.C., 233

Sciron, a famous robber, slain by Theseus, 327

Scribonius, 235

Scythians, 137

Selene, 91

Seleucus Nicator, *regn.* 312–280 B.C., 231

Semele, 53 *note*

Seneca, 261 *note*

Servius, Tulius, 6th King of Rome, 227

Silenus, 51 *sqq.*

Simonides of Ceos, famous lyric poet, died 467 B.C., 243, 401

Sinatroces, King of Parthia, 233

Sirens, the, 197

SLANDER : *On not being quick to put faith in it,* 359–393

Socrates, 469–399 B.C., 147, 169, 171, 181, 319, 321, 389

Solon, famous legislator, *circa* 650–550 B.C., 237, 369

Sophocles, 201, 241, 439

Sostratus, 445

—— of Cnidus, famous architect, 37

—— (Heracles), 143

Stesichorus of Himera, *fl.* 608 B.C., 243, 319

Stratonice, 377

Tacitus, 265 *note*

Tarquinius Superbus, 7th and last King of Rome, 227

Tarsus, 239

Telegonus, 341

Telemachus, 179 *note*, 205

Telephus, 139

Tellus, 319

Teres, 231

Thales of Miletus, Ionic philoso-

pher, *circa* 636–546 B.C., 35 237

Thamyris, who challenged the Muses and lost his sight, 195

Themistocles, Athenian statesman, *circa* 514–449 B.C., 391

Theodotas, 363

Theodotus, 363 *note*

Thersites, 171, 325

Theseus, 311, 321, 389 *note*

Thucydides, 265 *note*, 273 *note*, 297 *note*

Tiberius Caesar, 42 B.C.–37 A.D., 239

Tigranes, King of Armenia, *regn.* 96–55 B.C., 235

—— (name for Homer), 323

Timaeus of Tauromenium, historian, *circa* 352–256 B.C., 229, 239

Timocrates, 15

—— of Heraclia, 145

Timon of Athens, 335

Tyraeus, 235

Tyro, 307

Ursinus (Arcesilaus), 155

Xenocrates of Chalcedon, 396–314 B.C., 237

Xenophanes of Colophon, *fl.* 520 B.C., 237

Xenophilus, 237

Xenophon, son of Gryllus, historian, born *circa* 444 B.C., 239

Zamolxis, 319

Zeno, founder of Stoic philosophy, died *circa* 260 B.C., 153, 237, 417 *note*

——, 417 *sqq.*

Zenodotus, grammarian, *fl.* 208 B.C., 323

Zenothemis, 419 *sq.*

Zeus, 53 *note*, 269

Zopyrus, 441

471